Clive Barker wurde 1952 in Liverpool geboren, studierte dort Philosophie und begann zunächst zu malen. Seine ersten schriftstellerischen Werke sind Theaterstücke in der Grand-Guigno-Tradition, denen bald Drehbücher, Kurzgeschichten und Romane folgten; inzwischen hat sich Barker, der 1985 mit dem World Fantasy Award ausgezeichnet wurde, auch als Filmregisseur eigener Stoffe etabliert.

W0183851

Von Clive Barker sind außerdem erschienen:

Spiel des Verderbens (Band 1800)
Das dritte Buch des Blutes (Band 1840)
Das vierte Buch des Blutes (Band 1849)
Das fünfte Buch des Blutes (Band 1850)
Das sechste Buch des Blutes (Band 1851)

Dieses Buch wurde auf chlor- und säurefreiem Papier gedruckt.

Neuausgabe der Deutschen Erstausgaben April 1994
© 1994 Droemersche Verlagsanstalt Th. Knaur Nachf., München
Droemersche Verlagsanstalt Th. Knaur Nachf., München
Das Werk einschließlich aller seiner Teile ist urheberrechtlich geschützt. Jede Verwertung außerhalb der engen Grenzen des Urheberrechtsgesetzes ist ohne Zustimmung des Verlages unzulässig und strafbar. Das gilt insbesondere für Vervielfältigungen, Übersetzungen, Mikroverfilmungen und die Einspeicherung und Verarbeitung in elektronischen Systemen.
Umschlaggestaltung: Agentur ZERO, München
Druck und Bindung: Elsnerdruck, Berlin
Printed in Germany
ISBN 3-426-70014-X

2 4 5 3 1

Clive Barker

Das erste und das zweite Buch des Blutes

Aus dem Englischen
von Peter Kobbe

Knaur®

Clive Barker

Das erste Buch des Blutes

Roman

Aus dem Englischen
von Peter Kobbe

Für meine Mutter und meinen Vater

Deutsche Erstausgabe 1989
© 1989 Droemersche Verlagsanstalt Th. Knaur Nachf., München
Titel der Originalausgabe »Clive Barker's Books of Blood Vol. 1«
© 1984 Clive Barker

Blutbücher sind wir Leiber alle;
wo man uns aufschlägt: lesbar rot.

Inhalt

Vorwort

»Drinnen hatten sich die Kreaturen bereits über ihr Nachtmahl hergemacht. Eine, sah er, zerrte gerade den blauen süßen Happen eines Frauenauges aus der Höhle. Eine andere hatte eine Hand im Mund.«

Sind Sie noch da?

Hier eine weitere Kostprobe von dem, worauf Sie sich bei Clive Barker gefaßt machen dürfen:

»Jeder einzelne, ob Mann, Frau oder Kind, war augenlos in diesem brodelnden Turm. Sie sahen nur durch die Augen der Stadt. Sie waren gedankenlos, aber dazu bestimmt, die Gedanken der Stadt zu denken. Und sich selbst, in ihrer schwer dahinstapfenden, gnadenlosen Kraft, hielten sie für unsterblich. Riesenhaft und wahnverwirrt und unsterblich.«

Sie sehen, daß Barker als Visionär ebenso stark ist wie als Schilderer des Gräßlichen. Und noch ein Zitat, wieder aus einer anderen Erzählung:

»Was wäre denn eine Auferstehung ohne ein bißchen was zum Lachen?«

Ich zitiere das ganz bewußt als Warnung für verzagte Gemüter. Sollten Sie eine eher anheimelnde, beruhigende Variante der Horrorliteratur bevorzugen, die sowohl irreal genug ist, um sie nicht allzu ernst nehmen zu müssen, als auch vertraut genug, um das Risiko auszuschalten, daß Ihnen bei der Lektüre Ihre Vorstellungswelt aus den Fugen gerät und Ihre vermeintlich sicher eingelullten Alpträume urplötzlich zum Leben erwachen, dann sind diese Geschichten nichts für Sie.

Wenn Sie andererseits Erzählungen satt haben, die Sie in wohligen Einschlafgrusel hüllen und deren Ende zugleich garantiert, daß die Nachttischlampe noch an ist, ganz zu schweigen von der Parade guter, ordentlich erzählter Geschichten, die nicht mehr zu bieten haben als Anleihen bei besseren Horrorautoren, von denen die Bestseller-Leserschaft noch nie etwas gehört hat, dann werden Sie – wie ich – geradezu beglückt sein, zu entdecken, daß sich Clive Barker innerhalb der Horrorliteratur der letzten Jahre als der unzweifelhaft originellste Autor erweist, und daß er der im besten Sinne zutiefst schockierende Autor ist, der heute in diesem Genre arbeitet.

Der Horrorstory wird häufig unterstellt, sie sei reaktionär. Gewiß, manche ihrer exzellentesten Gestalter muß man so einstufen, aber diese Tendenz hat auch jede Menge unverantwortlichen Blödsinn hervorgebracht; und es besteht kein Anlaß, weshalb sich das ganze Genre rückwärts orientieren sollte. Im Bereich der Phantastik sollten nur die Regeln des eigenen intuitiven Gespürs gelten, und die Clive Barkers funktionieren souverän, versagen nie. Zu behaupten (wie dies manche Horrorautoren meines Erachtens apologetisch tun), daß sich die Horrorliteratur letztendlich mit dem befaßt, was uns an die Kategorien des Normalen erinnert, und sei es auch nur dadurch, daß sie das Übernatürliche und Fremdartige als das Abnorme vorführt, kommt etwa der Behauptung gleich (und dies ist offenbar die Meinung ziemlich vieler Verlagslektoren), daß die Horrorliteratur *unbedingt* von durchschnittlichen Alltagsmenschen und ihrer Konfrontation mit dem absolut Fremden zu handeln habe. Dem Himmel sei Dank, daß es niemand gelang, Poe von dergleichen zu überzeugen, und dem Himmel sei Dank für Autoren von der Radikalität eines Barker. Nicht, daß er traditionellen Themen notwendigerweise abgeneigt wäre, aber wenn er sie durchspielt, erscheinen sie in völlig neuer Gestalt. »Sex, Tod und Starglanz« etwa ist die ins Extrem vorangetriebene Geschichte vom Phantom im Theater. Aber die Erzählung lotet ihr vertrautes Sujet tiefer aus als ihre Vorgänger und gelangt zu einer Schlußfolgerung voll schwarzem Humor und unheimlichem Optimismus. Das gleiche ließe sich von »Im Bergland: Agonie der Städte« sagen, einer beängstigenden Vision des Grausigen, doch befinden wir uns hier zudem in der provozierenden Domäne von Barkers radikaler sexueller Aufgeschlossenheit.

Welche (Un-)Möglichkeiten im einzelnen diese und andere seiner Erzählungen nahelegen, überlasse ich Ihrem Urteil. Ich habe Sie ausdrücklich gewarnt, daß diese Bücher nichts sind für ein schwaches Gemüt und eine zartbesaitete Phantasie, und man tut gut daran, sich das vor Augen zu halten, wenn man sich an eine Erzählung wie »Der Mitternachts-Fleischzug« heranwagt, eine Horrorgeschichte in Technicolor, die ihre Herkunft vom Zombiezeichentrickfilm nicht verleugnet, aber geistreicher und lebendiger ist als alle ihre filmischen Pendants.

Barkers Erfindungsreichtum erinnert an die großen phantastischen Maler, und tatsächlich fällt mir kein anderer zeitgenössischer Autor dieses Genres ein, dessen Werk so unüberhörbar danach verlangt, illustriert zu werden. Und noch mehr Erzählungen gibt es: den verstörenden »Schweineblut-Blues« oder

»Das Buch des Blutes«, die den prekären Balanceakt vollziehen zwischen analytischer Klarheit und Voyeurismus, ein Risiko, dem sich jede Behandlung des Themas Sadismus aussetzt. Nun aber glaube ich, wird es langsam Zeit, daß ich Clive Barker Platz mache.

Fast siebzigtausend Wörter von ihm halten Sie jetzt in Händen: den ersten Teil seiner Auswahl der besten Erzählungen aus einem Schaffenszeitraum von achtzehn Monaten. Abends schrieb er die Geschichten, tagsüber Theaterstücke (die, nebenbei gesagt, vor vollen Häusern gespielt werden). Ich halte diese Erzählungen für eine erstaunliche Leistung und für das seit vielen Jahren aufregendste Debüt im Bereich der Horrorliteratur.

Ramsey Campbell*

* Geb. 1946 in Liverpool; Präsident der British Fantasy Society, Horror- und Fantasyautor; zweimaliger Preisträger des World Fantasy Award sowie des British Fantasy Award A. d. Ü.

Das Buch des Blutes

Auch die Toten haben Straßen.
Unbeirrbar durchschneiden die Bahnen ihrer Geisterzüge, ihrer Traumwaggons das Ödland hinter unserem Leben und befördern einen nicht enden wollenden Strom abgeschiedener Seelen. Ihr Gestampfe und Geratter wird hörbar an den kaputten Schandorten der Welt, aus Spalten, die der Greuel, die Gewalttat und die Verworfenheit schlugen. Ihre Fracht, die ruhelos irrenden Toten, wird sichtbar, wenn das Herz nah am Zerspringen ist, und Bilder, die besser verborgen blieben, treten unabweislich vors Auge.
Auch Wegweiser haben sie, diese Straßen, und Brücken und Parkstreifen. Mautstrecken haben sie und Kreuzungen.
Und gerade an diesen Kreuzungen, wo die Massen der Toten beim Überqueren einander durchdringen, schwappt diese verbotene Verkehrsader am ehesten über – in unsere Welt hinein. Äußerst dicht ist der Verkehr an den Knotenpunkten, und die Stimmen der Toten sind so schrill wie nirgends sonst. Hier sind die Trennwände zwischen der einen Wirklichkeit und der dahinter liegenden vom Vorbeiziehen unzähliger Füße ausgehöhlt.
Eine derartige Kreuzung auf der Transitstrecke der Toten befand sich Tollington Place 65. Ein einzelstehendes Haus mit Backsteinfassade – imitiertes achtzehntes Jahrhundert – an der Nummer 65 war wirklich nichts Auffallendes. Das alte,

unscheinbare Gebäude war der billigen Pracht, die es einst für sich beansprucht hatte, längst entkleidet und schon seit über zehn Jahren unbewohnt.

Nicht aufsteigende Feuchte hatte die Bewohner aus Nummer 65 vertrieben, nicht die Fäulnis in den Kellern oder das Absinken der Grundmauern, wodurch sich in der Front des Hauses ein Spalt geöffnet hatte, der von der Türschwelle bis zur Dachrinne verlief, sondern das Getöse des Durchgangsverkehrs. Im oberen Stockwerk verebbte der Lärm niemals. Er trieb Risse in den Stuck der Wände und ließ das Gebälk sich verziehen. Er rüttelte an den Fenstern. Er rüttelte auch an den Nerven. Tollington Place 65 war ein Spukhaus, und keiner konnte sich lang drin behaupten, ohne allmählich verrückt zu werden.

Irgendwann in seiner Geschichte war in diesem Haus etwas Gräßliches vorgefallen. Keiner wußte zu sagen, wann oder was. Aber selbst für den unerfahrenen Beobachter war die bedrückende Atmosphäre des Hauses, besonders des oberen Stockwerks, ganz unverkennbar. An Blut erinnerte und Blut verhieß irgend etwas in der Luft von Nummer 65, ein Geruch, der sich in den Nebenhöhlen einnistete und auch den stärksten Magen umdrehte. Das Gebäude und sein Inventar wurden vom Ungeziefer, von den Vögeln, sogar von den Fliegen gemieden. Keine Assel kroch in der Küche, kein Spatz nistete im Speicher. Gleichgültig, welche Gewalttat hier verübt worden war, sie hatte das Haus aufgebrochen, so wie ein Messer einen Fischbauch aufschlitzt; und aus diesem Einschnitt, dieser Wunde im Diesseits, meldeten die Toten sich zu Wort und traten ans Licht.

So jedenfalls ging das Gerücht...

Die Untersuchungen in Tollington Place 65 gingen in die dritte Woche, drei Wochen eines nie dagewesenen Erfolges auf dem Gebiet des Übersinnlichen. Das Institut für Parapsychologie der Universität Essex hatte einen Zwanzigjährigen namens Simon McNeal, ein unbeschriebenes Blatt auf diesem Gebiet, als Medium eingesetzt und dabei nahezu zweifelsfreies Beweismaterial für ein Leben nach dem Tode festhalten können.

Im obersten Zimmer des Hauses, einem erschreckend engen, schlauchförmigen Gelaß, hatte der junge McNeal allem Anschein nach die Toten herbeizitiert, und auf seine Veranlassung hin hatten sie ausführlich Zeugnis von ihren Besuchen abgelegt, indem sie mit hunderterlei Handschriften die fahlen ockerfarbenen Wände beschrieben. Anscheinend schrieben sie, was immer ihnen gerade einfiel. Ihren Namen natürlich und ihr Geburts- und Sterbedatum. Erinnerungsfetzen und Segenswünsche für ihre noch lebenden Nachkommen, merkwürdige unvollständige Sätze, die auf gegenwärtige Qualen hinwiesen und verlorene Freuden betrauerten. Manche Handschriften waren unbedarft und häßlich, manche zierlich geschwungen und weiblich. Obszöne Zeichnungen und halbfertige Witze standen neben romantischen Gedichtzeilen. Eine grob hingekritzelte Rose. Kästchen vom »Schiffe versenken«. Eine Einkaufsliste.

Berühmtheiten waren zu dieser Klagemauer gekommen – Mussolini etwa, John Lennon und Janis Joplin –, aber auch Namenlose, Vergessene hatten sich neben den Großen eingetragen. Das Ganze glich einem Anwesenheitsappell unter den Toten, und er nahm mit jedem Tag an Umfang zu, als habe die Mundpropaganda unter den verlorenen Horden um sich gegriffen und sie aus dem Schweigen herausgelockt, damit sie in diesem armseligen Zimmer ein Zeichen ihrer geheiligten Gegenwart hinterließen.

Nach einem arbeitsreichen Leben auf dem Feld psychologischer Forschung war Doktor Florescu mit den harten Tatsachen des Mißerfolges wohlvertraut. Es hatte schon fast wieder etwas Angenehmes, sich praktisch mit der Gewißheit zufriedenzugeben, daß sich greifbare Beweise niemals einstellen würden. Jetzt, da sie sich einem plötzlichen und sensationellen Erfolg gegenübersah, war sie freudig erregt und verwirrt zugleich.
Sie saß wie schon die ganzen drei unglaublichen Wochen im größten Zimmer des mittleren Stockwerks, eine Treppe tiefer als das Schreibe-Zimmer, und lauschte mit einer Art Ehrfurcht dem tumultartigen Lärm aus dem Obergeschoß; sie wagte kaum zu glauben, daß es ihr erlaubt war, Zeuge dieses Wunders zu sein. Winzige Brocken hatte man schon vorher aufgeschnappt, eher quälend halbgewisse Andeutungen von Stimmen aus einer anderen Welt, aber dies war das erste Mal, daß jener Bereich mit Nachdruck Gehör verlangte.
Im Stockwerk über ihr hörte der Lärm auf.
Mary sah auf die Uhr: Es war sechs Uhr siebzehn abends.
Aus irgendeinem den Besuchern wohlbekannten Grund hielt die Verbindung nie viel länger an als bis sechs. Mary wollte noch bis halb sieben warten und dann raufgehen. Wie's wohl diesmal abgelaufen war? Wer wohl heute alles in dieses schäbige Zimmer gekommen war, um seine Zeichen zu hinterlassen?
»Soll ich die Kameras aufbauen?« fragte Reg Fuller, ihr Assistent.
»Bitte«, murmelte sie, ganz verwirrt vor Erwartung.
»Bin gespannt, was heute dabei rauskommt.«

»Geben wir ihm noch zehn Minuten!«

»Gut.«

Oben ließ sich McNeal in die Ecke des Zimmers fallen und betrachtete die Oktobersonne durch das winzige Fenster. Er fühlte sich ein bißchen eingesperrt, so ganz allein an diesem verdammten Ort, aber er lächelte noch immer vor sich hin, jenes schwache, leicht verklärte Lächeln, das selbst das wissenschaftlichste Herz zum Schmelzen brachte – besonders das von Doktor Florescu. O ja, die Frau war betört von seinem Lächeln, seinen Augen, dem verlorenen Gesichtsausdruck, den er für sie parat hatte...

Es war ein schönes Spiel.

Wirklich, anfangs war es nichts anderes gewesen – nur ein Spiel. Jetzt wußte Simon, daß sie um größere Einsätze spielten; was wie eine Art Lügendetektor-Test angefangen hatte, hatte sich in einen durchaus ernsthaften Wettstreit verwandelt: McNeal gegen die Wahrheit. Die Wahrheit war einfach: Er war ein Schwindler. Er selbst schrieb mit winzigen Bleistiftminenstummeln, die er unter seiner Zunge verbarg, all diese »Geisterschriften« an die Wand. Er polterte laut und schlug um sich und schrie aus keinem anderen Anlaß, als dem blanken Vergnügen an diesem Unfug: Und die unbekannten Namen, die er niederschrieb? Er mußte lachen, wenn er nur daran dachte: Die Namen hatte er aus dem Telefonbuch.

Ja, es war wirklich ein schönes Spiel.

Sie versprach ihm so viel, sie köderte ihn mit Ruhm und bestärkte ihn in jeder Lüge, die er sich ausdachte. Sie verhieß ihm Reichtum, umschwärmte Auftritte im Fernsehen, ein Hofiertwerden, wie er es noch nie gekannt hatte. Solange er die Geister zum Vorschein brächte.

Wieder lächelte er sein Lächeln. Sie nannte ihn ihren Mittler:

einen unschuldigen Überbringer von Botschaften. Bald würde sie hier sein, die Augen auf seinem Körper, während er mit tränenerstickter Stimme ihre rührende Aufregung über eine neue Serie hingekritzelter Namen und Unsinnsworte untermalte.

Er hatte es gern, sich nackt oder fast nackt von ihr betrachten zu lassen. Sämtliche Sitzungen liefen so ab, daß er nur eine kurze Unterhose anhatte, um irgendwelche verborgenen Hilfsmittel auszuschließen. Eine lächerliche Vorsichtsmaßnahme. Alles, was er brauchte, waren lediglich die Minenstummel unter seiner Zunge – sowie genügend Energie, um sich eine halbe Stunde lang auszutoben und sich dabei die Seele aus dem Leib zu schreien.

Er schwitzte. Die Furche seines Brustbeins glänzte vor Nässe, das Haar klebte an seiner bleichen Stirn. Heute war es eine ziemliche Knochenarbeit gewesen. Er freute sich darauf, bald hier rauszukommen, sich gründlich zu waschen und sich eine Zeitlang in Bewunderung zu sonnen. Der Mittler schob die Hand in seine Unterhose und spielte träge an sich herum. Irgendwo im Zimmer saß eine Fliege in der Falle – womöglich waren es mehrere. Für Fliegen eigentlich zu spät im Jahr, aber er konnte sie irgendwo in der Nähe hören. Sie surrten und rasten gegen das Fenster oder um die Glühbirne. Er hörte ihre winzigen Fliegenstimmen, aber er kümmerte sich nicht weiter darum, war zu sehr von seinen Gedanken an das Spiel in Anspruch genommen und vom reinen Wohlgefühl, sich selbst zu streicheln.

Wie sie surrten, diese harmlosen Insektenstimmen, surrten und sangen und klagten. Wie sie klagten.

Mary Florescu trommelte mit den Fingern auf den Tisch. Ihr Ehering saß heute lose, sie spürte, wie er sich mit dem Klopfrhythmus bewegte. Manchmal saß er fest, manchmal lose: eines dieser kleinen Geheimnisse, die sie nie genau analysiert, sondern einfach hingenommen hatte. Heute saß er sogar sehr lose: Schon glitt er ihr fast vom Finger. Sie dachte an Allans Gesicht. Allans liebes Gesicht. Durch ihren Ehering hindurch sah sie es wie tief unten in einem Schacht aufscheinen. Sollte sie sich seinen Tod so ausmalen: daß es ihn hinweggetragen hatte und immer weiter wegtrug, einen Schacht hinab tief in die Finsternis? Sie schob den Ring zurück, damit er besser hielt. Durch die Kuppen des Zeigefingers und des Daumens spürte sie beinahe den säuerlichen Geschmack des Metalls auf ihrer Zunge, als sie es berührte. Eine merkwürdige Empfindung, eine Art Sinnestäuschung.

Um die Bitterkeit wegzuspülen, dachte sie an den Jungen. Wie von selbst tauchte sein Gesicht auf, ganz wie von selbst, und überströmte ihr Bewußtsein mit seinem Lächeln und seiner noch nicht männlichen unaufdringlichen Körperlichkeit. Wie bei einem Mädchen, wirklich – seine Rundungen, die frische Reinheit seiner Haut – die Unschuld.

Noch immer spielten ihre Finger mit dem Ring, und die säuerliche Geschmacksempfindung verstärkte sich. Sie blickte auf. Fuller machte die Apparate betriebsfertig. Um seinen schon leicht kahlen Kopf flimmerte und wogte die Aura eines fahlen grünen Scheins.

Plötzlich wurde ihr schwindlig.

Fuller sah nichts und hörte nichts. Er war, den Kopf über die Kameras gebeugt, ganz in seine Arbeit vertieft. Mary starrte ihn immer noch an, sah den Lichthof um ihn, spürte, wie fremdartige Empfindungen in ihr aufstiegen und sie durchschauerten. Plötzlich schien die Luft zu leben: Die nackten Moleküle des Sauerstoffs, Wasserstoffs, Stickstoffs umdrängten sie in vertraulicher Umarmung. Die Aura um Fullers Kopf erweiterte sich, ihre Strahlen vervielfältigten sich in jedem Gegenstand des Zimmers. Auch die abnorme Empfindungsfähigkeit ihrer Fingerspitzen erweiterte sich. Sie konnte beim Ausatmen die Farbe ihres Atems sehen: ein pink-orangefarbener zauberischer Schimmer in der sprudelnden Luft. Sie konnte ganz deutlich die Stimme ihres Schreibtisches, an dem sie saß, hören, das verhaltene Jammern seiner kompakten Gegenwart.

Die Welt tat sich auf, stürzte Marys Sinne in einen Taumel und ließ sie regellos die Funktionen vertauschen. Mit einemmal war sie fähig, die Welt als System zu begreifen, nicht als politisches oder religiöses, sondern als System der Sinne: ein System, das das lebende Fleisch genauso einschloß wie das träge Holz ihres Schreibtisches und das schale Gold ihres Eherings.

Und mehr noch. Mehr als Holz und Gold. Der Spalt, der zu jener Verkehrsader führte, klaffte auf. Im Kopf hörte sie Stimmen, die aus keinem lebenden Mund kamen.

Sie blickte nach oben, oder genauer: irgendeine Macht riß ihr gewaltsam den Kopf zurück, so daß sie plötzlich zur Decke hinaufschaute. Die war von Würmern bedeckt. Nein, das war unsinnig! Aber die Decke schien lebendig zu sein, ein Madenleben zu führen – sie pulsierte, tanzte.

Sie konnte den Jungen durch die Decke hindurch sehen. Er saß auf dem Boden und hielt sein aufgerichtetes Glied in der Hand. Sein Kopf war zurückgeworfen wie ihrer. Er war hingegeben an seinen Taumel wie sie. Ihr neues Sehvermögen nahm das zuckende Licht in und um seinen Körper wahr – es umkreiste die Leidenschaft, die in seinen Eingeweiden saß, und seinen Kopf, der vor Wollust zerschmolz.

Und eine ganz andere Einsicht erschloß sich ihr, die Verlogenheit, die in ihm steckte, das Fehlen jeglicher Begabung genau dort, wo sie etwas Wunderbares vermutet hatte. Er hatte gar nicht die Macht, mit Geistern in Verbindung zu treten, und er hatte sie auch nie gehabt, das sah sie nun ganz genau. Er war ein kleiner Lügner, ein Lügenbubi, ein süßer, blasser Lügenbubi ohne das Gefühl oder die Einsicht zu begreifen, was er zu tun gewagt hatte.

Jetzt war das Maß voll. Die Lügen waren ausgesprochen, die Tricks waren durchgespielt, und die Menschen auf der Verkehrsader, über den Tod hinaus gekränkt über diese Verfälschung und Verspottung, schwirrten um den Spalt in der Wand und forderten Genugtuung.

Diesen Spalt hatte *sie* geöffnet: *Sie* hatte ahnungslos an ihm herumgefingert und -gefummelt und ihn langsam aufklaffen lassen. Ihr Verlangen nach dem Jungen hatte das bewirkt: Ihr endloses An-ihn-denken, ihre Frustration, ihre Geilheit und ihr Ekel vor dieser Geilheit hatten den Spalt immer weiter auseinandergezogen. Von allen Kräften, die das System erfahrbar machten, waren die Liebe und mit ihr verschwistert die Leidenschaft und wiederum mit beiden verschwistert der Verlust die mächtigsten. Und sie, war sie nicht die Verkörperung von allen dreien? Sie liebte, und sie begehrte, und sie spürte überdeutlich die Vergeblichkeit von beidem. Sie war gänzlich verstrickt gewesen in eine Höllenqual des Gefühls, die sie vor sich verleugnet hatte, weil sie glaubte, den Jungen einfach nur als ihren Mittler zu lieben.

Das stimmte nicht! Das stimmte nicht! Sie wollte ihn haben, wollte ihn *jetzt* haben, tief in ihr. Nur, daß es jetzt zu spät war. Der Verkehr ließ sich nicht mehr verleugnen: Er forderte, ja er *forderte* freien Zugang zu diesem kleinen Luder.

Sie war gänzlich unfähig, das zu verhindern. Nur einen winzigen grauenerfüllten Seufzer brachte sie noch zustande, als sie sah, wie sich die Verkehrsader weit vor ihr auseinanderfaltete, und sie begriff, daß das keine alltägliche Kreuzung war, an der sie standen.
Fuller hörte den Laut.
»Frau Doktor?« Er schaute von seinen Apparaten auf, und sein Gesicht, von einem blauen Licht übergossen, das sie aus den Augenwinkeln erkennen konnte, hatte einen prüfenden Ausdruck angenommen. »Haben Sie was gesagt?« fragte er.
Mit einem Völlegefühl im Magen dachte sie daran, wie das hier unweigerlich enden mußte.
Die Äthergesichter der Toten waren ganz deutlich vor ihr. Sie konnte die Tiefe ihres Leids sehen, und sie konnte Mitgefühl empfinden für ihre hörbare Qual.
Sie sah deutlich, daß die Bahnen, die sich am Tollington Place kreuzten, keine alltäglichen Durchgangsstraßen waren. Was sie da erblickte, war nicht der sorglose, dahintrödelnde Verkehr der üblichen Toten. Nein, dieses Haus führte zu einer Strecke, die nur von den Opfern und den Vollstreckern der Gewalt beschritten wurde: den Männern, den Frauen, den Kindern, die unter all jenen Qualen gestorben waren, die auszudenken ein menschliches Hirn überhaupt in der Lage war, und in deren Bewußtsein die Umstände ihres Todes unauslöschlich eingebrannt waren. Beredsamer als alle Worte verkündeten ihre Augen die Höllenschmerzen, und ihre Geisterkörper waren noch von den Wunden gezeichnet, an denen sie gestorben waren. Auch konnte sie im zwanglosen Nebeneinander mit den Unschuldigen deren Schlächter und Folterer erblicken. Diese Ungeheuer, diese rasenden, geistesverwirrten Blutvergießer lugten herüber ins Diesseits: beispiellose Kreaturen, nicht

auszusprechende, verbotene Mirakel unserer Gattung, schnatterten und heulten ihr irres Kauderwelsch.
Jetzt bemerkte sie der Junge über ihr. Sie sah, wie er sich in dem stillen Zimmer leicht umwandte; er begriff, daß die Stimmen, die er hörte, keine Fliegenstimmen, daß die Klagen keine Insektenklagen waren. Plötzlich war ihm klar, daß er in einer winzigen Ecke der Welt gelebt hatte, und daß alles Übrige, die Dritte, Vierte und Fünfte Welt gegen seinen Rücken anbrandeten, voller Freßgier und unwiderruflich. Der Anblick seines Entsetzens teilte sich ihr auch als Geruch und Geschmack mit. Ja, sie schmeckte ihn, wie sie es sich immer ersehnt hatte, aber nicht ein Kuß vermählte ihre Sinne, sondern sein wachsendes Entsetzen. Es ergriff von ihr Besitz. Ihr Einfühlungsvermögen war allumfassend. Der angsterfüllte Blick war ihrer so gut wie seiner, ihre ausgedörrten Kehlen schnarrten dasselbe kleine Wort:
»Bitte!«
Das das Kind lernt.
»Bitte!«
Das Zuwendung und Geschenke bringt.
»Bitte!«
Das selbst die Toten, ja doch, selbst die Toten kennen und befolgen müssen.
Heute würde dergleichen Pardon nicht gegeben, das wußte sie sicher. Diese kummervollen Geister waren auf der Transitstrecke in Verzweiflung gealtert, mußten sie doch die Wunden, mit denen sie gestorben waren, weiter tragen, und die Raserei, die sie zu Schlächtern gemacht hatte. Sie hatten seinen Leichtsinn erduldet und seine Unverfrorenheit, all den albernen Schnickschnack, seine Pfuschereien, die ihr Martyrium zum Spiel heruntermachten. Sie wollten die Wahrheit verkünden.

Fuller starrte sie aus der Nähe an, und sein Gesicht schwamm jetzt in einem Meer aus pulsierendem orangefarbenem Licht. Sie spürte seine Hände auf ihrer Haut. Sie schmeckten nach Essig.

»Geht es Ihnen nicht gut?« fragte er mit einem Atem wie aus Eisen.

Sie schüttelte den Kopf.

Nein, es ging ihr nicht gut, nichts ging gut.

Mit jeder Sekunde klaffte der Spalt weiter auf: Durch ihn konnte sie einen anderen Himmel sehen, das schieferfarbene Firmament, das finster drohend die Transitstrecke überwölbte und die vordergründige Wirklichkeit des Hauses erdrückte.

»Bitte«, sagte sie und verdrehte die Augen hinauf zur Decke, deren Substanz sich auflöste.

Weiter auf. Und noch weiter.

Die zerbrechliche Welt, in der sie lebte, geriet bis zum Bersten unter Druck. Plötzlich zerbrach sie wie ein Damm, und die schwarzen Fluten strömten herein und überschwemmten das Zimmer.

Fuller wußte, daß irgendwas nicht in Ordnung war (das zeigte sich an der Farbe seiner Lichtaura, an der jähen Angst), aber er begriff nicht, was los war. Sie fühlte, daß ein Schauer über seinen Rücken lief; sie sah, wie sein Gehirn sich im Wirbel drehte.

»Was geht hier vor?« sagte er. Die rührende Dringlichkeit dieser Frage brachte sie fast zum Lachen.

Eine Treppe höher im Schreibe-Zimmer zerschellte der Wasserkrug.

Fuller wandte sich von ihr ab und rannte zur Tür. Aber während er sich dieser näherte, wurde sie von einem Rütteln und Beben geschüttelt, als schlüge die ganze Höllenbrut von

der anderen Seite dagegen. Der Türgriff rotierte und rotierte. Der Lack warf Blasen. Der Schlüssel erstrahlte in Rotglut.
Fuller wandte sich um. Doktor Florescu verharrte noch immer in dieser absonderlichen Haltung, den Kopf im Nacken, die Augen aufgerissen.
Er streckte die Hand nach dem Griff aus, aber die Tür öffnete sich, noch ehe er ihn berühren konnte. Der Korridor dahinter war völlig verschwunden. Das vertraute Interieur war der bis zum Horizont reichenden Aussicht auf die Hauptverkehrsader gewichen. Der Anblick tötete Fuller auf der Stelle. Dieses Panorama überstieg das Fassungsvermögen seines Bewußtseins – einer solchen Überbelastung, die jeden einzelnen Nerv durchzuckte, war er nicht gewachsen. Sein Herz stand still; ein totaler Umschwung zerstörte die Ordnung seines Organismus; die Blase hielt nichts mehr, das Gedärm hielt nichts mehr, die Glieder erbebten und fielen in sich zusammen. Als er zu Boden sank, begann sein Gesicht Blasen zu werfen wie die Tür, und sein Leichnam wurde durchgerüttelt wie sie. Schon war er tote Materie: für diese Schmach so tauglich wie Holz oder Stahl.
Irgendwo weiter östlich schloß sich seine Seele dem schmerzensreichen Verkehrsstrom auf seinem Weg zur Kreuzung an, auf der er einen Augenblick zuvor gestorben war.
Mary Florescu wußte, daß sie allein war. Über ihr wand sich kreischend der wunderbare Junge, ihr schönes betrügerisches Kind, während die Toten rachsüchtig ihre Hände auf seine unverbrauchte Haut losließen. Sie kannte ihre Absicht: Sie konnte sie in ihren Augen sehen – es war nichts Befremdliches daran. Jede Geschichtsschreibung kannte in ihrer Überlieferung diese besondere Marter. Er sollte zur Aufzeichnung ihrer Botschaften an die Nachwelt dienen. Er sollte ihr Schriftträger, ihr Buch, das Gefäß ihrer Lebensbeichten sein. Ein Blutbuch.

Ein Buch aus Blut. Ein Buch, in Blut geschrieben. Sie dachte an die unentzifferbaren Schriftstücke, die aus toter Menschenhaut gefertigt worden waren: Sie hatte sie gesehen und berührt. Sie dachte an die Tätowierungen, die sie gesehen hatte: Bei Monsterschauen bekommt man manche zu Gesicht, andere einfach auf der Straße bei entblößten Arbeitern, die quer über den Rücken eine Nachricht an ihre Mutter eingestochen tragen. Ein Buch des Blutes schreiben, dafür gab's sehr wohl Belege.

Aber auf diese Haut, auf diese schimmernde Haut – mein Gott, darin lag das Verbrecherische. Er schrie, als die marternden Glasnadeln des zersplitterten Kruges gegen sein Fleisch schnellten und es aufbrachen. Sie fühlte seine Höllenqualen, als wären es ihre gewesen, und gar so schrecklich waren sie nicht...

Doch er schrie. Und wehrte sich und überschüttete seine Angreifer mit obszönen Verwünschungen. Sie blieben ungerührt. In Schwärmen umdrängten sie ihn, taub gegen alles Bitten oder Flehen, und bearbeiteten ihn mit dem Übereifer von Kreaturen, die zu lange zum Schweigen verurteilt waren. Mary lauschte dem allmählich schwächer werdenden Gejammer seiner Stimme, und sie wehrte sich gegen die lähmende Angst in ihren Gliedern. Sie fühlte, daß sie irgendwie in das Zimmer hinaufgelangen müsse. Gleichgültig, was hinter der Tür oder auf der Stiege war, er brauchte sie, und nur das zählte. Sie erhob sich und spürte, wie ihr das Haar vom Kopf hochwirbelte und wie die Schlangensträhnen der Gorgo Medusa abstand. Die Wirklichkeit verschwamm – ein Boden unter ihr war kaum auszumachen. Die Dielen des Hauses waren aus Geisterholz, und darunter brandete gähnend siedende Finsternis gegen sie an. Sie sah zur Tür und war unablässig von einer

stumpfen Schläfrigkeit befangen, die sich so schwer abschütteln ließ.
Offensichtlich wollten sie sie da oben nicht haben. Möglicherweise, dachte sie, fürchten sie mich sogar ein wenig. Diese Vorstellung gab ihr Entschlußkraft; warum sonst hatten sie's drauf abgesehen, sie einzuschüchtern, wenn ihnen nicht ihre bloße Anwesenheit, da sie nun einmal dieses Loch im Diesseits aufgetan hatte, bedrohlich war?
Die blasenüberzogene Tür stand offen. Dahinter war die Wirklichkeit des Hauses gänzlich dem heulenden Chaos der Verkehrsader gewichen. Sie trat hinaus und konzentrierte sich ganz auf den Weg; ihr Füße berührten immer noch festen Boden, auch wenn ihre Augen ihn nicht mehr ausmachen konnten. Der Himmel über ihr war preußisch-blau, die Straße war breit und windig, auf beiden Seiten drängten sich die Toten. Sie kämpfte sich voran wie durch eine lebende Menschenmasse, während die glotzenden, verblödeten Gesichter den Eindringling voller Haß anstarrten.
Jetzt war's aus mit dem »Bitte«. Sie sagte nichts mehr; knirschte nur mit den Zähnen, vermied es, die Verkehrsader anzusehen, soweit es eben ging, und zwang ihre Füße auf der Suche nach der Treppe, von der sie wußte, daß sie da war, vorwärts. Sie strauchelte, als sie daranstieß, und ein Geheul stieg auf aus der Menge. Sie hätte nicht sagen können, ob sie über ihre Unbeholfenheit lachten oder Alarm schlugen, weil sie bereits so weit gekommen war.
Erste Stufe. Zweite Stufe. Dritte Stufe.
Obwohl von allen Seiten an ihr gezerrt wurde, setzte sie sich allmählich gegen die Menge durch. Droben, durch die Zimmertür hindurch konnte sie sehen, wie ihr kleiner Schwindler hingestreckt unter dem Schwarm seiner Angreifer in der Ecke

lag. Seine Unterhose hing um die Fußgelenke: Die Szene hatte etwas von einer Vergewaltigung. Er schrie nicht mehr, aber sein Blick war verstört vor Entsetzen und Qual. Wenigstens lebte er noch. Die natürliche Flexibilität seines jungen Bewußtseins hatte sich halbwegs mit dem Schauspiel, das sich vor ihm auftat, abgefunden.

Plötzlich riß es ihm den Kopf herum, und er schaute sie an, direkt durch die Tür. In dieser Grenzsituation brachte er eine echte Begabung zutage, nur einen Bruchteil von der Marys, aber hinreichend, um mit ihr in Verbindung zu treten. Ihre Blicke begegneten sich. In einem See aus blauer Finsternis, ringsum eingesäumt von Vertretern einer Welt, die sie weder kannten noch begriffen, begegneten sich ihre glühenden Herzen und schmolzen ineinander.

»Es tut mir leid«, sagte er leise. Es war unendlich bejammernswürdig. »Es tut mir leid. Es tut mir leid.« Er sah weg, sein Blick riß sich von ihrem los.

Sie war sicher, daß sie fast auf der obersten Stufe sein mußte, wenngleich ihre Füße dem Augenschein nach nur auf Luft traten und sie die Gesichter der Reisenden von oben, von unten und von beiden Seiten umstarrten. Aber ganz vage konnte sie den Umriß der Tür, die Dielen und das Gebälk des Zimmers sehen, in dem Simon lag. Er war jetzt von Kopf bis Fuß eine einzige blutige Masse. Sie konnte die Zeichen, die Hieroglyphen, auf jedem Zentimeter seines Leibes, seines Gesichts, seiner Glieder sehen. Einen Moment lang schien er blitzartig in eine halbwegs klare Perspektive zu rücken, und sie konnte ihn in dem leeren Zimmer sehen; die Sonne schien durchs Fenster, und der zersplitterte Krug lag neben ihm. Aber dann versackte ihre Konzentration wieder, und sie sah die unsichtbare Welt sichtbar werden. Er war wieder aufgehängt in der Luft, während sie ihn von allen Seiten beschrieben, ihm die Kopf- und Körperhaare ausrissen, um die Schreibfläche zu säubern; und sie schrieben in seine Achselhöhlen, sie schrieben auf seine Augenlider, sie schrieben auf sein Geschlecht, in die Furche seiner Hinterbacken, auf seine Fußsohlen.

Beiden Sehweisen waren lediglich die Wunden gemeinsam. Ob sie ihn nun von den Schreibenden bedrängt oder allein im Zimmer sah, er blutete unaufhörlich.

Jetzt hatte sie die Tür erreicht. Sie streckte ihre zitternde Hand aus, um den Griff in seiner kompakten Wirklichkeit zu berühren, aber selbst unter Aufwendung all ihrer Konzentrationsfähigkeit nahm dieser keine klareren Konturen an. Nur auf ein Geisterbild konnte sie ihre Aufmerksamkeit richten, doch das genügte. Sie packte den Griff, drückte ihn nieder und riß die Tür des Schreibe-Zimmers auf.

Er war da, direkt vor ihr. Nicht mehr als zwei, drei Meter von Besessenheit geschwängerter Luft trennten sie. Wieder schauten sie sich in die Augen, und ein vielsagender Blick, wie er in der Welt der Lebenden genauso verstanden wird wie in der der Toten, ging vom einen zum anderen. Mitleid war in diesem Blick und Liebe. Die vorgetäuschten Tatsachen schwanden dahin, die Lügen zerfielen zu Staub. An Stelle des kalt dosierten Gelächels des Jungen trat eine sanfte Warmherzigkeit – die sich in ihrem Gesicht widerspiegelte.

Und die Toten drehten, verängstigt vor diesem Anblick, die Köpfe weg. Ihre Gesichter spannten sich, als würde die Haut bis zum Zerreißen über die Knochen gezogen. Blutergußfarben verfinsterte sich ihr Fleisch, ihre Stimmen wurden melancholisch angesichts der bevorstehenden Niederlage.

Sie streckte die Hand aus, um ihn zu berühren, und sie mußte sich nicht mehr gegen die Horden der Toten wehren; allseits

fielen sie ab von ihrer Beute wie sterbende Fliegen, die vom Fenster purzeln.
Sie berührte ihn zart im Gesicht. Ihn berühren hieß ihn segnen. Tränen füllten seine Augen und liefen seine aufgeritzten Wangen hinab, vermischten sich mit dem Blut.
Die Toten hatten jetzt keine Stimmen mehr, nicht einmal Münder. Sie verloren sich entlang der Verkehrsader, und ihre Bosheit fiel der Verdammnis anheim.
Schicht um Schicht gewann das Zimmer allmählich seine vertraute Gegenständlichkeit zurück. Die Bodenbretter wurden unter seinem vom Schluchzen geschüttelten Körper sichtbar, jeder Nagel, jede befleckte Diele. Die Fenster traten klar ins Bild, und draußen hörte man Kindergeschrei auf der dämmerigen Straße. Der Transitweg hatte sich dem lebenden Menschenauge vollständig entzogen. Seine Reisenden hatten ihr Gesicht der Finsternis zugewandt und waren hingeschwunden ins Vergessen; nur ihre Zeichen und Talismane hatten sie in der greifbaren Welt zurückgelassen.
Auf dem mittleren Treppenabsatz der Nummer 65 wurde der qualmende und blasenübersäte Körper Reg Fullers achtlos von den Füßen der Reisenden durchschritten, wenn sie die Kreuzung überquerten. In dem Gewühl kam schließlich auch Fullers eigene Seele vorbei und schaute hinunter auf das Fleisch, das ihn einst beherbergt hatte, dann drängten ihn die Massen weiter seiner Verurteilung entgegen.
Einen Stock höher kniete im dunkel werdenden Zimmer Mary Florescu neben dem kleinen McNeal und streichelte seinen blutbesudelten Kopf. Sie wollte erst aus dem Haus gehen, um Hilfe zu holen, wenn sie völlig sicher war, daß seine Schinder nicht zurückkehren würden. Ganz still war es, bis auf das Summen eines Jets, der sich in der Stratosphäre seinen Weg

Richtung Sonnenaufgang bahnte. Sogar der Atem des Jungen ging nun ruhiger und gleichmäßig. Keine Lichtaura umstrahlte ihn. Alle Sinne arbeiteten normal. Gesicht. Gehör, Tastsinn. Der Tastsinn.

Sie berührte ihn jetzt, wie sie es nie zuvor gewagt hatte, strich mit den Fingerspitzen ganz, ganz leicht über seinen Körper, ließ ihre Finger über die von Erhebungen aufgerauhte Haut gleiten wie eine Blinde beim Lesen der Blindenschrift. Jeder Millimeter seines Körpers war in vielen Handschriften mit winzig kleinen Wörtern bedeckt. Selbst unter dem Blut konnte sie die peinlich genauen Linien, die die Wörter in ihn geritzt hatten, wahrnehmen. Sie konnte sogar beim verdämmernden Licht gelegentlich einen Satz lesen. So war es ohne den leisesten Zweifel, und sie wünschte, mein Gott, sie wünschte so sehr, sie wäre nicht darauf gestoßen. Und doch, nach einem Leben bloßer Erwartung, hier war sie endlich: die Offenbarung des Lebens jenseits des Fleisches, ins Fleisch selbst geschrieben.

Der Junge würde überleben, soviel war sicher. Schon trocknete das Blut, heilten die abertausend Wunden. Immerhin war er gesund und stark: Er würde keinen schwerwiegenden körperlichen Schaden davontragen. Natürlich war seine Schönheit für immer dahin. Von jetzt an würde er bestenfalls Neugier erwekken und schlimmstenfalls Abscheu und Grausen hervorrufen. Aber sie würde ihn beschützen, und er würde mit der Zeit lernen, sie zu verstehen und ihr zu vertrauen. Unauflösbar waren ihre Herzen aneinandergebunden.

Und in absehbarer Zeit, wenn die Worte auf seinem Körper verschorft und vernarbt wären, würde sie ihn lesen. Mit grenzenloser Liebe und Geduld würde sie den Geschichten nachspüren, die die Toten auf ihm erzählt hatten.

Der Bericht auf seinem Unterleib, abgefaßt in zierlicher Kursivschrift. Die Lebensbeichte, die sich in gestochen eleganten Druckbuchstaben über Gesicht und Kopfhaut hinzog. Die Geschichte auf seinem Rücken und die auf seinem Schienbein, auf seinen Händen.

Sie würde sie alle lesen, alle veröffentlichen, noch die allerletzte Silbe, die unter ihren anbetenden Fingern aufglänzte und hervorsickerte, damit die Welt die Geschichten erführe, die die Toten erzählen.

Er war ein Blutbuch und sie sein einziger Übersetzer.

Mit Anbruch der Dunkelheit stellte sie ihre Wache ein und führte ihn, nackt, in die lindernde Nacht hinaus.

Und hier sind die ins Buch des Blutes geschriebenen Geschichten. Ertragreiche Lektüre, lieber Leser, wenn's beliebt!

Sie sind eine Karte jener dunklen Transitstrecke, die über den Bezirk des Lebens hinaus zu unbekannten Reisezielen führt. Wenige werden sich für sie entscheiden müssen. Die meisten werden friedlich lampenhelle Straßen entlanglaufen und aus ihrem Dasein hinausgebetet und hinauskaressiert werden. Aber eine kleine Schar, eine auserwählte kleine Schar wird vom kalten Grausen heimgesucht werden, weggerissen und fortgeschleppt auf die Transitstrecke der Verdammten.

Also dann ertragreiche Lektüre, lieber Leser!

Noch eins: Am besten macht man sich aufs Schlimmste gefaßt, und ratsam ist es, erst einmal die Gangart zu erlernen, ehe einem die Luft für immer wegbleibt.

Der Mitternachts-Fleischzug

NYC

Für Leon Kaufman war die Stadt keine unbekannte Größe mehr. Die Hochburg der Wonnen, so hatte er sie immer genannt in den Tagen seiner Unschuld. Aber da hatte er noch in Atlanta gewohnt, und New York war damals eine Art gelobtes Land gewesen, in dem alles nur Erdenkliche möglich war.

Jetzt wohnte Kaufman schon dreieinhalb Monate in der Stadt seiner Träume, und die Hochburg der Wonnen war augenscheinlich alles andere als wonnig.

War's wirklich nur ein gutes Vierteljahr her, seit er aus dem Port-Authority-Busbahnhof herausgetreten war und die 42. Straße Richtung Broadway-Kreuzung hinaufgeschaut hatte? Ganz schön kurz die Zeit für den Verlust so vieler lieb gehätschelter Illusionen.

Jetzt war ihm schon der bloße Gedanke an seine kindische Arglosigkeit peinlich. Er zuckte förmlich zusammen, wenn er sich dran erinnerte, wie er dagestanden und hinausposaunt hatte: »New York, ich liebe dich.«

Liebe? Nie und nimmer.

Allenfalls war's blinde Betörung gewesen.

Und jetzt, nach nur dreimonatigem Zusammenleben mit dem Gegenstand seiner Anbetung, nachdem er seine Tage und Nächte in ihrer Gegenwart zugebracht hatte, hatte die Stadt den Schmelz ihrer Vollkommenheit eingebüßt.

New York war eine Stadt wie jede andere.
Er hatte sie erwachen sehen, morgens, wie eine Schlampe, die sich die Ermordeten aus den Zwischenräumen ihrer Zähne und die Selbstmörder aus den Strähnen ihrer Haare pult. Er hatte sie spät nachts gesehen, wenn ihre schmutzigen abgelegenen Straßen schamlos dem Laster huldigten. Er hatte sie am heißen Nachmittag beobachtet, träg und widerwärtig, ungerührt von den Greuelszenen, die sich zu jeder Stunde im Würgestau ihrer Passagen abspielten.
Sie war keine Hochburg der Wonnen.
Tod brachte sie hervor, nicht Lust.
Jeder, mit dem er zu tun hatte, war irgendwie mit Gewalt in Berührung gekommen; das gehörte hier einfach zum Leben. Es war fast schon schick, jemand gekannt zu haben, der eines gewaltsamen Todes gestorben war. Das war wie ein Beweis dafür, daß man in dieser Stadt lebte.
Aber Kaufman hatte New York fast zwanzig Jahre lang aus der Ferne geliebt. Seit er erwachsen war, hatte er nahezu ausschließlich auf die Verwirklichung seiner Liebesbeziehung hingearbeitet. Es war demnach nicht einfach, diese Leidenschaft abzuschütteln, als ob er sie nie tief empfunden hätte. Noch gab es Stunden, ganz früh vor dem Einsetzen der Polizeisirenen oder bei Anbruch der Dämmerung, in denen Manhattan immer noch ein Wunder war.
Wegen dieser Augenblicke und seinen Träumen zuliebe legte er noch immer den vorhandenen Zweifel zu ihren Gunsten aus, selbst dann, wenn ihre Manieren alles andere als damenhaft waren.

Sie machte einem diese verzeihende Nachsicht nicht leicht. Während der wenigen Monate, seit Kaufman in New York lebte, waren ihre Straßen vom Blutvergießen geradezu überschwemmt worden.

Genaugenommen waren es nicht so sehr die Straßen selbst, sondern die Tunnelstrecken unter diesen Straßen.

»Schlachthaus U-Bahn« lautete das Schlagwort des Monats. Allein in der vorigen Woche war über drei Metzeleien berichtet worden. Man hatte die Leichen in einem der U-Bahn-Waggons der Linie Avenue of the Americas entdeckt; sie waren aufgeschnitten und teilweise ausgeweidet, ganz so, als wäre ein tüchtiger Schlächter bei seiner Arbeit unterbrochen worden. Das Blutbad war so durch und durch professionell, daß die Polizei jeden aktenkundigen Mann verhörte, der in seiner Vergangenheit irgendeine Verbindung zum Metzgergewerbe aufwies. Die Fleischverpackungsbetriebe im Hafengebiet standen unter Überwachung, die Schlachthäuser wurden fieberhaft nach Spuren untersucht. Die schnelle Ergreifung des Täters wurde in Aussicht gestellt, gelang aber nicht.

Dieses Leichentrio war nicht das erste, das man in einem solchen Zustand vorfand; genau an dem Tag, an dem Kaufman ankam, war in der »Times« eine Geschichte aufgetaucht, die noch immer den Gesprächsstoff für blutrünstigen Bürotratsch lieferte.

Es hieß, daß ein deutscher Tourist, der sich spät nachts im U-Bahn-System verirrt hatte, in einem Zug auf eine Leiche gestoßen war. Beim Opfer handelte es sich um eine gut gebaute, attraktive, dreißigjährige Frau aus Brooklyn. Vollkommen nackt; alles war ihr abgenommen worden. Jedes Fitzchen Kleidung, jegliches Stück Schmuck, sogar die Knopfclips an ihren Ohrläppchen.

Befremdlicher als die Entkleidung war aber, daß die Kleidungsstücke feinsäuberlich und penibel zusammengelegt in einzelne

Plastiktüten auf der Sitzbank neben der Leiche deponiert worden waren.
Das war nicht die Handschrift eines drauflosschneidenden Chaoten. Das hatte Stil und Methode: Ein Wahnsinniger mit ausgeprägtem Ordnungssinn steckte dahinter.
Und weiter: Noch befremdlicher als die sorgsame Zurschaustellung der Leiche war die grausige Besessenheit, mit der diese durchgeführt worden war. Den Pressemeldungen zufolge, wenn auch von der Kriminalbehörde nicht bestätigt, war der Körper aufs gründlichste rasiert worden. Jedes Haar war entfernt worden: vom Kopf, von der Schamgegend, aus den Achselhöhlen; alles geschoren und bis aufs Fleisch blankgeschabt. Selbst die Augenbrauen und Wimpern hatte man dem Opfer ausgezupft.
Und schließlich war dies Stück Fleisch nackter als nackt mit dem Kopf nach unten an einem der in der Dachwölbung des Waggons angebrachten Haltegriffe aufgehängt worden. Ein schwarzer, mit einer schwarzen Plastiktüte ausgeschlagener Plastikeimer war unter den Leichnam gestellt worden, um das ständig aus den Wunden strömende Blut aufzufangen.
In diesem Zustand, entblößt, rasiert, aufgehängt und praktisch kreidebleich ausgeblutet, hatte man den Körper von Loretta Dyer gefunden.
Es war ekelerregend, es war sauberste Arbeit, und es verwirrte zutiefst.
Keine Vergewaltigung hatte stattgefunden, und nichts ließ auf eine Schinderei schließen. Die Frau war schnell und zweckdienlich wie ein Schlachtvieh zu Tode gebracht worden. Und noch immer lief der Schlächter frei herum.
Die Stadtväter hatten, weise wie sie waren, eine vollständige Nachrichtensperre über das Gemetzel verordnet. Es hieß, daß

der Mann, der den Körper gefunden hatte, in New Jersey in Schutzhaft sei, außer Reichweite für neugierige Journalisten. Aber alles Vertuschen hatte nichts gefruchtet. Ein lüsterner Cop hatte die wichtigsten Einzelheiten gegenüber einem Reporter der »Times« durchsickern lassen. Jeder in New York kannte jetzt die scheußliche Geschichte von den Abschlachtungen. Sie war Gesprächsthema in jedem Delikatessenladen und jeder Bar und, selbstredend, in der U-Bahn.

Aber Loretta Dyer war nur die erste gewesen.

Nun war man unter genau den gleichen Umständen auf jene drei weiteren Leichen gestoßen, obwohl diesmal die Arbeit offensichtlich gestört worden war. Nicht alle drei Körper waren rasiert, auch die Schlagadern waren nicht durchtrennt, um die Leichen ausbluten zu lassen. Besonders augenfällig war aber folgender Unterschied: Kein ahnungsloser Tourist war zufällig mit dem Anblick konfrontiert worden, diesmal kündete ein Bericht in der »New York Times« von der Entdeckung.

Kaufman ging den Bericht durch, der auf der Titelseite der Zeitung abgedruckt war. Ihn interessierte die Geschichte, ganz im Unterschied zu dem Mann gleich neben ihm an der Theke des Delikatessenladens, nicht übermäßig. Er empfand lediglich ein leichtes Ekelgefühl, immerhin Grund genug, seinen Teller mit zu hart gekochten Eiern beiseite zu schieben. Das war einfach wieder ein Beleg für die morbide Verkommenheit seiner Stadt. Er konnte sich an ihrer Krankheit nicht weiden. Und doch – man war ja ein menschliches Wesen – ließen sich die bluttriefenden Details auf der Seite da vor ihm nicht ganz verdrängen. Der Artikel war ohne Effekthascherei geschrieben, aber die ungekünstelte Klarheit des Stils machte das Thema nur noch beängstigender. Auch er fragte sich unwillkürlich, welcher Mensch hinter den Abscheulichkeiten stecken mochte Lief da ein Psychotiker frei herum, oder waren es mehrere, von denen jeder versuchte, das ursprüngliche Mordmuster zu kopieren? Womöglich war dies nur der Anfang des Grauens. Vielleicht folgten weitere Morde, bis sich endlich der Mörder, übermütig oder ausgebrannt, doch zu weit vorwagen und gefaßt werden würde. Bis dahin würde die Stadt, Kaufmans angebetete Stadt, in einem eigenartigen Schwebezustand zwischen Hysterie und Hingerissensein leben.

Gleich neben Kaufman stieß ein bärtiger Mann seinen Kaffee um.

»Scheiße!« sagte er.

Kaufman rückte auf seinem Hocker zur Seite, um dem Kaffee auszuweichen, der von der Theke heruntertröpfelte.

»Scheiße«, sagte der Mann nochmals.

»Nix passiert«, sagte Kaufman.

Mit leicht verächtlichem Gesichtsausdruck sah er den Mann an. Der ungeschickte Kerl machte jetzt Anstalten, den Kaffee mit einer Serviette aufzusaugen, die bei diesem Versuch zu Pampe wurde.

Unwillkürlich fragte sich Kaufman, ob dieser Tölpel mit rosigen Backen und ungepflegtem Bart fähig wäre, einen Mord zu begehen. Gab's irgendein Zeichen in diesem vollgefressenen Gesicht, irgendeinen Hinweis in der Form seines Kopfes oder der Bewegung seiner kleinen Augen, die sein wahres Wesen verraten hätten?

Jetzt sagte er was.

»Mög'n Sie 'n neuen?«

Kaufman schüttelte den Kopf.

»Kaffee. 'n einfachen. Schwarz«, sagte der Blödmann zu dem Mädchen hinter der Theke, das gerade das kalte Fett aus dem Grill kratzte. Sie schaute auf.

»Hm?«
»Kaffee. Wohl schwerhörig?« Der Mann grinste Kaufman an.
»Schwerhörig«, sagte er.
Kaufman bemerkte, daß ihm im Unterkiefer drei Zähne fehlten.
»Sieht bös aus, eh?« sagte der Mann.
Was meinte er damit? Den vergossenen Kaffee? Seine Zahnlücken?
»Drei Leute, aufgeschlitzt. Einfach so.«
Kaufman nickte.
»Gibt einem zu denken«, sagte der andere.
»Logisch.«
»Schätze, da wird alles vertuscht, oder? Die wissen, wer's war.«
Lächerliches Geschwafel, dachte Kaufman. Er nahm seine Brille ab und steckte sie in die Tasche: Die Konturen des bärtigen Gesichts verschwammen. Wenigstens das war ein Fortschritt.
»Dreckskerle«, sagte der Mann. »Scheiß-Dreckskerle, die ganze Bande. Jede Wette, sag' ich Ihnen, daß hier was vertuscht wird.«
»Was denn?«
»Die haben Beweise, nur uns lassen sie beschissenerweise im dunkeln rumtappen. Irgendwas ist da am Werken, was Unmenschliches.«
Kaufman begriff. Der Blödmann wollte auf eine Verschwörungstheorie hinaus. Dergleichen hatte er sich schon oft anhören müssen: ein Allheilmittel.
»Schaun Sie, die klonen rum mit ihren Retorten, und dann gerät ihnen das Zeugs außer Kontrolle. Die könnten Wahnsinnsmonster züchten, weiß doch jeder. Irgendwas ist da

drunten am Werken, über das sie uns nichts sagen wollen. Sie vertuschen alles, meine Rede. Jede Wette, sag' ich Ihnen.«
Kaufman fand die Unbeirrbarkeit des Mannes gar nicht ohne. Monster auf der Pirsch. Sechs Köpfe, ein Dutzend Augen. Warum nicht?
Darum nicht. Das hätte seine Stadt von Schuld freigesprochen: Damit wäre sie aus der Klemme. Und Kaufman war zutiefst überzeugt, daß die Monster, auf die man in den U-Bahn-Tunnels stoßen würde, durch und durch menschlich waren.
Der Bärtige warf sein Geld auf die Theke, erhob sich und ließ seinen fetten Hintern vom fleckigen Plastikhocker gleiten.
»Wahrscheinlich so ein Scheiß-Cop«, sagte er und nahm Anlauf zu einem letzten Deutungsversuch: »Wollte 'nen Scheiß-Helden machen, is' aber 'n Scheiß-Monster dabei rausgekommen.« Er grinste verzerrt. »Jede Wette«, hängte er noch dran und stapfte ohne ein weiteres Wort schwerfällig hinaus.
Kaufman atmete langsam durch die Nase aus und spürte, wie die Anspannung in seinem Körper abebbte.
Er haßte solche Begegnungen, bei denen er sich sprachlich wie gelähmt und kraftlos fühlte. Und, weil er gerade daran dachte, er haßte diese Sorte Mensch: den rechthaberischen, sturen Rohling, eine typische Ausgeburt New Yorks.

Es ging auf sechs, als Mahogany erwachte. Der morgendliche Regen hatte sich mit Anbruch der Abenddämmerung in ein leichtes Nieseln verwandelt. Die Luft roch so rein, wie sie's in Manhattan allenfalls werden konnte. Er räkelte sich auf seinem Bett, warf die schmuddelige Decke ab und stand auf zur Arbeit. Vor dem Badezimmerfenster tropfte der Regen auf den Kasten der Klimaanlage, sein rhythmisches Geplätscher klang durch die ganze Wohnung. Mahogany schaltete den Fernseher ein, um das Geräusch zu übertönen; es war ihm völlig gleich, welches Progamm gerade lief.

Er ging zum Fenster. Sechs Stockwerke tiefer stauten sich in der Straße Verkehr und Menschen.

Nach harter Tagesarbeit war ganz New York auf dem Weg nach Hause: zum Spiel, zur Liebe. Menschen fluteten aus den Büros und in die Autos. Manche waren nach der schweißtreibenden Arbeit in einem schlecht gelüfteten Büro sicher ziemlich gereizt; andere schlenderten, gutmütig wie Schafe, die Avenues hinunter heimwärts, begleitet von einem nicht enden wollenden Strom aus Leibern. Wieder andere wurden eben jetzt in der U-Bahn aneinandergepfercht, blind für die Graffiti an den Wänden, taub für das Gemurmel ihrer Stimmen und das kalte Getöse im Tunnel.

Sich das auszumalen, machte Mahogany Freude. Er war schließlich keiner vom üblichen Haufen. Er konnte an seinem Fenster stehen, auf Tausende von Köpfen da unten schauen und sich sagen, daß er ein Auserwählter war.

Natürlich hatte auch er unumstößliche Termine einzuhalten, wie die Leute auf der Straße. Aber seine Arbeit hatte mit deren sinnloser Plackerei nichts zu tun, sie glich eher einer heiligen Pflicht.

Auch er mußte für sein Leben sorgen und schlafen und scheißen wie sie. Aber ihn trieb nicht zwangsläufiger Gelderwerb an, er gehorchte den Forderungen der Geschichte.

Er stand in einer großen Tradition, die noch weiter zurückreichte als die Geschichte Amerikas. Er war ein schleichender Jäger der Nacht: wie Jack the Ripper, wie Gilles de Retz, eine fleischgewordene Verkörperung des Todes, ein Gespenst mit menschlichem Antlitz. Er war einer, der den Schlaf heimsuchte und Schreckensängste erweckte.

Die Leute dort drunten konnten sein Gesicht nicht kennen; auch würden sie's nicht der Mühe wert finden, ihn zweimal anzusehn. Sein Blickstrahl aber würde sic sich greifen und sie sorgsam abwägen, um dann nur die gereiftesten Exemplare aus der vorbeiziehenden Parade zu erlesen, denn nur die ganz Gesunden und die Jungen waren auserwählt, unter seinem gebenedeiten Messer zu fallen.

Manchmal drängte es Mahogany, der Welt seine wahre Identität zu verkünden, aber er hatte Verpflichtungen, und die lasteten schwer auf ihm. Ruhm konnte er sich nicht erhoffen. Ihm war ein Leben hinter den Kulissen bestimmt, und nur der Stolz war's, der nach Anerkennung drängte.

Und überhaupt, so fragte er sich, begrüßt denn das Rind ehrerbietig den Fleischer, wenn es in die Knie bricht?

Alles in allem, er war's zufrieden. Teil jener großen Tradition zu sein, das war genug und mußte immer genug bleiben.

Seit neuestem jedoch gab es Ermittlungen. Natürlich waren sie nicht auf sein Versagen zurückzuführen. Man konnte unmöglich ihm die Schuld anlasten. Aber es waren schlimme Zeiten. Das Leben war nicht so einfach wie noch vor zehn Jahren. Freilich, er war genau um diese Spanne älter geworden, und das machte die Aufgabe strapaziöser; und immer stärker lastete die Verpflichtung auf seinen Schultern. Er war ein Auserwählter, und dieses Privileg machte das Leben schwierig.

Hin und wieder fragte er sich, ob es nicht an der Zeit sei, sich zu überlegen, einen jüngeren Mann für seine Aufgaben auszubilden. Man würde notwendigerweise die Stadtväter konsultieren müssen, aber früher oder später mußte er einen Ersatz finden, und es wäre, das fühlte er, ein sträfliches Brachliegenlassen seiner Erfahrung, keinen Lehrling aufzunehmen.

Er konnte so viele meisterlich beherrschte Techniken weiterge-

ben. Die Finessen seines außerordentlichen Gewerbes: die beste Art, sich anzuschleichen, zu schneiden, zu entblößen, auszubluten; das beste geeignete Fleisch; die einfachste Art, das Restliche loszuwerden; so viele Details, ein so großes Sachwissen.
Mahogany schlenderte ins Bad und ließ die Dusche laufen. Als er unter den Strahl stieg, sah er an seinem Körper hinunter, auf den leichten Bauchansatz, die grau werdenden Haare auf seiner einsinkenden Brust, die Narben und Pusteln, die seine blasse Haut verunzierten. Er wurde alt. Dennoch, heute nacht hatte er wie jede andre Nacht sonst auch eine Aufgabe zu erledigen...

Kaufman eilte mit seinem Sandwich hastig in die Eingangshalle zurück, schlug den Kragen runter und strich sich den Regen aus den Haaren. Die Uhr überm Aufzug zeigte sechzehn nach sieben. Bis zehn würde er durcharbeiten, keinesfalls länger.
Der Aufzug beförderte ihn in den zwölften Stock zum Pappas-Bürotrakt. Bedrückt zockelte er durch das Labyrinth leerer Schreibtische und zugedeckter Maschinen zu seinem kleinen Hoheitsbereich, in dem das Licht noch brannte. Die Frauen, die die Büros reinigten, tratschten draußen auf dem Flur: ansonsten war's hier oben wie ausgestorben.
Er zog den Mantel aus, schüttelte von ihm den Regen ab, so gut er konnte, und hängte ihn auf.
Dann setzte er sich vor die Stapel von Aufträgen, mit denen er sich den Großteil der letzten drei Tage herumgeschlagen hatte, und begann mit der Arbeit. Nur noch einen Abend würde die Plackerei dauern, dann wäre der gröbste Teil der Arbeit bewältigt, da war er sich sicher, zumal es ihm zu dieser Tageszeit ohne den unablässigen Lärm der Schreibkräfte und Maschinen um ihn herum leichter fiel, sich zu konzentrieren.
Er wickelte sein Sandwich aus – Schinken auf Vollkornbrot mit

extra Mayonnaise – und richtete sich auf den langen Abend ein.

Jetzt war es neun.
Mahogany war für die Nachtschicht gekleidet. Er hatte den üblichen gedecktfarbenen Anzug an, dazu die säuberlich gebundene braune Krawatte und die silbernen Manschettenknöpfe (ein Geschenk seiner ersten Frau), die in den Umschlägen seines makellos gebügelten Hemds steckten; sein schütteres Haar glänzte vor Öl, seine Nägel waren geschnitten und poliert, sein Gesicht von Kölnischwasser gerötet.
Seine Tasche war gepackt: die Handtücher, die Werkzeuge, seine Kettenpanzerschürze.
Er prüfte sein Erscheinungsbild im Spiegel. Man konnte ihn, fand er, noch immer für einen Mann um die fünfundvierzig, allenfalls fünfzig halten.
Als er sein Gesicht musterte, rief er sich seine Verpflichtung ins Gedächtnis. Vor allem hieß es vorsichtig sein. Bei jedem Schritt seines Weges heute nacht ruhten Augen auf ihm, die sein Auftreten beobachteten und ihre Schlüsse daraus zogen. Er mußte daherkommen wie ein Unschuldiger und durfte keinen Verdacht erregen.
Wenn die nur wüßten! dachte er. Die Leute auf der Straße, die an ihm vorbeigingen, -rannten, -sprangen, die mit ihm zusammenprallten, ohne sich zu entschuldigen, die seinem Blick voll Verachtung begegneten, die seinen massigen Körper belächelten, der sich in dem schlecht sitzenden Anzug unpassend und verquer ausnahm. Wenn die nur wüßten, was er machte, was er war und was er bei sich trug!
Aufgepaßt! sagte er zu sich und drehte das Licht aus. Die Wohnung war dunkel. Er ging zur Tür und öffnete sie,

gewohnt, in der Schwärze voranzuschreiten, in der er sich wohlfühlte.
Die Regenwolken hatten sich gänzlich verflüchtigt. Mahogany ging seinen Weg die Amsterdam runter, Richtung U-Bahn-Station an der 145. Straße. Heut nacht würde er wieder die Avenue-of-the-Americas-Linie nehmen, seine Lieblingsstrecke, und oft die ergiebigste.
Die U-Bahn-Stufen hinunter, die Tarifmarke in der Hand. Durch die automatischen Türschleusen. Jetzt hatte er den Geruch des Tunnels in der Nase. Freilich nicht den der tiefen Tunnels. Die hatten einen ganz eigenen Duft. Aber selbst die schale, elektrisierende Luft dieser hochgelegenen Strecke ließ sein Selbstvertrauen wieder erstarken. Der x-fach ausgetauschte Atem von einer Million Fahrgästen zirkulierte in diesem Stollengehege und mischte sich mit dem Atem weit älterer Geschöpfe, Wesen mit Stimmen so sanft wie Töpferton, deren Gelüste abscheulich waren. Wie er das liebte. Den Duft, die Finsternis, das Getöse.
Er stand auf dem Bahnsteig und sondierte kritisch die anderen Fahrgäste. Bei einem oder zwei Körpern überlegte er, ob er ihnen folgen solle. War doch ziemlich schundiges Material: kaum der Pirsch wert. Ausgebrannter Körperschrott, schwammig, abgeschlafft. Leiber, zugrundegerichtet durch Ausschweifung, durch Abstumpfung. Als Profi machte ihn das ganz krank, obwohl er Verständnis hatte für verweichlichende Schwächen, die die besten Menschen versauten.
Er hielt sich über eine Stunde in der Station auf und schlenderte zwischen den Bahnsteigen umher, während die Züge ein- und abfuhren, und die Leute mit ihnen. So wenig erste Wahl drunter. Sah ganz danach aus, als müsse er von Tag zu Tag länger warten, bis sich verwertbares Fleisch auftreiben ließ.

Es war jetzt fast halb elf, und er hatte nicht ein einziges Exemplar zu Gesicht bekommen, das wirklich optimal zum Schlachten getaugt hätte.

Egal, sagte er sich, es war ja noch Zeit. Sehr bald würde die Welle der Theaterbesucher anrollen. Unter denen waren immer einer oder zwei saftig durchwachsene Körper. Diese wohlgenährten Intelligenzler, hielten die Fahrmarke umklammert und schwafelten dogmatisch über die Zerstreuungen der Kunst – oh doch, da war sicher was zu holen.

Wenn nicht – und es gab Nächte, da sah es so aus, als würde er niemals etwas Geeignetes finden –, dann mußte er sich weiter ins Stadtzentrum wagen und dort ein Liebespaar abpassen, das so spät noch unterwegs war, oder ein, zwei Sportler auftreiben, die gerade vom Trainieren kamen. Die gaben mit Sicherheit stets gutes Material ab, nur daß man bei solch kerngesunden Schlachtstücken stets mit dem Risiko einer Gegenwehr rechnen mußte.

Er erinnerte sich, wie er vor einem Jahr oder früher zwei schwarze Böcke gefangen hatte, der eine so um die vierzig Jahre älter als der andere, Vater und Sohn vielleicht. Sie hatten sich mit Messern zur Wehr gesetzt, und ihn hatte man darauf sechs Wochen lang ins Krankenhaus gesteckt. Es war ein harter Nahkampf gewesen, und er hatte anschließend an seinen Fähigkeiten gezweifelt. Schlimmer noch, er war nachdenklich geworden: Wie wohl seine Meister mit ihm verfahren wären, wenn er eine tödliche Verletzung davongetragen hätte. Hätte man ihn seiner Familie in New Jersey überstellt und ihm ein angemessenes christliches Begräbnis verschafft? Oder hätte man seinen Kadaver in die Finsternis geworfen, zu ihrer höchstpersönlichen Verwendung?

Mahogany fiel die Schlagzeile einer liegengelassenen »New

York Post« auf dem Sitz ihm schräg gegenüber ins Auge: POLIZEI IM GROSSEINSATZ – JAGD AUF KILLER. Er konnte ein Lächeln nicht unterdrücken. Seine um Versagen, Weichwerden und Tod kreisenden Gedanken lösten sich in nichts auf. Schließlich war er dieser Mann, dieser Killer, und heute nacht war der Gedanke daran, ergriffen zu werden, einfach lächerlich. War denn seine Lebensaufgabe nicht von den höchsten Autoritäten abgesegnet? Kein Polizist konnte ihn festhalten, kein Gerichtshof verurteilen. Eben jene Träger von Recht und Gesetz, die aus seiner Verfolgung ein solches Spektakel machten, dienten seinen Meistern um keinen Deut weniger als er; fast wünschte er sich, von irgendeinem windigen Cop gefangen und im Triumph vor den Richter geschleppt zu werden, nur um den Ausdruck auf ihren Gesichtern mit ansehen zu können, wenn das Machtwort aus der Finsternis heraufkam, daß Mahogany ein Schützling sei, erhaben über jedes geschriebene Gesetz. Es war jetzt halb elf vorbei. So allmählich trudelten die Theaterbesucher ein, aber noch war nichts Annehmbares unter ihnen. Er wollte sowieso lieber den Hauptansturm vorbeilassen und dann einfach einem oder zwei erlesenen Stücken bis ans Ende der Strecke folgen. Geduldig wartete er den rechten Augenblick ab wie jeder wohlberatene Jäger.

Kaufman war gegen elf, eine Stunde später, als er eigentlich hatte Schluß machen wollen, immer noch nicht mit der Arbeit fertig. Überdruß und frustrierende Langeweile machten die Aufgabe nachgerade schwieriger, und die Blätter voller Zahlen begannen vor ihm zu verschwimmen. Um zehn nach elf warf er seinen Füller hin. Mit den Handballen rieb er sich die brennenden Augen, bis in seinem Kopf die Farben tanzten.
»Scheiß drauf«, sagte er.

In Gesellschaft gebrauchte er nie solche Ausdrücke. Aber hin und wieder zu sich selber »Scheiß drauf« zu sagen, das hob die Stimmung ungemein. Er bahnte sich den Weg zum Flur, den noch feuchten Mantel überm Arm, und steuerte den Aufzug an. Seine Glieder waren schwer, wie betäubt, und die Augen konnte er kaum offenhalten.
Es war kälter draußen, als er angenommen hatte. Die Luft rüttelte ihn ein wenig auf aus seiner dumpfen Benommenheit. Er ging Richtung U-Bahn an der 34. Straße. Einen Expreß nach Far Rockaway erwischen. In einer Stunde daheim sein.

Weder Kaufman noch Mahogany wußten es, aber an der Ecke 96. Straße und Broadway hatte die Polizei jemanden verhaftet, den sie für den U-Bahn-Killer hielten, war er ihnen doch in einer Außenbezirkslinie in die Falle gegangen. Ein kleiner Mann europäischer Abstammung hatte, Hammer und Säge in Händen, eine junge Frau im zweiten Waggon in die Enge getrieben und gedroht, sie im Namen Jehovas in zwei Teile zu zerlegen.
Es zwar zweifelhaft, ob er imstande gewesen wäre, seine Drohung wahr zu machen. So wie die Sache lief, kam er gar nicht dazu. Während die übrigen Passagiere (einschließlich zwei Marineinfanteristen) zusahen, verpaßte das potentielle Opfer dem Mann einen Fußtritt in die Hoden. Er ließ den Hammer fallen. Sie hob ihn auf und zertrümmerte ihm den Unterkiefer und das rechte Jochbein, bevor noch die Marineinfanteristen einschreiten konnten.
Als der Zug an der 96. hielt, war dort die Polizei schon auf die Verhaftung des U-Bahn-Schlächters vorbereitet. Sie stürmten in wilder Horde den Waggon, schrien, wie von Dämonen besessen, und machten sich vor Angst fast in die Hosen. Der

Schlächter lag mit demoliertem Gesicht in einer Ecke des Waggons. Triumphierend karrten sie ihn davon. Die Frau nahm nach der Vernehmung die Marineinfanteristen mit nach Hause.
Der Vorfall sollte sich als zweckdienliche Ablenkung herausstellen, obwohl Mahogany zu diesem Zeitpunkt noch nichts von ihm wissen konnte. Es kostete die Polizei den Großteil der Nacht, die Identität des Festgenommenen zu ermitteln, hauptsächlich deswegen, weil er mit seinem zerschmetterten Unterkiefer nur ein nuscheliges Gesabber zustandebringen konnte. Erst morgens um halb vier erkannte ein gewisser Captain Davis bei seinem Dienstantritt in dem Mann einen im Ruhestand lebenden Blumenhändler aus der Bronx namens Hank Vasarely. Hank wurde immer wieder verhaftet, der Vorwurf lautete jedesmal: gemeingefährliches Verhalten und exhibitionistische Handlungen, begangen im Namen Jehovas. Aber der Schein trog: Er war so gefährlich wie der Osterhase. Das war nicht der U-Bahn-Schlächter. Aber bis die Cops das endlich herausgebracht hatten, war Mahogany schon lange mit seiner Arbeit fertig.

Es war viertel zwölf, als Kaufman in die Expreß-Linie, die bis zur Mott-Avenue durchfuhr, einstieg. Im Waggon waren zwei weitere Fahrgäste: eine Schwarze mittleren Alters in purpurrotem Mantel und ein blasser aknegeplagter Jugendlicher, der das Leck-meinen-weißen-Arsch-Graffiti an der Decke mit drogengeweiteten Pupillen anstarrte.
Kaufman war im ersten Waggon. Er hatte eine Fahrt von fünfunddreißig Minuten Dauer vor sich. Angenehm eingelullt vom rhythmischen Geschaukel des Zuges, fielen ihm die Augen zu. Es war eine langweilige Fahrt, und er war müde.

Weder sah er die Lichter im zweiten Waggon flackernd ausgehen noch Mahoganys Gesicht, der durch die Verbindungstür der beiden Waggons starrte und nach noch mehr Fleisch Ausschau hielt.

An der 14. Straße stieg die Schwarze aus. Niemand stieg ein. Kaufman öffnete kurz die Augen, nahm den leeren Bahnsteig an der 14. wahr und schloß sie dann wieder. Die Türen gingen zischend zu. Er trieb in jenem warmen Niemandsland zwischen Wahrnehmungsbereitschaft und Schlaf dahin, und durch seinen Kopf schwirrten Träume, die noch nicht ganz Gestalt angenommen hatten. Es war ein gutes Gefühl. Der Zug war wieder in Fahrt und ratterte tiefer in die Tunnels hinab.

Möglicherweise bekam Kaufman auf dem Hintergrund seines dahindämmernden Bewußtseins halbwegs mit, daß die Türen zwischen erstem und zweitem Waggon aufgeschoben wurden. Möglicherweise registrierte er den plötzlichen Schwall Tunnelluft und daß der Lärm der Räder einen Augenblick lang lauter war. Aber er nahm lieber nichts davon zur Kenntnis.

Möglicherweise hörte er sogar das Gescharre und Gerangel, als Mahogany den jungen Burschen mit dem Drogenblick überwältigte. Aber das Geräusch war zu weit weg und die Verheißung des Schlafs zu verführerisch. Er döste weiter.

Aus irgendeinem Grund kreisten seine Träume um die Küche seiner Mutter. Sie hackte Rüben – ratsch – und lächelte so lieb beim Hacken – ratsch. Er war wieder ganz klein in seinem Traum und schaute zu ihrem strahlenden Gesicht hinauf, während sie arbeitete. Ratsch. Ratsch. Ratsch.

Mit einem Ruck riß er die Augen auf. Seine Mutter verschwand. Der Waggon war leer, der junge Mann war fort.

Wie lang war er eingeduselt? Er konnte sich nicht daran erinnern, daß der Zug an der 4. Straße West gehalten hätte. Er

stand auf, den Kopf noch wie in Schlaf getaucht, und kippte fast vornüber, da der Zug heftig schwankte. Anscheinend hatte der Fahrer einen ganz beachtlichen Zacken Geschwindigkeit zugelegt. Wahrscheinlich war er scharf drauf, endlich heim zu kommen ins bequeme Bett seiner Frau. Der Zug legte sich jetzt mordsmäßig ins Zeug; echt, es war verdammt beängstigend.
Vor das Fenster zwischen den beiden Waggons war eine Blende runtergezogen, die, soweit er sich erinnerte, vorher nicht unten gewesen war. In Kaufmans ernüchtertem Schädel breitete sich leichte Beunruhigung aus. Angenommen, er hatte ziemlich lange geschlafen, und der Schaffner hätte ihn im Waggon übersehen. Womöglich waren sie schon an Far Rockaway vorbei, und der Zug sauste im Eiltempo zu irgend so einem Depot für die Nacht.
»Scheiß drauf«, sagte er laut.
Sollte er nach vorn gehen und den Fahrer fragen? Aber sich zu erkundigen: Wo sind wir denn? war wirklich 'ne saublöde Frage. Was konnte er wohl zu dieser nachtschlafenden Zeit anderes zur Antwort kriegen als eine Flut von Beschimpfungen?
Dann wurde der Zug allmählich langsamer.
Eine Station. Ja, eine Station. Der Zug rollte aus dem Tunnel und ins schmutzige Licht der Station an der 4. Straße West. Er hatte keine Haltestelle verschlafen.
Aber wo war dann der Junge geblieben?
Entweder hatte er sich nicht an die Aufschrift an der Waggonwand gehalten, die den Durchgang zwischen den Waggons während der Fahrt untersagte, oder er war überhaupt gleich vor ins Fahrerabteil gegangen. Wahrscheinlich vergnügt er sich gerade zwischen den Fahrerbeinen, dachte Kaufman und verzog die Oberlippe. So was kam durchaus vor. Schließlich war

man in der Hochburg der Wonnen, und jeder hatte einen Anspruch auf ein bißchen Liebe in der Dunkelheit.
Kaufman schob die Überlegung mit einem Achselzucken von sich. Was ging's ihn an, wo der Junge geblieben war?
Die Türen schlossen sich. Niemand war eingestiegen. Der Zug schlingerte aus der Station hinaus, und die Lichter flackerten, als er mit einem starken Energieschub wieder Geschwindigkeit zulegte.
Kaufman spürte, wie die süße Schlafsucht ihn erneut überkam, aber die plötzliche Angst, sich zu verirren und verloren zu sein, hatte Adrenalin in seinen Organismus gepumpt, und seine Glieder zitterten vor nervlicher Anspannung.
Auch seine Sinne waren überwach.
Selbst durchs Geratter und Gerumpel der Räder auf den Schienen hörte er aus dem nächsten Waggon herüber das Geräusch zerreißenden Tuchs. Rissen sich da welche das Hemd vom Leib?
Er stand auf und griff nach einer Halteschlaufe, um nicht umzufallen.
Das Fenster zwischen den Waggons war vollkommen zugehängt, aber er starrte mit gerunzelter Stirn darauf, als könnte er plötzlich mit Röntgenaugen sehen. Der Waggon schaukelte und rollte. Der Zug war wieder voll in Fahrt.
Und wieder das Aufschlitzgeräusch.
War's eine Vergewaltigung?
Mit allenfalls milder voyeuristischer Neugier bewegte er sich den hin- und herschwankenden Waggon entlang Richtung Verbindungstür und hoffte, einen Spalt im Vorhang zu entdekken. Seine Augen waren noch immer aufs Fenster geheftet, und seiner Aufmerksamkeit entgingen die Blutspritzer, in die er trat.

Bis...
...er mit dem Absatz ausrutschte. Er sah zu Boden. Sein Magen registrierte das Blut beinah eher als sein Hirn, und der Schinken auf Vollkornbrot kam ihm halbwegs die Speiseröhre hoch und fing sich hinten im Rachen. Blut. Mehrmals schlang er wie in Atemnot die abgestandene Luft in sich hinein und schaute weg – wieder zum Fenster hin.
Sein Kopf sagte: Blut. Nichts würde dies Wort zum Verschwinden bringen.
Höchstens ein oder zwei Meter waren jetzt zwischen ihm und der Tür. Er mußte nachsehen. Blut war an seinem Schuh, und eine dünne Spur lief zum nächsten Waggon, aber er mußte trotzdem nachsehen.
Er mußte.
Er machte noch zwei Schritte auf die Tür zu und suchte sorgfältig den Vorhang ab, er suchte nach einem Fehler im Gewebe: Ein herausgezogenes Fädchen wäre schon genug gewesen. Und – da war ein winziges Loch. Er drückte ein Auge an die Scheibe.
Sein Bewußtsein weigerte sich anzuerkennen, was seine Augen hinter der Tür sahen. Er verwarf das Schauspiel als widernatürlich-absurd, als geträumten Nachtmahr. Sein Verstand sprach ihm die Wirklichkeit ab, aber sein Fleisch war sich ihrer gewiß. Sein Körper erstarrte vor Entsetzen. Seine Augen konnten mit unbeweglich offenen Lidern die grausige Szene hinter dem Vorhang nicht ausblenden. Er stand an der Tür, während der Zug weiter dahinratterte, während sein Blut aus seinen Gliedmaßen zurückströmte und sein Hirn aus Sauerstoffmangel ins Taumeln geriet. Grelle Lichtflecke schoben sich blitzartig vor seine Vision und löschten die Scheußlichkeit aus.
Dann wurde er ohnmächtig.

Er war bewußtlos, als der Zug in Jay Street ankam. Er war taub für die Ankündigung des Fahrers, daß alle Passagiere, die weiter wollten als bis zu dieser Station, umsteigen müßten. Wenn er sie gehört hätte, dann hätte er ihren Sinn angezweifelt. Es gab überhaupt keinen Zug, der alle Fahrgäste in Jay Street absetzte; die Linie ging über den Aqueduct Race Track und am Kennedy-Airport vorbei bis zur Mott Avenue. Er hätte gefragt, welcher Zug das denn sei. Nur daß er's bereits wußte. Die Wahrheit hing im nächsten Waggon. Verschanzt hinter eine blutige Kettenpanzerschürze lächelte sie zufrieden vor sich hin.
Das hier war der Mitternachts-Fleischzug.

Es gibt bei einer totenähnlichen Ohnmacht keine Meßlatte für die Zeit. Es konnten Sekunden oder Stunden gewesen sein, die vergingen, ehe Kaufmans Augen wieder aufflackerten und sein Bewußtsein sich auf die neue Lage einpendelte, in der er sich befand.
Er lag jetzt unter einer der Sitzbänke an die vibrierende Waggonwand gepreßt, vor Blicken geschützt. Bislang war das Schicksal auf seiner Seite, dachte er: Irgendwie mußte das Geschaukel des Waggons seinen bewußtlosen Körper außer Sichtweite manövriert haben.
Er dachte an das Grauen in Waggon zwei – und schlang Erbrochenes wieder hinunter. Er war allein. Wo der Schaffner auch sein mochte (vielleicht ermordet), er konnte ihn unmöglich zu Hilfe rufen. Und der Fahrer? Lag er tot überm Steuerungssystem? Durchraste der Zug eben jetzt einen unbekannten Tunnel, einen Tunnel ohne eine einzige Station, dank derer man die Strecke hätte identifizieren können, seiner Zerstörung entgegen?
Und wenn's keinen Zusammenprall gab, bei dem er umkam,

dann gab es jedenfalls den Schlächter, der immer noch draufloshackte, nur die Dicke einer Tür von Kaufman entfernt.
Da führte kein Weg dran vorbei: Der Name auf der Tür war Tod.
Der Lärm war ohrenbetäubend, besonders wenn man am Boden lag. Kaufmans Zähne schlackerten in ihren Kieferfächern, und sein Gesicht war von der Vibration fühllos-starr; selbst die Schädeldecke tat ihm weh.
Dann spürte er, wie ganz allmählich die Kraft in seine erschöpften Glieder zurückpulste. Vorsichtig streckte er die Finger und ballte sie zur Faust, um die Durchblutung wieder in Gang zu bringen.
Und mit dem Körpergefühl war auch erneut der Brechreiz zur Stelle. Er hatte weiterhin den schauerlichen Gewaltakt im nächsten Waggon vor Augen. Natürlich hatte er schon Fotografien von Mordopfern gesehen, aber das nebenan war kein x-beliebiger Mordfall. Er war im selben Zug wie der U-Bahn-Schlächter, dieses Ungeheuer, das seine Opfer enthaart und nackt mit den Füßen nach oben an den Halteschlaufen aufknüpfte.
Wie lange würde es dauern, bis der Killer durch diese Tür trat und sein Leben forderte? Wenn der Schlächter ihn nicht erledigte, dann würde es die bloße Bedrohung tun, dessen war er sich sicher.
Er hörte eine Bewegung hinter der Tür.
Jetzt übernahm der Instinkt das Ruder. Kaufman zwängte sich tiefer unter die Sitzbank und krümmte sich zu einer kleinen Kugel zusammen, das speiübel-weiße Gesicht zur Wand gekehrt. Dann legte er die Hände über den Kopf und drückte seine Augen so fest zu wie ein Kind in namenloser Angst vorm Schwarzen Mann.

Die Tür wurde aufgeschoben. Klick. Wusch. Luft, in jähem Schwall von den Gleisen rauf. Sie roch anders als jede, die Kaufman vorher gerochen hatte – und kälter. Das war wie ... wie Urluft, was ihm da in die Nase stieg; feindselige und unergründliche Luft. Sie ließ ihn erschauern.
Die Tür schloß sich. Klick.
Der Schlächter war ganz nah, Kaufman wußte das. Es konnte nicht anders sein; allenfalls stand er Zentimeter weit entfernt von dem Platz, an dem er lag.
Schaute er jetzt gerade auf Kaufmans Rücken runter? Bückte er sich gerade, das Messer in der Hand, um Kaufman aus seinem Versteck herauszuschälen wie eine Schnecke, die man aus ihrem Haus herauspult?
Nichts geschah. Er spürte keinen Atem auf seinem Nacken. Sein Rückgrat wurde nicht aufgeschlitzt.
Lediglich das Getrappel von Füßen nah bei seinem Kopf; dann das gleiche Geräusch, als sie sich wieder entfernten.
Kaufman stieß den Atem, den er in den Lungen zurückgehalten hatte, mit rauhem Zischen zwischen den Zähnen hervor.
Mahogany war beinah enttäuscht, daß der Schlafende an der 14. Straße West ausgestiegen war. Er hätte heute nacht zu gern noch eine weitere Nummer absolviert, damit er was zu tun hatte, während sie weiter hinabfuhren. Aber nein: Der Mann war fort. So gesund hatte der Kandidat ohnehin nicht ausgesehn, sagte er sich, war wohl ein blutarmer jüdischer Buchhalter. Das Fleisch hätte nicht die Bohne Qualität gehabt. Mahogany ging durch den Waggon zur Fahrerkanzel. Den Rest der Strecke würde er dort zubringen.
Mein Gott, dachte Kaufman, jetzt bringt er den Fahrer um.
Er hörte, wie die Tür zur Kanzel aufging. Dann die Stimme des Fleischers: leise und heiser.

»Grüß dich.«
»Grüß dich.«
Die kannten sich.
»Alles erledigt?«
»Alles erledigt.«
Die Banalität dieser einsilbigen Begrüßung verstörte Kaufman zutiefst. Alles erledigt? Was sollte das heißen: Alles erledigt? Die nächsten paar Worte bekam er nicht mit, weil der Zug gerade über einen Schienenabschnitt rollte, der besonders viel Lärm machte.
Kaufman konnte es nicht mehr aushalten: Er mußte jetzt hinschauen. Vorsichtig-ängstlich entknäulte er sich und guckte über die Schulter zum Ende des Waggons. Die Beine des Schlächters und den unteren Teil der offenen Kanzeltür, mehr konnte er nicht sehen. Verdammt. Er wollte wieder das Gesicht des Ungeheuers sehen.
Jetzt hörte er Gelächter.
Er kalkulierte die Risiken seiner Lage: die Mathematik des Schreckens. Wenn er weiter blieb, wo er war, würde der Schlächter über kurz oder lang zu ihm runtergucken – und Hackfleisch aus ihm machen. Andererseits liefe er, wenn er sich aus seinem Versteck herausbegab, Gefahr, gesehen und gejagt zu werden. Was war schlimmer: untätig zu bleiben und sich dem Tod festgenagelt in einem Loch auszusetzen oder gleich sich ihm in die Arme zu werfen und seinem Vollstrecker mitten im Waggon gegenüberzutreten?
Kaufman war von seinem Kampfgeist selber überrascht: Er würde sich rauswagen.
Unendlich langsam kroch er unter der Sitzbank hervor und behielt währenddessen jede Minute den Rücken des Schlächters im Auge. Als er endlich heraußen war, begann er, Rich-

tung Verbindungstür zu kriechen. Jeder Schritt, den er machte, war eine Tortur, aber der Schlächter war anscheinend viel zu sehr in seine Unterhaltung vertieft, um sich umzudrehen.

Kaufman hatte die Tür erreicht. Er stand langsam auf und versuchte dabei unablässig, sich auf den Anblick vorzubereiten, dem er in Waggon zwei ausgesetzt sein würde. Die Klinke war jetzt fest in seiner Hand; und er schob die Tür auf.

Der Lärm der Räder verstärkte sich, und eine Woge klammer Luft mit einem Gestank, der nicht von dieser Welt war, drang zu ihm herauf. Todsicher mußte das der Fleischer hören, oder riechen? Todsicher mußte er sich umdrehen...

Aber nein. Kaufman schob sich wie ein Reptil, das sich häutet, durch den Schlitz und in das Blutgemach auf der anderen Seite.

Die Erleichterung machte ihn unvorsichtig. Er ließ die Tür hinter sich nicht richtig zuklinken, und das Rütteln des Zuges ließ sie wieder aufgleiten.

Mahogany steckte den Kopf aus der Kanzel und starrte auf die Tür am Ende des Waggons.

»Was 'n da los, verdammter Scheiß?« fragte der Fahrer.

»Hab' bloß die Tür nicht richtig zugemacht. Das war's.«

Kaufman hörte den Schlächter auf die Tür zukommen. Er duckte sich, ein Knäuel panischer Verwirrung, drückte sich gegen die Verbindungswand und empfand plötzlich deutlich den Entleerungsdrang seiner Därme. Die Tür wurde von der anderen Seite her zugezogen, und die Schritte entfernten sich wieder.

Wieder in Sicherheit, wenigstens einen Atemzug lang.

Er öffnete die Augen und wappnete sich für den Anblick des Schlachtpferchs vor ihm.

Vor dem gab's kein Entrinnen.

Der durchdrang jeden seiner Sinne: der Geruch freigelegter

Eingeweide, den Anblick der Körper, das Gefühl der Flüssigkeit am Boden unter seinen Fingern, das Geräusch der Halteschlaufen, die unter dem Gewicht der Leichen ächzten, selbst noch die Luft, sie schmeckte salzig vor Blut. Er war ringsum vom Tod umfangen in diesem Verschlag, der durch die Finsternis raste. Aber jetzt blieb der Brechreiz aus. Bis auf eine gelegentliche Regung wütendsten Abscheus war keine Empfindung mehr übrig. Er ertappte sich sogar dabei, wie er die Körper mit einer gewissen Neugier eingehend betrachtete.

Das ausgeweidete Frischfleisch in nächster Nähe war der Überrest des pickeligen Burschen, den er in Waggon eins gesehen hatte. Der Körper hing verkehrt herum und schwang im Rhythmus des Zuges vor und zurück, ganz im Einklang mit seinen drei Genossen: ein obszöner Totentanz. Seine Arme baumelten lose aus den Schultergelenken herab, die zwei bis fünf Zentimeter tiefe Einschnitte aufwiesen, damit die Körper ordentlicher hingen.

Jedes anatomische Detail des Halbwüchsigen schaukelte hypnotisch. Die Zunge, die aus dem offenen Mund heraushing. Der Kopf, der taumelig am durchschlitzten Hals baumelte. Selbst der Penis des Burschen pendelte schlaff auf seiner enthaarten Schamgegend hin und her. Aus der Wunde am Kopf und der durchtrennten Halsschlagader pulsierte immer noch Blut in einen schwarzen Eimer. Ein Hauch von Eleganz lag über dem Ganzen: die Handschrift sauber verrichteter Arbeit.

Weiter weg von diesem Körper waren die Leichen zweier junger weißer Frauen und eines dunkelhäutigen Mannes aufgehängt. Kaufman beugte den Kopf zur Seite, um sich ihre Gesichter anzusehn. Sie waren blank und kahl. Das eine Mädchen war eine Schönheit. Er war sich ziemlich sicher, daß der Mann Puertoricaner war. Allen waren die Kopf- und Körperhaare abrasiert

worden. In der Luft lag noch der beißende Geruch der Schur. Kaufman glitt aus seiner Hockstellung an der Wand hoch, zur gleichen Zeit drehte sich einer der Frauenkörper um die eigene Achse und bot eine Ansicht der Rückenpartie dar.
Auf diesen Gipfel des Grauens war er nicht vorbereitet.
Das Fleisch ihres Rückens war vom Nacken bis zum Gesäß vollkommen aufgespalten und die Muskulatur beiseitegeschält, um das feucht glitzernde Rückgrat zur Schau zu stellen. Das war der endgültige Triumph des Schlächterhandwerks. Hier hingen sie, diese rasierten, ausgebluteten, aufgeschlitzten menschlichen Fleischklumpen, wie Fische ausgeweidet und fertig zum Verzehr.
Fast hätte Kaufman der Vollkommenheit dieses Greuelbilds zugelächelt. Er spürte, wie sich der Wahnsinn kitzelnd an der Schädelbasis meldete, ihn ins Vergessen lockte, völlige Ungerührtheit gegenüber der Welt verhieß.
Unkontrolliertes Zittern durchbeutelte ihn auf einmal. Er fühlte, wie seine Stimmbänder einen Schrei zu artikulieren suchten. Es war unerträglich, und doch hätte schreien geheißen, in Kürze so auszusehen, wie die Kreaturen vor ihm.
»Scheiß drauf«, sagte er, lauter, als er beabsichtigt hatte; dann stieß er sich von der Wand ab und begann, zwischen den schaukelnden Leichen durch den Wagen zu gehen. Er nahm dabei die ordentlichen Stapel aus Kleidern und persönlichen Sachen wahr, die auf den Bänken neben ihren Eigentümern lagen. Der Boden unter seinen Füßen war klebrig vor trocknender Galle. Selbst durch die Schlitze der zugekniffenen Augen konnte er das Blut in den Eimern überdeutlich sehen: Es war dick und berauschend, sandige Schmutzteilchen wirbelten darin.
Er war jetzt an dem Burschen vorbei und konnte vorn die Tür

zu Waggon drei sehen. Dieser Spießrutenlauf des Horrors, er mußte ihn nur noch zu Ende bringen. Er trieb sich selber weiter, versuchte, die Greuel nicht zur Kenntnis zu nehmen und sich auf die Tür zu konzentrieren, die ihn aus dem Irrsinn hinausführen würde.

An der ersten Frau war er vorbei. Noch ein paar Meter, sagte er sich, höchstens zehn Schritte, weniger, wenn ihn nur sein Selbstvertrauen nicht verließ.

Da gingen die Lichter aus.

»O mein Gott«, sagte er.

Der Zug kam ins Schlingern, und Kaufman verlor das Gleichgewicht.

In der äußersten Schwärze langte er nach einem Halt, und seine rudernden Arme umfingen den Körper neben ihm. Ehe er es verhindern konnte, fühlte er, wie seine Hände in das lauwarme Fleisch einsanken und seine Finger in die offene Schnittkante des Muskelfleischs auf dem Rücken der Toten griffen, seine Fingerspitzen die blanke Wirbelsäule berührten. Gegen seine Wangen drückte das kahle Fleisch des Schenkels.

Er schrie; und eben als er schrie, gingen die Lichter flackernd wieder an.

Kaum waren sie aufgeflackert und sein Schrei erstorben, hörte er das Geräusch der Schlächterfüße, wie es sich näherte, Waggon eins entlang, auf die Zwischentür zu.

Er ließ den Körper los, den er umarmt hielt. Sein Gesicht war mit Blut vom Bein der Frau beschmiert. Er konnte es auf seiner Wange spüren wie eine Kriegsbemalung.

Der Schrei hatte Klarheit geschaffen in Kaufmans Kopf, und plötzlich fühlte er sich befreit in eine Art Stärke eintauchen. Zu einer Hetzjagd durch den Zug würde es nicht kommen, soviel war sicher: keine Feigheit mehr, nicht zu diesem Zeitpunkt.

Das hier lief auf eine elementare Konfrontation hinaus, zwei menschliche Wesen, von Angesicht zu Angesicht. Und es gab keinen Trick – nicht einen –, den er nicht in Betracht ziehen durfte, um seinen Gegner zu überwinden. Hier ging's ums nackte Überleben, schlicht und einfach.
Rütteln am Türgriff.
Kaufman sah sich ruhigen Auges nach einer Waffe um, gezielt und abwägend. Sein Blick fiel auf den Kleiderstapel neben der Leiche des Puertoricaners. Da war ein Messer, es lag unter den Straßringen und den Talmi-Goldketten. Eine langklingige, makellos saubere Waffe, wahrscheinlich der ganze Stolz, die Freude ihres Besitzers. Kaufman beugte sich, am muskulösen Körper vorbei, vor und zog das Messer aus dem Haufen. Es fühlte sich gut an in seiner Hand; es fühlte sich tatsächlich richtig aufregend an. Die Tür ging auf, und das Gesicht des Schlächters kam zum Vorschein.
Hinter der Schlachthausszenerie im Vordergrund nahm Kaufman Mahogany ins Visier. So furchtbar angsteinflößend war er nicht, einfach ein langsam kahl werdender, übergewichtiger Mann um die Fünfzig. Sein Gesicht war massig und die Augen lagen tief. Der Mund war verhältnismäßig klein, die sensiblen Lippen waren zart geschwungen. Wirklich, er hatte den Mund einer Frau.
Mahogany konnte nicht begreifen, woher dieser Eindringling aufgetaucht war, aber er war sich im klaren, daß dies ein weiteres Versehen, ein weiteres Zeichen seiner zunehmenden Unzulänglichkeit war. Er mußte diesen Lumpenhund sofort umbringen. Schließlich waren sie bereits zwei, drei Kilometer vom Streckenende entfernt. Er mußte den Kleinen abmurksen und dafür sorgen, daß er an den Fersen baumelte, ehe sie die Endstation erreichten.

Er betrat Waggon zwei.
»Warst eingeschlafen«, sagte er; er hatte Kaufman wiedererkannt. »Hab' dich gesehn.«
Kaufman sagte nichts.
»Hättest aussteigen sollen. Hast wohl geglaubt, du kannst dich vor mir verstecken?«
Kaufman hüllte sich weiter in Schweigen.
Mahogany umfaßte den Griff des Hackmessers, das von seinem abgenutzten Ledergürtel herabhing. Es war butverschmiert wie seine Kettenpanzerschürze, sein Hammer und seine Säge.
»Wie die Dinge nun mal liegen«, sagte er, »bin ich gezwungen, dich zu beseitigen.«
Kaufman hob das Messer. Es nahm sich ein bißchen klein aus neben dem monströsen Gerät des Schlächters.
»Scheiß drauf«, sagte er.
Der Kleine machte Anstalten zur Gegenwehr; dafür hatte Mahogany nur ein Grinsen übrig.
»Du hättest das hier nicht sehen sollen: Das ist nichts für deinesgleichen«, sagte er und näherte sich Kaufman einen Schritt. »Es ist geheim.«
Ah, wohl einer vom Schlag der Gottgesandten? dachte Kaufman. Das erklärt einiges.
»Scheiß drauf«, sagte er wieder.
Der Schlächter runzelte die Stirn. Daß sein Werk, sein beruflicher Nimbus den Kleinen kalt ließen, gefiel ihm gar nicht.
»Wir müssen alle irgendwann sterben«, sagte er. »Du kannst zufrieden sein: Dich wird man nicht ganz verbrennen wie die meisten anderen: Ich kann dich gebrauchen. Als Fressen für die Stadtväter.«
Kaufmans Antwort war lediglich ein Grinsen. Dieser schwer-

fällige, watschelnde Koloß konnte ihm keine Angst mehr einjagen.
Der Schlächter löste das Hackmesser vom Gürtelhaken und schwang es drohend. »Ein mieser kleiner Jude wie du«, sagte er, »sollte dankbar sein, wenn er überhaupt zu was nütze ist: Frischfleisch – ist doch *die* Aufstiegschance.«
Ohne Warnung schlug der Schlächter zu. Das Hackmesser zerteilte die Luft mit beträchtlicher Geschwindigkeit, aber Kaufman wich nach hinten aus. Das Hackmesser zerschlitzte seinen Mantelärmel und grub sich in den Unterschenkel des Puertoricaners. Die Wucht des Hiebes trennte das Bein zur Hälfte durch, und das Gewicht des Körpers ließ den Einschnitt sogar noch weiter aufklaffen. Das zutage tretende Fleisch des Schenkels war wie erstklassiges Steak, saftig und appetitlich.
Der Schlächter wollte das Hackmesser aus der Wunde zerren, aber in diesem Augenblick sprang Kaufman los. Das Messer sauste auf Mahoganys Auge zu, aber aufgrund einer Fehleinschätzung vergrub es sich in dessen Hals. Es durchbohrte die Wirbelsäule und trat auf der andern Seite in einem Gerinnsel dicken Blutes wieder aus. Mittendurch war es gegangen. Auf einen Hieb. Mittendurch.
Die Klinge im Hals rief bei Mahogany ein Erstickungsgefühl hervor, fast so, als wäre ihm ein Hühnchenknochen im Hals steckengeblieben. Er gab ein lächerliches, unschlüssiges Gehüstel von sich. Blut trat aus seinem Mund und färbte ihn rot; es sah aus wie Lippenstift auf seinem Frauenmund. Das Hackmesser rasselte zu Boden.
Kaufman zog das Messer heraus. Aus den zwei Wunden sprudelten kleine Bögen Blut.
Mahogany brach in die Knie und stierte das Messer an, das ihn getötet hatte. Der Kleine beobachtete ihn gänzlich unbeteiligt.

Er sagte irgendwas, aber Mahoganys Ohren waren taub, als wäre er unter Wasser.
Mahogany wurde unversehens blind. Mit wehmütiger Trauer um seine Sinne war er sich bewußt, daß er nie mehr sehen oder hören würde. Das war der Tod: Ganz unbestritten, der hatte ihn in seiner Gewalt.
Noch aber spürten seine Hände das Gewebe seiner Hose und die heißen Spritzer auf seiner Haut. Sein Leben schien auf den Zehenspitzen zu taumeln, während seine Finger einem letzten Sinneseindruck nachtasteten... dann stürzte sein Körper in sich zusammen, und seine Hände, sein Leben und seine heilige Pflicht zerbrachen unter einer grauen Fleischmasse.
Der Schlächter war tot.
Kaufman zog große Mengen abgestandener Luft in seine Lungen und packte eine der Halteschlaufen, um seinen torkelnden Körper ins Gleichgewicht zu bringen. Tränen löschten das blutige Schlachthaus aus, in dem er stand. Die Zeit verstrich: Wieviel, wußte er nicht; er war in einem Siegestraum versunken.
Dann verlangsamte der Zug sein Tempo. Kaufman spürte und hörte, wie die Bremsen arbeiteten. Die hängenden Leiber schlingerten vorwärts, als der Zug die volle Fahrt abbremste; die Räder kreischten auf den Schienen, die Schmutz ausschieden.
Die Neugier überfiel Kaufman.
Würde der Zug in das unterirdische Schlachthaus des Metzgers einrollen, in dem als Trophäen die Fleischstücke, die er in seiner Amok-Laufbahn zusammengetragen hatte, hingen? Und der lachende, gegenüber dem Massaker so gleichgültige Fahrer? Was würde er machen, wenn der Zug anhielt? Was jetzt auch geschehen mochte, es war eine rein theoretische

Frage. Nun konnte er allem und jedem die Stirn bieten; nur beobachten und die Augen offenhalten.
Die Lautsprecher knisterten. Dann die Stimme des Fahrers: »Wir sind da, Mann. Nimmst besser deinen Platz ein, ja?«
Nimmst deinen Platz ein? Was sollte das heißen?
Die Zuggeschwindigkeit hatte sich zum Schneckentempo verlangsamt. Draußen, hinter den Fenstern, war alles so dunkel wie bisher. Die Lichter flackerten und gingen aus. Diesmal gingen sie nicht wieder an.
Kaufman blieb in völliger Dunkelheit.
»In 'ner halben Stunde sind wir raus«, kam es über die Sprechanlage, ganz so, als würde irgendeine Station angesagt.
Der Zug war zum Halten gekommen. Das Geräusch der Räder auf den Schienen und das Brausen der Fahrt, woran sich Kaufman mittlerweile so gewöhnt hatte, fehlten plötzlich. Das einzige, was er hören konnte, war das Gesumm der Lautsprecher. Noch immer konnte er überhaupt nichts sehen.
Dann ein Zischen. Die Türen öffneten sich. Ein Geruch drang in den Wagen, ein so ätzender Geruch, daß Kaufman sich schlagartig die Hand aufs Gesicht preßte, um ihn abzuhalten. Schweigend harrte er aus, die Hand vorm Mund, ein Leben lang, wie es ihm schien. Nichts Böses sehen. Nichts Böses hören. Nichts Böses reden.
Dann nahte das Flackern eines Lichts draußen vor dem Fenster. Es ließ die Konturen des Türrahmens hervortreten, und es wurde ganz allmählich stärker. Bald war es so hell im Waggon, daß Kaufman zu seinen Füßen den zusammengesackten Körper des Schlächters und rings um sich die bläßlichen Fleischseiten hängen sehen konnte.
Auch ein Flüstern nahte draußen aus der Finsternis, eine Ansammlung winziger Geräusche, wie Käferstimmen Da

waren menschliche Wesen im Tunnel, sie schlurften auf den Zug zu. Kaufman konnte jetzt ihre Umrisse erkennen. Manche von ihnen trugen Fackeln, die dumpf und bräunlich leuchteten. Wahrscheinlich rührte das Geräusch von ihren Füßen auf dem feuchten Boden her oder vom Geschnalz ihrer Zungen oder von beidem.

Kaufman war nicht mehr so unschuldig-ahnungslos, wie er es noch vor einer Stunde gewesen war. Konnte es irgendeinen Zweifel geben über die Absicht dieser Wesen, die da aus der Schwärze auf den Zug zukamen? Der Metzger hatte die Männer und Frauen geschlachtet, als Frischfleisch für diese Kannibalen. Sie kamen jetzt heran wie Dinner-Gäste nach dem Gongschlag, um in diesem Speisewagen hier zu fressen.

Kaufman bückte sich und griff sich das Hackmesser, das der Schlächter fallengelassen hatte. Das Geräusch der herannahenden Kreaturen wurde fortwährend lauter. Er bewegte sich rückwärts den Waggon entlang, weg von den offenen Türen, mußte aber feststellen, daß hinter ihm die Türen gleichfalls offen waren und das Gewisper, das nahte, auch hier zu hören war.

Er wich zwischen die Sitzbänke zurück und war im Begriff, sich unter sie zu flüchten, als eine Hand, dünn und vor Gebrechlichkeit fast durchsichtig, in der Türöffnung erschien.

Er konnte nicht wegschauen. Nicht daß ihn Grausen hätte erstarren lassen wie am Fenster zur Blutkammer: Er wollte einfach alles sehen.

Die Kreatur setzte ihren Fuß in den Waggon. Die Fackeln hinter ihr verschatteten zwar ihr Gesicht, aber in groben Zügen war sie klar erkennbar.

Es war nichts besonders Auffallendes an ihr.

Das Wesen hatte zwei Arme und zwei Beine wie er auch; seine

Kopfform wich nicht von der Norm ab. Der Körper war klein, und der Kraftaufwand beim Zugbesteigen machte ihm Atembeschwerden. Es war eher ein Fall für die Geriatrie als für die Psychiatrie: Nach Generationen zusammenfabulierter Menschenfresser war er auf diese besorgniserregende Hinfälligkeit nicht vorbereitet.

Hinter der ersten tauchten ähnliche Kreaturen aus der Finsternis auf, um sich schwerfällig in den Zug hineinzuwinden. Tatsächlich kamen sie jetzt zu allen Türen herein.

Kaufman saß in der Falle. Er wog das Hackmesser in den Händen, bis er es richtig im Griff hatte, bereit zum Kampf mit diesen altertümlichen Monstern. Eine Fackel war in den Waggon gebracht worden, und sie beleuchtete die Gesichter der Anführer.

Sie waren vollkommen kahl. Das ausgemergelte Fleisch in ihrem Gesicht war straff über die Schädelknochen gezogen, daß es vor Anspannung schimmerte. Flecken des Verfalls und der Krankheit durchsetzten die Haut, und stellenweise war die Muskulatur in schwarzen Eiter übergegangen, durch den das Joch- oder Schläfenbein herauslugte. Manche von ihnen waren nackt wie Säuglinge, ihre schwammigen, syphilitischen Körper waren fast geschlechtslos. Anstelle der einstmaligen Brüste lappten zähledrige Beutel vom Rumpf, die Genitalien waren weggeschrumpft.

Einen schlimmeren Anblick als die Nackten boten jene, die eine Andeutung von Kleidung trugen. Bald dämmerte es Kaufmann, daß das verfaulende Gewebe, das sie um ihre Schultern geschlungen oder um ihre Körpermitte geknüpft hatten, aus Menschenhaut bestand. Nicht etwa eins davon, sondern ein Dutzend oder mehr waren lose und unordentlich übereinandergeschichtet wie kümmerliche Siegeszeichen.

Die Anführer dieser absonderlichen Speisegesellschaft hatten jetzt die Leichen erreicht, und auf die Schenkelstücke legten sich zartgliedrige Hände und fingerten das rasierte Fleisch hinauf und hinunter, in einer Art und Weise, die auf Sinnenlust schließen ließ. Zungen tänzelten aus Mündern, Speicheltröpfchen benetzten das Fleisch. Die Augen der Ungeheuer rollten vor Hunger und Erregung flackernd hin und her. Schließlich sah eins von ihnen Kaufman.

Einen Moment lang hörten seine Augen auf zu flackern und hefteten sich auf ihn. Ein fragender Ausdruck überschlich das Gesicht und bot ein Zerrbild der Verwirrung.

»Du«, sagte es. Die Stimme war so verwüstet wie die Lippen, von denen sie kam. Kaufman hob das Hackmesser etwas an und rechnete seine Chancen aus. Zirka dreißig von ihnen waren im Waggon und draußen noch viel mehr. Aber sie wirkten so schwach, und außer Haut und Knochen hatten sie keine Waffen.

Wieder sprach das Monster, und die Stimme klang bei voller Entfaltung recht wohlartikuliert – das Piepsen eines vormals kultivierten, vormals charmanten Mannes.

»Bist der Neue, ja?«

Es schaute auf den Körper Mahoganys hinunter. Es hatte die Situation sehr rasch klar erfaßt.

»Er war sowieso schon alt«, sagte es und richtete die wäßrigen Augen wieder auf Kaufman, um ihn eindringlich zu mustern.

»Das geht dich 'n Scheiß an«, sagte Kaufman.

Das Geschöpf versuchte ein gequältes Lächeln, aber es hatte wohl vergessen, wie das ging; das Ergebnis war eine Fratze. Es stellten einen Mundvoll Zähne zur Schau, die zweckmäßig spitz zugefeilt waren.

»Jetzt mußt du dies für uns tun«, sagte es durch das bestialische

Grinsen hindurch. »Ohne Nahrung können wir nicht überleben.«
Die Hand tätschelte die Hinterkeulen aus Menschenfleisch. Auf dies Ansinnen fehlten Kaufman die Worte. Er starrte nur voller Ekel auf die Fingernägel, die in den Spalt zwischen den Hinterbacken glitten und der Schwellung des zarten Muskelgewebes nachspürten.
»Es ekelt uns nicht weniger als dich«, sagte das Geschöpf. »Aber wir müssen dies Fleisch essen, oder wir sterben. Weiß Gott, mir steht der Geschmack nicht danach.«
Nichtsdestotrotz lief dem Wesen sichtbar das Wasser im Mund zusammen.
Kaufman fand seine Stimme wieder. Sie klang kleinlaut, mehr aus einer Verwirrung der Gefühle als aus Angst. »Was seid ihr?« Er erinnerte sich an den Bärtigen im Delikatessenladen. »Seid ihr Opfer irgendwelcher mißglückter Versuche?«
»Wir sind die Stadtväter«, sagte das Wesen. »Und die Stadtmütter, -töchter und -söhne. Die Erbauer, die Gesetzemacher. Wir haben diese Stadt gemacht.«
»New York?« fragte Kaufman. »Die Hochburg der Wonnen?«
»Ehe du geboren wurdest, ehe irgendein Lebender geboren wurde.« Während es sprach, fuhren die Finger des Geschöpfs unter die Haut des zerspaltenen Körpers und schälten die dünne elastische Schicht von dem leckeren Muskelstrang. Hinter Kaufman hatten die anderen Kreaturen begonnen, die Körper aus den Halteschlaufen abzuhängen. Sie legten ihre Hände in derselben wonneschwelgenden Art auf die glatten Brüste und Flanken aus Menschenfleisch. Auch sie hatten angefangen, die Stücke zu enthäuten.
»Du wirst uns mehr bringen«, sagte der Vater, »mehr Fleisch für uns. Der andere war schwach.«

Kaufman glotzte ungläubig. »Ich?« sagte er. »Euch ernähren? Wofür haltet ihr mich denn?«
»Du mußt es für uns tun, und für jene, die älter sind als wir. Für jene, die geboren wurden, bevor man überhaupt an die Stadt dachte, als Amerika Waldland und Wüste war.«
Die zerbrechliche Hand deutete aus dem Zug hinaus.
Kaufmans Blick folgte dem ausgestreckten Finger in die Düsternis. Da draußen war noch was anderes, das er vorher übersehen hatte; viel größer als irgend etwas Menschliches.
Das Rudel der Kreaturen wich auseinander, um Kaufman durchzulassen, damit er näher in Augenschein nehmen könne, was auch immer da draußen stand, aber seine Füße wollten sich nicht bewegen.
»Vorwärts«, sagte der Vater.
Kaufman dachte an die Stadt, seine alte Liebe. Waren dies wirklich ihre Altvordern, ihre Philosophen, ihre Schöpfer? Er mußte es glauben. Vielleicht gab es Leute an der Oberfläche – Bürokraten, Politiker, Autoritäten jeglicher Art –, die dieses gräßliche Geheimnis kannten, deren Leben dazu ausersehen war, diese Wesen des Abscheus zu erhalten, sie zu füttern, wie die Wilden Lämmer an ihre Götter verfüttern. Dies Ritual hatte eine gräßliche Vertrautheit an sich. Es ließ etwas Vergessenes anklingen – nicht in Kaufmans verstandesgemäßem Bewußtsein, sondern in seinem tieferen, älteren Selbst.
Seine Füße, die nicht mehr seinem Bewußtsein gehorchten, sondern seinem Trieb, etwas Höheres anzubeten, setzten sich in Bewegung. Er ging durch die Körpergasse und stieg aus dem Zug.
Das Licht der Fackeln vermochte die grenzenlose Dunkelheit draußen kaum zu erhellen. Die Luft schien undurchdringlich, so fest duftete sie nach der alten Erde. Aber Kaufman roch

nichts. Sein Kopf verneigte sich, das war alles, was er tun konnte, um zu verhindern, daß er wieder ohnmächtig wurde.
Da war er, der Vorläufer des Menschen. Der Ur-Amerikaner, dessen Stammheimat dies Land noch vor den Cheyenne oder Passamaquoddy war. Seine Augen, sofern er Augen hatte, ruhten auf ihm.
Kaufmans Körper bebte. Seine Zähne klapperten.
Er konnte die Geräusche des Skeletts dieses Wesens hören: Es tickte, knisterte, schluchzte.
In der Finsternis veränderte es leicht seine Lage.
Das Geräusch der Bewegung war furchterregend. Wie ein Berg, der sich aufrichtet.
Kaufman hob unwillkürlich das Gesicht zu ihm empor, und ohne darüber nachzudenken, was er oder weshalb er es tat, fiel er in der Scheiße vor dem Väter-Vater auf die Knie.
Jeder Tag seines Lebens hatte zu diesem Tag hingeführt, jeder Augenblick diesem nicht planbaren Augenblick heiligen Schreckens entgegengebebt.
Hätte das Licht in diesem Höllenschlund ausgereicht, das Ganze zu sehen, wäre womöglich sein laues Herz zersprungen. So aber fühlte er es in seiner Brust beim Anblick dessen, was er sah, flattern.
Ein Riese war's. Ohne Kopf oder Gliedmaßen. Ohne Merkmale, die sich mit menschlichen hätten vergleichen lassen, ohne Organ, das Sinn und Verstand gehabt hätte. Und wenn das Wesen Ähnlichkeit mit irgend etwas besaß, dann mit einem Fischschwarm. Tausend sich regende Mäuler, die alle in rhythmischem Gleichklang sproßten, blühten und welkten. Es irisierte wie Perlmutt, aber hin und wieder leuchtete es intensiver als jede Farbe, die Kaufman kannte oder zu benennen vermochte.

Das war alles, was er sehen konnte, und es war mehr, als er sehen wollte. Die Dunkelheit barg noch viel mehr Geflacker und Geflatter. Aber er konnte nicht länger hinschauen. Er wandte sich ab, und kaum tat er's, wurde ein Fußball aus dem Waggon geschleudert, der vor den Vater hinrollte.

Zumindest dachte Kaufman, daß es ein Fußball war, bis er ihn sich genauer ansah und einen Menschenkopf in ihm erkennen mußte: den Kopf des Schlächters. Die Gesichtshaut war streifenweise abgeschält. So lag er vor seinem Herrn und glänzte in blutiger Nässe.

Kaufman schaute weg und ging zum Waggon zurück. Jeder Teil seines Körpers schien zu weinen, bis auf die Augen. Sie brannten noch von dem Anblick, der jetzt hinter ihm lag, in ihrer Hitze verkochten seine Tränen.

Drinnen hatten sich die Kreaturen bereits über ihr Nachtmahl hergemacht. Eine, sah er, zerrte gerade den blauen süßen Happen eines Frauenauges aus der Höhle. Eine andere hatte eine Hand im Mund. Kaufman zu Füßen lag der kopflose Leichnam des Schlächters, und dort, wo man ihm den Hals durchbissen hatte, rann noch überreich das Blut heraus.

Der schmächtige Vater, der anfangs das Wort an ihn gerichtet hatte, stand vor Kaufman. »Dienst du uns?« fragte er sanft, etwa so, wie man eine Kuh auffordert, einem zu folgen.

Kaufman starrte das Hackmesser an, das Amtssymbol des Schlächters. Die Geschöpfe verließen jetzt den Waggon und zogen die halb verspeisten Leichen hinter sich her. Als sich die Fackeln entfernten, kehrte die Dunkelheit zurück.

Aber bevor die Lichter ganz verschwunden waren, streckte der Vater die Hand aus, bekam Kaufmans Gesicht zu fassen und stieß ihn herum, damit er sich in der verschmierten Fensterscheibe selbst anschaute.

Die Spiegelung war nur schemenhaft, aber Kaufman konnte durchaus deutlich sehen, wie verwandelt er war. Weißer, als ein Lebender sein darf, voller Schmutz und Blut.
Der Vater hielt noch immer Kaufmans Gesicht fest, und sein Zeigefinger hakte sich in dessen Mund hinein und den Schlund hinunter. Der Nagel schlitzte den Rachen auf. Kaufman umwürgte voller Brechreiz den Eindringling, hatte aber zur Abwehr der Attacke keinen Willensrest mehr übrig.
»Diene«, sagte das Geschöpf. »In Verschwiegenheit.«
Zu spät begriff Kaufman die Absicht des Fingers...
Plötzlich wurde seine Zunge eisenhart gepackt und am Wurzelgrund herausgedreht. Zu Tod erschrocken, ließ er das Hackmesser fallen. Er versuchte zu schreien, aber es kam kein Laut. Blut füllte ihm den Rachen, er hörte sein Fleisch reißen, und unerträgliche Schmerzen durchkrampften ihn.
Dann war die Hand aus seinem Mund heraus, und die scharlachroten, speichelbedeckten Finger hielten ihm zwischen Daumen und Zeigefinger seine Zunge vors Gesicht.
Kaufman war sprachlos.
»Diene«, sagte der Vater, stopfte sich die Zunge in den Mund und kaute offenkundig zufrieden auf ihr herum. Kaufman fiel auf die Knie und kotzte sein Sandwich aus.
Schon schlurfte der Vater in die Dunkelheit davon; die restlichen Altvordern waren in ihren Labyrinthen verschwunden bis zur nächsten Nacht.
Die Lautsprecher knisterten.
»Nach Hause«, sagte der Fahrer.
Die Türen zischten zu, und das Geräusch des plötzlichen Energieschubs durchströmte den Zug. Die Lichter gingen flakkernd an, dann aus, dann wieder an.
Der Zug setzte sich in Bewegung.

Kaufman lag am Boden, und die Tränen liefen ihm übers Gesicht, Tränen der Vernichtung und der Ergebung. Bestimmt würde er verbluten, hier, wo er lag. Es machte nichts, wenn er starb. Die Welt war sowieso schlecht und gemein.

Der Fahrer weckte ihn. Kaufman öffnete die Augen. Das Gesicht, das auf ihn runterschaute, war schwarz und nicht unfreundlich. Der Mann grinste. Kaufman versuchte, etwas zu sagen, aber sein Mund war mit vertrocknetem Blut versiegelt. Wie ein sabbriger Quasselbruder stieß er ruckartig den Kopf herum und versuchte, ein Wort auszuspucken. Nur Gegrunze kam.

Tot war er nicht. Verblutet war er nicht.

Der Fahrer zog ihn hoch, daß er auf die Knie kam, und sprach mit ihm wie mit einem Dreijährigen.

»Hast 'ne Mordsaufgabe, mein Guter: Sie sind echt angetan von dir.«

Der Fahrer hatte sich die Finger naßgeleckt und rieb mit ihnen über Kaufmans geschwollene Lippen, versuchte, sie voneinander zu lösen.

»Gibt 'ne Menge zu lernen bis morgen nacht...«

Menge zu lernen. Menge zu lernen.

Er führte Kaufman aus dem Zug hinaus. Sie waren in einer Station, die er niemals zuvor gesehen hatte. Sie war weiß gekachelt und makellos rein; das Nirwana eines jeden Stationsvorstehers. Kein Graffito entstellte die Wände. Es gab keine Fahrmünzautomaten, aber schließlich gab es auch keine Eintrittsschleusen und Passagiere. Dies hier war ein Grenzposten, der nur einen einzigen Gegenstand der Wartung vorsah: den Fleischzug.

Eine Frühschicht Putzleute war bereits damit beschäftigt, das

Blut von den Sitzbänken und vom Boden des Zuges mit Schläuchen wegzuspritzen. Jemand zog den Leichnam des Schlächters bis auf die Haut aus, um ihn für den Transport nach New Jersey vorzubereiten. Rings um Kaufman war alles bei der Arbeit.

Ein Regen morgendlichen Lichts ergoß sich durch einen Gitterrost in der Decke der Station. Staubteilchen schwebten in den Strahlen und wirbelten im Ringelreihen. Kaufman sah ihnen hingerissen zu. So etwas Schönes hatte er seit seinen Kindertagen nicht mehr gesehen. Wunderschöner Staub. Rundum im Ringelreihen, rundherum.

Dem Fahrer war es gelungen, Kaufmans Lippen voneinander zu trennen. Der Mund war zu schwer verletzt, um ihn zu bewegen, aber zumindest fiel so das Atmen leichter. Und der Schmerz begann schon abzuklingen.

Der Fahrer lächelte ihn an und wandte sich dann an die Arbeiter der Station.

»Möcht' euch gern Mahoganys Ersatz vorstellen: unser neuer Schlächter«, gab er bekannt.

Die Arbeiter schauten Kaufman an. In ihren Gesichtern zeichnete sich eine gewisse Hochachtung ab, was er recht ansprechend fand.

Kaufman sah zum Sonnenlicht hinauf, das jetzt rings um ihn herabfiel. Er ruckte mit dem Kopf, um anzudeuten, daß er raufgehen wollte, raus ins Freie. Der Fahrer nickte und führte ihn eine steile Treppenflucht hinauf, weiter durch eine schmale Passage und auf diesem Weg hinaus auf den Bürgersteig.

Es war ein schöner Tag. Den Himmel über New York durchmaserten blasse, pinkfarbene Wolkenfädchen, und die Luft roch morgendlich.

Die Straßen und Avenues waren so gut wie leer. In einiger

Entfernung überquerte ein vereinzeltes Taxi eine Kreuzung, der Motor klang wie ein Gewisper. Drüben auf der anderen Straßenseite quälte sich ein Jogger vorbei.
Sehr bald würden diese verlassenen Gehsteige voll sein mit sich drängenden Menschenmassen. In völliger Ahnungslosigkeit würde die Stadt zur Tagesordnung übergehen – und niemals wissen, worauf sie erbaut war oder wem sie ihr Leben verdankte. Ohne Zögern fiel Kaufman auf die Knie, küßte den verdreckten Beton mit seinen blutigen Lippen und schwor stumm ihrem Fortbestand ewige Treue.
Kommentarlos nahm die Hochburg der Wonnen den Huldigungsakt entgegen.

Das Gevatter und Jack

Weshalb es die Mächte (lang mögen sie hofhalten; lang mögen sie Licht scheißen auf die Scheitel der Verdammten) von der Hölle ausgesandt hatten zur Pirschjagd auf Jack Polo, war dem Geyatter einfach unerfindlich. Jedesmal, wenn es übers Netzsystem an seinen Herrn und Meister eine schüchterne Anfrage des simplen Inhalts: »Was habe ich denn hier verloren?« expedierte, erteilte man ihm seiner Neugier wegen unverzüglich einen Rüffel. Das sei nicht seine Sache, kam die Antwort, seine Sache sei die reine Durchführung, notfalls sein Tod beim Sich-drum-Bemühen. Sechs Monate war das Geyatter nun schon hinter Polo her, und allmählich sah es im Untergang eine durchaus annehmbare Alternative. Dieses endlose Versteckspiel war zu niemands Nutzen und stürzte das Geyatter in tiefste Frustration. Es befürchtete Magengeschwüre, es befürchtete psychosomatischen Aussatz (ein Leiden, für das niederere Dämonen wie seinesgleichen anfällig waren) und was das Schlimmste war: Es befürchtete, vollständig die Geduld zu verlieren und in einem unbezähmbaren Anfall von Verärgerung den Mann glattweg abzuschlachten.

Und überhaupt: Wer war schon dieser Jack Polo?

Ein Gewürzgurken-Importeur; bei den Eiern des Leviathan, Gewürzgurken-Importeur war er, schlicht und ergreifend. Sein Leben war ramponiert, seine Familie war belanglos, seine politische Einstellung simpel und seine Theologie nicht existent. Der Mann war eine Null, eins von den ganz faden Kinkerlitzchen der Natur – wozu sich abgeben mit seinesgleichen? Das war kein Faust: Der hier schloß keinen Pakt oder verkaufte seine Seele. Der bräuchte bei der Aussicht auf göttliche Erleuchtung nicht groß zu überlegen: Kurz schniefen würde er, die Achseln zucken und weiter seine Gurken importieren.

Aber das Geyatter war an dies Haus gefesselt, die lange Nacht, den lieben langen Tag, bis es den Mann in den Wahnsinn getrieben hätte, mehr oder minder jedenfalls. Das erwies sich nachgerade als ein zeitraubendes, wenn nicht gar nie endendes Vorhaben. Ja, es gab Momente, in denen es selbst psychosomatischen Aussatz in Kauf genommen hätte, sofern damit nur eine invaliditätsbedingte Entlassung aus dieser unmöglichen Mission verbunden gewesen wäre.

Was nun Jack J. Polo anging, so blieb dieser weiterhin ein Ausbund an Ahnungslosigkeit. Das war er schon immer gewesen, und sein Lebensweg war tatsächlich mit den Opfern seiner Naivität gepflastert. Als ihn seine jüngst entschlafene Gattin betrog (bei mindestens zwei Fehltritten war er, fernsehenderweise, im Haus gewesen), war er der letzte, der's rausfand. Und das trotz der Spuren, die die beiden hinterlassen hatten! Ein blinder Taubstummer wäre mißtrauisch geworden. Jack nicht. Er wurstelte in seiner stumpfsinnigen Arbeit herum, ohne jemals das penetrante Kölnisch des Ehebrechers zu bemerken und ebensowenig die ungewöhnliche Regelmäßigkeit, mit der seine Frau die Bettlaken wechselte.

Das gleiche Desinteresse an dem, was um ihn vorging, zeigte er, als ihm seine jüngste Tochter Amanda ihre lesbische Veranlagung gestand. Seine Reaktion: ein Seufzer und ein leicht konfuser Blick.

»Also, solang du nicht schwanger wirst, Schätzchen«, antwortete er und schlenderte fort in den Garten, unbekümmert wie immer.

Was konnte ein Furienwesen bei einem solchen Mann schon ausrichten?

Einem Geschöpf, das darauf dressiert war, seine vorwitzigen Finger in die Wunden der menschlichen Psyche zu legen, bot Polo eine so eisglatte, eine jedes Merkmal entbehrende Oberfläche, als sollte der bösen Tücke jedweder Halt verweigert werden.

Vorkommnisse schienen in seiner vollkommenen Teilnahmslosigkeit keinerlei Spuren zu hinterlassen. Die Katastrophenfälle seines Lebens schienen sein Gemüt nicht im geringsten mit Narben zu verunstalten. Als er schließlich mit der Untreue seiner Frau tatsächlich und unzweideutig konfrontiert wurde (er erwischte die beiden zufällig beim Vögeln im Bad), brachte er es einfach nicht fertig, verletzt oder gedemütigt zu sein.

»So was passiert eben«, sagte er sich und drückte sich aus dem Badezimmer, um die beiden beenden zu lassen, was sie angefangen hatten.

»Che sera, sera.«

Che sera, sera. Der Mann bediente sich dieser verdammten Floskel mit monotoner Regelmäßigkeit. Aus dieser fatalistischen Philosophie heraus schien er zu leben, und er ließ Angriffe auf seine Männlichkeit, seinen Ehrgeiz und seine Würde von seinem Ego abperlen wie das Regenwasser von seinem Glatzkopf.

Das Gevatter hatte gehört, wie Polos Frau ihrem Mann alles gestand (es hing verkehrt herum am Beleuchtungskörper, unsichtbar wie immer), und die Szene hatte es zusammenzukken lassen. Da stand die aufgewühlte Sünderin, bettelte darum, angeklagt, angeschrien, ja geschlagen zu werden, und statt ihr gehässig Genugtuung zu geben, hatte Polo nur mit den Achseln gezuckt und sie, ohne sie mit einem Wort zu unterbrechen, ihren Fall darlegen lassen, bis sie nichts mehr zu enthüllen hatte. Endlich war sie dann gegangen, mehr aus Frustration und Kummer als aus Schuldgefühl; das Fehlen jeglicher rechtschaffener Wut bei ihrem Mann hatte sie schwer gekränkt; das Geyatter hatte es gehört, wie sie es dem Badezimmerspiegel erzählte. Kurze Zeit später stürzte sie sich vom Balkon des Roxy-Kinos.

In mancherlei Hinsicht kam dem Furienwesen ihr Selbstmord ganz gelegen. Jetzt, da die Frau tot war und die Töchter das Zuhause verlassen hatten, konnte es durchdachtere Tricks aushecken, um sein Opfer zu entnerven, ohne immer drauf achten zu müssen, seine Gegenwart vor Geschöpfen geheimzuhalten, auf die es die Mächte nicht abgesehen hatten.

Aber die Abwesenheit der Frau hatte zur Folge, daß das Haus tagsüber leerstand, und das wurde bald zu einer Stumpfsinnslast, die das Geyatter kaum erträglich fand. Die Stunden von neun bis fünf, sie schienen endlos, wenn man allein im Haus war. Vermotzt, trübselig stromerte es dann herum und dachte sich verstiegene und abstruse Racheakte aus für den Polo-Mann, schritt totentraurig die Zimmer ab, nur begleitet von den klickenden und surrenden Geräuschen des Hauses, wenn die Heizkörper abkühlten oder der Kühlschrank sich ein- und ausschaltete. Rasch wurde die Lage derart desperat, daß das Eintreffen der Mittagspost zum Höhepunkt des Tages wurde, und unerschütterliche Melancholie senkte sich jedesmal auf das Geyatter herab, wenn der Postbote nichts einzuwerfen hatte und einfach zum nächsten Haus weiterging.

Mit der Rückkehr Jacks gingen die Spiele dann ernstlich los.

Die übliche Aufwärmroutine: Jack an der Tür abfangen und verhindern, daß sein Schlüssel sich im Schloß umdreht. Das Kräftemessen dauerte so ein, zwei Minuten, bis Jack zufällig den Blockierungsschwerpunkt des Geyatters herausfand und für diesen Tag Sieger blieb. Drinnen dann brachte es alle Lampenschirme zum Schwingen. Normalerweise nahm der Mann diese Darbietung nicht zur Kenntnis, ganz gleich, wie heftig das Geschaukel auch war. Allenfalls zuckte er eventuell mit den Achseln, murmelte im Flüsterton was vom Sichsenken der Grundmauern und hängte unweigerlich sein *»Che sera, sera«* dran.

Im Badezimmer hatte das Geyatter bereits den Toilettensitz rundum mit Zahnpasta garniert und die Handbrause mit durchweichtem Toilettenpapier verstopft. Er duschte sogar gemeinsam mit Jack, hing dabei ungesehn an der Stange, die den Duschvorhang hielt, und raunte ihm obszöne Eingebungen ins Ohr. Das funktioniere immer, schärfte man den Dämonen auf der Akademie ein. Unfehlbar verstörten die eingeflüsterten Obszönitäten die Klienten, machten sie glauben, daß sie sich diese verabscheuungswürdigen Akte selbst ausdachten und trieben sie zum Ekel vor sich selbst, dann zur Ablehnung ihrer selbst und schließlich zum Wahnsinn. In wenigen Fällen gerieten die Opfer durch diese geraunten Eingebungen sogar derart in Erregung, daß sie auf die Straße liefen und sie ausagierten. Unter solchen Umständen wurde das Opfer häufig verhaftet und eingesperrt. Das Gefängnis führte dann zu weiteren Verbrechen und zum langsamen Hinschwinden der moralischen Reserven – der Sieg war auf diesem Weg sicher. Und auf diese oder eine andere Art kam letztlich der Irrsinn zum Vorschein.

Nur daß sich aus irgendeinem Grund diese Regel auf Polo

nicht anwenden ließ; er war nicht zu beunruhigen: ein Bollwerk der Anständigkeit.

In der Tat fiel, wie die Dinge lagen, dem Geyatter die Rolle dessen, der zusammenbrach zu. Es war müde; sosehr müde. Endlose Tage lang die Katze quälen, die Witzseiten aus der gestrigen Zeitung lesen, die Spielserien im Fernsehen beglotzen: das laugte das Furienwesen aus. Neuerdings hatte es eine Leidenschaft für die Frau entwickelt, die Polo gegenüber auf der anderen Straßenseite wohnte. Sie war eine junge Witwe und verbrachte augenscheinlich den größten Teil ihres Lebens damit, splitternackt ums Haus zu stolzieren. Manchmal, zur Mittagszeit, wenn sich der Postbote wieder mal nicht blicken ließ, war es für das Geyatter fast unerträglich, die Frau drüben vor Augen zu haben und zu wissen, daß es niemals die Schwelle von Polos Haus überschreiten konnte.

So lautete das Gesetz. Das Geyatter war ein subalterner Dämon, und seine Seelenfängerei war strikt auf den häuslichen Umkreis seines Opfers eingegrenzt. Ein Schritt darüber hinaus bedeutete die Preisgabe aller Macht über das Opfer: ein Sichausliefern an die Gnade und Ungnade der Menschennatur.

Den ganzen Juni und Juli und fast den ganzen August schwitzte es in seinem Gefängnis, und all diese strahlenden, heißen Monate über bewahrte Jack Polo seine vollkommene Ungerührtheit gegenüber den Attacken des Geyatters.

Es war zutiefst verwirrend und zerstörte nach und nach das Selbstvertrauen des Dämons, mit ansehen zu müssen, wie dieses kühl-glatte Opfer jeden Anschlag und Trick überlebte.

Das Geyatter weinte.

Das Geyatter zeterte.

In einem Anfall zügelloser Qual brachte es das Wasser im Aquarium zum Kochen und pochierte dabei die Guppies.

Polo hörte nichts, sah nichts.

Schließlich, Ende September, brach das Geyatter eine der Grundregeln seines Standes und wandte sich direkt an seine Meister.

Der Herbst ist die Jahreszeit der Hölle; und die Dämonen der höheren Herrschaftsränge fühlten sich milde gesinnt. Sie geruhten, mit ihrer Kreatur zu sprechen.

»Was willst du?« fragte Beelzebub, und seine Stimme schwärzte die Luft im Wohnzimmer.

»Dieser Mann...« begann das Geyatter nervös.

»Ja?«

»Dieser Polo...«

»Ja?«

»Ich bring's zu keinem Ergebnis bei ihm. Ich kann keine Panik bei ihm auslösen, ich kann keine Angst, nicht einmal leichte Beunruhigung bei ihm hervorbringen. Fruchtlos bin ich, o Herr der Fliegen, und ich wünsche, daß man mich von meinem Elend befreit.«

Einen Augenblick lang nahm Beelzebubs Gesicht im Spiegel über dem Kaminsims Gestalt an.

»*Was* willst du?«

Beelzebub war halb Elefant, halb Wespe. Das Geyatter fürchtete sich schrecklich.

»Ich... will sterben.«

»Du kannst nicht sterben.«

»Fort aus dieser Welt. Nur von dieser Welt wegsterben. Dahinschwinden. Ausgetauscht werden.«

»Du wirst nicht sterben.«

»Aber ich kann ihn nicht zugrunde richten!« kreischte unter Tränen das Geyatter.

»Du mußt es.«

»Warum?«
»Weil Wir's dich heißen.« Immer gebrauchte Beelzebub den Pluralis majestatis, obwohl ihm das gar nicht zustand.
»Laßt mich wenigstens wissen, weshalb ich in diesem Haus bin«, bat das Geyatter dringlich. »Was ist er denn schon? Nichts! Ein Nichts ist er!«
Beelzebub fand das gelungen. Er lachte, summte, trompetete. »Jack Johnson Polo ist das Kind eines praktizierenden Mitglieds der Kirche des Verlorenen Heils. Er gehört Uns.«
»Aber was bitte wollt Ihr denn mit ihm? Er ist so fad.«
»Wir wollen ihn, weil man Uns seine Seele versprochen und seine Mutter sie nicht ausgeliefert hat. Oder selber nicht so weit gekommen ist. Sie hat Uns betrogen. Tod in den Armen eines Priesters, und sicheres Geleit zum...«
Das darauffolgende Wort war mit dem Bannfluch belegt. Der Herr der Fliegen brachte es kaum über sich, es auszusprechen.
»...Himmel«, sagte Beelzebub mit unendlicher Trauer über den Verlust in der Stimme.
»Himmel«, sagte das Geyatter und wußte nicht recht, was mit dem Wort gemeint war.
»Auf Geheiß des Alten höchstpersönlich ist Polo mit Furien zu hetzen und zu bestrafen für die Verbrechen seiner Mutter. Keine Tortur ist grausam genug für eine Familie, die Uns betrogen hat.«
»Ich bin am Ende«, setzte das Geyatter inständig dagegen und wagte es, sich dem Spiegel zu nähern. »Bitte. Ich fleh' Euch an.«
»Bring diesen Mann zur Strecke«, sagte Beelzebub, »oder du leidest an seiner Statt.«
Die Gestalt im Spiegel winkte mit ihrem schwarzgelben Rüssel und verblaßte.

»Wo bleibt dein Stolz?« sagte die Stimme des Meisters noch und verhallte in der Ferne. »Stolz, Geyatter, Stolz!«
Dann war er fort.
In seiner Frustration griff sich das Geyatter den Kater und warf ihn ins Kaminfeuer, wo er rasch eingeäschert wurde. Wenn das Gesetz doch nur gestattete, menschliches Fleisch mit einer solch einfachen Quälerei heimzusuchen, dachte es. Ja, wenn nur. Wenn nur – dann würde es Polo solche Torturen erdulden lassen. Aber nein. Das Geyatter kannte die Gesetze so gut wie seinen Handrücken; von seinen Lehrern waren sie ihm als gerade flügge gewordenem Dämon auf den Balg gebleut worden. Und Gebot eins bestimmte: »Du sollst nicht an deine Opfer Hand anlegen.«
Man hatte ihm nie gesagt, weshalb dieses Gebot Geltung beanspruchte, aber das tat es.
»Du sollst nicht...«
Also ging die peinliche Prozedur weiter. Tagein, tagaus, und noch immer zeigte der Mann kein Symptom des Weichwerdens. Im Verlauf der nächsten Wochen murkste das Geyatter zwei weitere Kater ab, die Polo als Ersatz für seinen hochgeschätzten Freddy (nunmehr Asche) heimbrachte.
Das erste dieser armen Opfer wurde an einem unproduktiven Freitagnachmittag in der Kloschüssel ertränkt. Es war immerhin eine Genugtuung, den Ausdruck des Ekels auf Polos Gesicht sich abzeichnen zu sehen, als er den Reißverschluß seiner Hose öffnete und runterschaute. Aber jegliches Vergnügen, das das Geyatter an Jacks Fassungslosigkeit fand, wurde durch die unbekümmert souveräne Art wieder aufgehoben, in der der Mann mit dem toten Kater fertig wurde: Er hievte das triefende Fellbündel aus dem Becken, wickelte es in ein Handtuch und begrub es im Garten praktisch ohne einen Mucks.

Der dritte Kater, den Polo nach Hause brachte, war über die unsichtbare Gegenwart des Dämons von Anfang an im Bilde, und so wurde dann auch Mitte November das Leben für das Geyatter eine unterhaltsame Woche lang, in der es Katz und Maus mit Freddy III. spielte, geradezu interessant. Freddy spielte die Maus. Da Katzen keine besonders hellen Tiere sind, war der Zeitvertreib schwerlich eine große intellektuelle Herausforderung, aber er brachte Abwechslung in die endlosen Tage des Wartens, Verfolgens und Scheiterns. Zumindest akzeptierte das Tier die Gegenwart des Geyatters. Zu guter Letzt jedoch, in einer scheußlichen Stimmung (ausgelöst durch die Wiederverheiratung der nackten Witwe von gegenüber) verlor der Dämon seine Geduld mit dem Kater. Der wetzte seine Krallen auf dem Nylonteppich, kratzte stundenlang mit den Klauen am Velours. Das Geräusch tötete dem Dämon den metaphysischen Nerv: ein einziger kurzer Blick auf den Kater, und der zersprang in Stücke, als hätte er eine scharfe Granate verschluckt.
Die Wirkung war imposant, die Ergebnisse kraß: überall Katzenhirn, Katzenfell und Katzeneingeweide.
Polo kam an diesem Abend erschöpft nach Hause, stand unter der Tür des Eßzimmers und musterte mit zutiefst angeekeltem Gesicht das Blutbad, in das sich Freddy III. verwandelt hatte.
»Elende Hunde«, sagte er. »Elende Hundsviecher, elende.«
Wut war in seiner Stimme. Ja, frohlockte das Geyatter, regelrechte Wut. Der Mann war durcheinander: In seinem Gesicht zeigten sich eindeutig feststellbare Anzeichen von Gefühl.
Hochgestimmt fegte der Dämon durchs Haus, wild entschlossen, seinen Sieg auszureizen. Er machte jede Tür auf und knallte sie zu, zertrümmerte Vasen, brachte die Lampenschirme zum Schwingen.

Polo kratzte lediglich feinsäuberlich den Kater zusammen.
Das Geyatter warf sich die Treppe runter, zerfetzte ein Kissen, schlüpfte auf dem Speicher in die Rolle eines kichernden Wesens mit Hinkefuß und Lust auf Menschenfleisch.
Polo begrub lediglich Freddy III. neben dem Grab von Freddy II. und der Asche von Freddy I. Dann legte er sich schlafen, ohne sein Kissen.
Der Dämon fühlte sich restlos aufgeschmissen. Welche Chance, bitte, blieb ihm denn, diesen Dreckskerl jemals zu knacken, wenn der Mann beim Explodieren seines Katers im Eßzimmer nicht mehr als den Funken einer Anteilnahme aufzubringen vermochte?
Eine letzte Möglichkeit stand noch aus.
Christi Geburtstag rückte näher, und Jacks Kinder würden heimkommen in den Schoß der Familie. Vielleicht konnten sie ihn überzeugen, daß mit der Welt doch nicht alles in Ordnung war; vielleicht konnten sie ihre Fingernägel unter seine makellose Gleichgültigkeit zwängen und anfangen, ihn niederzureißen. Hoffend, wo es nichts mehr zu hoffen gab, harrte das Geyatter die Wochen bis in den späten Dezember aus und plante seine Angriffe mit aller erfinderischen Bösartigkeit, die es aufbringen konnte.
Inzwischen ging Jacks Leben seinen gemächlichen Gang. Er schien abgetrennt von seiner Erfahrung zu leben, lebte sein Leben, wie ein Autor möglicherweise eine grotesk-abstruse Erzählung schreibt: indem er sich selbst nie zu tief in den Geschehensablauf verwickelt. Einige bezeichnende Umstände zeigten jedoch seine Begeisterung für den kommenden Feiertag. Er machte die Zimmer seiner Töchter tadellos sauber. Er bezog ihre Betten mit süß riechender Wäsche. Er entfernte jedes Fleckchen Katzenblut aus dem Teppich. Er stellte sogar

einen Christbaum im Wohnzimmer auf, behängt mit schillernden Kugeln, Lametta und Geschenken.
Hin und wieder, während er mit den Vorbereitungen zugange war, dachte Jack an das Spiel, das er spielte, und rechnete sich still die Nachteile aus. In den bevorstehenden Tagen würde er nicht nur sein Leiden, sondern auch das seiner Töchter gegen den möglichen Sieg abwägen müssen. Und immer, wenn er diese Berechnungen anstellte, schien die Chance des Sieges die Risiken aufzuwiegen.
Also fuhr er fort, sein Leben zu schreiben, und wartete.
Schnee stellte sich ein, sanftes Wattepochen gegen die Fenster, gegen die Tür. Kinder kamen, um Weihnachtslieder zu singen, und er war freigebig zu ihnen. Für eine kurze Zeitspanne war es möglich, an den Frieden auf Erden zu glauben.
Spätabends am dreiundzwanzigsten Dezember trudelten die Töchter ein, in einem Gestöber aus Koffern und Küssen. Die jüngere, Amanda, kam als erste. Aus seinem Beobachtungsposten auf dem Treppenabsatz taxierte das Geyatter erbost die junge Frau. Augenscheinlich nicht das ideale Material, um damit einen Zusammenbruch auszulösen. Genaugenommen wirkte sie bedrohlich. Gina folgte ein, zwei Stunden später; eine glatt-versierte Frau von Welt mit vierundzwanzig, die aufs Haar so einschüchternd wie ihre Schwester wirkte. Sie drängten ins Haus mit ihrer Hektik und ihrem Gelächter; sie stellten die Möbel um; sie beförderten alte Lebensmittel aus der Kühltruhe und gestanden einander (und ihrem Vater), wie sehr sie sich gegenseitig gefehlt hätten. Innerhalb weniger Stunden erstrahlte das bislang trist-graue Haus in den frischen Farben von Licht und Spaß und Liebe.
Das Geyatter wurde krank davon.
Wimmernd barg es den Kopf im Schlafzimmer, um sich gegen

das Zuneigungsgetöse abzuschirmen, aber die Stoßwellen hüllten es ein. Ihm blieb nur übrig, dazusitzen, zuzuhören und seine Rache zu verfeinern.
Jack freute sich, seine Schönen daheim zu haben. Amanda so engagiert und so stark wie ihre Mutter. Gina mehr wie *seine* Mutter: ausgeglichen, scharfsichtig. Die Gegenwart der beiden machte ihn so glücklich, daß er hätte weinen können. Und was tut der stolze Vater? Setzt sie beide einem solchen Risiko aus. Aber gab es eine Alternative? Wenn er die Weihnachtsfeier ausfallen ließ, würde das äußerst verdächtig wirken. Es würde womöglich seine ganze Strategie zu Fall bringen und den Feind auf das Manöver aufmerksam machen, das gegen ihn im Gange war.
Nein, er mußte eisern die Stellung halten. Den Dummen spielen, sich weiter so verhalten, wie es der Feind nachgerade von ihm erwartete.
Die Zeit zum Handeln würde kommen.
Am Weihnachtsmorgen um drei Uhr fünfzehn eröffnete das Geyatter die Feindseligkeiten, indem es Amanda aus dem Bett warf. Eine windige Nummer bestenfalls, aber sie hatte den gewünschten Effekt. Verschlafen rieb sie ihren angeschlagenen Kopf und kletterte zurück ins Bett, nur um zu erleben, daß dieses wie ein ungezähmtes Fohlen hochbockte, sich schüttelte und sie wiederum abwarf.
Der Lärm weckte die andern im Haus. Gina war als erste im Zimmer ihrer Schwester.
»Was ist los?«
»Es ist jemand unterm Bett.«
»Was?«
Gina griff sich einen Briefbeschwerer vom Toilettentisch und forderte den Angreifer auf herauszukommen. Das Geyatter

saß, unsichtbar, auf der Bank unterm Fenster, machte obszöne Gebärden zu den Frauen hin und band sich Knoten in die Genitalien.
Gina schaute unters Bett. Das Geyatter klebte jetzt am Beleuchtungskörper, brachte ihn dazu, hin und her zu schwingen, und ließ so das Zimmer in Taumel geraten.
»Da ist nichts.«
»Doch.«
Amanda wußte Bescheid. O ja, sie wußte Bescheid.
»Irgendwas ist hier, Gina«, sagte sie. »Irgendwas ist hier bei uns im Zimmer, da bin ich ganz sicher.«
»Nein.« Gina war kategorisch. »Es ist leer.«
Amanda suchte gerade hinterm Kleiderschrank nach, als Polo eintrat.
»Was war 'n das für 'n Gerumpel?«
»Irgendwas ist im Haus, Daddy. Hat mich aus dem Bett geworfen.«
Jack sah die zerdrückten Bettlaken, die verschobene Matratze, dann Amanda an. Dies war der erste Test: Er mußte so unverkrampft lügen wie möglich.
»Hast wahrscheinlich schlimm geträumt, meine Schöne«, sagte er und trug ein unschuldiges Lächeln zur Schau.
»Es war was unterm Bett«, beharrte Amanda.
»Jetzt zumindest ist niemand hier.«
»Aber ich hab's deutlich gespürt.«
»Also, ich seh' mal sonst im Haus nach«, bot er ihnen an, ohne sich sonderlich für die Aufgabe zu erwärmen. »Ihr beide bleibt hier, für alle Fälle.«
Als Polo aus dem Zimmer ging, ließ das Geyatter den Beleuchtungskörper ein bißchen stärker schaukeln.
»Die Grundmauern werden sich gesenkt haben«, sagte Gina.

Es war kalt im Erdgeschoß, und Polo hätte gern darauf verzichtet, barfuß auf den Küchenfliesen rumzutappen, aber er war insgeheim zufrieden, daß der Kampf in so kleinkarierter Manier aufgenommen worden war. Er hatte schon halb befürchtet, daß der Feind in der unmittelbaren Nähe solch zarter Opfer in Raserei geraten könne. Aber nein: Er hatte die Wesensart des Geschöpfs ganz richtig eingeschätzt. Es war eins aus den niedereren Rängen. Stark durchaus, aber schwer von Begriff. Es ließ sich sicher über die Grenzen seiner Machtbefugnis hinauslocken. Nur schön vorsichtig, sagte er sich, nur schön vorsichtig.
Er latschte durchs ganze Haus, öffnete pflichtschuldigst Schrankfächer und guckte hinter die Möbel; dann kehrte er zu seinen Töchtern zurück, die auf dem oberen Treppenabsatz saßen. Amanda sah klein und blaß aus, nicht mehr wie die zweiundzwanzigjährige Erwachsene, sondern wieder wie ein Kind.
»Nichts zu machen«, sagte er lächelnd zu ihr. »'s ist Weihnachtsmorgen, kreuzquer durchs Haus...«
Gina reimte zu Ende: »Rührt sich rein gar nichts, nicht mal 'ne Maus.«
»Nicht mal 'ne Maus, meine Schöne.«
In diesem Augenblick fühlte sich das Geyatter irgendwie angesprochen und schleuderte eine Vase vom Kaminsims im Wohnzimmer.
Sogar Jack zuckte zusammen. »Scheiße«, sagte er. Er brauchte dringend etwas Schlaf, aber ganz offenkundig hatte das Geyatter keineswegs die Absicht, sie gerade jetzt in Ruhe zu lassen.
Unter *Che-sera-sera*-Gemurmel schaufelte er die Scherben der chinesischen Vase auf und gab sie in ein Stück Zeitungspa-

pier. »Wißt ihr, das Haus senkt sich 'n bißchen auf der linken Seite«, sagte er lauter. »Das geht jetzt schon Jahre so.«
»Wenn es absinkt«, sagte Amanda mit ruhiger Bestimmtheit, »wirft es mich unmöglich aus dem Bett.«
Gina sagte nichts. Die Wahlmöglichkeiten waren begrenzt. Die Alternative wenig reizvoll.
»Na, vielleicht war's der Weihnachtsmann«, sagte Polo und probierte die frivole Masche. Er packte die Vasenscherben ein und schlenderte in die Küche rüber, in der Gewißheit, daß man ihn dabei auf Schritt und Tritt beschattete. »Was soll es sonst gewesen sein?« fragte er leichthin über die Schulter und stopfte dabei das Zeitungspapier in den Abfalleimer. »Die einzige noch mögliche Erklärung«, hier kam er fast in Hochstimmung, so nah streifte er die Wahrheit, »die einzige noch mögliche Erklärung ist zu haarsträubend-abstrus, um sie auch nur auszusprechen.«
Es hatte etwas köstlich Ironisches, die Existenz der unsichtbaren Welt zu leugnen und sich völlig bewußt zu sein, daß ihm eben jetzt ihr rachsüchtiger Atem den Nacken hinabstrich.
»Meinst du Poltergeister?« fragte Gina.
»Ich mein' alles, was rumrumpelt in der Nacht. Aber schließlich sind wir erwachsene Menschen, nicht? Wir glauben an keine Schwarzen Männer.«
»Nein«, sagte Gina trocken, »tu ich nicht. Aber ebensowenig glaub' ich, daß das Haus sich absenkt.«
»Also, fürs erste muß es reichen«, sagte Jack mit nonchalanter Entschiedenheit. »Ab sofort haben wir Weihnachten. Das wollen wir uns doch nicht mit weiterem Gerede über Kobolde vermiesen.«
Sie lachten alle drei.
Kobolde. Das traf sicher tief, die Höllenausgeburt einen Kobold zu nennen.

Das Geyatter – halb krank vor Frustration, Säureträne schäumten auf seinen Wangen – knirschte mit den Zähnen und verhielt sich ruhig.
Es würden schon noch Zeit und Gelegenheit kommen, dieses atheistische Lächeln aus Jack Polos glattem, feistem Gesicht herauszudreschen. Jede Menge Zeit. Keine halben Sachen mehr von jetzt ab. Keine feinen Unterschiede. Ein Großangriff würde es werden, der totale Krieg.
Zu Blut soll's kommen. Und zu Todesqual.
Kaputtgehen würden sie, allesamt.

Amanda war in der Küche beim Zubereiten des Weihnachtsessens, als das Geyatter seine nächste Attacke in Szene setzte. Durchs Haus zogen die Klänge des King's-College-Chors, »O stilles Städtchen Bethlehem, wie friedlich liegst du da...«
Die Geschenke waren ausgepackt, die Gin-Tonics wurden runtergekippt, das Haus war eine einzige liebevolle Umarmung vom Dach bis zum Keller.
In der Küche durchdrang ein plötzlicher Kälteschauer die Hitze und den Dampf und ließ Amanda frösteln; sie ging zum Fenster, das zur Durchlüftung einen Spaltbreit offen war, und schloß es. Vielleicht brütete sie irgendwas aus.
Das Geyatter sah sich ihren Rücken an, als sie hingegeben ihrer Küchenarbeit nachging und für einen Tag das häusliche Leben genoß. Amanda spürte den starren Blick ganz deutlich. Sie drehte sich um. Niemand, nichts. Sie fuhr fort, den Rosenkohl zu putzen und durchschnitt dabei einen mit einem eingerollten Wurm in der Mitte. Sie ersäufte ihn.
Der Chor sang weiter.
Im Wohnzimmer lachten Jack und Gina über irgendwas.
Dann der Lärm. Ein Rütteln zunächst, anschließend das Häm-

mern von Fäusten gegen eine Tür. Amanda ließ das Messer in die Rosenkohlschüssel fallen und wandte sich vom Ausguß weg, um dem Geräusch nachzugehen. Es wurde immer lauter. Als wäre etwas in einem der Geschirrschränke eingesperrt und versuchte verzweifelt rauszukommen. Eine Katze, die im Kasten festsaß, oder ein...

Vogel.

Es kam aus dem Ofen.

Amanda drehte sich der Magen um, als sie anfing, sich das Schlimmste vorzustellen. Hatte sie etwas in die Backröhre gesperrt, als sie den Truthahn hineingeschoben hatte? Sie rief nach ihrem Vater, griff sich zugleich hastig den Ofenlappen und ging zum Herd, den die Panik seines Gefangenen zum Schaukeln brachte. Sie halluzinierte eine fettüberbrühte Katze, die heraus- und auf sie lossprang, mit weggebranntem Fell, das Fleisch halb durchgebraten.

Jack stand in der Küchentür.

»Es ist was im Ofen«, sagte sie zu ihm, als wäre das noch nötig gewesen. Der Herd war außer Rand und Band; sein explosiv herumhämmernder Inhalt hatte schon fast die Tür rausgedroschen.

Er nahm ihr den Ofenlappen aus der Hand. Das ist was Neues, dachte er. Bist besser, als ich dir zugetraut hab'. Ziemlich gewieft ist das. Und originell.

Jetzt war auch Gina in der Küche. »Bloß nichts anbrennen lassen!« flachste sie.

Der Witz ging aber unter, da der Herd jetzt zu tanzen anfing und die Tiegel voll kochendem Wasser von den Flammen gestoßen und auf den Boden geschnellt wurden. Siedendheißes Wasser verbrühte Jack am Bein. Er schrie auf, stolperte rückwärts in Gina hinein, um dann, mit einem Schlachtruf, der einem Samurai keine Schande gemacht hätte, Richtung Herd zu hechten.

Der Backrohrgriff war glitschig vor Hitze und Fett, aber er packte ihn und riß die Tür auf.

Ein Schwall aus Dampf und blasenziehender Hitze wälzte sich aus dem Ofen und duftete herzhaft nach Truthahnfett. Aber der Vogel da drinnen hatte allem Anschein nach keinerlei Absichten, sich essen zu lassen. Er warf sich auf dem Bratblech von einer Seite auf die andere und schleuderte Soßenspritzer in alle Richtungen. Seine knusprig braunen Flügel wedelten und flatterten jämmerlich, seine wirbelnden Schlegel trommelten gegen die Bratrohrabdeckung.

Dann schien er die offene Tür zu wittern Seine Flügel streckten sich zu beiden Seiten seiner gefüllten Rumpfmasse aus, und halb fiel, halb hüpfte er – in Nachäffung seines unversehrten lebendigen Selbst – hinaus auf die Ofentür. Kopflos, Fülle und Zwiebeln absondernd, plumpste und klatschte er herum, als hätte der Teufelsbraten noch nie etwas davon gehört, daß er tot war; und noch immer brutzelte das Fett auf seinem speckbestreuten Rücken.

Amanda schrie.

Jack bückte sich nach der Ofentür, da schlingerte der Vogel schon blind, aber rachgierig in die Luft. Was er zu tun beabsichtigte, sobald er seine drei zusammengekauerten Opfer erreicht hätte, wurde nie herausgefunden. Gina zerrte Amanda in die Eingangshalle, ihr Vater folgte dichtauf, und die Tür wurde zugeworfen, gerade noch rechtzeitig, denn schon schleuderte sich der Vogel gegen die Füllung und schlug mit seiner ganzen Kraft darauf. Bratensaft sickerte dunkel und fettig durch den Spalt an der Schwelle.

Die Tür hatte keinen Riegel, aber Jack folgerte, daß der Vogel außerstande war, den Griff zu drehen. Atemlos räumte er die Gefahrenzone und verfluchte sein Selbstvertrauen. Die gegnerische Seite hatte mehr auf Lager, als er angenommen hatte.

Amanda lehnte an der Wand und schluchzte; dicke Kleckser Truthahnfett befleckten ihr Gesicht. Sie konnte, so schien es, nur noch eines tun: abstreiten, was sie gesehen hatte. Sie schüttelte den Kopf und murmelte wieder und wieder ihr »Nein« wie eine Zauberformel gegen den lächerlichen Horror, der sich noch immer gegen die Türfüllung warf. Jack geleitete sie ins Wohnzimmer. Das Radio säuselte noch immer Weihnachtslieder, die das Gepolter des Vogels auslöschten, aber ihre Frohbotschaft des guten Willens schien nur ein geringer Trost zu sein.

Gina schenkte ihrer Schwester einen überdimensionalen Brandy ein und setzte sich neben sie aufs Sofa, um ihr Hochprozentiges und Beruhigung zu etwa gleichen Teilen aufzunötigen. Beide machten auf Amanda wenig Eindruck.

»Was bitte *war* das?« fragte Gina ihren Vater in einem Ton, der eine Antwort verlangte.

»Ich weiß nicht, was es war«, erwiderte Jack.

»Massenhysterie?« Ginas Ungehaltenheit war offensichtlich. Ihr Vater hatte ein Geheimnis: Er wußte, was im Haus vor sich ging, aber aus irgendeinem Grund weigerte er sich, damit rauszurücken.

»Wen soll ich kommen lassen: die Polizei oder einen Exorzisten?«

»Niemand.«

»Also, um Himmels willen...«

»*Nichts* ist im Gang, Gina. Wirklich.«

Ihr Vater wandte sich ab vom Fenster und sah sie an. Seine

Augen sprachen aus, was sein Mund zu sagen sich weigerte: daß es sich um Krieg handelte.
Jack hatte Angst.
Das Haus war plötzlich ein Gefängnis. Das Spiel war plötzlich tödlich. Der Feind zog nicht mehr alberne Spielchen durch, sondern hatte Schlimmes im Sinn, wirklich Schlimmes für sie alle.
In der Küche hatte sich der Truthahn endlich geschlagen gegeben. Die Weihnachtslieder im Radio waren zu einer Predigt über die Segnungen Gottes geronnen.
Was süß gewesen war, war jetzt sauer und gefährlich. Er betrachtete Amanda und Gina am anderen Ende des Zimmers. Beide zitterten, jede hatte ihre eigenen Gründe. Polo wollte ihnen sagen, wollte ihnen erklären, was vor sich ging. Aber das Wesen mußte hier sein, ganz sicher, und sich hämisch freuen.
Er irrte sich. Das Geyatter hatte sich, hochzufrieden mit seinen Bemühungen, auf den Dachboden zurückgezogen. Der Vogel, das fühlte es, war ein Geniestreich gewesen. Jetzt konnte es eine Weile ausruhen: sich erholen. Sollen sich nur die Nerven des Feindes in schlimmen Vorahnungen zerfetzen. Und dann, wenn's ihm gerade paßte, würde er den Gnadenstoß verabreichen.
Ganz beiläufig fragte es sich, ob wohl irgendeiner von den Kontrolleuren seine Arbeit mit dem Truthahn gesehen hatte. Vielleicht wären sie jetzt von seiner Originalität hinreichend beeindruckt, um seine Berufsaussichten zu verbessern. Es hatte diese ganzen Ausbildungsjahre bestimmt nicht durchgemacht, um lediglich schwachsinnige Trottel wie Polo zu hetzen. Eine herausforderndere Aufgabe als diese mußte drin sein. Das Geyatter fühlte Sieg in seinen unsichtbaren Knochen, und das war ein gutes Gefühl.

Die Jagd auf Polo würde jetzt bestimmt an Dramatik gewinnen. Seine Töchter würden ihn überzeugen (falls er es nicht jetzt schon völlig war), daß etwas Schreckliches vor sich ging. Er würde zusammenkrachen. Er würde zerbröckeln. Womöglich würde er auf die klassische Art verrückt werden: sich die Haare ausraufen, sich die Kleider runterfetzen, sich mit dem eigenen Kot beschmieren.

O ja, der Sieg war nahe. Und hätte es dann nicht das volle Wohlwollen seiner Meister? Würde man es nicht mit Lobpreis überschütten und mit Macht?

Lediglich eine einzige Manifestation war erforderlich. Ein endgültiger, zündend genialischer Eingriff, und Polo wäre nur noch flennendes Fleisch.

Müde, aber seiner Sache ziemlich sicher stieg das Geyatter zum Wohnzimmer hinab.

Amanda lag in voller Länge eingeschlafen auf dem Sofa. Offensichtlich träumte sie von dem Truthahn. Sie rollte die Augen unter den hauchzarten Lidern, ihre Unterlippe zitterte. Gina saß neben dem Radio, das jetzt zum Schweigen gebracht war. Sie hatte ein aufgeschlagenes Buch auf dem Schoß, aber sie las nicht.

Der Gewürzgurken-Importeur war nicht im Zimmer. War das nicht sein Schritt auf der Treppe? Ja, er ging nach oben, seine brandyvolle Blase erleichtern.

Ideales Timing.

Das Geyatter durchquerte das Zimmer. Im Schlaf sah Amanda etwas Dunkles über ihr Traumbild huschen, etwas Bösartiges, etwas, das bitter schmeckte in ihrem Mund.

Gina sah von ihrem Buch auf.

Die silbernen Kugeln am Baum schaukelten sanft. Nicht bloß die Kugeln. Auch das Lametta und die Zweige. Genaugenom-

men, der Baum. Der ganze Baum schaukelte, als hätte ihn gerade jemand in die Hand genommen.
Gina wurde es äußerst mulmig bei dem Anblick. Sie stand auf. Das Buch glitt auf den Boden.
Der Baum begann, sich zu drehen.
»Um Go...«, sagte sie, »um Gottes willen!«
Amanda schlief weiter.
Der Baum verstärkte seine Schwungkraft.
So ungerührt und ruhig wie sie konnte, ging Gina zum Sofa und versuchte, ihre Schwester wachzurütteln. In ihren Träumen gefangen, widersetzte sich Amanda einen Augenblick.
»Vater«, sagte Gina. Ihre Stimme war kräftig und reichte hinaus bis in die Halle; sie weckte auch Amanda.
Von unten hörte Polo ein Geräusch wie von einem winselnden Hund. Nein, von zwei winselnden Hunden. Als er die Treppe runterrannte, wurde aus dem Duett ein Trio. Er stürzte ins Wohnzimmer und war schon halbwegs darauf gefaßt, alle Heerscharen der Hölle hier anzutreffen, die hundsköpfig auf seinen zwei Schönen tanzten.
Aber nein. Der Christbaum war's, der winselte, winselte wie eine Hundemeute und dabei unaufhörlich im Kreis herumwirbelte.
Die Kerzen waren schon längst aus ihren Fassungen geflogen. Die Luft stank nach angeschmortem Kunststoff und Kiefernharz. Der Baum wirbelte herum wie ein Kreisel und schleuderte Schmuck und Geschenke mit der Freigebigkeit eines umnachteten Königs von seinen geschundenen Zweigen.
Jack riß sich vom Anblick des Baumspektakels los und fand Gina und Amanda auf allen vieren, todlich verschreckt, hinterm Sofa.
»Raus hier«, gellte er.

Gerade, als er das rief, richtete sich der Fernseher unverschämt auf einem Bein auf und begann, sich mit rasch zunehmender Schwungkraft wie der Baum zu drehen.

Auch die Uhr auf dem Kaminsims machte mit beim Pirouettentanz. Ebenso die Schürhaken neben dem Kaminfeuer. Die Sitzkissen. Die Zier- und Kunstgegenstände. Jedes Ding trug seinen ganz unverwechselbaren Ton zur Orchestrierung des Gewinsels bei, das sich innerhalb von Sekunden zu einem ohrenbetäubenden Geräuschpegel hinaufschraubte. Der Geruch brennenden Holzes durchdrang die Luft, als die Reibung die sausenden Kreisel bis zum Flammpunkt erhitzte. Rauch wirbelte durchs Zimmer.

Gina erwischte Amanda am Arm und zog sie Richtung Tür. Sie deckte ihr Gesicht gegen den Hagel aus Kiefernnadeln ab, die der immer noch schneller werdende Baum von sich warf.

Jetzt kreiselten auch die Beleuchtungskörper.

Die Bücher waren von den Regalbrettern gesprungen und reihten sich in die Tarantella ein.

Jack konnte den Feind vor seinem geistigen Auge sehen, wie er gleich einem Jongleur, der Teller auf Stockspitzen kreisen läßt, zwischen den Gegenständen hin und her raste und versuchte, sie alle zugleich in Bewegung zu halten. Muß äußerst aufreibend sein, dachte er. Wahrscheinlich steht der Dämon kurz vor dem Zusammenbruch. Cool, konsequent ist er jedenfalls nicht. Übermäßig erregt. Zu impulsiv. Verletzbar. Wenn's je einen gab – dies mußte der richtige Zeitpunkt sein, den Kampf endlich aufzunehmen, dem Wesen gegenüberzutreten, sich ihm zu widersetzen und es aufs Kreuz zu legen.

Was das Geyatter anbelangte, so genoß es seine Orgie der Zerstörung. Es schleuderte jeden mobilen Gegenstand ins Getümmel und versetzte alles in kreiselnde Bewegung.

Voll Genugtuung sah es zu, wie die verstörte Tochter herumzuckte und -trippelte; es schüttelte sich vor Lachen beim Anblick des alten Mannes, der mit Stielaugen dies irrwitzige Ballett begaffte.
Bestimmt war er bereits dem Wahnsinn nahe, oder?
Die beiden Schönen hatten die Tür erreicht, Haut und Haar voller Nadeln. Polo sah sie nicht rausgehn. Er rannte durchs Zimmer, wich dabei notgedrungen einem Regen aus Ziergegenständen aus und nahm eine Messingtoastgabel an sich, die der Feind übersehen hatte. Nippes füllten die Luft um seinen Kopf, tanzten mit übelkeiterregender Geschwindigkeit herum. Sein Fleisch wurde gequetscht, gestoßen und durchbohrt. Aber die Hochstimmung seines Kampfeintritts hatte alles andere verdrängt in ihm, und er machte sich daran, die Bücher und die Uhren und das Porzellan kurz und klein zu schlagen. Wie ein Mann in einem Heuschreckenschwarm rannte er im Zimmer herum und holte seine Lieblingsbücher in einem Wirrwarr durcheinanderflatternder Seiten herunter, zerschmetterte herumwirbelndes Meißner Porzellan, zertrümmerte die Lampen. Ein Wust zerbrochener Besitztümer überschwemmte den Boden, manches drunter zuckte noch, als das Leben aus den Überresten wich. Aber für jeden zu Boden gestreckten Gegenstand hielten sich immer noch ein Dutzend Kreisler und Winsler in der Luft.
Er konnte Gina an der Tür hören, wie sie ihm zuschrie, rauszugehn, alles sein zu lassen.
Aber es machte ihm Spaß, direkter, unverblümter gegen den Feind zu spielen, als er sich's je zuvor erlaubt hatte. Er wollte nicht aufgeben.
Er wollte, daß sich der Dämon zeigte, seine Identität preisgab, sich genau zu erkennen gab.

Er wollte zum ersten und letzten Mal die Konfrontation mit dem Abgesandten des Alten.
Ohne Vorwarnung gab der Baum den Gesetzen der Fliehkraft nach und explodierte. Der Lärm glich einem Geheul des Untergangs. Zweige, Ästchen, Nadeln, Kugeln, Kerzen, Draht und Bänder flogen durchs Zimmer. Jack, mit dem Rücken zur Explosion, spürte, wie ihm der Energieschwall einen schweren Schlag versetzte, und wurde zu Boden geschleudert. Sein Nacken und seine Kopfhaut wurden über und über mit Kiefernnadeln gespickt. Ein Zweig, des Grüns entkleidet, schoß an seinem Kopf vorbei und durchbohrte das Sofa. Baumbruchstücke prasselten um ihn herum auf den Teppich.
Jetzt überschritt die Zentrifugalkraft die Belastbarkeit der anderen Gegenstände im Raum, und sie zerplatzten wie der Baum. Der Fernseher explodierte und sandte eine todbringende Welle Glas durchs Zimmer, von der sich ein Großteil in die gegenüberliegende Wand grub. Bruchstücke aus dem Innern des Fernsehers, die so heiß waren, daß sie die Haut versengten, fielen auf Jack, als er wie ein Soldat beim Bombeneinsatz zur Tür robbte.
So dicht war der Scherbenhagel im Zimmer, daß er wie ein Nebel wirkte. Die Sitzkissen steuerten ihre Daunen zu der Szene bei; sie schneiten auf den Teppich. Porzellantrümmer – ein schönglasierter Arm, der Kopf einer Kurtisane – prallten vor seiner Nase auf den Boden.
Gina kauerte bei der Tür, die Augen wegen des Geprassels zu Schlitzen verengt, und drängte ihn flehentlich, sich zu beeilen. Als Jack die Tür erreichte und ihre Arme um sich spürte, hätte er schwören können, im Wohnzimmer jemand lachen gehört zu haben. Ein schallendes, deutlich vernehmbares Gelächter, satt und zufrieden.

Amanda stand in der Halle, das Haar voll Kiefernnadeln, und starrte ihn an, während er die Beine über die Türschwelle zog, und Gina warf die Tür gegen das Zerstörungswerk ins Schloß.

»Was ist es, sag!« wollte sie wissen. »Ein Poltergeist? Ein Gespenst? Mutters Gespenst?«

Die Vorstellung, seine tote Frau solle für eine derartige Massenvernichtung verantwortlich sein, kam Jack reichlich komisch vor.

Amanda lächelte andeutungsweise. Gut, dachte er, sie rappelt sich schon wieder hoch. Dann begegnete er dem abwesenden Blick in ihren Augen und war eines anderen belehrt. Sie war innerlich gebrochen, ihr gesunder Verstand hatte dort Zuflucht gefunden, wo ihm diese Phantasmagorie nichts anhaben konnte.

»Was ist da drinnen?« fragte Gina und drückte seinen Arm so fest, daß es ihm das Blut abschnürte.

»Ich weiß es nicht«, log er. »Du, Amanda?«

Amandas Lächeln war wie gefroren. Sie starrte ihn nur weiter an, durch ihn hindurch.

»Freilich weißt du's.«

»Nein.«

»Das ist gelogen.«

»Ich glaub'...«

Er raffte sich vom Boden auf und wischte sich die Porzellanscherben, die Federn und das Glas von Hemd und Hose.

»Ich glaub'... ich geh' jetzt erst mal spazieren.«

Hinter ihm, im Wohnzimmer, war das letzte Gewinsel verstummt. Die Luft in der Eingangshalle vibrierte von unsichtbaren Präsenzen. Es war ganz dicht bei ihm, unsichtbar wie immer, aber ganz, ganz nah. Dies war der gefährlichste Zeitpunkt. Er durfte jetzt nicht die Nerven verlieren. Er mußte

standhalten, als ob nichts geschehen wäre; er mußte Amanda in Ruhe lassen, Erklärungen und Vorwürfe unterdrücken, bis alles ganz vorbei und aus der Welt war.
»Spazieren?« sagte Gina und wollte es nicht glauben.
»Ja... spazieren... Ich brauch' etwas frische Luft.«
»Du kannst uns unmöglich hier allein lassen!«
»Ich hol' jemand, der uns beim Aufräumen hilft.«
»Und was ist mit Mandy?«
»Die fängt sich schon wieder. Laß sie nur gehen.«
Das war hart. Das war fast unverzeihlich. War aber jetzt nicht mehr rückgängig zu machen.
Schwankend schritt er auf die Haustür zu, ihm war ganz übel nach so viel Herumgekreisel.
Gina hinter ihm geriet in Rage. »Du kannst doch nicht einfach weggehen! Du bist wohl verrückt geworden?«
»Ich brauche frische Luft«, sagte er so beiläufig, wie sein hämmerndes Herz und sein ausgedörrter Hals es zuließen. »Ich geh' bloß auf 'nen Sprung nach draußen.«
Nein, sagte das Geyatter. Nein, nein, nein.
Es war ihm auf den Fersen, Polo konnte es spüren. So wütend jetzt, so drauf und dran, ihm den Kopf auszureißen. Nur daß es ihm nicht erlaubt war, ihn jemals zu berühren. Aber er konnte den Groll des Dämons wie etwas körperlich Anwesendes spüren.
Er machte einen weiteren Schritt auf die Haustür zu. Es war immer noch bei ihm, klebte an jedem seiner Schritte – sein Schatten, sein Geisterbild; unerschütterlich.
Gina kreischte ihn an: »Du Scheißkerl, schau dir Mandy an! Sie hat den Verstand verloren!«
Nein, er durfte Mandy nicht anschauen. Wenn er Mandy ansähe, würde er womöglich zu weinen anfangen, würde er

womöglich zusammenklappen, wie es dieses Wesen von ihm haben wollte, und dann wäre alles verloren.

»Sie kommt wieder in Ordnung«, sagte er, beinah schon flüsternd.

Er griff nach der Haustürklinke. Das Dämonenwesen verriegelte die Tür, rasch und laut. Jetzt war's aus mit jeder List und Verstellung.

Jack, der seine Bewegungen so ruhig und gelassen wie möglich durchführte, riegelte die Tür auf, oben und unten.

Es riegelte wieder zu.

Erregend war dieses Spiel, aber auch tief beängstigend. Wenn er's noch weiter trieb, würde sicher die Frustration des Dämons zunichte machen, was man ihm eingebleut hatte.

Ruhig, gewandt riegelte er die Tür wieder auf. Genauso ruhig, genauso gewandt verriegelte das Geyatter sie wieder.

Jack fragte sich, wie lange er wohl damit weitermachen konnte. Irgendwie mußte er nach draußen gelangen: Er mußte es über die Schwelle locken. Nur einen Schritt verlangte, seinen Nachforschungen zufolge, das Gesetz: einen einzigen, einfachen Schritt.

Riegel auf. Riegel zu. Riegel auf. Riegel zu.

Gina stand zwei, drei Meter hinter ihrem Vater. Sie verstand nicht, was sie da sah, aber ganz offenkundig kämpfte ihr Vater mit jemand oder mit etwas.

»Daddy...« fing sie an.

»Sei ruhig«, sagte er milde und lächelte, als er die Tür zum siebten Mal entriegelte. Ein Schuß Irrsinn lag in dem Lächeln, es war zu breit und zu ungezwungen.

Unerklärlicherweise erwiderte sie das Lächeln. Es war grimmig, aber ohne Falsch. Ganz gleich, worum es hier ging, sie liebte ihn.

Polo wollte einen Ausbruchsversuch durch die Hintertür machen. Der Dämon war ihm drei Schritte voraus, flitzte durch das Haus wie ein Sprinter und verriegelte auch die, bevor Jack noch die Klinke erreichen konnte. Der Schlüssel wurde im Schloß von unsichtbaren Händen umgedreht und dann in der Luft zu Staub zerrieben.

Jack täuschte eine Bewegung zum Fenster neben der Hintertür vor, und schon wurden die Jalousien heruntergelassen und die Läden zugeworfen. Dem Geyatter, das so mit dem Fenster beschäftigt war, daß es Jack nicht mehr genau im Auge behalten konnte, entging, wie dieser durchs Haus zur Vorderseite zurücksauste.

Als es den Trick durchschaute, stieß es einen schrillen Kiekser aus, nahm die Verfolgung auf und schlitterte auf dem glattgebohnerten Boden fast in Jack hinein. Es umging den Zusammenstoß nur durch ein bravouröses Ballettmanöver. Das wäre nun wirklich fatal gewesen: den Mann in der Hitze des Gefechts zu berühren.

Polo war wieder bei der Haustür; und Gina, als wäre sie über die Strategie ihres Vaters im Bilde, hatte diese, während das Geyatter und Jack an der Hintertür kämpften, aufgeriegelt. Jack hatte inständig gehofft, daß sie die Gelegenheit nutzen würde, und richtig: Die Tür stand einen Spaltbreit offen. Die eiskalte Luft des frostigen Nachmittags kroch kräuselnd in die Eingangshalle.

Jack legte die letzten Meter zur Tür in Windeseile zurück und spürte, ohne es zu hören, das Klagegeheul, das das Geyatter ausstieß, als es mit ansehen mußte, wie sein Opfer nach draußen entkam.

Es war ja kein anspruchsvolles Geschöpf. Im Augenblick hatte es, über jeden sonstigen Traum hinaus, nur einen Wunsch: den

Schädel dieses Menschenkerls zwischen die Handflächen zu nehmen und in einen Haufen Unrat zu verwandeln; ihn zu Pampe zu zerquetschen und den noch heißen Grips in den Schnee rinnen zu lassen; auf immer und ewig mit Jack J. Polo fertig zu sein.

War das denn zuviel verlangt?

Polo war in den quietschend-frischen Schnee getreten; Hausschuhe und Hosenenden steckten begraben in der Kälte. Bis die Furie die Türstufe erreichte, war Jack schon drei, vier Meter entfernt und marschierte den Weg zum Gartentor entlang. Er entwischte. Er entkam.

Das Geyatter heulte erneut auf und vergaß seine jahrelange Ausbildung. Jede Lektion, die es gelernt hatte, jede seinem Schädel eingeprägte Kampfregel war angesichts der nackten Gier nach Polos Leben vergessen.

Es schritt über die Schwelle und nahm die Verfolgung auf. Das war eine unverzeihliche Übertretung. Irgendwo in der Hölle fühlten die Mächte (lang mögen sie hofhalten; lang mögen sie Licht scheißen auf die Scheitel der Verdammten) den Fehltritt und wußten, daß die Schlacht um Polos Seele verloren war.

Jack fühlte es auch. Er hörte das Geräusch von kochendem Wasser, als die Tritte des Dämons den Schnee auf dem Weg zu Dampf schmolzen. Es folgte ihm tatsächlich! Das Wesen hatte das oberste Gebot seines Daseins gebrochen. Und dies verwirkt. Das Siegesgefühl durchrieselte Jacks Rückgrat und Magen.

Der Dämon holte ihn am Gartentor ein. Man konnte deutlich seinen Atem in der Luft sehen, obwohl der Körper, aus dem er quoll, noch nicht sichtbar geworden war.

Jack versuchte, das Tor zu öffnen, aber das Geyatter warf es ins Schloß.

»*Che sera, sera*«, sagte Jack.
Das Geyatter konnte es nicht länger ertragen. Es nahm Jacks Kopf in seine Hände, um die fragile Knochenkapsel zu Staub zu zermalmen.
Die Berührung war sein Fehltritt Nummer zwei; und ein Schmerzschock peinigte das Geyatter bis zur Unerträglichkeit. Es heulte auf wie ein Würgeengel und taumelte weg aus dem Feindkontakt, ruschte dabei im Schnee aus und fiel auf den Rücken.
Es kannte seinen Fehler. Die Lehren, die man ihm eingebleut hatte, kamen ihm blitzschnell zur Besinnung. Es kannte auch die Strafe fürs Hausverlassen und fürs Mannanfassen. Es war an einen neuen Herrn gefesselt, Sklave dieses Idiotenwesens da, das über ihm stand.
Polo hatte gewonnen.
Lachend sah er zu, wie die Umrisse des Dämons im Schnee auf dem Gartenpfad Gestalt annahmen. Ähnlich, wie sich ein Fotoabzug auf einem Blatt Papier entwickelt, kam das Bild der Furie klar und deutlich zum Vorschein. Das Gesetz forderte seinen Tribut. Nie mehr wieder konnte sich das Geyatter vor seinem Meister verbergen. Und da lag es kraß und ungeschönt vor Polos Augen in seiner ganzen reizlosen Herrlichkeit: kastanienbraunes Fleisch und glänzendes, lidloses Auge, herumschlegelnde Arme, dazu ein Schwanz, der den Schnee zu Matsch zerdrosch.
»Du Sauhund«, sagte es. Sein Akzent hatte australischen Einschlag.
»Du sprichst nur, wenn man dich dazu auffordert«, sagte Polo mit ruhiger, aber uneingeschränkter Herrscherwürde. »Verstanden?«
Das lidlose Auge trübte sich in Demut.

»Ja«, sagte das Geyatter.
»Ja, Mister Polo.«
»Ja, Mister Polo.«
Sein Schwanz glitt ihm zwischen die Beine wie der eines geprügelten Hundes.
»Du kannst aufstehen.«
»Danke, Mister Polo.«
Aufrecht stand es da. Kein angenehmer Anblick, aber trotzdem war Jack hocherfreut darüber.
»Die kriegen Sie doch noch«, sagte das Geyatter.
»Wer?«
»Sie wissen schon«, sagte es zögerlich.
»Nenn sie mir!«
»Beelzebub«, antwortete es voll Stolz, seinen alten Meister beim Namen zu nennen. »Die Mächte. Mit einem Wort: die Hölle selbst.«
»Das glaub' ich nicht«, sagte Polo nachdenklich. »Nicht, wo du jetzt an mich gefesselt bist – das ist doch der schlagendste Beweis für meine Fähigkeiten. Sind Wir ihnen nicht überlegen?«
Der Blick des Auges verdüsterte sich.
»Na, sind Wir's nicht?«
»Doch«, räumte es verbittert ein. »Doch. Ihr seid ihnen überlegen.«
Es hatte zu zittern angefangen.
»Ist dir kalt?« fragte Polo.
Es nickte, nahm den Ausdruck eines verirrten Kindes an.
»Dann brauchst du etwas Bewegung«, sagte er. »Am besten, du gehst ins Haus und fängst an aufzuräumen.«
Augenscheinlich bestürzte, ja enttäuschte diese Anweisung das Furienwesen.

»Sonst nichts?« fragte er ungläubig. »Keine Wunder? Keine schöne Helena? Auch nicht fliegen?«
Die Vorstellung, an einem schneedurchschauerten Nachmittag wie diesem in der Gegend rumzufliegen, ließ Polo kalt. Er war von Natur aus alles andere als anspruchsvoll in seinen Neigungen: Wunschlos glücklich machten ihn die Liebe seiner Kinder, ein angenehmes Zuhause und ein profitabler Handelspreis für Gewürzgurken.
»Fliegen? Nein«, sagte er.
Während das Geyatter den Gartenpfad Richtung Haustür entlanglatschte, schien ihm unvermutet ein neues Unheil einzufallen.
Es machte kehrt und wandte sich kriecherisch, aber unverkennbar blasiert an Polo.
»Wenn ich vielleicht was sagen dürfte?« fragte es.
»Rede!«
»Es ist nur fair, daß ich Euch davon in Kenntnis setze, daß man es für sündhaft hält, irgendeine Verbindung mit meinesgleichen einzugehen, ja sogar für ketzerisch.«
»Wirklich wahr?«
»O ja«, sagte das Geyatter und erwärmte sich für seine Prophezeiung. »Es sind schon Menschen aus geringerem Anlaß verbrannt worden.«
»Heutzutage nicht mehr«, entgegnete Polo.
»Aber die Seraphim sehen es sicher«, sagte es. »Und deshalb kommt Ihr dann nie an den Ort.«
»An welchen Ort?«
Das Geyatter kramte in seinem Hirn nach dem Fachausdruck, den es Beelzebub hatte verwenden hören.
»Den Himmel«, sagte es triumphierend. Ein widerliches Grinsen hatte sich auf seinem Gesicht breitgemacht; dies war das

raffinierteste Manöver, an das es sich je gewagt hatte: Es mauschelte hier sage und schreibe mit der Theologie.

Jack nickte nachdenklich und nagte an seiner Unterlippe Vermutlich sagte das Geschöpf die Wahrheit: Der Umgang mit ihm oder seinesgleichen fände vor den Augen des Hausherrn aller Heiligen und Engel keine Milde. Wahrscheinlich war ihm tatsächlich der Zugang zu den Gefilden des Paradieses untersagt.

»Na schön«, sagte er. »Du weißt, was ich dazu zu sagen habe, ja?«

Das Geyatter glotzte ihn stirnrunzelnd an. Nein, nichts wußte es. Dann, als ihm mit einem Mal dämmerte, worauf Polo hinauswollte, erstarb sein ostentatives süffisantes Grinsen.

»Na, was sag' ich?« fragte Polo.

Zerschmettert murmelte das Geyatter die Floskel: »*Che sera, sera*«.

Polo lächelte. »Du hast noch eine Chance«, sagte er, ging über die Schwelle voran und schloß die Tür mit so etwas wie heiterer Gemütsruhe im Gesicht.

[illegible]

[illegible]

Das [illegible] Nun [illegible]

[illegible]

[illegible]

[illegible] »Du [illegible]

[illegible]

Schweineblut-Blues

Man konnte die Kids riechen, noch ehe sie zu sehen waren; ihr jugendlicher Schweiß wurde schal in den Gitterfenster-Gängen, ihr abgeblockter Atem sauer, ihre Köpfe muffig. Dann ihre Stimmen, von den Gewahrsamsregeln klein gehalten.

Laufen verboten. Schreien verboten. Pfeifen verboten. Raufen verboten.

Sie nannten es Verwahrungszentrum für jugendliche Gewalttäter, aber es kam verdammt auf Gefängnis raus: letztlich hinter Schloß und Riegel, Wachpersonal inklusive. Liberale Gesten leistete man sich nur sporadisch, wie man überhaupt im Kaschieren der Wahrheit nicht sonderlich erfolgreich war; Tetherdowne war nur dem schönen Namen nach kein Gefängnis, und die Insassen wußten das.

Nicht, daß sich Redman irgendwelche Illusionen über seine angehenden Schüler gemacht hätte. Es waren harte Burschen, und man hatte sie nicht grundlos eingesperrt. Die meisten von ihnen hätten einen mir nichts dir nichts ausgeraubt, wenn man ihnen nur untergekommen wäre, oder einen zum Krüppel geschlagen, wenn's ihnen in den Kram gepaßt hätte, ganz locker. Er hatte zu viele Jahre im Polizeidienst hinter sich, um noch an die soziologische Lüge zu glauben. Er kannte die Opfer, und er kannte die Kids. Sie waren keine unverstandenen Schwachköpfe, sie waren fix und scharf und ohne Moral wie die Rasierklingen, die sie unter der Zunge versteckten. Für Gefühlsduselei hatten sie nichts übrig, sie wollten einfach raus.

»Willkommen in Tetherdowne.«

Hieß die Frau jetzt Leverton oder Leverfall oder...

»Ich bin Doktor Leverthal.«

Leverthal. Richtig. Ausgekochtes Luder, habe sie kennengelernt bei...

»Wir haben uns beim Vorstellungsgespräch kennengelernt.«

»Richtig.«

»Schön, Sie bei uns zu sehen, Mr. Redman.«

»Neil; nennen Sie mich doch Neil.«

»Die Anrede mit Vornamen versuchen wir vor den Jungen tunlichst zu vermeiden; wir finden, sie glauben sonst, einen Zipfel von unserem Privatleben zu fassen gekriegt zu haben. Es wäre mir deshalb lieber, wenn Sie die Taufnamen nur nach Dienst verwenden würden.«

Ihren hatte sie nicht mal genannt. Wahrscheinlich irgendwas Beinhartes: Yvonne. Lydia. Er würde sich einen passenden ausdenken. Sie sah aus wie fünfzig und war wahrscheinlich zehn Jahre jünger. Kein Make-up, das Haar so straff zurückgebunden, daß er sich wunderte, wieso es ihr die Augen nicht raustrieb.

»Sie beginnen übermorgen mit dem Unterricht. Der Direktor hat mich gebeten, Sie in seinem Namen am Zentrum willkommen zu heißen und Sie um Verständnis zu bitten, daß er nicht persönlich hier sein kann. Wir haben Finanzierungsprobleme.«

»Hat man die nicht immer?«

»Bedauerlicherweise, ja. Ich fürchte, wir schwimmen hier gegen den Strom; der landesweite Trend ist weitestgehend auf Law and Order ausgerichtet.«

Was wollte sie ihm da durch die Blume hinreiben? Daß die Scheiße aus einem Kid rauszuprügeln soviel einbrachte wie'n harmloses Verkehrsdelikt? Richtig, er selbst hatte es in seiner Dienstzeit so gehalten und sich schön schlimm da drin verrannt; war in jeder Hinsicht genauso falsch, wie sich Gefühle zu leisten.

»Tatsache ist, daß wir Tetherdowne möglicherweise ganz verlieren«, sagte sie, »und das wäre ein Skandal. Sicher, es sieht nicht gerade danach aus...«

»... aber 'n Zuchthause ist es doch.« Er lachte. Der Witz war für die Katz. Sie schien ihn nicht mal gehört zu haben.

»Sie«, ihr Tonfall wurde schärfer, »Sie bringen einen soliden (sagte sie: so rüden?) Background aus dem Polizeidienst mit. Unsere Hoffnung geht dahin, daß Ihre Anstellung von den Finanzierungsbehörden sehr begrüßt werden wird.«

Also das war's: Expolizist, pro forma zur Beschwichtigung der maßgeblichen Regierungsstellen ins Spiel gebracht und um Bereitwilligkeit gegenüber der Strafvollzugsbehörde zu bekunden. In Wirklichkeit wollten sie ihn hier gar nicht. Sie wollten irgendeinen Soziologen, der umfassende Berichte über den Einfluß der Klassengesellschaft auf Gewalttaten Jugendlicher verfaßte. Zwischen den Zeilen gab sie ihm zu verstehen, daß er unerwünscht war, das fünfte Rad am Wagen.

»Ich hab' Ihnen bereits gesagt, weshalb ich von der Polizei weg bin.«

»Sie erwähnten so was. Als Invalide entlassen.«

»Ich hab' keinen Bürojob annehmen wollen, so einfach war das; und sie wollten mich nicht tun lassen, was ich am besten konnte. Selbstgefährdung nannten's einige von ihnen.«

Seine Erklärung machte sie anscheinend etwas verlegen. War doch eine Psychologin; das Zeugs hätte eigentlich ein Fressen

für sie sein müssen, es war seine persönliche Kränkung, die er hier publik machte. Er war geständig, weiß Gott.
»So saß ich auf dem Hintern, nach vierundzwanzig Jahren.«
Er zögerte, dann sagte er, worauf es ihm ankam: »Ich bin kein Pro-forma-Polizist; ich bin überhaupt kein Polizist. Der Dienst und ich sind geschiedene Leute. Sie verstehen, was ich meine?«
»Ja, sehr gut.« Sie verstand nicht die Bohne. Er probierte einen anderen Einstieg.
»Möcht' gern wissen, was man den Jungs erzählt hat.«
»Erzählt hat?«
»Über mich.«
»Also... einiges über Ihren Background.«
»Aha.« Man hat sie gewarnt. Bullenschweine im Anmarsch.
»Es schien mir wichtig.«
Er brummte.
»Sehen Sie, viele dieser Jungen haben echte Aggressionsprobleme. Daraus erwachsen so vielen Schwierigkeiten. Sie haben sich selbst nicht unter Kontrolle, und infolgedessen leiden sie.«
Er machte keinen Einwand, aber sie sah ihn streng an, als hätte er einen gemacht.
»O ja, sie leiden. Deswegen geben wir uns solche Mühe, wenigstens etwas Aufgeschlossenheit für ihre Situation zu zeigen, ihnen beizubringen, daß es Alternativen gibt.«
Sie ging zum Fenster hinüber. Vom zweiten Stock aus hatte man einen ziemlich genauen Überblick über die Anlagen. Tetherdowne war eine Art Landsitz gewesen, und zum Hauptgebäude gehörte eine beträchtliche Menge Grund. Da war ein Sportplatz, dessen Gras in der hochsommerlichen Hitze verdorrte. Dahinter eine Gruppe Nebengebäude, einige

ausgemergelte Bäume, Buschwerk und dann rohes Ödland bis hin zur Mauer. Er hatte die Mauer schon von außen gesehen. Alcatraz wäre stolz auf sie gewesen.

»Wir versuchen, ihnen ein bißchen Freiheit zu geben, ein bißchen Erziehung, ein bißchen Mitgefühl. Sie kennen wahrscheinlich die landläufige Vorstellung, daß Straffälligen ihr kriminelles Verhalten Spaß macht? Ich selber hab' das in keiner Weise bestätigt gefunden. Zu mir kommen sie schuldbewußt, innerlich gebrochen...«

Ein innerlich gebrochenes Opfer zückte hinter dem Rücken der Leverthal die Finger zum »V«, als er den Gang runter schlenderte. Seine angeklatschten Haare waren dreifach gescheitelt, die Eigenbautätowierungen auf seinem Unterarm unvollständig.

»Immerhin – sie haben Straftaten begangen«, beharrte Redman.

»Ja, aber...«

»Und diese Tatsache muß man ihnen doch wohl vor Augen halten.«

»Ich glaube nicht, daß man ihnen irgendwas vor Augen halten muß, Mr. Redman. Ich glaube, sie fühlen brennende Schuld.«

Auf Schuld war sie versessen; das überraschte ihn nicht. Hatten sich die Kirchenkanzel unter den Nagel gerissen, diese Analytiker. Hatten da droben die Stelle der Bibelfritzen eingenommen, mit dem fadenscheinigen Gepredige übers Höllenfeuer, bloß mit etwas weniger farbenprächtigem Vokabular. War aber im Grund genommen genau dieselbe Geschichte mitsamt den Verheißungen der Genesung, wenn man sich nur brav an die Rituale hielt. Und siehe, der Gerechte soll eingehen ins Himmelreich.

Er bemerkte, daß auf dem Sportplatz eine Verfolgungsjagd

stattfand. Eine Verfolgung, und jetzt eine Überwältigung. Ein Opfer traktierte ein anderes, kleineres äußerst heftig mit den Stiefeln; ein ziemlich erbarmungsloses Schauspiel.
Die Leverthal erfaßte die Situation zur gleichen Zeit wie Redman.
»Sie entschuldigen. Ich muß...«
Schon war sie auf dem Weg die Treppe runter.
»Zu Ihrer Werkstatt geht's die dritte Tür links, wenn Sie schon mal reinschauen möchten«, rief sie über die Schulter. »Ich bin gleich wieder da.«
Einen Dreck wär' sie das. Nach dem zu urteilen, wie sich die Szene auf dem Platz entwickelte, würde man drei Stemmeisen brauchen, um die beiden auseinanderzubringen.
Redman schlenderte zu seiner Werkstatt. Die Tür war abgesperrt, aber durch das Drahtglas konnte er die Hobelbänke, die Schraubstöcke und das Werkzeug sehen. Gar nicht so übel. Er könnte ihnen sogar einigermaßen das Schreinern beibringen, wenn man ihm nur lang genug freie Hand ließ.
Er war ein bißchen enttäuscht, daß er nicht rein konnte. Er machte kehrt, ging den Flur zurück und folgte der Leverthal nach drunten. Schnell gelangte er hinaus auf den sonnenbeschienenen Sportplatz. Eine kleine Zuschauertraube hatte sich um das Kampfgeschehen oder das Gemetzel gebildet. Jetzt war es ruhig. Die Leverthal stand da und blickte zu dem Jungen am Boden runter. Einer vom Wachpersonal kniete neben dem Kopf des Jungen; die Verletzungen sahen böse aus.
Etliche der Zuschauer schauten auf, als Redman näherkam, und begafften das neue Gesicht. Geflüster machte die Runde, hie und da ein Lächeln. Redman sah den Jungen an. Sechzehn vielleicht, er lag mit der Wange gegen den Boden, als ob er auf irgendwas in der Erde horchte.

»Lacey.« Die Leverthal nannte den Namen des Jungen für Redman.
»Hat's ihn schlimm erwischt?«
Der Mann, der neben Lacey kniete, schüttelte den Kopf. »Nicht besonders schlimm. Bißchen gestürzt. Nichts gebrochen.«
Blut war im Gesicht des Jungen, von seiner gequetschten Nase. Seine Augen waren geschlossen. Friedlich. Er hätte tot sein können.
»Wo ist die verdammte Bahre?« fragte der Wachmann. Es war ihm offenkundig unbehaglich auf dem hitzegehärteten Boden.
»Kommt schon, Sir«, sagte jemand. Redman hielt ihn für den Schläger. Ein dünner Bursche um die neunzehn. Die Art Blick, die Milch auf zwanzig Schritt Entfernung sauer werden läßt.
Tatsächlich tauchte jetzt eine kleine Schar Jungen aus dem Hauptgebäude auf, sie trugen eine Bahre und eine rote Decke. Jeder grinste übers ganze Gesicht.
Die Zuschauergruppe begann sich zu verlaufen, jetzt, wo das Beste vorbei war. Es macht nicht viel Spaß, die Scherben aufzulesen.
»Moment, Moment«, sagte Redman. »Braucht's denn hier keine Zeugen? Wer war es denn?«
Ein paar zuckten mit den Achseln, aber die meisten stellten sich taub. Sie schlenderten davon, als hätte niemand etwas gesagt.
Redman fuhr fort: »Wir haben's gesehen. Vom Fenster aus.«
Die Leverthal kam ihm nicht zu Hilfe.
»Es war doch so, oder?« fragte er sie herausfordernd.
»Es war zu weit weg, um irgend jemand eine Schuld geben zu können, glaub' ich. Aber daß mir nie mehr eine solche schikanöse Schinderei vor Augen kommt, verstanden?«
Sie hatte Lacey gesehen und mußte ihn aus jener Entfernung

unschwer erkannt haben. Warum nicht auch den Schläger? Redman hätte sich ohrfeigen können, weil er sich nicht besser konzentriert hatte. Ohne die dazugehörigen Namen und Personalien war es schwierig, die Gesichter auseinanderzuhalten. Die Wahrscheinlichkeit, den Falschen zu beschuldigen, war hoch, wenngleich er fast sicher war, daß nur der Junge mit dem Gerinnungsblick in Betracht kam. Zum Fehlermachen war jedoch jetzt ganz entschieden nicht der rechte Zeitpunkt; diesmal mußte er die strittige Frage auf sich beruhen lassen. Die Leverthal blieb anscheinend von der ganzen Sache ungerührt. »Lacey«, sagte sie ruhig. »Immer ist es Lacey.«

»Er will's nicht anders«, sagte einer der Jungen, die die Bahre gebracht hatten, und strich sich eine Garbe weißblonden Haares aus den Augen. »Er kapiert es nicht.«

Die Leverthal nahm die Aussage nicht zur Kenntnis, beaufsichtigte, wie Lacey auf die Bahre gelegt wurde, und schon war sie wieder auf dem Rückweg zum Hauptgebäude, Redman im Schlepptau. All das geschah so beiläufig, beinahe wie Routine. »Nicht gerade gut, Lacey«, sagte sie dunkel, als wolle sie etwas erklären; und damit hatte es sich. Darin erschöpfte sich ihr Mitgefühl.

Redman schaute sich flüchtig um, als sie den regungslosen Lacey in die rote Decke wickelten. Da geschah zweierlei fast gleichzeitig. Erstens: Einer sagte: »Das ist das Schwein.« Zweitens: Lacey öffnete die Augen und richtete den Blick geradewegs auf Redman, weit, klar und ohne Falsch.

Redman verbrachte einen guten Teil des nächsten Tages damit, seine Werkstatt in Ordnung zu bringen. Viele der Werkzeuge waren zerstört oder durch unsachgemäße Verwendung unbrauchbar geworden: Sägen ohne Zähne, Meißel, die angeschlagen und ohne Schneide waren, zerbrochene Schraubstöcke. Er würde Geld benötigen, um die Werkstatt wieder mit dem grundlegenden Inventar auszustatten, aber jetzt war nicht der richtige Zeitpunkt, ein Gesuch einzureichen. Gescheiter, man wartete ab und bewies zunächst, daß man anständige Arbeit verrichtete. Solche Verhaltensregeln in Institutionen war er durchaus gewohnt; nicht umsonst kam er vom Polizeidienst.

Gegen halb fünf fing ziemlich weit von der Werkstatt entfernt eine Klingel an zu läuten. Er nahm sie nicht zur Kenntnis, aber nach einer Weile gewannen seine Instinkte doch die Oberhand. Klingeln waren Alarmvorrichtungen, und Alarmvorrichtungen wurden betätigt, um Menschen vor irgendeiner Gefahr zu warnen. Er ließ seine Aufräumarbeit liegen, schloß die Werkstatt hinter sich ab und ließ sich von seinem Gehör leiten.

Die Klingel läutete in den Räumen, die man lächerlicherweise den Krankenhaustrakt nannte. Das waren zwei oder drei Zimmer, die vom Haupttrakt abgetrennt und mit ein paar Bildern sowie Vorhängen an den Fenstern aufgemotzt worden waren. Da keine Rauchspuren in der Luft waren, handelte es sich offensichtlich nicht um einen Feueralarm. Aber er hörte ein Geschrei. Mehr als ein Geschrei: ein Geheul.

Er beschleunigte seine Schritte durch die endlosen Gänge, und als er vor der Abteilung um die Ecke bog, rannte eine kleine Gestalt direkt in ihn hinein. Der Zusammenprall nahm ihnen beiden den Atem, aber Redman kriegte den Burschen am Arm zu fassen, noch ehe dieser sich wieder davonmachen konnte. Der Gefangene reagierte blitzschnell und schlug mit den bloßen Füßen gegen Redmans Schienbein aus. Aber der hatte ihn fest im Griff.

»Loslassen, du Scheiß...«

»Nur ruhig! Schön ruhig!«
Seine Verfolger waren in unmittelbarer Nähe. »Festhalten!«
»Du Wichser! Du Wichser? Du Wichser! Du Wichser!«
»Festhalten!«
Es war wie der Ringkampf mit einem Krokodil: Der Junge hatte die volle Stärke, die einem nur die Angst verleihen kann. Aber der Großteil seiner Raserei war schon verbraucht. Tränen schossen ihm in die von Blutergüssen umrandeten Augen, als er Redman ins Gesicht spuckte. Lacey war es, in seinen Armen, der ungute Lacey.
»Okay. Wir haben ihn.«
Redman trat zurück, als der Wachmann seine Stelle einnahm und Lacey in einen Kontrollgriff zwang, der geeignet schien, dem Kind den Arm zu brechen. Zwei, drei andere Personen kamen um die Ecke. Zwei Jungen und eine Krankenschwester, ein reiz- und liebloses Neutrum.
»Loslassen... Loslassen...« gellte Lacey, aber aller Kampfgeist hatte ihn verlassen. Sein Gesicht verzog sich zu einer Schnute, als er sich geschlagen gab, und noch immer blickten die kuhsanften Augen verdreht und vorwurfsvoll zu Redman hinauf, groß und braun. Lacey sah jünger aus, als seine sechzehn Jahre hätten vermuten lassen, fast vorpubertär. Auf seiner Wange zeigten sich erste Andeutungen eines Bartflaums, ein paar Hautunreinheiten sprenkelten die blauen Flecken, und ein ungeschickt angebrachtes Pflaster klebte quer über der Nase. Trotzdem: ein ganz mädchenhaftes Gesicht, das Gesicht einer Jungfrau, einer Zeit zugehörig, in der es noch Jungfrauen gab. Und diesen Blick.
Die Leverthal tauchte auf, zu spät, um noch irgendwas auszurichten. »Was geht hier vor?«
Der Wachmann keifte los. Die Hetzjagd hatte ihm den Atem

geraubt und die gute Laune. »Hat sich im Toilettenraum eingesperrt. Wollte durchs Fenster raus.«

»Weshalb?«

Die Frage war an den Wachmann gerichtet, nicht an das Kind. Eine vielsagende Verwechslung. Betreten zuckte der Wachmann mit den Achseln.

»Weshalb?« Redman wiederholte die Frage, diesmal an Lacey gewandt.

Der Junge glotzte ihn nur an, als hätte man ihm nie zuvor eine Frage gestellt. »Sind Sie das Schwein?« sagte er dann unvermittelt, und aus seiner Nase lief Rotz.

»Schwein?«

»Er meint Bullenschwein – Po-li-zist«, sagte der eine Junge. Das Wort wurde mit spöttisch-giftiger Überdeutlichkeit ausgesprochen, als würde es einem Schwachsinnigen vorbuchstabiert.

»Ich weiß, was er meint, Junge«, sagte Redman, noch immer entschlossen, Lacey mit seinem Blick aus der Fassung zu bringen. »Ich weiß recht gut, was er meint.«

»Wirklich?«

»Sei still, Lacey«, sagte die Leverthal, »steckst schon tief genug in der Patsche.«

»Ja, mein Sohn. Ich bin das Schwein.«

Das Duell der Blicke ging weiter, ein intimer Privatkrieg zwischen dem Jungen und dem Mann.

»Gar nichts wissen Sie«, sagte Lacey. Es war keine abfällige Bemerkung, der Junge drückte einfach seine Sicht der Wahrheit aus. Sein Blick blieb klar und fest.

»Is' gut, Lacey, das reicht.« Der Wachmann versuchte, ihn wegzuzerren; zwischen Pyjamaoberteil und Hose kam sein Bauch zum Vorschein, eine glatte Wölbung milchiger Haut.

»Lassen Sie ihn reden!« sagte Redman. »Was weiß ich nicht?«
»Er kann seine Version dieser Geschichte dem Direktor vortragen«, sagte die Leverthal, bevor Lacey antworten konnte. »Das ist nicht Ihre Angelegenheit.«
Aber es war sehr wohl seine Angelegenheit. Der starre Blick machte dies zu seiner Angelegenheit: so bohrend, so heillos. Der starre Blick verlangte, daß dies seine Angelegenheit wurde.
»Lassen Sie ihn reden!« sagte Redman und setzte sich mit unbeirrbarem Nachdruck in der Stimme über die Leverthal hinweg. Der Wachmann lockerte seinen Griff ein wenig.
»Warum hast du's drauf angelegt und wolltest entwischen, Lacey?«
»Weil er zurückgekommen ist.«
»Wer ist zurückgekommen? Einen Namen, Lacey! Von wem sprichst du?«
Mehrere Sekunden lang spürte Redman, wie der Junge gegen einen Pakt mit dem Schweigen ankämpfte; dann schüttelte Lacey den Kopf und unterbrach den elektrisierenden Austausch zwischen ihnen. Er schien irgendwo abzudriften; eine Art Rätselschock machte ihn mundtot.
»Dir passiert nicht das Geringste.«
Lacey starrte auf seine Füße und runzelte die Stirn. »Ich will jetzt wieder ins Bett«, sagte er. Die Bitte einer Jungfrau.
»Nicht das Geringste, Lacey. Ich versprech's dir.«
Das Versprechen bewirkte anscheinend herzlich wenig; Lacey war sprachlos. Aber es war trotzdem ein Versprechen, und er hoffte, daß Lacey sich das klarmachte. Augenscheinlich war der Junge erschöpft von der Anstrengung seiner mißglückten Flucht, der Verfolgung, dem starren Blick. Sein Gesicht war aschfahl. Er ließ sich vom Wachmann wegziehen und zurück-

bringen. Bevor er um die Ecke bog, schien er sich es anders zu überlegen. Er bemühte sich freizukommen, brachte dies zwar nicht fertig, aber es gelang ihm, sich umzudrehen, um dem Fragesteller das Gesicht zuzukehren.

»Henessey«, sagte er, und noch einmal begegnete Redmans Blick dem seinen. Das war alles. Man zerrte ihn außer Sicht, ehe er noch etwas hinzufügen konnte.

»Henessey?« sagte Redman und fühlte sich plötzlich sehr fremd. »Wer ist Henessey?«

Die Leverthal zündete sich eine Zigarette an. Dabei zitterten ihr kaum merklich die Hände. Gestern war ihm das nicht aufgefallen, aber es überraschte ihn nicht. Den Seelenklempner sollte man ihm mal zeigen, der nicht selber Probleme hatte.

»Der Junge lügt«, sagte sie, »Henessey ist nicht mehr bei uns.« Kleine Pause. Redman drängte nicht, das würde sie nur nervös machen.

»Lacey ist intelligent«, fuhr sie fort und führte die Zigarette an ihre farblosen Lippen. »Er kennt genau den wunden Punkt.«

»Hh?«

»Sie sind neu hier, und er will bei Ihnen den Eindruck erwekken, daß er ein Geheimnis hat, das er mit niemandem teilt.«

»Dann ist es also kein Geheimnis?«

»Das mit Henessey?« schnaubte sie verächtlich, »Guter Gott, nein! Er ist Anfang Mai aus der Schutzhaft geflohen. Zwischen ihm und Lacey...« Sie zögerte unwillkürlich. »Zwischen ihm und Lacey war irgendwas. Drogen vielleicht, wir haben's nie rausgefunden. Kleber-Schnüffeln, gegenseitige Masturbation, weiß der Himmel was.«

Das ganze Thema war ihr wirklich ausgesprochen unangenehm. Die Abneigung stand ihr – ein Dutzend verkrampfter Stellen verrieten es – ins Gesicht geschrieben.

»Wie ist Henessey entkommen?«

»Das wissen wir immer noch nicht«, sagte sie. »Er ist einfach eines Morgens nicht zum Appell erschienen. Alles wurde von oben bis unten durchsucht. Aber er war fort.«

»Ist es denkbar, daß er zurückkehrt?«

Sie lachte ungekünstelt.

»Gott nein! Der Ort war ihm verhaßt. Übrigens, wie soll er reinkommen?«

»Er ist auch rausgekommen.«

Die Leverthal gab sich mit leisem Knurren geschlagen. »Er war nicht besonders hell, aber er war gerissen. Genaugenommen überraschte es mich nicht, als er mit einem Mal abgängig war. In den Wochen vor seiner Flucht war er ganz in sich selbst versunken. Ich konnte nicht das Geringste aus ihm rausbekommen, und bis dahin war er wirklich gesprächig gewesen.«

»Und Lacey?«

»Stand unter seiner Fuchtel. Das kommt häufig vor. Ein jüngerer Bursche vergöttert einen älteren, erfahreneren Typ. Lacey kommt aus sehr gestörten Familienverhältnissen.«

Tadellos, dachte Redman. So tadellos, daß ich kein Wort davon glaube. Gemütsverfassungen sind keine Bilder einer Ausstellung, die mit Nummern versehen sind und so gehängt, daß man die Einflüsse sieht, wenn man eines mit »gerissen« bezeichnet, ein anderes mit »beeindruckbar«. Bilder sind Kritzeleien, wild auswuchernde Graffitispritzer, unvorhersagbar, uneingrenzbar.

Und Bubi Lacey? Der war in den Wind geschrieben.

Der Unterricht begann am nächsten Tag bei einer Hitze, die so bedrückend war, daß die Werkstatt gegen elf einem Ofen glich. Aber die Kids sprachen rasch auf Redmans geradlinige Art an.

Sie erkannten in ihm einen Mann, den sie ohne Zuneigung respektieren konnten. Sie erwarteten keine Gefälligkeiten, und sie empfingen keine. Das war ein haltbares Übereinkommen. Redman erschien der Mitarbeiterstab im ganzen weniger kommunikativ als die Jungen. Alles in allem ein Verein von Sonderlingen. Nicht ein aufrechter Kerl unter ihnen, entschied er. Die Amtsroutine von Tetherdowne, die Rituale der Einstufung und der Erniedrigung schienen alle zu einheitlichem Kies zermahlen zu haben. Zunehmend ertappte er sich dabei, wie er die Unterhaltung mit Kollegen vermied. Die Werkstatt wurde ein Zufluchtsort, ein Heim vor dem Heim, das nach frisch gefälltem Holz und Körperausdünstung roch.
Erst am darauffolgenden Montag erwähnte einer der Jungen die Farm. Niemand hatte Redman erzählt, daß auf dem Gelände eine Farm war, und ihm kam der bloße Gedanke daran absurd vor.
»Geht selten jemand hin«, sagte Creeley, einer der schlechtesten Holzbearbeiter unter der Sonne. »Da stinkt's.«
Allgemeines Gelächter.
»Schon gut, Jungs, beruhigt euch nur wieder!«
Das Gelächter, durchsetzt von ein paar hämisch getuschelten Sticheleien, verebbte.
»Wo ist diese Farm, Creeley?«
»Es ist nicht mal 'ne richtige Farm, Sir«, sagte Creeley und kaute auf seiner Zunge (eine ständige Angewohnheit). »Es sind nur 'n paar Hütten. Aber stinken tun sie, Sir. Besonders jetzt.«
Durchs Fenster deutete er auf die Wildnis hinter dem Sportplatz. Diese Gegend hatte er nur an jenem ersten Tag mit der Leverthal von oben angeschaut. Seitdem war das Ödland in der schweißtreibenden Hitze zusammengewachsen; das Unkraut wucherte üppig. Creeley deutete auf eine weit entfernte Zie-

gelmauer, die fast ganz hinter einem Gestrüppverhau verborgen war.
»Sehn Sie's, Sir?«
»Ja, ich seh'.«
»Das ist der Schweinestall, Sir.«
Erneutes Gekicher.
»Was gibt's zu lachen?« schnauzte er die Klasse an.
Ein Dutzend Köpfe duckten sich blitzschnell über die Arbeit.
»Ich ginge da nicht hin, Sir. So 'n Mief. So kotzvoll abgehangen, daß es tropft, Sir.«

Creeley hatte nicht übertrieben. Obwohl es jetzt am späten Nachmittag verhältnismäßig kühl war, drehte einem der Gestank, der von der Farm herüberdrang, den Magen um. Redman folgte einfach seiner Nase über den Sportplatz und an den Nebengebäuden vorbei. Die Baulichkeiten, die er von der Werkstatt aus nur andeutungsweise zu sehen bekommen hatte, traten aus ihrem Versteck. Ein paar windige Hütten, aus Wellblech und faulendem Holz zusammengebastelt, ein Hühnerauslauf und der ziegelgemauerte Schweinestall – mehr hatte die Farm nicht zu bieten. Wie Creeley gesagt hatte, es war eigentlich keine Farm. Es war ein gezähmtes Miniatur-Dachau, trostlos und verdreckt. Irgend jemand fütterte offenkundig die paar Insassen: Hühner, ein halbes Dutzend Gänse, Schweine. Niemand aber schien sich damit abzugeben, sie sauberzuhalten. Daher dieser kotzvolle Geruch. Gerade die Schweine hausten in einem Pfuhl aus ihrem eigenen Unrat. Inseln aus Kot rösteten bis zum vollen Reifegrad in der Sonne, bevölkert von Tausenden von Fliegen.
Der Schweinestall bestand aus zwei gesonderten Abteilungen, die durch eine hohe Ziegelmauer voneinander abgegrenzt

waren. Im Vorhof der einen lag ein kleines scheckiges Schwein auf der Seite im Schmutz: seine Flanke führte ein Eigenleben aus Zecken und Wanzen. Ein weiteres kleines Schwein konnte man andeutungsweise in der Dämmerung des Innenraums erkennen. Es lag auf verschissenem Stroh. Beide zeigten keinerlei Interesse an Redman.

Die andere Abteilung schien leer zu sein.

Im Vorhof lag kein Dung, und weit weniger Fliegen saßen auf dem Stroh. Der aufgestaute Geruch alter Exkremente hatte jedoch auch hier an durchdringender Schärfe nichts verloren, und Redman war im Begriff, sich abzuwenden, als sich von drinnen ein Geräusch vernehmen ließ und etwas Großes, Massiges sich aufrichtete. Er lehnte sich über das mit einem Vorhängeschloß versperrte Holzgatter, versuchte mit Willenskraft, den Gestank zu vergessen, und spähte in den Stall.

Das Schwein kam heraus, um ihn anzusehen. Es war dreimal so groß wie seine Genossen, eine riesige Sau, die ohne weiteres die Mutter der Schweine im Nebenpferch hätte sein können. Aber während ihr potentieller Wurf schmutzstarrende Flanken hatte, war die Sau in tadellos sauberem Zustand, ihr schimmernder, rosafarbener Körper strotzte vor Gesundheit. Schon ihre bloße Größe beeindruckte Redman. Sie mußte schätzungsweise doppelt so schwer sein wie er: eine alles in allem gewaltige Kreatur. Auf ihre grobschlächtige Art ein hinreißendes Tier mit nach oben gebogenen blonden Wimpern, mit zartem Flaum auf dem glänzenden Rüssel, der sich um die sanft schlackernden Ohren zu Borsten vergröberte, mit einem öligen, magnetischen Blick aus dunkelbraunen Augen.

Redman, ein Stadtkind, hatte selten die lebende Wahrheit gesehen, die sich hinter der Fleischportion auf seinem Teller verbarg, die ihr vorausging. Dieses wundervolle Mastschwein war für ihn eine Offenbarung. Die schlechte Presse, die er in Sachen Schweine immer geglaubt hatte, der üble Ruf, der den bloßen Namen zum Synonym für Schmutzigkeit machte, all das wurde Lügen gestraft.

Die Sau war schön, vom schnüffelnden Rüssel bis hin zum zierlichen Korkenzieher des Schwanzes, eine Verführerin auf Hachsen und Klauen.

Ihre Augen betrachteten Redman als ihresgleichen, da gab es für ihn keinen Zweifel: Sie bewunderte ihn kaum weniger, als er sie bewunderte.

Sie war heil in ihrem Kopf, er in seinem. Sie waren einander gleich unter einem gleißenden Himmel.

Aus der Nähe roch ihr Körper süß. Offensichtlich war jemand an ebendiesem Morgen dagewesen, um sie zu waschen und zu füttern. Ihr Trog, bemerkte Redman, war noch randvoll mit einem schlabbrig-breiigen Abfallfraß, den Überresten der gestrigen Mahlzeit. Sie hatte nichts davon angerührt, sie war kein Freßsack.

Bald schien sie sich ein komplettes Bild von ihm gemacht zu haben, und leise grunzend machte sie auf ihren flinken Füßen kehrt, um sich in die Kühle des Innenraums zurückzuziehen. Die Audienz war beendet.

An diesem Abend wollte er nach Lacey sehen. Man hatte den Jungen vom Krankenhaustrakt in ein schäbiges Zimmer verlegt, das er für sich allein hatte. Offenbar wurde er im Schlafsaal noch immer von den anderen Jungen gepiesackt, und der einzige Ausweg war diese Einzelhaft. Da saß er nun vor Redman auf einem Teppich aus Comic-Heften und starrte die Wand an. Die knalligen Titelseiten der Hefte ließen sein Gesicht milchiger erscheinen als je zuvor. Das Pflaster auf seiner Nase war abgegangen, und der Bluterguß auf dem Nasenrücken ging ins Gelbe über.

Redman gab Lacey die Hand, und der Junge blickte hoch zu ihm. Unverkennbar mußte seit ihrer letzten Begegnung eine Kehrtwendung erfolgt sein. Lacey war ruhig und gefaßt, ja gefügig. Sein Händedruck, ein Ritual, an das Redman sich bei allen Jungen hielt, die er außerhalb der Werkstatt traf, war schlaff.

»Geht's dir gut?«

Der Junge nickte.

»Bist du gern allein?«

»Ja, Sir.«

»Aber irgendwann mußt du wieder in den Schlafsaal.«

Lacey schüttelte den Kopf.

»Du weißt doch selber, daß du nicht ewig hier bleiben kannst.«

»Ja, das weiß ich, Sir.«

»Du mußt wieder zurück.«

Lacey nickte. Irgendwie schien bei dem Jungen die Logik nicht mehr zu greifen. Er blätterte ein Superman-Heft auf und starrte auf die grellbunte Seite, ohne sie wirklich wahrzunehmen.

»Hör zu, Lacey! Ich möchte, daß wir beide uns recht verstehn. Ja?«

»Ja, Sir.«

»Wenn du mich anlügst, kann ich nichts für dich tun. Doch klar, oder?«

»Ja.«

»Wieso hast du letzte Woche mir gegenüber Kevin Henessey erwähnt? Ich weiß, daß er nicht mehr hier ist. Er ist geflohen, oder?«

Lacey starrte auf den dreifarbigen Helden auf der Seite.

»Oder?«
»Er ist hier«, sagte Lacey ganz leise. Der Kleine war plötzlich zutiefst verwirrt. Man merkte es an seiner Stimme und an der Art, in der sein Gesicht in sich selbst zusammenstürzte.
»Wenn er geflohen ist, wieso sollte er dann zurückkommen? Ich find' das wirklich nicht besonders einleuchtend. Findest du's besonders einleuchtend?«
Lacey schüttelte den Kopf. Tränen verstopften ihm die Nase, und seine Worte klangen vernuschelt, aber sie waren noch deutlich genug: »Er ist nie weg.«
»Was? Du meinst, er ist nie abgehauen?«
»Er ist schlau, Sir. Sie kennen Kevin nicht. Er ist schlau.«
Er klappte das Comic-Heft zu und blickte zu Redman auf.
»Inwiefern schlau?«
»Er hat alles geplant, Sir. Das Ganze.«
»Drück dich deutlicher aus!«
»Sie werden es mir nicht glauben. Es hilft ja doch alles nichts, Sie werden es mir nicht glauben. Er hört zu, wissen Sie, er ist überall. Wände kümmern ihn nicht. Tote kümmert nichts dergleichen.«
Tote. Ein kürzeres Wort als Lebendige; aber es verschlug einem den Atem.
»Er kann kommen und gehen«, sagte Lacey, »wann immer er will.«
»Willst du behaupten, daß Henessey tot ist?« sagte Redman. »Sieh dich vor, Lacey!«
Der Junge zögerte: Er war sich im klaren, daß er sich haarscharf am Abgrund bewegte und ganz nah dran war, seinen Beschützer zu verlieren.
»Sie haben's versprochen«, sagte er plötzlich eiskalt.
»Versprochen, daß dir nicht das Geringste passiert. Dabei

bleibt's. Ich hab's gesagt, und ich hab's auch so gemeint. Aber das heißt noch lange nicht, daß du mir Lügen auftischen kannst, Lacey.«

»Was für Lügen, Sir?«

»Henessey ist nicht tot.«

»Ist er doch, Sir. Alle hier wissen das. Er hat sich erhängt. Bei den Schweinen.«

Redman war oft belogen worden, von Könnern, und er hatte das Gefühl, daß er ein kompetenter Sachverständiger für Lügner geworden war. Er kannte all die verräterischen Zeichen. Aber an dem Jungen war keines festzustellen. Er sagte die Wahrheit. Das spürte Redman instinktiv.

Die Wahrheit; die ganze Wahrheit; nichts sonst.

Was freilich nicht hieß, daß das, was der Junge sagte, wahr war. Er sagte einfach die Wahrheit, so wie er sie verstand. Er *glaubte,* daß Henessey gestorben war. Beweisen tat das gar nichts.

»Wenn Henessey tot wäre...«

»Er *ist* es, Sir.«

»Wenn er's wäre, wie kann er dann hier sein?«

Ohne die Spur einer Hinterhältigkeit im Gesicht schaute der Junge Redman an. »Glauben Sie nicht an Geister, Sir?«

Die Lösung war so naheliegend-klar, daß Redman sich nicht zu fassen vermochte. Henessey war tot, aber Henessey war hier. Folglich war Henessey ein Geist.

»Sie glauben nicht dran, Sir?«

Der Junge stellte keine rhetorische Frage. Er wollte, nein, er forderte eine vernünftige Antwort auf eine vernünftige Frage.

»Nein, mein Junge«, sagte Redman. »Nein, das tu ich nicht.«

Lacey war trotz dieser Meinungskontroverse anscheinend nicht aus der Ruhe zu bringen.

»Sie werden's erleben«, sagte er schlicht, »Sie werden's erleben.«

Im Schweinestall an der Peripherie des Geländes hatte die große namenlose Sau Hunger.

Sie prüfte die Abfolge der Tage, und mit jedem einzelnen wuchsen ihre Begierden. Sie wußte, daß die Zeit für schalen Abfallfraß in einem Trog vorbei war. Andere Gelüste hatten den Platz jener schweinischen Genüsse eingenommen.

Sie hatte, seit dem ersten Mal, eine Vorliebe für Nahrung mit einer bestimmten Struktur, einer bestimmten Resonanz. Dies war keine Nahrung, die sie jederzeit verlangte, sondern einzig dann, wenn das Bedürfnis sie überkam. War es denn ein so großes Verlangen, dann und wann voll Gier jene Hand zu verschlingen, die sie fütterte?

Sie stand am Gatter ihres Gefängnisses, vom Vorgeschmack ganz matt, und wartete unablässig. Sie hechelte knirschend, sie schnaubte, ihre Ungeduld wurde zu stumpfsinniger Wut. Im angrenzenden Pferch gerieten ihre kastrierten Söhne, die ihren Kummer witterten, ebenfalls in Aufregung. Sie kannten ihre Natur, und die war gefährlich. Immerhin hatte sie zwei der Brüder gefressen, lebend, frisch und noch naß von ihrem eigenen Schoß.

Dann drangen Geräusche durch den blauen Schleier der Abenddämmerung: der weiche, streifende Ton beim Durchqueren der Nesseln, begleitet von Stimmengemurmel.

Zwei Jungen näherten sich dem Stall, Respekt und Vorsicht lenkten jeden ihrer Schritte. Die Sau machte sie nervös, und das war ganz verständlich. Die Berichte über ihre tückischen Schliche waren Legion.

Sprach sie nicht, wenn sie aufgebracht war, mit jener besessenen Stimme, indem sie ihr fettes, schweinefleischiges Maul verkrümmte, um mit einer gestohlenen Zunge daraus zu reden? Stand sie nicht manchmal gern auf ihren Hinterbeinen, rosafarben und gebieterisch, und verlangte, daß man die kleinsten Jungen in ihren Schutz und Schatten sandte, nackt wie ihr Ferkelwurf, damit sie an ihr saugten? Und trommelte sie nicht gern mit ihren lasterhaften Klauen auf den Boden, bis die Nahrung, die sie für sie brachten, in appetitliche Happen geschnitten und zwischen zitterndem Zeigefinger und Daumen in ihren Rachen gestopft war? All diese Dinge tat sie.

Und schlimmere noch.

Heute abend hatten die Jungen, und das wußten sie, nicht das dabei, was sie wollte. Auf der Platte, die sie trugen, lag nicht das von ihr beanspruchte Fleisch. Nicht das süße, weiße Fleisch, um das sie mit jener anderen Stimme aus ihrem Repertoire gebeten hatte, das Fleisch, das sie, wenn sie sich's wünschte, mit Gewalt nehmen konnte. Heute abend bestand die Mahlzeit einfach aus altem, im Küchentrakt stibitztem Schinkenspeck. Das Nahrungsmittel aber, das sie wirklich dringlich ersehnte, das Fleisch, welches, um das Blut in der Muskulatur anzustauen, verfolgt und geängstigt worden, dann, wie man ein Steak klopft, grün und blau geschlagen worden war für ihren Hochgenuß, dieses Fleisch stand unter besonderem Schutz. Es würde einige Zeit kosten, es zum Schlachten hinzuschmeicheln.

Sie hofften, daß die Sau mittlerweile ihre Rechtfertigungen und Tränen akzeptieren und sie nicht in ihrer Wut verschlingen würde.

Einer der Jungen hatte, bis er an der Stallmauer angekommen war, seine Hosen vollgeschissen, und die Sau roch ihn. Ihre Stimme nahm aus Freude an der Pikanterie dieser Angst eine andere Klangfärbung an. Statt des leisen Schnaubens kamen höhere, hitzigere Töne von ihr, die sagten: Weiß schon, weiß schon. Kommt nur zu eurem Richter. Weiß schon, weiß schon. Sie beobachtete die beiden durch die Torlatten, ihre Augen glitzerten wie Juwelen in der dunstig-trüben Nacht, strahlender als die Nacht, weil sie lebten, makelloser als die Nacht, weil sie begehrten.

Die Jungen knieten am Gatter, ihre Köpfe waren in flehentlicher Demut geneigt. Die Platte, die sie beide hielten, verdeckte leicht ein Fetzen schmuddeligen Musselins.

»Also?« sagte sie. Die Stimme drang an ihre Ohren, unverkennbar. Seine Stimme, aus dem Schweinemund.

Der ältere Bursche, ein junger Schwarzer mit Wolfsrachen, sprach leise auf die glänzenden Augen ein und machte so noch das Beste aus seiner Angst: »Es ist nicht das, was du verlangt hast. Es tut uns leid.«

Der andere Junge, dem die übervollen Hosen zu schaffen machten, murmelte gleichfalls seine Entschuldigung.

»Aber wir besorgen ihn dir. Ehrlich. Wir bringen ihn dir ganz bald, sobald wir können.«

»Warum nicht heute nacht?« fragte das Schwein.

»Weil ihn jemand schützt.«

»Ein neuer Lehrer. Mr. Redman.«

Die Sau schien alles schon zu wissen. Sie erinnerte sich an die Konfrontation über die Mauer hinweg und an die Art, wie er sie angestarrt hatte, als wäre sie ein zoologisches Exemplar. Also das war ihr Feind, dieser alte Mann. Sie würde ihn kriegen. O ja.

Die Jungen hörten ihr Rachegelöbnis und waren offensichtlich zufrieden, daß man ihnen die Angelegenheit abnahm.

»Gib ihr das Fleisch«, sagte der schwarze Junge.

Der andere stand auf und entfernte den Musselinfetzen. Der Schinkenspeck roch schlecht, aber die Sau gab trotzdem feuchte Begeisterungslaute von sich. Womöglich hatte sie ihnen verziehen.

»Los, mach schon, schnell!«

Der Junge nahm den ersten Streifen Schinkenspeck zwischen Zeigefinger und Daumen und bot ihn ihr an. Von der Seite her reckte die Sau ihr Maul zu ihm hinauf und fraß, dabei entblößte sie ihre gelblichen Zähne. Der Streifen war schnell weg. Der zweite, dritte, vierte, fünfte genauso.

Das sechste und letzte Stück nahm sie samt seinen Fingern, und sie schnappte dabei mit solcher Eleganz und Geschwindigkeit zu, daß der Junge nur noch aufschreien konnte, als ihre Zähne die dünnen Fingerglieder schmatzend durchbissen, um sie zu verschlingen. Er zog seine Hand über die Stallmauer zurück und beglotzte die Verstümmelung. Genaugenommen hatte sie nur begrenzten Schaden angerichtet. Das obere Daumenglied und der halbe Zeigefinger waren weg. Das Blut quoll rasch und reichlich aus den Wunden, es spritzte auf sein Hemd und seine Schuhe. Sie grunzte und schnaubte und schien befriedigt.

Der Junge kreischte und lief davon.

»Morgen«, sagte die Sau zu dem zurückgebliebenen Bittsteller, »nicht dieses alte Schweinefleisch. Weiß muß es sein. Weiß und... lässig.« Sie fand diese Anspielung auf Lacey ganz besonders witzig.

»Ja«, sagte der Junge. »Ja, selbstverständlich.«

»Ohne Wenn und Aber«, befahl sie.

»Ja.«

»Oder ich komm' ihn mir selber holen. Hast du mich verstanden?«

»Ja.«

»Ich komm' ihn mir selber holen, ganz gleich, wo er sich versteckt. In seinem Bett werd' ich ihn fressen, wenn ich mag. Und im Schlaf freß ich ihm die Füße weg, dann die Beine, dann die Eier, dann die Hüften...«

»Ja, ja.«

»Ich will ihn haben«, sagte die Sau und scharrte mit den Füßen im Stroh. »Er gehört mir.«

»Henessey tot?« sagte die Leverthal und beugte sich weiter mit dem Kopf über einen ihrer langwierigen Berichte, an dem sie gerade schrieb. »Das ist wieder so eine Erfindung. Grad sagt der Kleine noch, er ist in Tetherdowne, und gleich drauf, er ist tot. Der Junge kommt ja nicht mal klar mit seiner eigenen Geschichte.«

Es war schwierig, sich mit den Widersprüchen auseinanderzusetzen, außer man akzeptierte den Gedanken an Geister so bereitwillig wie Lacey. Diesen Punkt wollte Redman keinesfalls vor der Frau ins Spiel bringen oder mit ihr durchdiskutieren. Dieser Teil war Unsinn. Geister waren dummes Zeug; nichts als sichtbar gemachte Ängste. Aber die Theorie von Henesseys Selbstmord fand Redman schon viel einleuchtender. Er preschte vor mit seinem Argument.

»Und wo hat Lacey dann diese Geschichte über Henesseys Tod her? Schon ziemlich merkwürdig, sich so etwas auszudenken.«

Sie geruhte aufzuschauen, und ihr Gesicht war in sich selbst hineinverblockt wie eine Schnecke in ihr Haus.

»Phantasmorgien sind hier an der Tagesordnung. Sie sollten mal die Horrorstories hören, die ich auf Tonband habe! Manche sind so exotisch, da würden Ihnen glatt die Augen übergehen.«

»Hat es hier Selbstmordfälle gegeben?«

»Seit ich da bin?« Sie dachte einen Augenblick nach, den Füller schreibbereit. »Zwei Versuche. Glaub', keiner von beiden in ernsthafter Absicht. Hilferufe.«

»War einer davon Henessey?«

Sie gestattete sich ein dezentes Hohnlächeln und schüttelte zugleich den Kopf.

»Henesseys Labilität war eine ganz andere. Er dachte, er würde ewig leben. So sah sein kleiner Traum aus: Henessey, der Nietzschesche Übermensch. Für die große Herde hatte er nur so was wie Verachtung übrig. Er, er war eine Rasse für sich: uns übrigen bloß Sterblichen genauso weit entrückt wie diesem erbärmlichen...«

Er wußte, daß sie Schwein sagen wollte, aber gerade noch kurz vor diesem Wort hielt sie inne.

»Diesem erbärmlichen Viehzeug auf der Farm«, sagte sie und schaute wieder auf ihren Bericht hinunter.

»Hat sich Henessey oft bei der Farm aufgehalten?«

»Nicht mehr als jeder andere Junge auch«, log sie. »Keiner mag den Farmdienst, aber er ist Teil des Arbeitsturnus. Ausmisten ist keine sehr angenehme Beschäftigung, das kann ich bezeugen.«

Ihre Lüge – Redman wußte, daß es eine war – ließ ihn Laceys letztes Detail für sich behalten: daß Henessey im Schweinestall den Tod gefunden hatte. Er zuckte mit den Achseln und wechselte das Thema.

»Bekommt Lacey irgendwelche Medikamente?«

»Beruhigungsmittel.«

»Werden die Jungen immer ruhiggestellt, wenn sie in eine Rauferei verwickelt waren?«

»Nur wenn sie Ausbruchsversuche machen. Wir haben nicht genügend Personal, um so jemand wie Lacey zu beaufsichtigen. Ich versteh' nicht, weshalb Sie das so beschäftigt.«

»Ich möchte, daß er mir vertraut. Er hat mein Versprechen. Ich will ihn nicht enttäuschen.«

»Also ganz offen, das alles klingt verdächtig nach einer Sonderbehandlung. Der Junge ist einer von vielen. Keine einzigartigen Probleme und keine spezielle Aussicht auf Wiedergutmachung.«

»Wiedergutmachung?« Ein seltsames Wort.

»Ehrenrettung, nennen Sie's, wie Sie wollen! Schaun Sie, Redman, ich will ganz ehrlich sein. Man hat allgemein den Eindruck, daß das hier wirklich nicht ihr Bier ist.«

»Ach was?«

»Wir alle sind der Meinung, und das gilt wohl auch für den Direktor, Sie sollten uns unsere Probleme so anpacken lassen, wie wir das gewohnt sind. Arbeiten Sie sich erst mal richtig ein, bevor Sie anfangen, sich ...«

»Einzumischen.«

Sie nickte. »Könnte man sagen. Sie machen sich Feinde.«

»Danke für den Hinweis.«

»Der Job ist auch ohne Feinde schon schwierig genug, das dürfen Sie mir glauben.«

Sie gab sich Mühe, versöhnlich zu wirken. Redman ignorierte das. Mit Feinden kam er zurecht, mit Lügnern nicht.

Das Zimmer des Direktors war abgeschlossen, jetzt schon eine ganze Woche lang. Hinsichtlich seines Verbleibens gingen die Erklärungen auseinander. Zusammenkünfte mit den Finanzausschüssen lautete die beim Personal bevorzugt propagierte Begründung, obwohl die Sekretärin behauptete, daß sie es nicht genau wisse. Jemand erwähnte seine Seminare an der Universität, die er abhielt, um einen Beitrag zur Erforschung der Probleme an Verwahrungszentren zu leisten. Womöglich hielt er gerade eines. Mr. Redman könne gern eine Nachricht hinterlassen, man würde sie an den Direktor weiterleiten.

In der Werkstatt wartete Lacey auf ihn. Es war Viertel nach acht: der Unterricht war längst aus.

»Was treibst du hier?«

»Warten, Sir.«

»Worauf?«

»Auf Sie, Sir. Ich wollt' Ihnen einen Brief geben, Sir. An meine Mam. Schaun Sie, daß sie'n kriegt?«

»Du kannst ihn doch auf dem üblichen Weg schicken, oder? Gib ihn der Sekretärin, die gibt ihn auf. Du darfst zweimal pro Woche schreiben.«

Lacey machte ein langes Gesicht. »Sie lesen alles, Sir: falls man was Verbotenes schreibt. Und wenn man's tut, dann verbrennen sie den Brief.«

»Und du hast was Verbotenes geschrieben?«

Er nickte.

»Was?«

»Über Kevin. Ich hab' ihr alles über Kevin erzählt, was mit ihm passiert ist.«

»Bin mir nicht sicher, ob du das mit Henessey alles richtig siehst.«

Der Junge hob die Schultern. »'s ist die Wahrheit, Sir«, sagte er ruhig, und es machte ihm offensichtlich nichts mehr aus, ob er Redman überzeugte oder nicht. »Es ist wahr. Er ist hier, Sir. In ihr.«

»In wem? Was redest du da?«

Womöglich sprach aus Lacey wirklich die reine Angst, wie es die Leverthal angedeutet hatte. Irgendwann mußte seine Geduld mit dem Jungen ein Ende haben. Und das schien jetzt so ziemlich erreicht.

Es klopfte an der Tür, und ein pickeliges Individuum namens Slape starrte ihn durch das Drahtfenster an.
»Komm rein!«
»Dringender Anruf für Sie, Sir. Im Sekretariat.«
Redman haßte das Telefon. Widerlicher Apparat: brachte nie was Erfreuliches.
»Dringend. Wer denn?«
Slape zuckte mit den Achseln und kratzte an seinem Gesicht herum.
»Bleibst so lang bei Lacey, ja?«
Slape wirkte alles andere als glücklich bei diesen Aussichten.
»Hier, Sir?« fragte er.
»Hier.«
»Ja, Sir.«
»Ich verlaß mich auf dich, also enttäusch mich nicht!«
»Nein, Sir.«
Redman wandte sich Lacey zu. Der verletzte Blick war jetzt eine Wunde; eine offene, als die Tränen kamen.
»Gib mir den Brief! Ich nehm' ihn mit ins Geschäftszimmer.«
Lacey hatte den Umschlag in die Hosentasche gesteckt. Widerwillig fischte er ihn heraus und übergab ihn Redman.
»Sag danke!«
»Danke, Sir.«

Die Gänge waren wie leergefegt.
Es war Fernsehzeit, und die allabendliche Anbetung der Glotze hatte begonnen. Jetzt klebten sie wieder an dem Schwarzweißgerät, das den Aufenthaltsraum beherrschte, um sich die ganze Pampe der Krimi- und Actionserien, der Sport- und Unterhaltungsserien, der Kriege-aus-aller-Welt-Serien reinzuziehen, die Kinnladen offen, aber innerlich zu. Ein hypnotisiertes

Schweigen hielt die versammelte Gesellschaft umklammert, bis Gewalt zu erhoffen war oder Sex sich andeutete. Dann würde der Raum ausbrechen in Pfiffe, Obszönitäten und anfeuernde Rufe, nur um während des nächsten Dialogs erneut in ungutes Schweigen zu versinken, in Erwartung des nächsten Schießeisens, der nächsten Brust. Gerade jetzt konnte er Schüsse und Musik hören samt ihrem Widerhall im Flur.

Das Geschäftszimmer war offen, aber die Sekretärin nicht anwesend. Vermutlich nach Hause gegangen. Die Uhr im Geschäftszimmer zeigte neunzehn nach acht. Redman stellte seine Armbanduhr nach.

Der Hörer lag auf der Gabel. Ganz gleich, wer ihn angerufen hatte, jedenfall hatte es ihm zu lang gedauert, und er hatte keine Nachricht hinterlassen. Zugegeben, er war erleichtert, daß der Anruf nicht so dringlich war, daß der Anrufer am Apparat wartete, aber jetzt war er irgendwie enttäuscht, nicht mit der Außenwelt sprechen zu können. Wie Robinson: Sieht ein Segel und muß es dann an seiner Insel vorbeigleiten lassen. Lächerlich! Dies war doch nicht sein Gefängnis. Er konnte hinausgehen, wann's ihm paßte. Noch diese Nacht würde er rausgehn und kein Robinson mehr sein.

Eigentlich wollte er Laceys Brief auf dem Schreibtisch liegenlassen, dann überlegte er es sich aber anders. Er hatte versprochen, die Interessen des Jungen zu wahren, und das wollte er auch tun. Notfalls würde er den Brief selber aufgeben.

Er machte sich auf den Rückweg zur Werkstatt, ohne sich auf irgendwas besonders zu konzentrieren. Vage durchschwebten hauchdünne Strähnen der Beklommenheit seinen Organismus und behinderten seine Reaktionen. Seufzer steckten ihm in der Kehle, Gram verdüsterte sein Gesicht. »Dieser verfluchte Ort«, sagte er laut, und er meinte nicht die Wände und die

Gänge, sondern die Falle, die sie darstellten. Er fühlte, daß er hier sterben könnte: seine guten Absichten hübsch um ihn aufgereiht wie Blumen um eine Leiche, und keiner würde es erfahren oder sich drum kümmern oder es beklagen. Idealismus war hier Schwäche, Mitleid verweichlichende Nachsicht. Beklommenheit war alles: Beklommenheit und...

Schweigen.

Das war's, was nicht stimmte. Das Fernsehen hallte und kreischte zwar noch immer den Gang entlang, aber nur Schweigen begleitete es. Keine anfeuernden Pfiffe, kein Protestgekreisch.

Redman sauste zur Halle zurück und den Gang zum Aufenthaltsraum hinunter. In diesem Gebäudeabschnitt war Rauchen gestattet, und der Bereich stank nach kaltem Zigarettenrauch. Weiter vorn lief das Gemetzel in unverminderter Lautstärke weiter. Eine Frau schrie den Namen von irgend jemand. Ein Mann antwortete und wurde vom Feuerstoß einer Gewehrsalve umgenietet. Halberzählte Geschichten hingen in der Luft.

Er erreichte den Raum und öffnete die Tür.

Das Fernsehen redete ihn an. »Hinlegen!«

»Er hat 'ne Waffe!«

Noch ein Schuß.

Die Frau, blond, mit großen Brüsten, bekam die Kugel ins Herz und starb auf dem Gehsteig neben dem Mann, den sie geliebt hatte.

Die Tragödie nahm ohne Zuschauer ihren Lauf. Der Aufenthaltsraum war leer, die alten Lehnstühle und die mit eingeritzten Graffiti übersäten Hocker waren um den Fernsehapparat herum aufgestellt – für ein Publikum, das diesmal eine bessere Abendunterhaltung hatte. Redman ging im Zickzack zwischen

den Sitzen nach vorn und schaltete den Apparat ab. Als die silbrig-blaue Fluoreszenz erlosch und das penetrante Gestampfe der Musik abgewürgt war, wurde er in der Dunkelheit, in der jähen Stille einer Gestalt an der Tür gewahr.
»Wer ist das?«
»Slape, Sir.«
»Du solltest doch bei Lacey bleiben.«
»Er mußte gehn, Sir.«
»Gehen?«
»Er ist davongerast, Sir. Hab' ihn nicht aufhalten können.«
»Hol dich der Teufel! Was soll das heißen, du hast ihn nicht aufhalten können?«
Redman ging wieder durch den Raum zurück und blieb dabei mit dem Fuß an einem Hocker hängen. Er knarzte übers Linoleum, ein zarter Protest.
Slape zuckte zusammen. »Tut mir leid, Sir«, sagte er. »Er war zu schnell für mich. Ich hab' 'nen kaputten Fuß.«
Stimmt. Slape humpelte wirklich.
»Wo ist er hin?«
Slape hob die Schultern.
»Weiß nicht genau, Sir.«
»Dann denk nach!«
»Kein Grund zur Aufregung, Sir.«
Das »Sir« war hingerotzt: allen Respekt verarschend. Redman juckte plötzlich die Hand, diesem halbwüchsigen Eiterpfropf eine reinzuhauen. Noch ein, zwei Meter bis zur Tür. Slape wich nicht zur Seite.
»Aus dem Weg, Slape.«
»Wirklich, Sir, Sie können ihm jetzt überhaupt nicht helfen. Er ist fort.«
»Aus dem Weg, sag' ich.«

Er trat auf Slape zu, um ihn zur Seite zu stoßen, und – klicks! machte es: Auf Nabelhöhe drückte der Saukerl ein Schnappmesser gegen Redmans Bauch. Die Spitze stach ins Fett über dem Gürtel.

»Gibt wirklich keinen Grund, ihm hinterherzulaufen, Sir.«

»Was um Himmels willen treibt ihr, Slape?«

»Wir machen nur'n Spiel«, sagte er durch grau verfärbte Zähne. »Passiert niemand was Schlimmes. Am besten, Sie halten sich da völlig raus.«

Die Messerspitze hatte Blut gezapft. Warm bahnte es sich seinen Weg zwischen Redmans Beine. Slape war bereit, ihn zu töten; ohne jeden Zweifel. Egal, was für ein Spiel das war, Slape jedenfalls hatte jetzt seine kleine Extraunterhaltung. Lehrerschlachten hieß sie. Mit unvermindertem Druck wurde das Messer ganz, ganz langsam durch Redmans Bauchdecke geschoben. Das kleine Blutrinnsal war zu einem Strom angeschwollen.

»Von Zeit zu Zeit kommt Kevin gern zum Spielen rüber«, sagte Slape.

»Henessey?«

»Richtig, Sie reden uns ja gern mit dem Nachnamen an, oder? Das klingt männlicher, ja? Wir sind keine Kinder, soll das heißen, wir sind Männer, soll das heißen. Aber sehn Sie, Sir, gar so männlich ist Kevin nicht. Er hat nie ein Mann sein wollen. Echt, ich glaub', es war ihm schrecklich, sich das vorzustellen. Wissen Sie, warum? (Das Messer zertrennte jetzt, beinah zärtlich, Muskelfleisch.) Er hat gemeint, wenn man einmal ein Mann ist, fängt man an zu sterben: Und Kevin hat immer gesagt, er würde niemals sterben.«

»Niemals sterben.«

»Niemals.«

»Ich möchte ihn kennenlernen.«
»Das will jeder, Sir. Er ist charismatisch. Die Doktorin nennt ihn so: charismatisch.«
»Ich möchte diesen charismatischen Kameraden kennenlernen.«
»Bald.«
»Jetzt.«
»Bald, hab' ich gesagt.«
Redman ergriff die Hand mit dem Messer so schnell am Gelenk, daß Slape keine Gelegenheit fand, die Waffe voll hineinzudrücken. Die Reaktion des Halbwüchsigen war vielleicht durch Drogeneinfluß verlangsamt, und Redman überwältigte ihn. Das Messer entfiel Slape, als Redman fester zupackte; mit der anderen Hand nahm er Slape in einen Würgegriff, sie schloß sich mühelos um seinen abgemagerten Hals. Mit der Handfläche drückte Redman auf den Adamsapfel seines Angreifers, der zu röcheln anfing.
»Wo ist Henessey? Du bringst mich zu ihm.«
Die Augen, die Redman anschauten, waren so verwischt wie seine Worte, die Iris glich einem Nadelstich.
»Bring mich zu ihm!« verlangte Redman.
Slapes Hand fand Redmans zerschnittenen Bauch, und seine Faust boxte kräftig gegen die Wunde. Redman fluchte. Er lockerte und öffnete seinen Griff, und Slape schlüpfte fast aus seiner Umklammerung, aber Redman rammte ihm das Knie in die Weichteile, jäh und heftig. Slape wollte sich vor rasendem Schmerz zusammenkrümmen, aber der Griff um den Hals hinderte ihn daran. Das Knie stieß wieder zu, härter. Und wieder. Wieder.
Unwillkürliche Tränen liefen über Slapes Gesicht und durcheilten das Minenfeld seiner Mitesser.

»Ich kann dir doppelt so wehtun wie du mir«, sagte Redman. »Wenn du also auf diese Tour die ganze Nacht weitermachen willst, soll mich das mordsmäßig freuen.«

Slape schüttelte den Kopf und rang durch seine zusammengepreßte Luftröhre mit kurzem, schmerzendem Keuchen nach Atem.

»Noch was gefällig?«

Slape schüttelte wieder den Kopf. Redman ließ ihn los und schleuderte ihn über den Flur gegen die Wand. Wimmernd vor Schmerz, mit verknittertem Gesicht, glitt er die Wand hinunter und nahm, die Hände zwischen den Beinen, eine embryonale Lage ein.

»Wo ist Lacey?«

Slape hatte angefangen zu zittern; die Worte purzelten heraus: »Wo schon? Kevin hat ihn.«

»Wo ist Kevin?«

Slape schaute verdutzt zu Redman auf. »Das wissen Sie nicht?«

»Würd' ich sonst fragen?«

Slape schien vornüber hinzuschlagen, als er reden wollte, und gab einen Schmerzenslaut von sich. Redmans erster Gedanke war, der Bursche würde zusammenbrechen, aber Slape hatte anderes im Sinn. Plötzlich war, vom Boden aufgeschnappt, das Messer wieder in seiner Hand, und er jagte es nach oben in Richtung Redmans Weichteile. Der wich dem Stich seitlich nur um Haaresbreite aus, aber Slape war wieder auf den Beinen, sein Schmerz vergessen. Das hin und her sausende Messer zerschlitzte die Luft, und Slape zischte seine Absicht durch die Zähne.

»Verreck, du Bullenschwein! Verreck, du Schwein!« Dann riß er den Mund weit auf und gellte: »Kevin! Kevin! Hilf mir!«

Die Messerhiebe wurden weniger und ungenauer; Slape hatte

die Kontrolle über sich verloren, und Tränen, Rotz und Schweiß überschleimten sein Gesicht, als er auf sein auserkorenes Opfer zustolperte.

Redman hielt seinen Augenblick für gekommen und versetzte Slape einen lähmenden Schlag gegen das Knie – des kranken Beins vermutlich. Richtig vermutet. Slape schrie und taumelte rückwärts, wirbelte herum und knallte mit dem Gesicht gegen die Wand. Redman drängte voll nach und warf sich auf Slapes Rücken. Zu spät erkannte er, was er angerichtet hatte. Slapes Körper entspannte sich, und die Hand, die das Messer geführt hatte und zwischen Wand und Körper eingequetscht war, glitt heraus, blutig und ohne Waffe. Slape atmete Todesluft aus, schwer getroffen brach er gegen die Wand hin in sich zusammen und trieb sich das Messer noch tiefer ins eigene Gedärm. Er war tot, ehe er den Boden berührte.

Redman drehte ihn um. An die Plötzlichkeit des Todes würde er sich nie gewöhnen können. So schnell dahin zu sein, wie das Bild auf dem Fernsehschirm. Abgeschaltet und spurlos gelöscht. Ende der Sendung.

Bleiern umfing ihn das grenzenlose Schweigen der Korridore, als er zur Halle zurückging. Der Schnitt in seinem Bauch war unerheblich, und das Blut hatte aus seinem Hemd einen schorfigen Verband gebildet, indem es Baumwollstoff und Fleisch zusammenfügte und die Wunde dann verklebte. Sie tat fast überhaupt nicht weh. Aber der Schnitt war noch sein geringstes Problem: Jetzt galt es, Geheimnisse zu enträtseln, und er fühlte sich außerstande, sich ihnen zu stellen. Die verbrauchte, ausgelaugte Atmosphäre des Ortes gab ihm das Gefühl, selbst ausgelaugt und verbraucht zu sein. Gesundheit war hier nicht zu haben, keine Tugend, keine Vernunft.

Und er glaubte plötzlich an Geister.

In der Halle brannte Licht, eine nackte Birne schwebte über dem toten Raum. In ihrem Schein las er Laceys zerknitterten Brief. Die verschmierten Worte auf dem Papier schwirrten wie Funken ins Pulverfaß seines entnervten Grauens.

Mami,
Sie haben mich ans Schwein verfüttert. Glaub ihnen nicht, wenn sie vielleicht sagen, ich hab' Dich nie liebgehabt, oder wenn sie vielleicht sagen, ich bin davongelaufen. Das bin ich nie. Sie haben mich ans Schwein verfüttert. Ich hab' Dich lieb.
Tommy.

Er steckte den Brief ein und rannte los, zum Gebäude hinaus und über den Sportplatz. Es war völlig dunkel: eine tiefe, sternlose Dunkelheit, und die Luft war stickig. Selbst bei Tageslicht kannte er den Weg zur Farm nicht genau, um so weniger bei Nacht. Sehr bald hatte er sich verlaufen, irgendwo zwischen dem Sportplatz und den Bäumen. Der Umriß des Hauptgebäudes hinter ihm war nicht auszumachen, es war zu weit weg; und die Bäume vor ihm sahen alle gleich aus.
Die Nachtluft war eklig schwül; kein Wind zur Erfrischung müder Glieder. Es war heraußen genauso still wie drinnen, als hätte sich die ganze Welt zum Innenraum umgestülpt: eine erstickende Kammer, von einer gemalten Wolkendecke abgeschlossen.
Er stand in der Dunkelheit, und das Blut hämmerte in seinem Kopf; er mußte rausbekommen, wo er sich befand.
Links, wo er eigentlich die Nebengebäude vermutet hatte, flimmerte ein schwaches Licht. Offenkundig hatte er sich, was seinen Standort betraf, vollkommen geirrt. Das Licht kam vom Stall. Bei angestrengtem Hinsehen ließ es die Konturen des

baufälligen Hühnerauslaufs hervortreten. Gestalten standen dort, mehrere, wie Zuschauer bei einem Spektakel, das er noch nicht sehen konnte.
Er ging los Richtung Stall, ohne zu wissen, was er dort nach seinem Eintreffen tun würde. Wenn sie alle wie Slape bewaffnet waren und dessen mörderische Absicht teilten, dann war es aus mit ihm. Der Gedanke beunruhigte ihn nicht. Heute nacht von dieser stillgelegten Welt freizukommen; die Alternative hatte schon etwas Verlockendes. Ausgezählt und raus.
Und dort war Lacey. Nach seinem Gespräch mit der Leverthal, als er sich gefragt hatte, warum ihm alles, was den Jungen betraf, so naheging, war er einen Moment lang ziemlich verunsichert gewesen. Dieser Vorwurf der Sonderbehandlung, da war schon etwas Wahres dran. Gab es irgend etwas in ihm, das sich wünschte, Thomas Lacey läge nackt neben ihm? War das nicht der eigentliche Sinn der Leverthalschen Bemerkung? Selbst jetzt, als er voller Ungewißheit auf die Lichter zulief, mußte er immer und ausschließlich an die Augen des Jungen denken, wie sie, riesengroß und fordernd, tief in die seinen geschaut hatten.
Vor ihm zeigten sich Gestalten in der Nacht, die von der Farm abzogen. Er konnte sie gegen den Lichtschein aus dem Stall sehen. War schon alles vorbei? Er näherte sich der linken Seite des Gebäudes in einem großen Bogen, um den Zuschauern beim Verlassen des Schauplatzes auszuweichen. Sie wirkten in sich gekehrt: Kein Geplapper oder Lachen regte sich unter ihnen. Wie eine Glaubensgemeinde, die gerade von einem Begräbnis kommt, schritten sie durch die Dunkelheit, gemessen und mit gesenktem Kopf, jeder für sich allein. Es war unheimlich, diese gottlosen Straftäter von Ehrerbietung so gezähmt zu sehen.

Er erreichte den Hühnerauslauf, ohne irgendeinem von ihnen unmittelbar gegenüberzutreten. In der Nähe des Schweinestalls hielten sich noch immer ein paar Gestalten auf. Die Mauer der Saubehausung war von Dutzenden und Aberdutzenden Kerzen eingesäumt. Gleichmäßig brannten sie in der stillen Luft und warfen einen vollen, warmen Schein auf das Ziegelrot und auf die Gesichter der wenigen, die noch immer in die Mysterien des Schweinestalls hineinstarrten.
Die Leverthal war unter ihnen, ebenso der Wachmann, der an jenem ersten Tag neben Laceys Kopf gekniet hatte. Auch zwei oder drei Jungen erkannte er dem Aussehen nach wieder, nicht jedoch dem Namen nach.
Vom Stall kam ein Geräusch: Während sie sich huldvoll anstarren ließ, scharrte die Sau mit den Füßen im Stroh. Irgend jemand sprach, er konnte nicht herausbekommen, wer. Es war die Stimme eines Jugendlichen mit froh-beschwingtem Vibrato. Als die Stimme in ihrem Monolog innehielt, traten der Wachmann und einer der Jungen wie auf ein entsprechendes Kommando hin weg und verschwanden in der Dunkelheit. Redman schlich etwas näher. Es kam jetzt auf jede Sekunde an. Bald würden die ersten der Gemeinde den Sportplatz überquert haben und wieder im Hauptgebäude sein. Sie würden auf Slapes Leiche stoßen, Alarm schlagen. Er mußte jetzt Lacey finden, sofern Lacey tatsächlich noch auffindbar war.
Die Leverthal sah ihn als erste. Sie blickte vom Schweinestall weg und nickte ihm einen Gruß zu; offenbar machte ihr seine Ankunft nichts aus. Es war, als sei sein Erscheinen an diesem Ort unausweichlich gewesen, als führten alle Wege zur Farm zurück, zu dem Strohverschlag und dem Kotgeruch. Gar nicht so abwegig, daß sie das womöglich glaubte. Er glaubte es beinah selbst.

»Dr. Leverthal«, sagte er.
Sie lächelte ihn offen an. Der Junge neben ihr hob den Kopf und lächelte auch.
»Bist du Henessey?« fragte er und sah den Jungen an.
Der Bursche lachte, ebenso die Leverthal.
»Nein«, sagte sie. »Nein. Nein. Nein. Henessey ist dort.« Sie deutete in den Stall.
Redman machte noch ein paar restliche Schritte bis zur Stallmauer und erwartete, was er nicht zu erwarten wagte: das Stroh und das Blut und das Schwein und Lacey.
Aber Lacey war da nicht. Bloß die Sau, pompös und preziös wie immer stand sie inmitten ihres höchstpersönlichen Kots, und ihre riesigen lachhaften Ohren schlackerten über ihren Augen.
»Wo ist Henessey?« fragte Redman und begegnete dem starren Blick der Sau.
»Da«, sagte der Junge.
»Das ist ein Schwein.«
»Sie hat ihn gefressen«, sagte der Bursche und lächelte noch immer. Die Idee fand er offensichtlich köstlich. »Sie hat ihn gefressen – und er redet aus ihr.«
Sonst noch was, dachte Redman. Verglichen damit, wirkten jetzt Laceys Geistergeschichten fast glaubwürdig. Die verzapften hier allen Ernstes, das Schwein wäre besessen.
»Hat sich Henessey erhängt, wie Tommy gesagt hat?«
Die Leverthal nickte.
»Im Schweinestall?«
Nochmaliges Nicken.
Plötzlich änderte die Sau ihren Standplatz. In seiner Phantasie sah er, wie sie sich hochreckte, um an Henesseys zuckendem Leib zu schnüffeln, unten an seinen Füßen; wie sie spürte, daß der Tod ihn überkam; wie sie geifernd sabberte bei der Vor-

freude auf sein Fleisch. Er sah, wie sie den Tau aufleckte, den Henesseys Haut beim Verwesen ausschwitzte, wie sie an ihm schlapperte, ihn erst zögerlich beknabberte, um ihn schließlich zu verschlingen. Es fiel nicht besonders schwer zu begreifen, wieso die Kids aus dieser Scheußlichkeit einen Mythos hatten machen können, sich Hymnen dazu ausdachten, dem Schwein wie einer Gottheit aufwarteten. Die Kerzen, die Ehrenbezeigungen, die geplante Aufopferung Laceys: Das war eindeutig pathologisch, aber keineswegs befremdlicher als tausend andere religiöse Bräuche. Langsam begriff er sogar Laceys gottergebene Mattigkeit, seine Unfähigkeit, gegen die Mächte anzukämpfen, die ihn übermannten.

Mami, sie haben mich ans Schwein verfüttert.

Nicht: Hilfe, Mami! Rette mich! Bloß: Sie haben mich dem Schwein gegeben.

Das alles konnte er verstehen: Es waren schließlich Kinder, viele mit mangelhafter Schulbildung, manche schon an der Grenze der Debilität und alle empfänglich für Aberglauben. Aber das erklärte noch lange nicht die Anwesenheit der Leverthal. Sie starrte gerade wieder in den Stall, und erst jetzt bemerkte Redman, daß ihr Haar losgebunden war und im Kerzenschein honigfarben auf ihren Schultern lag.

»Ich seh' hier nur schlicht und einfach ein Schwein«, sagte er.

»Es redet mit seiner Stimme«, sagte die Leverthal ruhig. »Redet in Zungen, wenn Sie so wollen. Sie werden ihn bald hören, meinen süßen Jungen.«

Da begriff er. »Sie und Henessey?«

»Schaun Sie nicht so entsetzt!« sagte sie. »Er war achtzehn: So schwarze Haare haben Sie noch nie gesehen. Und er hat mich geliebt.«

»Warum hat er sich erhängt?«

»Um ewig zu leben«, sagte sie. »Auf diese Weise mußte er nie zum Mann werden und sterben.«
»Sechs Tage lang haben wir ihn nicht gefunden«, sagte der junge Kerl, er flüsterte es Redman beinah ins Ohr. »Und selbst dann wollte sie niemand an ihn ranlassen, nachdem sie ihn einmal ganz für sich hatte – das Schwein mein' ich, nicht die Doktorin. Jeder hat Kevin geliebt, wissen Sie«, flüsterte er vertraulich. »Er war schön.«
»Und wo ist Lacey?«
Das Liebeslächeln der Leverthal zerfiel.
»Bei Kevin«, sagte der Bursche. »Wo Kevin ihn haben will.«
Er deutete ins Innere des Stalls. Dort lag ein Körper auf dem Stroh, mit dem Rücken zur Tür.
»Wenn du ihn willst, dann geh und hol ihn dir gefälligst selber«, sagte der Junge, und im nächsten Augenblick hatte er Redman hinten am Hals mit einem schraubstockartigen Griff umklammert.
Die Sau reagierte auf die plötzliche Bewegung. Sie fing an, das Stroh zu zerstampfen und zeigte das Weiße ihrer Augen.
Redman versuchte, den Griff des Jungen abzuschütteln und rammte ihm gleichzeitig seinen Ellbogen in den Bauch. Außer Atem und fluchend ließ der Junge von ihm ab, aber schon hatte die Leverthal seinen Platz eingenommen.
»Geh doch zu ihm«, sagte sie und packte Redman bei den Haaren. »Geh zu ihm, wenn du ihn willst!« Ihre Nägel kratzten ihm über Schläfe und Nase, verfehlten mit knapper Not seine Augen.
»Runter von mir!« rief er und bemühte sich, die Frau abzuschütteln, aber sie klammerte sich fest, und ihr Kopf schnellte vor und zurück, während sie ihn über die Mauer zu drücken versuchte.

Der Rest verlief in grausiger Geschwindigkeit. Ihr langes Haar fegte durch eine Kerzenflamme und fing Feuer, schnell kletterten die Flammen an ihrem Kopf koch. Um Hilfe kreischend, torkelte sie schwer gegen das Gatter. Es hielt ihrem Gewicht nicht stand und gab nach. Hilflos mußte Redman mit ansehen, wie die brennende Frau ins Stroh fiel. Begeistert breiteten sich die Flammen über den Vorhof zur Sau hin aus und fraßen das leicht brennbare Zeug in sich hinein.

Selbst jetzt, in extremis, war das Schwein noch immer Schwein. Kein Wunder weit und breit: kein Reden oder Bitten in Zungen. Das Tier tobte vor Schrecken, als der Feuerschwall es einkreiste, seine stampfende Masse in die Enge trieb und an seinen Flanken leckte. Der Gestank von angesengtem Schinkenspeck erfüllte die Luft, als die Flammen seitlich an ihm hinauf und über seinen Kopf liefen; wie ein Grasbrand jagten sie durch seine Borsten.

Die Stimme der Sau war eine Schweinestimme, ihre Klagen waren Schweineklagen. Hysterisches Grunzen entfuhr ihren Lippen, und sie preschte über den Stallvorhof zum zerbrochenen Tor hinaus und zertrampelte dabei die Leverthal.

Noch immer brannte die Sau, als sie, ein Wunderding in der Nacht, über den Sportplatz galoppierte und in ihrem Schmerz hierhin, dorthin im Zickzack lief. Ihre Schreie ließen nicht nach, als die Dunkelheit sie schluckte, sie schienen nur kreuz und quer übers Spielfeld hin widerzuhallen, unfähig, aus dem abgesperrten Raum hinauszufinden.

Redman betrat den Vorhof und stieg über die vom Feuer heimgesuchte Leiche der Leverthal. Ringsum brannte das Stroh, und das Feuer kroch auf die Stalltür zu. Gegen den beißenden Rauch verengte er seine Augen zu Schlitzen und schob sich geduckt ins Innere.

Lacey lag so da wie schon die ganze Zeit über: mit dem Rücken zur Tür. Redman drehte den Jungen um. Er war am Leben. Er war wach. Sein Gesicht, gedunsen vor Tränen und Entsetzen, blickte Redman vom Strohlager aus an, mit Augen, so weit aufgerissen, daß man den Eindruck hatte, sie würden im nächsten Moment aus dem Kopf springen.

»Steh auf!« sagte Redman und beugte sich über den Jungen. Der kleine Körper war starr, und Redman blieb nichts anderes übrig, als ihm die Glieder auseinanderzudrücken. Behutsam, mit leisen, fürsorglichen Worten, überredete er den Jungen aufzustehen, da der Rauch begann, ins Schweinehaus hereinzuwirbeln.

»Komm, 's alles gut. Komm schon!«

Redman stand aufrecht da, und irgend etwas streifte sein Haar Er spürte das Tröpfeln von Würmern auf sein Gesicht, blickte nach oben und – sah Henessey, oder was von ihm übrig war, noch immer am Querbalken des Schweinehauses hängen. Seine Gesichtszüge waren unkenntlich, eingeschwärzt zu einer absackenden Pampe. Sein Körper war an der Hüfte zerfetzt, schartig abgenagt, seine Eingeweide hingen aus dem aasigen Rumpf und baumelten in wurmigen Schlingen vor Redmans Gesicht.

Wäre der dicke Qualm nicht gewesen, der Gestank des Leichnams hätte ihn umgehauen. So aber war Redman nur zutiefst angeekelt, und der heftige Widerwille verlieh seinem Arm Stärke. Er zerrte Lacey aus dem Schatten des Körpers und schob ihn durch die Tür.

Draußen loderte das Stroh nicht mehr ganz so grell, aber nach der Dunkelheit des Innenraums blendete ihn der Schein der Feuersglut, der Kerzen und des brennenden Körpers.

»Komm schon, Junge!« drängte er und hob den Kleinen über

die Flammen. Knopfglanz, Irrsinnsglanz sprühten die Knabenaugen. Vergeblichkeit sprach aus ihnen.
Sie durchquerten den Stall bis zum Tor, sprangen über die Leiche der Leverthal und tauchten ein ins Dunkel des freien Geländes.
Mit jedem Schritt, den sie sich von der Farm entfernten, schien der Junge aus dem Zustand der Heimsuchung herauszufinden. Schon war der Stall hinter ihnen nur lodernde Erinnerung. Vor ihnen breitete sich die Nacht aus, so still und undurchdringlich wie immer.
Redman versuchte, nicht an das Schwein zu denken. Es mußte tot sein inzwischen, ganz bestimmt.
Aber während sie rannten, schien ein Geräusch durch die Erde zu dringen, als ob etwas Riesiges Schritt hielte mit ihnen, bereit, einen gewissen Abstand zu halten, vorsichtig diesmal, aber ihnen unerbittlich auf den Fersen.
Er zerrte Lacey am Arm und lief weiter, der Boden unter ihren Füßen war sonnengedörrt. Lacey wimmerte jetzt, immer noch keine Worte, aber zumindest ein Laut. Das war ein gutes Zeichen, ein Zeichen, das Redman dringend brauchte. Sein Bedarf an Irrsinn war ziemlich gedeckt.
Ohne einen Zwischenfall erreichten sie das Gebäude. Die Flure waren so leer wie bei Redmans Weggehen vor einer Stunde. Vielleicht hatte noch niemand Slapes Leiche gefunden. Durchaus möglich. Keiner der Jungen schien zu einer Unterhaltung aufgelegt gewesen zu sein. Vielleicht waren sie schweigend zu ihren Schlafräumen gehuscht, um nach dem Gottesdienst auszuschlafen.
Es war Zeit, ans nächste Telefon zu gehn und die Polizei zu rufen.
Mann und Junge schritten Hand in Hand den Gang zum Büro

des Direktors hinunter. Lacey war wieder still geworden, aber sein Gesichtsausdruck war nicht mehr so manisch; er wirkte eher so, als stehe ein reinigender Tränenausbruch bevor. Er schniefte, räusperte sich.

Er hielt Redmans Hand fest, lockerte aber seinen Griff.

Die Halle lag im Dunkel. Jemand hatte kurz vorher die Glühbirne zerschlagen. Die Überreste schaukelten noch im schwachen Schein, der vom Fenster her durchsickerte, am Kabel.

»Komm! Hier gibt's nichts zu fürchten. Komm schon, Junge!«

Lacey beugte sich über Redmans Hand und biß ihn ins Fleisch. Der Trick erfolgte so schnell, daß er den Jungen losließ, noch ehe er anders reagieren konnte, und Lacey nahm die Beine unter den Arm und flitzte davon, den Korridor hinunter, der von der Halle wegführte.

Macht nichts. Er kann nicht weit kommen. Dies eine Mal war Redman froh, daß der Ort Mauern und Gitter hatte.

Redman ging durch die in Dunkel gehüllte Halle zum Sekretariat. Nichts rührte sich. Wer immer die Glühbirne zerbrochen hatte, blieb mucksmäuschenstill.

Das Telefon hatte man auch zertrümmert. Nicht bloß zerbrochen, sondern in tausend Stücke zerschlagen.

Redman machte kehrt und lief zum Büro des Direktors. Das hatte auch Telefon; von Vandalen ließ er sich nicht aufhalten. Die Tür war natürlich verschlossen, aber darauf war Redman vorbereitet. Er zertrümmerte das Mattglas des Türfensters mit dem Ellbogen und langte nach innen. Kein Schlüssel steckte. Dreckszeug, elendes, dachte er und setzte die Schulter gegen die Tür. Sie war aus robustem Hartholz, und das Schloß war solide. Seine Schulter schmerzte, und die Wunde an seinem Bauch ging wieder auf, als das Schloß nachgab und er den Raum betreten konnte.

Über den Boden war Stroh gestreut. Im Vergleich zum Geruch hier drinnen war der Schweinestall der reinste Blumenladen. Der Direktor lag hinter seinem Schreibtisch, sein Herz war herausgefressen.
»Das Schwein«, sagte Redman. »Das Schwein. Das Schwein.«
»Das Schwein« noch auf den Lippen, langte er nach dem Hörer. Ein Laut. Redman drehte sich um und bekam den Schlag voll ins Gesicht. Er brach ihm das Jochbein und die Nase. Der Raum zersprang zu Flecken, kippte dann ins Weiße um.

Die Halle war nicht mehr dunkel. Kerzen brannten, Hunderte, so schien es, an allen Ecken, an allen Enden. Aber dann drehte sich alles in seinem Kopf, die Gehirnerschütterung trübte seine Sehkraft. Es hätte genausogut eine einzige Kerze sein können, von Sinnen vervielfacht, deren Wahrnehmungstreue zweifelhaft geworden war.
Er stand in der Mitte der Halle und begriff nicht so recht, wieso er stehen konnte, denn die Beine unter ihm fühlten sich taub an und unbrauchbar. Am Grenzrand seiner Vision, jenseits des Kerzenlichts, konnte er Leute reden hören. Nein, nicht wirklich reden: Es waren strenggenommen keine Worte. Es waren Abrakadabra-Laute, hervorgebracht von Leuten, die möglicherweise zugegen waren – oder auch nicht.
Dann hörte er das Grunzen, das schwache, asthmatische Grunzen der Sau, und geradewegs vor ihm tauchte sie aus dem verschwimmenden Licht der Kerzen auf. Sie war keine strahlende Schönheit mehr. Ihre Flanken waren verkohlt, ihre Perlaugen verdorrt, ihr Rüssel irgendwie entstellend verkrümmt. Sie humpelte sehr langsam auf ihn zu, und sehr langsam war die Gestalt zu erkennen, die rittlings auf ihr saß. Es war natürlich Tommy Lacey, nackt wie am Tag seiner

Geburt, sein Körper war so rosafarben und so unbehaart wie der eines Schweins aus ihrem Wurf, sein Gesicht genauso unbeleckt von menschlichem Empfinden. Seine Augen waren jetzt ihre Augen, als er die große Sau an ihren Ohren lenkte. Und das Geräusch, das die Sau machte, das trensige Geknirsch und Gehechel, kam nicht aus dem Schweinemund, sondern aus seinem. Sein war die Schweinestimme.

Redman sagte leise seinen Namen. Nicht Lacey, sondern Tommy. Der Junge schien nicht zu hören. Da erst, als die Sau und ihr Reiter näherkamen, registrierte Redman, warum er nicht vornüber aufs Gesicht fiel. Er hatte einen Strick um den Hals.

Und gerade als er den Gedanken dachte, straffte sich die Schlinge, und er wurde vom Boden weg gewaltsam in die Luft gezogen.

Kein Schmerz, sondern ein fürchterliches Grauen, schlimmer, um vieles schlimmer als der Schmerz, tat sich auf in ihm, ein abgründiger Schlund des Verlusts und der Reue, und alles, was er war, versank, verschwand darin.

Unter ihm waren die Sau und der Junge zum Stehen gekommen, unter dem hadernden Gerangel seiner Füße. Der noch immer grunzende Junge war vom Schwein heruntergeklettert und kauerte sich jetzt neben das Vieh hin. Durch die dämmrige Luft konnte Redman die Wirbelsäulenkurve des Jungen sehen, die makellose Haut seines Rückens. Er sah auch das verknotete Seil mit dem ausgefransten Ende, das zwischen seinen blassen Hinterbacken herausragte. In jeder Hinsicht ein Schweineschwanzersatz.

Die Sau hob den Kopf, obwohl ihren Augen das Sehen für immer vergangen war. Es tat ihm wohl, sich auszumalen, daß sie litt und von jetzt ab leiden würde, bis sie stürbe. Es reichte fast, sich das vor Augen zu halten. Dann öffnete sich das Maul der Sau, und sie sprach. Er war sich nicht sicher, wie die Worte da herauskamen, aber sie kamen heraus. Die Stimme des Jungen, beschwingtes Vibrato.

»Dies ist das Los des Getiers«, sagte sie, »Fressen und Gefressenwerden.«

Dann lächelte die Sau, und Redman verspürte, obwohl er sich für fühllos-betäubt gehalten hatte, den ersten Schmerzschock: Laceys Zähne bissen ihm ein Stück vom Fuß ab; und schnaubend klomm der Junge den Leib seines Retters hinauf, um das Leben aus ihm herauszuküssen.

Sex, Tod und Starglanz

Diane fuhr mit ihren parfümierten Fingern durch die rötlichgelben, zwei Tage alten Stoppeln auf Terrys Kinn.

»Ich lieb' sie«, sagte sie. »Auch die paar grauen drunter.«

Sie liebte alles an ihm, von ihm, oder zumindest behauptete sie das.

Wenn er sie küßte: Das lieb' ich.

Wenn er sie auszog: Das lieb' ich.

Wenn er seinen Slip runterließ: Das lieb' ich, lieb' ich, lieb' ich.

Mit dem Mund machte sie's ihm immer so rückhaltlos hingebungsvoll, daß er nur noch dem Auf- und Abschnellen ihres blonden Scheitels vor seinem Becken zusehen und zu Gott beten konnte, es möge niemand zufällig in die Garderobe kommen. Sie war schließlich eine verheiratete Frau, wenn auch eine Schauspielerin. Er hatte selbst eine Gattin, irgendwo. Für eines der lokalen Schmierblätter gäbe solch ein Tête-à-tête ein gefundenes Fressen ab, wo er sich hier doch einen Ruf als ernstzunehmender Regisseur aufbauen wollte; keine billigen Mätzchen, kein Klatsch, pure Kunst.

Wenn sie dann aber seine Nervenenden zum Rotieren brachte, zerschmolzen selbst die ehrgeizigsten Gedanken wieder auf ihrer Zunge. Eine große schauspielerische Begabung war sie nicht, aber ihre Technik war bei Gott wirklich beachtlich. Fehlerfreie Bewegungen, makelloses Timing: Sie wußte einfach, sei es rein instinktiv oder durch häufiges Rollenstudium, wann es an der Zeit war, den Rhythmus zu beschleunigen und die ganze Szene zu einem befriedigenden Abschluß zu bringen. Wenn sie es endlich geschafft hatte, auch noch den allerletzten Tropfen aus dem Moment herauszuholen, war er drauf und dran zu applaudieren.

Das ganze Ensemble der Calloway-Inszenierung von »Was ihr wollt« wußte selbstverständlich von der Affäre. Gelegentlich fielen giftige Bemerkungen, wenn Schauspielerin und Regisseur gemeinsam zu spät zur Probe kamen, oder wenn sie, augenscheinlich noch randvoll von ihm, aufkreuzte und er errötete. Er versuchte, sie dazu zu bewegen, diesen genüßlich satten Naschkatzenausdruck, den ihr Gesicht dann regelmäßig annahm, unter Kontrolle zu halten, aber so viel Verstellung brachte sie einfach nicht zustande, was in Anbetracht ihres Berufs recht köstlich war.

Aber schließlich brauchte La Duvall, wie Edward sie hartnäckig zu nennen beliebte, kein großes Talent zu sein: Sie war berühmt. Was machte es schon, wenn sie Shakespeare so sprach, als wäre es Hiawatha, dam di dam di dam di dam? Was machte es schon, wenn ihr psychologisches Einfühlungsvermögen fragwürdig, ihre Logik fehlerhaft, ihre gestalterische Umsetzung unzureichend waren? Was machte es schon, wenn sie von Poesie soviel Ahnung hatte wie vom Kuhmelken? Sie war ein Star, und das war gleichbedeutend mit Geschäft.

Das konnte ihr keiner nehmen: Ihr Name war bares Geld. Das Elysium-Theater kündigte ihren Ruhm mit vierundzwanzig Cicero großer Antiqua halbfett, schwarz auf gelb an.

DIANE DUVALL: DER STAR VON »DAS KIND DER LIEBE«.

Das Kind der Liebe. Möglicherweise die übelste Soap opera, die man in der Geschichte dieses Genres auf die Bildschirme der

Nation losgelassen hatte; zwei geschlagene Stunden die Woche voll Charakterschablonen und geisttötendem Dialog, was unter anderem zur Folge hatte, daß sie ständig hohe Einschaltquoten erzielte und ihre Darsteller fast über Nacht zu strahlenden Stars am Talmihimmel des Fernsehens wurden. Dort erglänzte heller als alle anderen Diane Duvall.
Womöglich war sie nicht für die Klassikerrollen geboren, aber, Mannomann, ein Kassenschlager war sie. Und bei den ausgestorbenen Theatern heutzutage war einzig und allein die Zahl der verkauften Sitzplätze ausschlaggebend.
Calloway hatte sich mit der Tatsache abgefunden, daß dies keine Modellinszenierung von »Was ihr wollt« werden würde, aber wenn sie erfolgreich wäre – und mit Diane in der Rolle der Viola hatte sie dazu die besten Chancen –, könnte sie ihm ein paar Türen im West End auftun. Außerdem, die Arbeit mit der allzeit hingebend liebenden, allzeit den ganzen Mann fordernden Miss Duvall entschädigte für einiges.

Calloway zog seine Sergehose rauf und sah zu ihr runter. Sie bedachte ihn mit diesem ihr eigenen gewinnenden Lächeln, das sie auch in der Briefszene verwendete. Ausdruck Nummer fünf in der Duvall-Skala, irgendwo zwischen »jungfräulich« und »mütterlich«.
Er erwiderte das Lächeln mit einer Variante aus eigenen Beständen, einem bescheidenen, liebevollen Blick, der auf einen Meter Abstand als echt gelten konnte. Dann sah er auf seine Uhr.
»Gott, wir sind spät dran, Schätzchen.«
Sie leckte sich die Lippen. Mochte sie den Geschmack wirklich so gern?
»Ich richt' mir besser die Haare«, sagte sie beim Aufstehen und schaute in den langen Spiegel neben der Dusche.

»Ja.«

»Bist du okay?«

»Könnt' nicht besser sein«, antwortete er. Er küßte sie leicht auf die Nase und überließ sie ihrer Toupiererei.

Auf dem Weg zur Bühne schlüpfte er schnell in die Herrengarderobe, um seine Kleidung in Ordnung zu bringen und seine brennenden Wangen mit kaltem Wasser abzukühlen. Sex rief bei ihm auf Gesicht und Halsansatz stets verräterische Flecken oder Streifen hervor. Während er sich vorbeugte, um sich mit Wasser zu bespritzen, musterte Calloway seine Gesichtszüge kritisch im Spiegel über dem Becken. Nachdem er die Spuren des Alters sechsunddreißig Jahre unter Kontrolle gehalten hatte, fing er an, mehr oder minder so alt auszusehen, wie er war, keineswegs mehr wie ein taufrischer Jüngling. Unleugbar: leichte Säcke unter den Augen, die hatten nichts mit Schlaflosigkeit zu tun, und Falten auch, auf der Stirn und um den Mund. Der Wunderkind-Glamour war endgültig ab; seine heimlichen Ausschweifungen standen ihm mitten ins Gesicht geschrieben. Das Übermaß an Sex, Alkohol und Ambitionen, die Frustration des so oft anvisierten und dann ums Haar verfehlten Durchbruchs. Wie sähe ich heute wohl aus, dachte er bitter, wenn es mir gereicht hätte, als so ein lahmarschiger Niemand an einem kleineren Repertoiretheater zu arbeiten, mit einer garantierten Besucherquote von zehn glühenden Anhängern pro Abend und Brecht als Lebensaufgabe? Wahrscheinlich hätt' ich ein Gesicht glatt wie ein Babyarsch, die meisten Typen vom sozial engagierten Theater sahen so aus. Doof und zufrieden, arme Rindviecher.

»Muß eben wissen, was man will. Hat alles seinen Preis«, sagte er sich. Er warf einen letzten Blick auf den abgetakelten Cherub im Spiegel, sah dort, daß er, Krähenfüße hin oder her, auf

Frauen noch immer unwiderstehlich wirkte, und ging raus, um sich den Prüfungen und Pressionen des dritten Aktes auszusetzen.

Auf der Bühne war eine hitzige Debatte im Gang. Der Bühnenmeister, Jack mit Namen, hatte zwei Hecken für Olivias Garten gebaut. Sie mußten noch mit Blättern verkleidet werden, aber sie sahen recht eindrucksvoll aus und endeten in der Bühnentiefe am Rundhorizont; der restliche Garten sollte auf diesen aufgemalt werden. Das war nichts in dieser symbolischen Machart. Ein Garten war ein Garten: grünes Gras, blauer Himmel. Die passende Lösung für das Publikum aus Birmingham Nord, und Terry hatte einiges übrig für dessen unbedarften Geschmack.

»Terry, mein Guter!«

Eddie Cunningham griff ihn sich an Hand und Ellbogen und geleitete ihn ins Kampfgetümmel.

»Wo liegt das Problem?«

»Terry, mein Guter, diese beschissenen (es schlüpfte ihm über die Lippen: beschis-senen) Hecken können nicht dein Ernst sein! Sag Onkel Eddie, daß es nicht dein Ernst ist, bevor er durchdreht.« Eddie deutete auf die beleidigenden Hecken. »Schau dir das doch bloß an!« Während er sprach, durchsprühte eine dünne Speichelfahne die Luft.

»Wo liegt das Problem?« fragte Terry wieder.

»Das Problem? Da ist kein Durchgang, mein Guter, kein Durchgang. Denk doch mal nach! Wir haben die ganze Szene geprobt, und ich bin dabei wie ein verrücktes Huhn vor- und wieder zurückgefetzt. Rechts vor, links zurück – aber das klappt nicht, wenn ich hinten keinen Durchgang habe. Schau doch hin! Dieses beschis-sene Zeug schließt nahtlos mit dem Hintergrund ab.«

»Aber das muß es auch, wegen der Illusion, Eddie.«
»Aber ich komme hinten nicht rum, Terry. Kapier das doch!«
Er wandte sich an die paar anderen auf der Bühne: die Schreiner, zwei Techniker, drei Schauspieler.
»Die Zeit reicht einfach nicht – das mein' ich.«
»Dann machen wir eben den Durchgang wieder auf, Eddie.«
»Ach.«
Das nahm ihm den Wind aus den Segeln.
»Ja?«
»Hm.«
»Ist doch wohl das Einfachste, oder?«
»Ja... ich wollte bloß...«
»Weiß ich doch.«
»Na schön. Geht auch nicht anders Und was ist mit dem Krocket?«
»Das streichen wir gleichfalls.«
»Diese ganze Pantomime mit den Krocketschlägern? Das erotische Zeugs?«
»Muß alles raus. Tut mir leid, hab' das nicht gründlich durchdacht. Mir ist da einiges entgangen.«
Eddie fuhr heftig herum. »Aber mein Guter, wenn du überhaupt was tust, dann dir nichts entgehen lassen...«
Gekicher. Terry hörte darüber weg. Eddie hatte einen wirklich berechtigten Einwand vorgebracht; er hatte es versäumt, sich mit den Problemen der Heckenkonstruktion zu befassen.
»Tut mir echt leid um die ganze Pantomime; gibt aber keine Möglichkeit, wie wir sie noch passend einbauen könnten.«
»Bei jemand anderem machst du bestimmt keine solchen Abstriche«, sagte Eddie. Über Calloways Schulter warf er einen Blick auf Diane und rannte dann los Richtung Garderobe. Wutentbrannter Schauspieler, Abgang linke Bühnenseite. Cal-

loway machte keinen Versuch, ihn aufzuhalten. Ihm sein Abtreten zu verpatzen hätte die Situation beträchtlich verschlimmert. Er seufzte nur leise: »Mannomann«, und fuhr sich mit der gespreizten Hand übers Gesicht. Das war das Grundübel seines Berufs: die Schauspieler.

»Holt ihn jemand zurück?« fragte er.

Schweigen.

»Wo ist Ryan?«

Über der beleidigenden Hecke tauchte das bebrillte Gesicht des Inspizienten auf.

»Bitte?«

»Ryan, mein Guter – bringst du Eddie bitte 'ne Tasse Kaffee und lotst ihn in den Schoß der Familie zurück?«

Ryan zog ein Gesicht, das besagte: Du hast ihn beleidigt, also hol ihn dir selber! Aber Calloway hatte schon raus, wie man diese Art Verantwortung abschiebt: Er war längst Meister darin. Er starrte Ryan einfach an und machte es ihm schwer, seiner Bitte zu widersprechen, bis der andere die Augen senkte und seine Einwilligung nickte.

»Klar«, sagte er mürrisch.

»Guter Junge.«

Ryan warf ihm einen vorwurfsvollen Blick zu und verschwand auf der Jagd nach Ed Cunningham.

»Keine Show ohne Junker Rülp«, sagte Calloway und versuchte, die Stimmung etwas anzuheizen. Jemand brummte, und der kleine Zuschauerhalbkreis begann sich aufzulösen. Die Show war vorbei.

»Okay, okay«, sagte Calloway und rappelte sich auf. »Packen wir's an. Wir gehn durch ab Szenenanfang. Diane, bist du soweit?«

»Ja.«

»Okay. Können wir?«
Er wandte sich ab von Olivias Garten und den wartenden Schauspielern, einfach um seine Gedanken zu sammeln. Auf der Bühne war nur die Arbeitsbeleuchtung an, das Auditorium lag im Dunkeln. Unverschämt gähnte es ihn an, Reihe auf Reihe leere Sitze, die sich strikt widersetzten, von ihm unterhalten zu werden. Jaja, die Einsamkeit des Langstrecken-Regisseurs. Es gab Tage in diesem Geschäft, da schien der Gedanke an ein Leben als Buchhalter ein Ziel, aufs innigste zu wünschen, um mit dem Prinzen von Dänemark zu reden.
Auf der Galerie des Elysium bewegte sich jemand. Calloway schaute auf aus seinen Zweifeln und starrte durch die schwärzliche Luft. Hatte Eddie jetzt seine Zelte dort oben in der allerletzten Reihe aufgeschlagen? Ach wo, ausgeschlossen. Schon allein deswegen, weil er nie die Zeit gehabt hätte, den ganzen Weg bis da rauf zu schaffen.
»Eddie?« rief Calloway auf gut Glück und beschirmte die Augen mit der Hand. »Bist du das?«
Er konnte die Gestalt nur vage ausmachen. Nein, nicht eine Gestalt, Gestalten. Zwei Personen schoben sich durch die hinterste Reihe und hielten auf den Ausgang zu. Egal, wer es war, Eddie war's bestimmt nicht.
»Eddie ist das nicht, oder?« sagte Calloway und drehte sich wieder zur Gartenattrappe um.
»Nein«, antwortete jemand.
Es war Eddies Stimme. Er war wieder auf der Bühne, lehnte über eine der Hecken, eine Zigarette zwischen den Lippen.
»Eddie...«
»Schon gut«, sagte der Schauspieler aufgeräumt. »Fang bloß nicht an zu kriechen. Mir absolut zuwider, 'nen feinen Typen kriechen zu sehn.«

»Mal schaun, ob wir die Krocketschläger-Pantomime irgendwo reinzwicken können«, sagte Calloway, dem viel an einer versöhnlichen Geste lag.
Eddie schüttelte den Kopf und schnippte die Asche von seiner Zigarette. »Braucht's nicht.«
»Ehrlich...«
»Hat sowieso nicht besonders gut funktioniert.«
Die Tür zur Galerie quietschte ein bißchen, als sie sich hinter den Besuchern schloß. Calloway drehte sich gar nicht erst um. Sie waren fort, egal, wer es war.

»Da war jemand im Haus heut nachmittag.«
Hammersmith schaute von den zahlenübersäten Blättern auf, über denen er brütete.
»Ach was?« Seine Augenbrauen waren Fontänen aus drahtdikkem Haar, dessen Ambitionen über ihr eigentliches Geschäft hinauszugehen schienen. In offenkundig vorgetäuschter Überraschung waren sie weit über Hammersmiths winzige Augen hinaufgezogen. Er zupfte an seiner Unterlippe.
»'ne Ahnung, wer's gewesen sein könnte?«
Hammersmith zupfte weiter und starrte den Jüngeren von unten her an, im Gesicht unverhohlene Verachtung.
»Ist das für Sie so gravierend?«
»Ich will einfach wissen, wer bei der Probe zugesehen hat, das ist alles. Ich hab' wohl ein Recht drauf, danach zu fragen.«
»Ein Recht«, sagte Hammersmith, nickte leicht und verzog seine Lippen zu einem blassen Bogen.
»Hat geheißen, daß jemand vom Nationaltheater kommt«, sagte Calloway. »Meine Agenten haben was vereinbart. Ich will einfach nicht, daß jemand reinschaut, ohne daß ich davon weiß. Besonders, wenn's wichtige Leute sind.«

Hammersmith war schon wieder in seine Zahlen vertieft. Seine Stimme klang müde. »Terry, wenn jemand von der Nationalbank auftaucht, um Ihr Kunstwerk zu besichtigen, sind Sie der erste, der's erfährt, das versprech' ich Ihnen, okay?«
Saugrober, hundsgemeiner Tonfall. Klartext: Verpiß dich, Bubi. Calloway hätte ihm liebend gern eine reingehauen.
»Bei den Proben will ich keine Zuschauer, außer ich hab's ausdrücklich genehmigt, Hammersmith. Verstanden? Und ich will wissen, wer das heute war.«
Der Geschäftsführer seufzte schwer. »Glauben Sie mir, Terry«, sagte er, »ich weiß es selber nicht. Vielleicht fragen Sie Tallulah – sie war heut nachmittag im Vordertrakt. Anzunehmen, daß sie's gesehn hat, falls jemand reingekommen ist.«
Er seufzte nochmals. »Okay ... Terry?«
Calloway beließ es dabei. Er traute Hammersmith nicht über den Weg. Dem Mann war das Theater letztlich scheißegal, und er versäumte keine Gelegenheit, dies unmißverständlich klarzumachen. Jedesmal, wenn von irgendwas anderem als Geld die Rede war, verfiel er ostentativ in einen genervten Ton der Ungeduld, als wären ästhetische Belange seiner Beachtung nicht würdig. Und er hatte nur eine, übrigens penetrant verabfolgte, Bezeichnung für Schauspieler und Regisseure: Schmetterlinge. Eintagswunder. In Hammersmiths Welt war nur Geld von Bestand, und das Elysium-Theater stand auf erstklassigem Grund und Boden, aus dem ein kluger Kopf einen ordentlichen Profit rausschlagen konnte, wenn er seine Trümpfe richtig ausspielte.
Schon morgen würde er den Platz verscherbeln, wenn er's deichseln könnte, da war sich Calloway sicher. Eine Trabantenstadt wie Redditch brauchte angesichts der Wachstumsrate von Birmingham keine Theater, sie brauchte Bürobauten, Einkaufs-

zentren, Warenlager: sie brauchte, um die Stadträte zu zitieren, Wachstum durch Investition in neue Industriezweige. Sie brauchte auch erstklassiges Baugelände zur Errichtung dieser Industrieanlagen. Eine bloß auf sich gestellte Kunst konnte eine solche Zweck-und-Nutzen-Haltung nicht überleben.

Tallulah war nicht in der Pförtnerloge, ebensowenig im Foyer, und im Aufenthaltsraum auch nicht.

Durch Hammersmiths Kaltschnäuzigkeit ebenso verärgert wie durch Tallulahs Verschwinden, ging Calloway in den Zuschauerraum zurück, um dort seine Jacke aufzulesen und sich dann vollaufen zu lassen. Die Probe war vorbei, und die Schauspieler waren längst fort. Von der hintersten Reihe im Parkett aus wirkten die kahlen Hecken etwas klein. Womöglich brauchten sie noch zehn, zwanzig Zentimeter mehr. Auf der Rückseite eines Programmzettels, den er in seiner Tasche fand, machte er sich eine Notiz: *Hecken evtl. größer?*

Das Geräusch von Tritten ließ ihn aufblicken: Eine Gestalt war auf der Bühne erschienen. Aalglatter Auftritt, Bühnenhintergrund Mitte, wo die Hecken zusammenliefen. Calloway kannte den Mann nicht.

»Mr. Calloway? Mr. Terence Calloway?«

»Ja?«

Der Besucher schritt auf der Bühne nach vorn bis dorthin, wo in früheren Zeiten die Rampenlichter gewesen sein mußten; stand da und schaute in den Zuschauerraum.

»Bedaure aufrichtig, Sie in Ihrem Gedankengang gestört zu haben.«

»Macht nichts.«

»Nur auf ein Wort.«

»Mit mir?«

»Wenn's Ihnen recht ist.«
Calloway schlenderte durchs Parkett ganz nach vorn und taxierte dabei den Fremden.
Seine Bekleidung war von Kopf bis Fuß in Grautönen gehalten. Ein grauer Kammgarnanzug, graue Schuhe, graue Krawatte. Kotzvoll elegant, lautete Calloways erstes, schonungsloses Resümee. Aber der Mann gab nichtsdestoweniger eine eindrucksvolle Figur ab. Es war schwierig, sein Gesicht im Schatten der Hutkrempe genauer auszumachen.
»Gestatten Sie, daß ich mich vorstelle.«
Seine Stimme klang überzeugend, kultiviert. Ideal für Werbespots: Seifenreklame womöglich. Im Gegensatz zu Hammersmiths schlechten Manieren entfaltete die Stimme den angenehmen Hauch feiner Lebensart.
»Mein Name ist Lichfield. Ich erwarte freilich nicht, daß das einem Mann in Ihrem zarten Alter viel sagt.«
Zartes Alter: Sieh mal an! Womöglich war noch was vom Wunderkind in seinem Gesicht.
»Sind Sie Kritiker?« wollte Calloway wissen.
Das Lachen, das unter der makellos ausgebürsteten Hutkrempe hervordrang, war durchtränkt von Ironie.
»Um Himmels willen, nein«, antwortete Lichfield.
»Tut mir leid, aber dann bringen Sie mich tatsächlich in Verlegenheit.«
»Kein Grund zur Entschuldigung.«
»Waren Sie heut nachmittag im Haus?«
Lichfield überhörte die Frage. »Mir ist klar, Sie sind ein vielbeschäftigter Mann, Mr. Calloway, und ich will Ihnen nicht Ihre Zeit stehlen. Das Theater ist mein Aufgabenbereich genau wie der Ihre. Ich finde, wir sollten einander als Verbündete betrachten, auch wenn wir uns noch nie begegnet sind.«

Aha, die große Verbrüderung. Die altvertrauten Gefühlsansprüche; schon war Calloway so weit, daß er am liebsten ausgespuckt hätte. Er brauchte nur an die Zahl sogenannter Verbündeter zu denken, die ihm putzmunter in den Rücken gefallen waren, und umgekehrt an die Bühnenautoren, deren Werk er freundlich lächelnd in den Dreck gezogen hatte, und an die Schauspieler, die er mit einer beiläufigen Witzelei zerquetscht hatte. Die Verbrüderung konnte ihn mal. Du über meine Leiche, ich über deine, so war das wie in jedem überlaufenen Beruf sonst auch.

»Ich habe«, sagte Lichfield jetzt, »ein bleibendes Interesse am Elysium.« Mit einer sonderbaren Hervorhebung des Wortes ›bleibend‹. Es kam unzweideutig begräbnishaft von Lichfields Lippen: Bleib du bei mir.

»Ach was?«

»Ja, ich habe all die Jahre hindurch viele glückliche Stunden in diesem Theater verbracht, und es schmerzt mich, offen gestanden, die unangenehme Nachricht zu überbringen.«

»Was für eine Nachricht?«

»Mr. Calloway, ich muß Sie davon in Kenntnis setzen, daß Ihre ›Was-ihr-wollt‹-Inszenierung die letzte Produktion ist, die das Elysium erleben wird.«

Diese Behauptung kam gar nicht so überraschend, aber sie tat trotzdem weh, und das innerliche Zusammenzucken mußte sich auf Calloways Gesicht abgezeichnet haben.

»Ach... dann haben Sie es also nicht gewußt. Dacht' ich mir. Sie halten die Künstler immer in Unwissenheit, nicht? Das ist eine Genugtuung, auf die die apollinischen Vernünftlinge wohl nie verzichten werden. Die Rache des Buchhalters.«

»Hammersmith«, sagte Calloway.

»Hammersmith.«

»Dreckskerl.«
»Seinesgleichen darf man niemals trauen, aber das brauche ich Ihnen wohl kaum zu sagen.«
»Sind Sie sich mit der Schließung ganz sicher?«
»Asolut. Noch morgen würde er sie durchziehn, wenn er könnte.«
»Aber warum eigentlich? Ich hab' Stoppard hier gemacht, Tennessee Williams – immer vor gut besetzten Häusern gespielt. Es ergibt keinen Sinn.«
»Finanziell ergibt es einen bewundernswürdigen Sinn, fürchte ich, und wenn man in Zahlen denkt wie Hammersmith, dann ist gegen simple Rechnerei kein Kraut gewachsen. Das Elysium wird alt. Wir *alle* werden alt. Wir knarzen. Wir spüren unser Alter in den Gelenken: Unwillkürlich treibt es uns, uns niederzulegen und für immer dahinzugehen.«
Dahinzugehen: Die Stimme wurde melodramatisch leiser, ein sehnsuchtsvolles Geflüster.
»Wieso wissen Sie das alles?«
»Ich war viele Jahre Vermögensverwalter des Theaters, und seit meinem Ausscheiden habe ich es mir zur Aufgabe gemacht, die – wie sagt man wieder? – die Augen überall zu haben. Es ist schwierig heutzutage, all die Triumphe, die diese Bühne gesehen hat, heraufzubeschwören...«
Seine Stimme verlor sich in Träumerei. Es schien wahr zu sein, keine Effekthascherei.
Dann noch einmal geschäftsmäßig: »Dies Theater steht unmittelbar vor seinem Ableben. Sie werden bei den Sterberiten zugegen sein, ohne daß Sie persönlich Schuld trifft. Ich hatte das Gefühl, man dürfe Sie nicht... unvorbereitet lassen.«
»Bedanke mich. Ich weiß das zu schätzen. Sagen Sie, waren Sie selber irgendwann mal Schauspieler?«

»Wie kommen Sie darauf?«
»Wegen Ihrer Stimme.«
»Pathetisch bis zum Gehtnichtmehr, ich weiß. Mein wunder Punkt, fürchte ich. Ich kann kaum eine Tasse Kaffee bestellen, ohne daß es sich anhört wie Lear im Sturm.«
Er lachte herzlich, auf seine Kosten. Der Bursche wurde Calloway langsam sympathisch. Womöglich sah er ein wenig angestaubt aus, vielleicht sogar ein bißchen lächerlich, aber sein Verhalten hatte etwas ungebrochen Radikales, das Calloways Einbildungskraft fesselte. Lichfield brauchte seine Liebe zum Theater nicht zu rechtfertigen, im Gegensatz zu so vielen in dieser Branche, die in Ermanglung eines Bessern notgedrungen auf den Brettern standen, ihre Seele aber dem Film verschrieben hatten.
»Ich habe, muß ich gestehen, ein wenig in der hohen Kunst herumgestümpert«, vertraute ihm Lichfield an. »Aber mir fehlt dazu einfach das Stehvermögen, fürchte ich. Meine Frau hingegen...«
Frau? Calloway war überrascht: Lichfield hatte also tatsächlich einen Funken Heterosexualität im Leib.
»... meine Frau Constantia hat hier bei einer Anzahl Okkasionen gespielt, und sehr erfolgreich, will ich meinen. Freilich vor dem Krieg.«
»Jammerschade, den Platz zuzumachen.«
»In der Tat. Aber hier wird kein Deus ex machina auftauchen, fürchte ich. Innerhalb von sechs Wochen wird das Elysium ein Schutthaufen sein, und damit ist dann alles aus. Ich wollte Sie nur wissen lassen, daß es andere, mit den kraß kommerziellen gar nicht vergleichbare Interessen an dieser Abschiedsinszenierung gibt. Betrachten Sie uns als Schutzengel. Wir wünschen Ihnen nur Gutes, Terence...«

Eine echte, ohne Umschweife geäußerte Gefühlsregung. Calloway war von der Anteilnahme dieses Mannes gerührt und auch ein bißchen gedemütigt. Sie rückte seine eigenen Sprungbrettambitionen in ein wenig schmeichelhaftes Licht.
Lichfield fuhr fort: »Uns liegt daran, daß dieses Theater seine Tage in angemessenem Stil beschließt und dann einen anständigen Tod stirbt.«
»Elende Schande.«
»Viel zu spät zur Reue. Wir hätten Dionysos nie zugunsten Apollos aufgeben sollen.«
»Was?«
»Uns nie an die Buchhalter verkaufen sollen, an die Vertreter von Rechtmäßigkeit und Folgerichtigkeit, an solche wie Hammersmith, dessen Seele, wenn er eine hat, so groß sein muß wie mein Fingernagel und grau wie ein Läuserücken. Wären wir doch, so meine ich, so mutig gewesen, wie man uns schildert: im Dienst der Dichtkunst unter den Sternen leben.«
Calloway konnte den Anspielungen nicht ganz folgen, aber er erfaßte die Grundtendenz und respektierte den Standpunkt.
Von links hinter der Bühne her zerschnitt Dianes Stimme wie ein Plastikmesser die erhabene Atmosphäre.
»Terry? Bist du hier?«
Der Bann war gebrochen. Erst als diese andere Stimme sich zwischen sie drängte, wurde sich Calloway bewußt, wie hypnotisch Lichfields Gegenwart gewesen war. Ihm zu lauschen gab einem das Gefühl, in wohlbekannten Armen gewiegt zu werden. Lichfield trat zum Rand der Bühne und senkte seine Stimme zu einem verschwörerischen Schnarren.
»Noch ein letztes, Terence...«
»Ja?«
»Ihre Viola. Sie verzeihen, wenn ich ausdrücklich darauf hin-

weise, aber ihr fehlen die besonderen Qualitäten, die für diese Rolle erforderlich sind.«

Calloway ließ sich Zeit.

»Ich weiß«, fuhr Lichfield fort, »daß in solchen Fällen persönliche Loyalität die Aufrichtigkeit verhindert.«

»Nein«, antwortete Calloway, »Sie haben recht. Aber sie ist populär.«

»Das war die Bärenhatz auch, Terence.«

Ein strahlendes Lächeln breitete sich unter der Hutkrempe aus und hing in dem Schatten wie ein beknacktes Grinsen.

»Ich mache nur Spaß«, sagte Lichfield. Sein Schnarren war jetzt ein Glucksen. »Bären haben ihre Reize.«

»Ach, da bist du ja, Terry.«

Diane tauchte zwischen den Kulissenhängern auf, zu aufwendig angezogen wie gewöhnlich. Sicher stand eine peinliche Gegenüberstellung bevor Aber Lichfield schlenderte die falsche Perspektive der Hecken entlang zum Bühnenhintergrund davon.

»Hier bin ich«, sagte Terry.

»Mit wem hast du gerade geredet?«

Lichfield war abgegangen, so aalglatt und leise, wie er eingetreten war. Diane hatte ihn nicht gesehen.

»War nur ein Engel«, sagte Calloway.

Die erste Kostümprobe war, wenn man alles in Betracht zog, nicht so schlecht, wie Calloway es befürchtet hatte: sie war noch tausendmal schlechter. Stichworthilfen gingen unter, Requisiten wurden verlegt, Auftritte verpaßt; die komischen Pantomimen wirkten an den Haaren herbeigezogen und schwerfällig, die Darstellung entweder hoffnungslos überfrachtet oder oberflächlich. Dies war eine »*Was-ihr-wollt*«-

Inszenierung, die sich über ein ganzes Jahr hinzuziehen schien. Nach ungefähr der Hälfte des dritten Aktes schaute Calloway flüchtig auf seine Uhr und stellte fest, daß eine ungekürzte Aufführung von »Macbeth« (samt Pause) jetzt bereits zu Ende gewesen wäre.

Er saß im Parkett, den Kopf in die Hände vergraben, und dachte darüber nach, wieviel Arbeit ihm noch bevorstand, wenn er diese Inszenierung halbwegs anständig über die Bretter bringen wollte. Auch bei dieser Produktion waren es die Besetzungsprobleme, mit denen er wieder einmal aufgeschmissen war. Stichworthilfen konnte man fixieren, die Requisiten proben, Auftritte so lang durchspielen, bis sie sich ins Gedächtnis eingeprägt hatten, aber ein schlechter Schauspieler bleibt ein schlechter Schauspieler bleibt ein schlechter Schauspieler. Bis zum Jüngsten Tag könnte er mühevoll polieren und feilen, und trotzdem würde unmöglich ein Diamant aus so einem Kieselstein, wie die Duvall einer war.

Mit der Geschicklichkeit eines Akrobaten brachte sie es zustande, jede Bedeutsamkeit zu unterlaufen, jede Gelegenheit, das Publikum zu rühren, außer acht zu lassen, jede Nuance zu vermeiden, die der Autor für sie vorgesehen hatte. Es war eine in ihrer Verfehltheit heroische Darstellung, die die subtile Charakterzeichnung, die Calloway zu entwickeln sich bemüht hatte, zum Gewinsel auf nur einer Note zusammenstutzte. Diese Viola war steriler Soap-opera-Papp, weniger menschlich als die Hecken und in etwa so grün.

Die Kritiker würden sie in der Luft zerreißen.

Schlimmer noch, Lichfield würde enttäuscht sein. Zu seiner beträchtlichen Überraschung hatte der starke Eindruck von Lichfields Erscheinung sich nicht verringert; Calloway konnte dieses schauspielerhafte Sich-in-Szene-Setzen, diese poseurhafte Gestik, diese rhetorische Suada nicht vergessen. Das hatte ihn tiefer berührt, als er einzugestehen bereit war, und die Vorstellung, daß sein »Was ihr wollt« mit dieser Viola den Schwanengesang des von Lichfield heißgeliebten Elysiums abgeben sollte, beunruhigte und beschämte ihn. Es kam ihm irgendwie undankbar vor.

Oft genug war er vor den Bürden, die ein Regisseur zu tragen hat, gewarnt worden, lange bevor er noch ernsthaft in den Beruf hineingeschlittert war. Sein geschätzter, dahingeschiedener Guru am Actor's Centre, Wellbeloved (jener mit dem Glasauge), hatte Calloway von Anfang an eingeschärft: »Ein Regisseur ist die einsamste Kreatur auf Gottes Erdboden. Er weiß, was gut und schlecht ist in einer Aufführung, zumindest sollte er es, wenn er seinen Namen verdient, und er muß diese Kenntnis mit sich herumschleppen und zugleich Haltung bewahren nach außen.«

Das war ihm damals nicht so schwierig vorgekommen.

»In diesem Job geht's nicht um Erfolg«, sagte Wellbeloved gern, »es geht darum zu lernen, daß man nicht auf die Schnauze fällt.« Ein guter Rat, wie sich herausstellte. Er sah Wellbeloved noch vor sich,wie er diese Weisheit quasi auf dem Tablett servierte, sein Glatzkopf schimmerte, und sein echtes Auge glitzerte vor zynischem Entzücken. Niemand auf der Welt, so hatte Calloway damals gedacht, liebte das Theater leidenschaftlicher als Wellbeloved, und bestimmt gab es keinen, der seine Anmaßungen vernichtender kritisierte.

Es war fast ein Uhr früh, bis sie endlich den erbärmlichen Probedurchlauf hinter sich und die kritischen Anmerkungen abgehakt hatten; vermotzt und aufeinander sauer gingen sie auseinander, in die Nacht hinaus. Calloway wollte heute keinen von ihnen zur Gesellschaft: kein spätes Gesaufe auf der einen oder andern Bude, keine wechselseitige Ego-Massage. Er war völlig von einer melancholischen Stimmung umfangen, und weder Wein noch Weib noch Gesang würden sie vertreiben. Er brachte es kaum über sich, Diane in die Augen zu sehen. Die kritischen Bemerkungen ihr gegenüber, die er vor dem übrigen Ensemble ausposaunte, waren ätzend gewesen. Freilich würden sie nicht viel nutzen.

Im Foyer stieß er auf Tallulah; sie war noch hellwach, obwohl die Bettgehzeit für alte Damen längst vorbei war.

»Schließen Sie zu heut nacht?« fragte er sie, mehr um bloß was zu sagen, als daß es ihn wirklich interessiert hätte.

»Ich schließe immer zu«, sagte sie. Sie war weit über siebzig: zu alt für ihren Job an der Theaterkasse, aber zu zäh auf ihn fixiert, als daß man sie leicht hätte entlassen können. Aber schließlich war das jetzt alles rein theoretisch geworden, oder? Er hätte gern gewußt, wie sie reagieren würde, wenn sie das von der Schließung erführe. Wahrscheinlich hätte es ihr das zerbrechliche Herz abgedrückt. Hatte ihm nicht Hammersmith einmal erzählt, daß Tallulah schon als Mädchen, seit ihrem fünfzehnten Lebensjahr, hier am Theater war?

»Also, gute Nacht, Tallulah!«

Sie bedachte ihn wie immer mit einem winzigen Nicken. Dann streckte sie die Hand aus und faßte ihn am Arm.

»Ja?«

»Mr. Lichfield ...« fing sie an.

»Was ist mit Mr. Lichfield?«

»Die Probe hat ihm nicht gefallen.«

»War er heute nacht im Haus?«

»Ja doch«, antwortete sie, als wäre Calloway ein Trottel, weil er das Gegenteil für möglich hielt. »Natürlich war er im Haus.«

»Hab' ihn nicht gesehn.«
»Weil... Ach nichts! Er war nicht sehr angetan.«
Calloway versuchte, gleichgültig zu wirken. »Da kann man nichts machen.«
»Ihre Inszenierung liegt ihm sehr am Herzen.«
»Ich nehm's zur Kenntnis«, sagte Calloway und wich Tallulahs vorwurfsvollen Blicken aus. Es gab – auch ohne das Genörgel ihrer enttäuschten Stimme in seinen Ohren – wirklich genug, was ihn heute nacht nicht schlafen lassen würde.
Er löste seinen Arm und steuerte auf die Tür zu. Tallulah machte keinen Versuch, ihn aufzuhalten. Sie sagte nur: »Sie hätten Constantia sehen sollen.«
Constantia? Wo hatte er den Namen schon gehört? Natürlich, Lichfields Frau.
»Sie war eine wunderbare Viola.«
Er war zu müde für dieses Rumgeschmachte über tote Schauspielerinnen. Sie war doch tot, oder? Er hatte gesagt, sie ist tot, oder?
»Wunderbar«, sagte Tallulah nochmals.
»Gute Nacht, Tallulah! Bis morgen!«
Die alte Schreckschraube antwortete nicht. Wenn sie wegen seiner brüsken Tour beleidigt war – bitteschön! Er überließ sie ihrem Gemäkle und trat auf die Straße hinaus.
Es war Ende November und frostig kühl. Kein Balsamduft in der Nachtluft, nur der Teergeruch einer frisch asphaltierten Straße und Sandpartikel im Wind. Calloway stellte den Jackenkragen auf und eilte fort zu Murphys Garni, einer ziemlich fragwürdigen Zufluchtsstätte.
Im Foyer kehrte Tallulah der Kälte und Dunkelheit da draußen den Rücken zu und schlurfte in den Tempel der Träume zurück. Er roch jetzt so todmüde: muffig von Abnutzung und

Alter wie ihr eigener Körper. Es war an der Zeit, den natürlichen Prozessen ihren Tribut zu zollen; es hatte keinen Zweck, die Dinge über die ihnen zugeteilte Lebensspanne hinausschieben zu lassen. Auf Gebäude traf dies genauso zu wie auf Menschen. Aber das Elysium sollte so sterben, wie es gelebt hatte, in Glanz und Gloria.

Ehrerbietig zog sie die roten Vorhänge zurück, die die Porträts in dem Gang bedeckten, der vom Foyer zum Parkett führte. Barrymore, Irving: große Namen und große Schauspieler. Fleckige und verblaßte Bilder vielleicht, aber die Erinnerungen waren so klar und erfrischend wie Quellwasser. Und am Ehrenplatz, als letztes in der Reihe, ein Porträt von Constantia Lichfield. Ein Gesicht von überirdischer Schönheit; eine Figur und Gelenke, um einen Anatom in Tränen der Rührung ausbrechen zu lassen.

Freilich war sie für Lichfield viel zu jung gewesen, und das hatte auch zu der ganzen Tragödie mit beigetragen. Lichfield der Svengali, ein Mann, doppelt so alt wie sie, war in der Lage gewesen, seiner strahlenden Schönen alles zu geben, was sie begehrte: Ruhm, Geld, Gesellschaft. Alles bis auf die Gabe, derer sie am meisten bedurfte: das Leben selbst.

Sie starb, noch bevor sie zwanzig war, an Brustkrebs. So jäh hinweggerafft, daß es noch immer schwerfiel zu glauben, daß sie dahin war.

Tallulahs Augen füllten sich mit Tränen, als sie sich an dies verlorene und ungenützte Genie erinnerte. So vielen Rollen hätte Constantia, wäre sie verschont geblieben, Glanz verliehen: Cleopatra, Hedda, Rosalind, Elektra...

Aber es sollte nicht sein. Sie war dahingeschieden, ausgelöscht wie eine Kerze im Orkan, und für die Hinterbliebenen wurde das Leben ein langsamer und freudloser Marsch durch ein

kaltes Land. Manchmal morgens, wenn sich der neue Tagesanbruch langsam regte, drehte sich Tallulah auf die andere Seite und betete darum, im Schlaf zu sterben.
Die Tränen blendeten sie jetzt völlig, ihr Gesicht war klitschnaß. Und, mein Gott, da stand jemand hinter ihr, wahrscheinlich Mr. Calloway, der noch irgendwas wollte – und sie hier, beinah aufgelöst vor Schluchzen, benahm sich wie die dämliche Alte, für die er sie, wie sie gut wußte, hielt. Was verstand ein junger Mann wie er von der Qual der Jahre, vom tiefen Schmerz unwiederbringlichen Verlustes? Dies würde noch eine Weile auf sich warten lassen. Nicht so lang, als er dachte, aber trotzdem noch eine Weile.
»Tallie«, sagte jemand.
Sie wußte, wer es war. Richard Walden Lichfield. Sie drehte sich um, und er stand keine zwei Meter von ihr entfernt, nach wie vor die vornehme Erscheinung eines Mannes, wie sie ihn seit je in Erinnerung hatte. Er mußte zwanzig Jahre älter sein als sie, schien aber vom Alter ungebeugt. Sie schämte sich wegen ihrer Tränen.
»Tallie«, sagte er freundlich, »ich weiß, es ist ein bißchen spät, aber ich war der Meinung, du würdest sicher noch gern guten Tag sagen.«
»Guten Tag?«
Die Tränen versiegten, und jetzt sah sie Lichfields Begleitperson. Sie stand, teilweise im Dunkeln, ungefähr einen ehrerbietigen halben Meter hinter ihm. Die Gestalt trat aus Lichfields Schatten heraus, eine leuchtende, zartgelenkige Schönheit, die Tallulah so unschwer erkannte wie ihr eigenes Spiegelbild. Die Zeit brach in Stücke, und die Vernunft entfloh der Welt. Ersehnte Gesichter waren plötzlich wieder da, um die leeren Nächte zu erfüllen und einem müde gewordenen Leben neue

Hoffnung anzubieten. Warum sollte sie an der Beweiskraft ihrer Augen zweifeln?
Es war Constantia, die strahlenschimmernde Constantia, die ihren Arm durch den Lichfields schlang und Tallulah mit ernstem Nicken begrüßte.
Teure, tote Constantia.

Die vorletzte Probe war für nächsten Morgen halb zehn angesetzt. Diane Duvalls Auftritt verspätete sich wie immer um eine halbe Stunde. Sie sah aus, als hätte sie die ganze Nacht nicht geschlafen.
»'tschuldigung wegen der Verspätung«, sagte sie, und ihre offenen Vokale drangen den Mittelgang entlang nach vorn zur Bühne.
Calloway war in keiner Weise zum Schuheküssen aufgelegt.
»Wir haben morgen 'ne Premiere«, fegte er sie an, »und alle haben deinetwegen warten müssen.«
»Wirklich?« tremolierte sie und versuchte, entwaffnend zu sein. Es war zu früh am Morgen, und der Effekt fiel auf steinigen Boden.
»Also dann, wir gehn alles von Anfang an durch«, kündigte Calloway an, »und daß bitte jeder von euch seinen Text zur Hand hat und was zum Schreiben. Ich hab' ein paar Streichungen vor, und ich möchte, daß sie bis zur Mittagspause sitzen. Ryan, hast du das Soufflierbuch da?«
Einer hastigen Rücksprache im Inspizientenbüro folgte die entschuldigende Verneinung Ryans.
»Dann besorg es dir! Und ich will von niemand irgendwelche Beschwerden hören, wir sind schon spät dran. Der Durchlauf letzte Nacht war 'ne Totenwache, keine Aufführung. Einsätze und Zusammenspiel haben ewig gedauert; die Pantomimen

waren ein wüstes Gestopple. Ich werde streichen, und es wird bestimmt kein Honiglecken.«

Das war es dann wirklich nicht. Die Beschwerden kamen trotz des Verbots, die Einwände, die Kompromißvorschläge, die sauren Mienen und hingenuschelten Beschimpfungen. Calloway wäre lieber an den Zehen von einem Trapez gebaumelt, als vierzehn schwer überreizte Leute durch ein Stück zu lotsen, das zwei Drittel von ihnen kaum verstanden und mit dem das letzte Drittel nicht die Bohne anzufangen wußte. Es tötete einem den Nerv.

Verschlimmert wurde das Ganze noch dadurch, daß er die ganze Zeit über die stechende Empfindung hatte, beobachtet zu werden, obwohl der Zuschauerraum von der Galerie bis zur ersten Parkettreihe leer war. Womöglich hatte Lichfield irgendwo ein Guckloch, dachte er. Doch dann verwarf er die Vorstellung als erstes Anzeichen aufkeimenden Verfolgungswahns. Endlich dann Mittagspause.

Calloway wußte, wo Diane zu finden war, und er bereitete sich auf die Szene vor, die er mit ihr durchspielen mußte: Vorwürfe, Tränen, Versicherung ungebrochenen Vertrauens, nochmals Tränen, Aussöhnung, Standardformat.

Er klopfte an die Tür der Stargarderobe.

»Wer ist draußen?«

Weinte sie bereits, oder grummelte sie in ein Glas mit trostspendendem Inhalt?

»Ich bin's.«

»Ah.«

»Kann ich rein?«

»Ja.«

Sie hatte eine Flasche Wodka, guten Wodka, und ein Glas. Bis jetzt keine Tränen.

»Ich bring' überhaupt nichts, oder?« sagte sie, kaum hatte er die Tür hinter sich zugemacht. Ihre Augen bettelten um Widerspruch.
»Red keinen Unsinn!« wich er aus.
»Mit Shakespeare bin ich nie klargekommen«, schmollte sie, als ob der Barde schuld dran wäre. »All diese bekackten Wörter.« Gewitter am Horizont, er sah es sich zusammenbrauen.
»Alles halb so wild«, log er und legte den Arm um sie. »Du brauchst nur noch ein bißchen Zeit.«
Ihr Gesicht umwölkte sich. »Morgen ist Premiere«, sagte sie tonlos. »Sie werden mich in Stücke reißen, nicht?«
Er wollte nein sagen, aber seine Zunge hatte einen unvermuteten Anfall von Ehrlichkeit.
»Ja. Außer...«
»Ich trete nie wieder auf, nicht? Harry hat mir das eingeredet, dieser verdammte, schwachsinnige Jude: gut für mein Image, hat er gesagt. Würd' dadurch zwangsläufig etwas mehr Kontur bekommen, hat er gesagt. Was weiß der schon? Steckt seine dreckigen zehn Prozent ein, und ich hab' die Sache am Hals. Steh' da wie der allerletzte Idiot, nicht?«
Bei der Vorstellung, wie ein Idiot dazustehen, brach das Unwetter los. Das war kein leichter Schauer: Es handelte sich, wenn es überhaupt mit etwas zu vergleichen war, um einen Wolkenbruch. Er tat, was er konnte, aber er tat sich schwer. Die Perlen seiner Weisheit gingen unter in ihrem allzulauten Schluchzen. Also küßte er sie ein wenig, wie es die Pflicht eines jeden anständigen Regisseurs war, und (o Wunder) auf diese Art war es anscheinend zu schaffen. Er vollführte die Prozedur mit etwas mehr Feuer, seine Hände verirrten sich zu ihren Brüsten, stöberten unter ihrer Bluse nach ihren Brustwarzen und spielten an ihnen mit Daumen und Zeigefinger.

Das wirkte Wunder. Hie und da lugte jetzt die Sonne zwischen den Wolken hervor; sie schniefte, schnallte ihm den Gürtel auf und ließ seine Hitze die letzten Regentropfen auftrocknen. Seine Finger fanden den Spitzensaum ihres Höschens, und sie seufzte auf, als er sich vorantastete, sanft, aber nicht zu sanft, hartnäckig, aber keinesfalls zu hartnäckig. Im Eifer des Gefechts stieß sie irgendwann die Wodkaflasche um, aber sie hatten beide keine Lust aufzuhören und sie abzufangen. Also ergoß sie sich vom Tischrand auf den Boden und kontrapunktierte Dianes Anweisungen sowie sein Gekeuch.

Da öffnete sich die verdammte Tür, und ein Luftzug kühlte den strittigen Punkt zwischen ihnen.

Calloway wollte sich umdrehen, bemerkte dann seinen offenen Gürtel und blickte, um den Eindringling zu Gesicht zu bekommen, in den Spiegel hinter Diane. Es war Lichfield. Mit ausdrucksloser Miene schaute er Calloway direkt an.

»Verzeihung. Ich hätte anklopfen sollen.«

Seine Stimme war geschmeidig wie Schlagsahne und verriet nicht das geringste Flackern einer Verlegenheit. Calloway schnallte den Gürtel zu und wandte sich an Lichfield; seine hochroten Wangen hätte er verwünschen können.

»Ja... hätt' sich schon gehört«, sagte er.

»Bitte nochmals um Entschuldigung. Ich hätte gern kurz mit Ihrem...«, Lichfields Augen, so tiefliegend, daß sie unergründlich blieben, waren auf Diane gerichtet, »...Ihrem Star gesprochen.«

Calloway konnte praktisch fühlen, wie sich Dianes Ego bei diesem Wort aufblähte. Diese Art Annäherung verwirrte ihn: Hatte Lichfield eine Hundertachtzig-Grad-Wendung gemacht? Kam er als reuiger Bewunderer zurück, um zu Füßen der Erhabenheit auf den Knien zu liegen?

»Wär es wohl möglich, mit der Lady ein Wort unter vier Augen zu reden? Es läge mir viel dran«, fuhr die sanfte Stimme fort.
»Also, wir wollten gerade...«
»Selbstverständlich«, unterbrach ihn Diane. »Wenn Sie sich nur einen Augenblick gedulden möchten, ja?«
Sofort hatte sie die Situation im Griff, die Tränen waren vergessen.
»Ich warte solange draußen«, sagte Lichfield und entfernte sich bereits.
Noch bevor er die Tür hinter sich zugemacht hatte, war Diane vor dem Spiegel und fuhr mit dem kleenexumwickelten Finger den Lidrand entlang, um ein Rinnsal Wimperntusche zum Verschwinden zu bringen.
»Richtig wohltuend«, gurrte sie, »auch mal 'nen Verehrer zu haben. Kennst du ihn?«
»Heißt Lichfield«, informierte sie Calloway, »er war früher Vermögensverwalter des Theaters.«
»Vielleicht will er mir ein Angebot machen.«
»Bezweifle ich.«
»Ach, sei doch kein solches Ekel, Terence!« zischte sie. »Kannst es bloß nicht ertragen, wenn man außer dir auch mal jemand anderen interessant findet, oder?«
»Hast ja so recht.«
Sie prüfte ihre Augen.
»Wie seh' ich aus?« fragte sie.
»Bestens.«
»Tut mir leid wegen vorhin.«
»Vorhin?«
»Weißt schon.«
»Äh... ja.«
»Seh' dich dann im Pub, okay?«

Offensichtlich wurde er kurz und bündig entlassen, seine Rolle als Liebhaber oder Vertrauter war nicht mehr gefragt.
Lichfield wartete geduldig auf dem kalten Flur vor der Garderobe. Obwohl die Beleuchtung hier besser war als auf der schlecht erhellten Bühne und auch der Abstand zwischen ihnen geringer war als gestern abend, konnte Calloway das Gesicht unter der weiten Hutkrempe noch immer nicht so recht ausmachen. Irgendwas an Lichfields Zügen war – was raunte der Gedanke da in seinem Kopf? – war künstlich. Das Fleisch seines Gesichts bewegte sich nicht wie ein ineinandergreifendes System aus Muskeln und Sehnen, es war zu starr, zu rosa, fast wie Narbengewebe.
»Sie ist noch nicht ganz soweit«, sagte Calloway.
»Sie ist eine entzückende Frau«, säuselte Lichfield
»Ja.«
»Kann Ihnen nicht verdenken...«
»Hm.«
»Aber sie ist keine Schauspielerin.«
»Sie wollen sich doch nicht etwa einmischen, Lichfield? Das würde ich nicht zulassen.»
»Aber nie und nimmer!«
Der voyeuristische Spaß, den Lichfield offenkundig an seiner Verlegenheit gehabt hatte, machte Calloway weniger ehrerbietig als bisher.
»Bringen Sie sie mir ja nicht durcheinander...«
»Wir ziehen beide am gleichen Strang, Terence. Mir liegt einzig und allein am glücklichen Fortgang dieser Inszenierung, glauben Sie mir. Wie könnte man unter solchen Umständen von mir annehmen, daß ich Ihre Hauptdarstellerin in Aufregung versetze? Ich werde so sanft wie ein Lamm sein, Terence.«

»Ganz gleich, was Sie sind«, kam die gereizte Antwort, »ein Lamm sind Sie nicht.«
Wieder erschien das Lächeln auf Lichfields Gesicht, wobei sich das Gewebe um seinen Mund lediglich dehnte, um so seinem Ausdruckswillen nachzukommen.
Calloway zog sich ins Pub zurück und hatte unablässig diese Sichel räuberischer Zähne vor Augen; er war beunruhigt, ohne daß er wirklich hätte sagen können, weshalb.

In der Spiegelkammer ihrer Garderobe war Diane Duvall gerade mit den Vorbereitungen für ihren Auftritt so gut wie fertig.
»Sie können jetzt reinkommen, Mr. Lichfield«, verkündete sie. Noch ehe die letzte Silbe seines Namens auf ihren Lippen verklungen war, stand er in der Tür. »Miss Duvall.« Er verbeugte sich vor ihr, leicht und voller Hochachtung.
Sie lächelte; so galant.
»Können Sie mir mein Hereinplatzen von vorhin nochmal verzeihen?«
Sie machte auf schüchtern-spröd; das brachte die Männer immer zum Schmelzen. »Mr. Calloway...«, fing sie an.
»Ein sehr hartnäckiger junger Mann, könnte ich mir denken.«
»Ja.«
»Und scheut sich womöglich nicht, seiner Hauptdarstellerin ganz angelegentlich den Hof zu machen?«
Sie runzelte ein wenig die Stirn; wo die ausgezupften Bögen ihrer Brauen zusammenliefen, tanzte eine Falte.
»Ich fürchte, ja.«
»Alles andere als professionell«, sagte Lichfield. »Aber, Sie verzeihen – ein nur zu begreifliches Faible.«
Wie auf der Bühne bewegte sie sich von ihm weg, zur Beleuch-

tung ihres Spiegels. Sie wußte, daß die Lampen, wenn sie sich jetzt umdrehte, ihr Haar noch vorteilhafter von hinten anstrahlen würden.

»Also, Mr. Lichfield, was kann ich für Sie tun?«

»Es handelt sich, ehrlich gesagt, um eine delikate Angelegenheit«, sagte Lichfield. »Die bittere Wahrheit ist, daß – wie soll ich sagen? – Ihre Talente dieser Inszenierung nicht im besten Sinne zuträglich sind. Ihrem Stil fehlt es an Delikatesse.«

Sekundenlanges Schweigen. Sie schniefte, dachte über die Tragweite der Bemerkung nach und bewegte sich dann aus dem Bühnenmittelpunkt Richtung Tür. Die Art, wie sich diese Szene angelassen hatte, gefiel ihr ganz und gar nicht. Da erwartete sie einen Bewunderer, und statt dessen rückte ihr ein Kritiker auf die Pelle.

»Raus!« sagte sie mit einer Stimme wie aus Schiefer.

»Miss Duvall...«

»Ich wiederhole mich nicht gern.«

»Sie fühlen sich nicht besonders wohl als Viola, oder?« fuhr Lichfield fort, als hätte der Star nichts gesagt.

»Das geht Sie einen Dreck an«, fauchte sie zurück.

»Das tut es doch. Ich habe die Proben gesehen. Sie waren nicht überzeugend, ohne innere Wärme. Die Komödie ist geistlos, die Wiedervereinigungsszene, die uns zutiefst erschüttern sollte, bleiern schwerfällig.«

»Hab' Sie nicht nach Ihrer Meinung gefragt, danke.«

»Sie haben keinen Stil...«

»Verpissen Sie sich!«

»Keine persönliche Ausstrahlung und keinen Stil. Mit Sicherheit sind Sie am Fernseher die Ausstrahlung persönlich, aber die Bühne verlangt eine besondere Wahrhaftigkeit, eine Beseeltheit, die Ihnen, offen gestanden, abgeht.«

Die Szene heizte sich langsam auf. Sie wollte ihm eine reinhauen, aber sie konnte keinen geeigneten Beweggrund dafür finden. Sie konnte diesen verwelkten Poseur unmöglich ernst nehmen. Er paßte mehr ins Musical als ins Rührstück, mit seinen schnieken grauen Handschuhen und seiner schnieken grauen Krawatte. Doofe, giftige Schwuchtel, was wußte er schon von Schauspielerei?

»Raus hier, bevor ich den Inspizienten rufe!« sagte sie, aber er trat zwischen sie und die Tür.

Eine Vergewaltigungsszene? War's das, was sie spielten? War er scharf auf sie? Gott bewahre!

»Meine Frau«, sagte er jetzt, »hat die Viola gespielt...«

»Wie schön für sie.«

»...und sie ist der Ansicht, daß sie die Rolle mit ein bißchen mehr Leben erfüllen könnte als Sie.«

»Wir haben morgen Premiere«, antwortete sie unwillkürlich, als wolle sie ihr Vorhandensein verteidigen. Warum, verdammt, versuchte sie überhaupt, vernünftig mit ihm zu reden? Rumpelt hier rein und macht diese abscheulichen Bemerkungen. Womöglich, weil sie ein bißchen Angst hatte. Jetzt, aus der Nähe, roch sein Atem nach teurer Schokolade.

»Sie kann die Partie auswendig.«

»Es ist meine Rolle. Und ich spiele sie auch. Ich spiele sie, selbst wenn ich die schlechteste Viola in der Geschichte des Theaters bin, klar?« Sie versuchte, die Fassung zu bewahren, aber es fiel ihr schwer. Irgendwas an ihm machte sie nervös. Es war nicht Gewalt, was sie befürchtete: aber irgend etwas fürchtete sie.

»Bedauerlicherweise habe ich den Part schon meiner Frau versprochen.«

»Was?« Fast fielen ihr die Augen raus bei dieser Unverschämtheit.

»Und Constantia übernimmt die Rolle.«
Sie lachte über den Namen. Womöglich war dies hier letztlich doch hochgestochene Komödie. Irgendwas von Shirdan oder Wilde, kesses, ätzendes Zeug. Aber er sprach mit solch absoluter Gewißheit. *Constantia übernimmt die Rolle;* als ob die ganze Sache schon gelaufen wäre.
»Ich will da nicht mehr drüber reden, Sie Knacker, wenn also Ihre Frau die Viola spielen möchte, dann muß sie's eben draußen, auf der bekackten Straße tun. Klar?«
»Sie wird morgen in der Premiere spielen.«
»Sind Sie taub oder blöd oder beides?«
Aufgepaßt, sagte ihr eine innere Stimme, du übertreibst dein Spiel, die Szene gerät dir außer Kontrolle.
Er trat auf sie zu, und die Spiegelbeleuchtung brachte das Gesicht unter der Krempe ganz zum Vorschein. Sie hatte nicht sorgfältig genug hingeschaut, als er sich zum erstenmal zeigte: Jetzt sah sie die tief eingegrabenen Linien, die Einsackungen um seine Augen und seinen Mund. Das war kein Fleisch, da war sie ganz sicher. Er trug aufgeklebte Latexteile, und sie saßen nur schlecht über den entsprechenden Stellen. Die Hand zuckte ihr fast vor Verlangen, danach zu greifen und sein wirkliches Gesicht aufzudecken.
Aber ja. Das war es! Die Szene, die sie spielte, hieß die Entlarvung.
»Mal schaun, wen wir da vor uns haben«, sagte sie, und ihre Hand war an seiner Wange, bevor er sie zurückhalten konnte. Sein Lächeln wurde noch breiter, während sie ihn angriff. Er will es nicht anders, dachte sie, aber es war zu spät für Skrupel oder Beschönigungen. Ihre Fingerspitzen hatten den Maskensaum am Rand seiner Augenhöhle gefunden und hakten dahinter, um sich besseren Halt zu verschaffen. Ruckartig zog sie an.

Die dünne Latexmaske löste sich, und seine wahre Physiognomie wurde rückhaltlos zur Schau gestellt. Diane versuchte zurückzuweichen, aber seine Hand war in ihrem Haar. Ihr blieb nur übrig, in dies fast fleischlose Gesicht hinaufzusehen. Hie und da kringelten sich ein paar verdorrte Muskelstränge, und die Andeutung eines Barts hing von einem ledrigen Lappen an seiner Kehle. Aber alles lebende Gewebe war schon seit langem verwest. Der größte Teil seines Gesichts bestand einfach aus Knochen: fleckig und verwittert.

»Man hat mich«, sagte der Schädel, »nicht einbalsamiert. Im Gegensatz zu Constantia.«

Die Erklärung entging Diane. Sie gab keinen Laut des Protests von sich, obschon ihn die Szene durchaus gerechtfertigt hätte. Sie brachte nur noch ein Gewimmer heraus, als der Zugriff seiner Hand sich verschärfte und er ihr den Kopf zurückriß.

»Früher oder später müssen wir uns entscheiden«, sagte Lichfield, und sein Atem roch nun weniger nach Schokolade als nach profunder Fäulnis, »wem wir dienen wollen: uns selber oder unsrer Kunst.«

Sie begriff nicht so recht.

»Die Toten müssen ihre Wahl sorgfältiger treffen als die Lebenden. Wir können unseren Atem nicht vergeuden, wenn Sie die Redensart entschuldigen, es sei denn für die allerreinsten Wonnen. Die Kunst, denk' ich, willst du nicht, oder?«

Sie schüttelte den Kopf und hoffte inständig, daß das die erwartete Antwort war.

»Du willst das Leben des Fleisches, nicht das Leben der Phantasie. Und du sollst es haben.«

»Danke... schön.«

»Wenn du's durchaus willst, sollst du's auch haben.«

Plötzlich umschloß seine Hand, die so schmerzhaft an ihrem

Haar gezerrt hatte, ihren Hinterkopf und brachte ihre Lippen nach oben, damit sie den seinen begegneten. Da hätte sie nun wohl geschrien, als sein verrottender Mund sich auf den ihren heftete, aber sein Kuß war so eindringlich, daß er ihr zur Gänze den Atem verschlug.

Ryan fand Diane ein paar Minuten vor zwei auf dem Boden ihrer Garderobe. Es war schwer herauszubekommen, was geschehen war. An Kopf oder Körper zeigten sich keinerlei Anzeichen einer Verwundung, und ganz tot war sie auch nicht. Sie war anscheinend in einer Art Koma. Vielleicht war sie ausgeglitten und hatte sich beim Fallen den Kopf angeschlagen. Egal, welche Ursache, jedenfalls war sie ausgezählt, aus dem Spiel.
Sie hatten nur noch Stunden bis zur Generalprobe, und die Viola lag im Rettungswagen auf dem Weg in die Intensivstation.

»Je eher sie diesen Schuppen hier abreißen, desto besser«, sagte Hammersmith. Er hatte während der Dienstzeit getrunken; das hatte ihn Calloway noch nie vorher tun sehen. Die Whiskyflasche stand neben einem halbvollen Glas auf seinem Schreibtisch. Ringförmige Abdrücke des Glases verunzierten seine Geschäftsbücher, und seine Hand war bedenklich vom Tatterich befallen.
»Was Neues vom Krankenhaus?«
»Sie is'n schönes Weib«, sagte Hammersmith und starrte das Glas an. Calloway hätte schwören können, daß er den Tränen nahe war.
»Hammersmith! Wie's ihr geht?«
»Sie liegt im Koma. Aber ihr Zustand ist stabil.«

»Das ist doch immerhin schon etwas.«

Hammersmith starrte zu Calloway hinauf, und seine eruptiven Brauen zogen sich vor Wut zusammen.

»Sie Miesling«, sagte er, »haben sie gebumst, ja? Bilden sich noch mords was drauf ein, ja? Dann sag' ich Ihnen mal was: Ein Dutzend von Ihrer Sorte können Diane Duvall das Wasser nicht reichen. Ein Dutzend!«

»Haben Sie deswegen diese letzte Inszenierung nicht abgewürgt, Hammersmith? Weil Sie sich in sie vergafft haben? Sich eingebildet haben, Sie könnten sie in Ihre geilen kleinen Finger kriegen?«

»Sie kapiern überhaupt nichts. Sie haben den Verstand zwischen den Beinen.« Calloways Auslegung seiner Bewunderung für Miss Duvall schien ihn ernstlich gekränkt zu haben.

»Schon gut. Halten Sie's, wie Sie wollen. Jedenfalls haben wir noch immer keine Viola.«

»Und deswegen setz' ich das Stück ab«, sagte Hammersmith und senkte die Stimme, um den Augenblick auszukosten.

Das hatte kommen müssen. Ohne Diane Duvall würde es keine »*Was-ihr-wollt*«-Aufführung geben; und womöglich war es auch besser so.

Jemand klopfte an die Tür.

»Welcher Scheißer is'n das schon wieder?« sagte Hammersmith leise. »Herein!«

Es war Lichfield. Calloway war fast froh, dieses fremdartige, vernarbte Gesicht zu sehen. Obwohl er Lichfield eine Menge Fragen stellen mußte über den Zustand, in dem er Diane zurückgelassen hatte und über ihr Gespräch miteinander, so war das doch keine Unterredung, die er im Beisein von Hammersmith zu führen gewillt war. Außerdem widersprach die Gegenwart des Mannes hier jeglichen unausgegorenen Verdächtigungen, die Calloway sich zurechtgelegt hatte. Gesetzt den Fall, Lichfield hatte, aus welchem Grund auch immer, gegen Diane Gewalt ausgeübt, war es dann wahrscheinlich, daß er so bald wieder aufkreuzte – und so quietschvergnügt?

»Wer sind Sie?« wollte Hammersmith wissen.

»Richard Walden Lichfield.«

»Das sagt mir nichts.«

»Ich war früher Vermögensverwalter des Elysium.«

»Ach was.«

»Ich betrachte es als meine Aufgabe...«

»Was wollen Sie?« fuhr Hammersmith dazwischen, irritiert von Lichfields Gelassenheit.

»Ich habe gehört, die Inszenierung ist gefährdet«, antwortete Lichfield ungerührt.

»Von wegen gefährdet«, sagte Hammersmith und gestattete sich ein Zucken um die Mundwinkel, »überhaupt nicht gefährdet, weil's nämlich keine Aufführung geben wird. Sie ist abgesetzt.«

»Wie?« Lichfield sah Calloway an. »Mit Ihrem Einverständnis?« fragte er.

»Er hat in dieser Angelegenheit nicht mitzureden; ich habe allein das Recht zur Absetzung, wenn es die Umstände erfordern; steht in seinem Vertrag. Das Theater ist ab heute geschlossen – und es macht nie wieder auf.«

»Das wird es doch«, sagte Lichfield.

»Was?« Hammersmith stand hinter seinem Schreibtisch auf, und Calloway bemerkte, daß er den Mann nie zuvor hatte stehen sehen. Er war sehr kurz geraten.

»Wir spielen ›Was ihr wollt‹ wie angekündigt«, säuselte Lichfield. »Meine Frau hat sich freundlicherweise bereit erklärt, die Partie der Viola ersatzweise für Miss Duvall zu übernehmen.«

Hammersmith lachte, ein derbes Metzgerlachen. Es erstarb jedoch auf seinen Lippen, als das Buro von Lavendel durchflutet wurde und Constantia Lichfield, schimmernd in Pelz und Seide, ihren Auftritt hatte. Sie sah so vollendet aus wie an ihrem Sterbetag: Selbst Hammersmith stockten bei ihrem Anblick Atem und Rede.

»Unsere neue Viola«, verkündete Lichfield

Einen Augenblick später hatte Hammersmith seine Stimme wiedergefunden. »Diese Frau kann nicht binnen eines halben Tages einspringen.«

»Warum nicht?« fragte Calloway, ohne seinen Blick von der Frau abzuwenden. Lichfield war zu beglückwünschen; Constantia war eine außerordentliche Schönheit. Er wagte in ihrer Gegenwart kaum zu atmen aus Angst, sie könne sich in nichts auflösen.

Dann sprach sie. Verse aus dem fünften Akt, Szene 1:

»Steht nichts im Weg, uns beide zu beglücken,
Als diese angenommne Männertracht,
Umarmt mich dennoch nicht, bis jeder Umstand
Von Lage, Zeit und Ort sich fügt und trifft,
Daß ich Viola bin.«

Die Stimme war zart und melodisch, aber sie schien in ihrem Körper Widerhall zu finden und jede Äußerung mit dem Unterton verhaltener Leidenschaft zu erfüllen.

Und dies Gesicht. Es war wunderbar lebendig, mit köstlicher Dezenz spiegelten ihre Züge wider, was in ihrer Rede sich vollzog. Sie war hinreißend.

»Tut mir leid«, sagte Hammersmith. »Aber bei so 'ner Sache gibt es Satzungen und Statuten. Ist sie bei der Equity?«

»Nein«, sagte Lichfield.

»Na, da haben Sie's! Es ist unmöglich. Die Genossenschaft

schließt solche Fälle von vornherein aus. Die würden uns total zur Schnecke machen.«

»Was geht Sie das schon an, Hammersmith?« fragte Calloway. »Was scheißen Sie sich drum? Sie brauchen nie mehr den Fuß in ein Theater zu setzen, wenn dieser Schuppen einmal abgerissen ist.«

»Meine Frau hat bei den Proben zugesehen. Sie ist rollenfest.«

»Das reinste Wunder«, sagte Calloway, der mit jedem begeisterten Blick auf Constantia mehr Feuer und Flamme war.

»Sie riskieren Ihre Mitgliedschaft, Calloway«, warnte ihn Hammersmith.

»Das Risiko nehm' ich auf mich.«

»Wie Sie sagen, mir kann es ja egal sein. Aber wenn denen was zu Ohren kommt, dann sind Sie weg vom Fenster.«

»Hammersmith: Geben Sie ihr eine Chance! Geben Sie uns allen eine Chance! Wenn die Equity mich boykottiert, dann ist das allein mein Bier.«

Hammersmith setzte sich wieder hin. »Kein Schwein wird kommen, ist Ihnen doch klar, oder? Diane Duvall war ein Star; die Leute hätten Ihre ganze geschwollene Inszenierung über sich ergehn lassen, nur um sie zu sehen, Calloway. Aber eine Unbekannte... Na gut, ist ja Ihr Begräbnis. Vorwärts also, ziehn Sie's durch! Ich will mit der ganzen Sache nichts zu tun haben. Das geht auf Ihre Kappe, Calloway, vergessen Sie das nicht! Hoffentlich macht man Sie zur Sau deswegen.«

»Danke sehr«, sagte Lichfield. »Äußerst liebenswürdig.«

Hammersmith nahm jetzt auf seinem Schreibtisch allerlei Umgruppierungen vor, damit Flasche und Glas deutlicher in den Vordergrund rückten. Die Unterredung war vorbei: Er hatte jegliches Interesse an diesen Schmetterlingen verloren. »Gehn Sie«, sagte er. »Gehn Sie doch bloß!«

»Ich hätte noch ein oder zwei Bitten«, wandte sich Lichfield an Calloway, als sie das Büro verließen. »Änderungen an der Inszenierung, die die Darstellung meiner Frau besser zur Geltung brächten.«

»Zum Beispiel?«

»Wegen Constantias Wohlbefinden möchte ich darum bitten, daß man die Beleuchtungsstärke erheblich herabsetzt. Sie ist einfach das Spielen unter so heißer, greller Beleuchtung nicht gewohnt.«

»Geht in Ordnung.«

»Ich möchte auch darum ersuchen, daß wir eine Reihe Rampenleuchten installieren.«

»Rampenleuchten?«

»Ein sonderbares Ansinnen, das ist mir klar, aber mit Rampenlicht fühlt sie sich viel unbeschwerter.«

»Sie blenden aber die Schauspieler«, sagte Calloway, »und es wird schwierig, das Publikum zu sehen.«

»Trotzdem ... Ich muß mir ihre Installierung ausbedingen.«

»Okay.«

»Als drittes möchte ich bitten, daß alle Szenen, die mit Umarmen, Küssen oder sonstigem Berühren Constantias verbunden sind, neu einstudiert werden, um jedweden wie auch immer gearteten körperlichen Kontakt auszuschließen.«

»Ohne Ausnahme?«

»Ohne Ausnahme.«

»Warum, um Himmels willen?«

»Zur dramatischen Gestaltung der Herzens-Arbeit braucht meine Frau keine zusätzlich inszenierte Handlung, Terence.«

Diese komische Betonung auf dem Wort »Herz«. *Herzens-Arbeit.*

Den Hauch eines Augenblicks lang lenkte Calloway Constan-

tias Aufmerksamkeit auf sich. Ihm war, als würde er gesegnet.
»Machen wir unsere neue Viola mit der Truppe bekannt?« schlug Lichfield vor.
»Warum nicht.«
Das Trio ging in den Theatersaal.

Die Neueinstudierung des szenischen Geschehens zur Ausmerzung jeglichen körperlichen Kontakts war einfach. Und obwohl sich die übrigen Ensemblemitglieder gegenüber ihrer neuen Kollegin anfangs zurückhaltend zeigten, lagen sie ihr wegen ihres ungekünstelten Benehmens und ihrer natürlichen Anmut bald zu Füßen. Außerdem bedeutete ihr Mitwirken, daß die Aufführung stattfinden konnte.

Um sechs ordnete Calloway eine Pause an. Er gab bekannt, daß sie mit der Generalprobe um acht anfangen würden, und forderte alle auf, sie sollten die nächste Stunde rausgehen und sich entspannen. Die Truppe machte sich auf den Weg und fibrierte vor wiedererwachter Begeisterung für die Inszenierung. Was einen halben Tag zuvor wie ein wüstes Durcheinander ausgesehen hatte, schien sich jetzt ganz gut zu entwickeln. Natürlich gab's noch tausenderlei Dinge auszumerzen: technische Mängel, schlecht sitzende Kostüme, Regieschwächen. Für Profis mußte das aber zu schaffen sein. Die Schauspieler waren tatsächlich schon lange nicht mehr so aufgekratzt gewesen. Selbst Ed Cunningham war sich nicht zu gut, ein oder zwei anerkennende Bemerkungen fallenzulassen.

Lichfield fand Tallulah beim Aufräumen im Künstlerzimmer.
»Heute abend...«
»Ja, Sir.«

»Du darfst keine Angst haben.«
»Ich hab' keine Angst«, antwortete Tallulah. »Was für ein Gedanke! Als ob ...«
»Es wird wohl nicht ganz ohne Schmerz abgehen, bedauerlicherweise. Das betrifft dich, ja eigentlich uns alle.«
»Ich verstehe.«
»Freilich tust du das. Du liebst das Theater, wie ich es liebe: du kennst das Paradox dieses Berufs. Das Leben spielen ... ach, Tallulah, das Leben spielen ... das ist schon eine sonderbare Sache. Weißt du, manchmal frage ich mich, wie lange ich die Illusion aufrechterhalten kann.«
»Die Darbietung ist wunderbar«, sagte sie.
»Findest du? Findest du das wirklich?« Ihr wohlmeinendes Urteil machte ihm Mut. Es war so aufreibend, die ganze Zeit so tun zu müssen, als ob: das Fleisch vorzutäuschen, den Atem, den Augenschein des Lebens. Voll Dankbarkeit für Tallulahs Wohlwollen streckte er die Hand nach ihr aus.
»Möchtest du sterben, Tallulah?«
»Tut es weh?«
»Fast überhaupt nicht.«
»Es würde mich sehr glücklich machen.«
»Und das soll es auch.«
Sein Mund bedeckte ihren Mund, und indem sie glücklich seiner forschenden Zunge nachgab, war sie in weniger als einer Minute tot. Er bettete sie auf die fadenscheinige Couch und verschloß die Tür des Künstlerzimmers mit ihrem eigenen Schlüssel. In dem kalten Zimmer konnte sie mühelos auskühlen und bis zur Ankunft des Publikums wieder auf den Beinen sein.

Um viertel sieben stieg Diane Duvall vor dem Elysium aus einem Taxi. Es war schon ganz dunkel, ein windiger Novemberabend, aber sie fühlte sich bestens. Nichts konnte sie heute abend deprimieren. Nicht die Dunkelheit, nicht die Kälte.
Ungesehen ging sie an den Plakaten vorbei, die ihr Gesicht und ihren Namen trugen, und durch den leeren Zuschauerraum gelangte sie bis zu ihrer Garderobe. Dort fand sie das Objekt ihrer Zuneigung, das sich durch eine Packung Zigaretten rauchte. »Terry.«
Im Türrahmen stellte sie sich einen Augenblick lang in Positur und ließ die Tatsache ihres Wiedererscheinens einwirken. Er wurde ganz weiß bei ihrem Anblick, deshalb schmollte sie ein bißchen. Es war nicht leicht, einen Schmollmund zu ziehen. Starre saß in ihren Gesichtsmuskeln, aber sie bekam den Effekt zu ihrer Zufriedenheit hin.
Calloway blieb die Sprache weg. Diane schaute krank aus, da gab es nichts dran zu deuteln, und wenn sie das Krankenhaus verlassen hatte, um bei der Generalprobe ihre Partie zu übernehmen, dann würde er sie umgehend vom Gegenteil überzeugen müssen. Sie trug kein Make-up, und ihr aschblondes Haar hatte das Waschen dringend nötig.
»Was tust du hier?« fragte er, als sie die Tür hinter sich zumachte.
»Unerledigte Arbeit«, sagte sie.
»Hör mal... Ich muß dir was sagen...« Mann, das würde ganz schön ekelhaft werden. »Wir haben einen Ersatz gefunden, für die Inszenierung.«
Sie sah ihn ausdruckslos an.
Er hastete weiter, stolperte über die eigenen Worte: »Wir haben gedacht, du fällst aus, ich meine, nicht auf Dauer, aber, du weißt schon, zumindest für die Premiere...«

»Vergiß es«, sagte sie.
Der Unterkiefer fiel ihm ein Stück runter. »Vergiß es?«
»Was geht's mich an?«
»Du hast gesagt, du bist zurückgekommen, die Arbeit sei unerledi...«
Er hielt inne. Sie knöpfte das Oberteil ihres Kleides auf. Das ist nicht ihr Ernst, dachte er, das kann nicht ihr Ernst sein! Sex? Jetzt?
»Ich hab' viel nachgedacht in den letzten paar Stunden«, sagte sie, während sie das verkrumpelte Kleid über die Hüften zwängte, es fallen ließ und aus ihm herausstieg. Sie trug einen weißen BH und versuchte vergebens, ihn aufzuhaken. »Ich bin zu dem Schluß gekommen, daß mir nichts am Theater liegt. Hilfst du mir, bitte?«
Sie drehte sich um und präsentierte ihm den Rücken. Automatisch hakte er den BH auf, ohne wirklich abzuklären, ob er das wollte oder nicht. Sah danach aus, als wolle sie ihn vor vollendete Tatsachen stellen. Sie war zurückgekommen, um das zu Ende zu bringen, bei dem sie beide unterbrochen worden waren, so einfach war das. Und trotz der absonderlichen Geräusche, die sie tief im Hals von sich gab, und des verglasten Ausdrucks ihrer Augen war sie noch immer eine attraktive Frau. Eine nochmalige Drehung ihrerseits, und Calloway blickte auf ihre üppigen Brüste. Sie waren bleicher, als er sie in Erinnerung hatte, aber bildschön. Unangenehm eng wurde es ihm in der Hose, und ihre Bewegungen verschlimmerten seine Lage nur: Wie die ordinärste Soho-Stripperin ließ sie die Hüften kreisen und fuhr sich dabei mit den Händen zwischen die Beine.
»Mach dir um mich keine Gedanken«, sagte sie. »Mein Entschluß steht fest. Das einzige, was ich wirklich will...«

Sie legte ihm die Hände, die gerade noch an ihrer Scham spielten, aufs Gesicht. Sie waren eisig kalt.
»Das einzige, was ich wirklich will, bist du. Sex oder Bühne; nur eins von beiden kann ich haben... Im Leben eines jeden kommt die Zeit, wo man Entscheidungen treffen muß.«
Sie leckte sich den Mund. Nicht eine Spur Feuchtigkeit blieb auf den Lippen zurück, als ihre Zunge über sie geglitten war.
»Der Unfall hat mich darüber nachdenken lassen, woran mir wirklich etwas liegt. Und offen gestanden...«
Sie schnallte ihm den Gürtel auf.
»...ich scheiß auf...«
Und jetzt der Reißverschluß.
»...dieses bekackte Theater und auf jedes andere auch.«
Die Hose rutschte ihm runter.
»Ich werd' dir zeigen, woran mir was liegt.«
Sie faßte in seinen Slip und griff entschlossen zu. Irgendwie machte die Kälte ihrer Finger die Berührung sexuell noch erregender. Er lachte und schloß die Augen, als sie ihm den Slip bis zur Schenkelmitte runterzog und sich vor ihn hinkniete.
Sie war so versiert wie immer, ihr Schlund offen wie ein Abflußkanal. Ihr Mund war etwas trockener als üblich, ihre Zunge scheuerte ihn, aber die Sinnesreize trieben ihn zur Raserei. Es tat so wohl, daß er kaum die Leichtigkeit bemerkte, mit der sie ihn verschlang, ihn tiefer in sich aufnahm, als sie's je zuvor geschafft hatte, und jeden ihr bekannten Trick anwendete, um ihn immer höher aufzustacheln. Langsam und tief machte sie's, beschleunigte dann das Tempo, bis es ihm fast kam, bremste dann wieder ab, bis die Bedrängnis vorbei war. Er war ihr vollständig ausgeliefert.
Er öffnete die Augen, um ihr bei der Arbeit zuzusehen. Mit verzücktem Gesicht spießte sie sich auf an ihm.

»Gott«, keuchte er, »tut das guuut! Aah-ja, aah-ja.«
Nicht mal mit einem Zucken reagierte ihr Gesicht auf seine Worte. Sie fuhr einfach fort, ihn lautlos zu bearbeiten. Sie gab nicht die üblichen Geräusche von sich, die kleinen Grunzer der Zufriedenheit, das schwere Atmen durch die Nase. Sie lutschte bloß sein Fleisch in absolutem Schweigen.
Einen Augenblick, während sich in seinem Bauch eine Idee festsetzte, hielt er den Atem an. Der auf und nieder pumpende Kopf pumpte weiter, mit geschlossenen Augen und ums Glied gekrampften Lippen, extrem in seine Tätigkeit vertieft. Eine halbe Minute verstrich; eine Minute; eineinhalb Minuten. Und jetzt saß ihm blankes Entsetzen im Bauch.
Sie atmete nicht. Sie blies ihn so unvergleichlich, weil sie keinen Augenblick lang zum Einatmen oder Ausatmen unterbrechen mußte.
Calloway fühlte seinen Körper erstarren, während seine Erektion in ihrem Schlund erschlaffte. Sie ließ in ihrer Mühe nicht nach; das schonungslose Saugen an seiner Schamgegend hörte nicht auf, auch dann nicht, als sich in seinem Bewußtsein der undenkbare Gedanke formte: Sie ist tot.
Sie hat mich in ihrem Mund, in ihrem kalten Mund, und sie ist tot. Deswegen war sie zurückgekommen, von ihrem Leichensockel aufgestanden und zurückgekommen. Sie brannte drauf zu beenden, was sie begonnen hatte, und kümmerte sich nicht mehr um das Schauspiel oder um ihre Thronräuberin. Dieser Akt hier hatte ihre Wertschätzung, dieser Akt allein. Sie hatte die Wahl getroffen, ihn in alle Ewigkeit auszuführen.
Aber diese Erkenntnis half Calloway auch nicht weiter: Er konnte nur wie der letzte Idiot an sich runterstarren, während diese Leiche ihm einen abkaute.
Dann schien es, als spüre sie sein Grauen. Sie öffnete die Augen

und sah auf zu ihm. Wie hatte er dies tote Starren jemals mit dem Leben verwechseln können? Behutsam nahm sie seine eingeschrumpfte Männlichkeit aus ihrem Mund.
»Was hast du?« fragte sie, und ihr Geflöte täuschte immer noch Leben vor.
»Du... du atmest... nicht.«
Sie machte ein langes Gesicht und ließ ihn los.
»Ach Schatz«, sagte sie und ließ alle Lebensanmaßung verschwinden. »Ich spiel' die Rolle nicht besonders gut, oder?«
Ihre Stimme war eine Geisterstimme: dünn, hilflos-verlassen. Ihre Haut, die er für so schmeichelhaft blaß gehalten hatte, war bei genauerem Hinsehen weiß wie Wachs.
»Du bist tot?« sagte er.
»Ich fürchte, ja. Vor zwei Stunden: im Schlaf. Aber ich mußte kommen, Terry; so viel unerledigte Arbeit. Ich hab' meine Wahl getroffen. Es sollte dir eigentlich schmeicheln. Es schmeichelt dir doch, ja?«
Sie stand auf und griff in ihre Handtasche, die sie neben dem Spiegel gelassen hatte. Calloway schaute zur Tür und versuchte, seine Gliedmaßen in Bewegung zu bringen, aber sie versagten ihren Dienst. Außerdem hing ihm die Hose um die Fußgelenke. Zwei Schritte, und er würde voll aufs Gesicht fallen.
Sie wandte sich ihm wieder zu, mit etwas Silbrigem, Spitzem in der Hand. Wie sehr er sich auch anstrengte, er konnte es nicht genau identifizieren. Aber was es auch war, sie hatte es ihm zugedacht.

Seit dem Bau des neuen Krematoriums im Jahre 1934 war dem Friedhof eine Schmach nach der anderen widerfahren. Die Gräber hatte man nach bleiernen Sargauskleidungen durchplündert, die Steine umgestürzt und zertrümmert; sie waren von Hunden und Graffiti besudelt. Nur ganz wenige Trauernde kamen noch, um nach den Gräbern zu sehen. Die Generationen waren zusammengeschrumpft, und die paar Leutchen, die hier noch immer die Ruhestätte eines ihrer Lieben haben mochten, waren entweder zu schwach, um sich die von Trümmern verstellten Gehwege zuzumuten, oder zu zartbesaitet, um den Anblick solchen Vandalismus' zu ertragen.

Es war nicht immer so gewesen. Illustre und einflußreiche Familien waren hinter den Marmorfassaden der viktorianischen Mausoleen in die Erde gebettet. Gründerväter, ortsansässige Industrielle und Würdenträger, jedweder, der die Stadt durch seine Leistung zu Ehren gebracht hatte. Der Leib der Schauspielerin Constantia Lichfield war hier bestattet worden (»Bis der Morgen dämmert und die Schatten fliehn«), und ihr Grab stand hinsichtlich der Aufmerksamkeit, die ihm ein geheimer Bewunderer zollte, fast einzigartig da.

In dieser Nacht gab es keinen Beobachter, sie war zu rauh für Liebende. So sah auch niemand Charlotte Hancock die Tür ihrer Gruft öffnen; die schlagenden Taubenflügel darauf applaudierten ihrer Rüstigkeit, als sie herauswatschelte, um den Mond zu begrüßen. Ihr Gatte Gerard war mit ihr, er weniger kregel als sie, war er doch dreizehn Jahre länger tot. Joseph Jardine, en famille, war nicht weit hinter den Hancocks; das galt gleicherweise für Mariott Fletcher und Anne Snell und die Gebrüder Peacock; die Liste ging immer weiter. Dort in der Ecke half Alfred Crawshaw (Captain im 17. Lancer-Regiment) seiner lieben Ehefrau Emma aus der Fäulnis ihres gemeinschaftlichen Bettes auf. Überall drängten sich Gesichter an die Spalten der Grabdeckel – war das nicht Kezia Reynolds mit ihrem Kind, das nur einen Tag in ihren Armen gelebt hatte? Und Martin van de Linde (»Gesegnet sei das Gedächtnis der Gerechten«), dessen Weib man nie gefunden hatte; Rosa und Selina Goldfinch: aufrechte Frauen beide; und Thomas Jerrey und... Zu viele Namen, um sie alle zu erwähnen. Zu viele Stadien der Verwesung, um sie alle zu beschreiben. Es reicht zu sagen, daß sie sich erhoben: ihr Begräbnisstaat aus Fliegenbrut gewirkt, ihre Gesichter bis aufs bloße Fundament der Schönheit kahlgefegt. Noch immer kamen sie, stießen das Hintertor des Friedhofs auf und schlängelten sich durch das Ödland Richtung Elysium. In der Ferne Verkehrsgeräusch. Oben donnerte ein Jet landeinwärts. Einer der Peacock-Brüder verlor, als er hinaufstarrte zu dem blinkenden Giganten, der vorbeiflog, den Halt, fiel aufs Gesicht und zerschmetterte sich den Kiefer. Liebevoll lasen sie ihn auf und geleiteten ihn auf seinem Weg. Niemand kam da zu Schaden; und was wäre denn eine Auferstehung ohne ein bißchen was zum Lachen?

Die Inszenierung ging also weiter.

»Wenn die Musik der Liebe Nahrung ist,
Spielt weiter! gebt mir volles Maß! daß so
Die übersatte Lust erkrank' und sterbe...«

Calloway war zu Spielbeginn unauffindbar; aber Ryan hatte Anweisungen von Hammersmith (durch den allgegenwärtigen Mr. Lichfield), die Vorstellung mit oder ohne den Regisseur in Angriff zu nehmen.

»Er wird oben sein auf der Galerie«, sagte Lichfield. »Tatsächlich, ich glaube, ich kann ihn von hier aus sehen.«

»Lächelt er?« fragte Eddie.

»Grinst von einem Ohr zum andern.«

»Dann ist er blau.«

Die Schauspieler lachten. Es wurde ziemlich viel gelacht an diesem Abend. Die Vorstellung verlief reibungslos, und obwohl sie das Publikum wegen des grellen Scheins der neu installierten Rampenlichter nicht sehen konnten, spürten sie sehr wohl die Wogen von Zuneigung und Entzücken, die ihnen aus dem Auditorium entgegenschlugen. Die Schauspieler kamen ganz euphorisch von der Bühne.

»Sie sitzen alle auf der Galerie«, sagte Eddie, »aber Ihre Freunde, Mr. Lichfield, sind eine Wohltat für 'nen alten Schmierenfritzen. Leise sind sie schon, aber alle ein Mordslächeln im Gesicht.«

Akt I, Szene 2; und der erste Auftritt von Constantia Lichfield wurde mit spontanem Beifall aufgenommen. Sagenhafter Beifall. Wie das dumpfe Schnarren von Wirbeltrommeln, wie das spröde Schlagen von tausend Stöcken auf tausend gespannten Häuten. Überschwenglicher, ungezügelter Applaus.

Und, mein Gott, sie zeigte sich der Herausforderung gewachsen. Sie fing gleich so zu spielen an, wie sie es fortzusetzen gedachte: Sie erfüllte die Rolle ganz mit ihrem Herzblut, sie brauchte keine Körperlichkeit, um die Tiefe ihrer Empfindungen mitzuteilen, sondern artikulierte des Dichters Worte mit solcher Verständigkeit und Leidenschaft, daß das geringste Flattern ihrer Hand mehr wert war als hundert aufwendigere Gesten. Nach dieser ersten Szene brauste ihr bei jedem Auftritt derselbe Beifall aus dem Publikum entgegen, dem beinah ehrfürchtiges Schweigen folgte.

Hinter der Bühne bekam die Zuversicht allmählich Oberhand. Alle aus der Truppe witterten den Erfolg, einen Erfolg, der wie durch ein Wunder den Fängen der Katastrophe entrissen worden war.

Da, schon wieder! Applaus! Applaus!

Verschwommen registrierte Hammersmith in seinem Büro durch einen trüben Besäufnisschleier das brüchige Gerassel der Beifallssalven.
Er war gerade dabei, sich seinen achten Drink einzuschenken, als die Tür aufging. Er schaute einen Augenblick lang auf und registrierte, daß der Besucher dieser Parvenü Calloway war. Wetten, der kommt bloß, um es mir hinzureiben, dachte Hammersmith, kommt, um mir zu sagen, wie sehr ich mich geirrt habe.
»Was wollen Sie?«
Der Drecksack antwortete nicht. Aus dem Augenwinkel nahm Hammersmith so etwas wie breites, strahlendes Lächeln auf Calloways Gesicht wahr. Süffisanter Schwachkopf, kommt hier rein und stört einen beim Trauern.
»Nehm' an, Sie wissen's schon?«
Der andere grunzte.
»Sie ist gestorben«, sagte Hammersmith und begann zu weinen. »Sie ist vor wenigen Stunden gestorben, ohne das Bewußtsein wiedererlangt zu haben. Den Schauspielern hab' ich nichts gesagt. Wozu auch.«
Calloway erwiderte nichts auf diese Neuigkeit. War das dem Scheißkerl egal? Kapierte er nicht, daß damit alles Sense war? Die Frau war tot. Hier mitten im Elysium war sie zu Tod gekommen. Man würde öffentliche Nachforschungen anstellen, die Versicherung würde überprüft, eine Obduktion, die Feststellung der Todesursache: Zu viel käme ans Licht.
Er nahm einen großen Schluck aus seinem Glas und machte sich nicht mehr die Mühe, Calloway nochmals anzusehen.
»Ihre Karriere wird im Keller landen, mein Sohn, nach dem hier. Nicht bloß ich häng' drin, o nein, mein Guter!«
Noch immer verharrte Calloway in Schweigen.

»Macht Ihnen das nichts aus?« bohrte Hammersmith weiter.

Einen Moment lang Schweigen, dann antwortete Calloway.

»Ist mir furzegal.«

»Ein raufgerutschter kleiner Inspizient sind Sie, sonst nichts. *Keiner* von euch Scheißregisseuren is' was andres! Eine gute Kritik, und ihr seid ein Geschenk Gottes für die Kunst. Jetzt werd' ich Ihnen mal Bescheid stoßen...«

Er schaute Calloway an, seine in Alkohol schwimmenden Augen taten sich schwer mit der Scharfeinstellung. Aber schließlich kriegte er es hin.

Calloway, der dreckige Sauhund, war von der Gürtellinie abwärts nackt. Er hatte seine Schuhe und seine Socken an, aber weder Hose noch Slip. Seine Selbstentblößung hätte man für komisch halten können, wäre nicht dieser Ausdruck in seinem Gesicht gewesen. Der Mann war verrückt geworden: Stier und haltlos rollten seine Augen herum, Speichel und Rotz liefen ihm aus Mund und Nase, seine Zunge hing ihm raus wie die eines hechelnden Hundes.

Hammersmith stellte sein Glas auf seine Schreibunterlage und sah auch das Schlimmste. Auf Calloways Hemd war Blut, und eine Spur führte seinen Hals entlang zum linken Ohr hinauf, aus dem das Ende von Diane Duvalls Nagelfeile ragte. Man hatte sie tief in Calloways Hirn hineingetrieben. Der Mann war mit Sicherheit tot.

Aber er stand, sprach und ging herum.

Vom Theatersaal stieg eine neue, durch die Entfernung gedämpfte Beifallssalve herauf. Irgendwie war das kein wirkliches Geräusch; es kam aus einer anderen Welt, einem Bezirk, wo die Gefühle herrschten. Es war dies eine Welt, aus der sich Hammersmith immer ausgeschlossen gefühlt hatte. Ein nennenswerter Schauspieler war er nie gewesen, obwohl er's weiß

Gott versucht hatte, und die zwei Stücke, die er verfaßt hatte, waren kümmerlich, das wußte er. Die Buchhaltung war seine Stärke; er hatte sie dazu genutzt, so nah wie möglich im Bereich der Bühne bleiben zu können; dabei haßte er seinen eigenen Mangel an künstlerischer Begabung ebensosehr, wie ihn ihr Vorhandensein bei anderen ärgerte.

Der Applaus erstarb, und Calloway ging wie auf das Stichwort eines unsichtbaren Souffleurs hin los auf ihn. Die Maske, die er zur Schau trug, war weder komisch noch tragisch, sie war Blut und Gelächter in einem. In die Enge getrieben, kauerte Hammersmith hinter seinem Schreibtisch. Auf den sprang jetzt Calloway (er sah so lächerlich aus mit seinen baumelnden Hemdschößen und Eiern) und packte Hammersmith an der Krawatte.

»Spießerseele«, sagte Calloway, der Hammersmiths Herz nun nie mehr kennenlernen sollte, und brach – knacks! – dem Mann das Genick, während drunten erneut der Beifall einsetzte.

»Umarmt mich dennoch nicht, bis jeder Umstand
Von Lage, Zeit und Ort sich fügt und trifft,
Daß ich Viola bin.«

Aus Constantias Mund waren die Verse eine Offenbarung. Es war fast so, als ob »Was ihr wollt« diesmal ein neues Stück und die Rolle der Viola allein für Constantia Lichfield geschrieben worden wäre. Die Schauspieler, die mit ihr auf der Bühne standen, fühlten, wie ihr Ego angesichts einer solchen Begabung in sich zusammenschrumpfte.

Der letzte Akt näherte sich seinem bittersüßen Abschluß, und das Publikum war, seiner atemlosen Aufmerksamkeit nach zu urteilen, so bezaubert wie immer. Der Herzog sprach:

»Gib mir deine Hand,
Und laß mich dich in Mädchenkleidern sehn.«

Bei der Probe hatte man die in diesem Vers steckende Aufforderung nicht beachtet: Kein Mensch durfte diese Viola berühren, noch viel weniger sie bei der Hand nehmen. Aber in der Hitze der Aufführung waren solche Tabus vergessen. Überwältigt von der Leidenschaft des Augenblicks langte der Schauspieler nach Constantia. Sie vergaß ebenfalls das Tabu und streckte die Hand aus, um seine Berührung zu erwidern.

In der Seitenkulisse hauchte Lichfield ein geflüstertes »Nein«, aber seine Anordnung blieb ungehört. Der Herzog umschloß Violas Hand in der seinen, Leben und Tod hielten gemeinsam Hof unter diesem gemalten Himmel.

Es war eine frostige Hand, eine Hand ohne Blut in den Adern, ohne Rötung der Haut.

Aber hier und jetzt war sie so gut wie lebendig.

Sie waren einander gleich, der Lebende und die Tote, und niemand konnte sich veranlaßt sehen, sie zu trennen.

In der Seitenkulisse seufzte Lichfield auf und gestattete sich ein Lächeln. Er hatte diese Berührung gefürchtet, befürchtet, sie würde den Bann brechen. Aber heute nacht war Dionysos auf ihrer Seite. Es würde alles gutgehen, das spürte er.

Der Akt ging zu Ende, und Malvolio, der immer noch, selbst in der Niederlage, seine Drohungen hinausposaunte, wurde fortgekarrt. Die Truppe trat ab, einer nach dem anderen, und überließ es dem Narren, den Schlußpunkt zu setzen.

»Die Welt steht schon eine hübsche Weil',
Hopp heisa, bei Regen und Wind!
Doch das Stück ist nun aus, und ich wünsch euch
viel Heil;
Und daß es euch künftig so gefallen mag.«

Die Szene verdämmerte, bis es völlig dunkel war und der Vorhang fiel. Auf der Galerie erhob sich stürmischer Beifall, es war jener rasselnde, hohle Beifall. Die Schauspieler, deren Gesichter vom Erfolg der Generalprobe erstrahlten, formierten sich hinterm Vorhang zur Verneigung. Der Vorhang hob sich: der Applaus schwoll an.

In der Seitenkulisse stieß Calloway zu Lichfield. Er war jetzt angezogen; und er hatte sich das Blut vom Hals gewaschen.

»Tja, wir machen absolut Furore«, sagte der Schädel. »Ist schon wirklich ein Jammer, daß diese Truppe so bald aufgelöst werden soll.«

»Ja, wirklich«, sagte die Leiche.

Die Schauspieler riefen jetzt in die Seitenkulisse nach Calloway, forderten ihn auf, sich ihnen anzuschließen. Sie klatschten ihm Beifall und ermunterten ihn, sich sehen zu lassen. Er legte die Hand auf Lichfields Schulter. »Wir gehen zusammen, Sir«, sagte er.

»Nein, nein, wie könnte ich.«

»Sie müssen einfach. Es ist ebensogut Ihr Triumph wie meiner.«

Lichfield nickte, und zusammen gingen sie hinaus, um inmitten der Truppe ihre Verbeugungen zu machen.

Hinter der Bühne war Tallulah an der Arbeit. Nach ihrem Schlaf im Künstlerzimmer fühlte sie sich wiederhergestellt. So viele Unannehmlichkeiten waren hingeschwunden, fortgeräumt samt ihrem Leben. Sie litt nicht mehr an den Schmerzen in der Hüfte oder an der schleichenden Neuralgie in ihrer Kopfhaut. Sie brauchte nicht mehr durch Luftröhren Atem holen, die mit siebzigjährigem Schmutz überkrustet waren, oder sich die Handrücken massieren, um die Durchblutung in

Gang zu bringen; nicht einmal der Drang zu zwinkern plagte sie. Sie legte das Feuer mit einer neuen Kraft, führte die Überbleibsel vergangener Inszenierungen einer neuen Bestimmung zu: alte Prospekte, Requisiten, Kostümteile. Als sie genügend Brennmaterial angehäuft hatte, entzündete sie ein Streichholz und hielt die Flamme daran. Das Elysium begann zu brennen.

Über den Beifall hinweg rief jemand: »Einsame Spitze, meine Süßen, einsame Spitze!«

Es war Diane, sie erkannten sie alle an der Stimme, wenn sie sie auch nicht so recht sehen konnten. Sie torkelte den Mittelgang entlang auf die Bühne zu und gab eine ziemlich lächerliche Figur ab.

»Blödes Luder«, sagte Eddie.

»Hoppla«, sagte Calloway.

Sie war jetzt am Bühnenrand und geiferte ihn an: »Wunschlos glücklich jetzt, ja? Mit deiner neuen Herzensflamme da, ja? Ist sie doch, oder?«

Sie versuchte hinaufzuklettern und hielt sich mit den Händen an der heißen Metallabschirmung der Rampenleuchten fest. Gleich fing die Haut zu schmoren an: der Teufel war wirklich und wahrhaftig los.

»Reißt sie doch jemand da weg, um Gottes willen!« rief Eddie.

Aber sie spürte augenscheinlich nicht, daß ihre Hände versengten; sie lachte ihm nur ins Gesicht. Der Geruch verbrannten Fleisches stieg von den Rampenleuchten auf. Die Truppe stob auseinander, der Triumph war vergessen.

Jemand gellte: »Die Beleuchtung aus!«

Ein Schlag, dann war die Bühnenbeleuchtung gelöscht. Diane fiel mit qualmenden Händen auf den Rücken. Einer wurde ohnmächtig, ein anderer lief in die Seitenkulissen, um sich zu erbrechen. Irgendwo im Hintergrund war schwaches Flammengeknister zu hören, aber aller Aufmerksamkeit war anderweitig in Anspruch genommen.

Da die Rampenlichter abgeschaltet waren, konnten sie das Publikum genauer sehen. Das Parkett war leer, aber der erste Rang und die Galerie waren zum Bersten voll mit glühenden Bewunderern. In den Reihen staute sich das Publikum, jeder verfügbare Zentimeter war vollgestopft. Wieder fing droben jemand zu klatschen an, ein paar Sekunden lang allein, bis die Beifallwoge erneut einsetzte. Aber jetzt hatten nur wenige aus der Truppe ihre Freude daran.

Selbst von der Bühne aus, selbst mit überanstrengten, lichtüberreizten Augen war es offensichtlich, daß kein Mann, keine Frau und kein Kind in dieser Schwärmermenge am Leben war. Sie winkten den Schauspielern zu mit feinen Seidentaschentüchern in verwesten Fäusten, einige von ihnen trommelten Salut auf die Rücklehne des Vordersitzes, die meisten klatschten einfach, Knochen gegen Knochen.

Calloway lächelte, verneigte sich tief und nahm ihre Bewunderung mit Dankbarkeit entgegen. In den fünfzehn Jahren seiner Arbeit am Theater war ihm noch nie ein derart anerkennendes Publikum vergönnt gewesen.

In der Liebe ihrer Bewunderer badend, reichten sich Constantia und Richard Lichfield die Hand und schritten auf der Bühne nach vorn, um sich nochmals zu verneigen. Die lebenden Schauspieler hingegen wichen zurück vor Grausen.

Sie fingen an zu kreischen oder zu beten, sie brachen in Geheul aus und rannten irr umher wie frisch ertappte Ehebrecher in einer Farce. Aber wie in der Farce gab es keinen Ausweg aus der Lage. Grelle Flammen züngelten an den Dachquerbalken, und

Leinwandwogen stürzten in Kaskaden links und rechts herab, als der Schnürboden Feuer fing. Vorn: die Toten; hinten: der Tod. Der Rauch ließ die Luft knapp werden. Man konnte überhaupt nicht mehr sehen, wo man den nächsten Schritt hinsetzte. Jemand trug eine Toga aus brennender Leinwand und seine Rezitation waren Schreie. Ein andrer schwang einen Feuerlöscher gegen das Inferno. Alles vergeblich: eine müde Pantomime, schlecht bewältigt. Als das Dach nachzugeben begann, stürzten Bauholz und Eisenträger todbringend herab und brachten das meiste zum Schweigen.

Auf der Galerie war die Besucherschar mehr oder minder dahingeschwunden. Lang bevor noch die Feuerwehr auftauchte, schlenderten alle gemächlich zu ihren Gräbern zurück; die Feuersglut beleuchtete ihre Totenhemden und ihre Gesichter, wenn sie über die Schulter zurückblickten, um dem Untergang des Elysiums zuzusehen. Es war eine blendende Inszenierung gewesen, und sie waren froh, nach Hause zu kommen, durchaus bereit, wieder eine Zeitlang in der Dunkelheit zu tratschen.

Das Feuer brannte die ganze Nacht, ungeachtet der stets tapferen Anstrengungen der Feuerwehr, es zu löschen. Gegen vier Uhr morgens gab man den Kampf auf und ließ die Feuersbrunst gewähren. Sie war bei Tagesanbruch mit dem Elysium fertig.

In den Trümmern entdeckte man die sterblichen Überreste mehrerer Personen, die meisten Leichen waren in einem Zustand, der eine einfache Identifizierung unmöglich machte. Zahnärztliche Unterlagen wurden zugezogen, und man bestimmte einen Leichnam als den von Giles Hammersmith (Geschäftsführer), einen weiteren als den von Ryan Xavier

(Bühneninspizient) und, schockierenderweise, einen dritten als den von Diane Duvall. STAR VON »DAS KIND DER LIEBE« VERBRANNT, hieß es in der Boulevardpresse. Innerhalb einer Woche war sie vergessen.
Es gab keine Überlebenden. Mehrere Opfer wurden einfach nie gefunden.

Sie standen neben der Autobahn und sahen zu, wie die Wagen durch die Nacht jagten.
Lichfield war selbstverständlich dabei und Constantia, strahlend wie immer. Calloway hatte sich entschlossen, mit ihnen zu gehen, ebenso Eddie und Tallulah. Auch drei oder vier andere hatten sich der Truppe angeschlossen.
Es war die erste Nacht ihrer Freiheit, und schon waren sie hier auf der Straße, reisende Schauspieler. Eddie hatte allein der Rauch getötet, aber es gab in ihrem Kreis welche mit ernsthafteren, im Feuer davongetragenen Verletzungen. Verbrannte Leiber, zerbrochene Glieder. Aber das Publikum, für das sie in Zukunft spielen wollten, würde ihnen die geringfügigen Verstümmelungen verzeihen.
»Man kann ein Leben für die Liebe leben«, sagte Lichfield zu seinem neuen Ensemble, »und ein Leben für die Kunst. Wir glückliche Schar sind von letzterem überzeugt.«
Leiser Beifall unter den Schauspielern.
»Zu euch, die nie gestorben sind, darf ich wohl sagen: Willkommen in der Welt!«
Gelächter, weiterer Applaus.
Die Lichter der Wagen, die auf der Autobahn nach Norden rasten, ließen die Schattenrisse der Truppenmitglieder hervortreten. Sie sahen praktisch und letztlich wie lebende Männer und Frauen aus. Aber war das schließlich nicht das A und O

ihres Handwerks? Das Leben so gut nachzuahmen, daß das Trugbild vom Original ununterscheidbar war? Und ihre neue Theatergemeinde, die sie in den Leichenhallen, Friedhöfen und Beinhäusern erwartete, würde diese Kunstfertigkeit mehr als die meisten zu schätzen wissen. Wer sollte wohl das Blendwerk von Leidenschaft und Schmerz, das sie aufführen wollten, beifälliger begrüßen als die Toten, die solche Gefühle am eignen Leib erlebt und am Ende von sich geworfen hatten?

Die Toten. Sie brauchten Unterhaltung geradesogut wie die Lebenden; und sie waren ein sträflich vernachlässigter Markt. Was freilich nicht hieß, daß diese Truppe um Geld spielen wollte; sie wollte um der Liebe zu ihrer Kunst willen spielen. Lichfield hatte das gleich zu Anfang klargemacht: Apollo war mit sofortiger Wirkung der Dienst aufgekündigt.

»Also«, sagte er, »welche Route nehmen wir, nach Norden oder Süden?«

»Nach Norden«, sagte Eddie. »Meine Mutter liegt in Glasgow begraben, sie ist gestorben, ehe ich noch Berufsschauspieler war. Ich hätte gern, daß sie mich sieht.«

»Gut dann, nach Norden!« sagte Lichfield. »Jetzt brauchen wir nur noch ein Gefährt.«

Er ging ihnen Richtung Autobahnraststätte voran; die Neonlichter flackerten unruhig und verbannten die Nacht aus ihrem Umkreis. Die Farben waren theatralisch grell: Scharlach, Zitrusgrün, Kobalt und ein verwaschenes Weiß, das sich aus den Fenstern auf den Parkplatz ergoß, wo sie standen. Die automatischen Türen zischten, als ein Reisender herauskam, der dem Kind auf dem Rücksitz seines Wagens Kuchen und Hamburger mitbrachte.

»Bestimmt hat irgendein netter Fahrer noch ein Plätzchen für uns frei«, sagte Lichfield.

»Für uns alle?« fragte Calloway.
»In einem Lastwagen schon; Bettler dürfen keine zu hohen Ansprüche stellen«, sagte Lichfield. »Und Bettler sind wir jetzt: den Launen unsrer Gönner ausgeliefert.«
»Wir können immer noch ein Auto klauen«, sagte Tallulah.
»Zu Diebstahl besteht kein Anlaß, außer in extremen Notfällen«, sagte Lichfield. »Es sollte mich wundern, wenn Constantia und ich keinen Chauffeur auftreiben.« Er nahm seine Frau bei der Hand. »Der Schönheit kann keiner was abschlagen«, sagte er.
»Und was sollen wir machen, wenn jemand fragt, was wir hier treiben?« fragte Eddie nervös. Er hatte sich in dieser Rolle noch nicht zurechtgefunden; er brauchte moralische Unterstützung.
Lichfield wandte sich der Truppe zu, und seine Stimme dröhnte in der Nacht: »Was sollt ihr wohl machen?« sagte er. »Das Leben spielen, selbstverständlich! Und lächeln!«

Im Bergland:
Agonie der Städte

Erst nach der ersten Woche ihrer Jugoslawienfahrt entdeckte Mick, was für einen politisch verbohrten Dogmatiker er sich als Lover zugelegt hatte. Sicher, man hatte ihn gewarnt. Eine der Schwuchteln in der Badeanstalt hatte ihm gesagt, Judd wäre päpstlicher als der Papst, der reine Kommunistenfresser, aber der Typ war einer von Judds Verflossenen gewesen, und Mick hatte angenommen, daß dieser Rufmord mehr auf Gehässigkeit als auf Erfahrung basierte.
Hätte er doch drauf gehört! Dann würde er jetzt nicht in einem Volkswagen, der mit einem Mal die Größe eines Sarges zu haben schien, eine endlose Straße entlangfahren und sich Judds Ansichten über den Expansionsdrang der Sowjets anhören. Gott, wie der ihn anödete! Der redete nicht normal mit ihm, der hielt Vorträge, und das endlos. In Italien war der Sermon mehr oder minder darauf hinausgelaufen, daß die Kommunisten den bäuerlichen Wählerauftrag ausgenützt hätten. Jetzt, in Jugoslawien, hatte sich Judd so richtig für sein Thema erwärmt, und Mick war drauf und dran, ihm mit dem Hammer eins über den restlos von sich eingenommenen Schädel zu braten.
Nicht daß er alles, was Judd sagte, abgelehnt hätte. Manche seiner Argumente (diejenigen, die Mick verstand) klangen ganz vernünftig. Aber andererseits, was konnte er schon beurteilen? Er war Tanzlehrer. Judd war Journalist, ein professio-

neller Besserwisser. Wie die meisten Journalisten, die Mick untergekommen waren, fühlte er sich verpflichtet, zu allem und jedem eine Meinung parat zu haben. Politik ganz obenan; das war der beste Trog zum Sich-drin-Suhlen. Man konnte den Rüssel samt Augen, Kopf und Vorderfüßen in diesen Dreckfraß stecken, ihn in der Gegend rumspritzen und sich auf die Weise bestens amüsieren. Ein zum Runterschlabbern unerschöpflicher Gegenstand, ein Schweinetrank mit einem bißchen von allem drin, denn schließlich war Judd zufolge alles politisch. Die Künste waren politisch. Sex war politisch. Religion, Handel, Gartenarbeit, essen, trinken und furzen – alles politisch. Mann, war das zum Verrücktwerden anödend; tötete einem den Nerv, vergraulte einem die Liebe; mörderisch anödend. Und, schlimmer noch, Judd bemerkte anscheinend nicht, wie angeödet Mick mittlerweile war, oder wenn er es bemerkte, dann war's ihm egal. Er schwafelte einfach weiter, seine Argumente wurden immer fadenscheiniger, seine Sätze mit jedem Kilometer, den sie fuhren, länger.

Judd war, das stand für Mick jetzt fest, ein egoistischer Scheißer, und sobald ihre Hochzeitsreise vorbei wäre, würde er den Kerl sausenlassen.

Erst bei ihrer Tour, jener endlosen, sinn- und zwecklosen Karawane durch die Friedhöfe mitteleuropäischer Kultur, erkannte Judd, was für einen politischen Blindgänger er sich mit Mick eingehandelt hatte. Der Bursche zeigte herzlich wenig Interesse an der Wirtschaft oder Politik der Länder, durch die sie kamen. Gegenüber den der Situation Italiens zugrunde liegenden knallharten Fakten erwies er sich als gleichgültig, und er gähnte, ja, gähnte, wenn er (freilich vergeblich) versuchte, die Bedrohung des Weltfriedens durch

Rußland zu erörtern. Er mußte der bitteren Wahrheit ins Auge sehen: Mick war eine Schwuchtel; das war die einzig passende Bezeichnung für ihn. Schön, vielleicht künstelte er nicht weibisch rum oder behängte sich übermäßig mit Schmuck, aber trotzdem war er 'ne Schwuchtel, die sich überglücklich in einer Traumwelt aus Frührenaissancefreskos und jugoslawischen Ikonen suhlte. Die komplexen Faktoren, die Widersprüche, ja die Qualen, die jene Kulturen erblühen und welken ließen, langweilten ihn bloß. Seine geistige Substanz war um nichts bedeutsamer als sein Aussehen; er war eine appetitliche Null. Nette Hochzeitsreise, das.

Die Straße südlich von Belgrad nach Novi Pazar war, nach jugoslawischen Maßstäben, gut. Es gab weniger Schlaglöcher als auf vielen Straßen ihrer bisherigen Reise, und sie war verhaltnismäßig gerade. Das Städtchen Novi Pazar lag im Tal der Raska, südlich der Stadt, die nach dem Fluß benannt war. Die Gegend schien bei den Touristen nicht besonders beliebt. Trotz der guten Straße war sie noch immer unzugänglich und hatte auch keine überragenden Attraktionen zu bieten; aber Mick wollte unbedingt das Kloster westlich des Städtchens Sopocani besichtigen, und nach einigem erbitterten Wortgeplänkel hatte er sich durchgesetzt.

Der Abstecher erwies sich als wenig anregend. Die bebauten Felder zu beiden Seiten der Straße sahen versengt und staubig aus. Der Sommer war ungewöhnlich heiß gewesen, und Dürreperioden machten vielen Dörfern zu schaffen. Es hatte Mißernten gegeben, und oft mußte der Viehbestand vorzeitig geschlachtet werden, um zu verhindern, daß er an Unterernährung einging. Ein entmutigter Ausdruck lag über den wenigen Gesichtern, die sie flüchtig am Straßenrand zu sehen

bekamen. Selbst die Kinder hatten düstere Mienen; Stirnen so dräuend wie die abgestandene Hitze, die über dem Tal lastete.
Nach einem Krach bei Belgrad waren die Karten auf dem Tisch; jetzt fuhren sie die meiste Zeit über schweigend dahin. Aber die gerade Straße forderte wie die meisten geraden Straßen zum Disput heraus. Wenn das Fahren keine Probleme bereitete, stöberte das Bewußtsein nach etwas herum, womit es sich inzwischen beschäftigen konnte. Und was ist besser als ein Streit?
»Warum, verdammt, mußt du dieses elende Kloster besichtigen?« begehrte Judd auf.
Eine unmißverständliche Herausforderung.
»Wo wir jetzt schon so weit gekommen sind...« Mick versuchte, einen harmlosen Plauderton beizubehalten. Er hatte keine Lust, sich rumzuzanken.
»Noch so'n paar bekackte Jungfrauen, oder?«
Mick nahm den Reiseführer zur Hand und las, die Stimme so cool, wie es irgend ging, laut daraus vor: »... für den Kunstliebhaber sind dort bis heute einige der größten Werke serbischer Malerei zu besichtigen, insbesondere die ›Ruhestätte der Jungfrau‹, nach einhelliger Meinung vieler Kommentatoren das bleibende Meisterwerk der Raska-Schule.«
Schweigen.
Dann Judd: »Mir stehn die Kirchen bis hier oben.«
»Es ist ein Meisterwerk.«
»Sind immer Meisterwerke, wenn's nach diesem Scheißbuch geht.«
Mick spürte, wie er langsam die Beherrschung verlor. »Höchstens zweieinhalb Stunden...«
»Ich hab' dir's gesagt, ich will keine Kirche mehr sehen;

bringt mich zum Kotzen, wie's dort riecht. Kalter Weihrauch, alter Schweiß und Lügenmärchen...«

»Ist doch nur ein kurzer Umweg; wir können dann wieder auf die Hauptstrecke, und du kannst mir die nächste Vorlesung über Landwirtschaftssubventionen im Sandzak-Gebiet halten.«

»Ich versuch' lediglich, irgendeine halbwegs passable Unterhaltung in Gang zu bringen – statt diesem endlosen Geseiche über bekackte serbische Meisterwerke...«

»Halt an!«

»Was?«

»Halt an!«

Judd lenkte den Volkswagen an den Straßenrand. Mick stieg aus.

Die Straße war heiß, aber es ging eine leichte Brise. Er holte tief Luft und schlenderte zur Straßenmitte. Leer in beiden Richtungen, kein Verkehr, kein Mensch. Leer nach allen Richtungen. Die Berge schimmerten in der Hitze, die von den Feldern aufstieg. Mohnblumen wuchsen in den Gräben. Mick überquerte die Straße, ging in die Hocke und pflückte eine.

Hinter sich hörte er die VW-Tür zuknallen.

»Wozu haben wir hier eigentlich halten müssen?« fragte Judd. Seine Stimme klang gereizt, hoffte noch immer auf den Streit, bettelte darum.

Mick stand auf und spielte dabei mit der Mohnblume. Sie war kurz vor dem Ausstreuen der Samen, fast reif. Die Blütenblätter fielen von der Kapsel ab, sobald er sie berührte; kleine Spritzer Rot flatterten auf den grauen Straßenbelag hinunter.

»Ich hab' dich was gefragt«, sagte Judd wieder.

Mick schaute sich um. Judd stand auf der anderen Seite des Wagens, seine Augenbrauen eine zusammengezogene Linie, aus der die Wut hervorsproßte. Aber bildhübsch; o ja; ein Gesicht, das Frauen zum Weinen brachte vor Frustriertheit, daß er schwul war. Ein dichter schwarzer Schnurrbart (vollendet gestutzt) und Augen, die man ewig betrachten konnte, ohne zweimal dasselbe Leuchten in ihnen zu sehen. Warum, um Himmels willen, dachte Mick, muß ein so prachtvoller Mann solch ein unsensibler kleiner Scheißer sein?

Judd starrte über die Straße zu dem hübschen schmollenden Jungen hinüber und erwiderte dessen verächtlichen, abschätzenden Blick. Er bekam das kalte Kotzen angesichts des Theaters, mit dem sich Mick da produzierte. Bei einer sechzehnjährigen Jungfrau hätte man sich das allenfalls noch eingehn lassen. Bei einem Fünfundzwanzigjährigen war es einfach unglaubwürdig.

Mick ließ die Blume fallen und zog sein T-Shirt aus den Jeans. Ein fester Bauch, dann ein schlanker, glatter Brustkorb kamen zum Vorschein, während er es auszog. Als sein Kopf wieder auftauchte, war sein Haar zerrauft und ein breites Grinsen auf seinem Gesicht. Judd sah den Torso an. Gerade richtig, nicht zu muskulös. Eine Blinddarmnarbe lugte über den Rand der verwaschenen Jeans. Eine goldene Kette – schmal zwar, aber die Sonne fing sich in ihr – senkte sich in seine Kehlgrube. Ohne daß er es beabsichtigte, erwiderte er Micks Grinsen, und eine Art Frieden wurde zwischen ihnen geschlossen.

Mick schnallte jetzt den Gürtel auf.

»Magst du ficken?« fragte er, und das Grinsen blieb unverändert.

»Es hat keinen Sinn«, kam die Antwort, wenn auch nicht auf diese Frage.

»Was hat keinen?«

»Wir passen einfach nicht zusammen.«

»Wetten, daß?«
Jetzt hatte er den Reißverschluß auf und wandte sich fort zu dem Weizenfeld, das bis an die Straße heranreichte.
Judd sah zu, wie Mick sich eine Schneise durch den wogenden See bahnte; sein Rücken hatte die Farbe des Getreides, so daß er fast in dieser Tarnung verschwand. Ganz schön riskant, im Freien zu bumsen – sie waren hier nicht in San Francisco, nicht mal in Hampstead Heath. Nervös schaute Judd die Straße runter. Noch immer menschenleer in beiden Richtungen. Und Mick drehte sich um, tief drinnen im Feld, drehte sich um und winkte wie ein Schwimmer, der in einer goldenen Brandung nach oben geschnellt wird. Scheiß drauf... niemand würde was mitkriegen, niemand was erfahren. Bloß die Berge, vom Hitzeschleier verflüssigt, die ihre bewaldeten Rücken dem ersten Tun der Erde zugeneigt hatten, und ein verlorener Hund, der am Straßenrand saß und auf irgendeinen verlorenen Herrn wartete.
Judd folgte Micks Pfad durch den Weizen und knöpfte beim Gehen das Hemd auf. Feldmäuse liefen vor ihm her, huschten durch die Halme, als der Riese mit Donnerfüßen des Weges kam. Judd lächelte angesichts ihres Entsetzens. Er wollte ihnen nichts Böses, aber woher konnten sie das schließlich wissen? Womöglich hatte er hundert Leben – Mäuse, Käfer, Würmer – ausgelöscht, bevor er die Stelle erreichte, wo Mick auf einem Bett aus zertrampeltem Getreide lag, splitternackt bis auf die Eier, und noch immer grinste.
Nichts auszusetzen an der Art, wie sie sich liebten: gekonnt und kraftvoll – für jeden gleich viel Lust. Ihre Leidenschaft hatte etwas Präzises, spürte den Moment heraus, von dem ab mühelose Wonne dringlich wurde, Begierde umschlug in Notwendigkeit. Sie waren ineinander verschlungen, Glied um

Glied, Zunge um Zunge, zu einem Knäuel, das nur der Orgasmus auflösen konnte; abwechselnd versengten und zerkratzten sie sich den Rücken, wenn sie sich umherwälzten und Schwanz- und Lippenküsse tauschten. Auf dem Höhepunkt, als sie gemeinsam abspritzten, hörten sie das Tuff-Tuff-Tuff eines vorbeifahrenden Traktors, aber das kümmerte sie längst nicht mehr.

Dann machten sie sich wieder auf den Weg zum Volkswagen, vom Körper zerdroschenen Weizen in Haar und Ohren, in den Socken und zwischen den Zehen. Ein entspanntes Lächeln hatte ihr Grinsen ersetzt: Der Waffenstillstand würde, wenn er auch nicht endgültig war, zumindest ein paar Stunden dauern.

Im Wagen war es kochendheiß, und sie mußten, ehe sie nach Novi Pazar weiterfuhren, alle Fenster und Türen öffnen, damit ihn der Luftzug abkühlte. Es war vier Uhr, und sie hatten noch eine Stunde Fahrt vor sich.

Als sie ins Auto stiegen, sagte Mick: »Das Kloster schenken wir uns, ja?«

Judd war baff. »Ich hab' gedacht...«

»Noch so 'ne bekackte Jungfrau halt' ich nicht mehr aus. . .«

Beide lachten sie herzlich, küßten sich dann, schmeckten ein ander und sich selbst, ein Sich-Vermischen von Speichel mit dem Nachgeschmack salzigen Samens.

Der folgende Tag war blendend hell, aber nicht besonders warm. Kein blauer Himmel: nur eine gleichmäßige weiße Wolkendecke. Die Morgenluft drang beißend in die Nasenschleimhaut wie Äther oder Pfefferminz.

Auf dem Hauptplatz von Popolac sah Vaslav Jelovsek den Tauben zu: Sie forderten den Tod heraus mit ihrem Gehüpfe und Geflatter vor den herumsausenden Fahrzeugen, die militärische oder zivile Aufgaben zu erledigen hatten. Die Atmosphäre nüchterner Zweckmäßigkeit unterdrückte kaum die Erregung, die er an diesem Tag verspürte, eine Erregung, von der er wußte, daß sie von jedem Mann, jeder Frau, jedem Kind in Popolac geteilt wurde. Auch von den Tauben wurde sie geteilt, soviel er wußte. Möglicherweise spielten sie deswegen so überaus geschickt zwischen den Rädern, wohl wissend, daß ihnen an diesem Tag der Tage nichts Böses geschehen konnte. Er musterte nochmals den Himmel, jenen weißen Himmel, den er seit Tagesanbruch beguckt hatte. Die Wolkendecke hing tief; nicht ideal für die Feierlichkeiten. Eine Redewendung kam ihm in den Sinn, eine englische Redewendung, die er einen Freund hatte sagen hören: »den Kopf in den Wolken haben«. Sie bedeutete, schloß er intuitiv, von träumerischer Geistesabwesenheit, einem weißen gesichtslosen Traum umfangen zu sein. Das war alles, was der Westen über Wolken wußte, dachte er sarkastisch: daß sie ein Sinnbild für Träume waren. Es bedurfte schon einer Vorstellungskraft, die den Westlern fehlte, um diese beiläufige Redewendung buchstäbliche Wahrheit werden zu lassen. Würden sie nicht hier, in diesem abgelegenen Bergland, diesen leeren Worten zu einer aufsehenerregenden Wirklichkeit verhelfen? Sozusagen eine fleischgewordene Redensart: Ein Kopf in den Wolken.

Schon stellte sich das erste Kontingent auf dem Platz auf. Einer oder zwei waren aus Krankheitsgründen nicht angetreten, aber Reserveleute standen bereit und warteten darauf, ihre Plätze einzunehmen. Solcher Eifer! Solch tiefzufriedenes Lächeln, wenn ein Reservist beziehungsweise eine Reservistin sich mit Name und Zahl aufgerufen hörte und aus der Formation trat, um sich in das Glied zu fügen, das bereits Gestalt annahm. Ringsum wahre Wunder an Organisation. Jeder hatte seine spezielle Aufgabe zu erledigen, seinen besonderen Platz einzunehmen. Kein Geschrei oder Gedränge: In der Tat, der Stimmpegel hob sich kaum über ein eifriges Geflüster. Voll Bewunderung sah er zu, wie die Arbeit des In-Stellung-Bringens und Anschnallens, des Stauchens und Vertäuens voranging.

Es würde ein langer, anstrengender Tag werden. Vaslav war seit einer Stunde vor Tagesanbruch auf dem Platz; er trank Kaffee aus importierten Plastikbechern, erörterte die halbstündigen Wettermeldungen, die aus Pristina und Mitrovica hereinkamen und hatte den sternenlosen Himmel beobachtet, als diesen das graue Morgenlicht überkroch. Jetzt trank er schon seine sechste Tasse Kaffee an diesem Tag, und es war noch kaum sieben Uhr. Metzinger, drüben auf der anderen Seite des Platzes, wirkte ebenso müde und besorgt, wie sich Vaslav fühlte.

Gemeinsam hatten sie die Dämmerung aus dem Osten hervorsickern sehen, Metzinger und er. Aber jetzt hatten sie sich, unter Hintansetzung ihrer Kameradschaft, getrennt und würden nicht mehr miteinander reden, bis der Wettstreit vorbei war. Schließlich war er aus Podujevo. Im bevorstehenden Kampf hatte er seine eigene Stadt zu unterstützen. Morgen würden er und Metzinger die Erfahrungsberichte ihrer Abenteuer austauschen, aber heute mußten sie sich so verhalten, als ob sie sich nicht kennen würden, durften zwischen sich nicht einmal ein Lächeln aufkommen lassen. Heute hatten sie absolute Parteigänger zu sein und sich nur um den Sieg ihrer eignen Stadt übers gegnerische Lager zu kümmern.

Jetzt war, zur beiderseitigen Genugtuung von Metzinger und Vaslav, das erste Bein von Popolac aufgerichtet. Alle Sicherheitskontrollen waren peinlich genau eingehalten worden, und das Bein verließ den Platz, riesig fiel sein Schatten über die Vorderfront des Rathauses.

Vaslav schlürfte seinen süßen, süßen Kaffee und gestattete sich ein kleines zufriedenes Grunzen. Sagenhaft, unbeschreiblich diese Tage, Tage voller Ruhm und voll knatternder Flaggen; und dieser Blick in die Höhe, daß es einem im Magen schwindlig wurde. Davon konnte ein Mann sein ganzes Leben lang zehren. Es war ein goldner Vorgeschmack auf den Himmel.

Soll Amerika mit seinen unbedarften Freunden selig werden, mit seinen Zeichentrickmäusen, seinen Zuckergußschlössern, seinen Kulten und Technologien – er konnte darauf verzichten. Das größte Wunder der Welt war hier, im Bergland verborgen.

Ach, diese sagenhaften Tage.

Auf dem Hauptplatz von Podujevo war die Szene nicht weniger lebendig und nicht weniger mitreißend. Vielleicht lag der diesjährigen Feier eine gedämpfte Traurigkeit zugrunde, aber das war verständlich. Nita Obrenovic, Podujevos geliebte und hochgeschätzte Organisatorin, war nicht mehr am Leben. Der vorangegangene Winter hatte sie im Alter von vierundneunzig hinweggerafft, wodurch die Stadt ihrer rigorosen Ansichten und noch rigoroseren Größenverhältnisse beraubt worden war. Sechzig Jahre lang hatte Nita mit den Bürgern von Podujevo zusammengearbeitet, immer schon den nächsten Wettstreit vorausgeplant und an den Baukonstruktionen Verbesserungen vorgenommen; ihre ganze Energie hatte sie darauf verwendet, die nächste Kreation noch anspruchsvoller und noch lebensnäher zu gestalten als die letzte.

Jetzt war sie tot, und man vermißte sie schmerzlich. Zwar griffen in den Straßen auch ohne sie keine Auflösungserscheinungen um sich, dazu waren die Leute viel zu gut geschult, aber sie kamen bereits mit dem Zeitplan in Verzug, und dabei war es erst fünf vor halb acht. Nitas Tochter hatte anstelle ihrer Mutter die Leitung übernommen, aber ihr fehlte Nitas Autorität, um die Leute in Schwung zu bringen. Sie war, mit einem Wort, zu weich für diese Aufgabe. Die erforderte einen Anführer, der die Bürger mit Schmeicheln, Zwang und Begeisterung ihren Platz einnehmen ließ, der zum Teil Prophet und zum Teil Zirkusdirektor war. Womöglich würde es Nita Obrenovics Tochter nach zwei oder drei Jahrzehnten und mit ein paar Wettstreiten mehr in der Tasche schaffen. Aber für den heutigen Tag befand sich Podujevo im Rückstand; man war dabei, über Sicherheitskontrollen hinwegzusehen; nervöse Blicke verdrängten die Zuversicht früherer Jahre.

Nichtsdestoweniger rückte sechs Minuten vor acht das erste Körperglied von Podujevo zur Stadt hinaus Richtung Sammelpunkt, um dort auf seinen Genossen zu warten.

Ungefähr zur selben Zeit wurden in Popolac bereits die Flanken miteinander verzurrt, und bewaffnete Kontingente erwarteten auf dem Hauptplatz ihre Befehle.

Mick erwachte pünktlich um sieben, obwohl es in ihrem einfach möblierten Zimmer im Hotel Beograd keinen Wecker gab. Er lag in seinem Bett und lauschte Judds regelmäßigen Atemzügen aus dem Bett an der gegenüberliegenden Wand. Ein trübes Morgenlicht flirrte durch die dünnen Vorhänge und ermunterte nicht gerade zu einem frühen Aufbruch. Nachdem er ein paar Minuten die von Sprüngen durchzogene Decke und etwas länger das grob geschnitzte Kruzifix an der gegenüberliegenden Wand angestarrt hatte, stand Mick auf und ging zum Fenster. Es war, wie vermutet, ein trüber Tag. Der Himmel war bedeckt, und die Dächer von Novi Pazar lagen grau und verwaschen in dem glanzlosen Morgenlicht. Aber über die

Dächer hinaus, weiter östlich, konnte er die Hügel sehen Dort schien Sonne. Er konnte sehen, wie Lichtbündel das Blaugrün des Waldes streiften und zu einem Besuch der Hänge einluden. Heute würden sie womöglich Richtung Süden nah Kosovska Mitrovica reisen. Gab's dort nicht einen Markt und ein Museum? Und sie könnten das Ibar-Tal runterfahren, der Straße neben dem Fluß folgen, wo auf beiden Seiten die Berge wild und leuchtend in die Höhe stiegen. Die Berge, ja: Heute würden sie sich die Berge ansehen, sein Entschluß stand fest. Es war viertel neun.

Gegen neun waren die Körperrümpfe von Popolac und Podujevo im großen und ganzen montiert. In ihren zugeteilten Bezirken warteten die Gliedmaßen beider Städte einsatzbereit darauf, sich ihren Torsi in spe anzuschließen.
Vaslav Jelovsek beschirmte mit behandschuhten Händen seine Augen und inspizierte den Himmel. Die Wolkenbasis war ganz zweifellos in der letzten Stunde gestiegen, und gegen Westen zeigten sich Risse in der Wolkendecke; gelegentlich blinzelte sogar flüchtig die Sonne durch. Vielleicht würde es nicht gerade ein idealer Tag für den Wettkampf werden, ein angemessener jedoch mit Sicherheit.

Mick und Judd frühstückten spät, Sinkenmittai – was man halbwegs als Schinken mit Ei gelten lassen konnte – und mehrere Tassen guten schwarzen Kaffee. Selbst in Novi Pazar hellte es sich jetzt auf, und ihre Ziele waren weit gesteckt: Kosovska Mitrovica gegen Mittag und eventuell nachmittags eine Besichtigung der Bergfeste Zvecan.
Gegen halb zehn verließen sie Novi Pazar Richtung Süden und nahmen die Straße nach Srbovac zum Ibar-Tal. Keine gute

Straße, aber die Stöße und Schlaglöcher konnten ihnen den neuen Tag nicht vermiesen.
Bis auf einen gelegentlichen Fußgänger war die Straße leer; anstelle der Mais- und Getreidefelder, an denen sie am Vortag vorbeigekommen waren, säumten hier wellenförmig gestaffelte Hügel mit dicht und dunkel bewaldeten Hängen die Straße. Außer ein paar Vögeln sahen sie kein Tier. Selbst die sporadischen Passanten fehlten nach ein paar Kilometern völlig, und die vereinzelten Bauernhäuser, an denen sie vorbeifuhren, waren augenscheinlich abgesperrt und dichtgemacht. Schwarze Schweine tummelten sich vernachlässigt im Hof, kein Kind war da, sie zu füttern. Wäsche flappte und blähte sich an durchhängenden Leinen, keine Wäscherin war in Sicht.
Anfangs war diese einsame Reise ohne jeden menschlichen Kontakt durch das Bergland erfrischend, aber als der Morgen fortschritt, überkam sie allmählich ein Unbehagen.
»Hätte da nicht ein Wegweiser nach Mitrovica kommen müssen, Mick?«
Er studierte die Karte.
»Womöglich...«
»... sind wir auf der falschen Straße.«
»Also, wenn ein Wegweiser dagewesen wäre, dann hätte ich ihn auch gesehen. Am besten, wir schauen, daß wir von dieser Straße runterkommen und uns ein bißchen mehr nach Süden halten – dann stoßen wir näher bei Mitrovica auf das Tal.«
»Und wie kommen wir von dieser elenden Straße runter?«
»Sind schon an einigen Abzweigungen vorbei...«
»Dreckpisten.«
»Ja, entweder die, oder wir müssen weiter geradeaus.«
Judd verkniff die Lippen. »Bitte 'ne Zigarette«, sagte er
»Sind schon seit Kilometern alle.«

Vor ihnen bildeten die Berge eine undurchdringliche Linie. Kein Lebenszeichen gab's da; keinen zartgekräuselten Kaminrauch, kein Stimmen- oder Fahrzeuggeräusch.
»Also gut«, sagte Judd, »wir nehmen die nächste Abzweigung. Schlimmer kann's auf keinen Fall werden.«
Sie fuhren weiter. Der Straßenzustand verschlechterte sich rapide, aus den Schlaglöchern wurden Krater, die Bodenerhebungen spürte man wie Körper unter den Rädern.
Dann: »Da!«
Eine Abzweigung: eine mit Händen zu greifende Abzweigung. Freilich, keine Hauptstraße. Genaugenommen nicht einmal die Dreckpiste, als die Judd die anderen Straßen eingestuft hatte, aber ein Ausweg aus der endlosen Perspektive der Straße, von der sie nicht mehr runtergekommen waren.
»Wächst sich zu 'ner elenden Safari aus«, sagte Judd, als der VW sich auf der trübseligen Fahrspur voranzustoßen und voranzuschürfen begann.
»Wo bleibt dein Sinn fürs Abenteuer?«
»Den hab' ich vergessen einzupacken.«
Jetzt ging es bergauf: Der Pfad wand sich hinein in die Berge. Der Wald schloß sich über ihnen, löschte den Himmel aus, und beim Fahren huschte ein schillerndes Flickwerk aus Licht und Schatten über die Motorhaube. Plötzlich der Gesang eines Vogels, sinnleer und optimistisch, und der Geruch junger Kiefern und unberührter Erde. Droben, weiter vorn, überquerte ein Fuchs den Weg und verhielt, während der Wagen auf ihn zubrummte, einen langen Augenblick beobachtend. Dann schlenderte er mit dem gemächlichen Schritt eines furchtlosen Prinzen ins Dickicht.
Egal, wo wir hinkommen, dachte Mick, jedenfalls besser als die Straße, die wir verlassen haben. Schlimmstenfalls würden sie

bald anhalten und ein Stück zu Fuß gehen, um eine Anhöhe zu finden, von der aus sie das Tal sehen konnten – und vielleicht Novi Pazar, friedlich hinter ihnen hingekuschelt.

Die zwei Männer waren noch eine Fahrtstunde von Popolac entfernt, als der Kopf des Kontingents endlich vom Hauptplatz abmarschierte und seinen Platz am Körperrumpf einnahm. Nach diesem letzten Abgang blieb die Stadt vollkommen ausgestorben zurück. Nicht einmal die Kranken oder die Alten blieben an diesem Tag zurück; keinem einzigen sollten das Schauspiel und der Triumph des Wettstreits vorenthalten werden. Jeder Bürger, wie jung oder gebrechlich auch immer – die Blinden, die Verkrüppelten, die Säuglinge auf den Armen, schwangere Frauen –, alle kamen aus ihrer stolzen Stadt hinauf zum Festplatz. Das Gesetz verlangte ihr Zugegensein. Aber es hätte des Nachdrucks nicht bedurft. Kein Bürger der beiden Städte hätte die Gelegenheit versäumt, sich diese Sehenswürdigkeit anzusehen – den Erregungsschauer dieses Wettstreits mitzuerleben.

Die Konfrontation mußte allumfassend sein, Stadt gegen Stadt. So hatte es sich immer abgespielt. Dergestalt gingen die Städte hinauf in die Berge. Gegen Mittag waren sie versammelt, die Bürger von Popolac und Podujevo, im geheimen Geviert der Hügel, vor zivilisierten Augen verborgen, um den alten rituellen Zweikampf auszutragen.

Zehntausende Herzen schlugen schneller. Zehntausende Leiber dehnten und strafften sich und schwitzten, als die Zwillingsstädte ihre Stellungen bezogen. Die Schatten der Körper verdunkelten Geländeflächen vom Ausmaß ganzer Marktflekken; das Gewicht ihrer Füße zertrampelte das Gras zu grüner Milch; ihre Bewegung tötete Tiere, zermalmte Buschwerk und

wart Bäume nieder. Die Erde widerhallte buchstäblich bei ihrem Vorbeizug. Das Echo der Berge verdoppelte das dröhnende Getöse ihrer Schritte.
Im sich auftürmenden Körper Podujevos traten ein paar technische Mängel ans Licht. Ein leichter Fehler im Verknüpfungssystem der linken Flanke hatte dort eine Schwäche zur Folge gehabt, was wiederum Probleme im Schwenkmechanismus der Hüften nach sich zog. Sie waren starrer, als sie sein sollten, und die Bewegungen verliefen nicht stoßfrei-flüssig. Infolgedessen war jetzt dieser Bereich der Stadt einer erheblichen Beanspruchung ausgesetzt. Unerschrocken versuchte man, mit ihr zurechtzukommen; schließlich war der Wettstreit dazu bestimmt, den Kämpfern das Äußerste abzuverlangen. Aber die Zerreißschwelle war näher, als irgend jemand zuzugeben gewagt hätte. Die Bürger waren nicht so kräftig, wie sie es bei vorangehenden Wettkämpfen gewesen waren. Ein Jahrzehnt der Mißernten hatte weniger wohlgenährte Körper, weniger biegsame Rückgrate, weniger entschlossene Willenskräfte zur Folge gehabt. Die schlecht verknüpfte Flanke hätte, für sich genommen, noch keinen Unfall zu verursachen brauchen, aber angesichts der Schwächen der Kampfteilnehmer wurde sie zum Ausgangspunkt eines Todesspektakels von noch nie dagewesenem Ausmaß.

Sie hielten an.
»Hörst du das?«
Mick schüttelte den Kopf. Schon als Jugendlicher hatte er nicht gut gehört. Zu viele Rockkonzerte hatten seine Trommelfelle kaputtgedröhnt.
Judd stieg aus.
Die Vögel waren jetzt leiser. Das Geräusch, das er beim Fahren

gehört hatte, wiederholte sich. Es war nicht einfach ein Geräusch: Es war eher ein Beben in der Erde, ein Gebrüll, das seinen Sitz im Mark der Hügel zu haben schien.
Donner vielleicht?
Nein, zu rhythmisch. Und wieder, durch die Fußsohlen.
Rums.
Diesmal hörte es Mick. Er lehnte sich zum Autofenster raus. »s' ist irgendwo weiter droben. Ich hör's jetzt auch.«
Judd nickte.
Rums.
Wieder rollte der Erdendonner.
»Was is'n das, verdammt?« sagte Mick.
»Keine Ahnung, jedenfalls schau ich's mir an!« Judd setzte sich wieder in den Volkswagen und lächelte. »Klingt fast wie Geschütze«, sagte er und ließ den Wagen an. »Schwere Geschütze.«

Durch seinen Feldstecher, russisches Fabrikat, beobachtete Vaslav Jelovsek den Startwart beim Heben der Pistole. Er sah die Feder aus weißem Rauch vom Lauf aufsteigen und hörte eine Sekunde später den Schuß von der anderen Talseite.
Der Wettstreit hatte begonnen.
Er schaute hinauf zu den Zwillingstürmen aus Popolac und Podujevo. Köpfe in den Wolken – na, beinahe. So hoch reichten sie, daß sie praktisch den Himmel berührten. Es war ein beängstigender Anblick, ein den Atem drosselnder, schlafmordender Anblick. Zwei Städte, die schwankten und sich wanden und sich anschickten, bei diesem rituellen Kampf ihre ersten Schritte aufeinander zu zu machen.
Podujevo schien weniger standfest zu sein. Es kam zu einem leichten Stocken, als die Stadt ihr linkes Bein anhob, um den

Vormarsch zu beginnen. Nichts Ernstes, nur eine kleine Schwierigkeit beim Aufeinanderabstimmen von Hüft- und Schenkelmuskeln. Ein paar Schritte, und sie würde ihren Rhythmus finden; noch ein paar mehr, und ihre Einwohner würden sich wie ein einziges Wesen, ein einziger makelloser Koloß bewegen, mit dem Ziel, dessen Anmut und Kraft gegen sein Spiegelbild ins Feld zu führen.

Der Pistolenschuß hatte Schwärme von Vögeln aus den Bäumen, die den verborgenen Talkessel eindämmten, hochgejagt. Sie stiegen auf zur Feier des großen Wettkampfs und schnatterten ihre Aufregung hinaus, als sie über den Turnierplatz schwirrten.

»Hast du den Schuß gehört?« fragte Judd.

Mick nickte.

»Manöver...« Judds Lächeln war breiter geworden. Er sah schon die Schlagzeilen vor sich – ein Exklusivbericht über geheime Manöver mitten im ländlichen Jugoslawien. Russische Panzer vielleicht, taktische Übungen, abgehalten außer Sichtweite westlicher Spitzel. Mit etwas Glück konnte er der Berichterstatter sein.

Rums. Rums.

In der Luft waren Vögel. Der Donner rollte jetzt lauter.

Es klang eindeutig wie Geschütze.

»Hinter dem nächsten Bergkamm...« sagte Judd.

»Ich finde, wir sollten keinen Schritt weiter gehn.«

»Ich muß das sehen.«

»Ich nicht. Wir dürften uns hier gar nicht aufhalten.«

»Kann keinerlei Schilder entdecken.«

»Sie werden uns verhaften; deportieren – was weiß ich. Ich find' nur...«

Rums.
»Ich muß mir das einfach ansehn.«
Die Worte waren kaum aus seinem Mund, als gellend das Gekreisch begann.

Podujevo war's, das kreischte: ein Todesschrei. Irgendein in der anfälligen Flanke Verborgener war an Überanstrengung gestorben und hatte im System eine Kettenreaktion des Verfalls ausgelöst. Einer ließ seinen Nebenmann los und dieser Nebenmann wiederum den seinen, so daß sich ein Krebsgeschwür des Chaos durch den Körper der Stadt ausbreitete. Der Zusammenhalt des aufgetürmten Gefüges ging mit erschrekkender Geschwindigkeit verloren, weil das Versagen eines anatomischen Abschnitts unerträglichen Druck auf den nächsten ausübte.
Das Meisterstück, das die guten Bürger von Podujevo aus ihrem eigenen Fleisch und Blut errichtet hatten, torkelte, und dann begann es gleich einem in die Luft gesprengten Wolkenkratzer einzustürzen.
Die geborstene Flanke erbrach Bürger, wie eine aufgeschlitzte Arterie Blut ausspeit. Dann neigte sich das Riesenwerk mit würdevoller Trägheit, die jedoch die Todespein der Bürger noch grausiger gestaltete, der Erde zu, und alle seine Glieder fielen auseinander, als es niederstürzte.
Der kolossale Kopf, der gerade noch die Wolken gestreift hatte, wurde auf seinen dicken Hals nach hinten geschleudert. Aus zehntausend Mündern gellte einstimmig der Aufschrei dieses ungeheuren Mundes, ein unartikulierter, unendlich bejammernswürdiger Appell an den Himmel. Ein Geheul des Verlorenseins, ein Geheul der Vorwegnahme, ein Geheul der Verstörung. Wie könnte denn, fragte der Schrei inständig, der Tag

der Tage solchermaßen enden, in einem tobenden Tumult niederstürzender Leiber?

»Hast du das gehört?«
Das Kreischen war unverkennbar menschlich, wenngleich fast ohrenbetäubend laut. Judds Magen krampfte sich zusammen. Er schaute rüber zu Mick, der war kreidebleich.
Judd hielt an.
»Nicht«, sagte Mick.
»Hör dir das an, mein Gott...«
Das markerschütternde Röhren Sterbender, ihr Gestöhn und Flehen, ihre Verwünschungen überschwemmten die Luft. Ganz in ihrer Nähe war's.
»Komm jetzt weg von hier!« beschwor ihn Mick.
Judd schüttelte den Kopf. Er hatte mit irgendeinem militärischen Spektakel gerechnet – die gesamte Sowjetarmee hinter dem nächsten Hügel auf einem Haufen beisammen –, aber dieses Getöse in seinen Ohren war das Getöse menschlichen, unsagbar menschlichen Fleisches. Es erinnerte ihn an die Vorstellungen, die er als Kind von der Hölle gehabt hatte; an die unablässigen, unaussprechlichen Qualen, mit denen ihm seine Mutter gedroht hatte, wenn er's unterließe, Jesus in sein Herz zu schließen. Es war eine Schreckensvision, die er zwanzig Jahre vergessen hatte. Aber bitte, plötzlich war sie wieder da, in alter Frische. Vielleicht tat sich gleich hinter der nächsten Horizontlinie der Höllenschlund selber auf, und seine Mutter stand an seinem Rand und forderte ihn auf, das Strafgericht kennenzulernen.
»Wenn du nicht willst, dann fahr' ich eben allein.«
Mick stieg aus und ging vorn um den Wagen herum dabei schaute er flüchtig den Weg hinauf. Einen Moment, nicht

länger als einen Moment, zögerte er, und ungläubig flackerte es in seinen Augen, ehe er sich, mit noch bleicherem Gesicht als vorher, zur Windschutzscheibe wandte und mit vor unterdrücktem Ekel heiserer Stimme »Gott im Himmel...« sagte.
Sein Lover saß noch immer hinterm Steuer, hielt den Kopf in den Händen und versuchte, Erinnerungen auszulöschen.
»Judd...«
Judd blickte langsam auf. Mick starrte ihn an wie ein Rasender, sein Gesicht glänzte plötzlich vor eisigem Schweiß. Judd sah an ihm vorbei. Wenige Meter weiter vorn hatte sich die Wegspur rätselhaft verdunkelt, denn eine Flutwelle schob sich auf den Wagen zu, eine dicke, hohe Flutwelle Blut. Judd drehte und wendete seine Gedanken, um dem Anblick irgendeinen anderen Sinn abzugewinnen, nur nicht diesen einen, unausweichlichen. Aber es gab keine vernünftige Erklärung. Es war Blut, in unerträglichem Überfluß, Blut ohne Ende.
Und jetzt trug der leichte Wind die Würze frisch nach dem Tod geöffneter Leichen heran: den Geruch aus der Tiefe des menschlichen Lebens, süß zum Teil, zum Teil pikant.
Mick wankte zur Beifahrerseite des VW zurück und hantierte schwach am Türgriff herum. Die Tür öffnete sich unversehens, und er taumelte hinein mit glasigen Augen.
»Stoß zurück«, sagte er.
Judd langte nach dem Anlasser. Die Blutflut schwappte schon gegen die Vorderräder. Weiter vorn war die ganze Welt rot.
»Fahr los, verdammte Scheiße, fahr!«
Judd machte keine Anstalten, den Wagen zu starten.
»Wir müssen nachsehen«, sagte er ohne Überzeugung, »bleibt uns nichts übrig.«
»Gar nichts müssen wir«, sagte Mick. »Bloß hier raus ums Verrecken. Was geht's uns an...«

»Ein Flugzeugabsturz...«
»Kein Rauch zu sehn.«
»Aber das sind menschliche Stimmen.«
Instinktiv wollte Mick die Sache auf sich beruhen lassen. Er konnte über die Tragödie in der Zeitung lesen – er konnte sich die Bilder morgen anschauen, wenn sie grau und grobgerastert waren. Heute war's zu nah und neu, zu unvorhersehbar. Alles mögliche konnte einen am Ende dieses Weges erwarten, blutüberströmt...
»Wir müssen...«
Judd ließ den Wagen an, während Mick neben ihm leise zu jammern anfing. Der VW schob sich vorwärts, bahnte sich vorsichtig einen Weg durch diesen Strom aus Blut. In der ekligen, schaumigen Flut drehten die Räder durch.
»Nicht«, sagte Mick ganz leise. »Bitte, nicht...«
»Wir müssen«, war Judds Antwort. »Wir müssen einfach.«

Nur wenige Meter entfernt erholte sich die überlebende Stadt Popolac vom ersten Schreck. Sie starrte mit tausend Augen auf die Ruinen ihres rituellen Feindes, der jetzt in einem Gewirr aus Stricken und Leibern über den von Einschlägen übersäten Boden verstreut war, zerschmettert für immer. Popolac wankte zurück vor diesem Anblick, seine riesenhaften Beine ebneten den Wald ein, der den Festplatz umsäumte, seine Arme zerdroschen die Luft. Aber Popolac hielt sein Gleichgewicht, selbst dann noch, als ein kollektiver Wahn, hervorgerufen durch den Greuel ihm zu Füßen, seine Muskeln durchbrandete und sein Gehirn lähmte. Die Ordnung ließ nach: Der Körper schlug um sich, bäumte sich auf und wandte sich ab von dem gräßlichen Podujevo-Teppich, um in die Berge zu fliehen.
Als er fortstampfte ins Vergessen, schob sich seine hochge-

türmte Gestalt vorübergehend zwischen den Wagen und die Sonne und warf ihren kalten Schatten über den blutigen Pfad. Mick sah nichts durch seinen Tränenschleier, und Judd, der die Augen in Erwartung des Anblicks, der ihn um die nächste Wegbiegung erwartete, zusammengezogen hatte, registrierte nur verschwommen, daß etwas das Taglicht eine Minute lang verdunkelt hatte. Eine Wolke vielleicht. Ein Vogelschwarm. Hätte er in diesem Moment aufgeschaut, nur einen verstohlenen, flüchtigen Blick gewagt hinaus nach Nordwest, dann hätte er Popolacs Kopf gesehen, den riesenhaften, wimmelnden Kopf einer irrsinnig gewordenen Stadt, die in die Berge hineinmarschierte und aus seinem Gesichtsfeld verschwand. Er hätte dann sehr wohl begriffen, daß dieses Territorium seinen Horizont überstieg; und daß jede Hilfe zu spät kam in diesem Höllenwinkel. Aber er sah die Stadt nicht, und damit war seine und Micks letzte Möglichkeit zur Umkehr dahin. Von jetzt ab waren sie wie Popolac und ihre tote Zwillingsschwester für gesunde Verstandesregungen nicht mehr empfänglich und aller Lebenshoffnung ledig.

Sie bogen um die Wegkurve, und die Trümmer Podujevos kamen in Sicht. Nie hätte sich ihre zivilisierte Einbildungskraft etwas so unaussprechlich Grausames träumen lassen.
Vielleicht waren auch auf den Schlachtfeldern der Weltkriege so viele Leichen aufgetürmt gewesen: Aber waren, zusammengekeilt mit den toten Männern, so viele Frauen und Kinder darunter gewesen? Es hatte derart hohe Stapel von Toten gegeben, aber wann jemals solche, die so kurz vorher noch übergeschäumt waren vor Leben? Es hatte so rasch verwüstete Städte gegeben, aber wann jemals eine ganze Stadt, die dem bloßen Gebot der Schwerkraft zum Opfer gefallen war?

Das war kein Anblick mehr, der Übelkeit verursachte. Konfrontiert mit ihm, verlangsamte sich das Denkvermögen bis zum Schneckentempo, die Verstandeskräfte nahmen den Augenschein penibel unter die Lupe, durchsuchten ihn nach einer fehlerhaften Stelle, nach einem Defekt, bei dem sie konstatieren konnten: Dies hier geschieht nicht wirklich. Es ist ein Traum vom Tod, nicht der Tod selbst.
Aber der Verstand konnte keinen Schwachpunkt in der Mauer finden. Dies hier war wahr. Es war der Tod, unleugbar.
Podujevo war gefallen.
Achtunddreißigtausendsiebenhundertfünfundsechzig Bürger waren über den Boden verstreut oder vielmehr roh in plumpen, sickernden Stapeln hingeschleudert. Jene, die nicht beim Sturz oder durch Ersticken gestorben waren, lagen im Sterben. Von dieser Stadt würde es keine Überlebenden geben, bis auf das Häufchen Zuschauer, die aus ihren Wohnstätten hergekrochen waren, um dem Wettkampf zuzusehen. Diese wenigen Podujevianer – Verkrüppelte, Kranke, ein paar Hochbetagte – begafften jetzt wie Mick und Judd das Gemetzel und wollten es einfach nicht wahrhaben.
Judd war als erster aus dem Wagen. Der Boden unter seinen Wildlederschuhen war klebrig vor verklumpendem Blutgerinnsel. Es inspizierte das Blutbad. Keinerlei Wrackteile: kein Hinweis auf einen Flugzeugabsturz, kein Brand, kein Treibstoffgeruch. Nur Zehntausende warmer Leichen, die alle, Männer, Frauen und Kinder gleichermaßen, entweder nackt oder uniform mit grauem Serge bekleidet waren. Einige von ihnen trugen, wie er sehen konnte, ledernes Gurtzeug, das straff um den Oberkörper geschnallt war, und aus diesen absonderlichen Vorrichtungen schlängelten sich Seilenden, kilometer- und aberkilometerlang. Je genauer er hinschaute,

desto deutlicher sah er das außerordentliche System von Verknotungen und Vertäuungen, das die Körper noch immer zusammenhielt. Aus irgendeinem Grund waren diese Menschen zusammengebunden worden, einer an den anderen. Manche waren auf die Schultern ihrer Genossen gejocht, saßen rittlings auf ihnen wie Jungen beim Pferd-und-Reiter-Spiel. Andere waren Arm in Arm verzurrt, mit Seilfäden zu einer Wandung aus Muskeln und Knochen zusammengeschweißt. Wieder andere waren mit zwischen den Knien eingeklemmten Köpfen zu einem Ball verschnürt. Alle waren auf irgendeine Weise ganz mit ihrem Nächsten verkoppelt wie bei einem wahnsinnigen kollektiven Fesselungsspiel.

Wieder ein Schuß.

Mick schaute auf.

Auf der anderen Seite des Feldes ging ein einzelner, mit einem erdgrauen, schweren Mantel bekleideter Mann zwischen den Leichen herum und beförderte die Sterbenden mit einem Revolver ins Jenseits. Es war ein bejammernswürdig unzulänglicher Mitleidsakt, aber trotzdem machte er weiter, suchte als erstes die leidenden Kinder heraus. Er leerte den Revolver, lud ihn wieder, leerte ihn, lud ihn, leerte ihn...

Mick konnte nicht mehr an sich halten. Aus vollem Halse überbrüllte er das Stöhnen der Verletzten: »*Was ist hier los?*«

Der Mann blickte von seiner traurig-entsetzlichen Pflicht auf, sein Gesicht war so todgrau wie sein Mantel.

»Ha?« brummte er und blickte die zwei Eindringlinge durch seine dicke Brille finster an.

»Was ist hier passiert?« brüllte Mick. Es tat wohl zu brüllen, es tat wohl, den Mann wütend anzuherrschen. Womöglich hatte er schuld. Es wäre eine feine Sache gewesen, jemand zu haben, dem man einfach die Schuld anhängen konnte.

»Reden Sie...« sagte Mick. Er konnte die Tränen in seiner Stimme zittern hören. »Reden Sie, um Himmels willen! Erklären Sie, was geschah!«
Graumantel schüttelte den Kopf. Er verstand kein Wort von dem, was der junge Idiot da sagte. Er bekam lediglich mit, daß er Englisch redete, sonst nichts. Mick ging zu ihm und spürte dabei fortwährend die Augen der Toten auf sich. Augen wie schimmernde schwarze Edelsteine, eingefaßt in zerbrochene Gesichter: Augen, die ihn verkehrt herum anblickten aus Köpfen, die abgetrennt waren. Augen in Köpfen, die pures Geheul statt einer Stimme hatten. Augen in Köpfen, die nicht mehr heulten und atmeten.
Tausende Augen.
Mick erreichte Graumantel, dessen Waffe fast leer war. Er hatte die Brille abgenommen und beiseite geworfen. Auch er weinte, leichte Zuckungen durchliefen seinen großen, plumpen Körper.
Am Boden unten langte jemand nach Micks Füßen. Er wollte nicht hinschauen, aber die Hand berührte seinen Schuh, und er konnte nicht umhin, ihren Eigner zu sehen. Ein junger Mann, wie ein Hakenkreuz aus Fleisch hingeschlagen, jedes Gelenk zerschmettert. Ein kleines Mädchen lag unter ihm, seine blutigen Beine staksten heraus wie zwei rosa Stöcke.
Er wünschte sich den Revolver des Mannes, um die Hand davon abzubringen, ihn weiter zu berühren. Noch besser, er wünschte sich gleich ein Maschinengewehr, einen Flammenwerfer, irgend etwas Passendes, um die Todesqual wegzutilgen.
Als Mick von dem zermalmten Körper aufblickte, sah er Graumantel seinen Revolver heben. »Judd...« sagte er, aber das Wort war kaum über seine Lippen, da wurde die Revolver-

mündung schon in Graumantels Mund geschoben und der Abzug durchgedrückt.

Graumantel hatte die letzte Kugel für sich selber aufgespart. Sein Hinterkopf öffnete sich wie ein fallengelassenes Ei, die Schale seines Schädels flog weg. Sein Körper erschlaffte und sank zu Boden, der Revolver steckte noch immer zwischen den Lippen.

»Wir müssen. « fing Mick an und sprach ins Leere. »Wir müssen...«

Wie lautete das Gebot? Was *mußten* sie tun in dieser Lage?

»Wir müssen...«

Judd war hinter ihm.

»...helfen«, sagte er zu Mick.

»Ja. Wir müssen Hilfe holen. Wir müssen.. «

»...gehn.«

Gehn! Das war's, was sie tun mußten. Ganz gleich, unter welchem Vorwand, aus welchem noch so fadenscheinigen, erbärmlichen Grund: Sie mußten gehn. Rauskommen aus dem Schlachtfeld, rauskommen aus der Reichweite einer sterbenden Hand mit einer Wunde anstelle eines Körpers.

»Wir müssen die Behörden informieren. Eine Stadt finden. Hilfe holen...«

»Priester«, sagte Mick. »Sie brauchen Priester.«

Die Versorgung so vieler Menschen mit den Sterbesakramenten – eine absurde Vorstellung. Dazu hätte es einer ganzen Armee von Priestern, eines Wasserwerfers voll Weihwasser, eines Lautsprechers zur Erteilung des Segens bedurft.

Gemeinsam wandten sie sich ab von dem Grauen. Sie schlangen die Arme umeinander und lavierten sich dann durch das Blutbad zum Wagen.

Er war besetzt.

Vaslav Jelovsek saß hinterm Steuer und versuchte, den Volkswagen zu starten. Er drehte den Zündschlüssel einmal. Zweimal. Beim dritten Mal sprang der Motor an, und die Räder drehten durch in dem scharlachroten Schlamm, als Jelovsek den Rückwärtsgang einlegte und den Weg bergab zurückstieß. Er sah die Engländer auf den Wagen zulaufen und Verwünschungen gegen ihn ausstoßen. Da konnte man nichts machen – er wollte das Fahrzeug nicht stehlen, aber er hatte Lebenswichtiges zu erledigen. Er war Schiedsrichter gewesen, er war für den Wettkampf verantwortlich gewesen und ebenso für die Sicherheit der Wettkämpfer. Eine der beiden heroischen Städte war bereits gefallen. Er mußte alles in seiner Macht Liegende tun, um zu verhindern, daß Popolac seiner Zwillingsschwester folgte. Er mußte Popolac nachjagen, um vernünftig mit ihm zu reden. Es mit beruhigenden Worten und Versprechungen unermüdlich bearbeiten und ihm die Schreckensängste ausreden. Mißlang dies, so würde es zu einer weiteren Katastrophe kommen, die der hier in nichts nachstünde, und sein Gewissen war schon zerrüttet genug.

Mick jagte mit Protestgebrüll dem VW hinterher. Der Dieb achtete nicht darauf, er war vollauf damit beschäftigt, den Wagen im Rückwärtsgang den engen schlüpfrigen Pfad hinunter zu manövrieren. Mick mußte seine Verfolgungsjagd sehr schnell aufgeben. Der Wagen war allmählich auf Touren gekommen. Rasend vor Wut, aber ohne den nötigen Atem, sie auch zu äußern, stand Mick auf dem Weg, die Hände auf den Knien, und keuchte und schluchzte.

»Sauhund!« sagte Judd.

Mick schaute den Pfad runter. Ihr Wagen war bereits verschwunden.

»Hat nicht mal richtig fahren können, das Arschloch.«

»Wir müssen ... ihn ... einholen ... unbedingt ...« würgte Mick atemlos hervor.
»Wie denn?«
»Zu Fuß ...«
»Wir haben nicht mal 'ne Karte... liegt im Wagen.«
»Mein Gott ... um ... Himmels willen.«
Zusammen gingen sie den Pfad hinunter, fort vom Schlachtfeld.
Nach wenigen Metern begann der Blutstrom zu versanden. Nur ein paar stockende Rinnsale sickerten Richtung Hauptstraße weiter. Mick und Judd folgten den blutigen Reifenspuren bis zur Kreuzung.
Die Strecke nach Srbovac war leer in beiden Richtungen. Die Reifenspuren verliefen nach links. »Er ist noch tiefer in die Berge rein«, sagte Judd und starrte die wunderhübsche Straße entlang zum blaugrünen Horizont. »Der hat sie nicht mehr alle!«
»Gehn wir den Weg zurück, den wir gekommen sind?«
»Da sind wir die ganze Nacht auf den Beinen.«
»Per Anhalter nicht.«
Judd schüttelte den Kopf: Sein Gesicht war schlaff, sein Blick wirr, verloren. »Ist doch klar, Mick, daß die alle mitgekriegt haben, was da vor sich ging. Die Leute auf den Bauernhöfen, die sind todsicher abgehauen, während die Menschen da droben durchgedreht sind. Auf dieser Straße findest du kein Auto, jede Wette – höchstens vielleicht ein paar saublöde Touristen wie uns, und von denen fällt keinem ein, jemand wie uns mitzunehmen.«
Er hatte recht. Sie sahen wie Metzger aus: blutbesudelt. Fettverschmiert glänzten ihre Gesichter, irrsinnig ihre Augen.
»Bleibt uns nur ein Weg übrig«, sagte Judd, »seiner.«

Er deutete die Straße rauf. Die Berge waren jetzt dunkler; das Sonnenlicht auf den Hängen war plötzlich verloschen.
Mick zuckte mit den Achseln. So oder so hatten sie eine Nacht auf der Straße vor sich, das war klar. Aber irgendwohin gehen wollte er – egal wohin –, Hauptsache, er vergrößerte dabei den Abstand zwischen sich und den Toten.

In Popolac war eine Art Friede eingetreten. Anstelle tobsüchtigen Entsetzens herrschte eine dumpfe Starre, eine schafsartige Hinnahme der Welt, wie sie nun mal war. Verkeilt in ihre Positionen, allseitig aneinandergeschnallt, -gefesselt und -geschirrt in einem lebenden System, das es keiner einzelnen Stimme erlaubte, vernehmbarer als irgendeine andere zu sein, und keinem Rücken, sich weniger abzuschinden als der seines Nachbarn, ließen alle es zu, daß die ruhige Stimme der Vernunft einem umnachtenden Konsens wich. Krampfartig wurden sie zu einem Sinnen, einem Denken, einem Wollen verschweißt. Im Verlauf weniger Augenblicke wurden sie der eigen-sinnige Koloß, dessen Kultbild sie so glänzend neugeschaffen hatten. Die Illusion kleinlicher Individualität wurde von einem unwiderstehlichen Ansturm kollektiven Empfindens hinweggefegt. Das war nicht die rohe Leidenschaft eines Menschenhaufens, sondern eine telepathische Aufwallung, die die Stimmen Tausender zu einem einzigen, unwiderstehlichen Befehl verschmolz.
Und die Stimme sagte: Geh!
Die Stimme sagte: Schaff diesen grauenhaften Anblick fort, mir für immer aus den Augen.
Popolac lief in die Berge, und seine Beine machten Schritte von bald einem Kilometer Länge. Jeder einzelne, ob Mann, Frau oder Kind, war augenlos in diesem brodelnden Turm. Sie sahen

nur durch die Augen der Stadt. Sie waren gedankenlos, aber dazu bestimmt, die Gedanken der Stadt zu denken. Und sich selbst, in ihrer schwer dahinstapfenden, gnadenlosen Kraft, hielten sie für unsterblich. Riesenhaft und wahnverwirrt und unsterblich.

Nach drei Kilometern Fußmarsch rochen Mick und Judd Benzin in der Luft, und nicht sehr viel später stießen sie auf den VW. Er hatte sich in dem schilfverwucherten Entwässerungsgraben seitlich der Straße überschlagen. Und war nicht in Brand geraten.

Die Fahrertür stand offen, und der Körper von Vaslav Jelovsek war herausgefallen. Sein Gesicht spiegelte ruhig-gefaßte Bewußtlosigkeit. Äußerlich waren keinerlei Anzeichen einer Verletzung zu sehen, bis auf die ein, zwei kleinen Schnittwunden in seinem unauffälligen Gesicht. Behutsam zogen sie den Dieb aus den Unfalltrümmern und aus dem Dreck des Grabens hoch auf die Straße. Er stöhnte ein bißchen, als sie an ihm herummachten: Micks Pulli zu einem Kissen zusammenrollten, seinen Kopf damit abstützten, ihm Jacke und Krawatte abnahmen.

Ganz unvermittelt öffnete er die Augen. Er starrte sie beide an.

»Sind Sie okay?« fragte Mick.

Einen Moment lang sagte der Mann nichts. Er schien nicht zu verstehen. Dann: »Englisch?« Schwerer Akzent, aber die Frage war ganz klar.

»Ja.«

»Habe Sie reden gehört. Englisch.« Er runzelte die Stirn und zuckte zusammen.

»Haben Sie Schmerzen?« fragte Judd.

Der Mann fand das anscheinend amüsant.

»Hab' ich Schmerzen?« wiederholte er; Qual und Belustigung hielten sich die Waage in seinem verzerrten Gesicht. »Ich werde sterben«, sagte er zwischen zusammengebissenen Zähnen.

»Nein«, sagte Mick, »Sie sind okay.«

Der Mann schüttelte den Kopf; seine Nachdrücklichkeit war absolut. »Ich werde sterben«, sagte er nochmals völlig entschieden. »Ich möchte sterben.«

Judd bückte sich näher zu ihm hinunter. Die Stimme des Mannes wurde zunehmend schwächer.

»Sagen Sie uns, was wir tun sollen«, verlangte Judd. Der Mann hatte die Augen geschlossen. Rücksichtslos schüttelte Judd ihn wach. »Sagen Sie's uns!« verlangte er nochmals, und alles Mitleid verschwand rapide. »Sagen Sie uns, worum es sich bei dem Ganzen handelt!«

»Worum?« sagte der Mann und hielt die Augen immer noch geschlossen. »Es war ein Fall, das ist alles. Einfach ein Fall...«

»Was ist gefallen?«

»Die Stadt. Podujevo. Meine Stadt.«

»Und was hat sie zu Fall gebracht?«

»Sie selbst natürlich.«

Der Mann erklärte gar nichts; löste bloß ein Rätsel mit einem neuen.

»Und wohin waren sie unterwegs?« erkundete Mick und versuchte, so unaggressiv wie möglich zu klingen.

»Hinter Popolac her«, sagte der Mann.

»Popolac?« fragte Judd.

Mick entdeckte allmählich etwas Sinn in der Geschichte. »Popolac ist auch eine Stadt. Wie Podujevo. Zwillingsstädte. Sie sind auf der Karte...«

»Wo ist die Stadt jetzt?« fragte Judd.

Vaslav Jelovsek zog es anscheinend vor, die Wahrheit zu sagen. Einen Augenblick schwankte er zwischen der Möglichkeit, mit einem Rätsel auf den Lippen zu sterben, und jener, noch so lange zu leben, um seine Geschichte loszuwerden. Was tat es schon, wenn man die Sache jetzt erfuhr? Es konnte nie mehr einen neuen Wettstreit geben: Das war alles vorbei.
»Sie sind zum Kampf angetreten«, sagte er, und seine Stimme war jetzt sehr schwach. »Popolac und Podujevo. Alle zehn Jahre treten sie an...«
»Kampf?« fragte Judd. »Wollen Sie damit sagen, daß all diese Menschen niedergemetzelt wurden?«
Vaslav schüttelte den Kopf. »Nein, nein. Sie sind gefallen. Wie ich gesagt habe.«
»Also, wie kämpfen sie dann?« fragte Mick.
»Gehn in die Berge«, war die lapidare Antwort.
Vaslav öffnete ein wenig die Augen. Die Gesichter, die sich da undeutlich über ihn beugten, waren erschöpft und krank. Sie hatten gelitten, diese Unschuldigen. Sie hatten etwas Aufklärung verdient.
»Als Giganten«, sagte er. »Sie kämpften als Giganten. Sie haben einen Körper aus ihren Körpern gemacht, verstehen Sie? Der Bau, die Muskeln, die Knochen, die Augen, Nase, Zähne: alles aus Männern und Frauen.«
»Er redet irre«, sagte Judd.
»Dann gehn Sie in die Berge«, wiederholte der Mann. »Sehn Sie selbst, wie wahr es ist.«
»Sogar, wenn man annimmt...« fing Mick an.
Vaslav unterbrach ihn, brannte darauf, zu Ende zu kommen. »Sie waren gut im Gigantenwettstreit. Es hat viele Jahrhunderte Übung gekostet. Die Proportionen sind dabei alle zehn Jahre größer geworden. Jedesmal hat man sie unbedingt größer

haben wollen als die vorherigen. Seile hat's gebraucht, um sie alle einwandfrei zusammenzubinden. Sehnen... Bänder... Essen war im Riesenbauch... Rohre auf Lendenhöhe, um den Abfall zu beseitigen. Der mit den besten Augen saß in den Augenhöhlen, der mit der besten Stimme in Mund und Kehle. Technisch eine Meisterleistung, Sie würden's nicht für möglich halten.«

»Tu ich auch nicht«, sagte Judd und stand auf.

»Er ist der Leib des Gemeinwesens«, sagte Vaslav, seine leise Stimme war kaum noch mehr als ein Flüstern. »Er ist die Gestalt unseres Lebens.«

Schweigen. Kleine Wolken trieben über die Straße hin.

»Es war ein Wunder«, sagte er, als würde ihm zum erstenmal die Ungeheuerlichkeit des Faktums in voller Tragweite bewußt. »Es war ein Wunder.«

Jetzt war es genug. Wirklich genug.

Nach den letzten Worten schloß sich sein Mund, und er starb.

Diesen einen Tod empfand Mick schmerzlicher als den der Abertausende, vor denen sie geflohen waren; oder vielmehr war dieser Tod der Schlüssel, der die schreckliche Qual aufschließen sollte, die er für sie alle empfand.

Ob der Mann es nun vorgezogen hatte, eine phantastische Lüge zu erzählen, oder ob diese Geschichte in gewisser Hinsicht der Wahrheit entsprach, Mick fühlte sich angesichts solcher Dimensionen total überfordert. Sein Vorstellungsvermögen war zu beschränkt, um sich wirklich ein Bild zu machen. Sein Hirn schmerzte vom Drandenken, und sein Mitleid brach unter der Jammerlast zusammen, die er spürte.

Sie standen auf der Straße, während die Wolken vorbeijagten; die vagen grauen Schatten zogen über ihnen weiter zu den rätselhaften Hügeln.

Der Abend dämmerte.
Popolac konnte nicht mehr weiter. Es fühlte sich erschöpft in jedem Muskel. Innerhalb seiner riesigen Körperkonstruktion war es hie und da schon zu Todesfällen gekommen; aber in der Stadt kam kein Sichgrämen auf um die abgelebten Zellen. Soweit die Toten im Leibesinnern waren, konnten die Leichen an ihren Gurtgeschirren hängen bleiben. Soweit sie die Haut der Stadt bildeten, wurden sie aus ihren Positionen losgeschnallt, damit sie in den Wald darunter stürzten.
Der Gigant war des Mitgefühls nicht fähig. Er kannte nur ein Streben: weiterzumachen, bis es mit ihm zu Ende ging.
Als die Sonne langsam verschwand, saß Popolac zur Rast auf einem kleinen Hügel und schmiegte schützend seinen Riesenkopf in seine Riesenhände.
Die Sterne kamen hervor, behutsam wie gewöhnlich. Die Nacht rückte heran, verband barmherzig die Verwundungen des Tages, beschattete die Augen, die zu viel gesehen hatten.
Popolac erhob sich wieder auf seine Beine und setzte sich donnernd Schritt für Schritt in Bewegung. Gewiß, es würde nicht mehr lange dauern, bis die Ermattung es überwältigte: bis es sich in der Gruft eines abgelegenen Tals niederlegen konnte, um zu sterben.
Aber eine Zeitlang mußte es weitergehen, jeder Schritt quälender in seiner Langsamkeit als der vorangegangene, während die Nacht schwarz um seinen Kopf strahlte.

Mick wollte den Autodieb irgendwo am Waldrand begraben. Judd hingegen wies darauf hin, daß im nüchterneren Licht des morgigen Tages das Vergraben einer Leiche ein bißchen verdächtig erscheinen könnte. Und außerdem, war es nicht absurd, sich mit einer einzelnen Leiche zu befassen, wo doch

buchstäblich Tausende ein paar Kilometer von ihrem Standort entfernt lagen?
Demzufolge beließ man es dabei: Der Körper blieb liegen, und der Wagen sank immer tiefer in den Graben.
Sie setzten ihren Fußmarsch fort.
Es war kalt, und es wurde zunehmend kälter, und sie hatten Hunger.
Aber die wenigen Häuser, an denen sie vorbeikamen, waren alle verlassen, die Türen versperrt, die Läden verschlossen, ohne Ausnahme.
»Weißt du, was er hat sagen wollen?« fragte Mick, als sie gerade wieder vor einer versperrten Tür standen.
»Alles rein metaphorisch...«
»Das ganze Zeugs über die Giganten?«
»Irgend so ein Trotzkisten-Geseiche«, insistierte Judd.
»Das glaub' ich nicht.«
»Wenn ich's dir sage. Das war seine Totenbettrede, hat sich wahrscheinlich jahrelang darauf vorbereitet.«
»Glaub' ich nicht«, sagte Mick nochmals und kletterte zur Straße hinauf.
»Ach, und wieso nicht?« Judd war hinter ihm.
»Jedenfalls hat er keine Parteidoktrin wiedergekäut.«
»Willst du damit vielleicht ernstlich behaupten, es schleicht hier irgendwo in der Gegend so'n Riese rum? Du lieber Heiland!«
Mick wandte sich um. Sein Gesicht war in der Dämmerung schlecht zu erkennen, aber seine Stimme war nüchtern vor Überzeugung. »Ja. Ich glaube, er hat die Wahrheit gesagt.«
»Das ist hirnrissig. Absolut lächerlich. Nein.«
Judd haßte Mick in diesem Augenblick. Haßte seine Naivität, sein leidenschaftliches Bedürfnis, jede schwachsinnige Ge-

schichte für wahr zu halten, wenn sie nur einen Hauch Romantik an sich hatte. Und dies hier? Das war das Schlimmste, das Abstruseste...

»Nein«, sagte er nochmals. »Nein. Nein. Nein.«

Der Himmel war porzellanglatt und die Silhouette der Hügel pechschwarz.

»Ich frier saumäßig«, kam's von Mick aus der Dämmerung. »Willst du hierbleiben, oder marschierst du mit mir weiter?«

Judd brüllte: »Die Tour führt zu nichts und niemand.«

»Klar ist es 'n weiter Weg zurück.«

»Wir kommen bloß tiefer in die Berge rein.«

»Mach, was du willst! Ich geh' jetzt.«

Seine Schritte entfernten sich. Das Dunkel umfing ihn.

Nach einer Minute folgte ihm Judd.

Die Nacht war wolkenlos und rauh. Sie schritten voran, hatten den Kragen hochgeschlagen gegen die Kälte; die Füße in den Schuhen waren angeschwollen. Der Himmel über ihnen war eine einzige Sternenparade. Ein Triumph verschütteten Lichts, aus dem das Auge so viele Muster machen konnte, wie seine Geduld es zuließ. Nach einer Weile schlangen sie die müden Arme umeinander, zum Trost und um sich zu wärmen.

Gegen elf Uhr sahen sie in der Ferne ein Fenster leuchten.

Die Frau am Eingang des einfachen Steinhauses lächelte nicht, aber sie hatte Verständnis für ihren Zustand und ließ sie herein. Es schien vergeblich, versuchen zu wollen, der Frau oder ihrem gelähmten Mann zu erklären, was sie gesehen hatten. Das Haus hatte kein Telefon, und von einem Fahrzeug war nichts zu sehen; also konnte man, selbst wenn es ihnen irgendwie gelungen wäre, sich verständlich zu machen, nichts weiter ausrichten.

Mit Pantomimik und Gesichterschneiden erklärten sie, daß sie hungrig und erschöpft waren. Weiterhin versuchten sie zu erklären, daß sie sich verirrt hatten, und sie hätten sich dafür ohrfeigen können, daß sie ihren Sprachführer im VW gelassen hatten. Die Frau schien nicht sehr viel zu verstehen von dem, was sie sagten, aber sie ließ sie neben einem prasselnden Kaminfeuer Platz nehmen und stellte eine Pfanne Essen zum Heißwerden auf den Herd.

Sie aßen dicke, ungesalzene Erbsensuppe und Eier und lächelten die Gastgeberin hin und wieder dankbar an. Ihr Mann saß neben dem Feuer und versuchte erst gar nicht, mit den Fremden zu reden oder sie auch nur anzusehen.

Das Essen tat gut. Es gab ihren Lebensgeistern neuen Auftrieb. Sie wollten bis zum Morgen schlafen und dann den langen, strapaziösen Rückmarsch antreten. Bei Tagesanbruch würden die Leiber auf dem Schlachtfeld gezählt, identifiziert, eingepackt und ihren Familien überführt werden. Die Luft wäre voll von beruhigenden Geräuschen, die das Stöhnen austilgen würden,das ihnen noch immer in den Ohren klang. Hubschrauber wären da, lastwagenweise Männer, die die Aufräumungsarbeiten organisierten. All die Gepflogenheiten, all das Drum und Dran einer Katastrophe in der zivilisierten Welt.

Und nach einer Weile wäre dann alles annehmbar, würde Bestandteil ihrer Geschichte werden: Eine Tragödie freilich, aber eine, die sie erklären, klassifizieren und mit der zu leben sie lernen konnten. Alles würde gut werden, ja, alles würde gut werden. Wenn es erst mal Morgen war.

Der Schlaf aus reiner Ermüdung überkam sie urplötzlich. Sie blieben, wo sie hingesunken waren, saßen noch immer am Tisch, den Kopf auf den verschränkten Armen, inmitten eines Durcheinanders aus leeren Schüsseln und Brotrinden.

Sie wußten nichts. Träumten nichts. Spürten nichts.
Dann setzte der Donner ein.
In der Erde, tief in der Erde, ein rhythmischer Tritt, wie der eines Titanen, der lauter wurde und immer näher kam.
Die Frau weckte ihren Mann auf. Sie blies die Lampe aus und ging zur Tür. Der Nachthimmel war von Sternen hell erleuchtet: ringsum schwarz die Berge.
Der Donner hallte noch immer nach: eine volle halbe Minute zwischen jedem wummernden Paukenschlag, aber lauter jetzt. Und lauter mit jedem weiteren Schritt.
Sie standen zusammen an der Tür, Ehemann und Frau, und lauschten hinüber zu den Nachthügeln, die das Echo des Getöses hin- und herwarfen zwischen ihren Hängen. Kein Blitz war da, der dem Donner vorausgegangen wäre.
Nur das wummernde Gedröhn.
Rums...
Rums...
Es ließ den Boden erbeben: Es warf den Staub vom Türsturz und rüttelte an den Fensterriegeln.
Rums...
Rums...
Sie wußten nicht, was da näher kam. Aber welche Gestalt es auch annahm, und was es auch vorhatte, es schien sinnlos, vor ihm davonzulaufen. Der Ort, an dem sie standen, die jämmerliche Zuflucht ihres Hauses, war genauso sicher wie irgendein Schlupfwinkel im Wald. Wie sollten sie unter hunderttausend Bäumen den finden, der noch stand, wenn der Donner vorbeigekommen war? Besser warten: und zusehen.
Die Augen der Frau waren schwach, und sie konnte nicht glauben, was sie sah, als die Schwärze des Hügels ihre Gestalt veränderte und sich hinaufbäumte, um die Sterne zu verdec-

ken. Aber ihr Mann hatte ihn auch gesehen, den unvorstellbar riesigen Kopf, ungeheuerlicher noch in der trügerischen Dunkelheit, der immer weiter sich hinauftürmte und dessen Ausmaß die Hügel zu Zwergen verkümmern ließ.
Der Mann fiel auf die Knie und brabbelte ein Gebet, seine arthritischen Beine verkrümmten sich unter ihm. Seine Frau kreischte auf: Keine ihr bekannten Worte konnten dieses Ungeheuer in Schach halten – kein Gebet, kein Flehen hatten Gewalt über es.
Drinnen erwachte Mick, und sein ausgestreckter Arm, den ein plötzlicher Krampf durchzuckte, wischte den Teller und die Lampe vom Tisch. Sie zersprangen in Stücke.
Judd wachte auf.
Das Gekreisch draußen hatte aufgehört. Die Frau war im Wald verschwunden. Jeder, aber auch wirklich jeder Baum war besser als dieser Anblick. Ihr Mann ließ noch immer ein Stoßgebet nach dem anderen von seinen schlaffen Lippen träufeln, als das gewaltige Bein des Riesen sich hob und zum nächsten Schritt ansetzte.
Rums...
Das Haus wankte. Teller tanzten und krachten von der Anrichte. Eine Tonpfeife rollte vom Kaminsims und ging in der Herdasche zu Bruch.
Dies Erdgedonner, den Lärm, der da erdröhnte, kannten die beiden Lover nur zu gut.
Mick langte nach Judd und packte ihn an der Schulter. »Siehst du«, sagte er, und blaugrau schimmerten seine Zähne in der Finsternis. »Siehst du! Siehst du's jetzt?«
Etwas Hysterisches brodelte hinter seinen Worten. Er lief zur Tür, stolperte im Dunkeln über einen Stuhl. Fluchend und angeschlagen taumelte er in die Nacht hinaus.

Rums...
Ohrenbetäubender Donner. Diesmal zertrümmerte er alle Fenster im Haus. Im Schlafzimmer brach einer der Bodenquerbalken und schleuderte Schutt ins untere Stockwerk.
Judd fand seinen Lover vor der Tür. Der Alte lag nun auf dem Boden, das Gesicht nach unten; die kranken angeschwollenen Finger krallten ins Leere, die bettelnden Lippen drückte er auf die feuchte Erde.
Mick schaute jetzt auf zum Himmel. Judd folgte seiner Blickrichtung.
Da war ein Bereich, wo keine Sterne zu sehen waren. Eine Finsternis in Gestalt eines Mannes. Ungeheuerliche, weit ausladende Formen eines menschlichen Körpers, eines Kolosses, der sich emporschwang, um an den Himmel zu rühren. Kein ganz makelloser Riese. Seine Silhouette war nicht klar-säuberlich; sie waberte und wuselte.
Auch war er augenscheinlich breiter, dieser Riese, als jeder reale Mensch. Seine Beine waren abnorm dick und plump gestaucht, und seine Arme eher kurz. Die sich zur Faust ballenden und wieder öffnenden Hände schienen absonderlich gegliedert und für seinen Rumpf viel zu zart zu sein.
Dann machte er einen Schritt auf sie zu, hob einen riesigen, ausladenden Fuß und setzte ihn auf die Erde.
Rums...
Der Tritt brachte das Dach auf dem Haus zum Einsturz. Alles entsprach der Wahrheit, was der Autodieb gesagt hatte. Popolac war eine Stadt und ein Riese; und er war ins Bergland gegangen...
Jetzt gewöhnten sich ihre Augen allmählich an das Nachtlicht. In zunehmend gräßlicherer Deutlichkeit konnten sie erkennen, wie dieses Ungeheuer gebaut war. Es war ein Meisterstück

menschlicher Konstruktionstechnik: ein Mann, von Kopf bis Fuß aus Männern. Oder vielmehr ein geschlechtsloser Gigant aus Männern, Frauen und Kindern. Sämtliche Bürger Popolacs wanden sich und mühten sich ab in dem Körper dieses fleischgestrickten Giganten, ihre Muskeln dehnten sich bis zum Zerreißen, ihre Knochen waren nahe daran zu brechen.

Die beiden konnten sehen, auf welch subtile Weise die Architekten Popolacs die Proportionen des menschlichen Körpers verändert hatten: daß man dieses Gebilde mehr in die Breite gestaucht hatte, um seinen Schwerpunkt nach unten zu verlagern; daß man seine Beine ins Elefantenhafte vergrößert hatte, damit sie das Gewicht des Rumpfes tragen konnten; daß man den Kopfansatz auf die Höhe der breiten Schultern abgesenkt hatte, um so, logischerweise, die Probleme eines schwachen Halses auf ein Minimum zu reduzieren.

Ungeachtet dieser Mißbildungen war das Monster grauenhaft lebensecht. Die Körper, die zusammengebunden waren, um seine Oberfläche zu bilden, waren bis auf ihr Gurtzeug nackt, so daß seine Oberfläche im Sternenlicht wie ein einziger riesenhafter Menschentorso schimmerte. Sogar die Muskulatur war, obzwar vereinfacht, trefflich nachgebaut. Sie konnten sehen, wie sich die verstrickten Körper in kompakten Strängen aus Fleisch und Knochen gegeneinanderschoben und auseinanderzogen. Das Menschengeflecht, das den Rumpf bildete, konnten sie sehen: die Rücken wie Schildkrötenpanzer aneinandergepfercht, um den Schwung der Brustmuskulatur darzubieten; die verzurrten und verknoteten Akrobaten an den Arm- und Beingelenken, die sich einrollten und abspulten, um die Regungen der Stadt in Bewegung umzusetzen.

Mit Sicherheit aber bot den allerunglaublichsten Anblick das Gesicht.

Wangen aus Körpern, grottentiefe Augenhöhlen, in denen Köpfe starrten, fünf jeweils zu einem Augapfel zusammengebunden; eine breite flache Nase und ein Mund, gesäumt mit Zähnen aus kahlköpfigen Kindern, der sich beim rhythmischen Hervorschwellen und Einsinken der Kiefermuskeln öffnete und schloß. Und aus diesem Mund ließ die Stimme des Giganten, jetzt nur noch ein schwacher Abklatsch ihrer früheren Gewalt, ein monotones idiotisches Gelalle erschallen.

Popolac bewegte sich und Popolac sang.

Gab es je in Europa eine Sehenswürdigkeit, die ihm das Wasser reichen konnte?

Sie schauten zu, Mick und Judd, als ihnen Popolac einen weiteren Schritt näher kam.

Der alte Mann hatte sich die Hosen naß gemacht. Plärrend und flehentlich sabbernd robbte er fort von dem zugrundegerichteten Haus unter die umstehenden Bäume und schleppte seine toten Beine hinter sich her.

Die Engländer blieben stehen, wo sie waren, und schauten zu, wie das Titanenspektakel heranrückte. Weder Angst noch Horror erfaßten sie jetzt, nur eine tiefe Ehrfurcht hielt sie an der Stelle festgebannt. Sie wußten, daß dies ein Anblick war, den ein zweites Mal zu sehen sie sich nie erhoffen durften. Dies war der absolute Gipfel – danach kam nur mehr x-beliebige Erfahrung. Besser also standzuhalten, obwohl jeder Schritt den Tod näherbrachte, besser also standzuhalten und den Anblick zu genießen, solange er noch da war und sich sehen ließ. Und wenn es sie mordete, dieses Ungeheuer, dann hätten sie zumindest flüchtig ein Wunder geschaut, diese schreckliche Majestät einen kurzen Augenblick gekannt. Der Einsatz schien nur angemessen.

Popolac war höchstens ein paar Schritte vom Haus entfernt. Sie konnten nun die Vielgestaltigkeit des Baugefüges ganz klar erkennen. Die Gesichter der einzelnen Bürger wurden in ihren Details allmählich deutlich: weiß, schweißnaß und zufrieden in ihrer Müdigkeit. Manche hingen tot in ihrem Gurtgeschirr, und ihre Beine schwangen hin und her wie bei Gehenkten. Andere, insbesondere Kinder, hatten aufgehört, ihrer Abrichtung Folge zu leisten. Sie hatten ihre Positionen gelockert, so daß die Form des Körpers entartete, rebellische Zellen wie Schwären auf ihm.

Doch noch immer war das Stadtmirakel unterwegs, jeder Schritt eine unvorhergesehene Leistung an Koordination und Stärke.

Rums...

Der Schritt, der das Haus zertrat, kam eher als sie dachten.

Mick sah, wie das Bein angehoben wurde; sah die Gesichter der Menschen in Schienbein und Fessel und Fuß – sie waren jetzt so groß wie er: lauter hünenhafte Männer, dazu ausersehen, die volle Last dieser gewaltigen Schöpfung auf sich zu nehmen. Viele waren tot. Die Fußsohle war, wie er sehen konnte, ein Flickenteppich aus zermalmten und blutigen Leibern, zu Tode gequetscht unter dem Gewicht ihrer Mitbürger.

Mit krachendem Getöse kam der Fuß herab.

In Sekundenschnelle war das Haus zu Splittern und Staub verwandelt.

Popolac löschte restlos den Himmel aus. Einen Moment lang war es die ganze Welt, Himmel und Erde. Bis zum Überfließen erfüllte seine Gegenwart die Sinne. Aus dieser Nähe konnte man es mit nur einem Blick nicht erfassen; das Auge mußte hin- und herschweifen über seine Masse, um es voll in sich aufzunehmen, und selbst dann weigerte sich der Verstand, die ganze Wahrheit anzuerkennen.

Ein herumwirbelnder Steinbrocken, der vom Haus beim Einsturz weggeschleudert worden war, schlug Judd voll ins Gesicht. In seinem Kopf hörte er den vernichtenden Schlag wie den Aufprall eines Balls gegen eine Wand: ein Squash-Tod. Kein Schmerz, keine Reue. Aus – wie ein Licht, ein winziges bedeutungsloses Licht. Seinen Todesschrei verschluckte der Höllenlärm, seinen Leib verbargen Qualm und Finsternis. Mick sah und hörte Judd nicht sterben.

Zu sehr war er damit beschäftigt, den Fuß anzustarren: wie er einen Augenblick lang in den Trümmern des Hauses zur Ruhe kam, während das andere Bein sich zur Fortbewegung entschloß.

Mick versuchte sein Glück. Heulend wie ein Würgengel lief er auf das Bein zu, brannte darauf, das Ungeheuer zu umklammern. Er strauchelte in den Trümmern und kam wieder hoch, blutbefleckt, um nach dem Fuß zu greifen, bevor der angehoben wurde und er allein zurückblieb. Gleich einem Tumult durchschauerte zermartertes Gekeuch den Fuß, als an ihn der unwiderrufliche Bescheid zum Weitergehen erging. Mick sah die Schienbeinmuskeln sich bündeln und zusammenschließen, als das Bein anfing abzuheben. Er machte einen allerletzten Satz auf das Glied zu, als es begann, den Boden zu verlassen, und schnappte mit beiden Händen nach einem Gurtgeschirr oder einem Seil oder nach Menschenhaar oder blankem Fleisch – blindlings nach irgend etwas, um dies vorübergehende Wunder zu erhaschen und ein Teil davon zu sein. Besser war's, mit ihm zu gehen, ganz gleich, wohin, ihm dienlich zu sein bei seinem Vorhaben, ganz gleich, was das sein mochte; besser, mit ihm zu sterben, als ohne es zu leben.

Er bekam den Fuß zu fassen und fand einen festen Halt an seinem Knöchel. Er schrie seine nackte Verzückung hinaus bei

diesem Erfolg, spürte zugleich die Aufwärtsbewegung des gewaltigen Beins und blickte durch den strudelnden Staub zu der beim Höherklimmen des Glieds schon entschwindenden Stelle hinunter, an der er gestanden hatte.
Die Erde unter ihm war fort. Er fuhr als Anhalter bei einem Gott mit: Das Leben, das ihm noch verblieb, zählte jetzt, für sich genommen, nicht mehr. Er würde mit diesem Wesen leben, ja, dank ihm würde er leben – es vor Augen haben und es mit Blicken verschlingen, bis er stürbe an purer Unersättlichkeit.
Er kreischte und jaulte und schaukelte in den Seilen, kostete so seinen Triumph aus. Unten, weit unten sah er flüchtig Judds Körper, bleich und fötushaft in sich verkrümmt auf dem dunklen Boden, unwiederbringlich. Liebe und Leben und gesunde Vernunft waren dahin, dahin wie die Erinnerung an seinen Namen oder sein Geschlecht oder sein Wollen.
Das alles bedeutete nichts. Rein gar nichts.
Rums...
Rums...
Popolac war unterwegs, der Lärm seiner Schritte verhallte gen Osten. Popolac war unterwegs, das Lallen seiner Stimme verlor sich in der Nacht.

Tags darauf kamen Vögel, Füchse kamen, Fliegen, Falter und Wespen. Judd rührte sich, Judd verschob sich, Judd schenkte Leben. Maden wärmten sich in seinem Bauch, im Bau einer Füchsin kämpfte man sich durch sein gutes Schenkelfleisch. Danach ging es schnell. Die Knochen noch, ihr Gilben, ihr Zerbröckeln: bald dann nur noch ein leerer Raum, den er einst mit seinem Atem, seinen Ansichten ausgefüllt hatte.
Dunkel, Licht, Dunkel, Licht. Beide störte er mit seinem Namen nicht mehr.

Danksagung

Mein aufrichtiger Dank gilt folgenden Personen: Norman Russell, meinem Englischtutor in Liverpool, für seine frühzeitige Bestärkung und Ermutigung sowie Pete Atkins, Julie Blake, Doug Bradley und Oliver Parker für die gleiche Unterstützung in der Zeit danach; James Burr und Kathy Yorke für ihren hilfreichen Rat; Bill Henry für seinen professionellen Scharfblick und Sachverstand; Ramsey Campbell für seine Großzügigkeit und Begeisterung; Mary Roscoe für die gewissenhafte Entzifferung und Umschrift meiner Hieroglyphen und Marie Noëlle Dada aus demselben Grund; Vernon Conway und Bryn Newton für Glaube, Liebe und Hoffnung; und Nann du Sautoy und Barbara Boote von Sphere Books.

Clive Barker

Das zweite Buch des Blutes

Roman

Aus dem Englischen
von Peter Kobbe

Deutsche Erstausgabe 1990
© 1990 Droemersche Verlagsanstalt Th. Knaur Nachf., München
Titel der Originalausgabe »Clive Barker's Books of Blood Vol. 2«
© 1984 Clive Barker

Blutbücher sind wir Leiber alle;
wo man uns aufschlägt: lesbar rot.

Inhalt

Moloch Angst

Keine Wonne kommt der des Grauens gleich. Laß, egal wo – im Zugabteil, im Wartezimmer, im Büro – zwei beieinandersitzen: Dem unsichtbaren Lauscher würde offenkundig, daß ihre Unterhaltung letztendlich nur um besagtes wohlig-schauderliche Thema kreist. Freilich, dem Anschein nach mag durchaus etwas völlig andres zur Debatte stehen: die Lage der Nation, beiläufiges Blabla über das Sterberisiko auf den Straßen, die steigenden Zahnarztkosten; aber zwischen den Zeilen, hinter verblümter Umschreibung und Andeutung kauert und macht sich breit, was den Diskurs speist und vorantreibt: das Grauen, der Inbegriff unserer Angst. Während wir über das Wesen Gottes und die Möglichkeit eines Lebens nach dem Tode weiter kein Wort verlieren, gehen wir bereitwillig und penibel noch die feinsten Nuancen phobischen Jammers durch. An bestimmte Örtlichkeiten ist das Syndrom nicht gebunden; ob im Hallenbad oder im Seminarsaal, überall wiederholt sich dieses Ritual. So wie die Zunge sich zwangsläufig, immer neu sondierend, zu einem kranken Zahn hintastet, kommen wir wieder und wieder und wieder auf unsere Ängste zurück, sitzen beisammen, um sie mit der gierigen Ungeduld eines Hungrigen vor einem vollen, dampfenden Teller zu bereden.

Als Stephen Grace noch an der Universität war und Angst vorm Sprechen hatte, brachte man ihm bei, über den Grund seiner Angst zu reden. Genaugenommen: nicht einfach darüber zu reden, sondern

jede Verästelung seiner Nerven unter die Lupe zu nehmen, aufzudröseln und dabei nach winzigsten Schreckensherden zu durchforschen. Bei dieser Untersuchung hatte er einen Lehrer: Quaid.
Es war die Zeit der Gurus; sie hatten damals Hochkonjunktur. An allen Universitäten Englands verrenkten sich junge Männer und Frauen den Hals nach Leuten, denen sie wie Lämmer hinterhertrotten konnten; Steve Grace war nur einer von vielen. Sein Pech war, daß ausgerechnet Quaid zu seinem Messias werden sollte.
Sie hatten sich im Aufenthaltsraum kennengelernt.
»Heiße Quaid«, sagte der Mann direkt neben Steve an der Theke.
»Ah.«
»Und du?«
»Steve Grace.«
»Ja. Du bist im Ethik-Seminar, stimmt's?«
»Stimmt.«
»Hab' dich aber in sonst keiner philosophischen Übung oder Vorlesung zu Gesicht gekriegt.«
»Ist mein Zusatzfach dies Jahr. Mein Hauptfach ist Englische Literatur. Aber ein Jahr nur Altnordisch-Kurse hätt' ich einfach nicht gepackt.«
»Und da hast du dich Knall und Fall für Ethik entschieden.«
»Ja.«
Quaid bestellte einen doppelten Brandy. Besonders gut betucht sah er nicht aus, und ein doppelter Brandy hätte Steves Finanzen für die nächste Woche so ziemlich lahmgelegt. Quaid kippte ihn schnell hinunter und bestellte noch einen.
»Und für dich?«
Steve nuckelte bedächtig an einem Viertel lauwarmen Lagerbier herum, fest entschlossen, es nicht vor einer Stunde alle werden zu lassen. »Mir nichts.«
»Aber ja doch.«
»Bin wunschlos glücklich.«
»Noch 'nen Brandy, und für meinen Freund 'ne Halbe Lager.«
Steve ließ Quaids Freigebigkeit über sich ergehen. Ein dreiviertel Liter Lager auf nüchternen Magen war überaus hilfreich, um den öden

Stumpfsinn der bevorstehenden Seminarsitzungen über »Charles Dickens als Sozialkritiker« abzumildern. Steve mußte beim bloßen Drandenken gähnen. »Sollte mal jemand 'ne Diss über Trinken als Sozialverhalten schreiben.«
Quaid musterte einen Augenblick seinen Brandy und kippte ihn dann hinunter. »Oder als Mittel zum Vergessen.«
Steve sah den Mann an. Vielleicht fünf Jahre älter als er, etwa fünfundzwanzig. Die Zusammenstellung seiner Kleidung hatte etwas Verwirrendes. Abgewetzte Sprinterschuhe, Kordhose, ein grauweißes Hemd, das bessere Tage gesehen hatte; und darüber eine ausgesprochen teure schwarze Lederjacke, die unvorteilhaft an seiner hochgeschossenen, hageren Gestalt herunterhing. Das längliche Gesicht ohne besondere Merkmale; milchig-blaue Augen, so ausgebleicht, daß ihre Farbe in dem sie umgebenden Weiß zu versickern schien, so daß hinter dicken Brillengläsern nur noch die Nadelstiche seiner Iris sichtbar blieben; aufgeworfene Lippen wie Mick Jagger, aber blutleer, trocken und unsinnlich. Schmutzig-blondes Haar.
Kann ohne weiteres als holländischer Junkie durchgehen, dieser Quaid, fand Steve.
Er trug keine Abzeichen, an denen sich sonst die fixen Ideen und manischen Vorlieben eines Studenten ablesen ließen. Quaid sah nackt aus – so ohne jeglichen Hinweis darauf, wie und wodurch denn er auf seine Kosten kam. War er ein Schwuler, ein Feminist, einer von der Rettet-die-Wale-Kampagne; oder ein faschistoider Vegetarier? Auf was stand er, Himmel noch mal?
»Du hättest doch Altnordisch belegen sollen«, sagte Quaid.
»Wieso?«
»Die machen sich im Seminar nicht mal die Mühe, die Abschlußarbeiten zu zensieren«, sagte Quaid.
Also davon hatte Steve nichts gehört.
Quaid laberte weiter: »Sie werfen sie einfach alle in die Luft. Erste Seite nach oben, 'ne Eins. Erste Seite nach unten, 'ne Zwei.«
Ah, nur ein Scherz. Quaid gab sich witzig. Steve versuchte zu lachen, aber Quaids Gesicht blieb ganz unbewegt.
»Du solltest echt dein Altnordisch machen«, sagte er wieder. »Wer

braucht denn überhaupt schon den Bischof Berkeley. Oder Plato. Oder...«
»Oder?«
»Alles Kacke.«
»Ja.«
»Ich hab' dich beobachtet, in dem Philosophie-Seminar...«
Steve fing an, sich über Quaid zu wundern.
»...Du schreibst nie was mit, oder?«
»Nein.«
»Hab' mir gedacht, entweder hast du das absolute Selbstvertrauen, oder 's ist dir einfach piepegal.«
»Weder noch. Ich kenn' mich bloß hinten und vorn nicht aus.«
Quaid grunzte und zog eine Packung billige Zigaretten heraus. Auch damit tanzte er wieder aus der Reihe. Man rauchte entweder Gauloises, Camel oder überhaupt nicht.
»Was sie uns hier beibringen, ist nicht die wahre Philosophie«, sagte Quaid mit unmißverständlicher Verachtung.
»Ach was?«
»Wir kriegen bloß ein bißchen Plato eingetrichtert, oder ein bißchen Bentham – keine wirkliche Analyse. Natürlich ist das, was wir vorgesetzt kriegen, mit allen spezifischen Merkmalen ausgestattet. Es sieht aus wie die Bestie: Für die Uneingeweihten hat es sogar ein bißchen was vom Geruch der Bestie.«
»Welcher Bestie?«
»Der Philosophie. Der wahren Philosophie. Sie ist eine Bestie, Stephen. Find'st nicht auch?«
»Also nicht, daß ich bisher...«
»Sie ist wild. Sie beißt.«
Quaid grinste, hatte plötzlich etwas von einem Fuchs. »Ja. Sie beißt«, fügte er hinzu. Ah, das gefiel ihm. Nochmals, wie um es zu beschreien: »Beißt.«
Stephen nickte. Die Metapher sagte ihm rein gar nichts.
»Eigentlich müßten wir uns durch unser Studienfach wie zerfleischt vorkommen.« Quaid erwärmte sich für das ganze Fachgebiet der Verstümmelung durch Bildung. »Fürchten sollten wir uns, weil wir

mit den Ideen, über die wir eigentlich ernsthaft reden müßten, bloß herumjonglieren.«

»Wieso?«

»Weil wir uns, wenn wir Philosophen wären, die diesen Namen verdienen, keine akademischen Mätzchen leisten und Nettigkeiten an den Kopf werfen würden. Wir würden uns nicht mit dem Wischiwaschi der Semantik begnügen und linguistische Tricks anwenden, um die wirklichen Belange zu verdecken.«

»Sondern?«

Steve kam sich langsam wie der Stichwortgeber in Quaids Komödie vor. Nur daß Quaid nicht zum Scherzen aufgelegt war. Sein Gesicht war starr, verbissen: Die Nadelstiche seiner Iris hatten sich zu winzigen Punkten zusammengezogen.

»An die Bestie sollten wir heranrücken, so nah wie möglich, Steve, oder was meinst du? Uns nach ihr ausstrecken und sie streicheln, sie tätscheln, sie melken...«

»Was... äh... was ist eigentlich die Bestie?«

Quaid war vom Handgreiflich-Pragmatischen dieser Frage offensichtlich leicht genervt.

»Der Gegenstand jeder Philosophie, die wirklich was bringt, Steve. All das, was uns ängstigt, weil wir's nicht verstehen. Das Dunkel hinter der Tür.«

Steve dachte an eine Tür. Dachte an das Dunkel. Langsam begriff er, worauf Quaid mit seinem labyrinthischen Vorgehen hinauswollte. Philosophie war eine Methode, die Angst zu bereden.

»Die innerste, wesentlichste Dimension unserer Psyche, die sollten wir zum Thema machen«, sagte Quaid. »Andernfalls... kann's uns passieren...« Unversehens wurde Quaid von seiner Redseligkeit im Stich gelassen.

»Was?«

Quaid starrte sein leeres Brandy-Glas an, als könnte er es durch reine Willenskraft wieder auffüllen.

»Noch einen?« fragte Steve und hoffte inständig auf ein Nein als Antwort.

»Was uns passieren kann?« wiederholte Quaid. »Also, ich glaube, wenn wir uns nicht auf die Suche nach der Bestie machen...«

Steve sah den Knalleffekt kommen.
»...dann macht sich früher oder später die Bestie auf, um uns zu suchen.«

Keine Wonne kommt der des Grauens gleich. Solange es nicht das eigene ist.

Beiläufig stellte Steve in den nächsten beiden Wochen ein paar Ermittlungen über den sonderbaren Mr. Quaid an.
Keiner kannte seinen Vornamen.
Keiner wußte sein Alter anzugeben; aber eine der Sekretärinnen war der Meinung, er sei über dreißig, was wirklich überraschte.
Seine Eltern, hatte Cheryl ihn sagen hören, waren gestorben. Umgekommen, ihrer Meinung nach.
Anscheinend war das die Summe menschlichen Wissens in Sachen Quaid.

»Hast noch'n Drink bei mir gut«, sagte Steve und stupste Quaid in den Arm.
Der fuhr zusammen, als hätte ihn etwas gebissen.
»Brandy?«
»Gern, danke.«
Steve bestellte die Drinks.
»Hab' ich dich erschreckt?«
»Hab' über was nachgedacht.«
»Sollte auch jeder Philosoph auf Trab halten.«
»Was?«
»Seinen Grips.«
Sie kamen ins Reden. Steve wußte nicht zu sagen, warum er nochmals mit Quaid in Kontakt getreten war. Der Mann war zehn Jahre älter als er und von ganz anderem intellektuellem Kaliber. Also, wenn Steve ehrlich sein sollte: Wahrscheinlich schüchterte Quaid ihn ein. Sein schonungsloses Reden über Bestien verwirrte ihn. Und doch wollte er noch mehr davon: mehr Metaphern, mehr von dieser humorlosen Stimme, die ihm sagte, wie unbrauchbar die Tutoren seien und wie schwach die Studenten.

In Quaids Welt war auf nichts Verlaß. Er hatte keine säkularen Gurus und mit Sicherheit keine Religion. Er schien außerstande zu sein, irgendein System, sei es politisch oder philosophisch, ohne Zynismus zu betrachten.
Obwohl Quaid selten lauthals lachte, wußte Steve, daß in seiner Weltsicht schwarzer Humor steckte. Lämmer und Schafe waren die Menschen, und alle auf der Suche nach Schafhirten. Natürlich waren diese Schafhirten Quaid zufolge bloße Wunschgebilde. Was wirklich existierte, in der Finsternis außerhalb der Hürde, waren einzig und allein die Ängste, die sich auf das unschuldige Schaffleisch fixierten, um in steinerner Geduld ihren Augenblick abzuwarten.
Alles war in Zweifel zu ziehen, ausgenommen eine Tatsache: daß das nackte Grauen, der Moloch Angst existierte.
Quaids intellektuelle Arroganz war an- und aufregend. Bald lernte Steve die bilderstürmerische Nonchalance lieben, mit der er einen Glaubensinhalt nach dem anderen niedermachte. Manchmal tat's schon weh, wenn Quaid ein hieb- und stichfestes Argument gegen eins aus Steves Doktrin formulierte. Aber nach ein paar Wochen wirkte selbst das blanke Wortgeräusch des Niedermachens erregend. Quaid rodete das Unterholz, fällte die Bäume, tilgte restlos die Stoppeln aus. Steve fühlte sich befreit.
Nation, Familie, Kirche, Recht. Alles Schrott. Alles unbrauchbar. Alles Lug und Trug, Ketten und Knebelung.
Nur das phobische Grauen gab es.
»Ich fürchte, du fürchtest, wir fürchten«, sagte Quaid gern. »Er, sie oder es fürchtet. Kein bewußtseinsbegabtes Wesen auf dem Angesicht der Erde, dem das Grauen nicht inniger vertraut wäre als sein eigener Herzschlag.«
Eins von Quaids bevorzugten Drangsalieropfern war Cheryl Fromm, die gleichfalls Philosophie und Anglistik studierte. Auf seine recht verabscheuungswürdigen Bemerkungen stürzte sie meistens los wie der Stier aufs rote Tuch, und während die beiden gegenseitig ihre Argumente verhackstückten, lehnte sich Steve gewöhnlich zurück, um dem Schauspiel zuzusehen. Cheryl war, nach Quaids Worten, eine pathologische Optimistin.

»Und du hast Scheiße im Hirn«, sagte sie, wenn der Disput etwas in Fahrt gekommen war. »Wen juckt das schon, wenn du dich vor deinem eigenen Schatten fürchtest? Mich nicht. Fühl' mich bestens.«
Sie sah auch ganz danach aus. Cheryl Fromm war ideales Material für feuchte Träume, aber zu gescheit, als daß irgendeiner auch nur andeutungsweise versucht hätte, sie anzumachen.
»Hin und wieder bekommt jeder von uns das tiefe Grauen zu schmecken«, entgegnete ihr dann Quaid, und seine milchigen Augen musterten eindringlich ihr Gesicht, lauerten auf ihr weiteres Verhalten und bemühten sich, wie Steve wußte, eine Schwachstelle in ihrer Überzeugung zu finden.
»Aber ich nicht.«
»Keine Ängste? Keine Schreckensbilder?«
»Nicht die Bohne. Komm' aus 'ner intakten Familie; hab' keinerlei Leichen im Keller. Nicht mal Fleisch eß ich, hab' also kein mieses Gefühl, wenn ich an 'nem Schlachthaus vorbeifahre. Kann leider nicht die kleinste bekackte Macke vorweisen. Bedeutet das etwa, ich existiere nicht wirklich?«
»Es bedeutet«, Quaids Augen waren Schlangenschlitze, »es bedeutet, dein Selbstvertrauen hat was Großes zu vertuschen.«
»Womit wir wieder bei den Schreckgespenstern wären.«
»Großen Schreckgespenstern.«
»Nicht so vage: beschreib genau, worum's dir geht.«
»Wie soll ich dir sagen, wovor du dich fürchtest.«
»Dann sag mir, wovor du dich fürchtest.«
Quaid zögerte. »Letztlich«, sagte er, »entzieht sich das der Analyse.«
»Entzieht sich der Analyse, mein Arsch!«
Unwillkürlich verzogen sich Steves Lippen zu einem Lächeln. Cheryls Arsch entzog sich in der Tat der Analyse. Auf ihn konnte man nur mit Hinknien reagieren und mit Anbetung.
Quaid tönte wieder vom Rednerpult herunter. »Was ich fürchte, geht nur mich persönlich was an. In einem umfassenderen Kontext besagt es gar nichts. Die Zeichensprache meines Grauens, die Vorstellungen, die mein Hirn ins Spiel bringt, um, wenn ihr so wollt,

meine Angst zu illustrieren, diese Zeichen sind relativ harmloses Zeug, verglichen mit dem wirklichen nackten Entsetzen, das in der Tiefe meiner Persönlichkeit schlummert.«

»Ich kenn' solche Vorstellungen«, sagte Steve. »Bilder aus meiner Kindheit, die Erinnerungen wachrufen...« Er hielt inne, bedauerte bereits seinen Ansatz zur Beichte.

»Woran?« fragte Cheryl. »Meinst du Vorgänge, die mit schlimmen Erlebnissen zusammenhängen? Wie du vom Rad gefallen bist oder so was in der Art?«

»Schon möglich«, sagte Steve. »Manchmal denk' ich mittendrin an diese Bilder. Nicht mit Absicht, nur wenn meine Konzentration gerade leerläuft. Fast, als ob mein Bewußtsein automatisch zu ihnen abschweifen würde.«

Quaid gab ein kleines zufriedenes Grunzen von sich. »Haargenau«, sagte er.

»Kann man bei Freud nachlesen«, fragte Cheryl.

»Wie?«

»Bei Freud«, wiederholte Cheryl, machte dann ein ironisches Spielchen daraus und wandte sich an ihn wie an ein kleines Kind. »Sigmund Freud: Hast vielleicht schon gehört von ihm.«

Quaids Lippe kräuselte sich in uneingeschränkter Verachtung. »Mutterbindungen beantworten das Problem in keiner Weise. Die wahren Schreckensherde in mir, in uns allen, liegen diesseits der Persönlichkeitsstruktur. Der Moloch Angst ist schon da, ehe wir den leisesten Begriff von uns selbst als Individuen haben. Der Daumennagel, in sich gekrümmt im Mutterleib, verspürt das Grauen.«

»Und du erinnerst dich dran, oder?« fragte Cheryl.

»Schon möglich«, entgegnete Quaid todernst.

»An den Mutterleib?«

Quaid zeigte eine Art halb unterdrücktes Lächeln, das, so vermutete Steve, besagte: Ich hab' sehr wohl Kenntnisse, die du nicht hast.

Es war ein absonderliches, widerwärtiges Lächeln; eins, das Steve lieber nicht gesehen hätte.

»Du bist ein Lügner«, sagte Cheryl, erhob sich gleichzeitig vom Stuhl und strafte Quaid mit Verachtung.

»Vielleicht bin ich das«, sagte er, mit einem Mal der vollendete Kavalier.

Danach hörten die Debatten auf.

Kein Reden über Schreckgespenster mehr, keine Erörterung der nachtmahrischen Dinge mehr, die in der Finsternis rumoren. Den nächsten Monat sah Steve Quaid nur unregelmäßig, und wenn, dann war dieser ständig in Begleitung von Cheryl Fromm. Quaid ging höflich, ja ehrerbietig mit ihr um. Seine Lederjacke trug er nicht mehr, weil Cheryl den Geruch toter tierischer Materie nicht ausstehen konnte. Dieser plötzliche Wandel in ihrer Beziehung brachte Stephen durcheinander; aber er führte das auf sein nur rudimentäres Verständnis sexueller Belange zurück. Er war keine Jungfrau mehr, aber noch immer waren Frauen ein Geheimnis für ihn: widersprüchlich und rätselhaft.

Er war auch eifersüchtig, obwohl er sich das nicht so ganz eingestehen wollte. Daß die Feuchttraumfee so viel von Quaids Zeit in Beschlag nahm, ging ihm gegen den Strich.

Und da war noch ein anderes Gefühl; die merkwürdige Empfindung, daß Quaid Cheryl aus höchstpersönlichen, befremdlichen Gründen hofierte. Sex war nicht Quaids Motiv, da war Steve sich sicher. Ebensowenig war es die Bewunderung von Cheryls Intelligenz, die Quaid so aufmerksam machte. Nein, er war dabei, sie irgendwie einzukreisen, das spürte Steve instinktiv. Cheryl Fromm wurde klammheimlich zur Schlachtbank getrieben.

Dann, einen Monat später, ließ Quaid im Gespräch eine Bemerkung über Cheryl fallen.

»Sie ist Vegetarierin«, sagte er.

»Cheryl?«

»Cheryl, wer sonst.«

»Ich weiß. Sie hat's schon mal erwähnt.«

»Ja, aber bei ihr ist's nicht bloß 'ne Marotte. Sie hängt mit Leib und Seele drin, fanatisch. Kann's nicht mal ertragen, in die Auslage von 'nem Metzgerladen reinzuschaun. Sie will Fleisch nicht anrühren, nicht riechen.«

»Ach was.« Steve war perplex. Worauf lief das hinaus?
»Das Grauen, Steve.«
»Vor Fleisch?«
»Die Anzeichen, die Erscheinungsformen variieren von Person zu Person. *Sie ängstigt sich vor Fleisch.* Sie sagt, sie ist so gesund, so ausgeglichen. Einen Scheiß ist sie. Ich krieg' ihn zu fassen...«
»Kriegst wen du fassen?«
»Den Moloch Angst, Steve.«
»Du hast doch nicht etwa vor...?« Steve wußte nicht, wie er seiner tiefen Beunruhigung Ausdruck geben sollte, ohne daß es sich zugleich wie eine Anklage anhörte.
»Ihr was anzutun?« fragte Quaid. »Nein. Ich hab' nicht vor, ihr in irgendeiner Weise was anzutun. Sollte sie Schaden erleiden, wird er ausnahmslos selbst verursacht sein.«
Quaid starrte ihm geradezu hypnotisierend in die Augen. »Wird langsam Zeit, daß wir lernen, einander zu vertrauen«, fuhr er fort. Er neigte sich näher. »Zwischen uns beiden...«
»Du, ehrlich, ich glaub' ich will davon nichts hören.«
»Wir müssen die Bestie berühren, Stephen.«
»Geh mir bloß mit der Bestie! Ich will nichts hören!«
Steve stand auf, um damit sowohl die bedrängende Umklammerung von Quaids starrem Blick abzuschütteln als auch die Unterhaltung zu beenden.
»Wir sind Freunde, Stephen.«
»Ja...«
»Dann halt' dich dran.«
»Woran?«
»Ans Stillschweigen. Kein Wort.«
Steve nickte. Das ließ sich ruhigen Gewissens versprechen. Wem hätte er seine Befürchtungen schon mitteilen können, ohne daß man ihn ausgelacht hätte?
Quaid wirkte zufrieden. Er eilte fort und ließ Steve mit dem Eindruck zurück, gegen seinen Willen einer geheimen Vereinigung beigetreten zu sein, ohne die leiseste Ahnung zu haben, zu welchem Zweck. Quaid hatte einen Pakt mit ihm geschlossen, und ihm war hundeelend.

Während der nächsten Woche ließ er alle seine Vorlesungen und die meisten seiner Seminare sausen. Aufzeichnungen wurden nicht ins Reine übertragen, Bücher blieben ungelesen, Abhandlungen ungeschrieben. Die beiden Male, die er tatsächlich ins Unigebäude ging, schlich er herum wie ein übervorsichtiges Mäuschen und hoffte inständig, nicht Quaid über den Weg zu laufen.

Er hätte sich nicht zu fürchten brauchen. Das eine Mal, als er Quaids vornüberhängende Schultern am andern Ende des Innenhofs sah, war dieser in einen heiteren Plausch mit Cheryl Fromm vertieft. Vergnügt und melodisch hallte ihr Lachen von der Wand der Historischen Fakultät wider. Steve war nachgerade gänzlich frei von Eifersucht. Nicht für viel Geld hätte er Quaid so nah sein, so engen Umgang mit ihm haben mögen.

Die Zeit, die er allein fern vom Gewusel der Vorlesungen und vollgepferchten Korridore verbrachte, gab seinem Bewußtsein genügend Spielraum, frei herumzuschweifen. Seine Gedanken kehrten – wie die Zunge zum Zahn, wie der Fingernagel zum Schorf – zu seinen Ängsten zurück.

Mit sechs Jahren war Steve von einem Wagen angefahren worden. Die Verletzungen waren nicht besonders schlimm, aber die Gehirnerschütterung hatte bei ihm eine zeitweilige Taubheit zur Folge. Das war eine zutiefst bedrückende Erfahrung für ihn; konnte er doch nicht begreifen, weshalb er plötzlich von der Welt abgeschnitten war. Es war eine unerklärliche Marter, und das Kind nahm an, sie würde ewig dauern.

Grad eben noch war sein Leben wirklich gewesen, voller Zurufe und Gelächter. Und gleich darauf war er davon abgeschnitten, und die ihn umgebende Welt wurde zum Aquarium, voller mauloffen glotzender, grotesk grinsender Fische. Schlimmer noch, zeitweise litt er an dem, was die Ärzte Ohrensausen nannten, einem brausenden oder klingelnden Gedröhn in den Ohren. Seinen Kopf erfüllten dann die fremdartigsten Geräusche, dumpfes Gebrüll und Pfiffe, die wie eine Tonspur das wilde Gefuchtel der Außenwelt untermalten. In solchen Phasen drehte sich ihm dann schäumend der Magen um, und ein Eisenband wurde ihm um die Stirn gelegt, das seine Gedanken zu disparaten Brocken zermalmte, den Kopf von der Hand lostrennte, die Absicht von der Ausführung. In einer Flutwelle panischen Entsetzens wurde er dann hinweggefegt, absolut außerstande, noch irgend etwas um sich herum zu verstehen, währenddessen sein Kopf sang und rasselte.

Aber nachts kamen die schlimmsten Schrecken. Manchmal erwachte er in dem, was vor dem Unfall der heimelige Mutterschoß seines Schlafzimmers gewesen war, um festzustellen, daß das Geklingel schon im Schlaf begonnen hatte.

Seine Augen schnellten dann auf. Sein Körper war naß vor Schweiß. Sein Bewußtsein wurde erfüllt vom heisersten Getöse, mit dem er ohne die geringste Hoffnung auf Gnadenfrist zusammengesperrt war. Nichts konnte seinen Kopf zum Schweigen bringen, und nichts, so schien es, konnte ihm die Welt, die sprechende, lachende, weinende Welt wiederbringen.

Er war allein.

Das war es dann: das Grauen, von A bis Z, in Reinkultur. Er war mutterseelenallein mit seiner Kakophonie. Eingesperrt in dieses Haus, in dieses Zimmer, in diesen Körper, in diesen Kopf, ein Gefangener tauben, blinden Fleisches.

Es war fast unerträglich. In der Nacht schrie der Junge manchmal auf, ohne zu wissen, daß er überhaupt ein Geräusch machte, und die Fische, die seine Eltern waren, drehten dann das Licht an und kamen, versuchten, ihm irgendwie zu helfen, beugten sich über sein Bett und schnitten Gesichter; bei ihren Anstrengungen zu helfen, bildeten sie mit den tonlosen Mündern widerlich molluskenhafte Fratzen. Ihre Berührungen beruhigten ihn dann schließlich; mit der Zeit lernte seine Mutter, wie sie die Panik fortlindern konnte, die über ihn hinfegte.

Eine Woche vor seinem siebten Geburtstag kehrte sein Gehör zurück, nicht vollständig, aber immerhin so gut, daß es auf ihn wie ein Wunder wirkte. Schlagartig rückte die Welt wieder ins rechte Licht der Wahrnehmung, und das Leben begann von neuem.

Es kostete den Jungen mehrere Monate, bis er seinen Sinnen wieder traute. Noch immer erwachte er häufig in der Nacht und spürte schon fast die Kopfgeräusche herannahen.

Wenn Steve auch normalerweise die Ohren schon bei der abgeschwächtesten Klangfülle dröhnten, was ihn davon abhielt, mit seinen Kommilitonen zu Rockkonzerten zu gehen, bemerkte er jetzt seine leichte Taubheit so gut wie gar nicht.

Aber er erinnerte sich natürlich. Sehr gut. Er konnte sich den Geschmack seines Entsetzens vergegenwärtigen; das Gefühl des Eisenbandes um seinen Kopf. Und ein Restbestand war noch vorhanden von der Angst, dem Dunkel, dem Alleinsein.

Nun hatte Steve noch eine andere Angst, die weitaus schwieriger auszuloten, festzunageln war.

Quaid.

Bei einem besäufnishaften, enthüllungsreichen Zusammensein hatte er Quaid von seiner Kindheit erzählt, von der Taubheit, von den nächtlichen Schrecken.

Quaid wußte um seine Schwäche: Er kannte den geraden Weg ins Innerste von Steves panischem Grausen. Er hatte, sollte es je so weit kommen, eine Waffe, einen Knüppel, um ihn damit zu schlagen. Möglicherweise zog Steve es eben deswegen vor, nicht mit Cheryl zu reden (sie warnen, das wollte er doch wohl, oder?), und mit Sicherheit ging er deswegen Quaid aus dem Weg.

Der Mann hatte, wenn er auf die eine oder andere Art verstimmt war, einen Ausdruck der Bösartigkeit. Nicht mehr und nicht weniger. Er sah aus wie ein Mann, den tief, tief drinnen Bösartigkeit besetzt hielt.

Möglicherweise hatten Steve jene vier Monate der Menschenbeobachtung bei reduziertem Geräuschpegel für die Wahrnehmung der winzigen Blicke, der Hohngrimassen, des Lächelns, das über die Menschengesichter huscht, empfänglicher gemacht. Er wußte, Quaids Leben war ein Labyrinth; die Karte seiner verschlungenen Vielschichtigkeit war mit tausend winzigen Ausdrucksnuancen seinem Gesicht eingeritzt.

Der nächste Schritt von Steves Initiation in Quaids geheime Welt setzte erst nach dreieinhalb Monaten ein. Die Uni unterbrach ihren Betrieb für die Sommerpause, und die Studenten gingen ihrer Wege. Steve trat seinen üblichen Ferienjob in der Druckerei seines Vaters an; das nahm ihn voll in Anspruch und schlauchte ganz schön, stellte aber eine unleugbare Erleichterung für ihn dar. Die Studiererei hatte ihm das Hirn bis zum Platzen vollgestopft; zwangsernährt, gemästet mit Worten und Ideen, so kam er sich vor. Die schweißtreibende Druckereiarbeit schwemmte das alles rasch aus ihm heraus, schaffte Überblick, beseitigte den Ramsch in seinem Denken.

Es war eine angenehme Zeit: Er dachte beinah gar nicht an Quaid.

Ende September ging er an die Uni zurück. Auf dem Campus waren noch relativ wenig Studenten. Die meisten Studiengänge fingen erst in der darauffolgenden Woche an; und ohne sein übliches Gewühl mosernder, flirtender, debattierender junger Leute strahlte der Ort etwas Melancholisches aus.

Steve war in der Bibliothek und sicherte sich ein paar wichtige Bücher, ehe andere aus seinem Studiengang sie sich schnappen konnten. Zu Semesterbeginn, wenn man die Leselisten abhaken mußte und die Uni-Buchhandlung ewig beteuerte, daß die gefragten Titel bereits bestellt seien, waren Bücher nicht mit Gold aufzuwiegen. Mit schöner Regelmäßigkeit trafen sie dann ein, diese lebensnotwendigen Bücher – zwei Tage nach der Seminarsitzung, in der ihr Autor diskutiert werden sollte. Steve war fest entschlossen, in diesem Abschlußjahr beim Run auf die wenigen bibliothekseigenen Exemplare grundlegender Standardwerke ganz vorn an der Spitze zu sein.

Die altbekannte Stimme drang an sein Ohr: »Bist aber früh dran.«

Steve sah auf, geradewegs in die Nadelstichaugen Quaids.

»Alle Achtung, Steve.«

»Wovor?«

»Vor deinem Arbeitseifer.«

»Ach.«

Quaid lächelte. »Was suchst'n?«

»Was über Bentham.«

»Ich hab' die *Principles of Morals and Legislation*. Tut's das?«

Eine Falle. Nein: Unsinn. Er wollte ihm ein Buch leihen; wie konnte man eine so harmlose Geste als Falle auslegen?

»Da fällt mir ein«, das Lächeln wurde breiter, »meins ist, glaub' ich, sowieso das Bibliotheksexemplar. Kannst es haben.«

»Danke.«
»Schöne Ferien gehabt?«
»Ja. Danke. Und du?«
»Sehr ertragreich.«
Das Lächeln war zu einer dünnen Linie abgeflaut unter seinem . .
»Du hast dir ja 'nen Schnurrbart stehen lassen.«
Es war ein kränklicher Vertreter der Spezies. Dünn und schmutzigblond stromerte ein fransiges Gestoppel unter Quaids Nase hin und her, als suche es einen Fluchtweg aus seinem Gesicht. Quaid wirkte leicht verlegen.
»Cheryl zuliebe?«
Jetzt war er eindeutig verlegen. »Also...«
»Hört sich nach schönem Urlaub an.«
Die Verlegenheit wurde durch etwas anderes verdrängt. »Ich hab' ein paar tolle Fotos«, sagte Quaid.
»Was für welche?«
»Ferienschnappschüsse.«
Steve traute seinen Ohren nicht. Hatte C. Fromm diesen Quaid zahmgekriegt? Ferienschnappschüsse?
»Manche davon würd'st du nicht für möglich halten.«
Etwas an Quaids Verhalten erinnerte an den Araber, der einem obszöne Postkarten verkauft. Was waren das für Fotos, verdammt? Aufnahmen von Cheryl, beim Kant-Lesen erwischt, mit offener Muschi?
»Kann dich mir schwer als Fotograf vorstellen.«
»Tu' ich mittlerweile leidenschaftlich gern.« Er grinste bei dem Wort »leidenschaftlich«. Sein Verhalten zeigte eine kaum noch verhüllte Erregung. Er funkelte richtig vor Vergnügen. »Du mußt kommen und sie dir ansehn.«
»Ich...«
»Heut abend. Dann kannst du gleich den Bentham mitnehmen.«
»Danke.«
»Hab' neuerdings 'n Haus für mich allein. Gleich um die Ecke hinterm Entbindungsheim, in der Pilgrim Street. Nummer vierundsechzig. So nach neun?«

»Okay. Danke. Pilgrim Street.«
Quaid nickte.
»Hatte keine Ahnung, daß es in der Pilgrim Street noch bewohnbare Häuser gibt.«
»Nummer vierundsechzig.

Die Pilgrim Street lag auf den Knien. Die meisten Häuser waren schon bloßer Schutt. Bei ein paar hatten erst die Abrißarbeiten begonnen. Ihre Innenwände waren widernatürlich zur Schau gestellt; rosa und blaßgrüne Tapeten, offene Kamine in oberen Stockwerken hingen über klaffenden Spalten rußgeschwärzten Ziegelwerks. Treppen führten von nirgendwo nach nirgendwo und wieder zurück.
Nummer vierundsechzig stand für sich allein. Zu beiden Seiten waren die Gebäude in der Häuserreihe abgebrochen, wegplaniert worden und hatten eine Wüstenei aus festgestampftem Ziegelstaub hinterlassen, die ein paar kühne oder tollkühne Unkrautbüschel zu besiedeln suchten.
Ein dreibeiniger weißer Hund patrouillierte sein Territorium längs der Nummer vierundsechzig ab und hinterließ dabei als Zeichen seines Besitzrechts in regelmäßigen Abständen kleine Pißmarken.
Quaids Haus war, wenn auch schwerlich ein Palast, immerhin einladender als die Öde, die es umgab.
Sie tranken miteinander schlechten Rotwein, den Steve mitgebracht hatte, und sie rauchten etwas Gras. Quaid war weitaus milder gestimmt, als Steve ihn je zuvor erlebt hatte, vollauf zufrieden, anstatt Entsetzensangst Belanglosigkeiten zu bereden. Er lachte gelegentlich; erzählte sogar einen dreckigen Witz. Das Innere des Hauses war kahl und leer, fast spartanisch. Keine Bilder an den Wänden; keinerlei Dekoration oder Nippes. Quaids Bücher, und davon gab's buchstäblich Hunderte, lagen haufenweise auf dem Boden, ohne daß Steve in ihren Stapeln eine besondere Ordnung hätte entdecken können. Küche und Bad waren primitiv. Die ganze Atmosphäre hatte fast etwas Mönchisches.
Nach ein paar locker-angenehmen Stunden gewann die Neugier über Steve die Oberhand.

»Also, was is' jetz' mit den Urlaubsfotos?« sagte er, merkte durchaus, daß er seine Worte ein bißchen vernuschelte, machte sich aber weiter nichts daraus.
»Ach ja, mein Experiment.«
»Experiment?«
»Ehrlich gesagt, Steve, bin ich mir nicht so sicher, ob ich sie dir zeigen soll.«
»Wieso nicht?«
»Bin da mit 'ner todernsten Sache befaßt, Steve.«
»Und für 'ne todernste Sache bin ich nicht reif genug. Willst du das damit sagen?«
Steve spürte, daß Quaids Taktik ihre Wirkung bei ihm nicht verfehlte, obwohl ganz unverhohlen deutlich war, was er tat.
»Ich hab' nicht gesagt, du bist nicht reif genug...«
»Was ist das für 'ne Sache, verdammt noch mal?«
»Bilder.«
»Von?«
»Du erinnerst dich an Cheryl.«
Bilder von Cheryl. Ha.
»Wie könnt' ich so was vergessen?«
»Sie kommt dieses Semester nicht zurück.«
»Ah.«
»Sie hat 'ne radikale Erfahrung gemacht.« Quaids Blick war basiliskenhaft.
»Was meinst du damit?«
»Sie war immer so ruhig, nicht?« Quaid redete über sie, als ob sie tot wäre. »Ruhig, cool und gefaßt.«
»Ja, das war sie wohl.«
»Armes Luder. 'n guter Fick, das war alles, was sie wollte.«
Steve grinste blöd wie ein Schulkind über Quaids dreckige Bemerkung. Es war ein bißchen schockierend; wie wenn man den Lehrer mit aus der Hose hängendem Pimmel zu Gesicht kriegt.
»Sie hat einen Teil der Ferien hier verbracht.«
»Hier?«
»In diesem Haus.«

»Du magst sie also?«

»Sie ist eine ungebildete, ahnungslose Kuh. Sie ist anmaßend, ist schwach, ist dumm. Aber sie wollte nicht *geben*, nicht die bekackteste Kleinigkeit wollte sie geben.«

»Du meinst, sie wollte nicht vögeln?«

»Ach wo! Sie hatte den Schlüpfer herunten, eh sie dich noch richtig angesehn hat. Ihre Ängste, das war's, womit sie nicht herausrücken wollte...«

Die alte Leier.

»Aber ich hab' sie dazu gebracht, zu gegebener Zeit.«

Quaid zog hinter einem Stapel philosophischer Bücher eine Schachtel hervor. In ihr war ein Packen Schwarzweißfotos, Vergrößerungen in doppeltem Postkartenformat. Er reichte Steve das erste aus dieser Serie hinüber.

»Siehst du: Ich hab' sie eingelocht, Steve.« Quaid war so teilnahmslos wie ein Nachrichtensprecher. »Wollte sehn, ob ich sie puschen könnte, 'n bißchen was von ihrem Grauen rauszurücken.«

»Was soll das heißen: hab' sie eingelocht?«

»Im obern Stockwerk.«

Steve fühlte sich komisch. Ganz leises Singen, Klingeln in seinem Kopf. Von billigem Wein bekam er immer leichtes Ohrensausen.

»Hab' sie im obern Stockwerk eingelocht«, sagte Quaid nochmals. »'s war ein Experiment. Deswegen hab' ich mir dieses Haus gesucht. Keine Ohrenzeugen ringsum.«

Keine Ohrenzeugen – wovon?

Steve sah das unscharfe Bild in seiner Hand an.

»Versteckte Kamera«, sagte Quaid, »sie hatte nie 'ne Ahnung, daß ich sie fotografiert hab'.«

Foto eins zeigte ein kleines, unscheinbares Zimmer. Spärliches, simples Mobiliar.

»Das ist das Zimmer. Unterm Dach. Warm. Sogar 'n bißchen stickig. Absolut ruhig.«

Absolut ruhig.

Quaid offerierte Foto zwei. Dasselbe Zimmer. Jetzt waren die meisten Möbel entfernt. Ein Schlafsack lag entlang einer Wand ausgebreitet. Ein Tisch. Ein Stuhl. Eine nackte Glühbirne.

»Und so hab' ich's für sie hergerichtet.«
»Sieht wie 'ne Zelle aus.«
Quaid grunzte.
Foto drei. Dasselbe Zimmer. Auf dem Tisch ein Krug Wasser. In der Zimmerecke ein Eimer, grob mit einem Handtuch abgedeckt.
»Wozu der Eimer?«
»Für ihre Pisse.«
»Ja.«
»Mit allem nötigen Komfort«, sagte Quaid. »Hatte nicht die Absicht, sie zum Tier zu reduzieren.«
Selbst in seinem betrunkenen Zustand bekam Steve Quaids unausgesprochene Implikation mit. Er hatte nicht die *Absicht*, sie zum Tier zu reduzieren. Trotzdem...
Foto vier. Auf dem Tisch, auf einem schmucklos-glatten Teller eine dicke Scheibe Fleisch. Ein Knochen ragt heraus.
»Rindfleisch«, sagte Quaid.
»Aber sie ist Vegetarierin.«
»Ganz recht. Es ist leicht gesalzenes, schön durchgebratenes, gutes Rindfleisch.«
Foto fünf. Wie Nummer vier, aber jetzt mit Cheryl im Zimmer. Die Tür ist geschlossen. Sie tritt gegen die Tür. Fuß, Faust und Gesicht ein einziger Schemen der Raserei.
»Hab' sie gegen fünf Uhr morgens in das Zimmer verfrachtet. Während sie schlief: Hab's sie selber über die Schwelle getragen. Sehr romantisch. Sie wußte echt nicht, was vor sich ging.«
»Du hast sie da drin eingesperrt?«
»Natürlich. War 'n Experiment.«
»Hat sie nichts davon gewußt?«
»Wir hatten über Angst geredet, kennst mich doch. Sie wußte, was ich entdecken wollte. Wußte, daß ich Versuchskaninchen brauchte. Sie hat schnell kapiert. Sobald sie begriff, worauf ich aus war, hat sie sich beruhigt.«
Foto sechs. Cheryl sitzt in der Zimmerecke und denkt nach.
»Wahrscheinlich hat sie geglaubt, sie könne durchhalten, bis es mir zu blöd wird.«

Foto sieben. Cheryl schaut die Portion Rinderkeule auf dem Tisch an, wirft einen scheelen Blick drauf.
»Hübsches Foto, find'st nicht? Schau dir ihren angeekelten Gesichtsausdruck an. Selbst den Geruch von gebratenem Fleisch hat sie gehaßt. Freilich war sie da noch nicht hungrig.«
Acht: Sie schläft.
Neun: Sie pißt. Steve fühlte sich unbehaglich beim Betrachten des auf dem Eimer hockenden Mädchens; der Schlüpfer hängt ihr um die Knöchel. Tränennasses Gesicht.
Zehn: Sie trinkt Wasser aus dem Krug.
Elf: Sie schläft wieder, mit dem Gesicht zur Wand, eingerollt wie ein Fötus.
»Wie lang ist sie da schon in dem Zimmer?«
»Da war sie erst vierzehn Stunden drin. Sie verlor sehr schnell die Orientierung, was die Zeit anbetrifft. Unveränderte Beleuchtung, wie du siehst. Ihre innere Uhr war ziemlich bald im Arsch.«
»Wie lang war sie drin im ganzen?«
»Bis der entscheidende Nachweis erbracht war.«
Zwölf: Wieder wach, tigert sie um das Fleisch auf dem Tisch und wirft gerade einen verstohlenen Blick darauf.
»Das wurde am nächsten Morgen aufgenommen. Während ich schlief. Die Kamera machte einfach jede Viertelstunde ein Bild. Schau dir die Augen an...«
Steve besah sich die Fotografie genauer. Irgendeine Art Verzweiflung war in Cheryls Gesicht: ein verstörter, wilder Ausdruck. Beinahe wie bei einem Versuch, es zu hypnotisieren, so starrte sie das Rindfleisch an.
»Sie sieht krank aus.«
»Sie ist müde, sonst nichts. Sie hat viel geschlafen, so wie's lief, aber anscheinend hat das nur ihre Erschöpfung bis zum Äußersten gesteigert. Sie weiß jetzt nicht, ob's Tag oder Nacht ist. Und natürlich hat sie Hunger. Sind ja schon eineinhalb Tage. Sie hat mehr als bloß 'n bißchen Appetit.«
Dreizehn: Sie schläft wieder, zu einem diesmal noch festeren Knäuel eingerollt – als wolle sie sich selbst verschlingen.

Vierzehn: Sie trinkt noch mehr Wasser.
»Ich hab' den Krug ausgetauscht, während sie schlief. Ihr Schlaf war tief. Hätte 'ne Polka abziehn können da drinnen, und sie wär' nicht aufgewacht davon. Fort aus dieser Welt.«
Er grinste. Verrückt, dachte Steve, der Mann ist verrückt.
»Mannomann, gestunken hat's da drin! Weißt ja, wie Frauen manchmal riechen; nicht nach Schweiß, nach was andrem. Ein starker, strenger Geruch: fleischartig, blutig. Es waren die letzten Tage ihrer Periode. Hatt' ich nicht mit eingeplant.«
Fünfzehn: Sie berührt das Fleisch.
»Ab hier beginnen sich die Risse zu zeigen«, sagte Quaid, mit leisem Triumph in der Stimme. »Ab hier beginnt das Grauen.«
Steve musterte die Fotografie genau. Die Grobkörnigkeit des Abzugs verwischte die Details, aber die coole Tante erduldete Qualen, soviel war sicher. Beim Berühren der Nahrung war ihr Gesicht, halb vor Gier, halb vor Abscheu, krampfig in sich verknotet.
Sechzehn: Sie war wieder an der Tür, warf sich dagegen; schlug mit allen Körperteilen wild drauflos. Ihr Mund, ein schwarzer phobischer Fleck, schrie die blanke Tür an.
»Jede Konfrontation mit dem Fleisch endete bei ihr regelmäßig damit, mir bombastisch die Ohren vollzulabern.«
»Wie lang geht's da schon?«
»Drei Tage bald. Hast 'ne hungrige Frau vor dir.«
Das war kaum zu übersehen. Auf dem nächsten Foto stand sie noch immer mitten im Zimmer und wandte ihre Augen von der Versuchung der Nahrung weg, während das Dilemma ihren ganzen Körper vor Anspannung erstarren ließ.
»Du läßt sie hungern.«
»Sie kommt zehn Tage lang mit Leichtigkeit ohne Essen aus. Fastenzeiten sind in jedem zivilisierten Land üblich, Steve. Sechzig Prozent der britischen Bevölkerung sind zu irgendeinem Zeitpunkt klinisch fettleibig. Sie war sowieso zu dick.«
Achtzehn: Da sitzt es, das dicke Mädchen, in seiner Zimmerecke und weint.
»Ungefähr jetzt fing sie zu halluzinieren an. Bloß kleine Störungen,

geistige Ticks. Sie dachte, sie spürt was in ihrem Haar oder auf ihrem Handrücken. Mehrere Male hab' ich sie mitten in die Luft starren sehen, intensiv auf nichts fixiert.«

Neunzehn: Sie wäscht sich. Sie ist bis zur Taille entblößt, ihre Brüste sind schwer, ihr Gesicht ausdrucksleer. Das Fleisch hat eine dunklere Schattierung als auf den vorherigen Fotos.

»Sie hat sich regelmäßig gewaschen. Ließ nie zwölf Stunden rumgehn, ohne sich von Kopf bis Fuß zu waschen.«

»Das Fleisch wirkt...«

»Reif?«

»Dunkler.«

»Es ist ziemlich warm in ihrem kleinen Zimmer; und 'n paar Fliegen sind auch drin bei ihr. Sie haben das Fleisch aufgestöbert. Ihre Eier gelegt. Ja, es kriegt so ziemlich den optimalen Reifegrad.«

»Gehört das mit zum Plan?«

»Klar. Wenn das Fleisch sie schon im frischen Zustand abgestoßen hat, wie sah's dann mit ihrem Ekel bei verfaultem Fleisch aus? Das ist die Crux an ihrem Dilemma, nicht? Je länger sie mit dem Essen wartet, desto mehr ekelt sie das an, was ihr als Nahrung zur Verfügung steht. Sie steckt in der Zwickmühle: zwischen ihrem Horror vor Fleisch einerseits und ihrer krassen Angst vorm Sterben andererseits. Was von beiden ist stärker im Endeffekt?«

Steve steckte jetzt gleichermaßen in der Zwickmühle. Einerseits war dieser Scherz schon zu weit gegangen, und Quaids Experiment erwies sich nachgerade als eine Übung in Sadismus, andererseits wollte Steve wissen, bis zu welchem Punkt diese Geschichte noch vorangetrieben worden war. Es hatte etwas unbestreitbar Faszinierendes, die Frau leiden zu sehen.

Auf den nächsten sieben Fotos – zwanzig, einundzwanzig, zwei-, drei-, vier-, fünf-, sechsundzwanzig – war der schon bekannte gleichbleibende Kreislauf abgelichtet. Schlafen, Waschen, Pissen, Fleischbegucken. Schlafen, Waschen, Pissen...

Dann die Siebenundzwanzig.

»Siehst du das?«

Sie hebt das Fleisch hoch. Ja, sie hebt es hoch, nacktes Grausen im

Gesicht. Das Stück Rinderkeule sieht voll ausgereift aus, gesprenkelt mit Fliegeneiern. Üppig-blumig.
»Sie beißt rein.«
Das nächste Foto: mit ihrem im Fleisch vergrabenen Gesicht.
Steve schmeckte förmlich das verrottete Fleisch hinten im Rachen. Sein Bewußtsein assoziierte unwillkürlich Gestank und schuf eine Fäulnissoße für seine aufnahmebereite Zunge. Wie brachte sie das nur fertig?
Neunundzwanzig: Sie erbricht sich in den Eimer in der Zimmerecke.
Dreißig: Sie sitzt da und schaut den Tisch an. Er ist leer. Den Wasserkrug muß sie gegen die Wand geschleudert, den Teller zertrümmert haben. Das Rindfleisch liegt am Boden, ein schleimiger Klumpen des Zerfalls.
Einunddreißig: Sie schläft. Ihr Kopf verliert sich im Gewirr der Arme.
Zweiunddreißig: Sie steht auf. Sie schaut wieder das Fleisch an, widersetzt sich ihm. Der Hunger steht ihr ins Gesicht geschrieben. Gleicherweise der Ekel.
Dreiunddreißig: Sie schläft.
»Wie lange geht das jetzt?« fragte Steve.
»Fünf Tage. Nein, sechs.«
Sechs Tage.
Vierunddreißig: Sie ist eine schemenhafte Gestalt, schleudert sich augenscheinlich gegen eine Wand. Schlägt vielleicht mit dem Kopf dagegen. Steve konnte das nicht genau sagen. Fragen brachte er keine mehr raus. Etwas in ihm wollte nicht informiert werden.
Fünfunddreißig: Sie schläft wieder, diesmal unterm Tisch. Der Schlafsack ist in Stücke gerissen, Stoffetzen und Teile der Füllung liegen im Raum verstreut.
Sechsunddreißig: Sie spricht zur Tür, durch die Tür, und weiß, daß man ihr nicht antworten wird.
Siebenunddreißig: Sie ißt das verpestete Fleisch. Still sitzt sie unterm Tisch, wie eine Wilde in ihrer Höhle, und zerrt mit den Schneidezähnen am Fleisch. Ihr Gesicht ist wieder ausdruckslos; ihre ganze Energie ist auf das augenblickliche Vorhaben ausgerichtet: zu essen,

zu essen, bis der Hunger verschwindet, bis die brennende Qual in ihrem Bauch und der kranke Taumel in ihrem Kopf verschwinden.

Steve starrte die Fotografie an.

»Ich war echt verblüfft«, sagte Quaid, »wie plötzlich sie weich wurde. Eben noch schien sie so viel Widerstandskraft zu haben wie nur je. Der Monolog an der Tür war die gleiche Mischung aus Drohungen und Abbitten, wie sie sie tagein, tagaus abgeliefert hat. Dann brach sie zusammen. Einfach so. Hockt sich unter den Tisch und ißt das Rindfleisch bis auf den Knochen auf, als ob's der delikateste Braten wäre.«

Achtunddreißig: Sie schläft. Die Tür ist auf. Licht strömt herein.

Neununddreißig: Das Zimmer ist leer.

»Wo ist sie hin?«

»Sie ist nach drunten geschlendert. Kam in die Küche, trank mehrere Glas Wasser und saß dann drei oder vier Stunden in 'nem Sessel, ohne ein Wort zu sagen.«

»Hast du mir ihr geredet?«

»Schließlich schon. Als sie langsam aus ihrem Dämmerzustand rauskam. Das Experiment war zu Ende. Wollt' ihr nicht wehtun.«

»Und was hat sie gesagt?«

»Nichts.«

»Nichts?«

»Überhaupt nichts. Wahrscheinlich hat sie lange Zeit nicht mal bemerkt, daß ich auch im Zimmer war. Dann hab' ich 'n paar Kartoffeln gekocht, die hat sie gegessen.«

»Hat sie nicht versucht, die Polizei zu holen?«

»Nein.«

»Und ist nicht auf dich losgegangen?«

»Nein. Ihr war klar, was ich getan hab' und weshalb ich's getan hab'. Es war nicht direkt vorausgeplant, aber wir hatten uns über solche Experimente unterhalten, sie ganz allgemein diskutiert. Weißt du, ernstlich ist ihr ja praktisch nichts passiert. Sie hat vielleicht etwas abgenommen, aber das war auch schon alles.«

»Wo ist sie jetzt?«

»Am nächsten Tag ist sie abgezogen. Weiß nicht, wo sie hin ist.«

»Und was ist nun rausgekommen bei dem Ganzen?«
»Vielleicht gar nichts. Aber als Einstieg in meine Nachforschungen war's interessant genug.«
»Einstieg? Das war nur ein Einstieg?« Unverhohlener Abscheu vor Quaid schwang in Steves Stimme mit.
»Stephen...«
»Du hättest sie umbringen können!«
»Nein.«
»Sie hätte den Verstand verlieren können, psychisch auf Dauer geschädigt bleiben.«
»Möglich. Aber unwahrscheinlich. Sie war eine Frau mit starkem Willen.«
»Aber du hast ihn gebrochen.«
»Ja. Es war eine Reise, zu der sie bereit war. Wir hatten miteinander abgesprochen, die Konfrontation mit ihrer Angst zu suchen. Also bitte: Hab' ich's für Cheryl arrangiert, genau das zu tun. Doch wirklich nichts Weltbewegendes.«
»Du hast sie dazu gezwungen. Andernfalls hätte sie es todsicher bleibenlassen.«
»Stimmt. Es war eine wichtige Lektion für sie.«
»Ach, ein Lehrer bist du also?«
Steve wünschte, er hätte den Sarkasmus in seiner Stimme unterdrükken können. Aber er war unüberhörbar. Sarkasmus; Wut; und ein bißchen Angst.
»Ja, ich bin ein Lehrer«, erwiderte Quaid, sah Steve von der Seite her an, ohne ihn wirklich ins Auge zu fassen. »Ich bring' den Menschen das Grauen bei.«
Steve starrte auf den Boden. »Bist du zufrieden mit dem, was du ihr beigebracht hast?«
»Ich hab' auch gelernt dabei, Steve. Ausgesprochen aufregende Aussichten: Eine Welt der Ängste gilt es zu erforschen. Besonders bei intelligenten Versuchspersonen. Selbst angesichts der Tatsache, daß sie rational überlegen...«
Steve stand auf. »Ich will nichts mehr hören.«
»Ah ja? Okay.«

»Ich hab' Seminar gleich morgen früh.«
»Nein.«
»Was?«
Ein Schlag – schon abgedämpft.
»Nein. Geh noch nicht.«
»Weshalb?« Sein Herz raste. Er fürchtete Quaid, nie hatte er sich klargemacht wie sehr.
»Ich hab' noch 'n paar Bücher mehr für dich auf Lager.«
Steve fühlte, wie er rot wurde. Nur leicht. Was hatte er eben gedacht? Daß Quaid im Begriff war, ihn mit einem aggressiven Rugby-Hechtsprung flachzulegen, um anschließend an seinen Ängsten herumzuexperimentieren? Idiotische Einfälle.
»Ich hab' ein Buch über Kierkegaard. Wird dir gefallen. Oben. Bin in zwei Minuten wieder da.«
Lächelnd verließ Quaid das Zimmer.
Steve ging in die Hocke und fing an, das Bündel Fotos nochmals durchzublättern. Am meisten faszinierte ihn der Zeitpunkt, als Cheryl das verfaulte Fleisch zum ersten Mal hochhob. Ihr Gesicht zeigte einen Ausdruck, der für die Frau, die er gekannt hatte, absolut untypisch war. Zweifel stand darin geschrieben, und Verwirrung und tiefes...
Grauen.
Es war Quaids Wort. Ein schmutziges Wort. Ein obszönes Wort, von dieser Nacht an mit Quaids Folterung eines unschuldigen Mädchens verknüpft.
Einen Augenblick lang dachte Steve an den Ausdruck in seinem eigenen Gesicht, während er auf die Fotografie hinunterstarrte. Zeigte sein Gesicht nicht einiges von derselben Verwirrung? Und vielleicht auch einiges von dem Grauen, das nur darauf wartete, freigesetzt zu werden.
Er hörte ein Geräusch hinter sich, zu leise, um von Quaid herzurühren. Außer, er schlich sich an.
Mein Gott, außer er...
Ein Bausch chloroformgetränktes Tuch wurde Steve auf Mund und Nase gepreßt. Unwillkürlich holte er Luft, und beißend drangen die Dämpfe in seine Nebenhöhlen, trieben ihm das Wasser in die Augen.

Ein Tupfen Schwärze erschien am Rand der Welt, gerade noch außer Sicht, und er fing an zu wachsen, dieser Fleck, pulsierte im Rhythmus von Steves schneller schlagendem Herzen. Tief drin in seinem Kopf konnte er Quaids Stimme als Schleier wahrnehmen. Sie sagte seinen Namen.
»Stephen.«
Und wieder.
»...ephen.«
»...phen.«
»...hen.«
»...en.«
Der Fleck füllte die Welt aus. Die Welt war dunkel, fortgelöscht. Aus der Sicht, aus dem Sinn.
Hilflos sackte Steve zwischen den Fotografien zusammen.

Als er wieder zu sich kam, war er sich seines Wachzustandes nicht bewußt. Finsternis überall, ringsum. Eine Stunde lag er mit aufgerissenen Augen wach, ehe er merkte, daß sie offen waren.
Versuchsweise bewegte er erst Arme und Beine, dann den Kopf. Wider Erwarten war er nicht gefesselt, außer am Knöchel. Zweifelsohne hatte er eine Kette oder was Ähnliches um den linken Knöchel. Sie schürfte ihm die Haut wund, wenn er sich zu stark zu bewegen versuchte.
Der Boden unter ihm war äußerst unangenehm, und als er ihn mit der Handfläche genauer untersuchte, erkannte er, daß er auf irgendeiner Art überdimensionalem Gitter oder Rost lag. Aus Metall, und die gleichmäßige Oberfläche erstreckte sich nach allen Seiten, soweit seine Arme reichten. Als er mit dem Arm durch die Löcher in seinem Grill nach unten langte, berührte er keinerlei Widerstand. Bloß Luft, die unter ihm ins Leere fiel.

Die ersten Infrarotaufnahmen, die Quaid von Stephens Haft machte, bestätigten augenfällig seine Voruntersuchung. Erwartungsgemäß verhielt sich die Versuchsperson angesichts ihrer Lage ziemlich vernünftig. Keine hysterischen Ausbrüche. Keine Verwünschungen.

Keine Tränen. Darin bestand das Problem, das dieser spezielle Fall stellte. Er wußte genau, was vor sich ging; und er würde sich seinen Ängsten gegenüber nach logischen Gesichtspunkten verhalten. Das ergab mit Sicherheit eine geistige Konstitution, die schwerer zu knacken war als die von Cheryl.
Aber wieviel lohnender wären die Resultate, wenn er endlich zusammenkrachte. Würde seine Seele sich Quaid dann nicht ganz erschließen, sich betrachten, berühren lassen? So viel gab's im Innern dieses Mannes, das er studieren wollte.
Allmählich gewöhnten sich Steves Augen an die Dunkelheit. Augenscheinlich war er in einer Art Schacht eingekerkert. Schätzungsweise an die sechs Meter breit und vollkommen rund. War es eine Art Luftschacht, für einen Stollen oder eine unterirdische Fabrik? Wie auf einer Karte vergegenwärtigte Steve sich das Areal um die Pilgrim Street und versuchte, so genau wie möglich den mutmaßlichen Ort zu bestimmen, an den Quaid ihn verfrachtet haben könnte. Es blieb ihm unvorstellbar, wohin.
Unvorstellbar.
Abgeschoben, verloren an einem Ort, den er weder lokalisieren noch identifizieren konnte. Der kantenlose Schacht bot seinen Augen keinen Halt; und die Wände wiesen weder Riß noch Loch auf, keinen Unterschlupf für sein Bewußtsein. Schlimmer: Er lag ausgebreitet auf einem Rost, der über diesem Schacht hing. Gegen die Dunkelheit unter ihm konnten seine Augen nicht das Geringste ausrichten. Der Schacht war möglicherweise bodenlos. Und nur das dünne Netzwerk des Gitters war da, zwischen ihm und dem Absturz, und die zarte Kette, die seinen Knöchel an das Gitter fesselte.
So sah er sich: in der Schwebe unter einem leeren schwarzen Himmel, und über einer grenzenlosen Finsternis. Die Luft war warm und muffig. Sie trocknete die Tränen auf, die ihm plötzlich in die Augen geschossen waren, und machte diese klebrig. Als er, nachdem die Tränen versiegt waren, doch anfing, um Hilfe zu rufen, verschluckte die Finsternis seine Worte mühelos.
Nachdem er sich heiser geschrien hatte, sank er aufs Gitter zurück. Er konnte nicht anders, mußte sich einfach vorstellen, daß jenseits seines

zerbrechlichen Betts die Finsternis endlos weiterging. Natürlich war das unsinnig. »Nichts geht endlos weiter«, sagte er laut.
Nichts geht ewig weiter.
Und doch, er würde es nie erfahren. Wenn er in die absolute Schwärze fiele, da unter ihm, dann würde er fallen und fallen und fallen und den Boden des Schachts nicht kommen sehen. Obwohl er versuchte, an freundlichere, positivere Bilder zu denken, verhexte sein Seelenzustand seinen Körper dazu, diesen gräßlichen Schacht kaskadenartig hinabzustürzen, der Boden immer drei Handbreit von seinem abwärts wirbelnden Körper entfernt, ohne daß seine Augen ihn sahen, sein Hirn ihn voraussagte.
Bis er aufschlüge.
Sähe er Licht, wenn sein Kopf beim Anprall aufgeschmettert würde? Begriffe er, in dem Augenblick, in dem sein Körper wertloser Fleischmatsch würde, warum er gelebt, warum er hatte sterben müssen?
Dann dachte er: Quaid wird es nicht wagen. »Wird es nicht wagen!« kreischte er. »Wird es nicht wagen!«
Das Dunkel war ein Wortefresser. Kaum gellte er hinein, war es so, als hätte er nie einen Mucks gemacht.
Und dann ein zweiter Gedanke: ein echter Finsterling. Angenommen, Quaid hatte diese kreisförmige Hölle deshalb für seine Einlochung aufgetrieben, weil sie *nie* gefunden, *nie* ausgekundschaftet würde? Womöglich wollte er sein Experiment bis zum Äußersten vorantreiben.
Bis zum Äußersten. Der Tod war das Äußerste. Und wär' das nicht das höchste, absolute Experiment für Quaid? Einen Menschen beim Sterben zu beobachten: zu beobachten, wie die Todesangst, der Urquell des Grauens, herannaht? Sartre hatte geschrieben, daß kein Mensch je bewußt den eigenen Tod erleben könne. Aber den Tod anderer zu erleben, hautnah – die akrobatischen Verrenkungen zu beobachten, die der Verstand zweifellos vollführen würde, um die bittere Wahrheit zu umgehen – das war doch ein Schlüssel zum Wesen des Todes, oder? Das taugte eventuell, in irgendeinem bescheidenen Ausmaß, dazu, einen Mann auf seinen eigenen Tod vorzubereiten. Das Grauen eines andren stellvertretend, wissend durchzumachen,

war die sicherste, klügste Methode, mit der Bestie in Berührung zu kommen.
Ja, dachte er, Quaid könnte mich töten; aus seiner eigenen Schreckensangst heraus.
Der Gedanke verschaffte Steve eine bittere Genugtuung. Dieser Quaid, der unvoreingenommene Experimentator, der Möchtegern-Erzieher, war von Schreckensängsten besessen, weil sein Grauen am allertiefsten saß.
Deswegen mußte er andere beim Umgang mit ihrer Furcht beobachten. Er brauchte eine Lösung, einen Ausweg für sich selbst.
All dies durchzudenken, nahm Stunden in Anspruch. Steves Verstand war quecksilbrig in der Finsternis, aber unkontrollierbar, zügellos. Es fiel ihm schwer, eine Argumentationskette sehr lang durchzuhalten. Seine Gedanken glichen Fischen, kleinen, schnellen Fischen, die sich aus seinem Griff herauswanden, sobald er sie zu fassen bekam. Aber jeder Gedankenkrümmung lag die Einsicht zugrunde, daß er Quaid bei diesem Spiel schlagen mußte. Daran war nicht zu rütteln. Er mußte ruhig bleiben; sich als untaugliches Objekt für Quaids Analyse erweisen.
Die während dieser Stunden gemachten Fotos zeigten Stephen, wie er mit geschlossenen Augen auf dem Rost lag, einen Ausdruck leichten Mißmuts im Gesicht. Gelegentlich huschte, paradoxerweise, ein Lächeln über seine Lippen. Hin und wieder war unmöglich zu entscheiden, ob er schlief oder wach war, dachte oder träumte.
Quaid wartete.
Endlich begannen Steves Augen unter den Lidern zu zucken, das unfehlbare Anzeichen des Träumens. Es war Zeit, das Rad der Folterbank zu drehen, solang die Versuchsperson schlief.
Steves Hände steckten in Handschellen, als er erwachte. Neben sich konnte er eine Schale Wasser auf einem Teller sehen und eine zweite Schale voll lauwarmem, ungesalzenem Porridge daneben. Er aß und trank dankbar.
Während er aß, registrierte er zweierlei. Erstens, daß ihm sein Eßgeräusch im Kopf sehr laut vorkam, und zweitens, daß er eine Vorrichtung, etwas Straffgezogenes um seine Schläfen spürte.

Die Fotos zeigen Stephen, wie er unbeholfen zu seinem Kopf hinaufgreift. Gurtzeug ist ihm übergestülpt, festgeschnallt und an passender Stelle verschlossen. Unverrückbar preßt es ihm Stöpsel tief in die Ohren und verhindert so, daß irgendein Geräusch hineindringt.
Die Fotos zeigen seine Verwirrung. Dann Wut. Dann Angst.
Steve war taub.
Das einzige, was er hören konnte, waren die Geräusche in seinem Kopf. Das Klicken, Knacken seiner Zähne, das Matschen und Schlingen seines Gaumens. Die Töne dröhnten zwischen seinen Ohren wie Kanonen.
Tränen schossen ihm in die Augen. Er stieß mit den Füßen gegen den Rost, ohne das rasselnde Geklapper seiner Fersen auf den metallenen Gitterstäben zu hören. Er kreischte, bis sein Schlund sich anfühlte, als ob er blutete. Er hörte keinen seiner Schreie.
Panik setzte ein in ihm.
Die Fotografien zeigten ihre Geburt. Stephens Gesicht war gerötet. Seine Augen geweitet, Gebiß und Zahnfleisch in einer Grimasse zur Schau gestellt. Er sah aus wie ein verschreckter Affe.
All die vertrauten Kindheitsgefühle fegten über ihn hinweg. Er erinnerte sich an sie wie an die Gesichter alter Feinde; das Schlottern der Glieder, der Schweiß, der Brechreiz. Verzweifelt griff er sich die Wasserschüssel und kippte sie sich übers Gesicht. Vorübergehend drängte der Kaltwasserschock sein Gemüt von der Panikleiter, die es hinaufkletterte, wieder herunter. Er legte sich flach auf den Rost, sein Körper ein Brett, und ermahnte sich, tief und gleichmäßig zu atmen.
Nur ruhig, ruhig, ruhig, sagte er laut.
In seinem Kopf konnte er die Zunge schnalzen hören. Er konnte auch seinen Schleim hören, wie er sich zäh-träg in den panikverengten Nasengängen bewegte, sein Stocken und Wiederfließen den Ohren übermittelte. Und jetzt konnte er das leise, schwache Zischen vernehmen, das unter all den anderen Geräuschen wartete. Das Stimmgetön seines denkenden, fühlenden Selbst...
Wie das sinnleere Rauschen zwischen den Rundfunksendern. Es war dasselbe Wimmern, das ihn unter der Narkose holen kam, dasselbe

Geräusch, das regelmäßig an der Einschlafgrenze in seinen Ohren ertönte.
Noch immer zuckten nervös seine Glieder, und nur halbwegs bekam er mit, wie heftig er sich mit seinen Handschellen herumschlug, gleichgültig, ob ihre Kanten ihm die Haut an den Gelenken aufscheuerten.
Die Fotografien protokollierten all diese Reaktionen haargenau. Stephens Kampf mit der Hysterie, seine rührenden Versuche, die Ängste vom Wiederauftauchen abzuhalten. Seine Tränen. Seine blutigen Handgelenke.
Schließlich siegte die Erschöpfung über die Panik; wie so oft in seinen Kindertagen. Wie viele Male war er, mit dem Salzgeschmack der Tränen in Nase und Mund, eingeschlafen, außerstande, sich noch irgend länger zur Wehr zu setzen?
Die Strapaze hatte den Lärmpegel seiner Kopfgeräusche erhöht. Jetzt sang sein Hirn ihn anstelle eines Schlummerliedes mit pfeifendem Geschrill und Gebrüll in den Schlaf.
Eine Wohltat: das Vergessen.
Quaid war enttäuscht. Aus der Schnelligkeit von Stephen Graces Reaktionen ging klar hervor, daß er wirklich demnächst zusammenbrechen würde. Das Experiment lief erst ein paar Stunden, und er war tatsächlich schon so gut wie zusammengebrochen und geknackt. Wo Quaid so auf Stephen gebaut hatte! Nach monatelanger Vorarbeit sah es jetzt ganz so aus, als ob diese Versuchsperson im Begriff wäre, den Verstand zu verlieren, ohne dabei den geringsten Anhaltspunkt preiszugeben.
Ein Wort, ein armseliges Wort, mehr brauchte Quaid nicht. Ein kleines, das Wesen der Erfahrung betreffendes Indiz. Oder noch besser, etwas, in dem sich eine Lösung andeutete, ein heilender Totem, ein Gebet gar. Sicher kommt doch irgendein Erlöser über die Lippen, wenn die Persönlichkeitsstruktur in den Wahnsinn hinweggefegt wird? *Etwas* muß es doch geben.
Quaid wartete wie ein Aasvogel an der Stätte irgendeines grausigblutigen Geschehens, zählte die Minuten, die der verhauchenden Seele noch gegeben waren und erhoffte sich einen Leckerbissen.

Steve erwachte auf dem Rost, mit dem Gesicht nach unten. Die Luft war jetzt viel muffiger, und die metallenen Gitterstäbe schnitten ins Fleisch seiner Wange. Ihm war heiß und unbehaglich.

Er lag still und ließ die Augen sich wieder an seine Umgebung gewöhnen. Die Linien des Rosts verliefen sich in vollendeter Perspektive, hielten auf die Schachtwand zu. Das einfache Netzwerk kreuz und quer laufender Stäbe kam ihm bildhübsch vor. Ja, bildhübsch. Hin und her folgte er den Linien, bis er das Spiel satt hatte. Angeödet wälzte er sich auf den Rücken herum und spürte, wie das Gitter unter seinem Körper vibrierte. War es jetzt weniger stabil? Es schien ein bißchen zu schaukeln, während er sich bewegte.

Erhitzt und verschwitzt knöpfte Steve sein Hemd auf. Er hatte Schlafspucke am Kinn, aber keine Lust, sie wegzuwischen. Ihm doch schnuppe, wenn er sabberte. Wer hätt's denn sehen sollen? Er riß sich das Hemd halb herunter und stieß mit Hilfe des einen Fußes den Schuh vom andern.

Schuh – Metallrost – Fall. Träg stellte sein Verstand die Verbindung her. Er setzte sich auf. Ach, armer Schuh. Sein Schuh würde fallen. Er würde zwischen den Stäben durchrutschen und verlorengehen. Aber nein. Er überbrückte, kantengenau, mit Absatz und Spitze ein Gitterloch; er war noch zu retten, wenn Steve sich Mühe gab.

Er langte nach seinem armen, armen Schuh, und seine Bewegung verlagerte den Rost. Der Schuh fing an zu rutschen.

»Bitte«, bettelte Steve, »fall nicht runter!« Er wollte ihn nicht verlieren, seinen schönen Schuh, seinen bildhübschen Schuh. Er durfte nicht fallen. Er durfte nicht fallen.

Als er sich ausstreckte, um ihn zu schnappen, kippte der Schuh, mit dem Absatz voran, durch das Gitter und fiel in die Finsternis.

Stephen stieß einen Verlustschrei aus, den er nicht hören konnte.

Ach, könnte er nur dem Schuh beim Fallen lauschen und dabei die Sekunden seines Sturzes zählen. Und ihn dann auf dem Schachtboden endgültig aufschlagen hören. Zumindest wüßte er dann, wie weit die Fallinie bis zu seinem Tod war.

Er konnte es nicht länger ertragen. Er wälzte sich auf den Bauch, stieß beide Arme durch das Gitter und schrie: »Ich komm' auch! Ich komm' auch!«

Unmöglich länger auszuhalten, das Warten auf seinen Fall, im Dunkel, im winselnden Schweigen. Er wollte bloß seinem Schuh hinterher, hinunter den dunklen Schacht, hinunter, hinunter zur Vernichtung und so dem ganzen Spiel ein Ende machen, ein für allemal.
»Ich komm'! Ich komm'! Ich komm'!« kreischte er. Inständig, kniefällig beschwor er die Schwerkraft. Das Gitter unter ihm bewegte sich. Irgend etwas war gebrochen. Ein Zapfen, eine Kette, ein Seil, etwas, das den Rost in Position hielt, war entzweigegangen. Keine waagrechte Lage mehr; schon rutschte er quer über das Gitterwerk, während er ins Dunkel hinauskippte.
Mit eisigem Schock wurde ihm deutlich, daß er nicht mehr gefesselt, nicht mehr angekettet war.
Er würde hinabstürzen.
Der Mann wollte, daß er hinabstürzte. Der Böse – wie hieß er noch? Quake? Quail? Quarrel...
Automatisch packte er den Rost mit beiden Händen, als dieser sich noch weiter vornüber neigte. Vielleicht wollte er seinem Schuh doch nicht hinterherstürzen? Vielleicht war das Leben, ein Augenblickchen mehr Leben, wert, sich daran festzuklammern...
Das Dunkel jenseits der Rostkante war so tief. Und wer konnte erraten, was darin lauerte?
In seinem Kopf vervielfältigten sich die Geräusche seiner Panik. Das Hämmern seines blutigen Herzens, das schnorchelnde Stottern seines Schleims, das trockene Raspeln seines Gaumens. Seine vor Schweiß schlüpfrigen Hände verloren allmählich den Halt. Die Schwerkraft wollte ihn. Sie machte ihre Ansprüche auf seine Körpermasse geltend: verlangte, daß er fiel. Einen Augenblick lang, während er über seine Schulter einen flüchtigen Blick auf den Schlund warf, der sich unter ihm öffnete, meinte er, er sähe Ungeheuer sich darinnen regen. Lächerliche, bescheuerte Wesen, roh hinskizziert, schwarzes Dunkel auf schwarzem Dunkel. Scheußliche Graffiti stierten scheel herauf aus seiner Kindheit und fuhren ihre Klauen aus, um nach seinen Beinen zu greifen.
»Mami«, sagte er, als ihm die Hände versagten, und er wurde ins Grauen hineinbefördert.

»Mami.«

Das war das Wort. Quaid hörte es klar und deutlich, in seiner ganzen Banalität.

»Mami!«

Bis Steve dann auf dem Schachtboden auftraf, war es ihm absolut unmöglich geworden zu beurteilen, wie tief er gestürzt war. Im selben Moment, in dem seine Hände den Rost losließen und ihm bewußt war, daß die Dunkelheit ihn kriegen würde, zerkrachten ihm Sinn und Verstand. Das animalische Selbst überlebte, um seinen Körper zu entkrampfen, und ersparte ihm so bis auf unerhebliche Verletzungen bei dem Aufprall alles. Seine übrige Existenz, alles, bis auf die simpelsten Reaktionen, wurde zerschmettert, die Trümmer in die Nischen und Winkel seines Gedächtnisses geschleudert.

Als das Licht kam, endlich, sah er auf zu der Person in der Mickymaus-Maske an der Tür und lächelte sie an. Es war ein Kinderlächeln, eins der Dankbarkeit für seinen komischen Retter. Er ließ sich von dem Mann bei den Knöcheln nehmen und aus dem großen runden Zimmer zerren, in dem er lag. Seine Hosen waren naß, und er wußte, er hatte sich im Schlaf schmutzig gemacht. Trotzdem, die Spaßmaus würde ihn küssen, bis es ihm besser ginge.

Sein Kopf pendelte taumelig auf seinen Schultern, als er aus der Folterkammer gezogen wurde. Auf dem Boden neben seinem Kopf war ein Schuh. Und zwei oder zweieinhalb Meter über ihm war das Gitter, von dem er heruntergefallen war.

Es war ohne jede Bedeutung.

Er ließ sich von der Maus in einem strahlend hellen Zimmer hinsetzen. Er ließ sich von der Maus seine Ohren zurückgeben, obwohl er sie nicht wirklich wollte. Es war ulkig, die völlig stumme Welt zu betrachten, es reizte ihn zum Lachen.

Er trank etwas Wasser, er aß etwas süßen Kuchen. Er war müde. Er wollte schlafen. Er wollte seine Mami. Aber die Maus schien nichts zu begreifen, also plärrte er los, stieß mit dem Fuß gegen den Tisch und warf die Teller und Tassen auf den Boden. Dann lief er ins nächste Zimmer und warf alle Papiere, die er zu fassen kriegte, in die Luft. Es war schön anzusehen, wie sie hochflatterten und runterflatterten.

Manche kamen auf die Vorderseite zu liegen, manche auf die Rückseite. Manche waren vollgeschrieben. Manche waren Bilder. Schauerliche Bilder. Bilder, bei denen ihm ganz seltsam wurde.
Lauter Bilder von toten Leuten, eins wie das andere. Manche der Bilder zeigten kleine Kinder, andere schon große Kinder. Sie lagen ausgestreckt oder saßen halbaufgerichtet, und große Schnitte waren in ihren Gesichtern und ihren Körpern, Schnitte, die ein schlimmes Kuddelmuddel zeigten, einen Mischmasch aus glitzrigen Stückchen und glibbrigen Stückchen. Und rundherum um die toten Leute: schwarze Farbe. Nicht in ordentlichen Pfützen, sondern rundherum verspritzt und mit den Fingern hingeschmiert, mit den Händen abgeklatscht, ganz schlimm und schluderig.
Auf drei oder vier von den Bildern war das Ding noch da, das die Schnitte machte. Er wußte das Wort dafür.
Axt.
Da war eine Axt im Gesicht einer Dame, fast bis zum Griff drin vergraben. Da war eine Axt im Bein eines Mannes, und wieder eine, die lag auf dem Boden einer Küche neben einem toten Baby.
Seltsam, dachte Steve, dieser Mann sammelt Bilder von Toten und Äxten.
Das war sein letzter Gedanke, ehe der allzu vertraute Chloroformduft seinen Kopf erfüllte und er die Besinnung verlor.

Der schmuddelige Hauseingang roch nach altem Urin und frisch Erbrochenem. Es war sein eigenes Erbrochenes; sein Hemd war vorn ganz voll damit. Er versuchte aufzustehn, aber seine Knie fühlten sich wacklig an. Es war sehr kalt. Der Hals tat ihm weh.
Dann hörte er Schritte. Klang so, als ob die Maus zurückkäme. Vielleicht würde sie ihn heimbringen.
»Aufstehn, Burschi!«
Es war nicht die Maus. Es war ein Polizist.
»Was liegst 'n hier rum? Aufstehn, hab' ich gesagt.«
Indem er sich mit den Armen gegen das bröckelige Mauerwerk des Hauseingangs abstützte, kam Steve wieder auf die Beine. Der Polizist leuchtete ihn mit seiner Stablampe an.

»Du lieber Gott«, sagte der Polizist, und der Ekel stand ihm ins Gesicht geschrieben. »Bist in 'nem echt bekackten Zustand. Wo wohnst 'n?«
Steve schüttelte den Kopf und starrte wie ein beschämter Schuljunge auf sein von Erbrochenem durchtränktes Hemd.
»Wie heißt du?«
Er konnte sich nicht genau erinnern.
»Na, wie denn, Junge?«
Er gab sich ja Mühe. Wenn der Polizist nur nicht so schreien würde.
»Na los, reiß dich zusammen!«
Die Worte ergaben wenig Sinn. Steve konnte spüren, wie ihm beißend Tränen in die Augen stiegen.
»Heim.«
Jetzt flennte er, schniefte Rotz, kam sich gottsjämmerlich verlassen vor. Sterben wollte er: wollte sich hinlegen und sterben.
Der Polizist schüttelte ihn. »Bist du von irgendwas high?« wollte er wissen, zog Steve dabei in den Schein der Straßenbeleuchtung und starrte ihm ins verweinte Gesicht.
»Mach besser, daß du weiterkommst!«
»Mami«, sagte Steve. »Ich will zu meiner Mami.«
Die Worte veränderten diese Begegnung von Grund auf.
Mit einem Mal fand der Polizist das Schauspiel mehr als widerlich, mehr als jammervoll. Dieser kleine Dreckskerl mit seinen blutunterlaufenen Augen und seinem übers Hemd verteilten Essen ging ihm langsam wirklich auf die Nerven. Zu viel Geld, zu viel Scheiße in seinen Adern, zu wenig Disziplin.
»Mami« machte das Maß voll. Er boxte Steve in die Magengegend, ein sauberer, harter, zweckdienlicher Hieb. Wimmernd krümmte sich Steve zusammen.
»Maul halten, Burschi!«
Ein zweiter Hieb, und die Aufgabe, das Kind kampfunfähig zu machen, war erledigt. Dann krallte er sich eine Handvoll Stevescher Haare und zog das Gesicht des Drogenbubis zu seinem hoch.
»Willst wohl gern 'n verkommenes Wrack werden, ja?«
»Nein. Nein.« Steve wußte nicht, was ein verkommenes Wrack war. Er wollte nur erreichen, daß der Polizist ihn mochte. »Bitte«, sagte er, und erneut kamen ihm die Tränen, »bring mich heim.«

Der Polizist schien verwirrt. Dem Kind war es nicht eingefallen, zurückzuschlagen und sich auf seine Bürgerrechte zu berufen, wie's die meisten von der Sorte taten. Normalerweise landeten sie nämlich am Boden, mit blutiger Nase und dem Ruf nach 'nem Sozialarbeiter. Der hier weinte bloß. Dem Polizisten wurde der Junge langsam unheimlich. Als ob er nicht ganz dicht wäre oder so was. Und er hatte die Scheiße aus dem kleinen Rotzer geprügelt. Kacke, saublöde. Jetzt fühlte er sich verantwortlich. Er packte Steve am Arm und schaffte ihn eilig über die Straße zu seinem Wagen hinüber.
»Steig ein!«
»Bring mich...«
»Ich bring dich heim, Burschi. Ich bring dich heim.«

Im Nachtasyl durchstöberten sie Steves Kleidung nach irgendwelchen Personalien, fanden keine, durchsuchten seinen Körper nach Flöhen, seine Haare nach Nissen. Der Polizist ging dann fort von ihm, worüber Steve erleichtert war. Er hatte den Mann nicht gemocht.
Die Leute im Asyl redeten über ihn, als ob er nicht im Zimmer wäre. Redeten darüber, wie jung er sei; erörterten seinen Intelligenzgrad; seine Kleidung; seine Erscheinung. Dann gaben sie ihm einen Riegel Seife und zeigten ihm den Duschraum. Er stand zehn Minuten unter dem kalten Wasser und trocknete sich mit einem fleckigen Handtuch ab. Er rasierte sich nicht, obwohl sie ihm einen Apparat geliehen hatten. Er hatte vergessen, wie man's machte.
Dann gaben sie ihm ein paar alte Kleidungsstücke; das gefiel ihm gut. So schlimme Leute waren sie gar nicht, auch wenn sie echt über ihn redeten, als ob er nicht da wäre. Einer von ihnen, ein stämmiger Mann mit einem angegrauten Bart, lächelte ihn an, als würde er einen Hund anlächeln.
Merkwürdige Kleider hatte man ihm da gegeben. Entweder zu groß oder zu klein. Alle Farben: gelbe Socken, schmutziges weißes Hemd, eine Nadelstreifen-Hose, die für einen Vielfraß gemacht worden war, ein abgetragener Pullover, schwere Stiefel. Sich Einmummen, das gefiel ihm gut: zwei Westen anziehn und zwei Paar Socken, wenn sie

nicht hersahen. Umwickelt mit mehreren Lagen Baumwolle und Wolle – das hatte etwas Beruhigendes für ihn.
Dann ließen sie ihn gehen, mit einem Billet für sein Bett in der Hand. Er hatte zu warten, bis der Schlafsaal aufgesperrt würde. Er war nicht ungeduldig wie manche von den Männern, die mit ihm in den Gängen lungerten. Viele von ihnen zeterten zusammenhangslos, ihre Beschuldigungen waren durchsetzt mit Obszönitäten, und sie spuckten sich gegenseitig an. Es verschreckte ihn. Er wollte nichts als Schlaf. Sich hinlegen und schlafen.
Um elf Uhr sperrte einer der Wärter den Eingang zum Schlafsaal auf, und all die verlorenen, abgerissenen Männer marschierten hintereinander durch, um sich ein Eisenbett für die Nacht zu besorgen. Der Schlafsaal, der groß war und schlecht beleuchtet, stank nach Desinfektionsmittel und alten Leuten.
Den Blicken und fuchtelnden Armen der anderen verkommenen Wracks ausweichend, suchte sich Steve ein schlecht gemachtes Bett aus mit nur einer dünnen, hingeschlampten Decke darüber und legte sich zum Schlafen nieder. Rings um ihn husteten und brummelten und weinten die Männer. Einer sprach im Liegen seine Gebete und starrte dabei, auf seinem grauen Kissen, zur Decke. Steve fand das eine gute Idee. Folglich sprach er sein eigenes Kindergebet:

»Lieber Jesus, mild und lind,
Schau doch auf dies kleine Kind,
Neig dich meinem... Wie hieß es noch?
Neig dich meinem *simplen Sinn*,
Duld mich, daß ich bei Dir bin.«

Ja, daraufhin fühlte er sich besser; und der Schlaf, ein Balsam, war blau und tief.

Quaid saß in der Finsternis. Schreckensterror hielt ihn wieder umfaßt, schlimmer als je zuvor. Sein Körper war starr vor Angst; so sehr, daß er nicht mal aus dem Bett steigen und das Licht anknipsen konnte. Noch dazu – was wäre, wenn dieses Mal, dieses Mal aller Male, der Schreckensterror keine Täuschung war? Wenn der Axtmann in Fleisch und Blut leibhaftig auf der Schwelle stünde? Ihn angrinste wie

ein Irrer, auf dem oberen Treppenabsatz tanzte wie der Teufel – ganz der tanzende und grinsende, grinsende und tanzende Horror aus Quaids Träumen.
Nichts rührte sich. Kein Treppenknarren, kein Gekicher im Finstern. Er war's also doch nicht. Quaid würde morgen noch am Leben sein. Sein Körper hatte sich jetzt ein wenig entspannt. Er schwang die Beine aus dem Bett und schaltete das Licht an. Das Zimmer war tatsächlich leer. Das Haus war still. Durch die offene Tür konnte er den Treppenabsatz sehen. Kein Axtmann dort. Natürlich.

Steve wurde von Geschrei wach. Es war noch dunkel. Er wußte nicht, wie lang er geschlafen hatte, aber seine Glieder schmerzten nicht mehr so arg. Er setzte sich halb auf, die Ellbogen auf dem Kissen, und starrte in den Schlafsaal, um zu sehen, worum es ging bei dem ganzen Aufruhr. Vier Bettreihen von seiner entfernt rauften zwei Männer. Der Grund für die Streiterei blieb absolut unklar. Sie schlugen sich nur herum wie Mädchen (der Anblick brachte Steve zum Lachen), kreischten und zerrten sich gegenseitig an den Haaren. Das Blut auf ihren Gesichtern und Händen war schwarz im Mondlicht. Einer von ihnen, der ältere, wurde der Länge nach auf sein Bett zurückgestoßen und schrie dabei: »Ich geh' dir nicht in die Finchley Road! Du kriegst mich nicht rum. Schlag mich nicht! Ich bin nicht dein Mann! Ich nicht!«
Der andere konnte und wollte nichts hören. Er war zu dumm oder zu verrückt, um zu begreifen, daß der alte Mann darum bat, in Ruhe gelassen zu werden. Ringsum von Zuschauern angefeuert, hatte der Gegner des Alten den Schuh ausgezogen und bearbeitete sein Opfer damit. Steve konnte das Knacks, Knacks seiner Schläge hören: Absatz gegen Kopf. Beifallrufe begleiteten jeden Schlag und schwächer werdende Schreie vom Alten.
Plötzlich stockte der Applaus, weil jemand in den Schlafsaal hereinkam. Steve konnte nicht sehen, wer es war; die um die Kämpfenden gedrängten Männer waren zwischen ihm und der Tür. Hingegen sah er durchaus, wie der Sieger seinen Schuh mit einem abschließenden »Kacker!« in die Luft schleuderte.
Den Schuh.

Steve konnte die Augen nicht von dem Schuh abwenden, der in die Luft stieg, sich beim Steigen drehte und dann wie ein abgeschossener Vogel auf die nackten Bretter stürzte. Steve sah ihn deutlich, deutlicher, als er binnen vieler Tage irgend etwas anderes gesehen hatte.
Er landete nicht weit von ihm. Er landete mit einem lauten Plumpser. Er landete auf der Seite. Wie sein Schuh gelandet war. Sein Schuh. Den, den er weggestoßen hatte. Auf dem Gitter. In dem Raum. In dem Haus. In der Pilgrim Street.

Quaid erwachte von demselben Traum. Immer das Treppenhaus. Immer er, wie er die enge Treppenflucht hinunterschaut, während diese lächerliche Erscheinung, halb Jux, halb Horror, auf Zehenspitzen herauftänzelt, hin zu ihm, mit einem Lachen nach jeder Stufe.
Nie zuvor hatte er innerhalb einer Nacht zweimal geträumt. Er schwenkte die Hand über die Bettkante und fummelte nach der Flasche, die er dort bereitstehen hatte. Im Dunkel nahm er einen Schluck, einen großen.

Steve ging an der Traube aufgebrachter Männer vorbei, kümmerte sich nicht um ihre Rufe oder das Gestöhn und die Verwünschungen des Alten. Die Wärter hatten alle Hände voll zu tun, um mit der Störung zurechtzukommen. Das war bestimmt das letzte Mal, daß man den alten Crowley reingelassen hatte: Er forderte immer zur Gewalt heraus. Diesmal fehlte wirklich nicht viel zu einem regelrechten Krawall; es würde Stunden dauern, bis wieder Ruhe einkehrte.
Niemand stellte Steve eine Frage, als er den Flur hinunter schlenderte, zum Schlafsaal hinaus, in die Vorhalle des Asyls. Die Schwingtüren waren geschlossen, aber die rauhe Nachtluft, die hereindrang, roch erfrischend.
Das enge Aufnahmebüro war leer, und durch die Tür konnte Steve den Feuerlöscher an der Wand hängen sehen. Er war rot und grell. Daneben war ein langer schwarzer Schlauch, aufgerollt auf einer roten Trommel wie eine schlafende Schlange. Daneben, in zwei Halterungen an der Wand befestigt, eine Axt.
Eine sehr, sehr hübsche Axt.

Stephen ging in das Büro. In geringer Entfernung hörte er laufende Füße, Rufe, eine Pfeife. Aber niemand kam, um Steve zu stören, während er sich mit der Axt anfreundete.
Erst lächelte er sie an.
Die Krümmung der Axtschneide erwiderte das Lächeln.
Dann berührte er sie.
Die Axt schien's zu mögen, wenn man sie berührte. Sie war staubig und war lange Zeit nicht benutzt worden. Zu lange nicht. Sie wollte in die Hand genommen, gestreichelt und angelächelt werden. Steve nahm sie ganz behutsam aus ihren Halterungen heraus und schob sie unter seine Jacke, zum Warmhalten. Dann ging er wieder aus dem Aufnahmebüro heraus, durch die Schwingtüren und hinaus ins Freie, um seinen zweiten Schuh aufzutreiben.

Quaid erwachte abermals.

Steve brauchte nur sehr kurze Zeit, um sich zurechtzufinden. Sein Schritt bekam etwas Sprunghaft-Beschwingtes, als er anfing, Richtung Pilgrim Street vorzurücken. Er fühlte sich wie ein Clown, ausstaffiert mit so vielen grellen Farben, solch schlottriger Hose, solch blödsinnigen Stiefeln. Er war schon ein urkomischer Kerl, nicht? Er brachte sich selber zum Lachen, so komisch war er.
Der Wind fing an, in ihn hineinzufahren, peitschte ihn hoch in irrwitzige Erregung, flitzte ihm dabei durch die Haare und ließ ihm die Augäpfel in ihren Höhlen zu zwei Eisklumpen gefrieren.
Er fing an, durch die Straßen zu rennen, zu hopsen, zu kapriolen, weiß unter den Lampen, dunkel dazwischen. Schwupp, jetzt siehst mich, schwupp, jetzt nicht. Schwupp, jetzt siehst mich, schwupp...

Diesmal war Quaid nicht von dem Traum geweckt worden. Diesmal hatte er ein Geräusch gehört. Ein Geräusch, ganz eindeutig.
Der Mond stand mittlerweile hoch genug, um seine Strahlen durchs Fenster, durch die Tür und auf den oberen Treppenabsatz zu werfen. Man brauchte das Licht nicht anzuschalten. Er konnte alles sehen, was er sehen mußte. Der Treppenabsatz war leer, wie immer.

Dann knarrte die unterste Stufe, ein winziges Geräusch, als wäre ein Hauch darauf gelandet.
Da erkannte Quaid sein Grauen wieder.
Nochmals knarrte es, während er die Treppe heraufkam, zu ihm, der lächerliche Traum. Es mußte ein Traum sein. Schließlich kannte er keine Clowns, keine Axtkiller. Wie konnte also diese abstruse Erscheinung, ebenjene Erscheinung, die ihn Nacht für Nacht aufweckte, etwas anderes sein als ein Traum?
Und doch, vielleicht waren manche Träume derart hirnrissig grotesk, daß sie gar nichts anderes als wahr sein konnten.
Keine Clowns, sagte er sich, während er dastand und die Tür und die Treppe im Scheinwerferlicht des Mondes beobachtete. Quaid kannte nur zarte Gemüter. Sie waren zu schwach, um ihm irgendeinen Hinweis auf das Wesen, den Ursprung oder die Abhilfe von der Panik zu geben, die ihn jetzt in Bann hielt. Zusammenbrechen, zu Staub zerbröseln, mehr brachten sie nicht zustande, wenn sie mit dem geringsten Anzeichen des Grauens am Wurzelgrund des Lebens konfrontiert wurden.
Er kannte keine Clowns, bisher nicht, in alle Zukunft nicht.
Dann tauchte es auf, das Gesicht eines Narren. Bleich, fast weiß im Mondlicht, die jungen Züge durch Prellungen verunziert, unrasiert und leicht gedunsen, das Lächeln offen wie ein Kinderlächeln. Die Lippe war zerbissen vor lauter Aufregung. Blut war über den Unterkiefer verschmiert, und das Zahnfleisch war fast schwarz vor Blut.
Und doch war's ein Clown. Ein Clown ganz unbestritten, auch die schlecht sitzende Kleidung stimmte: so bunt zusammengestoppelt, so rührend-jämmerlich.
Nur die Axt paßte nicht recht zu dem Lächeln.
Das Mondlicht fing sich auf ihr, als der Irrsinnschaot kleine, hackende Bewegungen mit ihr ausführte. Dabei funkelten seine winzigen Augen im Vorgenuß des Mordsulks, der zu erwarten war.
Unmittelbar vor dem oberen Treppenabsatz blieb er stehen, und sein Lächeln schwand nicht einen Augenblick, als er Quaids Terrorgrausen unverwandt anstierte.
Quaid versagten die Beine, und er taumelte auf seine Knie.

Der Clown stieg eine Stufe weiter, hopste beim Steigen und hielt dabei den glitzernden Blick – die Augen durchfeuchtet von einer Art gütig-milden Bösartigkeit – auf Quaid geheftet. Vor und zurück schaukelten seine weißen Hände die Axt, in einer neckischen Variante des Todesstreichs.

Quaid erkannte ihn.

Es war sein Schüler: sein Versuchskaninchen, umgeformt zur Gestalt seines ureigenen Grauens.

Er. Von allen Menschen ausgerechnet er. Der taube Junge.

Das Gehopse war jetzt stärker, und der Clown machte tief hinten in der Kehle ein Geräusch, das klang wie der Ruf irgendeines phantastischen Vogels. Die Axt beschrieb immer größere Schwungkurven in der Luft, eine todbringender als die andere.

»Stephen«, sagte Quaid.

Der Name war Steve absolut gleichgültig. Er sah einzig und allein den Mund sich öffnen. Den Mund sich schließen. Vielleicht kam ein Ton heraus, vielleicht auch nicht. Belanglos für ihn.

Die Kehle des Clowns gab einen gellenden Schrei von sich, und, beidhändig geschwungen, hob die Axt sich über seinen Kopf. Im selben Augenblick wurde aus dem fidelen Getänzel ein Preschen: Der Axtmann übersprang die letzten beiden Stufen und stürmte ins Schlafzimmer, voll ins Scheinwerferlicht.

Quaids Körper beschrieb eine halbe Drehung, um dem tödlichen Hieb auszuweichen, aber nicht schnell oder geschickt genug. Die Beilklinge zerschlitzte die Luft und fuhr Quaid von hinten durch den Arm, kappte ihm dabei den größten Teil des Trizeps ab, zerschmetterte ihm den Oberarmknochen und riß ihm das Fleisch des Unterarms zu einer klaffenden Wunde auf, die haarscharf seine Arterie verfehlte.

Quaids Gekreisch hätte man zehn Häuser weit hören können, nur daß diese Häuser Schutt waren. Niemand war da, um etwas zu hören. Niemand, der kam, um den Clown von ihm wegzuzerren.

Die Axt, scharf darauf, ihrem Geschäft nachzugehen, hackte jetzt auf Quaids Schenkel ein, als wolle sie einen Holzklotz zerspalten. Gähnende, zehn bis zwölf Zentimeter tiefe Wunden legten schimmerndes Steak frei, das Muskelfleisch des Philosophen, den Knochen, das

Mark. Nach jedem Schlag ruckte der Clown dann an der Axt, um sie herauszuziehen, und Quaids Körper schnellte im Gleichtakt hoch wie eine Marionette.
Quaid kreischte. Quaid bettelte. Quaid schmeichelte.
Der Clown hörte nicht ein Wort.
Er hörte einzig und allein den Lärm in seinem Kopf: das Pfeifen, das Brüllen, das Heulen, das Summen. Er hatte dort Zuflucht gesucht, wo ihn kein vernünftiges Argument, keine Drohung jemals wieder herausholen würden. Dort, wo das Hämmern seines Herzens Gesetz war und das Gewinsel seines Blutes Musik.
Wie er tanzte, dieser taube Junge, tanzte wie ein Irrer, weil er zu sehen bekam, daß sein Folterer glotzend den Mund aufsperrte wie ein Fisch. Die Verderbtheit seines Intellekts war zum Schweigen gebracht für immer. Wie das Blut spritzte! Wie es hervorschoß und sprudelte!
Der kleine Clown lachte, weil er solchen Spaß zu sehen bekam. Unterhaltung für die ganze Nacht war hier zu haben, dachte er. Die Axt war seine Freundin für immer, scharf und weise. Sie konnte längs schneiden und quer schneiden, sie konnte in Scheiben teilen und amputieren, und trotzdem konnten sie diesen Mann am Leben halten, wenn sie's nur schlau genug anstellten, noch lang, lang am Leben.
Steve war selig wie ein Lämmchen. Sie hatten den Rest der Nacht vor sich, und alle Musik, die er sich nur irgend wünschen konnte, erklang in seinem Kopf.
Und Quaid wußte, als er dem verglasten Starrblick des Clowns durch die blutig gewordene Luft hindurch begegnete, daß es Schlimmeres auf der Welt gab als Grauen. Schlimmeres noch als den Tod selbst. Schmerz gab es, ohne Hoffnung auf Heilung. Leben gab es, das aufzuhören sich weigerte, lang nachdem Sinn und Verstand den Leib angefleht hatten zu enden. Und das Schlimmste: Träume gab es, wahr geworden und erfüllt.

Das Höllenrennen

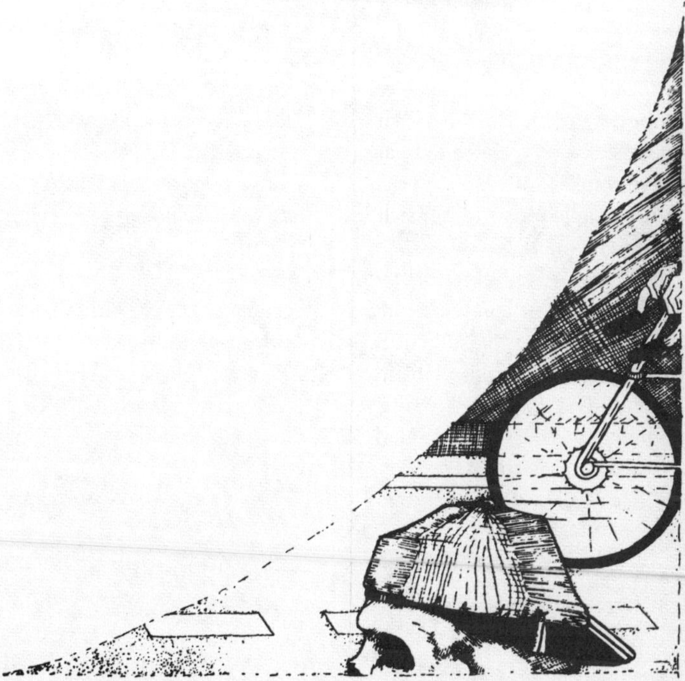

Die Hölle stieg herauf zu Londons Straßen und Plätzen, diesen September, eisbehaucht von den Orkustiefen des Neunten Kreises, so klamm durchfrostet, daß selbst die spätsommerliche Schwüle sie nicht erwärmen konnte. Sie hatte ihre Pläne so sorgfältig ausgeheckt wie immer, Pläne freilich ganz nach ihrer Art, und hochempfindlich. Vielleicht war sie diesmal ein bißchen pingeliger als gewöhnlich, überprüfte penibel zwei-, dreimal noch die kleinste Kleinigkeit, um sicherzugehen, daß sie auch jede Chance hatte, dieses lebenswichtige Spiel zu gewinnen.

An Kampfgeist hatte es ihr nie gefehlt; abertausendmal hatte sie im Verlauf der Jahrhunderte Feuer gegen Fleisch gesetzt und ausgespielt, manchmal gewonnen, öfter noch verloren dabei. Schließlich waren Wetten ja das Mittel ihres Weiterkommens. Ohne den menschlichen Drang zum Streit und Kräftemessen – im Sport, beim Feilschen und beim Wetten – hätte das Pandämonium gut und gern aus Mangel an Bewohnern untergehen können. Tanz, Hunderennen, Fiedelspiel: Das lief für den Orkuspfuhl auf ein und dasselbe hinaus; auf ein Match, in dem er, wenn er nur trickreich genug mit von der Partie war, ein, zwei Seelen einheimsen mochte. Aus diesem Grund stieg die Hölle heute herauf, ans strahlend blaue Tageslicht in London: um ein Rennen mitzulaufen, und dabei, wenn möglich, so viele Seelen zu gewinnen, daß sie wieder für geraume Zeit mit Verdammnisarbeit voll beschäftigt war.

Cameron stellte sein Radio genauer ein. Die Stimme des Kommentators schwankte und schwand, als ob sie vom Nordpol käme und nicht von der St.-Pauls-Kathedrale. Bis zum Beginn des Rennens war noch eine gute halbe Stunde Zeit, aber Cameron wollte sich den Kommentar der Startvorbereitungen anhören, nur um zu erfahren, was sie über seinen Jungen zu sagen hatten.

»... Hochspannung in der Luft ... säumen wahrscheinlich Zehntausende die Rennstrecke ...«

Die Stimme tauchte weg: Cameron fluchte und spielte am Senderknopf herum, bis der Schwachsinn wieder auftauchte.

»... man das Rennen des Jahres genannt, und dann noch an einem solchen Tag! Was sagst du, Jim?«

»Genau, optimal, Mike –«

»Das ist unser schneidiger Jim Delaney; er schwebt droben, im himmlischen Ausguck und wird das Rennen über die ganze Strecke begleiten – berichtest uns aus der Vogelperspektive, was, Jim?«

»Genau, tu ich, Mike –«

»Ah ja, jetzt ist ganz schön was los hinter der Linie. Alle Wettkämpfer machen sich langsam zum Start fertig. Ich kann Nick Loyer dort erkennen, er hat die Nummer drei, und er scheint wirklich in Hochform zu sein. Bei seiner Ankunft hat er mir gestanden, daß er an Sonntagen normalerweise ausgesprochen ungern läuft, aber bei diesem Rennen hat er eine Ausnahme gemacht, selbstverständlich. Schließlich ist es eine Wohltätigkeitsveranstaltung, und alle Einnahmen gehen an die Krebsforschung. Da ist auch Joel Jones, unser Goldmedaillen-Gewinner über 800 Meter, tritt an gegen seinen großen Rivalen Frank McCloud. Neben diesen Assen haben wir auch ein paar neue Gesichter. Mit der Nummer fünf den Südafrikaner Malcolm Voight, und, um das Feld zu vervollständigen, Lester Kinderman, er war der absolute Überraschungssieger beim Marathon in Österreich letztes Jahr. Und ich muß sagen, sie sehen alle fit und quicklebendig aus an diesem prachtvollen Septembernachmittag. Hätten uns keinen bessern Tag wünschen können, was, Jim?«

Joel war aus schlimmen Träumen aufgewacht.
»Du bist gut, hör auf, dich verrückt zu machen«, hatte Cameron ihm eingeschärft.
Aber er fühlte sich nicht gut; er fühlte sich hundeelend in der Magengrube. Nicht das übliche Nervenflattern vor dem Rennen. Daran war er gewöhnt, und mit dem Gefühl kam er durchaus zurecht. Zwei Finger in den Hals und sich übergeben, er kannte kein besseres Mittel; es hinter sich bringen, und damit fertig. Nein, das war kein Nervenflattern vor dem Rennen oder etwas in der Art. Vor allem saß es tiefer, als ob sein Gedärm, bis in sein Innerstes, seinen Kern hinein am Kochen wäre.
Cameron zeigte kein Mitgefühl. »Es ist ein Wohltätigkeits-Rennen und nicht die Olympiade«, sagte er und nahm den Jungen scharf ins Visier. »Also sei nicht kindisch.«
Das war Camerons Methode. Seine weiche Stimme war zum Schmeicheln wie geschaffen, wurde aber zum Schikanieren benutzt. Ohne diese Schikaniererei hätte es keine Goldmedaille gegeben, keine Beifall jubelnden Massen, keine bewundernden Mädchen. Eins der Boulevardblätter hatte Joel zu Englands meistgeliebtem schwarzen Gesicht gekürt. Es tat gut, von Menschen, denen er nie begegnet war, wie ein Freund begrüßt zu werden; er genoß die Bewunderung, wie kurzlebig sie im Endeffekt auch sein mochte.
»Sie lieben dich«, sagte Cameron. »Weiß der Himmel, warum – sie lieben dich.« Dann lachte er, wischte seine kleine Grausamkeit damit weg. »Du schaffst es, mein Sohn«, sagte er. »Zisch ab und lauf um dein Leben.«
Jetzt, im prallen Tageslicht, sah sich Joel das übrige Feld an und spürte wieder etwas mehr Auftrieb. Kinderman hatte Ausdauer, aber über mittlere Distanz keine Endspurtreserven. Und die Marathontechnik verlangte sowieso eine ganz andere Begabung. Außerdem trug er wegen seiner extremen Kurzsichtigkeit drahtgefaßte Brillengläser, die so dick waren, daß sie ihm das Aussehen eines konsternierten Frosches gaben. Keine Gefahr von dieser Seite. Loyer. Er war gut, aber dies hier war eigentlich auch nicht seine Distanz. Er war ein Hürdenläufer und gelegentlicher Sprinter. 400 Meter war sein Limit, und selbst dann

ging es ihm nicht gerade blendend. Voight, der Südafrikaner. Na ja, viel Information über ihn gab es nicht. Nach seinem Aussehen zu urteilen offensichtlich ein fähiger Mann, und jemand, den man im Auge behalten mußte, einfach für den Fall, daß er plötzlich mit einer Überraschung herausrückte. Aber das wirkliche Problem des Rennens war McCloud. Joel war gegen Frank »Flash« McCloud dreimal angetreten. Hatte ihn zweimal auf den zweiten Platz verwiesen, einmal hatten sich (zu seinem Leidwesen) die Positionen umgekehrt. Und Frankie Boy hatte einige Rechnungen zu begleichen, insbesondere die Niederlage bei der Olympiade; die Silberne hatte er gar nicht gern angenommen. Frank war der Mann, auf den man aufpassen mußte. Wohltätigkeits-Rennen oder nicht, McCloud würde dabei sein Bestes geben, für die Massen und für seinen Stolz. Er war schon an der Linie, checkte seine Startposition, die Ohren beinahe buchstäblich gespitzt. Flash war der Mann, ganz zweifellos.

Joel ertappte Voight einen Moment lang dabei, wie er ihn anstarrte. Ungewöhnlich war das. Selten, daß Wettkämpfer vor einem Rennen einander auch nur flüchtig ansahen; war so etwas wie Schüchternheit. Das Gesicht des Mannes war blaß, und sein Haaransatz wich bereits zurück. Er wirkte wie Anfang Dreißig, hatte aber eine jüngere, magerere Figur. Lange Beine, große Hände. Ein Körper, der zu seinem Kopf irgendwie im Mißverhältnis stand. Als sich ihre Blicke trafen, sah Voight weg. Auf der feinen Kette um seinen Hals fing sich die Sonne, und das Kruzifix, das er trug, funkelte golden, während es unter seinem Kinn leicht hin und her pendelte.

Auch Joel hatte seinen Glücksbringer bei sich; im Turnhosenbund verstaut. Eine Haarsträhne von seiner Mutter, die sie ein halbes Jahrzehnt früher, vor seinem ersten größeren Rennen für ihn geflochten hatte. Im Jahr darauf war sie nach Barbados zurückgekehrt und dort gestorben. Ein großer Kummer. Ein unvergeßlicher Verlust. Ohne Cameron wäre er vor die Hunde gegangen.

Cameron verfolgte die Vorbereitungen von den Stufen der Kathedrale aus. Er hatte vor, sich den Start anzusehen, dann mit dem Rad hinten um The Strand herumzufahren, um rechtzeitig am Ziel zu sein. Er käme dort locker vor den Wettkämpfern an, und über das Rennen könnte er sich per Radio auf dem Laufenden halten. Der Tag war ganz nach seinem Geschmack. Sein Junge war in bester Verfassung, Übelkeit hin oder her, und das Rennen war genau das Richtige, um den Burschen in Wettkampfstimmung zu halten, ohne ihn zu überlasten. Natürlich war das eine ganz schöne Strecke, über den Ludgate Circus, die Fleet Street entlang und am Temple-Bar-Komplex vorbei in The Strand, dann Ecke Trafalgar gleich wieder halblinks, die Whitehall hinunter zu den Houses of Parliament. Noch dazu auf hartem Straßenbelag. Aber Joel würde nur dabei lernen, und es brächte ihn ein bißchen unter Druck, was ganz hilfreich war. In dem Jungen steckte ein Langstreckenläufer, und Cameron wußte das. Ein Sprinter war er nie gewesen, dazu konnte er sein Schritt-Tempo nicht genau genug abstimmen. Er brauchte eine größere Distanz und Zeit, um in seinen Takt zu finden, zur Ruhe zu kommen und seine Strategie zu entfalten. Über 800 Meter war der Junge ein Naturtalent: Seine Laufweise war ein Muster an Ökonomie, seinem Rhythmus fehlte verdammt wenig zur Perfektion. Aber darüber hinaus hatte er Courage. Courage hatte ihm das Gold eingebracht, und Courage würde ihn beim Endspurt immer wieder an die Spitze setzen. Genau das machte Joel zu etwas Besonderem. Renntechnische Wunderbubis tauchten reihenweise auf und verschwanden wieder, aber wenn zu so einer Begabung nicht noch Courage dazukam, dann zählte sie fast gar nichts. Voll auf Risiko zu gehen, wenn sich das Risiko lohnte, zu laufen, bis man blind war vor Schmerz, das war das Außergewöhnliche, und Cameron wußte es. Er dachte gern, daß in ihm selber ein bißchen davon steckte.

Heute sah der Junge alles andre als glücklich aus. Trouble mit einer Frau, Cameron hätte wetten mögen. Ständig gab es Schwierigkeiten mit Frauen, insbesondere bei dem Goldjungen-Nimbus, den Joel sich verschafft hatte. Er hatte ihm klarzumachen versucht, daß er für Bett und Bauch noch jede Menge Zeit hätte, wenn aus seiner Karriere mal der Dampf raus war, aber am Zölibat war Joel nicht interessiert, und Cameron konnte es ihm auch nicht verübeln.

Die Pistole wurde hochgereckt und abgefeuert. Eine Feder blauweißen Rauchs, danach ein Geräusch, das eher nach einem Korken als nach einer Waffe klang. Der Schuß rüttelte die Tauben auf der St.-Pauls-

Kuppel wach, und sie stiegen auf in schnatternd-gurrender Gemeinde, aus ihrem Gottesdienst herausgerissen.
Joel hatte einen guten Start. Sauber, akkurat und schnell. Sofort begann die Menge seinen Namen zu rufen, ihre Stimmen in seinem Rücken, an seiner Seite, ein Ausbruch liebevoller Begeisterung.
Cameron sah sich das Feld die ersten zwei Dutzend Meter mit an; eine erste Laufordnung formierte sich. Loyer war an der Spitze des Pulks, wobei sich Cameron nicht sicher war, ob er absichtlich oder zufällig dorthin gelangt war. Joel war hinter McCloud, und der hinter Loyer.
Laß dir Zeit, Junge, sagte Cameron und verdrückte sich von der Startlinie. Sein Fahrrad war in der Paternoster Row angekettet, eine Minute zu Fuß von dem Platz. Autos hatte er schon immer gehaßt: gottlose Dinger, lähmende, menschenunwürdige, unchristliche Dinger. Mit einem Rad war man sein eigener Herr. Was wollte ein Mann mehr?
» – Und ein ausgezeichneter, vielversprechender Start hier, zu einem Rennen, das allem Anschein nach ganz großartig wird. Schon sind sie über den Platz, und die Menge kennt hier kein Halten mehr: Das Ganze erinnert wirklich mehr an die Europameisterschaften als an ein Wohltätigkeits-Rennen. Welchen Eindruck hast du, Jim?«
»Also, Mike, soweit ich sehe, ist die Strecke die ganze Fleet Street entlang eingesäumt von Menschenmassen. Und die Polizei hat mich gebeten, den Leuten zu sagen, sie sollten doch bitte nicht versuchen mit dem Wagen ins Zentrum zu fahren, um sich das Rennen anzusehen, weil hier natürlich alle Straßen für die Veranstaltung abgesperrt sind. Hat also wirklich keinen Sinn zu fahren: Man kommt nirgends durch.«
»Wer liegt im Augenblick in Führung?«
»Also, effektiv ist Nick Loyer der Schrittmacher in der gegenwärtigen Phase, obwohl wir natürlich sehr gut wissen, daß über diese Art Distanz jede Menge rein taktisches Laufen zu erwarten ist. Sie ist länger als eine mittlere Distanz, und sie ist kürzer als die Marathonstrecke, aber diese Männer sind alles Taktiker, und jeder von ihnen wird in den frühen Phasen versuchen, den andern das Rennen machen zu lassen.«

Cameron sagte immer: Laß die andern den Helden spielen.
Diese Lektion erlernte man nur mühsam, zu dem Ergebnis war Joel gekommen. Nach dem Startschuß fiel es schwer, nicht gleich alles aufs Spiel zu setzen, wie eine zusammengedrückte Feder schlagartig loszuschnellen. Alles beim Teufel nach den ersten zweihundert Metern, und nichts mehr in Reserve.
Den Helden spielen ist leicht, sagte Cameron gewöhnlich. Aber nicht intelligent, überhaupt nicht intelligent. Verschwende deine Zeit nicht mit Schau-Abziehen, gönn den Supermännern ihren großen Augenblick. Bleib dran am Hauptfeld, aber halt dich ein bißchen zurück. Besser, auf der Ziellinie bejubelt werden, weil du gewonnen hast, als dich einen guten Verlierer heißen zu lassen.
Gewinnen. Gewinnen. Gewinnen.
Um jeden Preis. Um *fast* jeden Preis.
Gewinnen.
Mit einem Mann, der nicht gewinnen will, hab' ich nichts zu schaffen, pflegte er zu sagen. Wenn du es aus Liebe tun willst, aus Sport und Spaß, dann mit jemand anderem. Nur Elitebubis glauben diesen bekackten Käse von der reinen Freude am geregelten Spiel. Verlierer kennen keine Freude, Junge. Was sag' ich?
Verlierer kennen keine Freude.
Sei knallhart. Spiel nach den Regeln, aber nutz sie aus bis zum Äußersten. Schmeiß dich nach vorn, brutal nach vorn, so weit du kannst. Laß dir von keinem Scheißer was andres erzählen. Du bist hier, um zu gewinnen. Was sag' ich?
Gewinnen.
In der Paternoster Row war das Jubelgeschrei gedämpft, und die Schatten der Gebäude sperrten die Sonne aus. Es war beinahe kalt. Oben kreuzten noch immer die Tauben, außerstande, sich niederzulassen, jetzt, da man sie von ihrem Ruheplatz aufgescheucht hatte. Sie waren die einzigen Bewohner der abgelegeneren Straßen. Die restliche Welt der Lebenden, so schien es, sah bei diesem Rennen zu.
Cameron schloß sein Rad auf, steckte Kette und Vorhängeschlösser ein und schwang sich auf den Sattel. Ganz schön gesund für einen Fünfzigjährigen, dachte er, einmal abgesehen von der großen Schwä-

che für billige Zigarren. Er drehte das Radio an. Der Empfang war schlecht, von den Gebäuden vermauert; nur Geknister und Geknatter. Das Fahrrad zwischen den Beinen, stand er da und versuchte, den Sender besser einzustellen. Ein bißchen half es.
»– und Nick Loyer ist bereits zurückgefallen –«
Das ging aber schnell. Ja, Loyer war über sein bestes Alter an die zwei, drei Jahre hinaus. War an der Zeit, die Spikes hinzuwerfen und die jüngeren Männer ans Ruder zu lassen. Ihm war auch nichts andres übriggeblieben, obwohl es bei Gott weh getan hatte. Cameron erinnerte sich genau, wie ihm mit dreiunddreißig zumute war, als er feststellen mußte, daß seine besten Jahre als Läufer vorbei waren. Es war, als stünde man schon mit einem Fuß im Grabe; rechtzeitig wurde man daran erinnert, wie schnell der Körper erblüht, wie schnell er zu welken beginnt.
Als er aus den Schatten in eine sonnigere Straße hinausradelte, segelte ein schwarzer Mercedes, mit Chauffeur am Steuer, vorbei, so leise, daß er windgetrieben hätte sein können. Cameron bekam die Insassen nur flüchtig zu Gesicht. In einem erkannte er den Mann wieder, mit dem Voight vor dem Rennen geredet hatte, einen magergesichtigen Typ um die die Vierzig, den Mund derart verkniffen, als hätte man ihm die Lippen wegoperiert.
Voight saß neben ihm.
So unmöglich es schien – es war Voights Gesicht, das ihn da durch die getönten Wagenfenster mit den Augen streifte; sogar sein Laufdress hatte er an.
Cameron gefiel der Anblick ganz und gar nicht. Noch vor fünf Minuten hatte er den Südafrikaner losstarten und rennen sehen. Wer also war der hier? Ein Double offensichtlich. Irgendwie roch das nach Schiebung; es stank gewaltig zum Himmel.
Schon verschwand der Mercedes um eine Ecke. Cameron drehte das Radio ab und radelte dem Wagen Hals über Kopf hinterher. Die milde Sonne brachte ihn zum Schwitzen.
Der Mercedes schlängelte sich durch die engen Straßen nicht ohne Schwierigkeit voran, ließ dabei alle Einbahnstraßenschilder außer acht. Die langsame Fahrt machte es Cameron relativ leicht, mit dem

Fahrzeug in Sichtweite zu bleiben, ohne von seinen Insassen gesehen zu werden, obgleich die Anstrengung seine Lungen allmählich unter Feuer zu setzen begann.
In einer winzigen, obskuren Gasse, gleich westlich von der Fetter Lane, wo die Schatten besonders dicht waren, hielt der Mercedes an. Cameron, keine zwanzig Meter vom Wagen hinter einer Häuserecke der Sicht entzogen, sah zu, wie die Tür vom Chauffeur geöffnet wurde und der Lippenlose, mit dem Voight-Ebenbild dicht dahinter, ausstieg und ein nicht näher bestimmbares Gebäude betrat. Als alle drei verschwunden waren, lehnte Cameron sein Rad gegen die Mauer und folgte ihnen.
Samtpfotenstill war es in der Straße. Aus dieser Entfernung war das Gebrüll der Menge nur noch ein Gemurmel. Eine andre Welt hätte sie sein können, diese Straße. Die flitzenden Vogelschatten, die Fenster der Gebäude vermauert, die abblätternde Farbe, der süßliche Aasgeruch in der unbewegten Luft. Ein totes Kaninchen lag im Rinnstein, ein schwarzes Kaninchen mit einem weißen Halsband, ein abhanden gekommenes Kuscheltier. Fliegen stiegen darüber auf, stürzten darauf nieder, hochgeschreckt die einen, heißhungrig die anderen.
So leise wie irgend möglich schlich Cameron auf die offene Tür zu. Er hatte nichts zu befürchten, wie sich herausstellte. Das Trio war schon längst im Hintergrund der dunklen Eingangshalle des Hauses verschwunden. Die Luft in der Halle war kühl und roch nach kelleriger Feuchte. Nach außen furchtlos, aber innerlich ängstlich drang Cameron in den blinden Bau ein. Die Tapete in der Eingangshalle war kackfarben, der Anstrich ebenso. Als wanderte man in einen Darm hinein, den Darm eines Toten, kalt und kackig. Vorn die Treppe war eingestürzt, verhinderte den Zugang zum oberen Stockwerk. Sie waren nicht hinaufgegangen, sondern hinunter.
Die Tür zum Keller grenzte direkt an den ehemaligen Treppenaufgang, und Cameron konnte von unten Stimmen hören.
So etwas habe ich noch nicht erlebt, dachte er, und machte die Tür weit genug auf, um sich ins dahinter liegende Dunkel zu zwängen. Es war eisig. Nicht einfach kalt, nicht klamm, sondern frostig. Einen Moment lang glaubte er, er hätte einen Kühlraum betreten. Sein Atem

trat ihm als Dampf über die Lippen. Gleich würden seine Zähne zu klappern anfangen.
Kann nicht umkehren jetzt, dachte er, und begann, die eisglatten Stufen hinunterzusteigen. Die Finsternis war nicht absolut undurchdringlich. Am Fuß der Treppenflucht, ganz weit unten, flackerte ein bleiches Licht, sein glanzlos-toter Schimmer hungerte nach dem Tag. Cameron warf einen kurzen sehnsüchtigen Blick auf die offene Tür hinter ihm. Sie wirkte äußerst verführerisch, aber er war neugierig, so neugierig. Er mußte unbedingt da hinunter.
Penetrant prickelte die Duftnote des Ortes in seinen Nasenlöchern. Sein Geruchssinn war miserabel, und sein Gaumen noch indiskutabler, woran ihn seine Frau liebend gern erinnerte. Sie sagte immer, er könne nicht einmal Knoblauch und Rosen auseinanderhalten, und wahrscheinlich stimmte das. Aber der Geruch in dieser Tiefe sagte ihm durchaus etwas – etwas, das die Säure in seinem Magen zum Leben erweckte.
Ziegen. Es roch – ha, auf der Stelle wollte er ihr sagen, wie er sich daran erinnert hatte – es roch nach Ziegen.
Er war fast am Fuß der Treppe, sechs, womöglich neun Meter unter der Erde. Die Stimmen waren immer noch ein Stück weit weg, hinter einer zweiten Tür. Er stand in einer kleinen Kammer, deren Wände notdürftig getüncht und mit obszönen Graffiti bekritzelt waren, größtenteils Abbildungen des Geschlechtsakts. Auf dem Boden ein Kandelaber, siebenarmig. Nur zwei der Schmuddelkerzen waren angezündet, und sie brannten mit einer unruhigen, zittrigen Flamme, die fast blau war. Der ziegenartige Geruch war jetzt stärker und mit einem Duft vermischt, so kotzig-süßlich, daß er in ein türkisches Bordell gepaßt hätte.
Zwei Türen führten von der Kammer weg, und hinter der einen hörte Cameron die Unterhaltung sich fortsetzen. Mit ängstlicher Vorsicht überquerte er den schlüpfrigen Boden bis zur Tür und gab sich äußerste Mühe, den murmelnden Stimmen einen Sinn abzulauschen. Etwas Dringliches vibrierte in ihnen.
»– beeilen –«
»– die richtigen Fertigkeiten –«

»– Kinder, Kinder –«
Gelächter.
»Ich bin sicher, wir – morgen – wir alle –«
Erneutes Gelächter.
Plötzlich schienen die Stimmen die Richtung zu ändern, als ob sich die Sprecher zur Tür zurückbewegten. Cameron machte drei Schritte rückwärts über den eisigen Boden und stieß dabei fast den Kandelaber um. Die Flammen sprühten und wisperten in der Kammer, als er daran vorbeiging.
Er mußte sich entweder für die Treppe oder für die zweite Tür entscheiden. Die Treppe bedeutete den uneingeschränkten Rückzug. Wenn er sie hinaufstiege, wäre er in Sicherheit, aber er würde nie Bescheid wissen. Nie wissen, was es mit der Kälte, mit den blauen Flammen, mit dem Ziegengeruch auf sich hatte. Die Tür war eine Chance. Wieder dort, die Augen auf die gegenüberliegende Tür geheftet, kämpfte er mit dem beißend kalten Messingtürknauf. Der drehte sich, unter einigem Gerangel, und er tauchte weg, außer Sicht – als sich die gegenüberliegende Tür öffnete. Die beiden Bewegungen waren perfekt synkopiert: Gott war mit ihm.
Sowie er die Tür schloß, wußte er, daß er einen Fehler gemacht hatte. Gott war keineswegs mit ihm.
Kältenadeln durchdrangen seinen Kopf, seine Zähne, seine Augen, seine Finger. Er fühlte sich, als hätte man ihn nackt ins Herz eines Eisbergs geworfen. Das Blut schien in seinen Adern stillzustehen, der Speichel auf seiner Zunge kristallisierte, stechend schmerzte der Schleim auf der Haut seiner Nasenhöhlen, als er zu Eis wurde. Die Kälte schien ihn erstarren zu lassen: Er konnte sich nicht einmal umdrehen.
Kaum fähig, seine Gelenke zu rühren, fummelte er nach seinem Feuerzeug, mit so tauben, fühllosen Fingern – man hätte sie ihm abschneiden können, ohne daß er es gespürt hätte.
Schon war das Feuerzeug mit seiner Hand verklebt, der Schweiß auf seinen Fingern war zu Frost geworden. Er versuchte, es zum Brennen zu bringen, gegen die Dunkelheit, gegen die Kälte. Widerstrebend sprühte es Funken, erwachte zu einem stotternden Halbleben.

Der Raum war groß: eine Eishöhle. Ihre Wände, ihre überkrustete Decke funkelten und schimmerten. Eis-Stalaktiten, lanzenscharf, hingen über seinem Kopf. Der Boden, auf dem er in unsicherer Balance stand, fiel zur Raummitte hin ab. Dort klaffte ein Loch von eineinhalb oder zwei Metern Durchmesser; sein Rand und seine Wandung waren derart von Eis überzogen, überwuchert, daß man den Eindruck hatte, als wäre ein Fluß beim Hinabströmen in die Finsternis zum Stillstand gebracht worden.
Er dachte an *Xanadu*, ein Gedicht, das er auswendig konnte. Visionen eines anderen Albion –

»Wo Alph, der heil'ge Fluß verlief,
Durch Höhlen, Menschenmaß zu tief,
Hinab in sonnenlose See.«*

Wenn da drunten tatsächlich eine See war, dann eine gefrorene. Der immerwährende Tod.
Um so mehr mußte er sich krampfhaft aufrecht halten, verhindern, daß er die schiefe Ebene hinunterrutschte, aufs Unbekannte zu. Das Feuerzeug flackerte, ein eisiger Luftzug blies es aus.
»Scheiße«, sagte Cameron, als er in der Finsternis versank.
Ob nun das Wort das Trio draußen alarmierte, oder ob Gott ihn in diesem Augenblick zur Gänze verließ und sie freundlichst ersuchte, doch die Tür aufzumachen – er würde es nie erfahren. Aber als die Tür mit Schwung weit aufging, stieß sie Cameron die Beine unterm Leib weg. Zu fühllos-taub und zu durchgefroren, um seinen Fall zu verhindern, stürzte er, unter den Schwaden des in den Raum hereinwehenden Ziegengeruchs, auf den Eisboden nieder.
Cameron drehte sich halb um. Voights Double war an der Tür, der Chauffeur gleichfalls sowie der dritte Mann aus dem Mercedes. Augenscheinlich trug er einen aus mehreren Ziegenhäuten geschneiderten Mantel. Die Hufe und Hörner hingen noch daran herunter. Das Blut auf seinem Fell war braun und klebrig.

* Nach S. T. Coleridge, engl. Lyriker, 1772–1834 (Anm. d. Übers.)

»Was treiben Sie hier, Mr. Cameron?« fragte der Ziegenbemantelte.
Cameron konnte kaum sprechen. Das einzige, was er in seinem Kopf noch fühlte, war die Winzigkeit eines höllischen Schmerzes hinter der Stirnmitte.
»Was – zur Hölle – ist denn los?« kam es über seine vor Froststarre fast unbeweglichen Lippen.
»Haargenau das, Mr. Cameron«, entgegnete der Mann. »Die Hölle ist los.«

Als sie an St.-Mary-le-Strand vorbeiliefen, blickte sich Loyer, noch vorn an der Spitze, flüchtig um – und strauchelte. Joel, gute drei Meter hinter ihm, wußte gleich, daß der Mann aufgab. Und das so schnell; irgend etwas stimmte da nicht. Er verlangsamte sein Tempo, ließ McCloud und Voight an sich vorbei. Keine große Eile. Kinderman lag ganz schön weit hinten, außerstande, mit diesen schnellen Jungs Schritt zu halten. Er blieb garantiert das Schlußlicht in diesem Rennen. Loyer wurde von McCloud überholt, dann von Voight und schließlich von Jones und Kinderman. Plötzlich war ihm die Luft weggeblieben, und die Beine wurden ihm schwer wie Blei. Schlimmer noch, er sah den Straßenbelag unter seinen Schuhen aufbrechen, in quietschenden, knarrenden Rissen, und Finger, wie grausam-lieblose Kinder, aus der Erde herauf und hinaus tasten, nach ihm, um ihn anzufassen. Anscheinend sah sie sonst niemand. Die Menschenmassen röhrten einfach weiter, während diese geisterhaften Hände aus ihren Asphaltgräbern hervorbrachen und sich unentrinnbar Macht über ihn verschafften. Er stürzte nieder in ihre Totenarme, leergepumpt, seine Jugend zerknickt und seine Kraft verbraucht. Die wißbegierigen Finger der Toten zupften, zerrten weiter an ihm, lange nachdem die Ärzte ihn von der Strecke weggebracht, untersucht und ruhiggestellt hatten.
Natürlich kannte er den Grund, als er dalag auf dem heißen Asphalt, und sie ihn nach Herzenslust durchstöberten und durchstocherten. Er hatte zurückgeschaut. Das war's, was sie zum Auftauchen gebracht hatte. Er hatte zurückgeschaut...
»Und nach Loyers aufsehenerregendem Zusammenbruch zieht sich

das Feld weit auseinander, Frank Flash McCloud bestimmt jetzt das Tempo, und er setzt sich wirklich blitzschnell ab von unserm Neuling, Voight. Joel Jones liegt sogar noch weiter zurück, er scheint überhaupt nicht mit der Spitze mitzuhalten. Was sagst du, Jim?«

»Also, entweder ist er schon leergepowert, oder er setzt alles auf eine Karte: daß ihnen schon rechtzeitig die Puste ausgeht. Wohlgemerkt, die Distanz ist neu für ihn –«

»Ja, Jim –«

»Und das macht ihn womöglich leichtsinnig. Er darf sich ganz schön ins Zeug legen, wenn er seine jetzige Position auf dem dritten Platz verbessern will.«

Joel fühlte sich schwindlig. Einen Moment lang, als er mit angesehen hatte, wie Loyer die Kontrolle über das Rennen zu verlieren begann, hatte er den Mann lauthals beten hören. Zu Gott beten, um Rettung. Er als einziger hatte die Worte gehört –

»Und ob ich schon wandert im finstern Tal
fürchte ich kein Unglück
Denn du bist bei mir
Dein Stecken und Stab –«

Die Sonne war jetzt heißer, und Joel spürte allmählich die wohlbekannten Stimmen seiner ermüdenden Glieder. Laufen auf Asphalt setzte den Füßen, setzte den Gelenken hart zu. Nicht daß das einen Mann dazu brachte, sich ins Beten zu flüchten. Er versuchte, Loyers Verzweiflung aus seinen Gedanken zu verdrängen und sich auf die vorliegende Angelegenheit zu konzentrieren.

Es war noch ganz schön viel zu laufen, die Strecke war nicht einmal zur Hälfte geschafft. Jede Menge Zeit, um die Helden einzuholen, jede Menge Zeit.

Beim Laufen sann sein Hirn flüchtig den Gebeten nach, die ihm seine Mutter für den Fall, daß er eins brauchen sollte, beigebracht hatte. Aber die Jahre hatten sie unterwühlt, ausgewaschen: Sie waren fast verschwunden.

»Mein Name«, sagte der Ziegenbemantelte, »ist Gregory Burgess. Mitglied des Unterhauses. Sie dürften mich kaum kennen. Agiere bevorzugt hinter den Kulissen.«
»Unterhausmitglied?« sagte Cameron.
»Ja. Unabhängig. *Ausgesprochen* unabhängig.«
»Ist das da Voights Bruder?«
Burgess sah flüchtig Voights zweites Ich an. Der Mann zitterte nicht einmal in der bitteren Kälte, ungeachtet der Tatsache, daß er nur ein dünnes Turnhemd und eine Sporthose anhatte.
»Bruder?« sagte Burgess. »Nein, nein. Er ist mein – wie heißt es? *Spiritus familiaris.*«
Die Bezeichnung ließ irgend etwas anklingen, aber Cameron war nicht sehr belesen. Was war ein *Spiritus familiaris*?
»Zeig's ihm«, sagte Burgess großmütig.
Durchbebt, durchschüttelt wurde Voights Gesicht: Die Haut schien zu schrumpfen, die Lippen rollten sich ein, kräuselten über die Zähne zurück, die Zähne zerschmolzen zu weißem Wachs, und dies ergoß sich hinab in einen Schlund, der sich selbst in eine Wirbelsäule aus schimmerndem Silber umgestaltete. Das Gesicht war nicht mehr menschlich, ja nicht einmal mehr säugetierhaft. Zu einem Fächer aus Messern war es geworden, seine Klingen glitzerten im Kerzenlicht, das durch die Tür einfiel. Und selbst als dies bizarre Schaustück zu festem Spuk gerann, begann es sich wieder zu verändern: Die Messer schmolzen, wurden dunkler, Pelz sproß hervor, Augen schienen auf und schwollen zu Ballongröße. Fühler schnellten von diesem neuen Kopf, Kieferwerkzeuge wurden strangartig herausgepreßt aus der breiig-flüssigen Gallerte der Verwandlung, und der Kopf einer Biene, riesig und perfekt nachgebildet, saß nunmehr auf Voights Hals.
Burgess fand offenkundiges Vergnügen an der Darbietung; er applaudierte mit behandschuhten Händen.
»Beide von der Gattung Familiaris, dienstbare Geister«, sagte er und verwies mit einer Geste auf den Chauffeur, der die Mütze abgenommen hatte und einen Schwall kastanienbraunen Haars auf seine – ihre Schultern fallen ließ. Eine hinreißende Schönheit, ein Gesicht,

für das man sein Leben hingab. Aber pures Blendwerk, wie das andre auch. Zweifellos fähig, unendlich viele Gestalten anzunehmen.
»Natürlich gehören die beiden mir«, sagte Burgess stolz.
»Was?« Mehr brachte Cameron nicht zustande; blieb nur zu hoffen, daß es trotzdem all die Fragen transportierte, die ihm durch den Kopf gingen.
»Ich diene der Hölle, Mr. Cameron. Und die Hölle ihrerseits dient mir.«
»Die Hölle?«
»Hinter Ihnen einer der Eingänge zum Neunten Kreis. Sie kennen Ihren Dante, nehm' ich an?«

Sieh Dis*; und sieh dir an den Ort,
Wo's nötig ist, mit Kraft sich zu versehen.«

»Weshalb sind Sie hier?«
»Um dieses Rennen zu laufen. Oder vielmehr, mein dritter Familiaris läuft ja bereits das Rennen. Niemand wird ihn schlagen diesmal. Diesmal ist es eine Veranstaltung der Hölle, Mr. Cameron, und niemand wird uns um den Siegespreis betrügen.«
»Der Hölle«, sagte Cameron wieder.
»Sie sind gläubig, nicht? Sie sind ein eifriger Kirchgänger. Beten immer vorm Essen, wie jede gottesfürchtige Seele. Haben Angst, Sie könnten ersticken bei Ihrer Mahlzeit.«
»Woher wissen Sie, daß ich bete?«
»Ihre Frau hat's mir erzählt. Oh, Ihre Frau war sehr aufschlußreich, was Sie betrifft, Mr. Cameron, sie hat sich mir regelrecht eröffnet. Sehr entgegenkommend. Eine eingefleischte Analistin, nach meinen Artigkeiten. Sie gab mir so viel... Information. Sie sollen ein aufrechter Sozialist sein, wie Ihr Vater.«
»Na ja, also Politik –«
»Oh, Politik ist der ruhende Pol vom Ganzen, Mr. Cameron. Ohne Politik gehen wir unter in wüster Verwilderung, finden Sie nicht?

* Andere Bezeichnung für Orcus oder Pluto, den römischen Gott der Unterwelt, in der Divina Commedia die Entsprechung für Luzifer. Dante, Inferno, XXXIV. Gesang, dtv-Ausg., S. 151 (Anm. d. Übers.)

Selbst die Hölle braucht Ordnung. Neun große Kreise: eine Hackordnung der Strafmethoden. Schauen Sie runter; sehen Sie selbst.«
Cameron konnte das Loch in seinem Rücken spüren. Er brauchte gar nicht erst hinzusehen.
»Wir vertreten Ordnung, wissen Sie. Nicht Chaos. Das ist nur himmlische Propaganda. Und wissen Sie, was wir gewinnen werden?«
»Es ist ein Wohltätigkeits-Rennen.«
»Wohltätigkeit am allerwenigsten. Wir laufen dieses Rennen nicht, um die Welt vorm Krebs zu retten. Wir laufen es um der Herrschaft willen.«
Cameron erfaßte halbwegs den springenden Punkt.
»Herrschaft«, sagte er.
»Einmal pro Jahrhundert wird dieses Rennen gelaufen, von St. Paul's bis zum Parlament. Oft ist es zu nachtschlafender Zeit gelaufen worden, sang- und klanglos, praktisch unbemerkt. Heute wird es am hellichten Tag gelaufen, von Tausenden mit angesehen. Aber, unabhängig von den äußeren Umständen, es ist immer dasselbe Rennen. Eure Athleten gegen einen von den unsern. Wenn ihr gewinnt, weitere hundert Jahre Demokratie. Wenn wir gewinnen... und das werden wir... das Ende der Welt, wie ihr sie kennt.«
Cameron spürte ein Vibrieren im Rücken. Burgess' Gesichtsausdruck hatte sich schlagartig verändert; seine Zuversicht war jetzt getrübt, die Selbstgefälligkeit wurde unvermittelt durch eine nervöse Fieberhaftigkeit verdrängt.
»Also, äh«, sagte er, und seine Hände flatterten wie Vögel, »es scheint, daß wir Besuch von höheren Mächten bekommen. Wie schmeichelhaft.«
Cameron wandte sich um und spähte über den Rand des Loches. Jetzt spielte es keine Rolle mehr, wie weit er seiner Neugier nachgab. Sie hatten ihn in ihrer Gewalt; da konnte er genausogut alles sehen, was es zu sehen gab.
Ein Schwall eisiger Luft blies aus dem sonnenlosen Höllenkreis herauf, und in der Finsternis des Schachts sah er deutlich eine sich nähernde Gestalt. Sie bewegte sich gleichmäßig, und ihr Gesicht war nach oben gekehrt, um den Blick auf die Welt zu richten.

Cameron konnte ihr Atmen hören, die Wunde ihrer Gesichtszüge in der Düsternis sich öffnen und schließen sehen: ölige Knochenpartien, ineinandergreifend, sich voneinander lösend wie die Freßfront eines Taschenkrebses.
Burgess lag auf den Knien, die beiden Dienstgeister links und rechts von ihm flach ausgestreckt auf dem Boden, das Gesicht zur Erde.
Cameron wußte, dies war seine letzte Chance. Er stand auf, die Glieder kaum unter Kontrolle, und tappte blindlings los Richtung Burgess, der die Augen in ehrfurchtsvollem Gebet geschlossen hielt. Mehr zufällig als absichtlich erwischte er ihn im Vorbeigehen mit dem Knie unterm Kiefer, und der Mann wurde flachgelegt. Camerons Sohlen glitten über den Boden, zur Eishöhle hinaus, in die angrenzende kerzenbeleuchtete Kammer hinein.
Hinter ihm füllte sich der Raum mit Rauch und Seufzern, und Cameron schaute – wie Lots Weib auf seiner Flucht vor Sodoms Zerstörung –, ein Mal bloß, flüchtig zurück, um den verbotenen Anblick hinter sich zu sehen.
Es drängte hervor aus dem Schacht, seine graue Masse füllte das Loch aus, von unten her durch irgendeine Lichtquelle angestrahlt. Seine Augen, tief im nackten Knochen seines elefantenhaften Kopfes, begegneten denen Camerons durch die offene Tür hindurch. Wie ein Kuß schienen sie ihn zu berühren, drangen in sein Denken durch die Augen ein.
Er wurde nicht zu Salz verwandelt. Er riß seinen neugierigen Blick von dem Gesicht los, durchquerte schlitternd die Vorkammer und begann, die Treppe hinaufzusteigen, nahm zwei, drei Stufen auf einmal, fiel hin dabei und stieg weiter, fiel hin und stieg weiter. Die Tür war noch immer angelehnt. Auf der anderen Seite Tageslicht und die Welt.
Er warf die Tür auf und taumelte, nahe am Zusammenbruch, in die Eingangshalle; schon spürte er, wie die Wärme seine frosterstarrten Nerven wieder zu beleben anfing. Kein Geräusch auf der Treppe hinter ihm: Sicherlich hatten sie vor ihrem fleischlosen Besucher einen zu gewaltigen Respekt, um ihm zu folgen. Er schleppte sich die Wand der Eingangshalle entlang, sein Körper zerrüttet von fiebrigen Schauern und Zähneklappern.

Sie folgten ihm noch immer nicht.
Draußen war der Tag blendend hell, und er empfand allmählich die Heiterkeit der geglückten Flucht. Etwas Vergleichbares hatte er noch nie verspürt. So nahe daran, und trotzdem überlebt. Gott war also doch mit ihm gewesen.
Er wankte die Straße entlang, zurück zu seinem Fahrrad, entschlossen, das Rennen anzuhalten, der Welt zu sagen...
Sein Rad war unberührt, der Lenker so warm wie die Arme seiner Frau.
Als er sein Bein über die Stange schwang, fing der Blick, den er mit der Hölle getauscht hatte, Feuer. Sein Körper, der keine Ahnung hatte von der Hitze im Gehirn, verblieb noch einen Augenblick lang bei seiner Beschäftigung, setzte die Füße auf die Pedale und begann davonzuradeln.
Cameron spürte, wie der Feuerschlag in seinem Kopf zündete, und wußte, daß er tot war.
Der Blick, der flüchtige Blick hinter sich.
Lots Weib. Wie Lots stupides Weib...
Der Blitz sprang hoch zwischen seinen Ohren, schneller als ein Gedanke. Seine Schädeldecke platzte, und der Blitz, weißglühend, schoß heraus aus dem Schmelzofen seines Hirns. Seine Augen verdorrten in ihren Höhlen zu schwarzen Nüssen, er spie Licht aus Mund und Nasenlöchern. Die Verbrennung verwandelte ihn innerhalb weniger Sekunden in eine Säule aus schwarzem Fleisch, ohne jegliche Flamme oder Andeutung von Rauch.
Bis das Fahrrad schließlich von der Straße herunterraste und durchs Schaufenster des Schneiders krachte, war Camerons Körper vollständig eingeäschert; wie eine Schaufensterpuppe lag er, mit dem Gesicht nach unten, zwischen den aschfarbenen Anzügen. Auch er hatte zurückgeschaut.

Die Zuschauertrauben am Trafalgar Square bildeten eine brodelnde Masse der Begeisterung. Jubelrufe, Tränen, Fähnchen. Es hatte den Anschein, als wäre dieses kleine Rennen für diese Menschen etwas ganz Besonderes geworden: ein Ritual, dessen wahre Bedeutung sie nicht kennen konnten. Und doch, irgendwo in ihrem Innern, begriffen sie, daß der Tag schwer beladen war mit Schwefel, sie ahnten, daß ihr Leben auf Zehenspitzen stand, um den Himmel zu erreichen. Vor allem die Kinder. Sie liefen neben der Rennstrecke her, schrien dabei unzusammenhängende Segenssprüche, ihre Gesichter spiegelten ihre Ängste wider. Manche riefen seinen Namen.

»Joel! Joel!«

Oder bildete er sich das bloß ein? Loyers Stoßgebet zum Himmel, hatte er sich das auch nur eingebildet, und die Zeichen auf den strahlenden Gesichtern der Babies, die man hochhielt, damit sie die vorbeilaufenden Athleten sehen konnten?

Als sie in die Whitehall einbogen, guckte Frank McCloud verstohlen über die Schulter, und die Hölle packte ihn.

Es geschah blitzartig. Ganz einfach.

Er strauchelte. Eine eisige Hand in seiner Brust quetschte das Leben aus ihm heraus. Joel verlangsamte sein Tempo, als er sich dem Mann näherte. Sein Gesicht war purpurn, seine Lippen schaumbedeckt.

»McCloud«, sagte er und blieb stehen, um seinem großen Rivalen ins magere Gesicht zu starren. Hinter einem Rauchschleier hervor, der das Grau seiner Augen zu Ocker verwandelt hatte, schaute McCloud hinauf zu ihm. Joel streckte eine Hand hinunter, um ihm zu helfen.

»Faß mich nicht an«, knurrte McCloud. Die Kapillargefäße in seinen Augen quollen auf und bluteten.

»Ein Krampf?« fragte Joel. »Hast 'n Krampf?«

»Lauf, du Mistkerl, lauf«, stöhnte McCloud noch, als ihm die Hand in seinen Eingeweiden das Leben herausriß. Jetzt schwitzte er Blut durch die Poren in seinem Gesicht und weinte rote Tränen. »Lauf, und schau dich nicht um. *Schau dich nicht um*, um Himmels willen.«

»Was is' es, sag?«

»Lauf um dein Leben!«

Die Worte waren keine Bitte, sondern ein Befehl.

Lauf.

Nicht um Gold oder Ruhm. Bloß dem Tod davon.

Joel schaute kurz auf und empfand plötzlich überdeutlich, daß ihm irgendein riesenköpfiges Wesen im Rücken war, kalter Atem seinen Nacken streifte.
Er nahm die Beine in die Hand und *lief*.
»– Also, die Strecke hat heut' offenbar ihre Tücken für die Läufer, Jim. Erst geht Loyer zu Boden, völlig unerwartet, schwer zu begreifen, und jetzt ist auch noch Frank McCloud gestürzt. Noch nie vorher hab' ich was Derartiges gesehn. Aber er hat, scheint's, ein paar Worte mit Joel Jones geredet, als der ihn überholte; dürfte also nicht ernstlich verletzt sein.«
McCloud war tot, als man ihn in den Rettungswagen schob, und verwest am nächsten Morgen.
Joel lief. Du lieber Herr, und wie er lief. Die Sonne wütete jetzt auf seinem Gesicht, wusch die Farbe heraus aus den jubelnden Massen, aus den Gesichtern, aus den Fähnchen. Alles verflachte zu einer einzigen lärmenden Wand, ohne jede Menschlichkeit.
Joel kannte das Gefühl, das ihn überkam, die Empfindung des Entrücktseins, die Erschöpfung und Überversorgung mit Sauerstoff begleitete. Er lief in einer Blase seines eigenen Bewußtseins; er dachte, schwitzte, litt aus sich selbst, für sich selbst, im Namen seiner selbst. Und so schlecht war es gar nicht, dieses Alleinsein. Lieder begannen ihm den Kopf zu füllen: Fetzen von Kirchenliedern, süße Wendungen aus Liebesliedern, schmutzige Reime. Sein Selbst hielt sich untätig in der Schwebe, und sein Traum-Ich, namenlos und ohne Angst, übernahm das Ruder.
Weiter vorn, überspült von demselben weißen Regen aus Licht, war Voight. Das war der Feind, das Ding, das es zu überwinden galt. Voight, mit seinem schimmernden, in der Sonne schaukelnden Kruzifix. Er konnte es schaffen, vorausgesetzt, er schaute nicht, vorausgesetzt, er schaute nicht...
Hinter sich.

Burgess öffnete die Tür des Mercedes und kletterte hinein. Zeit war vergeudet worden, kostbare Zeit. Er sollte beim Parlamentsgebäude sein, an der Ziellinie bereitstehen, um die Läufer gebührend in

Empfang zu nehmen. Die unumgängliche Szene war noch zu spielen, in der er das sanfte, lächelnde Gesicht der Demokratie mimen würde. Und morgen? Nicht mehr ganz so sanft.
Seine Hände waren klammfeucht vor Aufregung, und sein Nadelstreifenanzug roch nach dem Ziegenfellmantel, den er in dem Raum zu tragen verpflichtet war. Ach was, niemand würde es bemerken; und selbst wenn, welcher Engländer wäre so taktlos zu erwähnen, daß er nach Ziege röche?
Diese Untere Kammer war ihm zutiefst zuwider, das andauernde Eis, das verdammte gähnende Loch mit seinem fernen ruinösen Rauschen. Aber das war jetzt alles vorbei. Er hatte die Opferung vollzogen, er hatte seine rückhaltlose und unablässige Anbetung des Pfuhls bewiesen; jetzt war es an der Zeit, den Lohn zu ernten.
Unterm Fahren dachte er an die vielen Opfer, die er seinem ehrgeizigen Ziel gebracht hatte. Zuerst Bagatellen: Kätzchen, junge Hähne. Später mußte er herausfinden, wie lächerlich derartige Gesten ihrer Meinung nach waren. Aber zu Anfang war er unschuldig gewesen; er wußte nicht, was er geben oder wie er es geben sollte. Sie machten ihre Anforderungen allmählich klar, im Lauf der Jahre, und er lernte, mit der Zeit, den Verkauf seiner Seele zu betreiben, wie es sich gehörte. Seine Selbstabtötungen waren gewissenhaft geplant und makellos inszeniert, wiewohl er aus ihnen ohne Brustwarzen oder Hoffnung auf Nachkommenschaft hervorging. Trotzdem war es die Qual wert: sukzessive fiel die Macht ihm zu. Als erstes ein dreifacher Abschluß in Oxford, eine Gattin, ausgestattet über jeden priapischen Traum hinaus, ein Sitz im Unterhaus, und bald, nur zu bald, das Land selbst.
Die verätzten Stummel seiner Daumen schmerzten, wie so oft, wenn er nervös war. Gedankenverloren lutschte er an einem.

»– Also, wir sind jetzt in der Schlußphase des Rennens, eines wahren Höllenrennens, von Anfang an, oder, Jim?«
»Aber ja, es war wirklich die absolute Überraschung, nicht? Voight ist der eindeutige Außenseiter im Feld; und hier rast er der Konkurrenz davon, ohne sich groß anzustrengen. Freilich, Jones hat sich in

einer ausgesprochen selbstlosen Geste bei Frank McCloud vergewissert, daß er nach seinem schweren Sturz tatsächlich noch okay war, und das hat ihn zurückgeworfen.«

»Und genau das hat ihn den Sieg gekostet, nicht?«

»Höchstwahrscheinlich. Ja, wahrscheinlich hat ihn das den Sieg gekostet.«

»Aber schließlich ist es ein Wohltätigkeits-Rennen.«

»Unbedingt, ja. Und in einer solchen Situation kommt's nicht auf Gewinnen oder Verlieren an –«

»Letztlich zählt da nur die sportliche Gesinnung.«

»Ja, genau.«

»Genau.«

»Und da biegen sie schon beide aus der Whitehall, halten bereits direkt aufs Parlament zu. Und die Zuschauermassen feuern ihren Liebling an, aber soviel ich sehe, ist die Lage für ihn aussichtslos –«

»Aber wohlgemerkt, in Schweden hat er was ganz Besonderes aus dem Ärmel gezaubert.«

»O ja, das hat er.«

»Vielleicht macht er's hier wieder.«

Joel rannte, und die Lücke zwischen ihm und Voight begann sich zu schließen. Er konzentrierte sich auf den Rücken des Mannes: Seine Augen bohrten sich in sein Hemd, erfaßten seinen Rhythmus, suchten nach Schwächen.

Der Verfolgte wurde langsamer. Er war nicht mehr so schnell wie noch vor kurzem. Eine Ungleichmäßigkeit hatte sich in seinen Lauftakt eingeschlichen, ein sicheres Zeichen der Ermüdung.

Er konnte ihn schlagen. Mit genügend Courage konnte er ihn schlagen...

Und Kinderman. Den hatte er ganz vergessen. Ohne nachzudenken, linste Joel über seine Schulter und schaute hinter sich.

Kinderman lag weit zurück, hielt noch immer seinen gleichmäßigen Schritt. Unverändertes Marathonläufer-Tempo. Aber noch irgend etwas anderes war hinter Joel: ein zweiter Läufer, ihm hautnah auf den Fersen, gespenstisch, riesenhaft.

Er wandte die Augen weg und starrte nach vorn, verfluchte seine Dummheit.
Mit jedem Schritt rückte er näher an Voight heran. Dem Mann ging tatsächlich die Puste aus, ganz offensichtlich. Joel wußte, daß er ihn mit Sicherheit schlagen konnte, wenn er es voll darauf anlegte. Nicht an den Verfolger denken, wer oder was es auch war, an überhaupt nichts denken, außer ans Überholen von Voight.
Aber der Anblick unmittelbar hinter ihm ging ihm nicht aus dem Kopf.
»Schau dich nicht um«: McClouds Worte. Zu spät, er hatte es schon getan. In dem Fall war es besser zu wissen, wer dieses Phantom war.
Sein zweiter Blick zurück.
Zuerst sah er nichts, nur Kinderman, im alten Trab. Und dann tauchte der Geisterläufer erneut auf, und jetzt wußte er, was McCloud und Loyer zu Fall gebracht hatte.
Es war kein Läufer, kein lebender, kein toter. Es war nicht einmal menschlich. Ein qualmender Körper, und gähnende Finsternis als Kopf, die Hölle selbst war es, die gegen ihn andrängte.
»Schau dich nicht um.«
Ihr Mund, wenn es einer war, stand offen. Atem umwirbelte Joel, so kalt, daß ihm fast die Luft wegblieb. Deswegen hatte Loyer Gebete gemurmelt beim Laufen. Sehr viel hatte ihm das geholfen; der Tod war trotzdem gekommen.
Joel schaute weg, machte sich nichts daraus, die Hölle so nah zu sehen, versuchte, die plötzliche Schwäche in den Knien nicht zu beachten.
Jetzt blickte auch Voight rasch hinter sich. Der Ausdruck in seinem Gesicht war düster und verkrampft. Und irgendwie wußte Joel, daß er zur Hölle gehörte, daß der Schatten hinter ihm Voights Herr und Meister war.
»Voight, Voight. Voight. Voight –« Joel stieß das Wort bei jedem Schritt heraus.
Voight hörte, wie man ihn beim Namen nannte. »Schwarzer Sauhund«, sagte er laut.
Joels Schrittlänge vergrößerte sich etwas. Er war allenfalls zwei Meter vom Höllen-Läufer entfernt.

»Schau... Hinter... Dich«, sagte Voight.
»Ich seh's.«
»Es... kommt... dich... holen.«
Das war der reine Schwulst: Worthülsen. Er allein war schließlich Herr und Meister seines Körpers, oder? Und er hatte keine Angst vor der Finsternis, er selbst trug ihre Farbe. War das nicht genau das, was ihn im Vergleich zu so vielen weniger menschlich machte? Oder mehr, mehr als menschlich; blutiger, schweißiger, fleischiger. Mehr Arm, mehr Bein, mehr Kopf. Mehr Kraft, mehr Gier. Was konnte die Hölle schon tun? Ihn fressen? Er würde dem Gaumen faulig schmekken. Ihn zu Eis gefrieren? Er war zu heißblütig, zu schnell, zu lebendig. Nichts würde sich seiner bemächtigen, er war ein Barbar mit den Manieren eines Gentleman.
Nicht ganz Tag und nicht ganz Nacht.
Voight litt: sein Schmerz lag in seinem abgerissenen Atem, in den staksigen Fetzen seines Schritts. Sie waren gerade noch fünfzig Meter von den Stufen und der Ziellinie entfernt, aber Voights Führung wurde zusehends aufgezehrt; jeder Schritt brachte die Läufer einander näher.
Dann begann das Feilschen.
»Du... hör... mir zu.«
»Was bist du?«
»Macht... Ich verschaff' dir Macht... nur... laß... uns. . gewinnen.«
Joel war jetzt fast neben ihm.
»Zu spät.«
Seine Beine euphorisch leicht, innerlich drehte sich ihm alles vor Freude. Die Hölle hinter ihm, die Hölle neben ihm, was machte ihm das schon? Er konnte laufen.
Er zog an Voight vorbei, fließend-locker die Gelenke: eine unbeschwerte Maschine.
»Sauhund. Sauhund. Sauhund –« sagte der Dienstgeist, sein Gesicht verzerrt vor viehisch quälendem Streß. Und flackerte dieses Gesicht nicht unruhig auf, als Joel daran vorbeirannte? Wich nicht von seinen Zügen für einen Augenblick der trügerische Eindruck, sie wären

menschlich? Dann hatte er Voight klar abgehängt, und die Massen jubelten, und die Farben fluteten zurück in die Welt. Der Sieg stand bevor. Er wußte nicht, für welche Sache, aber Sieg blieb Sieg.
Dort war Cameron, er sah ihn jetzt; er stand auf den Stufen neben einem Mann, den Joel nicht kannte, ein Mann in einem Nadelstreifenanzug. Cameron lächelte und schrie in einer für ihn untypischen Begeisterung und winkte Joel von den Stufen aus zu.
Er rannte, falls überhaupt möglich, noch etwas schneller Richtung Ziellinie; Camerons Gesicht schmeichelte seiner Kraft.
Dann, augenscheinlich, veränderte sich das Gesicht. War es der flimmernde Hitzeschleier, der sein Haar schimmern ließ? Nein, jetzt brodelte sein Wangenfleisch blasig auf, und dunkle Flecken, die zusehends noch dunkler wurden, bedeckten seinen Hals. Jetzt standen ihm, buchstäblich, die Haare zu Berge, und einäschernder Glutschein züngelte flackernd auf von seiner Kopfhaut. Cameron brannte – und immer noch das Lächeln, und immer noch die winkende Hand.
Joel durchschauerte abrupte Verzweiflung.
Hölle hinten. Hölle vorn.
Das war nicht Cameron. Cameron war nirgends zu sehen. Also war Cameron abserviert.
Das wußte er instinktiv. Cameron war abserviert. Und dieses schwarze Zerrbild, das ihn anlächelte und ihn willkommen hieß, war seine Sterbephase, noch einmal gespielt zum Entzücken seiner Bewunderer.
Joels Schritt stockte, der Laufrhythmus war dahin. Hinter sich hörte er Voights Atem, entsetzlich schwer, nah und näher.
Urplötzlich revoltierte sein ganzer Körper. Sein Magen verlangte das Erbrechen seines Inhalts, seine Beine schrien nach Zusammenbruch, sein Kopf verweigerte, bis auf die nackte Angst, das Denken.
»Lauf«, sagte er zu sich. »Lauf. Lauf. Lauf.«
Aber da vorn wartete die Hölle. Wie konnte er solch einer Abscheulichkeit in die Arme laufen?
Voight hatte die Lücke zwischen ihnen geschlossen, war jetzt Schulter an Schulter mit ihm, und rempelte ihn an, als er vorbeizog. Mühelos wurde Joel der Sieg entrissen: Leckerei aus Babyfingern.
Die Ziellinie war ein Dutzend Laufschritte weit weg, und Voight lag

wieder in Führung. Ohne sich wirklich bewußt zu sein, was er tat, schnappte Joel beim Laufen mit der ausgestreckten Hand nach Voight und packte ihn am Turnhemd. Ein böses Foul, offenkundig für jeden in der Menge. Aber hol's der Teufel.

Heftig, ruckartig, riß er an Voight, und beide Männer strauchelten. Die Menge teilte sich, als sie von der Strecke abkamen und schwer stürzten, Voight auf Joel zu liegen kam.

Joels Arm war vorgeschnellt, um einen zu schweren Sturz zu verhüten, wurde aber unter dem Gewicht der beiden Körper niedergestaucht. Schlimm erwischt, brach der Unterarmknochen. Joel hörte ihn krachen, die Spasmus-Welle traf ihn einen Herzschlag später; dann schleuderte ihm der Schmerz einen Schrei aus dem Mund.

Auf den Stufen kreischte Burgess wie ein Besessener. Nicht zu verachten, die Show. Kameras klickten, Kommentatoren kommentierten.

»Steh auf! Steh auf!« gellte der Mann.

Aber Joel hatte Voight mit dem noch heilen Arm gepackt, und nichts konnte ihn dazu bringen loszulassen. Die beiden wälzten sich im Schotter, und jede Drehung quetschte Joels Arm und sandte Brechreizschübe durch sein Gedärm.

Der Familiaris in der Rolle Voights war erschöpft. Noch nie hatte er sich so müde, so abgeschlafft gefühlt; in keiner Weise war er auf den Streß des Rennens vorbereitet, das sein Meister ihm zu laufen abverlangt hatte. Seine Stimmung war gereizt, seine Geduld gefährlich nah am Platzen. Joel konnte seinen Atem auf seinem Gesicht riechen, und der roch nach Ziege.

»Zeig dich«, sagte er.

Die Augen des Wesens hatten die Pupillen verloren; sie waren jetzt durchgehend weiß. Joel löste räuspernd einen Schleimklumpen aus seinem Rachen und spie ihn, aus speichelvollem Mund, dem Dienstgeist ins Gesicht.

Der verlor die Beherrschung.

Das Gesicht löste sich auf. Was dem Schein nach Fleisch gewesen war, wuchs rasch zu einem neuen Abbild, einer verschlingenden Falle ohne Augen oder Nase, Ohren oder Haare.

Ringsum wich die Menge zurück. Menschen kreischten auf. Menschen fielen in Ohnmacht. Joel sah nichts davon, hörte jedoch die Schreie mit Genugtuung. Diese Verwandlung war nicht nur in seinem Interesse. Das war eine öffentliche Entlarvung. Sie sahen sie alle, die Wahrheit, die ekelhafte, sich auftuende Wahrheit.
Der Mund war riesig und mit Zähnen besetzt wie der Freßschlund irgendeines Tiefseefischs, lächerlich groß. Joel drückte ihm den unverletzten Arm unter den Unterkiefer, brachte es gerade noch zustande, das Satansmaul von sich wegzuhalten, während er zugleich um Hilfe schrie.
Niemand trat vor.
Die Menge stand in geziemender Entfernung, kreischte noch immer, starrte noch immer, und machte keine Anstalten, sich einzumischen. Ringkampf mit dem Teufel war absolut kein Sport mit Publikumsbeteiligung. Hatte nichts mit ihnen zu tun.
Joel spürte, wie ihn der letzte Rest seiner Kraft verließ. Sein Arm konnte das Maul nicht mehr fernhalten. Verzweifelt spürte er die Zähne an Stirn und Kinn, spürte, wie sie ihm Fleisch und Knochen durchbohrten, spürte zuletzt, wie die weiße Nacht in ihn eindrang, als ihm das Maul das Gesicht wegbiß.
Der Familiaris erhob sich von dem Körper, fransige Stränge von Joels Kopf hingen ihm zwischen den Zähnen heraus. Wie eine Maske hatte er die Gesichtszüge abgenommen, einen rohen Matsch aus Blut und zuckenden Muskeln übriggelassen. Im Kraterloch von Joels Mund ruckte und flappte blutspritzend die Zungenwurzel hin und her, jenseits allen sagbaren Jammers.
Burgess scherte sich nicht darum, wie er vor der Welt dastand. Nur das Rennen zählte: Ein Sieg war ein Sieg, egal wie er gewonnen wurde. Und schließlich hatte Jones bös gefoult.
»Hierher!« peitschte er gellend den Dienstgeist an. »Bei Fuß!«
Der kehrte ihm das blutverhangene Gesicht zu.
»Komm her«, befahl ihm Burgess. Sie waren nur noch wenige Meter auseinander: noch wenige Schritte bis zur Ziellinie, und das Rennen war gewonnen. »Lauf zu mir!« fistelte, quiekte Burgess. »Lauf! Los! Lauf!«

Der Dienstgeist war todmüde, aber er erkannte die Stimme seines Herrn. Blindlings folgte er Burgess' Kommandolaut und trottete auf die Linie zu.
Vier Schritte. Drei...
Und Kinderman preschte an ihm vorbei ins Ziel. Der kurzsichtige Kinderman entschied, mit einer Schrittlänge vor Voight, das Rennen für sich, ohne zu wissen, welchen Sieg er da errungen hatte, ja selbst ohne die Gräßlichkeiten zu sehen, die ihm zu Füßen ausgebreitet waren.
Kein Jubel kam auf, als er die Linie passierte. Niemand gratulierte.
Die Luft um die Stufen schien sich zu verdunkeln, und ein jahreszeitlich verfrühter Frost durchhauchte sie.
Mit entschuldigendem Kopfschütteln fiel Burgess auf die Knie.
»Vater unser, der du warst im Himmel, verunheiligt werde dein Name...«
So ein alter Trick. So eine naive Reaktion.
Allmählich trat die Menge den Rückzug an. Manche rannten bereits.
Die Kinder waren noch am wenigsten beunruhigt. Sie wußten, was es mit dem Dunkel auf sich hatte, waren sie doch mit ihm vor noch gar nicht langer Zeit in Berührung gekommen. Sie nahmen ihre Eltern bei der Hand und führten sie wie Lämmer weg von der Stelle, ermahnten sie, ja nicht hinter sich zu schauen, und ihre Eltern erinnerten sich vage an den Mutterschoß, den ersten Tunnel, den ersten schmerzenden Abgang von einem geheiligten Ort, die erste schreckliche Versuchung, sich umzuschauen und zu sterben. Sie erinnerten sich und gingen brav mit ihren Kindern mit.
Nur Kinderman schien ungerührt. Er saß auf den Stufen, reinigte seine Brille und kostete lächelnd den Sieg aus, gleichgültig gegenüber der frostigen Kühle.
Burgess, der wußte, daß seine Gebete unzulänglich waren, nahm Reißaus und verschwand ins Parlamentsgebäude.
Der Familiaris, allein gelassen, gab jeglichen Anspruch auf menschliches Aussehen preis und wurde ganz er selbst. Weder Saft und Kraft noch Würze, dieses eklig schmeckende Fleisch von Joel Jones; er spie es aus. Halb zerkaut lag das Gesicht des Läufers auf dem Schotter

neben seinem Körper. Der Dienstgeist löste sich in Luft auf und kehrte zu dem Höllenkreis zurück, der ihm Hort und Heimat war.

Muffig war es in den Korridoren der Macht: kein Leben, keine Hilfe. Burgess war in schlechter Verfassung, und vom Rennen verfiel er bald ins Gehen. Gleichmäßiges Dahinschreiten durch den Trübsinnsdämmer der Korridore, fast lautlos seine Füße auf dem vielbegangenen Teppich.

Er wußte nicht recht, wie es jetzt weitergehen sollte. Zweifellos würde man ihn wegen der Tatsache zur Verantwortung ziehen, daß er bei seinem Plan nicht sämtliche Eventualitäten mit einkalkuliert hatte, aber er war zuversichtlich, daß er sich aus dem Ganzen schon irgendwie herausreden könnte. Egal, was sie als Entschädigung für seinen Mangel an Voraussicht verlangten, er würde es ihnen geben. Ein Ohr, einen Fuß; außer Fleisch und Blut hatte er nichts zu verlieren.

Aber er mußte seine Verteidigung sorgfältig aufbauen, denn sie haßten schwache Logik. Vor sie mit halbdurchdachten Ausflüchten hinzutreten, das hieße, sein Leben mehr als aufs Spiel zu setzen.

Ein kühler Schauer in seinem Rücken; er wußte, was es war. Die Hölle war ihm gefolgt, diese lautlosen Korridore entlang, sogar noch in den eigentlichen Schoß der Demokratie. Dennoch würde er am Leben bleiben, solange er sich nicht umdrehte. Solange er die Augen auf dem Boden hielte oder auf seinen daumenlosen Händen, würde ihm kein Schaden zugefügt. Das war eine der ersten Lektionen, die man im Umgang mit dem Orkus lernte.

Frost war in der Luft. Burgess' Atem wurde sichtbar vor ihm, und Kälte umkrallte seinen Kopf.

»Es tut mir leid«, sagte er aufrichtig zu seinem Verfolger.

Die Stimme, die ihm erwiderte, war milder, als er erwartet hatte. »Es war nicht deine Schuld.«

»Doch«, sagte Burgess und gewann Zuversicht aus ihrem versöhnlichen Tonfall. »Es war ein Versehen, das ich zutiefst bereue. Ich vergaß Kinderman.«

»Das war ein Fehler. Wir machen alle welche«, sagte die Hölle. »Trotzdem, nach den nächsten hundert Jahren versuchen wir es wieder. Die Demokratie ist noch ein neuer Kult. Sie hat noch nichts von ihrem seichten Modeglamour eingebüßt. Wir geben ihr ein weiteres Jahrhundert und schlagen sie dann.«

»Ja.«

»Aber du –«

»Ich weiß.«

»Keine Macht für dich, Gregory.«

»Nein.«

»Aber damit geht die Welt nicht unter. Schau mich an.«

»Im Augenblick nicht, wenn's Euch nichts ausmacht.«

Burgess ging unbeirrt weiter, setzte gleichmäßig einen Fuß vor den andern. Nur Ruhe bewahren. Klaren Kopf bewahren.

»Schau mich an, bitte«, säuselte die Hölle.

»Später, Sir.«

»Ich bitte dich doch nur, mich anzuschauen. Ein bißchen Respekt wäre sehr zu begrüßen.«

»Ich tu's auch. Tu's wirklich. Später.«

An dieser Stelle gabelte sich der Korridor. Burgess nahm die Abzweigung zur linken Hand. Er dachte, das Symbolische daran wäre womöglich schmeichelhaft. Es war eine Sackgasse.

Burgess blieb frontal vor der Wand stehen. Die kalte Luft ging ihm bis ins Mark, und die Stummel seiner Daumen juckten und brannten zum Verrücktwerden. Er zog die Handschuhe aus und lutschte, heftig.

»Schau mich an. Dreh dich um und schau mich an«, sagte die liebenswürdige Stimme.

Was sollte er jetzt tun? Wieder rückwärts aus dem Korridor hinaus und eine andere Route einschlagen, war vermutlich das Beste. Er mußte bloß im Kreis herumwandern, unbeirrbar seine Runden drehen, bis er seine Sicht der Sache für seinen Verfolger stichhaltig genug dargelegt hatte, damit dieser von ihm abließ.

Als er dastand und mit den ihm zur Verfügung stehenden Alternativen herumjonglierte, spürte er einen leichten Schmerz im Hals.

»Schau mich an«, sagte die Stimme abermals.

Und die Kehle wurde ihm zugeschnürt. Seltsam, in seinem Kopf war ein Knirsch- oder Mahlgeräusch, das Geraspel gegeneinander schür-

fender Knochen. Es fühlte sich an, als ob ein Messer in seiner Schädelbasis festgerammt würde.
»Schau mich an«, sagte die Hölle ein letztes Mal, und Burgess' Kopf drehte sich um.
Sein Körper nicht. Der blieb, wie er stand, frontal vor der nackten Wand der Sackgasse.
Aber sein Kopf, sich hinwegsetzend über Vernunft und Anatomie, kurbelte herum auf seiner schlanken Achse. Burgess würgte, während die Stränge seines Schlundes sich zu einem Fleischseil zusammendrehten, seine Wirbel sich zu Pulver, seine Knorpel sich zu Faserpampe ineinanderschraubten. Seine Augen bluteten, seine Ohren platzten heraus, und er starb, den Blick auf jenes sonnenlose, ungezeugte Gesicht gerichtet.
»Ich sagte doch, du sollst mich anschaun«, sprach die Hölle und ging ihres bittren, bösen Wegs. Sie ließ ihn dort stehen: ein schönes Paradoxon, das die Demokraten finden sollten, wenn sie geschäftig und geschwätzig hereinströmten in den Palast von Westminster.

Jaqueline Ess:
Ihr Wille, ihr Vermächtnis

Mein Gott, dachte sie, das ist doch kein Leben. Tagein, tagaus: der Stumpfsinn, die Schinderei, der Frust.
Gott im Himmel, flehte sie, laß mich raus hier, gib mich frei, schlag mich ans Kreuz, wenn's unbedingt sein muß, aber hol mich raus aus diesem Elend.
Statt seiner allergnädigsten Sterbehilfe nahm sie an einem trübsinnigen Tag Ende März eine von Bens Rasierklingen, schloß sich ins Badezimmer ein und schlitzte sich die Pulsadern auf.
Ben war draußen vor der Badtür, schwach hörte sie ihn durch das dröhnende Pochen in ihren Ohren.
»Bist du da drin, Schatz?«
»Geh weg«, glaubte sie zu sagen.
»Bin heut' früher daheim, Süße. War wenig Verkehr.«
»Bitte, geh weg.«
Der Kraftaufwand bei dem Versuch zu sprechen ließ sie von der Klosettbrille abrutschen, hinunter auf den weißgekachelten Boden, wo bereits Lachen ihres Blutes kalt wurden.
»Schatzi?«
»Geh.«
»Schatz.«
»Weg.«
»Bist du okay?«
Jetzt rüttelte er an der Tür, die miese Ratte. Kapierte er nicht, daß sie sie nicht aufmachen konnte, nicht aufmachen wollte?

»Gib Antwort, Jackie.«
Sie stöhnte. Konnte es nicht unterdrücken. Der Schmerz war nicht so schrecklich, wie sie erwartet hatte, aber sie fühlte sich scheußlich, als ob man ihr gegen den Kopf getreten hätte. Und doch könnte er sie nicht mehr rechtzeitig erwischen, nämlich jetzt. Selbst wenn er die Tür zertrümmerte nicht.
Er zertrümmerte die Tür.
Sie schaute hinauf zu ihm, durch eine Luft, die von Tod so dicht gesättigt war, daß man sie hätte schneiden können.
»Zu spät«, glaubte sie zu sagen.
Aber das war es nicht.

Mein Gott, dachte sie, Selbstmord kann das doch nicht sein. Ich bin nicht gestorben.
Der Arzt, den ihr Ben besorgt hatte, war von allzu ausgesuchter Nettigkeit. Nur das Beste, hatte Ben versprochen, nur das Allerbeste für meine Jackie.
»Es gibt nichts«, versicherte ihr der Arzt, »das wir nicht wieder hinbiegen könnten, mit ein bißchen Geduld und Spucke.«
Warum gibt er's nicht einfach zu? dachte sie. Es ist ihm schnurzegal. Er hat keine Ahnung, wie das ist.
»Mit diesen Frauenproblemen hab' ich laufend zu tun«, vertraute er ihr an, und triefte förmlich vor praktiziertem Mitleid. »Um eine bestimmte Altersstufe rum nimmt das geradezu epidemische Ausmaße an.«
Sie war noch keine Vierzig. Was wollte er ihr da einreden? Daß sie vorzeitig ins Klimakterium käme?
»Depressionen, teilweises oder totales Sich-Abkapseln, Neurosen in jeder Form und Intensität. Sie sind da nicht allein, glauben Sie mir.«
O doch, dachte sie. Ich bin hier in meinem Kopf, ganz für mich, und du hast nicht die blasseste Ahnung, wie das ist.
»Passen Sie auf, zweimal zuckt der Lämmerschwanz, und Sie sind wieder in Ordnung.«
Ach, ein Lamm bin ich? Für ein Lamm hält er mich?
Versonnen streifte sein Blick seine gerahmten Zertifikate über ihm,

dann seine manikürten Nägel, dann die Füller auf dem Schreibtisch und dem Notizblock. Aber Jacqueline sah er nicht an. Überallhin, außer zu Jacqueline.
»Ich weiß«, sagte er jetzt, »was Sie durchgemacht haben, und es hat traumatisch gewirkt. Frauen haben bestimmte Bedürfnisse. Wenn sie unerwidert bleiben...«
Was wollte er von Frauenbedürfnissen wissen? Du bist keine Frau, glaubte sie zu denken.
»Wie?« fragte er.
Hatte sie gesprochen? Sie schüttelte den Kopf, verweigerte das Sprechen. Er fuhr fort, fand noch einmal seinen Rhythmus: »Ich hab' nicht vor, Sie durch endlose Therapie-Sitzungen zu schleusen. Das möchten Sie doch nicht, oder? Sie möchten ein bißchen Beruhigung, und Sie möchten etwas, das Ihnen nachts das Schlafen erleichtert.«
Jetzt machte er sie ernstlich wütend. Seine Herablassung war nicht einfach tief, sie war bodenlos. Der alles wissende, alles sehende Vater; so führte er sich auf. Als wäre er mit irgendeiner wundersamen Einsicht ins Wesen der Frauenseele begnadet.
»Natürlich hab' ich's bei Patienten früher auch mit Therapie versucht. Aber unter uns...«
Er tätschelte ihr leicht die Hand. Vaters warme Finger auf ihrem Handrücken. Vermutlich sollte sie davon geschmeichelt, beruhigt, vielleicht sogar betört sein.
»...unter uns, es ist so viel Gerede dabei. Endloses Gerede. Offen gestanden, wozu soll das gut sein? Wir haben alle unsere Probleme. Man kann sie doch nicht einfach wegreden, oder?«
Du bist keine Frau. Du siehst nicht aus wie eine Frau, du empfindest nicht wie eine Frau...
»Haben Sie was gesagt?«
Sie schüttelte den Kopf.
»Ich dachte, Sie hätten was gesagt. Sie brauchen sich bei mir wirklich kein Blatt vor den Mund zu nehmen.«
Sie erwiderte nichts, und er hatte die Vertraulichkeits-Masche anscheinend langsam satt. Er stand auf und ging zum Fenster.
»Ich glaub', das Beste für Sie...«

Er stand im Licht. Verdunkelte das Zimmer, trübte die Sicht durchs Fenster, auf die Kirschbäume, den Rasen. Sie starrte seine breiten Schultern an, seine schmalen Hüften. Ein prachtvolles Mannsbild, so hätte Ben ihn eingestuft. Zum Kinderkriegen denkbar ungeeignet. Dazu da, die Welt neu zu schaffen, so ein Körper wie seiner. Und wenn nicht die Welt, dann müßte es wenigstens zum Neuschaffen von Seelen reichen.

»Ich glaub', das Beste für Sie...«

Was wußte er schon, mit seinen Hüften, mit seinen Schultern? Er war viel zu sehr Mann, um irgend etwas von ihr zu begreifen.

»Ich glaub', das Beste für Sie wird sein, Sie nehmen eine Zeitlang ein Beruhigungsmittel...«

Jetzt hatte sie die Augen auf seiner Taille.

»...und machen ein bißchen Urlaub.«

Ihr Bewußtsein hatte sich jetzt scharf auf seinen Körper unter der dünnen Kleidertünche konzentriert. Die Muskulatur, Blut und Knochen unter der elastischen Haut. Sie machte sich ein genaues, allseitiges Bild von ihm, taxierte seine Proportionen, schätzte seine Widerstandskraft ab, umschloß ihn dann in Naheinstellung. Sie dachte: Sei eine Frau.

Als sie dieses aberwitzige Wunschbild dachte, begann es mir nichts, dir nichts, Gestalt anzunehmen. Keine Verwandlung wie im Märchen, unglücklicherweise, sein Körper widersetzte sich solchem Zauber. Sie befähigte seinen Männer-Thorax dazu, Brüste aus sich selbst zu formen, und durchaus einnehmend fing er an zu schwellen, bis die Haut aufplatzte und sein Brustbein zerkrachte. Sein Becken, hochgereizt bis zur Zerreißgrenze, brach genau in der Mitte. Der Balance ledig, kippte er vornüber auf seinen Schreibtisch und starrte sie von dort unten her an, sein Gesicht gelb vor Schock. Er leckte und leckte sich unentwegt die Lippen, auf der Suche nach etwas Nässe zum Reden. Sein Mund war trocken, seine Worte totgeboren. Alles Geräusch kam von woanders her, zwischen seinen Beinen hervor: das Platschen seines Blutes, das Plumpsen seiner Därme auf den Teppich.

Angesichts der monströsen Absurdität, die sie geschaffen hatte, schrie sie auf und zog sich in die entferntest liegende Zimmerecke zurück, wo sie sich in den Topf des Gummibaums erbrechen mußte. Mein Gott, dachte sie, das kann doch kein Mord sein. Ich hab' ihn nicht mal angerührt dabei.

Jacqueline behielt für sich, was sie an jenem Nachmittag getan hatte. Wozu den Leuten schlaflose Nächte bereiten, sie über eine derart absonderliche Begabung nachdenken lassen.
Die Polizei war ausgesprochen zuvorkommend. Sie stellten mehrere Theorien über das plötzliche Hinscheiden von Dr. Blandish auf, von denen freilich keine so recht darlegte, wie es denn zu dieser ungewöhnlichen, eruptiven Ausformung seines Thorax gekommen war, der aus den Brustmuskeln zwei ansehnliche (wenn auch behaarte) Wölbungen gebildet hatte.
Man ging von der Annahme aus, daß irgendein unbekannter Psychotiker, bärenstark in seinem Irrsinn, eingebrochen war, die Tat mit Hand, Hammer und Säge verübt hatte, um wieder abzutreten und die unschuldige Jacqueline Ess in ein entsetztes Stillschweigen einzuschließen, das zu durchdringen keine Vernehmung sich erhoffen durfte.
Eine unbekannte Person, respektive Personen, hatte den Arzt offenkundig dorthin befördert, wo ihm weder Beruhigungsmittel noch Therapie helfen konnten.

Eine Zeitlang vergaß sie es fast. Aber im Verlauf der Monate fiel es ihr wieder ein, so nach und nach, wie die Erinnerung an einen heimlichen Ehebruch. Es reizte sie mit seinen verbotenen Wonnen. Sie vergaß den Ekel und gedachte der Macht. Sie vergaß die Sudelei und gedachte der Stärke. Sie vergaß das Schuldgefühl, das sie hinterher befallen hatte, und sehnte, sehnte sich danach, es abermals zu tun.
Nur besser.

»Jacqueline.«
Gibt es das, dachte sie, redet mich da mein Mann tatsächlich mit

meinem vollen Namen an? Normalerweise war es Jackie oder Jack oder gar nichts.

»Jacqueline.«

Er sah sie an mit diesen großen blauen Babyglupschern, wie der College-Boy, in den sie sich auf den ersten Blick verliebt hatte. Aber sein Mund war jetzt härter, und seine Küsse schmeckten nach altbakkenem Brot.

»Jacqueline.«

»Ja.«

»Ich hätte gern mit dir über was gesprochen.«

Eine Unterhaltung? dachte sie, heute muß wohl ein Feiertag sein.

»Ich weiß nicht, wie ich's dir sagen soll.«

»Probier's aus an mir«, schlug sie vor.

Sie wußte, daß sie seine Zunge ins Sprechen hineindenken konnte, wenn es ihr Spaß machte. Ihn dazu bringen konnte, ihr zu sagen, was sie gern hörte. Verliebte Worte, vielleicht, wenn sie sich erinnern könnte, wie sie klangen. Aber was hätte das gebracht? Lieber die Wahrheit.

»Schatz, ich bin ein bißchen aus der Bahn geraten.«

»Was meinst du damit?« sagte sie.

So so, du Dreckskerl, dachte sie.

»Es war in der Zeit, in der du nicht ganz du selber warst. Weißt schon, als zwischen uns praktisch nichts mehr lief. Getrennte Zimmer... du wolltest getrennte Zimmer... und ich bin einfach durchgedreht vor Frust. Ich wollte dich nicht durcheinanderbringen, also hab' ich kein Wort gesagt. Aber es ist zwecklos, wenn ich versuch', zwei Leben zu leben.«

»Von mir aus kannst du ruhig eine Affäre haben, Ben.«

»Es ist keine Affäre, Jackie. Ich liebe sie...«

Er bereitete eine seiner Reden vor, sie konnte sie hinter seinen Zähnen in Schwung kommen sehen. Die Rechtfertigungen, die zu Anklagen wurden, diese Ausflüchte, die immer in Angriffe auf ihren Charakter umschlugen. Wenn er einmal richtig in Fahrt gekommen war, war er nicht mehr zu bremsen. Sie wollte nichts hören.

»... sie ist ganz anders als du, Jackie. Sie hat was Frivoles. Du würd'st sie wahrscheinlich oberflächlich nennen.«

Es würde sich eventuell lohnen, hier zu unterbrechen, dachte sie, bevor er sich in seinen üblichen Schlingen verfängt.

»Sie ist nicht so von Stimmungen abhängig wie du. Weißt du, sie ist bloß eine normale Frau. Damit will ich nicht sagen, daß du nicht normal bist. Für deine Depressionen kannst du ja nichts. Aber sie ist nicht so überempfindlich.«

»Es besteht kein Anlaß, Ben...«

»Doch, verdammt, ich will das jetzt alles runter haben von der Seele.«

Auf mich drauf, dachte sie.

»Nie läßt du zu, daß ich mich rechtfertige«, sagte er jetzt. »Immer wirfst du mir einen von diesen verdammten Blicken zu, um mir auf die Tour irgendwie anzudeuten...«

Stirb.

»...irgendwie anzudeuten: Halt die Klappe.«

Halt die Klappe.

»Wie's in mir ausschaut, ist dir völlig egal!« Er brüllte jetzt. »Drehst dich immer nur um dich selber.«

Halt die Klappe, dachte sie.

Sein Mund war offen. Geschlossen war er ihr anscheinend lieber, und mit dem Gedanken schnappten seine Kiefer zusammen und trennten ihm dabei akkurat die rosa Zungenspitze ab. Sie fiel ihm zwischen den Lippen heraus und blieb in einer Falte seines Hemds hängen.

Halt die Klappe, dachte sie abermals.

Die beiden makellosen Reihen seiner Zähne knirschten unter Krachen und Splittern zermahlend ineinander, Nervenfasern, Kalzium und Speichel bildeten einen blaßrosa Schaum auf seinem Kinn, als sein Mund nach innen zusammenfiel.

Halt die Klappe, dachte sie kontinuierlich, während seine verschreckten blauen Babyglupscher in seinen Schädel versanken und seine Nase sich wurmartig in sein Gehirn hineinwand.

Das war nicht mehr Ben. Das war ein Mann mit rotem, sich einebnendem, sich zusammenstauchendem Eidechsenkopf, und Gott sei Dank war er übers Redenhalten ein für allemal hinaus.

Jetzt, da sie den Dreh raus hatte, machten ihr die Veränderungen, die ihr Wille ihm aufzwang, allmählich Spaß.

Sie schnellte ihn Hals über Kopf auf den Boden und fing an, seine Arme und Beine zusammenzupressen, schob dabei Fleisch und widerspenstige Knochen sukzessive auf ein immer kleiner werdendes Volumen ineinander. Seine Kleidungsstücke wurden nach innen gezerrt, hineingemengt in den Fleischstrudel, und das Gewebe seiner Bauchdecke wurde von seinen säuberlich verstauten Eingeweiden losgerissen und über seine Körperfläche ausgespannt, um ihn darin einzuwickeln. Seine Finger stocherten jetzt auf Höhe der Schulterblätter ins Leere, und seine vor Raserei noch immer strampelnden Füße wurden ihm ins Gedärm geschlagen. Ein letztes Mal drehte sie ihn um, um sein Rückgrat zu einer zwei, drei Handbreit langen Drecksäule zu komprimieren, und das war's dann auch schon so ungefähr.

Als ihre Ekstase langsam abflaute, sah sie Ben auf dem Boden sitzen, in ein Volumen etwa vom Format eines seiner eleganten Lederkoffer weggeschlossen; schwach pulsten noch Blut, Galle und Lymphe aus seinem mundtot gemachten Körper.

Mein Gott, dachte sie, das kann unmöglich mein Mann sein. So proper war der doch noch nie.

Diesmal wartete sie nicht auf Hilfe. Diesmal wußte sie, was sie getan hatte (erriet sogar, wie sie es getan hatte), und letztlich bejahte sie ihr Verbrechen als einen vielleicht etwas zu krassen Akt gerechter Strafe. Sie packte ihre Sachen und verließ das Haus.

Ich lebe, dachte sie. Zum ersten Mal in meinem ganzen armseligen Leben lebe ich.

Vassis Niederschrift (Teil I)

Euch, die ihr von süßen, starken Frauen träumt, hinterlasse ich diese Geschichte. Eine Verheißung ist sie – ebenso freilich ein Geständnis, und ebenso die letzten Worte eines Verlorenen, der sich nichts wünschte, als zu lieben und geliebt zu werden. Zitternd sitze ich hier und warte auf die Nacht, warte, daß dieser weinerliche Lude Koos wieder vor meiner Tür auftaucht und mir alles nimmt, was ich besitze, als Gegenwert für den Schlüssel zu ihrem Zimmer.

Ich bin kein mutiger Mann, bin es nie gewesen. Darum habe ich Angst vor dem, was mir heute nacht womöglich zustößt. Aber ich kann nicht fortwährend nur träumend durchs Leben treiben, dahinvegetieren durch die Finsternis mit nichts als einem flüchtigen Abglanz des Himmels. Über kurz oder lang muß einer seine Lenden gürten (eine angemessene Formel), sich aufmachen und ihn suchen gehen. Selbst wenn er dabei die Welt drangeben müßte zum Entgelt.

Wahrscheinlich klinge ich unverständlich. Ihr denkt, ihr, die ihr zufällig auf dies Zeugnis gestoßen seid, ihr denkt, wer war er, dieser arme Irre?

Mein Name war Oliver Vassi. Ich bin jetzt achtunddreißig Jahre alt. Ich war Rechtsanwalt, bis vor einem, oder etwas über einem Jahr, als ich mich auf die Suche nach dem machte, was heute nacht sein Ende findet, mit diesem Luden und diesem Schlüssel und diesem Allerheiligsten.

Aber die Geschichte beginnt früher als vor einem Jahr. Viele Jahre ist es her, seit Jacqueline Ess zum ersten Mal zu mir kam.

Aus heiterem Himmel kreuzte sie in meiner Kanzlei auf und behauptete, die Witwe eines Freundes von mir zu sein, aus der Zeit an der Rechtsakademie, eines gewissen Benjamin Ess, und als ich daran zurückdachte, fiel mir das Gesicht wieder ein. Ein gemeinsamer Freund, der bei der Hochzeit dabeigewesen war, hatte mir ein Foto von Ben und seiner errötenden Braut gezeigt. Und da stand sie nun, jeder Zoll eine so schwer faßliche Schönheit, wie es ihre Fotografie verheißen hatte.

Ich entsinne mich noch, ich war zutiefst verwirrt bei dieser ersten Unterredung. Sie war aufgetaucht, als gerade sehr viel los war, und ich steckte bis zum Hals in Arbeit. Aber ich war so bezaubert von ihr, daß ich alle Gesprächstermine dieses Tages platzen ließ, und als meine Sekretärin hereinkam, warf sie mir einen ihrer stählernen Blicke zu, als wollte sie mir einen Eimer kaltes Wasser über den Kopf schütten. Vermutlich war ich von Anfang an gefesselt, und sie spürte die knisternde Atmosphäre in meinem Büro. Und ich, ich täuschte pure Höflichkeit vor, der Witwe eines alten Freundes gegenüber. Über Leidenschaft dachte ich nicht gern nach; sie war meinem Wesen

fremd, so glaubte ich zumindest. Wie wenig wir doch wissen – *wirklich* wissen, meine ich –, was an Fähigkeiten in uns steckt.
Jacqueline log mir etwas vor bei diesem ersten Treffen: Ben wäre an Krebs gestorben, hätte des öfteren, und lieb, von mir gesprochen. Vermutlich hätte sie mir auf der Stelle die Wahrheit sagen können, und ich hätte sie gefressen, sie verschlungen – ich glaube, ich war restlos der Ihre, vom ersten Augenblick an.
Aber es ist schwierig, im Nachhinein genau festzustellen, wie und wann das Interesse an einem anderen menschlichen Wesen in etwas Gefährdenderes, Leidenschaftlicheres auflodert. Es kann gut sein, daß ich die faszinierende Gewalt erfinde, mit der sie bei diesem ersten Treffen auf mich einwirkte, daß ich einfach die Geschichte neu erfinde, um meine späteren Exzesse zu rechtfertigen. Ich bin mir nicht sicher. Jedenfalls, wo und wann es auch geschah, wie schnell oder langsam auch immer, ich erlag ihr, und die Affäre begann.
Ich bin kein besonders wißbegieriger Mann, was meine Freunde oder meine Bettgenossinnen angeht. Als Rechtsanwalt verbringt man seine Zeit damit, im Schmutz des Lebens fremder Leute herumzuwühlen, und offen gestanden, davon reichen mir acht Stunden täglich bis oben hin. Außerhalb der Kanzlei ist mir nichts lieber, als die Leute in Ruhe zu lassen. Ich schnüffle nicht herum, ich forsche nicht nach, ich begnüge mich mit dem, was sie mir von sich zeigen.
Jacqueline bildete keine Ausnahme von dieser Regel. Ich war froh, daß diese Frau in mein Leben getreten war, egal wie es um ihre Vergangenheit bestellt sein mochte. Sie besaß eine wundervolle Kaltblütigkeit, sie war geistreich, anzüglich und indirekt. Eine so hinreißende Frau war mir noch nie begegnet. Es ging mich nichts an, wie sie mit Ben gelebt hatte, was für eine Ehe sie geführt hatten etc. etc. Das war ihre höchstpersönliche Historie. Ich freute mich an der lebendigen Gegenwart und ließ die Vergangenheit die Vergangenheit begraben. Ich glaube, ich bildete mir sogar ein, daß sie mit meiner Hilfe über jedwede Tortur hinwegkäme, die sie durchgemacht haben mochte.
Sicher, es gab Lücken, Unstimmigkeiten in ihren Geschichten. Als Anwalt war ich darauf getrimmt, in Sachen Faktenfälschung hellhö-

rig zu sein, und wie sehr ich auch versuchte, meine diesbezüglichen Eindrücke zu verdrängen, ich spürte doch, daß sie mir gegenüber nicht ganz aufrichtig war. Aber jeder hat seine Geheimnisse. Das wußte ich nur zu gut. Soll sie ihre haben, dachte ich.

Ein einziges Mal nur hakte ich doch nach, bei einem Detail ihrer vorgeblichen Lebensgeschichte. Beim Sprechen über Bens Tod rutschte ihr heraus, daß er bekommen hatte, was er verdiente. Ich fragte, was sie damit meinte. Sie lächelte, ihr typisches Gioconda-Lächeln, und sagte mir, sie hätte das Gefühl, zwischen Mann und Frau müßte wieder ein Gleichgewicht hergestellt werden. Ich verlor weiter kein Wort über die Bemerkung. Schließlich war ich zu diesem Zeitpunkt besessen, jenseits aller Hoffnung auf Erlösung; egal welche Behauptung sie aufstellte, ich schluckte sie mit Freuden.

Sie war so schön, wißt ihr. Nicht in oberflächlichem Sinn: Sie war nicht jung, sie war nicht unschuldig, ihr fehlte diese von Werbeleuten und Fotografen so bevorzugte lupenreine Symmetrie. Sie hatte klar und deutlich das Gesicht einer Frau Anfang Vierzig. Es war zum Lachen und Weinen gebraucht worden, und der Gebrauch hinterläßt seine Spuren. Aber sie hatte eine Kraft, sich selbst zu verwandeln, auf subtilste Art, und das machte ihr Gesicht so variabel wie den Himmel. Zu Anfang hielt ich das für einen Make-up-Trick. Aber als wir dann immer häufiger zusammen schliefen und ich sie morgens mit ihren noch verschlafenen Augen und abends schwer vor Müdigkeit zu sehen bekam, war ich mir bald im klaren, daß sie nichts als Fleisch und Blut auf ihrem Schädel trug. Was sie verwandelte, wirkte von innen: Es war ein Trick des Willens.

Und das, versteht ihr, brachte mich dazu, sie nur um so mehr zu lieben.

Dann erwachte ich eines Nachts, während sie neben mir schlief. Wir schliefen oft auf dem Boden, das war ihr lieber als das Bett. Betten, sagte sie, erinnerten sie an ihre Ehe. Jedenfalls, in jener Nacht lag sie unter einer Steppdecke auf dem Teppich meines Zimmers, und ich betrachtete, einfach aus inniger Anbetung, ihr schlafendes Gesicht. Wenn einer sich rückhaltlos hingegeben hat, kann das Betrachten des Geliebten im Schlaf zu einer scheußlichen Erfahrung werden. Vielleicht hat der eine oder andere von euch diese ohnmächtige Lähmung schon erlebt: hinabzustarren auf Züge, die eurer Erkundung versperrt sind, weggeschlossen von euch, wohin ihr nie und nimmer gelangen könnt – in die Seelenlandschaft des anderen. Wie gesagt, für unsereins, die wir uns hingegeben haben, ist das ein Grauen. Man wird sich in diesen Augenblicken zutiefst bewußt, daß man nicht existiert, außer im Bezogensein auf jenes Gesicht, jene unverwechselbare Person. Wenn demzufolge jenes Gesicht verschlossen, jene Person in ihre eigene unkennbare Welt entglitten ist, kommt man sich völlig sinn- und zwecklos vor. Ein Planet ohne Sonne, der in der Finsternis dahinkreist.

So kam ich mir in jener Nacht vor, als ich auf ihre außergewöhnlichen Gesichtszüge hinabsah, und wie ich so meiner Entseeltheit nachgrübelte, begann sich ihr Gesicht zu verändern. Offensichtlich träumte sie; aber in was für Träumen mußte sie da befangen sein. Ihre ganze leibliche Struktur war in Bewegung, ihre Muskeln, ihr Haar, der Flaum auf ihrer Wange bewegten sich nach dem Diktat irgendeiner inneren Strömung. Ihre Lippen sprossen blühend auf von ihrem Knochen, schäumten empor zu einem speicheltriefenden Turm aus Haut; das Haar wirbelte ihr um den Kopf, als läge sie im Wasser; die Substanz ihrer Wangen bildete Furchen und Grate wie die rituellen Narben auf der Haut eines Kriegers; entzündete und pulsierende Gewebemuster, die sich, kaum hatte sich ein Muster gebildet, aufblähten und erneut wandelten. Dieses Fließen erfüllte mich mit Entsetzen, und ich muß irgendein Geräusch gemacht haben. Sie erwachte nicht, geriet aber etwas näher an die Oberfläche des Schlafs, verließ die tieferen Gewässer, wo jene Mächte ihren Ursprung hatten. Schlagartig fielen die Muster in sich zusammen, und ihr Gesicht war wieder das einer sanft schlummernden Frau.

Das war, wie ihr wohl begreift, ein Schlüsselerlebnis, wenngleich ich die nächsten paar Tage damit hinbrachte, mir selber einzureden, daß ich nichts davon gesehen hatte.

Die Bemühung war vergeblich. Ich wußte, daß irgend etwas mit ihr nicht stimmte; und zu jenem Zeitpunkt war ich sicher, daß sie nichts davon wußte. Ich war überzeugt, daß irgend etwas in ihrem Organis-

mus schieflief und daß ich sehr gut daran täte, erst ihre Geschichte zu durchforschen, bevor ich ihr erzählte, was ich gesehen hatte.
Wenn man's recht bedenkt, erscheint das natürlich lächerlich naiv. Zu meinen, sie hätte nicht gewußt, daß eine solche Macht in ihr steckte. Aber es fiel mir leichter, sie mir als Opfer einer solchen Begabung vorzustellen, und nicht als deren Herrin. Klar, ein Mann spricht hier von einer Frau; nicht bloß ich, Oliver Vassi, von ihr, Jacqueline Ess. Wir können es nicht glauben, wir Männer, daß die Macht jemals problemlos im Körper einer Frau residieren wird, es sei denn, diese Macht ist ein männliches Kind. Die wahre Macht nicht. Die Macht gehört ausschließlich in Männerhände, gottgegeben. Das ist es, was unsere Väter uns weismachen, Idioten, die sie sind.
Jedenfalls, ich stellte, so heimlich, wie es eben ging, Nachforschungen über Jacqueline an. Ich hatte einen Verbindungsmann in York, wo das Ehepaar gewohnt hatte, und es war nicht schwierig, einige Ermittlungen in Gang zu bringen. Erst nach einer Woche kehrte mein Verbindungsmann zu mir zurück, weil er sich durch eine ganze Menge Scheißkram von der Polizei hatte durchgraben müssen, um an eine Spur der Wahrheit zu kommen; aber dann war die Nachricht da, und sie war schlecht.
Ben war tot, so viel war richtig. Aber in gar keiner Weise war er an Krebs gestorben. Mein Kontaktmann hatte nur die verschwommensten Andeutungen hinsichtlich des Zustands von Bens Leichnam erhalten, aber er schloß daraus, daß man ihn unglaublich verstümmelt hatte. Und der Hauptverdächtige? Meine geliebte Jacqueline Ess. Ebenjene Unschuldige, die meine vier Wände bewohnte und jede Nacht an meiner Seite schlief.
Also hielt ich ihr vor, daß sie mir etwas verheimliche. Ich weiß nicht, welche Gegenleistung ich erwartete. Was ich erhielt, war eine Demonstration ihrer Macht. Sie gab sie freimütig, ohne Bosheit, aber ich wäre ein Narr gewesen, hätte ich keine Warnung aus ihr herausgelesen. Als erstes erzählte sie mir, wie sie ihre einzigartige Gewalt über die Struktur und Substanz menschlicher Wesen entdeckt hatte. In ihrer Verzweiflung, so sagte sie, als sie dicht davorstand, sich umzubringen, war sie in den abgelegensten, dunkelsten Furchen ihres

Wesens auf Fähigkeiten gestoßen, von deren Vorhandensein sie nie etwas gewußt hatte. Mächte, die während ihrer Genesung aus jenen Regionen emporstiegen wie Fische zum Licht.

Dann führte sie mir diese Mächte in geringster Dosis vor, zupfte mir Haare vom Kopf, eins nach dem andern. Ein Dutzend nur; bloß um mir ihre ungeheuerlichen Fertigkeiten zu demonstrieren. Ich spürte, wie sie ausgingen. Sie sagte bloß: erst eins hinter deinem Ohr, und schon spürte ich die Haut sich zusammenziehen und dann zurückschnellen, als Finger ihrer Willenskraft mir ein Haar ausrissen. Dann noch eins, und noch eins. Es war eine unglaubliche Darbietung. Sie hatte diese Macht zu einer sublimen Kunst entschärft: Auf meiner Kopfhaut lokalisierte und entfernte sie einzelne Haare mit der Präzision einer Pinzette.

Offen gestanden, ich saß starr da vor Angst, wußte ich doch, daß sie nur mit mir spielte. Früher oder später, da war ich mir sicher, würde der richtige Zeitpunkt für sie kommen, mich für immer zum Schweigen zu bringen.

Sie aber hatte Zweifel an sich selbst. Sie gestand mir, dieses Talent, obwohl sie es geschliffen und verfeinert hatte, versetze sie in Schrekken. Sie bräuchte jemanden, der ihr beibrächte, wie man es optimal benutzte, sagte sie. Und dieser Jemand war nicht ich. Ich war bloß ein Mann, der sie liebte, der sie vor dieser Enthüllung geliebt hatte, und der sie weiter lieben würde, der Ungeheuerlichkeit zum Trotz.

Und in der Tat, nach dieser Vorführung war ich sehr schnell dazu bereit, mich auf ein neues Bild von Jacqueline einzustellen. Anstatt mich vor ihr zu ängstigen, zerfloß ich nur noch mehr in Hingabe an diese Frau, die es duldete, daß ich sie körperlich besaß.

Meine Arbeit wurde zur ärgerlichen Störung, zur Ablenkung, die sich zwischen mich und das Denken an meine Geliebte drängte. Mein guter Ruf begann sich zu verschlechtern; ich verlor Mandate, ich verlor Vertrauenswürdigkeit. Innerhalb von zwei, drei Monaten schwand mein Berufsleben fast restlos dahin. Freunde gaben mich auf, Kollegen gingen mir aus dem Weg.

Nicht daß sie mich etwa ausgesaugt hätte. Das möchte ich ausdrücklich betonen. Sie war kein Vampir, kein Sukkubus. Was mit mir geschah, das Ausgestoßenwerden aus dem gewöhnlichen Leben, wenn ihr so wollt, war allein mein Werk. Sie hat mich nicht verhext; mit dieser romantischen Lüge wird Notzucht gern entschuldigt. Ein Meer war sie. Und ich, ich mußte einfach in ihr schwimmen. Versteht ihr das? Ich hatte mein Leben am Ufer verbracht, in der festgefügten Welt des Rechts, und ich hatte es satt. Sie war flüssig, ein grenzenloses Meer in einem einzelnen Leib, eine Sintflut auf engstem Raum, und mit Freuden will ich in ihr ertrinken, wenn sie mir die Gelegenheit dazu gewährt. Hört ihr: Immer schon war das, ist das mein Entschluß. Ich habe mich entschlossen, heute nacht zu dem Zimmer zu gehen und mit ihr ein letztes Mal zusammenzusein. Es geschieht aus meinem eigenen freien Willen.

Und welcher Mann würde es nicht tun? Sie war (ist) göttlich.

Nach jener Demonstration der Macht verlebte ich einen Monat nicht enden wollender Ekstase. War ich mit ihr zusammen, zeigte sie mir Spielarten der Liebe, die die Grenzen jeder sonstigen Kreatur auf Gottes Erdboden überstiegen. Die Grenzen überstiegen, sage ich – mit ihr gab es keine Grenzen. Und war ich losgelöst von ihr, setzte der Tagtraum sich fort; schien sie doch mein ganzes Dasein verwandelt zu haben.

Dann verließ sie mich.

Ich wußte, warum: Sie hatte sich aufgemacht, um jemanden zu finden, der ihr beibrachte, die Kraft zu gebrauchen. Aber das Verständnis ihrer Beweggründe machte es keinen Deut leichter.

Ich ging vor die Hunde: verlor meine Stellung, verlor meine Identität, verlor die wenigen Freunde, die mir noch geblieben waren. Ich bemerkte es kaum. Das waren unerhebliche Verluste, gemessen am Verlust von Jacqueline...

»Jacqueline.«

Mein Gott, dachte sie, soll das wirklich der einflußreichste Mann im Lande sein? Er sah so unscheinbar aus, so gänzlich belanglos. Nicht einmal ein energisches Kinn hatte er.

Aber Titus Pettifer war Macht.

Er hatte mehr Monopole unter sich als er zählen konnte. Sein Wort in der Finanzwelt konnte Firmen wie Stöcke zerbrechen und dabei die Zielsetzungen Hunderter, die Karrieren Tausender zerstören. In seinem Schatten wurden über Nacht Vermögen gemacht, ganze Handelsgesellschaften stürzten in sich zusammen, wenn er sie anblies, waren Opfer seiner Laune. Wenn irgendein Mann sie kannte, die Macht, dann dieser Mann hier. Von ihm mußte man lernen.

»Sie haben doch nichts dagegen, wenn ich Sie mit J. anrede, oder?«

»Nein.«

»Warten Sie schon lange?«

»Lange genug.«

»Normalerweise laß' ich schöne Frauen nicht warten.«

»Doch, das tun Sie.«

Schon wußte sie über ihn Bescheid: Zwei Minuten in seiner Gegenwart reichten aus, um seine Bandbreite zu taxieren. Wenn sie sich dezent unverschämt gab, war er auf schnellstem Wege der Ihre.

»Reden Sie Frauen, denen Sie noch nie zuvor begegnet sind, immer mit den Initialen an?«

»Ist recht praktisch für die Aktenablage; was dagegen?«

»Kommt drauf an.«

»Worauf?«

»Was ich dafür bekomme, wenn ich Ihnen dieses Privileg einräume.«

»Ach ja, ein Privileg ist das, Sie mit Vornamen zu kennen?«

»Ja.«

»Also... dann kann ich mir nur gratulieren. Außer natürlich, Sie erteilen dieses Privileg häufiger?«

Sie schüttelte den Kopf. Nein – er konnte sehen, daß sie mit ihren Sympathien nicht verschwenderisch umging.

»Wieso eigentlich die lange Warterei, bis Sie mich endlich sehen konnten?« fragte er. »Wieso mußten Sie, wie ich mir hab' sagen lassen, meine armen Sekretärinnen totlöchern, mit Ihren dauernden Forderungen nach einem Termin mit mir? Wollen Sie Geld? In dem Fall ziehen Sie nämlich mit leeren Händen ab. Durch Geiz bin ich reich geworden, und je reicher ich werde, desto geiziger werd' ich auch.«

Die Bemerkung war die Wahrheit; er sprach sie offen aus.

»Ich will kein Geld«, sagte sie ebenso offen.

»Wie erfrischend.«
»Es gibt Reichere als Sie.«
Überrascht zog er die Augenbrauen hoch. Sie konnte beißen, diese Schöne. »Stimmt«, sagte er. Es gab mindestens ein halbes Dutzend reichere Männer in der Hemisphäre.
»Ich bin keine anhimmelnde kleine Tussi. Ich bin nicht hergekommen, um mit 'nem Namen zu vögeln. Ich bin hergekommen, weil wir uns zusammentun könnten. Wir haben einander sehr viel zu bieten.«
»Zum Beispiel?«
»Ich hab' meinen Körper.«
Er lächelte. Es war das unverblümteste Angebot, das er seit Jahren gehört hatte. »Und was soll ich Ihnen für ein so luxuriöses Geschenk bieten?«
»Ich möchte lernen –«
»Lernen?«
»– wie man Macht benutzt.«
Sie wurde zusehends merkwürdiger, diese Dame. »Was meinen Sie damit?« erwiderte er, um Zeit zu schinden. Unmöglich, ihr Verhalten auf einen Nenner zu bringen; sie wühlte ihn auf, brachte ihn durcheinander.
»Soll ich's vielleicht noch mal herbeten für Sie, auf Spießbürgerlich?« sagte sie und spielte die Unverschämte mit einem solchen Lächeln, daß er sich fast wieder attraktiv fühlte.
»Nicht nötig. Sie wollen lernen, wie man die Macht gebraucht. Vermutlich könnt' ich Ihnen beibringen –«
»Ich weiß, daß Sie's können.«
»Vergessen Sie nicht, ich bin ein verheirateter Mann. Virginia und ich sind jetzt achtzehn Jahre zusammen.«
»Sie haben drei Söhne, vier Häuser, ein Dienstmädchen namens Mirabelle. Sie können New York nicht ausstehen, und sie lieben Bangkok; Ihre Kragenweite ist 42, ihre Lieblingsfarbe Grün.«
»Türkis.«
»Sie werden pingeliger auf Ihre alten Tage.«
»Ich bin nicht alt.«
»Achtzehn Jahre Ehe. Das läßt einen Mann vorzeitig altern.«

»Mich nicht.«
»Beweisen Sie's.«
»Wie?«
»Nimm mich.«
»Was?«
»Nimm mich.«
»Hier?«
»Zieh die Rollos runter, schließ die Tür ab, schalt den Computer-Monitor aus und nimm mich. Ich fordere dich heraus.«
»Fordern?«
Wie lang war das her, daß ihn jemand aufgefordert hatte, irgend etwas zu tun?
»Fordern?«
Er war erregt. Ein Dutzend Jahre war er nicht mehr so erregt gewesen. Er zog die Rollos herunter, schloß die Tür ab, schaltete das Video-Display seiner Reichtümer aus.
Mein Gott, dachte sie, ich hab' ihn.

Die Romanze gestaltete sich nicht einfach, nicht wie die mit Vassi. Zum einen war Pettifer ein ungeschickter, unkultivierter Liebhaber. Zum anderen war er wegen seiner Frau zu nervös, um als Ehebrecher eine wirklich glückliche Figur zu machen. Überall glaubte er Virginia zu sehen: in den Hallen der Hotels, in denen sie nachmittags ein Zimmer nahmen, in Taxis, die unten auf der Straße vor ihrem Liebesnest herumfuhren, einmal sogar (er schwor, die Ähnlichkeit wäre perfekt) als Kellnerin verkleidet, wie sie einen Tisch in einem Restaurant abwischte. Alles zusammenphantasierte Ängste, aber sie dämpften doch etwas die Spontaneität der Liebschaft.
Trotzdem, sie lernte von ihm. Als Potentat war er so brillant wie als Liebhaber ungeeignet. Sie lernte, wie man mächtig ist, ohne die Macht auszuüben, wie man sein Selbst vom Unflat reinhält, den das Charisma regelmäßig bei den Uncharismatischen aufwirbelt; wie man die klaren Entscheidungen klipp und klar trifft; wie man erbarmungslos ist. Nicht daß sie auf diesem speziellen Sektor viel Unterricht nötig hatte. Vielleicht war es wahrheitsgemäßer zu sagen, daß er sie lehrte,

nie ihren absoluten Mangel an instinktivem Mitgefühl zu bedauern, sondern allein mit ihrem Intellekt zu beurteilen, wer die Auslöschung verdiente und wer letztlich zu den Rechtschaffenen zu zählen war. Nicht ein einziges Mal zeigte sie sich ihm selbst, obgleich sie ihre Fähigkeiten auf allerheimlichste Art dazu benutzte, aus seinen verbrauchten Nerven Lust herauszukitzeln.

In der vierten Woche ihrer Affäre lagen sie nebeneinander in einem lila Zimmer; von der Straße unten knurrte der Verkehr des fortgeschrittenen Nachmittags herauf. Der Sex war ein klägliches Gerangel gewesen; er war nervös, und keine Tricks konnten ihn aus sich selbst herauslocken. Es war schnell vorbei, fast ohne jegliche Leidenschaft. Er war im Begriff, ihr etwas zu sagen. Sie wußte das: Irgendwo hinten in seiner Kehle wartete sie, diese Enthüllung. Sie wandte sich ihm zu, massierte ihm mit ihren Gedanken die Schläfen und linderte ihn ins Reden hinein.

Er war dabei, den Tag zu ruinieren.

Er war dabei, seine Karriere zu ruinieren.

Er war dabei, Gott sei's geklagt, sich selbst zu ruinieren.

»Ich kann mich unmöglich weiter mit dir treffen«, sagte er.

Das wagt er nicht, dachte sie.

»Ich bin mir nicht sicher bei dem, was ich von dir weiß, oder vielmehr, was ich *glaube*, von dir zu wissen, aber es macht mich... dir gegenüber vorsichtig, J. Verstehst du?«

»Nein.«

»Schlimmerweise hab' ich den Verdacht, du hast ... Verbrechen begangen.«

»Verbrechen?«

»In deiner Vergangenheit.«

»Wer hat rumgewühlt?« fragte sie. »Virginia doch bestimmt nicht?«

»Nein, nicht Virginia, Neugier ist unter ihrer Würde.«

»Wer dann?«

»Das geht dich nichts an.«

»Wer?«

Sie drückte leicht gegen seine Schläfen. Es tat ihm weh, und er zuckte zusammen.

»Was hast du?« fragte sie.
»Kopfweh.«
»Anspannung, sonst nichts, die reine Anspannung. Paß auf, gleich ist sie weg, Titus.« Sie brachte ihre Finger mit seiner Stirn in Berührung, lockerte ihren Zugriff. Er seufzte, als die Erleichterung eintrat.
»So besser?«
»Ja.«
»Wer war der Schnüffler, Titus?«
»Ich hab' einen Privatsekretär, Lyndon. Hab' ihn vor dir schon erwähnt. Er wußte über unsere Beziehung von Anfang an Bescheid. Mehr noch, er bucht die Hotelzimmer, arrangiert meine Alibi-Geschichten für Virginia.«
In seinen Worten schwang etwas Jungenhaftes mit, das ziemlich rührend war. So, als ob er nicht wirklich untröstlich wäre, sie zu verlassen, sondern eher verlegen. »Lyndon ist ein wahrer Wundertäter. Er hat eine Menge Dinge gedeichselt, um unsere Situation einigermaßen annehmbar zu machen. Er hat also nichts gegen dich. Bloß hat er eben zufällig eines der Fotos zu Gesicht gekriegt, die ich von dir gemacht habe. Ich hab' sie ihm für den Reißwolf gegeben.«
»Warum?«
»Ich hätt' sie nicht machen sollen; es war ein Fehler. Womöglich hätte Virginia...« Er hielt inne, begann von neuem. »Jedenfalls hat er dich wiedererkannt, konnte sich aber nicht erinnern, wo er dich schon mal gesehen hatte.«
»Aber schließlich hat er sich erinnert.«
»Er hat früher für eine meiner Zeitungen gearbeitet, als Klatschkolumnist. Auf die Weise ist er dann mein Privatassistent geworden. Er erinnerte sich an dich aufgrund deiner vorherigen Inkarnation, sozusagen. Jacqueline Ess, Ehefrau von Benjamin Ess, verstorben.«
»Verstorben.«
»Er brachte mir einige andere Fotografien, keine so hübschen wie die von dir.«
»Und was war da drauf?«
»Dein Zuhause. Und der Körper deines Mannes. Erklärtermaßen

war's ein Körper, obwohl, bei Gott, es war nur mehr herzlich wenig von 'nem menschlichen Wesen übrig.«
»Davon war von vornherein herzlich wenig dran«, sagte sie einfach und dachte an Bens kalte Augen und noch kältere Hände. Nur wert, zum Schweigen gebracht und vergessen zu werden.
»Was ist damals passiert?«
»Mit Ben? Er wurde umgebracht.«
»Wie?« Zitterte seine Stimme ein bißchen?
»Ganz leicht.« Sie war vom Bett aufgestanden und lehnte neben dem Fenster. Meißel aus starkem Sommerlicht drangen durch die Lamellen der Jalousie herein; scharfe Leisten aus Schatten und Sonnenlicht rasterten die Umrisse ihres Gesichts.
»Du warst es.«
»Ja.« Er hatte ihr beigebracht, offen zu sein. »Ja, ich war's.« Auch eine Ökonomie der Drohung hatte er ihr beigebracht. »Verlaß mich, und ich mach' dasselbe noch mal.«
Er schüttelte den Kopf. »Nie. Das wagst du nicht.« Er stand jetzt vor ihr. »Wir müssen uns irgendwie einigen, J. Ich bin mächtig und ich bin untadelig. Verstehst du? Nicht mal der Schimmer eines Skandals fällt auf mein öffentliches Image. Eine Geliebte, ein Dutzend Geliebte können sie mir anhängen, ohne daß sich was dran ändern würde. Aber eine Mörderin? Unmöglich, das würd' mich ruinieren.«
»Erpreßt er dich, dieser Lyndon?«
Mit einem verzerrten Gesichtsausdruck starrte er durch die Jalousie hindurch auf den Tag. Nervöses Zucken in der Wangenpartie, unterm linken Auge.
»Wenn du's unbedingt wissen willst, ja«, sagte er mit ausdrucksloser Stimme. »Der Sauhund hat mich total in der Hand.«
»Verstehe.«
»Und was er rauskriegt, können andere genausogut rauskriegen. Kapiert?«
»Ich bin stark. Du bist stark. Die wickeln wir spielend um den kleinen Finger.«
»Nein.«
»Doch! Ich hab' besondre Fähigkeiten, Titus.«

»Davon will ich nichts wissen.«
»Das *wirst* du aber«, sagte sie.
Sie schaute ihn an, packte ihn dabei an den Händen, ohne ihn zu berühren. Er sah, mit staunend stieren Augen, wie seine widerwilligen Hände emporgehoben wurden, um ihr Gesicht zu berühren, ihr mit der denkbar liebevollsten Geste übers Haar zu streichen. Sie brachte ihn dazu, ihr mit zitternden Fingern über die Brüste zu gleiten und dabei mit mehr Inbrunst hinzugreifen, als er aus eigener Initiative aufzubieten imstande war.
»Du bist immer zu zaghaft, Titus«, sagte sie und brachte ihn dazu, sie fast bis zur Schmerzgrenze zu begrabschen. »Ja, so mag ich's.« Jetzt waren seine Hände weiter unten, entlockten ihrem Gesicht einen andersartigen Ausdruck. Wallungen pulsten darüber hin, voll und ganz lebendig war sie...
»Tiefer...«
Sein Finger drang ein, sein Daumen streichelte.
»Ich mag das, Titus. Warum machst du's mir nie freiwillig, unaufgefordert?«
Er wurde rot. Er redete nicht gern über das, was sie miteinander machten. Flüsternd schmeichelte sie ihn tiefer.
»Ich zerbrech' dir schon nicht. Vielleicht ist Virginia Meißner Porzellan, ich nicht. Ich muß was spüren; ich brauch' was, durch das ich mich an dich erinnern kann, wenn ich nicht mit dir zusammen bin. Nichts dauert ewig, oder? Aber ich will was, das mich warmhält, die Nacht über.«
Er sank auf die Knie, seine Hände, mit ihrer Absicht an ihr und in ihr, schweiften weiter herum, wie zwei wollüstige Taschenkrebse. Sein Körper war in Schweiß gebadet. Es war das erste Mal, dachte sie, daß sie ihn je hatte schwitzen sehen.
»Bring mich nicht um«, wimmerte er.
»Ich könnt' dich ausradieren.« Radieren, dachte sie, drängte dann das Bild aus ihrer Vorstellung, bevor sie ihm irgend etwas antat.
»Ich weiß. Ich weiß«, sagte er. »Du kannst mich mit Leichtigkeit umbringen.«
Er weinte jetzt. Mein Gott, dachte sie, der große Mann liegt mir zu

Füßen und flennt wie ein Kind. Was soll ich aus diesem kindischen Verhalten noch über die Macht erfahren? Sie pflückte ihm die Tränen von den Wangen, mit merklich größerem Kraftaufwand als es die Sache erforderte. Seine Haut rötete sich unter ihrem starrenden Blick.
»Laß mich, J. Ich kann dir nicht helfen. Ich bin unbrauchbar für dich.«
Das stimmte. Er war absolut unbrauchbar. Verächtlich ließ sie seine Hände los. Schlaff fielen sie ihm seitlich herab.
»Versuch' ja nie, mich zu finden, Titus. Hast du verstanden? Schick ja nie deine Kreaturen hinter mir her, um deinen guten Ruf zu wahren, weil ich nämlich erbarmungsloser sein werde als du's jemals warst.«
Er sagte nichts; kniete bloß da, weggewandt zum Fenster, während sie sich das Gesicht wusch, den Kaffee trank, den sie bestellt hatten, und ging.

Überrascht stellte Lyndon fest, daß die Tür zu seinem Büro halb offen war. Es war erst sechs nach halb acht. Von den Sekretärinnen wäre keine vor Ablauf der nächsten Stunde da. Offensichtlich war eine der Putzfrauen nachlässig gewesen und hatte vergessen, die Tür abzuschließen. Er würde herausfinden, welche; sie an die Luft setzen.
Er stieß die Tür auf.
Jacqueline saß mit dem Rücken zur Tür. Er erkannte ihren Hinterkopf, diesen üppigen Schwall kastanienbraunen Haars. Eine nuttige Aufmachung, zu stark toupiert, zu wild. Sein Büro, ein Anbau an das von Mr. Pettifer, war peinlich in Ordnung gehalten. Ein flüchtiger Blick in die Runde: Alles schien an seinem Platz zu sein.
»Was machen Sie hier?«
Sie holte Luft, bereitete sich vor. Dies war das erste Mal, daß sie geplant hatte, es zu tun. Bisher war es eine spontane Augenblicksentscheidung gewesen.
Er ging zum Schreibtisch und legte seine Aktentasche sowie seine säuberlich gefaltete Ausgabe der *Financial Times* hin. »Sie haben kein Recht, hier ohne meine Erlaubnis einzutreten«, sagte er.
Sie setzte den langsamen Drehmechanismus seines Sessels in Gang; genau wie er's machte, wenn er Leute zum Abkanzeln hier hatte.
»Lyndon«, sagte sie.

»Egal was Sie noch sagen oder tun, es wird nichts an den Tatsachen ändern, Mrs. Ess«, sagte er und ersparte ihr die Mühe, das Thema zur Sprache zu bringen. »Sie sind eine kaltblütige Mörderin. Es war nur meine Pflicht und Schuldigkeit, Mr. Pettifer über die Sachlage zu informieren.«

»Ach, in Titus' Interesse haben Sie das getan?«

»Selbstverständlich.«

»Und die Erpressung, die war auch in Titus' Interesse, ja?«

»Verschwinden Sie aus meinem Büro...«

»Ja, Lyndon?«

»Eine Hure sind Sie! Huren wissen gar nichts. Sie sind total beschränkte, kranke Tiere«, keifte er. »O ja, gerissen sind Sie, das geb' ich Ihnen zu – aber das ist schließlich jede Nutte, sobald's ums Weiterkommen geht.«

Sie stand auf. Er erwartete einen prompten Gegenschlag. Er bekam keinen; zumindest nicht mit Worten. Aber er spürte ein Spannen übers ganze Gesicht; als ob jemand Druck darauf ausübte.

»Was... tun... Sie... denn da?«

»Tun?«

Die Augen wurden ihm jetzt in Schlitze hineingezwungen, wie bei einem Kind, das einen schauerlichen Orientalen mimt, der Mund wurde ihm breit und straff, zu strahlendem Lächeln, auseinandergezerrt. Das Sprechen fiel ihm schwer –

»Hör... auf... damit...«

Sie schüttelte den Kopf.

»Hure...«, sagte er wieder und hatte weiterhin nichts als Verachtung für sie übrig.

Sie starrte ihn bloß an. Unter dem Druck begann sein Gesicht zu rucken und zu zucken, die Muskeln verkrampften sich.

»Die Polizei...«, brachte er mühsam heraus, »wenn du mich anrührst...«

»Werd' ich nicht«, sagte sie und spielte ihren Vorteil voll aus.

Unter den Kleidern spürte er auf seinem ganzen Körper das gleiche zerdehnende Pressen; es zerrte an seiner Haut, zog und zurrte ihn immer straffer. Irgend etwas mußte gleich nachgeben, das war ihm

klar. Irgendein Teil von ihm würde unter der Überbeanspruchung dieser schonungslosen Attacke reißen. Und wenn er einmal anfinge aufzuplatzen, würde sie nichts mehr daran hindern, ihn auseinanderzufetzen. Ziemlich ruhig stellte er das alles fest, während sein Körper zuckte und er sie, durchs erzwungene Gebleck und Gefletsch seines Grinsens, unflätig angeiferte.
»Du Fotze«, sagte er. »Syphilitische Fotze.«
Angst hat er anscheinend keine, dachte sie.
In extremis entfesselte er lediglich so viel Haß gegen sie, daß die Furcht vollständig überblendet wurde. Jetzt nannte er sie wieder eine Hure; obwohl sein Gesicht doch fast bis zur Unkenntlichkeit entstellt war.
Und dann fing er zu zerspringen an.
Der Riß begann bei seinem Nasenrücken, lief kopfaufwärts über seine Stirn, und dann nach unten; halbierte klaffend seine Lippen und sein Kinn, dann Hals und Brust. In Sekundenschnelle war sein Hemd rot eingefärbt, dunkelte sein dunkler Anzug weiter nach, vergossen seine Manschetten und Hosenbeine Blut. Die Haut flog ihm weg von den Händen wie Handschuhe vom Chirurgen, und zwei scharlachfarbene Gewebekringel schlackerten, wie Elefantenohren, auf beiden Seiten seines abgebalgten Gesichts herab.
Sein ordinäres Geschimpfe hatte aufgehört.
Er war zwar bereits zehn Sekunden tot, am Schock gestorben, aber trotzdem hatte sie ihn immer noch rachgierig in der Mache, fetzte ihm die Haut vom Leib und schleuderte die Schnipsel im Zimmer umher, bis er dann endlich, dampfend, dastand, in seinem roten Anzug und seinem roten Hemd und seinen glänzend roten Schuhen und, in ihren Augen, etwas mehr einem sensiblen Mann gleichsah. Mit dem Resultat zufrieden, gab sie ihn frei. Still legte er sich in einer Blutlache nieder und schlief.
Mein Gott, dachte sie, als sie ruhig und gelassen die Treppe zum Hinterausgang benutzte, das war kein Totschlag, das war glatter Mord.

In den Zeitungen konnte sie nirgends eine Meldung über den Tod entdecken, in den Nachrichten ebensowenig. Anscheinend war Lyndon so gestorben, wie er gelebt hatte, dem Licht der Öffentlichkeit entzogen.
Aber sie wußte, Räder würden ins Rollen kommen, Räder – so groß, daß unbedeutende Individuen wie sie ihre Naben nicht sehen konnten. Was sie anrichten, wie sie ihr Leben verändern würden, darüber konnte sie nur Vermutungen anstellen. Aber der Mord an Lyndon war nicht aus reiner Bosheit geschehen, obgleich das mit dazugehört hatte. Nein, sie hatte sie auch aufstören wollen, ihre Feinde unter den Menschen, und sie auf ihre Fährte setzen. Sollten sie doch ihre Karten aufdecken, ihre Verachtung und ihre Furcht zeigen. Ihr Leben lang war sie anscheinend herumgelaufen und hatte nach einem Zeichen ihrer selbst gesucht, hilflos darauf fixiert, ihr Wesen am Augenausdruck anderer Menschen abzulesen. Damit mußte es jetzt ein Ende haben. Es war an der Zeit, sich mit ihren Verfolgern zu befassen.
Sicherlich würde jetzt jeder, der sie gesehen und erlebt hatte, alles daransetzen, sie aufzuspüren, Pettifer als erster, dann Vassi, und sie würde ihnen die Augen auf Dauer verschließen; dafür sorgen, daß sie sie vergaßen. Erst dann, nach der Vernichtung der Zeugen, wäre sie frei.
Pettifer kam natürlich nicht, nicht in eigener Person. Kein Problem für ihn, Agenten aufzutreiben, Männer ohne Skrupel oder Mitleid, aber mit einem Riecher für die Jagd, der einen Bluthund beschämen würde.
Man war dabei, ihr eine Falle zu stellen, obgleich sie die Fangeisen noch nicht sehen konnte. Überall deuteten Zeichen darauf hin. Das Aufstieben von Vögeln hinter einer Mauer hervor, ein eigenartiger Lichtschein aus einem fernen Fenster, Fußspuren, Pfiffe, Männer in dunklem Anzug, am äußersten Rand ihres Gesichtsfeldes in Zeitungen vertieft. Sie kamen ihr kein bißchen näher im Verlauf der Wochen, aber fort gingen sie freilich ebensowenig. Sie warteten ab, wie Katzen auf einem Baum, mit zuckendem Schweif und trägem Blick.
Aber die Verfolgung trug Pettifers Handschrift. Sie hatte genug von

ihm gelernt, um seine Umsicht und Tücke wiederzuerkennen. Schließlich würden sie sie holen kommen, zu gegebener Zeit, nicht ihrer, sondern der der Jäger. Vielleicht nicht einmal der Jäger: seiner. Und obwohl sie ihn niemals zu Gesicht bekam, war es, als ob Titus ihr persönlich auf den Fersen wäre.

Mein Gott, dachte sie, ich bin in Lebensgefahr, und es ist mir egal.

Sie war unnütz, diese Macht übers Fleisch, wenn ihr die nötige Zielsetzung fehlte. Sie hatte sie für ihre eigenen engstirnigen Beweggründe eingesetzt, zur Befriedigung nervöser Lust und purer Wut. Aber diese Darbietungen hatten sie anderen Menschen um nichts näher gebracht. In deren Augen war sie dadurch nur zum Monstrum geworden.

Hin und wieder dachte sie an Vassi und fragte sich, wo er wohl steckte, was er wohl machte. Ein starker Mann war er nicht gewesen, hatte aber ein wenig Leidenschaft in der Seele gehabt. Mehr als Ben, mehr als Pettifer, bestimmt mehr als Lyndon. Und, erinnerte sie sich zärtlich, außer ihm hatte sie keinen Mann gekannt, der sie Jacqueline nannte. Bei allen übrigen hatte es nur zu ziemlich uncharmanten Verballhornungen ihres Namens gereicht: Jackie, oder J. oder, in Bens lästigeren Anwandlungen, Ju-ju. Nur Vassi hatte sie Jacqueline genannt, schlicht und einfach, und sie damit, auf seine förmliche Art, rückhaltlos, voll und ganz akzeptiert. Und wenn sie an ihn dachte, sich auszumalen versuchte, wie es wäre, wenn er zurückkehrte zu ihr, dann hatte sie Angst um ihn.

Vassis Niederschrift (Teil II)

Natürlich suchte ich nach ihr. »Die Welt ist klein« – erst wenn man jemanden verloren hat, wird einem so richtig klar, wie blödsinnig diese Redensart ist. Riesengroß ist sie, die Welt, und verschlingend, besonders wenn du allein bist.

Solang ich als Rechtsanwalt in diesem inzestuösen Klüngel aufgehoben war, sah ich gewöhnlich tagein, tagaus die gleichen Gesichter. Man redet mit dem einen oder andern ein paar Takte, grinst sich an, nickt sich zu. Wir waren zwar Gegner vor Gericht, gehörten aber alle zum gleichen selbstzufriedenen Verein. Aßen am gleichen Tisch, saßen auf Tuchfühlung beim Trinken. Gelegentlich teilten wir uns sogar die Geliebten, was freilich nicht heißt, daß wir das im gegebenen Fall auch immer wußten. Unter solchen Voraussetzungen fällt es einem leicht, daran zu glauben, daß einem die Welt nichts Böses will. Sicher, man wird nicht jünger, aber das geht schließlich jedem so. Du glaubst sogar daran, saturiert wie du bist, daß du mit den Jahren ein bißchen weiser, abgeklärter wirst. Das Leben ist erträglich; sogar die 3-Uhr-nachts-Schweißausbrüche gehen bei steigendem Konto immer mehr zurück.

Aber man betrügt sich selbst, wenn man die Welt für harmlos hält und an sogenannte Gewißheiten glaubt, die in Wahrheit nichts als gemeinsame Täuschungen sind.

Als sie fortging, schwanden alle Täuschungen dahin, und all die Lügen, nach denen ich geflissentlich gelebt hatte, wurden auf krasseste Weise offenkundig.

Klein ist die Welt nicht, wenn es nur ein einziges Gesicht in ihr gibt, dessen Anblick dir wirklich erträglich ist, und dir genau dieses Gesicht irgendwo in einem Mahlstrom verloren geht. Klein ist die Welt nicht, wenn die Gefahr besteht, daß dir die paar lebenswichtigen Erinnerungen an den Gegenstand deiner Zuneigung von den tausend Augenblicken zertrampelt werden, die tagtäglich über dich herfallen, um wie Kinder an dir herumzuzerren und deine Aufmerksamkeit voll und ganz zu beanspruchen.

Ich war ein gebrochener Mann.

In trostlosen Absteigen fand ich mich wieder (klingt vielsagend genug, der Satz), schlief in winzigen Einbettzimmern, trank mehr als ich aß und schrieb, wie der klassische Besessene, immer wieder ihren Namen. Auf die Wände, auf das Kissen, auf die Innenfläche der Hand. Dabei riß mir die Feder die Haut auf, und ich infizierte mich an der Tinte. Das Mal ist noch da, ich schau es jetzt gerade an. Jacqueline, sagt es. Jacqueline.

Dann eines Tages, aus purem Zufall, sah ich sie. Es klingt melodramatisch, aber mir war, als müßte ich augenblicklich sterben. Ich hatte sie mir so lange vorgestellt, mich hochgeputscht und ganz verrückt gemacht, sie wiederzusehen, daß ich, als es dann wirklich passierte, fühlte, wie mir die Knie weich wurden; mitten auf der Straße sackte ich zusammen und erbrach mich. Nicht gerade die klassische Zusammenkunft. Beim Anblick seiner Geliebten muß sich der Liebende übergeben und das Hemd bekleckern. Aber andererseits war ja nichts, was sich je zwischen Jacqueline und mir abspielte, ganz normal. Oder natürlich.

Ich folgte ihr, was schwierig war wegen der Menschenmassen, und weil sie schnell ging. Ich wußte nicht recht, sollte ich ihren Namen rufen oder nicht. Lieber nicht. Was hätte sie denn schon getan, beim Anblick dieses unrasierten, auf sie zuwatschelnden Irren, der sie da beim Namen rief? Wahrscheinlich wäre sie losgerannt. Oder schlimmer noch, sie hätte in meine Brust hineingelangt, mein Herz gepackt, ihrer Willenskraft unterworfen, und meinem Elend ein Ende gemacht, ehe ich noch der Welt ihr wahres Wesen hätte enthüllen können.

Also war ich still und folgte ihr einfach verbissen bis zu ihrer – mutmaßlichen – Wohnung. Und dort, oder vielmehr ganz in der Nähe, blieb ich die nächsten zweieinhalb Tage, ohne recht zu wissen, was ich tun sollte. Ein lächerliches Dilemma. Da hatte ich die ganze Zeit auf sie gewartet und gelauert, und jetzt, da sie so nah war, daß ich mit ihr reden, sie berühren konnte, wagte ich nicht, ihr unter die Augen zu kommen.

Womöglich hatte ich Angst vorm Tod. Aber bitte, hier bin ich schließlich, in diesem stinkenden Zimmer in Amsterdam, bei der Niederschrift meines Zeugenberichts, und warte auf Koos, daß er mir ihren Schlüssel bringt, und diesmal hab' ich keine Angst vorm Tod. Vielleicht war's meine Eitelkeit, die mich davon abhielt, ihr unter die Augen zu kommen. Nein, so sollte sie mich nicht sehen – so trostlos und zerstört; makellos wollte ich zu ihr kommen, als ihr Traum-Geliebter.

Und während ich abwartete, kamen sie sie holen.

Ich hatte keine Ahnung, wer sie waren. Zwei Männer, unauffällig gekleidet. Keine Polizisten, glaub' ich: zu glatt. Ja sogar kultiviert. Und sie leistete keinen Widerstand. Lächelnd ging sie mit, wie in die Oper.

Bei der erstbesten Gelegenheit kehrte ich in etwas passablerem Aufzug zu dem Gebäude zurück, machte über den Pförtner ihr Apartment ausfindig und brach ein. Sie hatte recht einfach gewohnt. In einer Ecke des Zimmers hatte sie einen Tisch aufgestellt und an ihren Memoiren geschrieben. Ich setzte mich hin und las und nahm die Blätter schließlich an mich. Weiter als bis zu ihren ersten sieben Lebensjahren war sie noch nicht gekommen. In meiner Eitelkeit fragte ich mich wieder, ob auch ich in ihrem Buch erwähnt worden wäre. Wahrscheinlich nicht.

Ich nahm auch einige Kleidungsstücke von ihr mit; nur Sachen, die sie getragen hatte, als ich mit ihr zusammen war. Und nichts Intimes darunter. Ich bin kein Fetischist. Ich hatte nicht vor, nach Hause zu gehen, um mein Gesicht im Geruch ihrer Unterwäsche zu vergraben. Aber ich wollte irgend etwas, das mich an sie erinnern würde; in dem ich sie mir bildhaft vergegenwärtigen konnte. Freilich, wenn ich's genau bedenke, ist mir nie ein menschliches Wesen begegnet, das geeigneter gewesen wäre, sich in seine bloße Haut zu kleiden.

So hatte ich sie ein zweites Mal verloren; und Schuld daran war eher meine eigene Feigheit als die Sachlage selbst.

Pettifer blieb dem Haus fern, in dem sie Mrs. Ess vier Wochen lang festhielten. Man gab ihr mehr oder minder alles, was sie verlangte, nur ihre Freiheit nicht, und nach der verlangte sie nur auf äußerst abstrakte Art. An Flucht war sie nicht interessiert, obwohl sich ein Ausbruch leicht hätte bewerkstelligen lassen. Ein-, zweimal fragte sie sich, ob Titus den zwei Männern und der Frau, die sie hier im Haus gefangenhielten, im Klartext erzählt hatte, wozu sie fähig war; ihrer Einschätzung nach nicht. Sie behandelten sie lediglich wie eine Frau, auf die Titus ein Auge geworfen hatte und die er begehrte. Sie hatten sie ihm für sein Bett besorgt, so simpel war das.

Mit einem Zimmer für sich allein und einem endlosen Nachschub an Papier begann sie wieder an ihren Memoiren zu schreiben, und zwar noch mal von vorn.

Es war Spätsommer, und die Nächte wurden langsam empfindlich kühl. Um sich zu wärmen, lag sie dann manchmal auf dem Boden (sie hatte sie gebeten, das Bett zu entfernen) und zwang ihren Körper, sich wie die Oberfläche eines Sees zu kräuseln. Ohne Sex wurde ihr ihr Körper wieder zum Geheimnis; und zum erstenmal wurde ihr klar, daß die physische Liebe der Erkundung jener intimsten und doch unbekanntesten Region ihres Seins gedient hatte: der ihres Fleisches. Das tiefste Verständnis ihrer selbst hatte sie erfahren, indem sie jemand anderen umarmte, hatte ihre ureigenste Substanz nur dann klar erfassen können, wenn sich fremde Lippen auf sie legten, inbrünstig und zärtlich. Wieder mußte sie an Vassi denken, und der See wurde beim Denken an ihn aufgewühlt wie von einem Sturm. Ihre Brüste bebten, kreisten empor zu wogenden Bergen, ihren Bauch durchflutete der Puls sonderbarer Gezeiten, Strömungen huschten kreuz und quer über ihr flackerndes Gesicht, schlugen plätschernd gegen die Wölbung ihres Mundes und hinterließen ihre Spur wie Wellen auf Sand. Wie sie flüssig zugegen war in seinem Gedächtnis, so verflüssigte sie sich auch, wenn sie sich an ihn erinnerte.

Sie dachte an die seltenen Phasen wirklicher Ruhe in ihrem Leben. Stets war die physische Liebe, die von Ehrgeiz und Eitelkeit befreite, jenen zerbrechlichen Augenblicken vorausgegangen. Vermutlich ließ sich das auch noch auf andere Weise erreichen; aber in dieser Hinsicht war ihre Erfahrung beschränkt geblieben. Ihre Mutter hatte immer gesagt, Frauen wären ausgeglichener, ruhten mehr in sich selbst und bräuchten sich daher weniger, seltener von ihren Verletzungen abzulenken als die Männer. Aber sie hatte feststellen müssen, daß es sich in keiner Weise so verhielt, sondern daß ihr Leben überreich an Verletzungen war, aber äußerst arm an Möglichkeiten, sie zu lindern.

Als sie bei ihrem neunten Lebensjahr angelangt war, hörte sie auf, ihre Memoiren zu schreiben. Hoffnungslos, ab diesem Zeitpunkt – beim ersten Gewahrwerden der bevorstehenden Pubertät – ihre Geschichte noch weitererzählen zu wollen. Sie verbrannte die Aufzeichnungen in einem offenen Feuer, das sie in der Mitte ihres Zimmers angezündet hatte, genau an dem Tag, an dem Pettifer aufkreuzte. Mein Gott, dachte sie, wenn das die Macht sein soll.

Pettifer sah krank aus; physisch ebenso verändert wie eine Freundin, die ihr der Krebs genommen hatte. Im einen Monat scheinbar gesund, im nächsten von innen her aufgesaugt, aufgezehrt durch sich selbst. Wie die Hülse eines Menschen sah er aus: fleckig und grau die Haut. Nur seine Augen glitzerten, und zwar wie die eines tollwütigen Hundes.

Er war tadellos gekleidet, wie zu einer Hochzeit.

»J.«

»Titus.«

Er musterte sie von Kopf bis Fuß.

»Geht's dir gut?«

»Danke, ja.«

»Und du bekommst alles, was du verlangst?«

»Perfekte Gastgeber.«

»Du hast dich nicht dagegen gewehrt.«

»Wogegen?«

»Gegen das hier. Daß man dich einsperrt. Nach Lyndon war ich auf ein weiteres Abschlachten Unschuldiger gefaßt.«

»Lyndon war nicht unschuldig, Titus. Diese Leute hier schon. Hast ihnen nichts davon gesagt.«

»Das hielt ich nicht für nötig. Darf ich die Tür zumachen?«

Er war es, der sie gefangengesetzt hatte. Aber er kam wie ein Abgesandter zum Lager einer höheren Macht. Es gefiel ihr, wie er mit ihr umging, verschüchtert, aber freudig erregt. Er machte die Tür zu und sperrte ab.

»Ich liebe dich, J. Und ich hab' Angst vor dir. Ja, genau, ich glaub', ich liebe dich, weil ich Angst hab' vor dir. Ist das krankhaft?«

»Das würd' ich schon meinen.«

»Ja, ich auch.«

»Wieso kommst du eigentlich erst jetzt?«

»Ich mußte meine Angelegenheiten in Ordnung bringen. Andernfalls wär' das Chaos ausgebrochen. Sobald ich nicht mehr da war.«

»Du gehst weg?«

Er sah in sie hinein, die Gesichtsmuskeln gesträubt vor Erwartung.

»Hoffentlich.«

»Und wohin?«

Noch immer erriet sie nicht, was ihn hierhergebracht hatte – nach

säuberlicher Regelung seiner Angelegenheiten, nachdem er seine Frau – da sie schlief, ohne ihr Wissen – um Vergebung gebeten, alle Fluchtwege abgeschnitten, alle Widerreden zum Verstummen gebracht hatte.
Noch immer erriet sie nicht, daß er gekommen war um zu sterben.
»Du hast mich verwandelt, J. Zu nichts verwandelt. Nirgendwo könnt' ich noch hingehn. Kannst du mir folgen?«
»Nein.«
»Ich kann ohne dich nicht leben«, sagte er. Unverzeihliches Klischee. Hätte er sich nicht eine bessere Formulierung ausdenken können? Sie mußte beinah lachen, es war so abgeschmackt.
Aber er war noch nicht fertig.
»... und ganz sicher kann ich nicht *mit* dir leben.« Abrupt änderte sich der Tonfall. »Weil du mich zutiefst abstößt, Weib, dein ganzes Wesen widert mich an.«
»Ah ja?« fragte sie sanft.
»Und deshalb...« Er war wieder weich, und sie fing an zu begreifen.
»... töte mich.«
Es war absurd. Die glitzernden Augen ruhten ständig auf ihr.
»Das will ich«, sagte er. »Glaub' mir, nur das will ich, sonst nichts. Töte mich, ganz so, wie's dir paßt. Ich werd' mich nicht wehren, nicht beklagen.«
Ihr fiel der alte Witz ein. Sagt der Masochist zum Sadisten: Tu mir weh! Um Christi willen, tu mir weh! Sagt der Sadist zum Masochisten: Nein.
»Und wenn ich mich weigere?« sagte sie.
»Das kannst du nicht. Ich bin ein Stück Dreck.«
»Aber ich hass' dich nicht, Titus.«
»Das solltest du aber. Ich bin schwach. Unbrauchbar für dich. Nichts hab' ich dir beigebracht.«
»Du hast mir eine Menge beigebracht. Ich hab' mich jetzt unter Kontrolle.«
»Lyndon kam kontrolliert zu Tode, ja?«
»Sicher.«
»Sah mir eher nach einem Exzeß aus.«

»Er bekam nur, was er verdiente.«
»Dann gib auch mir, was ich verdiene. Ich hab' dich eingesperrt. Ich hab' dich zurückgestoßen, als du mich dringend brauchtest. Bestraf' mich dafür.«
»Ich hab's überlebt.«
»J.!« Selbst in dieser verzweifelten Lage konnte er sie nicht mit vollem Namen anreden. »O Gott bitte, bitte, mein Gott. Ich fleh' dich an: nur um dies eine. Tu's, egal welches Motiv du dafür hast. Mitleid oder Verachtung oder Liebe. Aber tu es, bitte tu's.«
»Nein«, sagte sie.
Plötzlich kam er quer durchs Zimmer und schlug sie, mit voller Wucht.
»Lyndon hat gesagt, du bist eine Hure. Recht hat er gehabt; du bist eine. Ein verkommenes Nuttenstück, mehr nicht.« Er ließ sie stehen, drehte sich um, kam zurück, schlug sie wieder, schneller, heftiger, und wieder, sechs- oder siebenmal, von hinten, von vorn.
Dann hielt er keuchend inne.
»Willst du Geld?« Gefeilsche jetzt. Erst Schläge, dann Gefeilsche.
Verzerrt sah sie ihn durch die Tränen, die der Schock ausgelöst hatte, war außerstande, sie zurückzuhalten.
»Willst du Geld?« sagte er wieder.
»Was glaubst du denn?«
Er hörte ihren Sarkasmus nicht und fing an, ihr Banknoten um die Füße zu streuen, Dutzende und Aberdutzende, wie Opfergaben um die Statue der Heiligen Jungfrau.
»Alles was du willst«, sagte er, *»Jacqueline.«*
Als der Drang, ihn zu töten, aufkeimte, spürte sie in ihrem Bauch etwas wie Schmerz, aber sie widerstand ihm. Das hieße ja, ihm in die Hände zu arbeiten, Werkzeug seines Willens zu werden: machtlos. Und liefe wieder aufs Benutztwerden hinaus; einzig und allein dafür war sie stets gut gewesen. Wie eine Kuh hatte man sie gezüchtet, um ein bestimmtes Produkt zu liefern: die Sorge für Gatten, die Milch für Babies, den Tod für alte Männer. Und wie von einer Kuh erwartete man von ihr, daß sie jeder an sie gestellten Forderung bereitwillig entsprach, egal wann der Ruf erging. Schön, aber diesmal nicht.

Sie ging zur Tür.
»Wo willst du hin?«
Sie langte nach dem Schlüssel. »Dein Tod ist ganz allein deine Sache, nicht meine«, sagte sie.
Er rannte auf sie los, ehe sie noch die Tür aufsperren konnte, und der Schlag – brutal, bösartig, wie er war – kam völlig unerwartet. »Luder!« kreischte er, und ein Hagel von Schlägen schloß sich rasch dem ersten an.
In ihrer Magengegend wurde das Wesen, das töten wollte, ein bißchen größer.
Mit gespreizten Fingern fuhr er ihr in die Haare und riß sie daran ins Zimmer zurück, überschüttete sie dabei lauthals, wie aus der geöffneten Schleuse einer randvollen Kloake, mit einem nicht enden wollenden Schwall von Obszönitäten. Damit versuchte er jetzt nur auf andere Weise zu erreichen, was er wollte, sagte sie sich; wenn du dem nachgibst, hast du verloren. Er manipuliert dich nur. Noch immer kamen die Worte, die gleichen Schmutzworte, mit denen man schon Generationen nicht gefügiger Frauen beworfen hatte. Hure. Hexe. Fotze. Luder. Monstrum.
Ja, das war sie.
Ja, dachte sie: Monstrum stimmt.
Der Gedanke machte es ihr leicht. Sie drehte sich um. Noch ehe sie ihn ansah, wußte er bereits, was sie vorhatte. Er ließ die Hände von ihrem Kopf heruntergleiten. Ihre Wut saß ihr schon in der Kehle, drängte aus ihr heraus – durchquerte die Luft zwischen ihnen.
Monstrum nennt er mich. Monstrum stimmt.
Ich tu' das für mich, nicht für ihn. Für ihn niemals. Für mich!
Er schnappte nach Luft, als ihr Wille ihn berührte, und einen Augenblick lang hörten die glitzernden Augen auf zu glitzern, der Todeswille wurde, freilich längst zu spät, zum Überlebenswillen, und er brüllte. Sie hörte, wie man draußen auf der Treppe mit Rufen, Schritten, Drohungen reagierte. In wenigen Sekunden wären sie im Zimmer.
»Ein Tier bist du«, sagte sie.
»Nein«, sagte er, und war sich selbst jetzt noch sicher, daß sein Part im Kommandieren bestand.

»Dich gibt's nicht«, sagte sie und drang auf ihn ein. »Den Teil, der einmal Titus war, werden sie nie mehr finden. Titus ist verschwunden. Der Rest ist bloß...«
Der Schmerz war schrecklich. Er verhinderte sogar, daß er irgendeinen Laut von sich gab. Oder war das wieder sie, die ihm jetzt den Hals, den Gaumen, den ganzen Kopf umformte? Sie zerlegte das Gefüge seiner Schädelplatten und setzte ihn neu zusammen.
Nein, wollte er sagen, das ist nicht das subtile Ritual, das mir vorschwebte. In dich geschmiegt wollte ich sterben, mit meinem Mund auf deinem, vergraben in deine Lippen wollte ich vergehn, sterbend erkalten in dir. Nicht auf diese Art.
Nein. Nein. Nein.
Sie waren an der Tür, die Männer, die sie hier festgehalten hatten, und trommelten dagegen. Natürlich hatte sie keine Angst vor ihnen, höchstens davor, daß sie ihr Werk verpfuschen könnten, ehe es den letzten Schliff erhalten hatte.
Jetzt warf sich jemand gegen die Tür. Holz splitterte. Die Tür gab nach und krachte aus dem Schloß. Die zwei Männer waren beide bewaffnet. Mit ruhiger Hand hielt jeder die Waffe auf sie gerichtet.
»Mr. Pettifer?« sagte der jüngere. In der Zimmerecke, unter dem Tisch, schimmerten Pettifers Augen.
»Mr. Pettifer?« sagte er nochmals und vergaß jetzt die Frau.
Pettifer schüttelte seinen Rüsselkopf. Bitte, bleib ja, wo du bist, dachte er.
Der Mann ging in die Hocke und starrte die ekelerregende Bestie an, die da, blutbefleckt von ihrer Verwandlung, aber lebend, unter dem Tisch kauerte. Die Nerven hatte sie ihm abgetötet. Er spürte keinen Schmerz. Er lebte einfach weiter, die Hände zu Pfoten verknotet, die Beine um den Rücken hochgerafft, mit zerbrochenen Knien, was ihm das Aussehen eines vierbeinigen Taschenkrebses verlieh; das Hirn freigelegt, lidlos die Augen, der gebrochene Unterkiefer über den Oberkiefer hochgestülpt wie bei einer Bulldogge, die Ohren abgerissen, das Rückgrat geknickt, das Menschsein in einen andren Zustand hineinverhext.
»Ein Tier bist du«, hatte sie gesagt. Nicht übel, dieses Faksimile der Bestialität.

Brechreiz würgte den Mann mit der Schußwaffe, als er Bruchstücke seines Herrn wiedererkannte. Er stand auf, fettigen Glanz auf dem Kinn, und warf einen Blick auf die Frau hinter sich.
Jacqueline zuckte die Achseln.
»Waren Sie das?« In die Abscheu mischte sich Ehrfurcht.
Sie nickte.
»Hierher, Titus«, sagte sie und schnalzte mit den Fingern.
Schluchzend schüttelte die Bestie den Kopf.
»Hierher, Titus«, sagte sie nachdrücklicher, und Titus Pettifer watschelte heraus aus seinem Versteck und hinterließ dabei eine Spur wie ein lecker Fleischsack.
Rein instinktiv feuerte der Mann auf Pettifers Überreste. Jedes, aber auch jedes Mittel war recht, um diese ekelerregende Kreatur davon abzuhalten, sich ihm zu nähern.
Titus strauchelte auf seinen blutigen Pfoten zwei Schritt zurück, schüttelte sich, als wollte er den Tod aus sich herausbeuteln, was ihm mißlang, und starb.
»Zufrieden?« fragte sie.
Der Revolvermann blickte auf von der Hinrichtung. Sprach die Macht etwa mit ihm? Nein. Jacqueline starrte Pettifers Leichnam an, ihm hatte sie die Frage gestellt.
Zufrieden?
Der Revolvermann ließ seine Waffe fallen. Der andere Mann ebenfalls.
»Wie ist das passiert?« fragte der Mann an der Tür. Eine einfache Frage, eine Kinderfrage.
»Er hat drum gebeten«, sagte Jacqueline. »Mehr konnt' ich ihm beim besten Willen nicht bieten.«
Der Revolvermann nickte und fiel auf die Knie.

Vassis Niederschrift (Letzter Teil)

Der Zufall spielt eine beunruhigend große Rolle in meiner Romanze mit Jacqueline Ess. Manchmal habe ich den Eindruck, Spielball jeder wechselhaften Strömung zu sein, die die Welt durchzieht; das leiseste Zucken im Handgelenk des Zufalls, und schon werde ich im Kreis herumgewirbelt. Dann wieder habe ich den Verdacht, daß sie mein Leben auf raffinierte Art lenkte wie das von hundert anderen, tausend anderen auch, daß sie jede geglückte Begegnung arrangierte, meine Siege und Niederlagen choreographierte und mich, blindlings, zu diesem letzten Zusammentreffen geleitete.

Ich fand sie – ironischerweise ohne zu wissen, daß ich sie gefunden hatte. Zunächst hatte ich ihre Spur bis zu einem Haus in Surrey verfolgt, einem Haus, das ein Jahr zuvor der Schauplatz der Ermordung eines gewissen Titus Pettifer gewesen war, eines Milliardärs, den einer seiner eigenen Leibwächter erschossen hatte. Das Zimmer im oberen Stockwerk, in dem der Mord stattgefunden hatte, wirkte absolut friedlich. Sollte sie dort gewesen sein, dann hatte man jedenfalls alle Anzeichen entfernt. Aber das mehr oder minder zur Ruine heruntergekommene Haus mußte jetzt alle nur denkbaren Arten von Graffiti über sich ergehen lassen, und hier in diesem Zimmer hatte jemand auf den fleckigen Wandputz eine Frau gekritzelt. Ihre Formen waren obszön übersteigert; unruhig loderte einem ihr klaffendes Geschlecht entgegen wie ein Blitz. Und ihr zu Füßen befand sich ein undefinierbares Geschöpf. Vielleicht ein Taschenkrebs, vielleicht ein Hund, vielleicht sogar ein Mensch. Was es auch war, es hatte keinerlei Gewalt über sich. Es saß im Licht ihrer peinigenden Gegenwart und schätzte sich glücklich. Beim Anblick dieses verhutzelten Geschöpfs mit den nach oben verdrehten, die brennende Madonna anglotzenden Augen wußte ich: Das Bild stellte Jacqueline dar.

Ich weiß nicht, wie lange ich in den Anblick des Graffito versunken dastand, aber ich wurde von einem Mann gestört, der sich augenscheinlich in noch schlimmerer Verfassung befand als ich. Ein nie gestutzter, nie gewaschener Bart, eine so ausgemergelte Statur, daß ich mich fragte, wie er es fertigbrachte, aufrecht zu stehen, und ein Geruch, dessen sich ein Stinktier nicht hätte zu schämen brauchen.

Seinen Namen habe ich nie erfahren. Aber er war, wie er mir sagte, der Urheber des Bildes an der Wand. Es fiel nicht schwer, das zu glauben. Seine Verzweiflung, sein Hunger, seine Verwirrung waren typische Merkmale eines Mannes, der Jacqueline gesehen hatte.
Sollte ich in dem Verhör, das ich mit ihm anstellte, grob gewesen sein, dann bin ich sicher, daß er es mir nicht übelnahm. Es war eine große Entlastung für ihn, alles zu erzählen, was er an dem Tag, an dem Pettifer getötet worden war, gesehen hatte, und zu wissen, daß ich das alles glaubte. Er erzählte mir auch, daß der andere Leibwächter, der Mann, der geschossen und Pettifer getötet hatte, im Gefängnis Selbstmord begangen hatte.
Sein Leben, sagte er, wäre sinnlos. Sie hätte es zerstört. Soweit ich ihn beruhigen konnte, tat ich es. Sie sei nicht bösartig, und er müsse keine Angst haben, daß sie ihn holen käme. Als ich ihm das sagte, weinte er, mehr aus dem Gefühl des Verlustes heraus, glaube ich, als vor Erleichterung.
Endlich fragte ich ihn, ob er wüßte, wo Jacqueline jetzt war. Ich hatte mir diese Frage bis zuletzt aufgehoben, obwohl sie die allerdringlichste war, wahrscheinlich weil ich nicht zu hoffen wagte, daß er es wußte. Aber bei Gott, er wußte es. Sie hatte das Haus nicht unmittelbar nach der Erschießung Pettifers verlassen. Sie hatte sich mit ihm, dem Augenzeugen, hingesetzt, um in aller Ruhe mit ihm über seine Kinder, seinen Schneider, seinen Wagen zu plauschen. Sie fragte ihn nach seiner Mutter, und er erzählte ihr, seine Mutter sei eine Prostituierte gewesen. Ob sie glücklich gewesen sei? fragte Jacqueline. Das wüßte er nicht, sagte er. Ob sie jemals geweint hätte? fragte sie. Er habe sie in seinem ganzen Leben nie lachen oder weinen sehen, sagte er. Und sie nickte und dankte ihm.
Später dann hatte ihm der andere Leibwächter, kurz vor seinem Selbstmord, erzählt, Jacqueline wäre nach Amsterdam gegangen. Das wußte er aus erster Hand, von einem Mann namens Koos. Und damit schließt sich langsam der Kreis, nicht?
Sieben Wochen war ich in Amsterdam, ohne einen einzigen Hinweis auf ihren Verbleib zu finden – bis gestern abend. Sieben Wochen Zölibat, völlig untypisch für mich. Apathisch vor Frustration ging ich

zum Bordellviertel hinunter, um eine Frau aufzutreiben. Sie sitzen dort bekanntlich in den Fenstern wie Mannequins, neben rosa gefransten Lampen. Manche haben Zwerghunde auf dem Schoß, manche lesen. Die meisten starren wie hypnotisiert auf die Straße hinaus.
Es war kein Gesicht darunter, das mich interessiert hätte. Sie kamen mir alle freudlos, lichtlos vor, hatten zu wenig Ähnlichkeit mit ihr. Trotzdem konnte ich nicht wieder fort. Ich war wie ein dicker Junge in einem Süßwarenladen, zu angeekelt, etwas zu kaufen, zu verfressen, um zu gehen.
Die halbe Nacht war etwa verstrichen, da sprach mich aus der Menge heraus ein junger Mann an, der bei genauerem Hinsehen alles andere als jung, vielmehr stark geschminkt war. Er hatte keine Augenbrauen, nur dünn mit einem Stift gezogene Bögen auf schimmernder Haut. Eine Traube Goldohrringe im linken Ohr, ein halb gegessener Pfirsich in weiß behandschuhter Hand, offene Sandalen, lackierte Zehennägel. Besitzergreifend hielt er mich am Ärmel fest.
Sicher entlockte mir seine widerwärtige Erscheinung nur ein höhnisches Grinsen, aber anscheinend brachte ihn meine Verachtung absolut nicht außer Fassung. Sie sehen aus wie ein Mann mit Sinn fürs Besondere, sagte er. Ich sah keineswegs danach aus. Sie müssen sich irren, sagte ich. Nein, entgegnete er, ich irre mich nicht. Sie sind Oliver Vassi.
Absurderweise war mein erster Gedanke, daß er mich zu töten beabsichtigte. Ich versuchte, mich loszureißen. Sein Griff um meine Manschette war unerbittlich.
Sie wollen eine Frau, sagte er. War ihm mein Zögern deutlich genug, um zu wissen, daß ich Ja meinte, obwohl ich Nein sagte? Ich habe eine Frau wie sonst keine, fuhr er fort, sie ist ein wahres Wunder. Ich weiß, Sie werden mit ihr leibhaftig zusammenkommen wollen.
Was gab mir die Gewißheit, daß es Jacqueline war, von der er redete? Vielleicht die Tatsache, daß er mich in dem Menschengewühl ausfindig gemacht und erkannt hatte, als ob sie irgendwo oben an einem Fenster stünde, um von dort aus die ihr zu servierenden Verehrer zu bestellen, ganz wie ein Gast im Lokal Hummer aus dem Wasserbecken bestellt. Vielleicht auch die Art, in der mich seine Augen anstrahlten

und den meinen ohne Furcht begegneten, denn Furcht, wie auch Verzückung, empfand er nur in Gegenwart eines einzigen Geschöpfs auf Gottes mörderischer Erde. Konnte ich mich nicht gleichfalls in diesem gefahrsprühenden Blick widergespiegelt sehen? Er kannte Jacqueline, darüber bestand für mich kein Zweifel.
Er wußte, daß ich angebissen hatte, denn kaum zögerte ich, wandte er sich mit affektiertem Achselzucken von mir ab, als wollte er sagen: Du hast deine Chance verpaßt. Wo ist sie? sagte ich und packte ihn an seinem spindeldürren Arm. Mit einer vielsagenden Kopfdrehung wies er die Straße hinunter, und ich, mit einem Mal blöde wie ein Idiot, lief hinter ihm her, hinaus aus dem Gedränge. Die Straße leerte sich, während wir gingen, die roten Lichter wichen düsterem Zwielicht und dann der Finsternis. Nicht etwa bloß einmal, ein dutzendmal fragte ich ihn, wohin wir gingen. Er ließ sich zu keiner Antwort bewegen, bis wir vor der schmalen Tür eines schmalen Hauses am Ende irgendeiner rasierklingendünnen Straße anlangten. Wir sind da, verkündete er, als sei die Bruchbude das Schloß von Versailles.
Im zweiten Stock des ansonsten leeren Hauses war ein Zimmer mit einer schwarzen Tür. Er drängte mich dagegen. Sie war abgeschlossen.
»Schaun Sie«, forderte er mich auf, »da drinnen ist sie.«
»Es ist abgesperrt«, erwiderte ich. Das Herz wollte mir zerspringen. Sie war nah, ohne jeden Zweifel, sie war nah, das wußte ich.
»Schaun Sie«, sagte er nochmals und deutete auf ein winziges Loch in der Türfüllung. Ich verschlang das Licht, das da herausdrang, stieß mein Auge durch das winzige Loch hin zu ihr.
Das verwahrloste Innere war leer, bis auf eine Matratze und Jacqueline. Mit gespreizten Armen und Beinen lag sie auf dem Rücken, Hand- und Fußgelenke waren an rohe Pflöcke festgebunden, die an den vier Ecken der Matratze unmittelbar in den Boden eingerammt waren.
»Wer hat das getan?« wollte ich wissen, ohne mein Auge von ihrer Nacktheit abzuwenden.
»Sie will es so«, antwortete er. »Es ist ihr Wunsch. Sie will es so.«
Sie hatte meine Stimme gehört; mit einiger Mühe hob sie ruckweise ihren Kopf und starrte direkt die Tür an. Als sie mich ansah, stand mir,

ich schwör's, buchstäblich jedes einzelne Haar zur Begrüßung zu Berge und neigte sich wieder auf ihr Geheiß.
»Oliver«, sagte sie.
»Jacqueline.« Mit einem Kuß drückte ich das Wort aufs Holz.
Ihr Körper brodelte, ihr rasiertes Geschlecht öffnete und schloß sich wie irgendein erlesenes Gewächs, purpurn und fliederfarben und rosenrot.
»Lassen Sie mich rein«, sagte ich zu Koos.
»Sie überleben nicht eine einzige Nacht mit ihr.«
»Lassen Sie mich rein.«
»Sie ist teuer«, warnte er.
»Wieviel wollen Sie?«
»Alles was Sie haben. Ihr letztes Hemd, Ihr Geld, Ihren Schmuck; dann gehört sie Ihnen.«
Ich wollte die Tür einschlagen oder ihm die nikotingefärbten Finger einen nach dem andern brechen, bis er den Schlüssel herausrückte. Er wußte, was ich dachte.
»Der Schlüssel ist versteckt«, sagte er. »Und die Tür ist stabil. Sie müssen bezahlen, Mr. Vassi! Sie wollen bezahlen.«
Das stimmte. Ich wollte bezahlen.
»Sie wollen mir alles geben, was Sie bis jetzt besaßen, alles was Sie bis jetzt gewesen sind. Alle Brücken hinter sich abbrechen und ohne jeden Rückhalt zu ihr gehn, das wollen Sie. Ich weiß es. So gehen sie alle zu ihr.«
»Alle? Gibt es viele?«
»Sie ist unersättlich«, sagte er freudlos. Das war nicht der Stolz eines Zuhälters: Es war seine Qual, das erkannte ich deutlich. »Immer mehr treib' ich für sie auf, und begrab' sie dann.«
Begrab' sie dann.
Wahrscheinlich ist das Koos' Funktion; er beseitigt die Toten. Und nach dieser Nacht wird er mich in seine lackierten Hände bekommen. Er wird mich von ihr wegholen, wenn ich ausgetrocknet und für sie unbrauchbar bin, und irgendeine Grube, irgendeinen Kanal, irgendeinen Ofen auftreiben, um mich loszuwerden. Keine besonders reizvolle Vorstellung.

Aber bitte, hier bin ich, mit dem ganzen Geld, das ich durch den Verkauf der wenigen mir noch verbliebenen Liegenschaften aufbringen konnte, vor mir auf dem Tisch, meine Würde dahin, mein Leben nur noch an einem Faden hängend, und warte auf einen Luden und einen Schlüssel.
Es ist stockdunkel jetzt, und er verspätet sich. Aber ich glaube, er ist gezwungen zu kommen. Nicht des Geldes wegen; wahrscheinlich hat er außer seinem Heroin und seiner Wimperntusche nur wenige Bedürfnisse. Er wird kommen, um mit mir ein Geschäft zu machen, weil sie es verlangt und er ihr hörig ist, um keinen Deut weniger, als ich es bin. O ja, er wird kommen. Selbstverständlich wird er kommen.
Nun gut, ich denke, das muß reichen.
Dies ist mein Zeugenbericht. Ich habe jetzt keine Zeit mehr, ihn nochmals durchzulesen. Koos' Schritte nähern sich auf der Treppe (er hinkt), und ich muß mit ihm gehen. Ich überlasse diese Niederschrift ihrem Finder, egal wem, zu der Verwendung, die ihm passend scheint. Spätestens morgen früh bin ich tot – und glücklich. Glaubt es mir.

Mein Gott, dachte sie, Koos hat mich betrogen.
Vassi war vor der Tür gewesen, mit ihrem Bewußtsein hatte sie sein Fleisch gespürt, und sie hatte es umarmt. Aber Koos hatte ihn, trotz ihrer ausdrücklichen Anordnungen, nicht hereingelassen. Unter allen Männern sollte nur Vassi freier Zugang gestattet sein, Koos wußte das. Aber er hatte sie betrogen, so wie sie alle betrogen hatten, nur Vassi nicht. Bei ihm war es (vielleicht) Liebe gewesen.
Die Nacht durch lag sie auf dem Bett und tat kein Auge zu. Selten schlief sie jetzt länger als fünf Minuten und dann nur unter Überwachung von Koos. Sie hatte sich im Schlaf verletzt, sich selbst unwissentlich verstümmelt. Blutend und schreiend war sie aufgewacht: Alle Glieder trieben Nadelsprossen hervor, die sie wie ein Kaktus aus Fleisch aus ihrer eigenen Haut und Muskelschicht gebildet hatte.
Es war wieder dunkel, mutmaßte sie, aber mit Bestimmtheit ließ sich das kaum sagen. In diesem mit dichten Vorhängen abgeschotteten, von einer nackten Glühbirne erhellten Raum war es ständig Tag für die Sinne, ständig Nacht für die Seele. So lag sie denn, mit wund

gescheuerten Stellen an Rücken und Gesäß, und hörte den fernen Straßengeräuschen zu, döste manchmal eine Weile, aß Koos manchmal aus der Hand, wurde gewaschen, wurde ihre Notdurft los, wurde benutzt.

Ein Schlüssel drehte sich im Schloß. Mühsam krampfte sie sich hoch von der Matratze, um zu sehen, wer es war. Langsam ging die Tür auf... ging weiter auf... stand offen.

Vassi. O Gott, endlich war es Vassi, sie sah ihn durchs Zimmer auf sich zukommen.

Laß es nicht wieder nur eine Erinnerung sein, betete sie, bitte, mach, daß er es diesmal selber ist: wirklich und wahrhaftig.

»Jacqueline.«

Er sprach den Namen ihres Fleisches aus, den ganzen Namen.

»Jacqueline.« Er *war* es.

Hinter ihm starrte Koos ihr zwischen die Beine, fasziniert vom Tanz ihrer Schamlippen.

»Da bring' ich ihn dir«, grinste er sie an, ohne von ihrem Geschlecht wegzusehen.

»Einen Tag«, flüsterte sie. »Einen Tag hab' ich gewartet, Koos. Du hast mich warten lassen –«

»Was ist für dich schon ein Tag?« sagte er und grinste noch immer.

Sie brauchte den Luden nicht mehr, was dieser freilich nicht wußte. In seiner Ahnungslosigkeit dachte er, Vassi wäre nur wieder einer, den sie nach der bewährten Art gnadenlos verführt hatte; um aufgezehrt und abgelegt zu werden wie die andern. Koos war der Meinung, man brauchte ihn morgen noch. Deshalb spielte er dieses tödliche Spiel so stümperhaft.

»Schließ die Tür ab«, schlug sie ihm vor. »Bleib, wenn du magst.«

»Hier?« sagte er und stierte lüstern. »Du meinst, ich kann zuschaun?«

Er schaute in jedem Fall zu. Sie wußte, daß er durch das Loch zuschaute, das er in die Tür gebohrt hatte; hie und da konnte sie ihn keuchen hören. Aber diesmal sollte er ruhig auf ewig bleiben.

Bedächtig zog er den außen steckenden Schlüssel aus der Tür, machte sie zu, schob ihn von innen ins Schloß und sperrte ab. Gerade als das Schloß einrastete, und noch ehe er sich umdrehen konnte, um sie wieder anzusehen, tötete sie ihn. Nichts Spektakuläres an der Hinrichtung; sie griff nur in seine Hühnerbrust und zerquetschte ihm die Lunge. Er plumpste gegen die Tür und glitt zu Boden, schmierte dabei sein Gesicht übers Holz.

Vassi wandte nicht einmal den Kopf, um ihn sterben zu sehen. Das einzige, was er jemals wieder anschauen wollte, war sie.

Er trat an die Matratze heran, ging in die Hocke und begann, ihr die Fußgelenke loszubinden. Die Haut war aufgeschürft, der Strick von altem Blutgrind überzogen. Systematisch arbeitete er an den Knoten, fand eine Ruhe wieder, die er verloren geglaubt hatte, eine schlichte Zufriedenheit, hier zu sein am Ende, außerstande zur Umkehr, wohl wissend, daß das, was ihm noch bevorstand, tief in ihr beschlossen lag.

Als ihre Knöchel frei waren, nahm er die Handgelenke in Angriff. Er versperrte ihr die Sicht auf die Decke, während er sich über sie beugte. Seine Stimme war sanft.

»Warum hast du ihn das mit dir machen lassen?«

»Ich hatte Angst.«

»Wovor?«

»Mich zu rühren; ja vorm bloßen Weiterleben. Tag für Tag die Hölle.«

»Ja.« Nur zu gut verstand er diese totale Unfähigkeit zu existieren.

Sie spürte ihn an ihrer Seite, wie er sich auszog, dann einen Kuß auf die fahle Bauchhaut des Körpers setzte, den sie bewohnte. Er war von ihrem Wirken gezeichnet. Die Haut war über die Toleranzgrenze hinaus gedehnt worden und auf Dauer mit einem Netz kreuz und quer laufender Falten durchzogen.

Er legte sich neben sie hin, sein Körper schmiegte sich an ihren. Keine unangenehme Empfindung.

Sie berührte seinen Kopf. Ihre Gelenke waren steif, die Bewegungen waren schmerzhaft, aber sie wollte sein Gesicht zu ihrem hochziehen. Lächelnd kam er in ihr Blickfeld, und sie tauschten Küsse.

Mein Gott, dachte sie, wir sind zusammen.

Und bei dem Gedanken, daß sie zusammen waren, nahm ihr Wille fleischliche Gestalt an. Ihre Gesichtszüge lösten sich auf unter seinen Lippen, wurden das rote Meer, von dem sie geträumt hatte, und

brandeten hoch, spülten ihm übers Gesicht, das sich seinerseits auflöste: sich verschwisternde Wasser aus Denken und Gebein.
Ihre zugeschliffenen Brüste durchbohrten ihn wie Pfeile; seine Erektion, geschärft durch ihren Gedanken, tötete sie ihrerseits mit seinem einzigen Stoß. Verstrickt in eine Gischt der Liebe dachten sie ihr beiderseitiges Verlöschen – und erreichten es.
Draußen klagte die harte Welt weiter. Das Geplapper von Käufern und Verkäufern setzte sich die Nacht lang fort. Bis schließlich Gleichgültigkeit und Ermüdung noch den gewinnsüchtigsten Krämer in Beschlag nahmen. Drinnen wie draußen trat heilsame Stille ein: Das Ende für Verluste und Gewinne.

Wüstenväter

Der Wagen stotterte, würgte und stand dann still. Mit einem Mal nahm Davidson den Wind auf der Wüstenstraße wahr, der an den Scheiben seines Mustang jammerte. Er versuchte, den Motor wieder in Gang zu bringen, aber der gab kein Lebenszeichen mehr von sich. Verärgert ließ Davidson die schwitzenden Hände vom Steuer gleiten und inspizierte die Gegend. Ringsum nichts als heiße Luft, heißer Fels, heißer Sand. Arizona eben.

Er öffnete die Tür und stieg aus. Hinter ihm, vor ihm erstreckte sich der Highway aus glühendem Staub schnurgerade bis zum bleichen Horizont. Mit zusammengekniffenen Lidern konnte er gerade noch die Berge ausmachen, aber sobald er versuchte, ihre Konturen genauer zu erfassen, wurden sie vom Hitzeschleier aufgeschluckt. Schon zernagte ihm die Sonne den von schütterem Blondhaar bedeckten Scheitel. Er klappte die Kühlerhaube hoch und starrte hoffnungslos auf den Motor, voller Bedauern über seinen Mangel an technischem Know-how. Herrgott, dachte er, warum machen sie die verdammten Dinger nicht idiotensicher?

Dann hörte er die Musik.

Sie war so weit weg, daß sie ihm zuerst wie ein Pfeifton in den Ohren vorkam. Aber sie wurde lauter.

Es war Musik, oder so etwas Ähnliches.

Wie hörte sie sich an? Wie das Windgesäusel in Telegrafendrähten, eine ursprungslose, rhythmuslose, gefühllose Schallwelle, die an seinen Nackenhaaren zupfte und sie veranlaßte, sich aufzurichten. Er versuchte, sie zu ignorieren, aber sie ging einfach nicht weg.

Er sah auf, aus dem Schattenschirm der Motorhaube hinaus, um die Spieler ausfindig zu machen, aber die Straße war leer in beiden Richtungen. Erst als er die Wüste Richtung Südosten absuchte, konnte er tatsächlich eine Abfolge winziger Gestalten erkennen, die am äußersten Rande seines Gesichtskreises dahinmarschierten oder -hopsten oder -tanzten, von der über der Erde flimmernden Hitze verflüssigt. Die Prozession, falls es sich um eine handelte, war lang und rückte parallel zum Highway durch die Wüste voran. Ihre Wege würden sich nicht kreuzen.

Davidson blickte noch einmal flüchtig nach unten, in die abkühlenden Eingeweide seines Fahrzeugs, dann wieder auf und hinüber zu der fernen Tänzerkolonne.

Er brauchte Hilfe. Das stand fest.

Er ging los, hielt durch die Wüste auf sie zu. Schon gleich neben der Straße war der Staub lose, nicht von den darüberrollenden Wagen zusammengedrückt. Mit jedem Schritt wirbelte er hoch und ihm ins Gesicht.

Zähes, langsames Vorwärtskommen. Er fing zu traben an, aber der Abstand zu ihnen wurde größer. Er begann zu laufen.

Über das Donnern seines Blutes hinweg konnte er die Musik jetzt lauter hören. Keine Melodie war zu vernehmen, vielmehr ein beständig an- und abschwellender Pegel vieler Instrumente: Geheul und Gebrumm, Pfeifen, Trommeln und Gebrüll.

Die Spitze der Prozession war jetzt verschwunden, ausgeblendet in die Ferne, aber die Feiernden (falls diese Bezeichnung auf sie zutraf) paradierten immer noch vorbei. Er änderte ein wenig die Richtung, um sie abzufangen, und blickte dabei rasch über die Schulter, um den Rückweg abzuschätzen. Klein wie ein Käfer stand hinter ihm auf der Straße sein Fahrzeug, niedergedrückt von einem kochenden Himmel, das Gefühl der Verlassenheit drehte ihm fast den Magen um.

Er rannte weiter. Nach einer Viertelstunde etwa sah er die Prozession allmählich deutlicher, obwohl ihre Führer völlig außer Sichtweite waren. Er kam zu der Überzeugung, daß es sich um irgendeine Art

Karnevalsaufzug handelte, so absolut ungewöhnlich das hier draußen auch schien, in dieser gottverlassensten aller Gegenden. Nichtsdestoweniger waren die letzten Tänzer in der Parade zweifelsohne kostümiert. Kopfputz trugen sie und Masken, die unter Geschwank und Gewackel die menschliche Größe beträchtlich überragten – grellfarbige Federn flatterten, und Bänder wehten, sich entrollend, kräuselnd hinter ihnen in der Luft. Was auch der Grund für die Feier sein mochte, jedenfalls torkelten sie wie Säufer, schritten elastisch aus im einen Augenblick, hüpften im nächsten, wanden sich, in einigen Fällen, am Boden, die Bäuche am heißen Sand.

Davidsons ausgepumpte Lungen waren am Zerreißen, und es war klar, daß er die Verfolgung aufgeben mußte. Anfangs war er der Prozession nähergekommen, aber jetzt rückte sie in einem Tempo ab, mit dem Schritt zu halten er weder die Stärke noch die Willenskraft besaß.

Er blieb stehen, stützte die Arme auf die Knie, um seinen schmerzenden Rumpf zu entlasten, und schaute unter schweißgedunsener Stirn seiner entschwindenden Rettung nach. Dann, unter Aufbietung aller verfügbaren Energie, gellte er:

»Halt!«

Zuerst erfolgte keine Reaktion. Dann war ihm, als sähe er durch seine Augenschlitze, wie ein oder zwei der Festkumpane stehenblieben. Er richtete sich auf. Ja, ein oder zwei sahen zu ihm her. Ihre Augen waren auf ihn gerichtet; das spürte er mehr, als daß er es sah.

Er begann auf sie zuzugehen.

Einige der Instrumente waren verstummt, als ob die Nachricht von seiner Gegenwart sich unter ihnen verbreitete. Sie hatten ihn eindeutig gesehen, ohne jeden Zweifel.

Er ging weiter, schneller jetzt, und allmählich wurden die Einzelheiten der Prozession aus dem flimmernden Dunst heraus klar erkennbar. Seine Gangart verlangsamte sich etwas. Sein Herz, das schon vor Anstrengung hämmerte, dröhnte dumpf in seiner Brust.

...Du lieber Heiland, sagte er, und zum ersten Mal in seinen sechsunddreißig gottlosen Jahren waren die Worte ein echtes Gebet.

Er stand zirka achthundert Meter von ihnen entfernt, aber an dem,

was er sah, gab es nichts zu deuteln. Seine schmerzenden Augen konnten sehr wohl Pappmaché von Fleisch, bloßen Schein von unförmiger Wirklichkeit unterscheiden.
Die Geschöpfe am Ende der Prozession, die Armseligsten unter den Armseligen, die parasitären Kletten, waren Monster, deren Erscheinung die Schreckgespenster des Wahnsinns in den Schatten stellte. Eins davon war vielleicht gute fünf oder sechs Meter groß. Seine Haut, die ihm in Falten auf den Muskeln hing, war ein Futteral aus Stacheln, sein Kopf ein Kegel aus entblößten, in scharlachrotes Zahnfleisch eingebetteten Zähnen. Ein anderes war dreiflüglig, sein zu drei Schwanzspitzen auslaufender Schweif peitschte den Sand in reptilischer Begeisterung. Ein drittes und viertes waren miteinander zu einer Einheit monströser Scheußlichkeiten vermählt, deren Endresultat abscheulicher war als die Summe ihrer Teile. Der Länge und Breite nach war dieser symbiotische Horror in einer beide durchdringenden Hochzeit zusammengeschweißt: die Wunden im Fleisch des Partners jeweils über die Glieder des andren gestülpt und von ihnen durchstoßen. Obwohl die Zungen seiner Köpfe ineinandergeschlungen waren, brachte es ein kakophonisches Geheul zustande.
Davidson trat einen Schritt zurück und sah sich flüchtig nach dem Wagen und dem Highway um. Im selben Moment fing eins der Wesen, ein schwarz-rotes, wie eine Pfeife zu schrillen an. Selbst bei achthundert Meter Entfernung bohrte sich der Lärm in Davidsons Kopf. Er schaute wieder zur Prozession hinüber.
Das pfeifende Monster hatte seinen Platz in der Parade verlassen, und seine klauenbewehrten Füße zerstampften die Wüste, während es auf ihn zuzupreschen begann. Davidson wurde von unkontrollierbarer Panik gebeutelt, und er spürte, wie seine Hosen sich füllten, als die Eingeweide ihn im Stich ließen.
Das Wesen raste mit der Geschwindigkeit eines Geparden auf ihn zu, wuchs dabei mit jeder Sekunde, so daß er nach jedem Schritt mehr Einzelheiten seiner außerweltlich fremden Anatomie erkennen konnte. Die daumenlosen Hände mit ihren zahnbesetzten Innenflächen, den Kopf, der nur ein einziges dreifarbiges Auge aufwies, das Muskelgewebe von Schultern und Brust, sogar seine vor Wut oder (Gott steh'

mir bei) Lust erigierten Genitalien, die ihm, doppelgliedrig, gegen den Bauch schlugen.
Davidson kreischte einen Schrei, der fast dem Lärm des Monsters gleichkam, und floh den Weg zurück, den er gekommen war.
Das Auto war zwei, drei Kilometer weit weg, und er wußte, daß es, sollte er es erreichen, bevor das Monster ihn überwältigte, keinen Schutz bieten würde. In diesem Augenblick wurde ihm klar, wie nah der Tod war, wie nah er schon die ganze Zeit gewesen war, und er wünschte sich, er könnte wenigstens einen Moment lang begreifen, was es mit diesem idiotischen Horror auf sich hatte.
Es war schon dicht hinter ihm, als ihm die scheißebeschmierten Beine wegsackten und er hinfiel und sich kriechend Richtung Wagen weiterschleppte. Als er das dumpfe Gestampf der Schritte hinter sich hörte, rollte er sich instiktiv zu einem wimmernden Fleischball zusammen und erwartete den Gnadenstoß.
Er wartete zwei Herzschläge lang.
Drei. Vier. Er kam noch immer nicht.
Die pfeifende Stimme hatte sich zu unerträglicher Tonhöhe gesteigert und flaute jetzt etwas ab. Die zähneknirschenden Handflächen landeten nicht auf seinem Körper. Vorsichtig, in jedem Moment darauf gefaßt, daß ihm der Kopf vom Hals abgebissen würde, spähte er durch die Finger.
Das Geschöpf hatte ihn überholt.
Es war, möglicherweise voller Verachtung für seine Schwächlichkeit, weitergerannt, an ihm vorbei, Richtung Highway.
Davidson roch seine Exkremente und seine Angst. Er kam sich auf sonderbare Weise ignoriert vor. Die Parade hinter ihm hatte sich weiterbewegt. Nur ein oder zwei neugierige Monster blickten noch über die Schulter in seine Richtung, während sie in den Staub abrückten.
Das Pfeifen änderte jetzt seine Tonlage. Vorsichtig erhob er den Kopf vom Boden. Bis auf ein schrilles Gewinsel hinten in seinem schmerzenden Kopf war der Lärm fast außerhalb seines Hörbereichs.
Er stand auf.
Das Geschöpf war aufs Dach seines Wagens gesprungen. Sein Kopf

war in einer Art Ekstase zurückgeworfen, seine Erektion offenkundiger als je. Das Auge in seinem riesigen Kopf funkelte. Mit einem letzten abrupten Anheben der Stimme, das das Pfeifen dem menschlichen Gehörsinn entzog, beugte es sich über den Wagen, zertrümmerte dabei die Windschutzscheibe und krallte seine maulbestückten Hände um das Autodach. Dann ging es dazu über, den Stahl nach hinten wegzureißen, als handelte es sich um Papier, wobei sein Körper vor Ausgelassenheit zuckte, sein Kopf ruckartig herumschnellte. Sobald es das Dach ganz losgerissen hatte, sprang es auf den Highway und warf das Metall in die Luft. Oben am Himmel machte es kehrt und krachte auf den Wüstenboden herunter. Davidson fragte sich kurz, was er eventuell auf dem Versicherungsformular angeben könnte. Jetzt riß die Kreatur das Fahrzeug auseinander. Die Türen wurden stückweise verstreut. Der Motor herausgetrennt. Die Räder aufgeschlitzt und von den Achsen gezerrt.

Davidson wehte der unverkennbare Gestank von Benzin um die Nase. Kaum hatte er den Geruch registriert, als auch schon ein Metallfetzen auf einen anderen prallte und Geschöpf plus Wagen von einer wogenden Feuersäule ummantelt waren, die sich beim Zusammenballen über dem Highway zu Qualm einschwärzte.

Das Wesen schrie nicht auf. Oder falls doch, so lagen seine Höllenqualen außerhalb des Hörbereichs. Mit in Flammen stehendem Fleisch wankte es heraus aus dem Inferno, jeder Zentimeter seines Körpers in Brand gesetzt; wild fuchtelten seine Arme herum, im vergeblichen Bemühen, das Feuer auszulöschen, und es begann, den Highway hinunter davonzulaufen, floh vor der Quelle seiner Höllenqual auf die Berge zu. Flammen schossen auf von seinem Rücken, und die Luft durchzog der Geruch seines brutzelnden Fleisches.

Trotzdem fiel es nicht hin, obwohl das Feuer es unterdessen verschlungen haben mußte. Das Laufen nahm und nahm kein Ende, bis die Hitze den Highway in die blaue Farbe hinein auflöste und es verschwunden war.

Davidson sank auf die Knie. Die Scheiße an seinen Beinen war in der Hitze schon getrocknet. Der Wagen brannte weiter. Die Musik war völlig verschwunden, die Prozession gleichfalls.

Die Sonne letztlich trieb ihn dann vom Sand zu seinem ausgeweideten Wagen zurück.
Seine Augen waren ausdruckslos, als das nächste den Highway entlangkommende Fahrzeug anhielt, um ihn mitzunehmen.

Sheriff Josh Packard starrte ungläubig die Klauenabdrücke auf dem Boden zu seinen Füßen an. In sich langsam verfestigendem Fett zeichneten sie sich ab, dem flüssigen Fleisch des Monsters, das Minuten zuvor durch die Hauptstraße (die einzige Straße) von Welcome gerannt war. Es war dann zusammengebrochen und hatte als sich krümmender Ball drei Lastwagenlängen von der Bank entfernt sterbend seinen letzten Atemzug getan. Der Alltagstrott von Welcome, das Handeln, das Debattieren, das unvermeidliche Wie-geht's-wiesteht's, war zum Stillstand gekommen. Ein oder zwei vom Ekel überwältigte Personen hatte man freundlicherweise in die Vorhalle des Hotels aufgenommen, während der Geruch von geschmortem Fleisch die gute Wüstenluft des Städtchens verpestete.
Der Gestank lag zwischen zerkochtem Fisch und Exhumierung, und er beleidigte Packard. Das war seine Stadt, von ihm überwacht, von ihm beschützt. Das störende Eindringen dieses Feuerballs gab keinerlei Anlaß zur Milde.
Packard nahm seinen Revolver heraus und begann, auf den Leichnam zuzugehen. Die Flammen waren jetzt fast erloschen, hatten ja den besten Teil ihres Mahls schon verzehrt. Selbst so vom Feuer zerstört, war es noch ein respektabler Brocken. Was möglicherweise einmal seine Glieder gewesen waren, schlang sich jetzt um das, was möglicherweise sein Kopf gewesen war. Alles übrige konnte man nicht mehr erkennen – eine kleine Gnade, über die Packard im Grunde genommen froh war. Doch selbst in dem leichenhaushaften Durcheinander zerschmolzenen Fleisches und geschwärzter Knochen waren noch genügend unmenschliche Formen auszumachen, um seinen Puls schneller schlagen zu lassen.
Dies war ein Monster, ohne jeden Zweifel.
Ein Geschöpf der Erde, aus der Erde, jawohl. Heraufgekommen aus der Unterwelt und unterwegs zur großen Arena, einer Festnacht

voller Riten. Etwa einmal in jeder Generation, so hatte ihm sein Vater erzählt, spie die Wüste ihre Dämonen aus und ließ sie eine Zeitlang frei herumlaufen. Als Kind mit Grips im Kopf hatte Packard den Scheiß, den sein Vater da redete, nie geglaubt, aber war das hier nicht genau so ein Dämon?

Egal welches Mißgeschick diese brennende Ungeheuerlichkeit zum Sterben in seine Stadt expediert hatte, jedenfalls war Packard hocherfreut über den Nachweis ihrer Verwundbarkeit. Von dieser Möglichkeit hatte sein Vater nie etwas erwähnt.

Halb lächelnd bei der Vorstellung, solcher Schändlichkeit Herr werden zu können, trat Packard an den rauchenden Leichnam heran und versetzte ihm einen Fußtritt. Die Menge, die sich noch immer in der Sicherheit der Hauseingänge aufhielt, gurrte Ahs und Ohs angesichts seiner Kühnheit. Das halbe Lächeln verbreitete sich über sein ganzes Gesicht. Allein dieser Fußtritt brächte ihm eine Nacht voll spendierter Drinks ein, vielleicht sogar eine Frau.

Das Ding lag mit dem Bauch nach oben. Mit dem leidenschaftslosen Blick eines professionellen Dämonentreters studierte Packard das um den Kopf geschlungene Gliedergewirr. Absolut tot, eindeutig. Er steckte seinen Revolver weg und beugte sich leicht über den Kadaver.

»Hol' schon die Kamera, Jedediah«, sagte er und imponierte damit sogar sich selbst.

Sein Deputy zischte ab zum Office.

»Wir brauchen unbedingt 'n Foto von der Schönheit hier«, sagte er.

Packard ging in die Hocke und streckte die Hand aus zu den geschwärzten Gliedern des Wesens. Seine Handschuhe wären ruiniert, aber die Unannehmlichkeit lohnte sich; diese Geste wäre seinem öffentlichen Image durchaus förderlich. Er konnte die bewundernden Blicke fast spüren, als er das Fleisch anfaßte, und fing an, ein Glied vom Kopf des Monsters loszuschütteln.

Das Feuer hatte die Teile miteinander verschweißt, und er mußte das Glied regelrecht freistemmen. Aber dann löste es sich, mit einem gallertartigen Schmatzlaut, und enthüllte das hitzeverdorrte Auge auf dem Gesicht darunter.

Mit einem Ausdruck des Abscheus ließ er das Glied an seinen ursprünglichen Platz zurückfallen.

Ein Herzschlag.
Da schnellte der Arm des Dämons hoch – unvermittelt, zu unvermittelt für Packard, um sich zu bewegen, und in einem vor Entsetzen erhabenen Augenblick sah der Sheriff, wie sich das Maul in der Handfläche des Vorderfußes um seine eigene Hand herum öffnete und wieder schloß.
Wimmernd versuchte er, von dem Maul wegzukommen, verlor dabei das Gleichgewicht und setzte sich voll ins Fett. Währenddessen wurde ihm der Handschuh durchgekaut, drangen die Zähne vor zu seiner Hand und kappten ihm die Finger; raspelnd zog der Rachen Fingerglieder, Blut und Stummel tiefer in seinen verdauenden Schlund.
Packard glitt mit dem Hintern in der Schweinerei unter ihm aus, und aufheulend wand er sich um freizukommen. Es hatte immer noch Leben in sich, dieses Wesen aus der Unterwelt. Packard brüllte um Gnade, als er schwankend auf die Füße kam und dabei gleichzeitig die gräßliche Monstermasse vom Boden hochzerrte.
Ein Schuß krachte, nah an Packards Ohr. Körpersäfte, Blut und Eiter bespritzten ihn, als das Glied auf Schulterhöhe in tausend Stücke zerfetzt wurde, und das entmachtete Maul endlich von ihm abließ. Die zerstörte Masse schlingenden Muskelfleisches fiel zu Boden, und Packards Hand, oder was davon übrig war, war wieder im Freien. Keine Finger waren ihm an der rechten Hand geblieben und kaum der halbe Daumen; die zermalmten Knochenstümpfe seiner Finger ragten jämmerlich aus einer teilweise zerkauten Handfläche heraus.
Eleanor Kooker ließ den Lauf der Schrotflinte, die sie soeben abgefeuert hatte, sinken und grunzte zufrieden.
»Deine Hand ist futsch«, stellte sie schlicht und brutal fest.
Monster, Packard erinnerte sich wieder an den Ausspruch seines Vaters, Monster sterben nie. Er hatte sich zu spät daran erinnert, und jetzt hatte er seine Hand geopfert, seine trinkende, Sex ausübende Hand. Eine Woge des Heimwehs nach verlorenen Jahren mit diesen Fingern überspülte ihn, während vor seinen Augen Pünktchen zu Dunkelheit zerplatzten. Das Letzte, was er sah, bevor ihn eine Ohnmacht zu Boden beförderte, war sein pflichtbewußter Deputy, wie er eine Kamera zückte, um die ganze Szene festzuhalten.

Schon immer war der Schuppen hinterm Haus Lucys Zuflucht gewesen. Wenn Eugene aus Welcome betrunken nach Hause kam oder ihn aus heitrem Himmel die Wut packte, weil der Eintopf kalt war, zog sich Lucy in den Schuppen zurück, wo sie in Ruhe weinen konnte. Mitleid konnte Lucy vom Leben nicht erwarten. Erst recht nicht von Eugene, und sie selber hatte herzlich wenig Zeit, um sich zu bemitleiden.

Heute hatte der alte Stein des Anstoßes Eugene in Raserei versetzt: das Kind.

Das sorgsam gehegte und gepflegte Kind ihrer Liebe, benannt nach dem Bruder Moses', Aaron, was »der Erhöhte« bedeutete. Ein goldiger Junge. Der hübscheste Junge im ganzen Bezirk, fünf Jahre alt und schon so bezaubernd und artig, daß jede Mama der Ostküste vor Neid erblassen konnte.

Aaron.

Lucys Stolz und Freude, ein Kind, das in einem Bilderbuch Seifenblasen blasen könnte, das tanzen und sogar den Teufel bezaubern könnte. Und genau das war Eugenes Einwand.

»Dieses Scheißkind hat nicht mehr von 'nem Jungen als du«, sagte er zu Lucy. »Nicht mal 'n halber Junge ist er. Zieh ihm 'n Paar affige Schuhe über, dann taugt er grad noch zum Parfümverkaufen. Oder zum Prediger, zum Prediger taugt er.«

Mit einer nägelzerbissenen, krummdaumigen Hand zeigte er auf den Jungen.

»Eine Schande bist du für deinen Vater.«

Aaron erwiderte den Starrblick seines Vaters.

»Hast mich verstanden, Junge?«

Eugene schaute weg. Kotzübel wurde ihm im Magen von den großen Augen des Jungen, eher wie Hundeaugen als irgend etwas Menschliches.

»Er muß mir aus dem Haus.«

»Was hat er 'n getan?«

»Der braucht gar nichts tun. Es langt schon, wie er ist. Sie lachen mich aus, weißt du das? Seinetwegen lachen sie mich aus.«

»Niemand lacht dich aus, Eugene.«

»Doch, sie...«
»Nicht wegen dem Jungen.«
»Häh?«
»Den Jungen lachen sie bestimmt nicht aus. Wenn, dann lachen sie dich aus.«
»Halt den Mund.«
»Sie wissen, was du für einer bist, Eugene. Sie haben dich durchschaut, genau wie ich.«
»Ich sag' dir, Frau...«
»Kotzt dich aus wie 'n Straßenköter, quatschst über das, was du gesehn hast, und wovor du Angst hast...«
Er schlug sie, wie schon viele Male zuvor. Der Hieb lockte Blut hervor, wie ähnliche Hiebe seit fünf Jahren, aber obwohl sie taumelte, galten ihre ersten Gedanken dem Jungen.
»Aaron«, sagte sie durch die Tränen, die der Schmerz verursacht hatte. »Komm, wir gehen.«
»Du läßt den Bastard in Ruhe.« Eugene zitterte
»Aaron.«
Das Kind stand zwischen Vater und Mutter, ratlos, wem es gehorchen sollte. Der Ausdruck der Verwirrung in seinem Gesicht ließ Lucys Tränen reichlicher fließen.
»Mami«, sagte das Kind ganz leise. Ein ernster Ausdruck war in seinen Augen, der mit Verwirrung nichts mehr zu tun hatte. Ehe Lucy eine Möglichkeit finden konnte, die Situation zu entschärfen, packte Eugene den Jungen an den Haaren und zog ihn näher zu sich ran.
»Du hörst auf deinen Vater, Junge.«
»Ja...«
»Ja, Sir, sagen wir zu unserm Vater, klar? Ja, Sir, heißt das.«
Aarons Gesicht wurde in den stinkenden Schritt der Jeans seines Vaters gestoßen.
»Ja, Sir.«
»Er bleibt bei mir, Frau. Du nimmst ihn nicht noch mal mit raus in diesen bekackten Schuppen. Er bleibt bei seinem Vater.«
Lucy hatte den Kürzeren gezogen, soviel war klar. Wenn sie weiter-

hin auf ihrer Meinung bestand, brachte sie das Kind nur in noch größere Gefahr.
»Wenn du ihm was antust...«
»Ich bin sein Vater, Frau«, grinste Eugene. »Glaubst du vielleicht, ich schade meinem eignen Fleisch und Blut?«
Der Junge war in einer Stellung gegen das Becken seines Vaters gepreßt, die man schwerlich anders als obszön bezeichnen konnte. Aber Lucy kannte ihren Mann. Er stand kurz vor einem Ausbruch mit letztlich unabsehbaren Folgen. Ihretwegen machte sie sich keine Gedanken mehr – sie hatte schließlich ihren Spaß gehabt – aber der Junge war so verwundbar.
»Geh' uns aus den Augen, Frau, ja? Der Junge und ich möchten allein sein, hab' ich recht?«
Eugene zerrte Aarons Gesicht von seinem Schritt und feixte zu dem blassen Gesicht hinunter.
»Hab' ich recht?«
»Ja, Papa.«
»Ja, Papa. O ja, wirklich, Papa.«
Lucy verließ das Haus und zog sich in die kühle Dunkelheit des Schuppens zurück, um dort für Aaron, benannt nach dem Bruder Moses', zu beten. Aaron, dessen Name »der Erhöhte« bedeutete. Sie fragte sich, wie lang er wohl die Brutalitäten überleben könnte, die die Zukunft womöglich noch für ihn bereithielt.
Der Junge war jetzt nackt ausgezogen. Weiß stand er vor seinem Vater. Er ängstigte sich nicht. Die Prügel, die ihm verabreicht würden, würden ihm Schmerzen bereiten, aber mit wirklicher Angst hatte das nichts zu tun.
»Ein schmächtiges Bubi bist du«, sagte Eugene und fuhr seinem Sohn mit riesiger Hand über den Unterleib. »Schwach und schmächtig wie das mickrigste Ferkel. Wenn ich Bauer wäre und du so'n Ferkel, Junge, weißt du, was ich dann machen würde?«
Wieder packte er den Jungen bei den Haaren. Die andere Hand zwischen den Beinen.
»Weißt du, was ich dann machen würde, Junge?«
»Nein, Papa. Was denn?«

Sein Vater gab ein schlitzendes Geräusch von sich und ließ dabei die zerfurchte Hand über Aarons Körper hochgleiten.
»Na, in Stücke schneiden würd' ich dich und dich an den Rest vom Wurf verfüttern. Nichts frißt ein Schwein lieber als Schweinefleisch. Würd' dir das gefallen?«
»Nein, Papa.«
»Das würd' dir nicht gefallen?«
»Nein danke, Papa.«
Eugenes Gesicht verhärtete sich.
»Also mir schon, Aaron. Ich würd' gern sehen, was du machst, wenn ich dich wirklich aufschneide und nachschau', wie's in dir drinnen aussieht.«
Die Spiele seines Vaters wiesen eine neue Gewalttätigkeit auf, die Aaron nicht begreifen konnte: neue Drohungen, neue Vertrautheit. So unwohl er sich auch fühlte, wußte der Junge doch, daß nicht er, sondern sein Vater die wirkliche Angst verspürte. Angst war Eugenes angestammtes Recht, so wie es das Aarons war, zu beobachten und zu warten und zu leiden, bis der Augenblick käme. Er wußte (ohne zu begreifen, wodurch oder weshalb), daß er ein Werkzeug bei der Vernichtung seines Vaters sein würde. Womöglich mehr als ein Werkzeug.
Wut brach in Eugene los. Er starrte den Jungen an, die braunen Fäuste so fest geballt, daß die Knöchel weiß aufschienen. Irgendwie war der Junge sein Ruin; er hatte das schöne Leben, das sie vor seiner Geburt miteinander führten, zerstört. Ebensogut hätte er seine Eltern gleich erschießen können. Ohne sich richtig darüber bewußt zu sein, was er tat, schloß Eugene seine Hände um den zarten Hals des Jungen.
Aaron gab keinen Laut von sich.
»Ich könnt' dich töten, Junge.«
»Ja, Sir.«
»Was sagst du dazu?«
»Nichts, Sir.«
»Danke, Sir, solltest du lieber sagen.«
»Warum?«
»Warum, Junge? Weil's Leben nich' soviel wert is', wie'n Schwein

scheißen kann; 'n Liebesdienst würd' ich dir damit erweisen, wie sich's für 'nen Vater gehört.«

»Ja, Sir.«

Im Schuppen hinterm Haus hatte Lucy zu weinen aufgehört. Es hatte keinen Sinn; und außerdem hatte etwas am Himmel, den sie durch die Löcher im Dach sehen konnte, Erinnerungen wachgerufen, die die Tränen wegwischten. Ein ganz bestimmter Himmel, strahlend blau, glasklar. Eugene würde dem Jungen nichts tun. Er würde es nie und nimmer wagen, diesem Kind etwas anzutun. Er wußte, was der Junge war, obwohl er es nie eingestehen würde.

Sie erinnerte sich an den Tag, vor sechs Jahren war es, als der Himmel wie heute von Glanz überzogen und die Luft von der Hitze blaßbläulich gewesen war. Eugene und sie waren etwa genauso heiß gewesen wie die Luft, den ganzen Tag hatten sie kein Auge voneinander abwenden können. Damals war er noch stärker, in der Blüte seiner Kraft. Ein imposanter, prachtvoller Mann, sein Körper bullig und gestählt von der Arbeit, mit Beinen, so hart, daß sie sich wie Fels anfühlten, wenn sie mit den Händen darüberstrich. Sie selbst hatte auch ziemlich gut ausgesehen. Echt der beste Hintern in Welcome, fest und flaumig; eine Spalte, so weich behaart, daß Eugene sie einfach küssen mußte, sogar dort, an der intimen Stelle. Manchmal besorgte er es ihr den ganzen Tag, die ganze Nacht lang, im Haus, das sie gerade bauten, oder draußen im Sand, am Spätnachmittag. Die Wüste gab ein schönes Bett ab, und ungestört konnten sie unter dem weiten Himmel liegen.

An jenem Tag vor sechs Jahren hatte sich der Himmel zu früh verdunkelt, lange ehe die Nacht fällig war. Anscheinend hatte er sich schlagartig verfinstert, und den Liebenden war plötzlich kalt in ihrer überstürzten Nacktheit. Über seine Schulter hinweg hatte sie die Gestalten gesehen, die sich aus dem Himmel herausgeformt hatten, die riesengroßen und gewaltigen Wesen, die ihnen zuschauten. Er, in seiner Leidenschaft, bearbeitete sie noch immer, stieß hinein bis zum Ansatz und ebensoweit wieder heraus, was ihr, wie er wußte, besonderes Vergnügen bereitete – bis eine Hand von der Farbe roter Rüben und der Größe eines Menschen ihn mit zwei Fingern am Hals packte und aus dem Schoß seiner Frau pflückte. Sie sah zu, wie er in den Himmel emporgehoben wurde wie ein sich windendes langbeiniges Karnickel und aus zwei Mündern zugleich spuckte, im Norden und im Süden, als er mit seinen Stößen in der Luft zum Ende kam. Dann öffneten sich einen Moment lang seine Augen, und er sah seine Frau sechs Meter unter sich, noch immer entblößt, noch immer mit schmetterlingsgleich gespreizten Beinen, umringt von Monstern. Beiläufig, ohne Bösartigkeit warfen sie ihn weg, hinaus aus ihrem bewundernden Kreis, ihr aus den Augen.

So gut konnte sie sich an die Stunde erinnern, die dann folgte. An die Umarmungen der Ungeheuer. In keiner Weise widerlich, nicht roh oder verletzend, nie weniger als liebevoll. Selbst die Apparate der Reproduktion, mit denen sie sie, einer nach dem anderen, durchdrangen, verursachten ihr keinen Schmerz, obwohl manche knochenhart waren und so lang wie Eugenes Arm samt Faust. Wieviele von diesen Fremden nahmen sie wohl an jenem Nachmittag – drei, vier, fünf? Vermischten ihren Samen in ihrem Körper, entlockten ihr zärtlich die Lust mit ihren geduldigen Stößen. Als sie sich entfernten und ihre Haut wieder vom Sonnenlicht berührt wurde, überkam sie, auch wenn das bei genauerem Nachdenken schändlich schien, ein Verlustgefühl; als ob der Zenit ihres Lebens überschritten und der Rest ihrer Tage nur noch ein kalter, rascher Abstieg in den Tod sei.

Schließlich war sie aufgestanden und zu Eugene hinübergegangen, der bewußtlos im Sand lag und sich eins seiner Beine beim Sturz gebrochen hatte. Sie hatte ihn geküßt und sich dann zum Wasserlassen niedergekauert. Sie hoffte, ja wirklich: hoffte, daß die Saat der Liebe dieses Tages Frucht tragen würde. Diese Frucht wäre ein greifbares Pfand ihrer Glückseligkeit.

Drinnen im Haus schlug Eugene den Jungen. Aarons Nase blutete, doch gab er keinen Laut von sich.

»Rede, Junge.«

»Was soll ich sagen?«

»Bin ich dein Vater oder nicht?«

»Ja doch, Vater.«
»Lügner!«
Er schlug wieder zu, ohne Warnung; diesmal beförderte der Hieb Aaron zu Boden. Als er seine kleinen, schwielenlosen Hände flach gegen die Küchenfliesen drückte, um sich aufzurichten, spürte er irgendein Vibrieren durch den Boden. Eine Musik ertönte in der Erde.
»Lügner!« sagte sein Vater schon wieder.
Mehr Schläge stünden noch bevor, dachte der Junge, noch mehr Schmerz, mehr Blut. Aber es war auszuhalten; und die Musik war, nach langem Warten, ein Versprechen, allen Schlägen ein Ende zu setzen, ein für allemal.

Torkelnd erreichte Davidson die Hauptstraße von Welcome. Drei oder vier Uhr nachmittags, vermutlich (seine Uhr war stehengeblieben, vielleicht aus Sympathie), aber die Stadt war wie ausgestorben, bis sein Blick zufällig auf den dunklen, rauchenden Haufen mitten auf der Straße fiel, an die hundert Meter von ihm entfernt.
Wenn so etwas überhaupt möglich gewesen wäre, dann wäre ihm das Blut in den Adern erstarrt bei dem Anblick.
Trotz der Entfernung erkannte er, was dieses Bündel aus verbranntem Fleisch gewesen war, und in seinem Kopf drehte sich alles vor Grauen. War also doch keine Einbildung gewesen, das Ganze. Er stolperte ein paar Schritte weiter, kämpfte, letztlich erfolglos, gegen das Schwindelgefühl an, bis er spürte, wie ihn starke Arme abstützten, und hörte, wie man, durch ein verworrenes Gesumm von Kopfgeräuschen, beruhigende Worte zu ihm sagte. Sie ergaben keinen Sinn, aber zumindest klangen sie sanft und menschlich. Er konnte jeden Anspruch, bei Bewußtsein zu bleiben, aufgeben. Er fiel in Ohnmacht, aber offenbar wurde ihm nur ein momentaner Aufschub gewährt, ehe die Welt wieder zum Vorschein kam, so hassenswert wie immer.
Man hatte ihn nach drinnen geschafft und auf ein unbequemes Sofa gelegt; ein Frauengesicht, das von Eleanor Kooker, starrte auf ihn herunter. Sie strahlte, als er wieder zu sich kam.

»Der Mann überlebt«, sagte sie mit einer Stimme, die wie Kohl durch ein Reibeisen raspelte. Sie beugte sich weiter vor. »Sie ham das Ding gesehn, stimmt's?«

Davidson nickte.

»Besser Sie rücken raus mit der ganzen Wahrheit.«

Ein Glas wurde ihm in die Hand gedrückt, und Eleanor füllte es reichlich mit Whisky. »Trinken Sie«, verlangte sie, »und dann sagen Sie, was Sie uns zu sagen haben...«

Er leerte den Whisky in zwei Zügen, und sofort wurde das Glas wieder vollgeschenkt. Er trank das zweite Glas langsamer und fing an, sich besser zu fühlen.

Der Raum war voller Leute, als ob ganz Welcome in das Kookersche, zur Straßenseite gelegene Wohnzimmer hereindrängte. Ganz beachtlich, das Publikum. Es war aber auch eine ganz beachtliche Geschichte. Vom Whisky gelockert, begann er sie zu erzählen, so gut er eben konnte, ohne Schnörkel, wie ihm die Worte gerade kamen. Dafür schilderte dann Eleanor die Umstände von Sheriff Packards »Unfall« mit dem Körper des Autozerstörers. Packard war im Zimmer und sah wegen der tröstenden Whiskies und Schmerzkiller noch schlechter aus als vorher. Seine verstümmelte Hand war so gut verbunden, daß sie eher wie ein Knüppel aussah, weniger wie ein Körperglied.

»Das da draußen ist nicht der einzige Teufel«, sagte Packard, als es nichts mehr zu berichten gab.

»Das sagst du«, sagte Eleanor. Der Ausdruck ihrer aufgeweckten Augen war alles andere als überzeugt.

»Mein Papa hat das gesagt«, erwiderte Packard und starrte auf seine bandagierte Hand. »Und ich glaub' es, felsenfest glaub' ich das.«

»Dann sollten wir am besten was dagegen unternehmen.«

»Was zum Beispiel?« warf ein sauer dreinschauender Typ ein, der an der Kamineinfassung lehnte. »Was soll man gegen so was wie so 'n Ding unternehmen, das Autos frißt?«

Eleanor richtete sich auf und wandte sich mit unverhohlenem Hohn an den Frager.

»Dann laß uns in den Genuß deiner Weisheit kommen, Lou«, sagte sie. »Was sollen wir *deiner* geschätzten Meinung nach tun?«

»Ich finde, wir sollten uns versteckt halten und sie vorbeilassen.«
»Ich bin kein Strauß«, sagte Eleanor, »aber wenn du vorhast, deinen Kopf zu verbuddeln, dann leih' ich dir 'n Spaten, Lou. Sogar das Loch grab' ich dir.«
Allgemeines Gelächter. Betreten verstummte der Zyniker und stocherte an seinen Fingernägeln herum.
»Wir können nicht einfach rumsitzen und abwarten, bis sie hier durchziehn«, sagte Packards Deputy zwischen zwei Kaugummiblasen.
»Sie sind Richtung Berge gegangen«, sagte Davidson. »Weg von Welcome.«
»Und was soll sie dran hindern, ihre gottverdammte Meinung zu ändern?« konterte Eleanor. »Na?«
Keine Antwort. Vereinzeltes Nicken, vereinzeltes Kopfschütteln.
»Jedediah«, sagte sie, »du bist Deputy – wie stehst du dazu?«
Der junge Mann mit dem Abzeichen und dem Kaugummi errötete ein bißchen und zupfte an seinem dünnen Schnurrbart. Offensichtlich hatte er keinen blassen Schimmer.
»Für mich ist die Sache klar«, fegte die Frau ihn an, bevor er antworten konnte. »Glasklar. Ihr seid alle zu scheißverängstigt, um die Deibelsdinger aus ihren Löchern rauszustöbern, hab' ich recht?«
Gemurmel der Selbstrechtfertigung rings im Raum, zunehmendes Kopfschütteln.
»Euer ganzer Plan ist Däumchen drehen und zulassen, daß euch die Frauen verschlungen werden.«
Ein gutes Wort: verschlungen. Steckte viel mehr Gefühl drin als in gefressen. Eleanor machte eine wirkungsvolle Pause. Dann sagte sie dunkel: »Oder noch Schlimmeres.«
Schlimmer als verschlungen? Was um Himmels willen war schlimmer als verschlungen werden?
»Kein Deibel wird euch anrühren«, sagte Packard, und erhob sich etwas mühsam von seinem Stuhl. Unsicher schwankte er auf den Beinen, als er das Wort an die Versammlung richtete. »Wir wer'n uns diese Scheiße-Fresser schnapp'n und sie lynchen.«
Die Männer im Zimmer wurden von diesem mitreißenden Schlacht-

ruf nicht mitgerissen. Die Glaubwürdigkeit des Sheriffs war seit seinem Zusammenstoß in der Main Street nicht mehr besonders hoch.
»Vorsicht ist der bessere Teil der Tapferkeit«, flüsterte Davidson vor sich hin.
»Das find' ich 'n absoluten Scheiß«, sagte Eleanor.
Davidson zuckte die Achseln und trank seinen Whisky aus. Diesmal wurde ihm nicht nachgeschenkt. Reumütig machte er sich klar, daß er dankbar sein sollte, überhaupt noch am Leben zu sein. Aber sein Arbeitsplan war total im Eimer. Er mußte sich ans Telefon hängen und einen Wagen mieten, notfalls jemanden veranlassen, ihn vor die Stadt zu fahren, damit er per Anhalter weiterkam. Was die »Deibel« auch sein mochten, sie waren nicht sein Problem. Vielleicht würde es ihn interessieren, im *Newsweek* eine kurze Rubrik über dieses Thema zu lesen, wenn er wieder im Osten war und mit Barbara ausspannte; aber im Augenblick wollte er einzig und allein sein Geschäft in Arizona abwickeln und so bald wie möglich nach Hause fahren.
Packard hingegen hatte anderes mit ihm vor.
»Sie sind ein Zeuge«, sagte er und zeigte auf Davidson, »und als Sheriff dieser Gemeinde fordere ich Sie auf, in Welcome zu bleiben, bis Sie mir alle Fragen, die ich Ihnen zu stellen habe, zu meiner vollen Zufriedenheit beantwortet haben.«
Die förmliche Redeweise hörte sich seltsam an aus seinem sabbrigen Mund.
»Ich hab' eine geschäftliche –« fing Davidson an.
»Dann telegrafiert unser lieber Mr. Davidson eben und sagt das Geschäft ab, klar?«
Davidson wußte, der Mann sammelte Punkte auf seine Kosten, möbelte sein demoliertes Ansehen durch Seitenhiebe auf den Oststaatler auf. Trotzdem, Packard war das Gesetz: Daran war nichts zu ändern. Er nickte seine Zustimmung mit soviel Bereitwilligkeit, wie er aufbringen konnte. Es gäbe bestimmt noch eine Gelegenheit, gegen diesen Provinznest-Mussolini eine förmliche Beschwerde einzureichen – wenn er wieder daheim war, heil und gesund. Momentan war es besser, zu telegrafieren und Geschäft Geschäft sein zu lassen.

»Und wie sieht dein Plan aus?« wollte Eleanor von Packard wissen.
Der Sheriff blähte die vom Suff glänzenden Backen. »Wir nehmen's mit den Deibeln auf«, sagte er.
»Wie denn?«
»Schießeisen, Frau.«
»Du brauchst mehr als Schießeisen, wenn sie so groß sind, wie er sagt...«
»Das sind sie...« sagte Davidson, »glaubt mir, das sind sie.«
Packard grinste höhnisch. »Wir nehmen uns das ganze bekackte Waffenlager«, sagte er und schnellte dabei mit dem verbliebenen Daumen nach Jedediah. »Los, stell' die schweren Waffen zusammen, Junge. Das Panzerabwehrzeugs. Bazookas.«
Allgemeines Staunen.
»Ihr habt Bazookas?« sagte Lou, der Zyniker am Kaminsims.
Packard brachte ein süffisantes Lächeln zustande. »Kriegsmaterial«, sagte er, »noch aus dem Großen.«
Davidson seufzte innerlich. Der Mann war ein Psychotiker, mit seinem eigenen kleinen Arsenal veralteter Waffen, die für den Benutzer wahrscheinlich tödlicher waren als für das Opfer. Sie würden alle sterben. Gott im Himmel, sie würden allesamt sterben.
»Deine Finger hast du ja vielleicht verloren«, sagte Eleanor Kooker, hingerissen von dieser angeberischen Tapferkeitsshow, »aber du bist der einzige Mann hier im Zimmer, Josh Packard.«
Packard strahlte und kratzte sich geistesabwesend am Sack. Davidson konnte den Nullachtfünfzehn-Machismo, der sich hier im Raum breitmachte, nicht länger ertragen.
»Hört mal«, legte er los, »ich hab' euch alles erzählt, was ich weiß. Was geht's mich eigentlich noch an, wie ihr damit zurechtkommt.«
»Du verdrückst dich nicht von hier«, sagte Packard, »wenn's das ist, worauf du aus bist.«
»Ich sag' doch bloß...«
»Wir wissen, was du sagst, Burschi, und ich will davon nichts hören. Wenn ich sehe, daß du deinen Arsch bewegst, um abzuhaun, dann häng' ich dich an deinen Eiern auf. Sofern du überhaupt welche hast.«
Der Dreckskerl brächte das glatt fertig, dachte Davidson, selbst wenn

er's nur mit einer Hand tun müßte. Laß es einfach laufen, sagte er sich und versuchte, das spöttische Kräuseln seiner Lippen zu unterdrücken. Wenn Packard sich aufmachte, irgendwo da draußen die Monster zu stellen und seine verdammte Bazooka nach hinten losging, dann war das seine Sache. Halt dich zurück.
»Die sind ein ganzer Stamm«, gab Lou kleinlaut zu bedenken. »Wenn der Mann hier recht hat. Wie sollen wir denn so viele erledigen?«
»Strategie«, sagte Packard.
»Wir kennen ihren Standort nicht.«
»Überwachung«, entgegnete Packard.
»Die könnten uns echt zur Sau machen, Sheriff«, bemerkte Jedediah und zupfte dabei eine geplatzte Kaugummiblase von seinem Schnurrbart.
»Das hier ist unser Gebiet«, sagte Eleanor. »Wir haben es. Wir behalten es.«
Jedediah nickte. »Ja, Ma«, sagte er.
»Angenommen, sie sind einfach verschwunden? Angenommen, wir können sie gar nicht mehr finden?« machte Lou geltend. »Könnten wir sie dann nicht einfach in die Erde abziehn lassen?«
»Klar«, sagte Packard. »Und uns bleibt nichts übrig, als rumzuhängen und zu warten, bis sie wieder rauskommen und uns die Frauen verschlingen.«
»Vielleicht tun sie niemand was...« erwiderte Lou.
Packards Antwort bestand im Heben seiner bandagierten Hand. »Mir ham sie was getan.«
Das war unwiderleglich.
Packard fuhr fort, seine Stimme heiser vor sentimentaler Erregung. »Scheiße, ich bin so scharf auf diese Abspritzsäcke, gleich geh' ich los und stell' mich ihnen, mit oder ohne Hilfe. Aber wir müssen sie austricksen, sie ausmanövrieren, damit von den unsern keiner verletzt wird.«
Ganz vernünftig, was der Mann da redet, dachte Davidson. Wirklich, jeder im Zimmer schien beeindruckt. Gemurmel der Zustimmung von allen Seiten, selbst von der Kamineinfassung her.

Packard schnauzte wieder den Deputy an.
»Setz' deinen Arsch in Bewegung, Burschi. Du alarmierst mir jetzt diesen Bastard Crumb, wegen Dringlichkeitsstufe Eins, und schaffst mir seine Jungs hier runter, mit allen gottverdammten Schießprügeln und Granaten, die sie verfügbar haben. Und wenn er dich fragt wofür, dann sagst du ihm, Sheriff Packard hat 'nen Notstand ausgerufen, und daß ich jede arschige Waffe innerhalb von, sagen wir: achtzig Kilometern anfordere, inklusive Mann am anderen Ende davon. Mach schon, Burschi.«
Jetzt glühte der Raum definitiv vor Bewunderung, und Packard wußte das. »Die Wichser pusten wir in Stücke«, sagte er.
Einen Augenblick lang schien die Suada ihre magische Wirkung auch auf Davidson auszuüben, und so halb glaubte er schon, daß es möglich sein könnte; dann erinnerte er sich an die Einzelheiten der Prozession, die Schwänze, Zähne und sonst alles, und spurlos verflüchtigte sich seine Anwandlung von Tapferkeit.

So leise kamen sie ans Haus heran, nicht etwa, weil sie vorhatten zu schleichen, ihr Tritt war nur so leicht, so zart, daß niemand sie hörte. Drinnen war Eugenes Wut verraucht. Er saß da, die Beine auf dem Tisch, eine leere Flasche Whisky vor sich. Das Schweigen im Zimmer war so drückend, daß es einen fast erstickte.
Aaron saß am Fenster, das Gesicht verschwollen von den Schlägen seines Vaters. Er brauchte nicht aufzuschauen, um sie durch den Sand aufs Haus zukommen zu sehn, ihr Herannahen hallte in seinen Adern wider. Sein übel zugerichtetes Gesicht wollte lächelnd aufleuchten und sie willkommen heißen, aber er unterdrückte die spontane Regung und wartete einfach ab, zusammengesackt in der Resignation des Geschlagenen, bis sie fast ganz ans Haus herangerückt waren. Erst als ihre gewaltigen Leiber das durchs Fenster einfallende Sonnenlicht aussperrten, stand er dann tatsächlich auf. Die Bewegung des Jungen weckte Eugene aus seiner Trance.
»Was ist los, Junge?«
Das Kind hatte sich vom Fenster zurückgezogen und stand nun mitten im Zimmer, schluchzte leise in Erwartung. Seine winzigen Hände

waren wie Sonnenstrahlen ausgespreizt, in seiner Aufregung zuckten und bibberten ihm die Finger.

»Was' mit dem Fenster passiert, Junge?«

Aaron hörte, wie eine der Äußerungen seines wahren Vaters Eugenes nuschliges Gebrabbel übertönte. Wie ein Hund, der nach langer Trennung darauf brennt, seinen Herrn zu begrüßen, lief der Junge zur Tür und versuchte, sie aufzukrallen. Sie war abgeschlossen und verriegelt.

»Was'n das für'n Lärm, Junge?«

Eugene stieß seinen Sohn beiseite und fummelte mit dem Schlüssel im Schloß herum, während Aarons Vater durch die Tür nach seinem Kind rief. Seine Stimme klang wie ein dahinstürzender Wasserfall, kontrapunktiert von weichen, pfeifenden Seufzern. Es war eine leidenschaftliche Stimme, eine liebevolle Stimme.

Mit einem Mal schien Eugene zu begreifen. Er packte den Jungen bei den Haaren und zerrte ihn von der Tür weg.

Aaron quiekte schrill vor Schmerz.

»Papa!« gellte er.

Eugene hielt sich selbst für den Adressaten des Schreis, aber auch Aarons wahrer Vater hatte die Stimme des Jungen gehört. Seine Antwort war von schneidenden Tönen der Besorgnis durchzogen.

Von draußen hatte Lucy den Stimmenwechsel gehört. Sie kam aus dem Schutz ihres Schuppens heraus und wußte, was sie vor dem Hintergrund dieses schimmernden Himmels sehen würde; aber nichtsdestoweniger wurde ihr schwindlig von den koloßhaften Geschöpfen, die sich rings um das Haus versammelt hatten. Bange Qual durchfuhr sie bei der Erinnerung an die für immer entschwundenen Freuden jenes Tages vor sechs Jahren. Alle waren sie da, die unvergeßlichen Geschöpfe, eine unglaubliche Auswahl an Formen und Gestalten...

Pyramidenförmige Köpfe aus rosenfarbenen, klassisch proportionierten Rümpfen, die schirmartig in sich überlappende, bewegliche Spitzenröcke aus Fleisch übergingen. Eine kopflose silberne Schönheit, deren sechs Perlmuttarme kreisförmig um ihren schnurrenden, pulsierenden Mund angeordnet hervorsproßten. Ein Geschöpf wie das

Wassergekräusel auf einem rasch dahinströmenden Fluß, stetig, aber in Bewegung, süß und gleichmäßig der Ton, den es von sich gab. Kreaturen, zu phantastisch, um real zu sein, zu real, um sie anzuzweifeln; Engel des Herdes und der Schwelle. Einer hatte einen Kopf, der sich auf einem spinnwebzarten Hals wie irgendeine aberwitzige Wetterfahne hin und her bewegte, blau wie der frühe Nachthimmel und von einem Dutzend Augen wie von ebensovielen Sonnen durchschossen. Ein anderer Vater, sein Körper wie ein Fächer, der sich in seiner Aufregung öffnete und schloß; sein orangefarbenes Fleisch schlug in satteres Rot um, als sich die Stimme des Jungen wieder vernehmen ließ.

»Papa!«

An der Haustür stand das Wesen, an das sich Lucy mit größter Zuneigung erinnerte, das sie als erstes berührt, als erstes ihre Ängste beschwichtigt hatte, als erstes, unendlich zartfühlend, in sie eingedrungen war. Es war vielleicht sechs Meter groß, wenn es sich zu seiner vollen Höhe aufrichtete. Jetzt hatte es sich zur Tür herabgebückt; sein kolossaler, haarloser Kopf, wie der eines Vogels, den ein Schizophrener gemalt hat, beugte sich eng ans Haus heran, als es mit dem Kind redete. Es war nackt, und sein breiter dunkler Rücken schwitzte, als es sich niederkauerte.

Drinnen im Haus zog Eugene den Jungen, als Schutzschild, nah an sich heran.

»Was weißt du, Junge?«

»Papa?«

»Was weißt du, sag ich!«

»Papa!«

Jubel klang aus Aarons Stimme. Das Warten war vorbei.

Die Vorderseite des Hauses wurde eingedrückt. Ein Körperglied von der Form eines Fleischhakens wand sich unter dem Türsturz durch und zerrte die Tür aus ihren Angeln. Ziegel flogen hoch und prasselten wieder herunter. Holzsplitter und Staub erfüllten die Luft. Wo einmal sichere Dunkelheit gewesen war, ergossen sich jetzt Katarakte aus Sonnenlicht auf die zwergenhaft erscheinenden Menschengestalten in den Ruinen.

Eugene spähte durch den Staubschleier nach oben. Gerade wurde das Dach von gigantischen Händen abgepellt, und schon war Himmel, wo Gebälk gewesen war. Ringsum sah er die Gliedmaßen, Leiber und Gesichter undenkbarer Bestien sich hochtürmen. Spielerisch brachten sie die noch übrigen Wände zum Einsturz und zerstörten sein Haus so lässig, wie er etwa eine Flasche zerschlagen würde. Er lockerte seinen Griff und ließ den Jungen entkommen, ohne daß er sich dessen bewußt wurde.

Aaron lief zu dem Wesen auf der Schwelle.

»Papa!«

Es nahm ihn hoch wie ein Vater, der ein Kind von der Schule abholt, und sein Kopf wurde in einer Woge der Verzückung zurückgeworfen. Ein langgezogenes, unbeschreibliches Freudengeheul drang der Länge und Breite nach aus ihm heraus. Der Lobgesang wurde von den anderen Geschöpfen aufgenommen und stieg in feierlichem Einklang weiter an. Eugene hielt sich die Ohren zu und fiel auf die Knie. Bei den ersten Tönen der Monstermusik hatte seine Nase zu bluten angefangen, und seine Augen waren voller beißender Tränen. Er fürchtete sich nicht. Er wußte, daß sie nicht fähig waren, ihm etwas anzutun. Er weinte, weil er diese Möglichkeit sechs Jahre lang ignoriert hatte, und jetzt, da sie in ihrem Geheimnis und ihrer Glorie direkt vor ihm standen, schluchzte er, daß er nicht den Mut gehabt hatte, ihnen die Stirn zu bieten und sie wiederzuerkennen. Jetzt war es zu spät. Sie hatten sich den Jungen mit Gewalt geholt und sein Haus und sein Leben in Schutt verwandelt. Gleichgültig gegenüber seinem himmelschreienden Elend zogen sie, ihren Jubel hinausposaunend, ab, seinen Jungen für immer in ihren Armen.

In der Gemeinde Welcome war Organisation das Losungswort des Tages. Davidson konnte nur bewundernd zusehen, wie diese törichten, verwegenen Leute sich auf eine Konfrontation vorbereiteten, die unmöglich Aussicht auf Erfolg haben konnte. Das Spektakel ging ihm seltsam an die Nieren; als wenn man Siedlern zusähe, in irgendeinem Film, wie sie sich anschicken, armseligste Bewaffnung und simplen Glauben aufzubieten, um der heidnischen Gewalt entgegenzutreten.

Aber Davidson wußte, daß die Niederlage, anders als im Film, vorherbestimmt war. Er hatte diese Monster gesehen: ehrfurchtgebietend. Wie berechtigt auch der Anlaß, wie rein der Glaube, die Wilden trampelten ziemlich oft über die Siedler hinweg. Niederlagen sind einfach ein guter Filmstoff.

Eugenes Nase hörte nach etwa einer halben Stunde auf zu bluten, aber er merkte es nicht. Er zerrte, zog, schmeichelte Lucy Richtung Welcome. Er wollte von der Dreckschlampe keine Erklärungen hören, trotz des unaufhörlichen Gebrabbels ihrer Stimme. Er konnte nur das schäumende Geknirsch der Monsterlaute hören, und Aarons wiederholte »Papa«-Rufe, die von einem haus-zertrümmernden Körperglied beantwortet wurden.

Eugene wußte, daß er das Opfer einer Verschwörung war, obwohl er selbst in seinen quälendsten Vorstellungen nicht zur vollen Wahrheit vordringen konnte.

Aaron war verrückt, soviel war ihm klar. Und irgendwie war seine Frau, seine Lucy mit dem üppigen Körper, früher eine solche Schönheit und ein solcher Trost, sowohl am Wahnsinn seines Jungen als auch an seinem eigenen Jammer ursächlich beteiligt.

Sie hatte den Jungen verkauft, das war seine etwas vage Überzeugung. Auf irgendeine unsagbare Weise hatte sie mit diesen Wesen aus der Unterwelt einen Handel geschlossen, und hatte das Leben und die geistige Gesundheit seines einzigen Sohnes gegen irgendeine Art Geschenk eingetauscht. Was hatte sie zum Tausch für diese Bezahlung erhalten? Irgendwelchen Tinnef, den sie in ihrem Schuppen unter Verschluß hielt? Mein Gott, dafür würde sie büßen. Aber bevor er sie büßen ließe, bevor er ihr die Haare einzeln aus den Löchern risse und ihr die frechen, aufreizenden Brüste mit Pech teerte, würde sie gestehen. Er brächte sie so weit, ein Geständnis abzulegen. Nicht ihm, sondern der Bevölkerung von Welcome – den Männern und Frauen, die sich über sein betrunkenes, stammelndes Geseiere mokierten, die lachten, wenn er in sein Bier weinte. Von Lucys eigenen Lippen würden sie die Wahrheit hinter dem Schrecklichen, Alptraumhaften erfahren, das er durchgemacht hatte, und, zu ihrem eigenen Entsetzen, einsehen, daß die Dämonen, von denen er redete, Wirklichkeit waren. Dann wäre er rehabilitiert, restlos, und die Stadt nähme ihn, seine Vergebung erbittend, wieder auf in ihren Schoß, während der gefederte Leib seines Weibsluders außerhalb der Ortsgrenze von einem Telefonmast baumelte.

Sie hatten noch drei Kilometer bis Welcome, als Eugene stehenblieb.

»Da kommt irgendwas.«

Eine Staubwolke und in ihrem wirbelnden Zentrum eine Vielzahl brennender Augen.

Er befürchtete das Schlimmste.

»Gerechter Himmel!«

Er ließ seine Frau frei. Kamen die jetzt auch sie holen? Ja, wahrscheinlich gehörte das auch noch zu der Abmachung, die sie getroffen hatte.

»Sie haben die Stadt eingenommen«, sagte er. Ihre Stimmen erfüllten die Luft; es war ganz unerträglich.

In einer winselnden Horde gingen sie die Straße hinunter auf ihn los, hielten direkt auf ihn zu – Eugene drehte sich um und nahm Reißaus, ließ die Dreckschlampe, wo sie war. Sie konnten sie haben, solang sie nur ihn in Ruhe ließen; Lucy lächelte in den Staub hinein.

»Es ist Packard«, sagte sie.

Mit zusammengekniffenen Augen blickte Eugene die Straße entlang zurück. Die Deibelswolke löste sich auf. Die Augen in ihrem Zentrum waren Scheinwerfer, die Stimmen Sirenen. Eine Armee aus Wagen und Motorrädern, angeführt von Packards heulendem Fahrzeug, preschte da die Straße aus Welcome herunter.

Eugene war bestürzt. Was war das, eine Massenflucht?

Zum erstenmal an diesem glorreichen Tag verspürte Lucy den Stich eines Zweifels.

Beim Herannahen verlangsamte sich der Konvoi und kam dann zum Stehen. Der Staub legte sich und enthüllte den Umfang von Packards Kamikaze-Kommando. Ungefähr ein Dutzend Wagen und ein halbes Dutzend Motorräder, alle mit Polizei und Waffen beladen. Ein zusammengestoppeltes Häufchen Welcomer Bürger bildete die Armee, unter ihnen Eleanor Kooker. Ein beeindruckendes Aufgebot bös gesinnter, gut bewaffneter Menschen.

Packard lehnte sich aus dem Wagen, spuckte aus und ergriff das Wort.
»Irgendwelche Probleme, Eugene?« fragte er.
»Ich bin kein Idiot, Packard«, sagte Eugene.
»Sagt auch niemand.«
»Hab' diese Dinger gesehn. Frag' Lucy.«
»Klar, weiß ich doch, Eugene, weiß ich. Totsicher hat's Deibel in den Bergen drin, arschklar. Wozu meinst'n hab' ich den Haufen da zusamm'gestellt? Hätt' ich so was nötig ohne Deibel?« Packard grinste zu Jedediah rüber, der am Steuer saß. »Arschklar«, sagte er nochmals. »Die wer'n wir jetz' allesamt ins Jenseits pusten.«
Vom Rücksitz aus lehnte sich Miss Kooker aus dem Wagenfenster. Sie rauchte eine Zigarre.
»Sieht so aus, als müßten wir uns bei dir entschuldigen, Gene«, sagte sie, bot eine Entschuldigung an statt eines Lächelns. Ein Säufer bleibt er trotzdem, dachte sie; war sein Tod, daß er diese fettsteißige Hure geheiratet hat. Jammerschade um den Mann.
Eugenes Gesicht straffte sich vor Genugtuung.
»Kommt mir auch so vor.«
»Steig' in einen der hinteren Wagen«, sagte Packard, »du, und Lucy auch; und dann hol'n wir sie aus ihr'n Löchern raus wie Schlangen...«
»Sind Richtung Berge gegangen«, sagte Eugene.
»Tatsache?«
»Ham mein' Jungen mitgenommen. Mir mein Haus zusamm'geschmissen.«
»Waren's viele?«
»So'n Dutzend.«
»Okay, Eugene, dann machst am besten mit bei uns.« Packard veranlaßte einen Cop, seinen Platz auf dem Rücksitz zu räumen. »Wirst ziemlich scharf auf diese Dreckskerle sein, eh?«
Eugene wandte sich nach der Stelle, an der Lucy gestanden war. »Und sie soll man testen, ob...«
Aber Lucy war fort, lief – bereits in Puppengröße – durch die Wüste davon.

»Sie ist von der Straße runter«, sagte Eleanor. »Der reine Selbstmord.«

»Mord ist zu gut für sie«, sagte Eugene und kletterte dabei in den Wagen. »Die Frau ist gemeiner als der Teufel selbst.«

»Wieso'n das, Gene?«

»Hat meinen einzigen Sohn an die Hölle verkauft, diese Frau...«

Lucy wurde vom Hitzeschleier ausgetilgt.

»... an die Hölle.«

»Dann laß sie nur«, sagte Packard. »Die Hölle holt sie sich wieder, über kurz oder lang.«

Lucy hatte gewußt, daß sie sich nicht die Mühe machen würden, ihr nachzusetzen. Von dem Augenblick an, als sie die Wagenlichter in der Staubwolke gesehen, die Schußwaffen und die Helme erkannt hatte, wußte sie, daß ihr Handlungsspielraum in den bevorstehenden Ereignissen äußerst begrenzt war. Bestenfalls wäre sie Zuschauer. Schlimmstenfalls würde sie beim Durchqueren der Wüste an Hitzschlag sterben und niemals den Ausgang des nahenden Kampfes erfahren. Oft hatte sie sich über das Dasein der Kreaturen, die im Kollektiv Aarons Vater waren, Gedanken gemacht. Wo sie hausten, warum sie sich, in ihrer Weisheit, dazu entschlossen hatten, ihr ihre Liebe anzutun. Sie hatte sich auch gefragt, ob irgend jemand sonst in Welcome Kenntnis von ihnen hatte. Wieviele menschliche Augen, außer den ihren, hatten irgendwann in all den Jahren einen flüchtigen Blick ihrer geheimen Anatomie erhascht? Und selbstverständlich hatte sie sich gefragt, ob eines Tages die Zeit der Abrechnung kommen würde, der Konfrontation zwischen der einen Gattung und der anderen. Jetzt war sie anscheinend da, ohne Vorwarnung, und vor dem Hintergrund einer solchen Abrechnung zählte ihr eigenes Leben gar nichts.

Sobald die Wagen und Motorräder abgezogen und außer Sicht waren, machte sie kehrt und lief, ihren Fußspuren im Sand folgend, zurück, bis sie wieder auf die Straße stieß. Es gab keine Möglichkeit, Aaron wiederzugewinnen, darüber war sie sich im klaren. Sie war gewissermaßen nur eine Hüterin des Kindes gewesen, obwohl sie es geboren hatte. Es gehörte, auf sonderbare Weise, zu den Geschöpfen, die ihren Samen in ihrem Leib vermischt hatten, um es zu zeugen. Womöglich war sie das Gefäß für irgendein Fortpflanzungsexperiment gewesen, und jetzt waren die Ärzte zurückgekehrt, um das daraus resultierende Kind zu untersuchen. Womöglich hatten sie ihn sich einfach aus Liebe geholt. Aber welche Gründe es auch sein mochten, sie hoffte nur, das Fazit der Schlacht mit ansehen zu können. Tief in ihr, an einer nur von Monstern berührten Stelle, hoffte sie auf den Sieg der Monster, wenngleich dann logischerweise viele von der Gattung, die sie die ihre nannte, zugrunde gehen würden.

Im Vorgebirge hing ein großes Schweigen. Man hatte Aaron zwischen die Felsen niedergesetzt, und begierig versammelten sie sich um ihn, um seine Kleidung, sein Haar, seine Augen, sein Lächeln zu untersuchen.

Es war gegen Abend, aber Aaron fror nicht. Der Atem seiner Väter war warm und roch, fand er, wie das Innere des Einkaufszentrums in Welcome: ein Gemisch aus Toffee und Hanf, Frischkäse und Stahl. Das Licht der schwindenden Sonne ließ seine Haut bronzen schimmern, und senkrecht über ihm erschienen Sterne am Himmel. An der Brustwarze seiner Mutter hätte er nicht glücklicher sein können als in dieser Dämonenrunde.

Am Fuß des Vorgebirges brachte Packard die Kolonne zum Halten. Hätte er gewußt, wer Napoleon Bonaparte war, dann hätte er sich ohne Zweifel wie dieser Eroberer gefühlt. Hätte er die Lebensgeschichte dieses Eroberers gekannt, dann hätte er möglicherweise geahnt, daß dies sein Waterloo war. Aber Josh Packard lebte und starb aller Heroen ledig.

Er rief seine Männer aus ihren Wagen zu sich und trat, die verstümmelte Hand, um sie zu stützen, in sein Hemd verstaut, mitten unter sie. Es war nicht gerade die vielversprechendste Truppenschau der Militärgeschichte. Mehr als nur ein paar weiße und kränklich blasse Gesichter gab's unter seinen Soldaten, mehr als nur ein paar Augen, die seinem starren Blick auswichen, als er seine Befehle gab.

»Männer«, brüllte er.
(Unwillkürlich kam Kooker wie auch Davidson der Gedanke, daß, verglichen mit den üblichen Überraschungsangriffen, dieser nicht zu den leisesten gehören würde.)
»Männer – wir sind da, wir sind durchorganisiert, und wir haben Gott auf unsrer Seite. Wir haben die Untiere schon so gut wie erledigt, begriffen?«
Schweigen; finstere Mienen; noch mehr Schweiß.
»Und nicht einen von euch Kerls will ich sehn, der sich dünn macht und abhaut, weil wenn ihr so was riskiert, und ich erwisch' euch dabei, dann könnt ihr ohne euren weggeschoss'nen Hintern nach Hause kriechen!«
Eleanor wollte schon applaudieren, aber die Ansprache war noch nicht zu Ende.
»Und denkt dran, Männer«, hier sank Packards Stimme zu einem verschwörerischen Flüstern ab, »diese Deibel haben Eugenes Jungen Aaron vor nicht mal vier Stunden weggeholt. Ham ihn regelrecht von Mutterns Titte weggeholt, grade wie sie ihn in den Schlaf wiegen will. Das sind ganz einfach Wilde, egal wie sie ausschaun. Die scheren sich einen Dreck um 'ne Mutter oder 'n Kind oder sonstwas. Wenn ihr also einen direkt vor euch habt, dann denkt dran, wie ihr euch gefühlt hättet, wenn man euch weggeholt hätte von Mutterns Titte...«
Die Formulierung »Mutterns Titte« gefiel ihm. So vielsagend, so einfach. Mammis Titte hatte wesentlich mehr Macht, diese Männer auf Trab zu bringen, als ihr Apfelkuchen.
»Ihr braucht bloß euren Mann zu stehn, dann habt ihr nichts zu befürchten, Männer.« Eignete sich gut als Schlußsatz. »In diesem Sinne: Weitermachen.«
Er stieg wieder in den Wagen. Irgend jemand am andern Ende der Formation fing an zu applaudieren, und das Klatschen wurde von den übrigen aufgenommen. Packards breites rotes Gesicht wurde von einem harten gelben Lächeln gespalten. »Wagen marsch!« grinste er, und die Kolonne rückte ab in die Ausläufer der Berge.

Aaron spürte, wie die Luft sich veränderte. Nicht daß ihn gefroren hätte; der kollektive väterliche Atem, der ihn wärmte, hielt ihn unverändert umfangen. Dennoch machte sich in der Atmosphäre ein Wandel bemerkbar: irgendeine Art zudringlicher Störung. Fasziniert sah er zu, wie seine Väter auf die Veränderung reagierten. Ihre Körpersubstanz funkelte in neuen Farben. Einer oder zwei hoben sogar den Kopf, wie um witternd die Luft einzuschnuppern.

Irgend etwas stimmte nicht. Irgend etwas, irgend jemand kam, um sich, unvorhergesehen und ungeladen, in diese Festnacht einzumischen. Die Dämonen kannten die Zeichen und waren auf diese Möglichkeit nicht unvorbereitet. War es nicht unausweichlich, daß die Helden von Welcome den Jungen holen kämen? Waren die Männer nicht, auf ihre erbärmliche Art, davon überzeugt, daß ihre Gattung aus dem dringenden Bedürfnis der Erde nach Selbsterkenntnis geboren war, gehegt und genährt von Säugetier zu Säugetier, bis sie schließlich als Menschengeschlecht erblühte?

Durchaus natürlich also, die Väter als Feind zu behandeln, sie aufzustöbern und wenn irgend möglich zu vernichten. Wahrlich eine Tragödie: Da hatten die Väter einzig und allein die Einheit durch Vermählung im Sinn, nur damit ihnen dann ihre Kinder dazwischentrampelten und den feierlichen Ritus verpfuschten.

Doch Menschen blieben eben Menschen. Womöglich würde sich Aaron anders entwickeln, obwohl vielleicht auch er beizeiten in die Menschenwelt zurückkehren und vergessen würde, was er hier lernte. Die Wesen, die seine Väter waren, waren auch die Väter der Menschen, und die innige Vermengung von Samen in Lucys Körper war dasselbe Gemisch, das die ersten Männer erzeugt hatte. Frauen hatten schon immer existiert. Sie hatten, als eine Gattung für sich, bei den Dämonen gelebt. Aber sie hatten sich Spielgefährten gewünscht, und da hatten sie miteinander Männer erzeugt.

Was für ein Irrtum, was für eine verheerende Fehlkalkulation. Bloß Äonen brauchte es, bis die Schlimmsten die Besten ausgerottet hatten; die Frauen wurden versklavt, die Dämonen ermordet oder unter die Erde vertrieben. Von ihnen überlebten nur wenige versprengte Grüppchen, um erneut dieses ursprüngliche Experiment in Angriff zu nehmen: Menschen zu machen, wie Aaron, die sich ihrer Vorgeschichte bewußter wären. Nur durch Infiltration des Menschengeschlechtes mit andersartigen männlichen Kindern konnte die Herrenrasse sanfter gemacht werden. Schon ohne die Einmischung weiterer wütender Kinder, die Waffen abschußgeil in feisten weißen Fäusten, war diese Chance äußerst gering.

Aaron witterte Packard und seinen Stiefvater, und ihr Geruch sagte ihm unmißverständlich, daß sie absolut fremd waren. Nach dieser Nacht würde man sie gleichgültig zur Kenntnis nehmen, wie Tiere aus einer anderen Gattung. Es war die hinreißende Dämonenschar rings um ihn, der er sich am nächsten verwandt fühlte, und er wußte, er würde sie beschützen, wenn nötig unter Einsatz seines Lebens.

Packards Wagen führte den Angriff an. Die Welle der Fahrzeuge tauchte mit Sirenengeheul und eingeschalteten Scheinwerfern aus der Dunkelheit auf und fuhr geradewegs auf den Knäuel der Feiernden zu. In ein oder zwei der Wagen stießen verängstigte Cops unwillkürliche Schreckensschreie aus, als das Schauspiel zur Gänze sichtbar wurde, aber zu diesem Zeitpunkt etwa kam die Angriffsgewalt zum Einsatz. Schüsse wurden abgefeuert. Aaron fühlte, wie sich seine Väter beschützend eng um ihn zusammenschlossen, ihr Fleisch verdunkelte sich jetzt vor Wut und Angst.

Packard wußte instinktiv, daß diese Wesen der Angst fähig waren, er konnte sie schon von weitem riechen. Es gehörte mit zu seiner Aufgabe, die Angst zu erkennen, sie auszunutzen, auszureizen und sie gegen den Übeltäter anzuwenden. Plärrend gellte er seine Befehle in sein Mikrofon und führte die Wagen in den Dämonenring. Auf dem Rücksitz in einem der folgenden Wagen schloß Davidson die Augen und brachte ein Gebet an Jahwe, Buddha und Groucho Marx dar. Verleih mir Kraft, verleih mir Gleichgültigkeit, verleih mir Sinn für Humor. Aber nichts kam, ihm beizustehen. Noch immer blubberte seine Blase, hämmerte das Blut in seiner Kehle.

Weiter vorn das Kreischen von Bremsen. Davidson öffnete die Augen (nur bis zu einem Schlitz) und erblickte eines der Geschöpfe, wie es seinen purpur-schwarzen Arm um Packards Wagen wickelte und ihn in die Luft hob. Eine der Hintertüren wurde aufgeschleudert, und eine

Gestalt, die er als Eleanor Kooker erkannte, stürzte die ein oder eineinhalb Meter zu Boden, dicht gefolgt von Eugene. Führerlos gerieten die Wagen in ein blindwütiges Chaos der Kollisionen – Rauch und Staub verfinsterten teilweise die ganze Szene. Man hörte das Geräusch zerbrechender Windschutzscheiben, wenn Cops den kürzesten Weg aus ihren Wagen heraus nahmen; das Gekreisch zerkrumpelnder Kühlerhauben und seitlich abgetrennter Türen. Das absterbende Geheul einer zerquetschten Sirene; das ersterbende Betteln eines zerquetschten Cops.

Packards Stimme hingegen war durchaus klar verständlich, heulte Befehle vom Wagen, selbst als dieser höher in die Luft gehievt wurde, der Motor auf hohen Touren, die Räder lächerlich im Leeren kreiselnd. Der Dämon schüttelte den Wagen, etwa wie ein Kind sein Spielzeug, bis sich die Tür auf der Fahrerseite öffnete und Jedediah auf den Boden neben den Hautrock des Geschöpfs hinabstürzte. Davidson sah, wie der Rock den Deputy, der sich das Rückgrat gebrochen hatte, einwickelte und ihn augenscheinlich in seine Falten hineinsaugte. Er konnte auch sehen, wie Eleanor Kooker tapfer den sich auftürmenden Dämon bekämpfte, während dieser ihren Sohn verschlang.

»Jedediah, komm da raus!« kreischte sie und feuerte einen Schuß nach dem anderen in den gesichtslosen, zylindrischen Kopf seines Verschlingers.

Davidson stieg aus dem Wagen, um bessere Sicht zu haben. Über einen Wirrwarr zermalmter Fahrzeuge und blutbespritzter Kühlerhauben hinweg konnte er die ganze Szene klarer ausmachen. Die Dämonen trollten fort von der Schlacht und ließen dieses eine außerordentliche Monster zur Verteidigung des Brückenkopfes zurück. Still brachte Davidson ein Dankgebet dar, an jede Gottheit, die vorbeikam. Die Deibel waren am Verschwinden. Es würde keine offene Feldschlacht geben, keinen Hand-gegen-Tentakel-Kampf. Der Junge würde einfach lebendigen Leibes gefressen werden, oder was immer sie sich für den armen kleinen Bastard ausgedacht hatten. Tatsächlich, konnte er Aaron nicht von seinem Standort aus sehen? War nicht er diese zerbrechliche Gesalt, die die sich zurückziehenden Dämonen so hoch empor hielten, wie ein Siegeszeichen?

Mit Eleanors Flüchen und Beschuldigungen im Ohr kamen die schutzsuchenden Cops allmählich aus ihren Verstecken hervor und umringten den übriggebliebenen Dämon. Immerhin mußten sie es jetzt nur noch mit einem aufnehmen, und der hielt ihren Napoleon in seinem schleimigen Griff. Eine Salve nach der andern feuerten sie ab in seine Falten und Nähte und gegen die teilnahmslose Geometrie seines Kopfes, aber der Deibel schien unbekümmert. Erst nachdem er Pakkards Wagen geschüttelt hatte, bis der Sheriff darin herumklapperte wie ein toter Frosch in einer Konservendose, verlor er effektiv das Interesse und ließ das Fahrzeug fallen. Benzingeruch erfüllte die Luft und drehte Davidson den Magen um.

Dann ein Schrei: »Deckung!«

Eine Granate? Bestimmt nicht; nicht bei so viel Benzin auf dem...

Davidson stürzte zu Boden. Eine plötzliche Stille, in der man einen Verletzten irgendwo im Chaos wimmern hören konnte, dann der dumpfe, erderschütternde Aufschlag der explodierenden Granate.

Jemand sagte Herr im Himmel – mit einem trimphierenden Unterton. Herr im Himmel. Im Namen... Zur Ehre...

Der Dämon stand in Flammen. Das feine Gewebe seines benzingetränkten Rocks brannte. Eines seiner Glieder war ihm von der Druckwelle weggerissen worden, ein weiteres teilweise zerstört. Dickes, farbloses Blut spritzte aus den Wunden und dem Stumpf. Ein Geruch lag in der Luft, wie nach frisch gebranntem Karamel; offensichtlich durchlitt das Geschöpf Todesqualen der Einäscherung. Sein Körper wirbelte herum und erzitterte, als die Flammen hochleckten, um sein leeres Gesicht zu entzünden, und es wankte ohne einen Schmerzenslaut hinweg von seinen Peinigern. Davidson machte es richtig Spaß, es brennen zu sehen. Wie das harmlose Vergnügen, das es ihm bereitete, seinen Stiefelabsatz mitten in eine Qualle zu setzen. Sommerliche Lieblingsbeschäftigung in seiner Kindheit. In Maine – heiße Nachmittage – Blasenquallen aufspießen.

Soeben zerrte man Packard aus dem Trümmerverhau seines Wagens. Mein Gott, dieser Mann war aus Stahl: Aufrecht stellte er sich hin und befahl seinen Männern, gegen den Feind vorzurücken. Gerade in seinem schönsten Stadium versprühte das vollerblühte Dämonenwesen eine winzige Funkengarbe, die, herabfallend, mit dem Benzinsee, in dem Packard stand, in Berührung kam. Einen Augenblick später waren er, der Wagen sowie zwei seiner Retter von einer wogenden Wolke weißen Feuers umhüllt. Sie bekamen keine Überlebenschance: Die Flammen spülten sie einfach hinweg. Davidson konnte sehen, wie ihre dunklen Gestalten im Zentrum des Infernos aufgezehrt, in Feuerfalten eingewickelt wurden, und sich dahinschwindend in sich selbst zusammenkrümmten.

Packards Körper hatte noch kaum den Boden berührt, als Davidson Eugenes Stimme über den Flammen hören konnte.

»Seht ihr, was sie getan haben? Seht ihr das?«

Die Beschuldigung wurde von den Cops mit barbarischem Geheul aufgenommen.

»Macht sie alle!« schrie Eugene. »Macht sie alle!«

Von den Ausläufern der Berge her drang der Schlachtlärm zu Lucy, aber sie machte keine Anstalten, dorthin zu gehen. Irgend etwas an der Art, in der der Mond am Himmel hing, und am Geruch, den der leichte Wind mit sich brachte, hatte jeglichen Bewegungsdrang in ihr erlahmen lassen. Erschöpft und bezaubert stand sie in der offenen Wüste und beobachtete den Himmel.

Als sie, nach einer Ewigkeit, ihren Blick wieder herunterholte und ihn auf den Horizont richtete, sah sie zweierlei, das sie halbwegs interessierte. Aus den Hügeln kommend einen schmutzigen Rauchfleck, und ganz am Rand ihres Gesichtskreises im milden Nachtlicht eine Reihe Wesen, die von den Hügeln davoneilten. Sofort fing sie an zu laufen.

Unterm Laufen kam ihr unwillkürlich der Gedanke, daß sie sich federleicht fühlte, wie ein junges Mädchen, und daß sie dafür auch ein Motiv hatte wie ein junges Mädchen: Sie lief ihrem Geliebten hinterher.

In einem öden Wüstenabschnitt verschwand die Versammlung der Dämonen einfach von der Bildfläche. Keuchend, mitten im Nirgendwo stehend, hielt Lucy nach ihnen Ausschau: Der Erdboden schien sie buchstäblich verschluckt zu haben. Sie wechselte wieder ins Laufen

über. Sie könnte doch sicher ihren Sohn und seine Väter noch einmal sehen, bevor sie für immer fortgingen? Oder würde man ihr, nach all den Jahren ahnungsvoller Erwartung, selbst das verweigern?
Den Führungswagen fuhr Davidson, von Eugene dazu verdonnert, mit dem man sich gegenwärtig besser nicht anlegte. Irgend etwas an der Art, wie er sein Gewehr trug, ließ darauf schließen, daß er zunächst einmal schießen und erst später Fragen stellen würde. Seine Befehle an die versprengte, ihm hinterherzockelnde Armee bestanden zu zwei Teilen aus Obszönitäten und zu einem Teil aus Sinn. Seine Augen leuchteten vor Hysterie, sein Mund sabberte ein wenig. Er war ein Rasender, und er jagte Davidson gräßliche Angst ein. Aber zur Umkehr war es jetzt zu spät: Er machte gemeinsame Sache mit dem Mann bei dieser letzten, apokalyptischen Jagd.
»Mensch, die schwarzäugig'n Hurensöhne ham überhaupt kein' Kopf«, überkreischte Eugene das gequälte Motorengedröhn. »Was machst'n so langsam jetz', Junge?« Er stieß Davidson das Gewehr in den Schritt. »Fahr zu, oder ich fetz' dir 'ne Kugel durch'n Kopf.«
»Ich weiß nicht, wo sie hin sind«, gellte Davidson zu Eugene rüber.
»Was soll'n das heißen? Zeig's mir!«
»Wenn sie verschwunden sind, kann ich's dir nicht zeigen.«
Eugene erfaßte ungefähr den Sinn der Antwort. »Langsamer, Junge.« Er machte ein Handzeichen aus dem Wagenfenster, um die gesamte Formation zum Abbremsen zu veranlassen. »Anhalten – anhalten!«
Davidson brachte den Wagen zum Stehen.
»Und die Scheißlichter aus. Alle!«
Die Scheinwerfer wurden gelöscht. Das übrige Gefolge dahinter zog nach.
Plötzliches Dunkel. Plötzliche Stille. Ringsum war nichts zu sehen, nichts zu hören. Sie waren verschwunden, der ganze kakophonische Dämonenschwarm hatte sich schimärenhaft in Luft aufgelöst.
Das Wüstenpanorama hellte sich auf, als sich ihre Augen an den Schimmer des Mondlichts gewöhnt hatten. Eugene stieg aus, das Gewehr immer noch schußbereit, und starrte den Sand an, als müßte der ihm eine Erklärung geben.
»Wichser«, sagte er ganz sanft.

Lucy hatte zu laufen aufgehört. Sie ging jetzt auf die Wagenkolonne zu. Es war aus und vorbei. Man hatte sie allesamt ausgetrickst. Die Nummer mit dem Verschwinden war ein Trumpf, mit dem niemand hatte rechnen können.

Dann hörte sie Aaron.

Sie konnte ihn nicht sehen, aber seine Stimme war hell und klar wie eine Glocke, und wie eine Glocke rief sie sie zusammen. Wie eine Glocke ertönte sie: Festzeit ist heut, feiert mit uns.

Eugene hörte sie auch; er lächelte. Immerhin waren sie in der Nähe.

»He!« sagte die Stimme des Jungen.

»Wo ist er? Siehst'n du, Davidson?«

Davidson schüttelte den Kopf. Dann...

»Warte! Warte! Ich seh' ein Licht – direkt da vorn, wenn man länger hinschaut.«

»Ich seh's.« Mit übertriebener Vorsicht winkte Eugene Davidson auf den Fahrersitz zurück. »Fahr, Junge. Aber langsam. Und ohne Licht.«

Davidson nickte. Noch mehr Quallen zum Aufspießen, dachte er; sie würden die Dreckskerle also doch noch zu fassen kriegen, da konnte man schon 'n bißchen was riskieren, oder? Die Kolonne setzte sich wieder in Bewegung und kroch im Schneckentempo vorwärts.

Lucy fing noch einmal an zu laufen. Sie konnte jetzt die winzige Gestalt Aarons am Rand eines Abhangs stehen sehen, der unter den Sand, ins Erdinnere führte. Die Wagen hielten darauf zu.

Als er sie näherkommen sah, stellte Aaron das Rufen ein und ging, sich langsam entfernend, wieder den Abhang hinunter. Es gab keinen Grund, noch länger zu warten, sie folgten mit Sicherheit nach. Seine nackten Füße hinterließen kaum eine Spur auf dem weichsandigen Hang, der von den Idiotien der Welt hinwegführte. In den Erdschatten am Ende dieses Abhangs konnte er seine Familie sehen, wie sie ihm erregt entgegenwedelte und -lächelte.

»Er geht rein«, sagte Davidson.

»Dann bleib dran an dem kleinen Bastard«, sagte Eugene. »Vielleicht weiß der Junge nicht, was er tut. Und halt die Scheinwerfer drauf.«

Die Lichtkegel beleuchteten Aaron. Seine Kleidung war zerfetzt und sein Körper beim Gehen schlaff vor Erschöpfung.

Ein paar Meter weiter rechts vom Abhang schaute Lucy zu, wie der Führungswagen über den Erdrand fuhr und dem Jungen folgte, hinab in...

»Nein«, sagte sie zu sich, »nicht.«

Davidson hatte plötzlich Angst. Er begann, den Wagen abzubremsen.

»Los, mach schon, Junge.« Eugene stieß ihm wieder das Gewehr in den Schritt. »Wir ham sie eingekesselt. Ein ganzes Nest, da drunten. Der Junge führt uns direkt hin zu ihnen.«

Die Wagen, ihrem Führer folgend, waren jetzt alle auf dem Hang; ihre Räder rutschten, drehten durch im Sand.

Aaron wandte sich um. Hinter ihm standen die Dämonen, nur vom Phosphoreszieren ihrer eigenen Körpersubstanz beleuchtet; eine Ansammlung unmöglicher Geometrien. Alle Attribute Luzifers waren unter die Körper der Väter verteilt. Die außerordentlichen Anatomien, die verträumten Turmspitzen der Köpfe, die Schuppen, die Röcke, die Klauen, die Scheren.

Eugene brachte die Kolonne zum Stehen, stieg aus und begann, auf Aaron zuzugehn.

»Danke, Junge«, sagte er. »Komm her – wir passen jetzt auf auf dich Wir haben sie. Du bist in Sicherheit.«

Aaron starrte verständnislos seinen Vater an.

Hinter Eugene räumte die Armee widerwillig die Wagen und machte ihre Waffen schußbereit. Hastig wurde eine Bazooka zusammengebaut, Gewehre wurden entsichert, Granaten nach ihrer Tauglichkeit sortiert.

»Komm zu Papa, Junge«, schmeichelte Eugene.

Aaron rührte sich nicht, also folgte ihm Eugene ein paar Meter tiefer ins Erdreich. Davidson stieg jetzt aus dem Wagen, er zitterte von Kopf bis Fuß.

»Vielleicht nimmst du besser das Gewehr runter. Vielleicht hat er Angst«, legte er nahe.

Eugene knurrte und ließ die Gewehrmündung eine, zwei Handbreit absinken.

»Bist in Sicherheit«, sagte Davidson. »'s alles gut.«

»Geh auf uns zu, Junge. Langsam.«
Aarons Gesicht begann zu erröten. Selbst im trügerischen Licht der Scheinwerfer wechselte es deutlich erkennbar die Farbe. Ballonartig bliesen sich seine Wangen auf, und die Haut auf seiner Stirn vibrierte zappelnd, als ob sein Fleisch voller Maden stecke. Sein Kopf schien sich zu verflüssigen, zu einer nebligen Gestaltensuppe zu werden, sich verlagernd und entfaltend wie eine Wolke – die Fassade des Knabentums zerbrach, als der Vater im Innern des Sohnes sein unermeßliches und unvorstellbares Antlitz zeigte.
Eben als Aaron zum Sohn seines Vaters wurde, begann der Abhang zu erweichen. Davidson spürte es zuerst. Eine leichte Veränderung im materiellen Gefüge des Sandes, als wäre ein Befehl hindurchgegangen, leise, aber alles durchdringend.
Eugene konnte nur mehr den Mund aufsperren, als Aarons Umgestaltung sich fortsetzte. Sein Körper war jetzt zur Gänze von bebenden Schaudern der Verwandlung erfaßt. Sein Bauch hatte sich ausgeweitet, und eine Unmenge von Zapfen sproßte aus ihm hervor, die sich im selben Moment zu Dutzenden aufgerollter Beine verzweigten; die Verwandlung war wunderbar in ihrer Vielschichtigkeit, und neue Herrlichkeiten kamen hervor aus der Wiege der Körpersubstanz des Knaben.
Ohne Vorwarnung hob Eugene sein Gewehr und feuerte auf seinen Sohn.
Die Kugel traf den Knabendämon mitten ins Gesicht. Aaron fiel auf den Rücken; seine Umgestaltung ging unbeirrbar weiter vor sich, selbst dann noch, als sein Blut, teils scharlachfarben, teils silbrig, aus seiner Wunde in die sich verflüssigende Erde rann.
Die Geometrien in der Finsternis bewegten sich aus ihrem Versteck heraus, um dem Kind zu helfen. Ihr verwirrender Formenreichtum wurde durch das grelle Licht der Scheinwerfer vereinfacht, aber sie schienen sich, im Augenblick ihres Auftauchens, neuerlich zu verwandeln: Körper, die vor Kummer dünner wurden, ein Trauergewinsel, das sich ihnen, wie eine kompakte Geräuschmauer, aus dem Herzen rang.
Eugene hob sein Gewehr zum zweiten Mal und stieß ein Siegesgebrüll

aus. Jetzt waren sie dran... Mein Gott, jetzt waren sie dran. Die dreckigen, stinkenden, gesichtslosen Wichser.

Aber der Morast unter seinen Füßen stieg ihm mittlerweile wie warme Melasse um die Schienbeine hoch, und als er feuerte, verlor er das Gleichgewicht. Er gellte um Hilfe, aber Davidson wankte bereits wieder den Hang hinauf, hinaus aus der Rinne, und kämpfte, letztlich vergebens, gegen den steigenden Schlamm an. Die übrigen Mitstreiter gingen auf ähnliche Weise in die Falle, während die Wüste sich unter ihnen verflüssigte und klebriger Morast den Hang hinaufzukriechen begann.

Die Dämonen hatten den Schauplatz verlassen, sich in die Dunkelheit abgesetzt. Ihr Gejammer war verklungen.

Im sinkenden Sand, auf den Rücken hingestreckt, feuerte Eugene zwei sinnlose, ungestüme Schüsse ins Dunkel hinter Aarons Leiche ab. Wie ein Schwein, dem man die Kehle durchgeschnitten hat, stieß er blindlings mit den Füßen um sich, und mit jedem Stoß sank sein Körper tiefer ein. Während sein Gesicht unter dem Morast verschwand, erhaschte er gerade noch einen flüchtigen Blick von Lucy, die am Rand des Abhangs stand und zu Aarons Körper hinunterstarrte. Dann bedeckte der Schlamm sein Gesicht und löschte ihn aus.

In Blitzesschnelle kam die Wüste über sie.

Ein oder zwei Wagen waren schon völlig versenkt, und schonungslos holte die den Hang hinaufkletternde Sandflut die Entflohenen ein. Kraftlose Hilfeschreie endeten in ersticktem Schweigen, als Münder sich mit Wüste füllten. Einer gab einen Schuß auf den Boden ab, ein hysterischer Versuch, die Überflutung einzudämmen, aber rasch schwappte sie nach oben, um sich auch noch den allerletzten von ihnen zu schnappen. Selbst Eleanor Kooker sollte nicht freikommen: Fluchend strampelte sie sich ab und drückte in ihrem rasenden Bemühen, aus der Rinne zu steigen, den sich hin und her werfenden Körper eines Cops noch tiefer in den Sand.

Allgemeines Geheul jetzt, als panisch verschreckte Männer Halt suchend nacheinander tasteten und griffen, verzweifelt bestrebt, ihren Kopf in einem Meer aus Sand über Wasser zu halten.

Davidson war bis zur Taille eingegraben. Der Boden, der um seine untere Hälfte herumwirbelte, war heiß und merkwürdig verlockend. Auf die Intimität seines Drucks hatte er mit einer Erektion reagiert. Ein paar Meter hinter ihm schrie ein Cop Zeter und Mordio, während die Wüste ihn auffraß. Noch weiter weg konnte er wie eine lebende, auf die Erde geschleuderte Maske ein Gesicht aus dem brodelnden Boden herauslugen sehen. Gleich daneben war ein Arm, der versinkend noch immer winkte. Wie zwei Wassermelonen ragte ein fettes Paar Hinterbacken aus dem Schlickmeer, der Abschiedsgruß eines Polizisten.

Lucy trat einen Schritt zurück, als der Morast leicht über den Rand der Hangrinne schwappte, aber er erfaßte ihre Füße nicht. Genausowenig aber löste er sich wieder auf, wie dies bei einer Wasserwelle der Fall gewesen wäre.

Wie Beton erhärtete er und bannte seine lebenden Trophäen wie Fliegen im Bernstein fest. Über die Lippen jedes noch Atem holenden Gesichts kam ein neuer Schreckensschrei, als der Wüstenboden fühlbar um die strampelnden Glieder herum erstarrte.

Davidson sah Eleanor Kooker, bis auf Brusthöhe begraben. Tränen strömten ihr die Wangen hinunter; sie schluchzte wie ein kleines Mädchen. Er dachte kaum an sich selbst. An den Osten, an Barbara, an die Kinder, er dachte überhaupt nicht.

Die Männer, deren Gesichter begraben waren, deren Gliedmaßen oder Körperteile aber noch die Oberfläche durchstießen, waren inzwischen den Erstickungstod gestorben. Nur Eleanor Kooker, Davidson und zwei weitere Männer lebten noch. Einer war bis zum Kinn von der Erde umschlossen, Eleanor war so weit begraben, daß ihre Brüste auf dem Boden auflagen; sie hatte die Arme frei, um damit sinnlos gegen den Boden zu schlagen, der sie festhielt. Davidson war von den Hüften an abwärts eingemauert. Und das Grauenhafteste: Von einem beklagenswerten Opfer sah man nur die Nase und den Mund. Sein Kopf war nach hinten in den Boden gekippt, mit Fels verblendet. Und doch atmete er noch, schrie er noch.

Eleanor Kooker scharrte am Boden mit eingerissenen Nägeln, aber dies hier war kein loser Sand. Es war absolut unnachgiebig.

»Hol Hilfe«, verlangte sie von Lucy, die Hände voller Blut.

Die zwei Frauen starrten einander an.
»Gütiger Gott«, schrie der MUND.
Der KOPF war still. An seinem glasigen Blick wurde offenkundig, daß er den Verstand verloren hatte.
»Bitte, hilf uns...« flehte der Davidson-TORSO. »Hol Hilfe.«
Lucy nickte.
»Geh!« verlangte Eleanor Kooker. »Geh!«
Lucy gehorchte empfindungslos. Schon zeigte sich ein schwacher Schimmer der Morgendämmerung im Osten. Bald würde die sengende Luft Blasen ziehen. In Welcome, drei Wegstunden von hier, würde sie nur alte Männer, hysterische Frauen und Kinder antreffen. Sie würde Hilfe aus vielleicht achtzig Kilometern Entfernung anfordern müssen. Nur einml angenommen, sie fände zurück. Nur einmal angenommen, sie bräche nicht erschöpft im Sand zusammen und stürbe.
Es wäre Mittag, bevor sie der Frau, dem TORSO, dem MUND, dem KOPF Hilfe holen könnte. Bis dahin hätte die Wüste sie längst besiegt. Die Sonne hätte ihnen die Hirnschalen leergebrannt. Schlangen hätten sich in ihrem Haar eingenistet, die Bussarde hätten ihnen die hilflosen Augen ausgehackt.
Sie blickte sich noch einmal flüchtig um nach ihren nichtssagenden Formen, die die blutige Weite des heraufdämmernden Tags zudem noch verkleinerte. Pünktchen und Kommas menschlicher Qual auf einem leeren Blatt aus Sand; sie hatte keine Lust an den Stift zu denken, der sie dort hingeschrieben hatte. Morgen dann.
Nach einer Weile rannte sie los.

Neue Morde in der Rue Morgue

[illegible]

Außerdem war [illegible] Dame [illegible] war sie zur Welt gekommen, [illegible] frauenfeindlichen [illegible] und sozialen [illegible] [illegible]

Der Winter, fand Lewis, war keine Jahreszeit für alte Männer. Der Schnee, der zwölf Zentimeter hoch auf den Straßen von Paris lag, ließ ihn bis ins Mark erschauern. Was für ihn als Kind eine Freude gewesen war, empfand er jetzt als Fluch. Er haßte ihn aus tiefster Seele, haßte die Schneeball werfenden Kinder (Quietschen, Heulen, Tränen), er haßte auch die jungen Liebespaare, die darauf versessen waren, gemeinsam von einem Schneegestöber überrascht zu werden (Quietschen, Küsse, Tränen). Es war unangenehm und lästig, und er wünschte, er wäre in Fort Lauderdale, im warmen Sonnenschein.

Aber Catherines Telegramm hatte, wenn auch nur zwischen den Zeilen, dringlich geklungen, und die Bande der Freundschaft zwischen ihnen hatten nun bald schon an die fünfzig Jahre überdauert. Er war ihretwegen hier, und wegen ihres Bruders Phillipe. Wie beeinträchtigt seine Lebensgeister in diesem Eiskeller auch sein mochten, es war albern, sich zu beklagen. Einem Ruf aus der Vergangenheit war er gefolgt, und das hätte er genauso rasch und bereitwillig getan, wenn Paris in Flammen gestanden wäre.

Außerdem war Paris die Stadt seiner Mutter. Im Boulevard Diderot war sie zur Welt gekommen, noch zu einer Zeit, als die Stadt von freidenkerischen Architekten und Sozialreformern unbehelligt gewesen war. Heutzutage wappnete sich Lewis bei seinen Parisaufenthalten jedesmal gegen ein weiteres Sakrileg. Neuerdings kamen sie seltener vor, wie er bemerkt hatte. Die Rezession in Europa dämpfte

die Planierraupensucht der Regierungen spürbar. Aber dennoch sahen sich Jahr für Jahr mehr schöne Häuser zu Schutt verwandelt. Ganze Straßenzüge manchmal, vom Erdboden vertilgt.
Sogar die Rue Morgue.
Natürlich gab es Zweifel, ob diese verrufene Straße überhaupt jemals existiert hatte, aber mit zunehmendem Alter hatte Lewis immer weniger Sinn darin gesehen, Faktum und Fiktion auseinanderzuhalten. Diese großartige Unterscheidung war die Sache junger Männer, die sich noch mit den Problemen des Lebens befassen mußten. Für die Alten (Lewis war 73) war die Trennung nutzlos. Was spielte das schon für eine Rolle, was wahr und was falsch war, was wirklich und was erfunden? In seinem Kopf bildete alles, die halben Lügen und die Wahrheiten, ein einziges Kontinuum persönlicher Geschichte.
Möglicherweise hatte die Rue Morgue existiert, wie sie in Edgar Allan Poes unsterblicher Erzählung beschrieben worden war; möglicherweise war sie reine Erfindung. So oder so, jedenfalls war die berüchtigte Straße auf keinem Pariser Stadtplan mehr auffindbar.
Vielleicht war Lewis ein bißchen enttäuscht, die Rue Morgue nicht gefunden zu haben. Immerhin war sie Teil seines Erbes. Wenn die Geschichten, die man ihm als ganz jungem Burschen erzählt hatte, den Tatsachen entsprachen, dann waren Poe die in den *Morden in der Rue Morgue* geschilderten Vorfälle von Lewis' Großvater berichtet worden. Seine Mutter war stolz darauf, daß ihr Vater auf seiner Reise durch Amerika Poe kennengelernt hatte. Anscheinend war sein Großvater ein Weltenbummler, dem nicht wohl war, wenn er nicht jede Woche eine neue Stadt besichtigen konnte. Und im Winter 1835 war er in Richmond, Virginia. Es war ein strenger Winter, vielleicht dem nicht unähnlich, unter dem Lewis gerade litt, und eines Nachts suchte sein Großvater Zuflucht in einer Bar in Richmond. Dort lernte er, während draußen ein heftiger Schneesturm tobte, einen schmächtigen, dunkelhaarigen, melancholischen jungen Mann namens Eddie kennen. Er war offenbar eine Art Lokalmatador: der Verfasser einer Erzählung, die im *Baltimore Saturday Visitor* den ersten Preis in einem Wettbewerb gewonnen hatte. Die Erzählung hieß »Das Manuskript in der Flasche« und der ruhelose junge Mann Edgar Allan Poe.

Die zwei hatten trinkend den Abend miteinander verbracht, und Poe hatte (jedenfalls dem Bericht zufolge) Lewis' Großvater unaufdringlich nach Geschichten ausgefragt, insbesondere nach absonderlichen, okkulten und morbiden Geschichten. Der weltkluge Reisende tat ihm liebend gern den Gefallen und sprudelte Ob-du's-glaubst-oder-nicht-Fragmente heraus, die der Schriftsteller später zu *Das Geheimnis der Marie Rogêt* und *Die Morde in der Rue Morgue* verarbeitete. In diesen beiden Erzählungen kam, zwischen den Ungeheuerlichkeiten, das eigentümliche Genie des C. Auguste Dupin zum Vorschein.

C. Auguste Dupin. Poes Vision des perfekten Detektivs: ruhig, rational und von brillanter Beobachtungsgabe. Die Erzählwerke, in denen er in Aktion trat, waren rasch weithin bekannt, und durch sie wurde Dupin zu einer erdichteten Berühmtheit, wobei niemand in Amerika wußte, daß Dupin eine real existierende Person war.

Er war der Bruder von Lewis' Großvater. Lewis' Großonkel war C. Auguste Dupin.

Und sein größter Fall – die Morde in der Rue Morgue – sie basierten gleichfalls auf Fakten. Die in der Geschichte vorkommenden Metzeleien hatten wirklich stattgefunden. In der Rue Morgue waren tatsächlich zwei Frauen brutal abgeschlachtet worden. Es waren, wie bei Poe zu lesen steht, Madame L'Espanaye und ihre Tochter Camille l'Espanaye. Beides Frauen von gutem Ruf, von stillem und unauffälligem Lebenswandel. Die vorzeitige bestialische Beendigung ihres Lebens mußte da nur um so gräßlicher anmuten. Der Körper der Tochter war in den Kamin hinaufgestoßen worden. Den Körper der Mutter entdeckte man im Hof auf der Rückseite des Hauses; die Kehle war ihr mit derart barbarischer Rohheit durchtrennt worden, daß ihr Kopf fast ganz abgesägt war. Man konnte kein erkennbares Motiv für die Morde finden, und die Sache wurde nur noch um einiges mysteriöser, als jeder der Hausbewohner die Stimme des Mörders in einer anderen Sprache gehört haben wollte. Der Franzose war sicher, daß die Stimme Spanisch gesprochen habe, der Engländer hatte Deutsch gehört, nach Meinung des Holländers war es Französisch. Dupin stellte bei seinen Nachforschungen fest, daß keiner der Zeugen wirklich die Sprache konnte, die er aus dem Munde des ungesehenen

Mörders gehört haben wollte. Daraus schloß er, daß die Sprache gar keine Sprache war, sondern die wortlose Stimme einer wilden Bestie. Tatsächlich: ein Affe, ein monströser Orang-Utan von den Ostindischen Inseln. Seine orange-braunen Haare hatte man in der Faust der gemordeten Madame L'Espanaye gefunden. Nur seine Kraft und Behendigkeit machten das grauenvolle Schicksal von Mademoiselle L'Espanaye nachvollziehbar. Die Bestie gehörte einem Malteser Seemann; sie war ausgebrochen und in der blutbesudelten Wohnung in der Rue Morgue Amok gelaufen.

Das war, in groben Zügen, die Geschichte.

Ob wahr oder nicht, die Erzählung war für Lewis von großem romantischem Reiz. Gern malte er sich aus, wie sein Großonkel sich analytisch durch den mysteriösen Fall voranarbeitete, ohne sich von der Hysterie und dem Grauen rings um ihn ernsthaft aus der Fassung bringen zu lassen. Er hielt diese ruhige Gelassenheit für grundlegend europäisch; einem entschwundenen Zeitalter angehörend, in dem man das Licht der Vernunft noch hochhielt, und in dem der schlimmste Horror, den man sich allenfalls vorstellen konnte, eine Bestie mit einem die Kehle durchtrennenden Rasiermesser war.

Jetzt, da das zwanzigste Jahrhundert sich durch sein letztes Viertel rackerte, mußte man sich über weitaus größere Greuel Rechenschaft ablegen, allesamt begangen von menschlichen Wesen. Der armselige Orang-Utan war von Anthropologen untersucht worden. Befund: ein einzelgängerischer Pflanzenfresser, still und stoisch. Die wahren Ungeheuer fielen weit weniger ins Auge und hatten weit mehr Macht. Neben ihren Waffen nahmen sich Rasiermesser jämmerlich aus; ihre Verbrechen waren gigantisch. In mancherlei Hinsicht war Lewis fast froh, alt zu sein, nahe daran, das Jahrhundert sich selbst zu überlassen. Ja, der Schnee ließ ihn bis ins Mark erschauern. Ja, der Anblick eines jungen Mädchens mit dem Gesicht einer Göttin wühlte sinnlos seine Begierden auf. Ja, wie ein Beobachter kam er sich jetzt vor, nicht mehr wie jemand, der teilnahm.

Aber das war nicht immer so gewesen.

1937 hätte er sich, in ebenjenem Zimmer des Quai de Bourbon Nummer elf, in dem er jetzt saß, über einen Mangel an Erlebnisfülle nicht beklagen können. Paris war in jenen Tagen noch immer ein Tempel der Lüste; geflissentlich ignorierte es Kriegsgerüchte und bewahrte sich, obwohl die Anspannung dabei teilweise mit Händen zu greifen war, einen Anschein süßer Naivität. Sie waren sorglos damals, im doppelten Sinne des Wortes, lebten ein endloses Leben vollkommener Muße.

Natürlich war es nicht so. Das Leben war nicht vollkommen oder endlos. Aber eine Zeitlang – einen Sommer, einen Monat, einen Tag lang – hätte man glauben können, nichts auf der Welt würde sich ändern.

In einem halbem Jahrzehnt sollte Paris dann brennen, und seine spielerische Schuld, die echte Unschuld war, sollte dauerhaft besudelt werden. Viele Tage (und Nächte) hatten sie in dem Appartement verbracht, das Lewis jetzt bewohnte, eine wunderbare Zeit; wenn er daran dachte, glaubte er den Schmerz des Verlusts im Magen zu spüren.

Seine Gedanken wandten sich Ereignissen neueren Datums zu. Seiner Ausstellung in New York, in der sein minutiös die Verdammnis Europas schildernder Gemälde-Zyklus einen glänzenden Erfolg bei der Kritik hatte verzeichnen können. Mit dreiundsiebzig Jahren war Lewis Fox ein gefeierter Mann. In jeder Kunstzeitschrift konnte man heute Artikel über ihn lesen. Bewunderer und Käufer waren über Nacht wie Pilze aus dem Boden geschossen, versessen darauf, seine Werke zu erstehen, mit ihm zu reden, ihn bei der Hand zu fassen. Alles zu spät natürlich. Die Torturen des Schaffens waren lang vorüber, und vor fünf Jahren hatte er seine Pinsel endgültig weggelegt. Jetzt, wo er nur noch Zuschauer war, kam ihm sein Triumph bei der Kritik wie eine Parodie vor. Aus einiger Entfernung besah er sich den Rummel, unangenehm berührt, beinah schon angeekelt.

Das Telegramm aus Paris, mit der Bitte um seinen Beistand, war ihm der willkommenste Anlaß gewesen, sich von dem Kreis der lobhudelnden Schwachköpfe loszueisen. Jetzt wartete er in der dunkel werdenden Wohnung, sah dem nicht abreißenden Fluß der Wagen über den Pont Louis-Philippe zu; ermüdete Pariser traten wieder die mühselige Heimfahrt durch den Schnee an. Ihre Hupen plärrten; ihre

Motoren stotterten und brummten; ihre gelben Nebelscheinwerfer zogen ein Lichtband über die Brücke.

Catherine kam noch immer nicht.

Der Schnee, der fast einen ganzen Tag lang ausgeblieben war, fing wieder an zu fallen, flüsterte an den Scheiben. Der Verkehr floß über die Seine, die Seine floß unter dem Verkehr. Die Nacht brach herein. Endlich hörte er Schritte im Hausflur, Geflüster mit der Haushälterin.

Es war Catherine. Sie war es, endlich.

Er stand auf und starrte die Tür an, stellte sich vor, wie sie aufging, ehe sie aufging, stellte sich vor: Catherine auf der Schwelle.

»Lewis, mein Engel...«

Sie lächelte ihn an, ein blasses Lächeln in einem noch blasseren Gesicht. Sie sah älter aus, als er erwartet hatte. Wie lang hatte er sie nicht mehr gesehen? Vier Jahre oder fünf? Ihr Duft war derselbe, den sie immer an sich hatte. Seine Dauerhaftigkeit wirkte beruhigend auf Lewis. Er küßte sie leicht auf die kalten Wangen.

»Du siehst gut aus«, log er.

»Bestimmt nicht«, sagte sie. »Wenn ich gut ausseh', beleidige ich damit Phillipe. Wie könnt' es mir gut gehn, wenn er in solchen Schwierigkeiten steckt?«

Sie gab sich resolut und schroff, wie immer.

Sie war drei Jahre älter als er, aber sie behandelte ihn wie ein Lehrer ein aufsässiges Kind. So hatte sie sich immer verhalten, das war ihre Art, liebevoll zu sein.

Nach dieser Begrüßung setzte sie sich neben dem Fenster nieder und starrte hinaus über die Seine. Kleine graue Eisschollen trieben unter der Brücke dahin, schaukelten und rotierten in der Strömung. Das Wasser sah todbringend aus, als könnte einem seine schwarzkalte Bitterkeit den letzten Atem herauspressen.

»In was für Schwierigkeiten steckt Phillipe?«

»Man beschuldigt ihn...«

Ein winziges Zögern. Das Zucken eines Augenlids.

»...des Mordes.«

Lewis hätte am liebsten gelacht; schon der bloße Gedanke war aber-

witzig. Phillipe war neunundsechzig Jahre alt und so brav und sanftmütig wie ein Lamm.
»Es ist die Wahrheit, Lewis. Ich konnte dir das freilich nicht gut per Telegramm mitteilen. Ich mußt' es dir selber sagen. Mord. Er steht unter Mordanklage.«
»Und wen...?«
»Ein Mädchen natürlich. Eines seiner Luxusgeschöpfe.«
»Er treibt's noch immer, ja?«
»Er stirbt noch mal auf einer Frau, haben wir damals geflachst, weißt du noch?«
Lewis nickte andeutungsweise.
»Sie war neunzehn. Natalie Perec. Kein ungebildetes Mädchen, offenbar. Und hinreißend hübsch. Langes rotes Haar. Erinnerst du dich an Phillipes große Schwäche für Rothaarige?«
»Neunzehn? Er hat Neunzehnjährige?«
Sie antwortete nicht. Lewis setzte sich, weil er wußte, daß es sie irritierte, wenn er durch den Raum tigerte. Im Profil war sie noch immer schön, und der Hauch Gelbblau durchs Fenster nahm den Falten in ihrem Gesicht die Härte, löschte auf magische Weise fünfzig Jahre Leben aus.
»Wo ist er jetzt?«
»Sie haben ihn eingesperrt. Sie sagen, er ist gemeingefährlich. Sie sagen, er könnte einen zweiten Mord begehen.«
Lewis schüttelte den Kopf. Ein Schmerz pochte in seinen Schläfen. Wenn er nur die Augen schließen könnte; dann ginge er vielleicht weg.
»Er muß unbedingt mit dir reden. Ganz, ganz dringend.«
Aber womöglich war Schlaf bloß eine Flucht. Bei dieser Sache hier konnte selbst er nicht Zuschauer bleiben.

Phillipe Laborteaux starrte Lewis über den kahlen, zerschrammten Tisch hinweg an. Er wirkte erschöpft und verstört. Sie hatten sich nur mit einem Händedruck begrüßt, jeder weitere körperliche Kontkt war strengstens untersagt.
»Ich bin völlig verzweifelt«, sagte er. »Sie ist tot. Meine Natalie ist tot.«
»Erzähl mir, was passiert ist.«

»Ich hab' ein kleines Appartement am Montmartre. In der Rue des Martyrs. Eigentlich nur ein Zimmer, um auch mal Freunde einladen zu können. Weißt du, Catherine hält die Nummer 11 immer so peinlich in Ordnung, da kann sich ein Mann einfach nicht ausbreiten. Natalie hat dort gewöhnlich viel Zeit mit mir verbracht, jeder im Haus hat sie gekannt. Sie war so umgänglich und liebenswürdig, so schön. Und gescheit. Sie hatte vor, eventuell Medizin zu studieren. Und sie hat mich geliebt.«

Phillipe sah immer noch blendend aus. Ja, im Laufe der sich wiederholenden Moden und Vorlieben kamen seine Eleganz, sein fast verwegenes Gesicht, sein wie beiläufiger Charme wieder voll zur Geltung. So etwas wie der Hauch eines verlorenen Zeitalters.

»Am Sonntagmorgen bin ich kurz aus dem Haus, in die Patisserie. Und als ich zurückkomme...« Einen Moment lang versagte ihm die Stimme. »Lewis...« Ohnmächtige Frustration trieb ihm die Tränen in die Augen. Dies hier machte ihm so schwer zu schaffen, daß sein Mund sich sträubte, die notwendigen Laute hervorzubringen.

»Bitte, du brauchst mir doch...« fing Lewis an.

»Ich will's dir aber sagen, Lewis. Ich will, daß du's weißt, du sollst sie sehen, wie ich sie gesehn hab' – damit du weißt, worauf man sich... man sich... sich gefaßt machen muß auf dieser Welt.« In zwei anmutigen Bächlein liefen ihm die Tränen übers Gesicht. Er umschloß Lewis' Hand mit der seinen, so fest, daß es schmerzte. »Sie war über und über voll Blut. Voller Wunden. Die Haut heruntergerissen... die Haare ausgerissen. Ihre Zunge war auf dem Kissen, Lewis. Stell dir vor. Sie hatte sie in ihrer Sterbensangst abgebissen. Sie lag da einfach auf dem Kissen. Und ihre Augen, die schwammen ganz im Blut, als hätte sie Blut geweint. Sie war das liebste Wesen auf der ganzen Welt, Lewis. Sie war schön.«

»Nichts mehr, ich bitt' dich.«

»Ich möchte sterben, Lewis.«

»Nein.«

»Ich will nicht mehr leben. Wozu noch.«

»Sie werden dir keinerlei Schuld nachweisen.«

»Das ist mir egal, Lewis. Jetzt mußt du dich um Catherine kümmern.

Ich hab' von der Ausstellung gelesen...« Er lächelte beinah. »... Wundervoll für dich. Wie wir's schon immer gesagt haben, nicht? Vor dem Krieg. Du bist der, der berühmt wird, und ich werd'...« Das Lächeln war verschwunden. »... berüchtigt. Sie sagen jetzt schreckliche Sachen über mich, in den Zeitungen. Ein Alter, der sich mit jungen Mädchen abgibt, du kannst dir denken, in was für'n Licht mich das rückt. Wahrscheinlich glauben sie, ich hab' die Beherrschung verloren, weil ich's nicht machen konnte mit ihr. Das glauben sie, da bin ich sicher.« Er verlor den Faden, hielt inne, begann von neuem. »Du mußt dich um Catherine kümmern. Sie hat Geld, aber keine Freunde. Sie ist zu abweisend, verstehst du, innerlich zu sehr verletzt. Das macht die Leute ihr gegenüber vorsichtig. Du mußt bei ihr bleiben.«

»Das tu' ich.«

»Ja, ich weiß, weiß ich ja. Deswegen bin ich wirklich froh und erleichtert und will bloß noch...«

»Nein Phillipe.«

»Bloß noch sterben. Mehr bleibt uns eh nicht übrig, Lewis. Die Welt ist zu grausam.«

Lewis dachte an den Schnee und an die Eisschollen und sah den Sinn im Sterben.

Der mit der Untersuchung des Falles betraute Kriminalbeamte war alles andere als entgegenkommend, obwohl Lewis sich ihm als einen Verwandten des hochgeschätzten Detektivs Dupin vorstellte. Lewis' Verachtung für dieses schundig-elegant gekleidete Wiesel, das da in seinem vollgestopften Loch von Büro hockte, ließ die Unterredung vor unterdrückter Wut knistern.

»Ihr Freund«, sagte der Inspektor und zupfte an der aufgeschürften Nagelhaut seines Daumens, »ist ein Mörder, Monsieur Fox. So einfach liegen die Dinge. Das Beweismaterial ist erdrückend.«

»Das kann ich nicht glauben.«

»Glauben Sie, was Sie glauben wollen, das ist Ihr gutes Recht. Unser Beweismaterial reicht absolut aus, um Phillipe Laborteaux des vorsätzlichen Mordes zu überführen. Er hat kaltblütig getötet und wird nach dem vollen Strafmaß verurteilt werden. Das versprech' ich Ihnen.«

»Was für Beweise haben Sie gegen ihn?«

»Monsieur Fox, ich bin Ihnen keine Rechenschaft schuldig. Was wir für Beweise haben, ist allein unsere Sache. Nur soviel: Während des Zeitraums, in dem der Angeklagte in irgendeiner erfundenen Patisserie gewesen sein will, wurde keine andere Person im Haus gesehen; und da der Zugang zu dem Zimmer, in dem die Verstorbene gefunden wurde, nur über die Treppe möglich ist...«

»Ein Fenster kommt nicht in Frage?«

»Eine kahle Mauer, drei Stockwerke hoch. Höchstens ein Akrobat. Ein Akrobat bringt so was vielleicht fertig.«

»Und der Zustand des Körpers?«

Der Inspektor schnitt eine Grimasse. Ekel. »Gräßlich. Haut und Muskelfleisch vom Knochen abgeschält. Das ganze Rückgrat freigelegt. Blut, viel Blut.«

»Phillipe ist siebzig.«

»Ja, und?«

»Ein alter Mann wäre nicht fähig...«

»In anderer Hinsicht«, unterbrach ihn der Inspektor, »scheint er durchaus fähig gewesen zu sein, *oui*? Als Liebhaber, nicht? Der leidenschaftliche Liebhaber, dazu war er fähig.«

»Und was für ein Motiv soll er Ihrer Meinung nach gehabt haben?«

Er stülpte den Mund vor, rollte mit den Augen und klopfte sich gegen die Brust. *»Le coeur humain«*, sagte er, als gäbe er in Herzensangelegenheiten alle Hoffnung auf Vernunft auf. *»Le coeur humain, quel mystère, n'est-ce pas?«* Und indem er Lewis den Gestank seines Magengeschwürs entgegenatmete, komplimentierte er ihn zur Tür hinaus. *»Merci*, Monsieur Fox. Ich verstehe Ihre Verwirrung, *oui*? Aber Sie vergeuden Ihre Zeit. Ein Verbrechen ist ein Verbrechen. Es ist etwas Reales, im Gegensatz zu Ihren Gemälden.« Er sah Lewis die Überraschung an. »Oh, ich bin kein solcher Banause, daß ich nicht wüßte, wer Sie sind, Monsieur Fox. Aber, wenn's recht ist, machen Sie Ihre Erdichtungen, so gut Sie können, das ist schließlich Ihre Begabung, *oui*? So wie's meine ist, die Wahrheit rauszufinden.«

Lewis konnte die Phrasendrescherei dieses Wiesels nicht mehr mit anhören. »Die Wahrheit?« fegte er den Inspektor an. »Die Wahrheit bekommen Sie bestimmt nicht mit, und wenn Sie drüber stolpern.« Das Wiesel sah aus, als hätte man ihm einen nassen Fisch um die Ohren gehauen. Eine äußerst schwache Genugtuung. Aber Lewis fühlte sich daraufhin mindestens fünf Minuten lang besser.

Das Haus in der Rue des Martyrs war in keiner guten Verfassung, und Lewis konnte die Feuchtigkeit riechen, während er zu dem kleinen Zimmer im dritten Stock hinaufstieg. Türen gingen auf, als er daran vorbeikam, und neugieriges Geflüster begleitete ihn die Treppe hinauf, aber niemand versuchte, ihn aufzuhalten. Das Zimmer, in dem die Greueltat geschehen war, war abgesperrt. Frustriert, aber zugleich unsicher, wie oder weshalb Phillipes Lage sich durch einen Einblick ins Innere des Zimmers verbessern sollte, ging er die Treppe wieder hinunter und hinaus an die frostrauhe Luft.

Catherine war schon zu Hause, als Lewis am Quai de Bourbon ankam. Sobald er sie sah, wußte er, daß es etwas Neues zu hören gab. Das graue Haar fiel ihr lose auf die Schultern, steckte nicht in dem sonst bevorzugten Knoten. Das Licht der nahen Lampe tauchte ihr Gesicht in ein kränkliches Gelbgrau. Sie fröstelte, selbst in der leicht stickigen Luft der zentralgeheizten Wohnung.

»Was ist los?« fragte er.

»Ich war in Phillipes Appartement.«

»Ich auch. Es war abgeschlossen.«

»Ich hab' den Schlüssel, Phillipes Reserveschlüssel. Ich wollte bloß ein paar Kleidungsstücke für ihn zusammensuchen.«

Lewis nickte. »Und?«

»Es war noch jemand andrer da.«

»Von der Polizei?«

»Nein.«

»Wer dann?«

»Das konnt' ich nicht erkennen. Ich weiß es nicht genau. Er hatte einen großen Mantel an, einen Schal vorm Gesicht. Hut. Handschuhe.« Sie hielt inne. Dann: »Er hatte ein Rasiermesser, Lewis.«

»Ein Rasiermesser?«
»Ein offenes Rasiermesser, wie ein Friseur.«
In Lewis Fox' Halbbewußtsein schrillte etwas häßlich auf. Ein blankes Rasiermesser. Ein Mann, so gründlich bekleidet, daß man ihn nicht erkennen konnte.
»Ich war zu Tod erschrocken.«
»Hat er dir was getan?«
Sie schüttelte den Kopf. »Ich schrie, und er lief weg.«
»Und hat kein Wort gesagt?«
»Nein.«
»Womöglich einer von Phillipes Freunden?«
»Ich kenne Phillipes Freunde.«
»Dann von dem Mädchen. Ein Bruder.«
»Vielleicht. Aber...«
»Was?«
»Er hatte was Sonderbares an sich. Er roch nach Parfum, er stank danach, und er bewegte sich mit so winzig kleinen Schritten, obwohl er riesig war.«
Lewis legte den Arm um sie.
»Wer's auch war, du hast ihn verscheucht. Du darfst bloß nicht wieder hingehn. Wenn wir Phillipe von dort irgendwelche Kleider holen müssen, dann mach ich das gerne.«
»Danke. Ich komm' mir richtig blöd vor. Er kann ja einfach auf gut Glück reingerumpelt sein. Einer, der sich die Mordkammer ansehn wollte. Es gibt solche Leute, nicht? Aus irgendeiner krankhaften Faszination...«
»Morgen red' ich mit dem Wiesel.«
»Wiesel?«
»Inspektor Marais. Und lass' ihn dort alles durchsuchen.«
»Hast du Phillipe gesprochen?«
»Ja.«
»Geht's ihm gut?«
Einen langen Augenblick sagte Lewis nichts. »Er möchte sterben, Catherine. Er hat den Kampf schon aufgegeben, ehe er noch vor Gericht gestellt wird.«

»Aber er hat gar nichts getan.«
»Das können wir nicht beweisen.«
»Du gibst immer an mit deinen Vorfahren. Dein gepriesener Dupin. Dann beweis' es...«
»Und wo soll ich anfangen?«
»Hör' dich mal unter seinen Freunden um, Lewis. *Bitte.* Womöglich hatte die Frau Feinde.«

Jacques Solal starrte Lewis durch seine rundbauchigen Brillengläser an, die seine Iris riesig vergrößerten und verzerrten. Da er zuviel Cognac getrunken hatte, sah er noch schlechter aus als sonst.
»Sie hatte überhaupt keine Feinde«, sagte er, »sie nicht. Äh, höchstens daß ein paar Frauen auf ihre Schönheit neidisch waren...«
Lewis spielte mit den eingewickelten Zuckerwürfeln, die man ihm mit dem Kaffee serviert hatte. Solal war so uninformativ wie betrunken; aber unwahrscheinlich oder nicht, Catherine hatte das Würstchen da gegenüber als Phillipes engsten Freund bezeichnet.
»Glaubst du, daß Phillipe sie ermordet hat?«
Solal schürzte die Lippen. »Wer weiß?«
»Und was meinst du rein instinktiv?«
»Äh; er war mein Freund. Wenn ich wüßte, wer sie umgebracht hat, dann würd' ich es sagen.«
Es schien die Wahrheit zu sein. Womöglich ertränkte der Kleine einfach seine Sorgen in Cognac.
»Er war ein Gentleman«, sagte Solal, und seine Augen schweiften Richtung Straße. Hinter der beschlagenen Scheibe des Brasserie-Fensters kämpften sich tapfere Pariser durch das Toben eines weiteren Schneesturms voran und bemühten sich vergebens, ihre Würde und Haltung in den Fängen der heftigen Böen zu wahren.
»Ein Gentleman«, sagte er nochmals.
»Und das Mädchen?«
»Sie war schön, und er war verliebt in sie. Natürlich hatte sie noch andere Verehrer. Eine Frau wie sie...«
»Eifersüchtige Verehrer?«
»Wer weiß?«

Wieder: Wer weiß? Die Frage hielt sich in der Luft wie ein Achselzukken. Wer weiß? Wer weiß? Lewis fing an, Inspektor Marais' Leidenschaft für die Wahrheit zu verstehen. Zum ersten Mal seit vielleicht zehn Jahren tauchte ein Ziel in seinem Leben auf, der ehrgeizige Wunsch, dieses indifferente »Wer weiß?« aus der Luft zu schießen. Herauszufinden, was in diesem Zimmer in der Rue des Martyrs geschehen war. Keine bloße Annäherung, keine poetisch aufbereitete Darstellung, sondern die Wahrheit, die absolute, unumstößliche Wahrheit.

»Kannst du dich noch im einzelnen an irgendeinen der Männer erinnern, die auf sie standen?« fragte er.

Solal grinste. Er hatte nur zwei Zähne im Unterkiefer. »Aber ja. An einen schon.«

»Wer war das?«

»Hab' seinen Namen nie erfahren. Ein großer Mann: hab' ihn drei-, viermal draußen vorm Haus gesehen. Obwohl, dem Geruch nach hätte man ihn eher...«

Er zog eine unmißverständliche Grimasse, die besagte, daß er den Mann für homosexuell hielt. Die hochgezogenen Augenbrauen und die gespitzten Lippen ließen ihn hinter seinen dicken Brillengläsern doppelt lächerlich aussehen.

»Er roch?«

»Aber ja.«

»Wonach?«

»Parfum, Lewis. Parfum.«

Irgendwo in Paris war ein Mann, der das Mädchen gekannt hatte, das Phillipe liebte. Rasende Eifersucht hatte ihn überwältigt. In einem Anfall unbezähmbarer Wut war er in Phillipes Wohnung eingebrochen und hatte das Mädchen abgeschlachtet. Das war so klar wie einleuchtend.

Irgendwo in Paris.

»Noch einen Cognac?«

Solal schüttelte den Kopf. »Ich muß mich sowieso gleich übergeben«, sagte er.

Lewis rief den Ober, und dabei fiel im zufällig ein Haufen Zeitungsausschnitte ins Auge, die hinter der Bar an die Wand gepinnt waren.

Solal folgte seinem Blick.

»Phillipe. Er mochte die Bilder«, sagte er.

Lewis stand auf.

»Manchmal kam er nur her, um sie anzuschaun.«

Die Ausschnitte waren alt, fleckig und mehr oder minder vergilbt. Manche waren vermutlich von rein lokalem Interesse. Berichte von einem Kugelblitz in einer benachbarten Straße. Ein anderer über einen zweijährigen Jungen, in seinem Bettchen verbrannt. Einer bezog sich auf einen ausgebrochenen Puma; einer auf ein unveröffentlichtes Manuskript von Rimbaud; ein dritter (mit dazugehörigem Foto) befaßte sich ausführlich mit Opfern eines Flugzeugabsturzes beim Flughafen von Orléans. Aber auch andere Ausschnitte hingen da, manche um vieles älter als die übrigen. Greueltaten, absonderliche Morde, rituelle Vergewaltigungen, eine Anzeige von »Fantomas«, eine andere von Cocteaus »La Belle et la Bête«. Und aus diesem Wirrwarr der Absonderlichkeiten lugte gerade noch eine Sepia-Fotografie hervor, so abstrus, daß sie von der Hand eines Max Ernst hätte stammen können. Gut angezogene Herren, größtenteils die in den neunziger Jahren des vergangenen Jahrhunderts beliebten dicken Schnurrbärte zur Schau tragend, umstanden im Halbkreis den riesenhaften, blutenden Körperkoloß eines Affen, der mit den Füßen an einem Laternenpfahl aufgehängt war. Die Gesichter auf dem Bild prägte der Ausdruck stummen Stolzes, der Ausdruck absoluter Gewalt über die tote Bestie, in der Lewis eindeutig einen Gorilla erkannte. Sein umgekehrter Kopf zeigte im Tod eine fast würdevolle Neigung. Die Stirn war tief und gefurcht, seine – wenngleich durch eine schreckliche Wunde zerschmetterte – Kinnlade zierte ein dünner Bart wie bei einem Aristokraten, und seine in den Kopf verdrehten Augen schienen sich der Erbarmungslosigkeit dieser Welt schmerzlichst bewußt zu sein. Sie erinnerten Lewis an etwas, diese rollenden Augen – an das Wiesel in seinem Loch, wie es sich gegen die Brust klopfte.

»Le coeur humain.«

Bejammernswert.

»Was ist das?« fragte er den aknegeplagten Barkellner und deutete dabei auf das Bild mit dem toten Gorilla.

Ein Achselzucken war die Antwort, gleichgültig gegenüber dem Schicksal von Menschen und Affen.
»Wer weiß?« sagte Solal hinter ihm. »Wer weiß?«

Es war nicht der Affe aus Poes Erzählung, soviel war sicher. Diese Geschichte war 1835 erzählt worden, und die Fotografie war weitaus neueren Datums. Außerdem war der Affe auf dem Bild ein Gorilla, eindeutig ein Gorilla.
Hatte die Historie sich wiederholt? Hatte man einen weiteren Affen, aus einer anderen Gattung zwar, aber nichtsdestoweniger ein Affe, auf den Straßen des Paris der Jahrhundertwende losgelassen?
Und wenn's so war, wenn sich die Geschichte des Affen einmal wiederholen konnte... warum nicht ein zweites Mal?
Während Lewis durch die frostklirrende Nacht zur Wohnung am Quai de Bourbon zurückging, wurde die Vorstellung von der Wiederholung der Ereignisse zunehmend reizvoller. Und jetzt zeigte sich ihm eine noch weitere Übereinstimmung. War es möglich, daß er, der Großneffe C. Auguste Dupins, gleichfalls in eine kriminalistische Jagd verwickelt werden könnte, die sich von der ersten nicht allzusehr unterschied?
Eisig brannte der Schlüssel zu Phillipes Zimmer in der Rue des Martyrs in Lewis' Hand, und obwohl es jetzt weit nach Mitternacht war, mußte er einfach an der Brücke abbiegen und den Boulevard de Sebastopol hinaufmarschieren, dann weiter nach Westen zum Boulevard Bonne Nouvelle, dann wieder nach Norden Richtung Place Pigalle. Es war eine lange, anstrengende Wegstrecke, aber irgendwie hatte er die kalte Luft dringend nötig, um seinen Kopf von jeglichen Gefühlsanwandlungen freizuhalten. Er brauchte eineinhalb Stunden bis zur Rue des Martyrs.
Es war Samstagnacht, und aus zahlreichen Zimmern kam noch großer Lärm. So leise wie möglich stieg Lewis die zwei Stockwerke hinauf; seine Anwesenheit blieb durch das Getöse verborgen. Leicht ließ sich der Schlüssel drehen, und die Tür flog auf.
Straßenlampen erhellten das Zimmer. Das Bett, das den Raum beherrschte, war kahl. Vermutlich hatte man Laken und Decken zu

gerichtlichen Labortests weggeschafft. Das auf die Matratze durchgesickerte Blut war maulbeerfarben in dem düstren Dämmer. Sonst fand sich kein Zeichen der Gewalt, deren Zeuge das Zimmer gewesen war. Lewis drückte auf den Lichtschalter. Nichts geschah. Mit ein paar Schritten war er mitten im Zimmer und starrte zu dem Beleuchtungskörper hinauf. Die Birne war zertrümmert.

Er war schon halb entschlossen, wieder abzuziehen, das Zimmer der Finsternis zu überlassen und morgen früh wiederzukommen, wenn sich das Dunkel etwas gelichtet hätte. Aber während er unter der zerbrochenen Birne stand, durchdrangen seine Augen allmählich die düsteren Schatten etwas besser; nach und nach konnte er an der entfernteren Wand die Umrisse einer großen Teakkommode ausmachen. Bestimmt würde er nur ein paar Minuten brauchen, um frische Wäsche für Phillipe herauszusuchen. Andernfalls müßte er am darauffolgenden Tag wieder herkommen, noch eine lange Reise durch den Schnee. Besser, er erledigte das jetzt gleich und schonte seine Knochen.

Es war ein großes Zimmer, und die Polizei hatte es in chaotischem Zustand hinterlassen. Lewis strauchelte und fluchte auf seinem Weg zur Kommode; er stolperte über eine heruntergefallene Lampe und eine zertrümmerte Vase. Eine Treppe tiefer übertönten das Geheul und Geschrei einer weit fortgeschrittenen Party jegliches Geräusch, das er machte. War es eine Orgie oder eine Rauferei? Dem Lärm nach hätte es beides sein können.

Er kämpfte mit der oberen Schublade der Teakkommode. Mit einem Ruck bekam er sie schließlich auf, um ihren Inhalt nach den elementarsten Utensilien für Phillipes Komfort zu durchstöbern: ein sauberes Unterhemd, ein Paar Socken, mit Initialen versehene Taschentücher, schön säuberlich gebügelt.

Er nieste. Das Frostwetter hatte seinen Bronchialkatarrh verstärkt und den Schleim in seinen Nebenhöhlen verdickt. Ein Taschentuch war zur Hand, und er schneuzte sich die Nase, machte die verstopften Nasenlöcher wieder frei. Jetzt erst drang der Geruch des Zimmers zu ihm.

Eine bestimmte Geruchskomponente dominierte deutlich, überdeckte

die Feuchtigkeit und den schalen Gemüsemief. Parfum, der zäh verweilende Duft von Parfum.
Er drehte sich mit einem hörbaren Knarren seiner Knochen um, und sein das grauschwarze Dunkel des Zimmers absuchender Blick fiel prompt auf den Schatten hinter dem Bett. Ein riesiger Schatten, eine voluminöse Körpermasse, die zusehends anschwoll, als sie sich langsam zu voller Größe aufrichtete.
Es war, das sah er sofort, der rasiermesser-schwingende Fremde. Er war hier, in Bereitschaft.
Merkwürdigerweise hatte Lewis keine Angst.
»Was tun Sie da?« wollte er mit lauter, strenger Stimme wissen.
Während der Fremde aus seinem Versteck hervorkam, rückte sein Gesicht ins wäßrige Licht der Straße; ein breites, flaches, wie enthäutetes Gesicht. Tiefliegende Augen, aber ohne Bösartigkeit; und er lächelte, lächelte Lewis durchaus freundlich an.
»Wer sind Sie?« fragte Lewis wieder.
Der Mann schüttelte den Kopf; schüttelte – doch, tatsächlich – den Körper, während seine behandschuhten Hände um seinen Mund herumfuchtelten. War er stumm? Das Kopfschütteln wurde jetzt noch heftiger, so als bekäme er gleich einen Anfall.
»Sind Sie okay?«
Unvermittelt hörte das Schütteln auf, und zu seiner Überraschung sah Lewis, wie dem Fremden Tränen, große, dickflüssige Tränen in die Augen stiegen und über die rauhen Wangen in den buschigen Bart rollten.
Als schämte er sich der Zurschaustellung seiner Gefühle, trat der Mann, sich abwendend und dumpfe Schluchzlaute in der Kehle ausstoßend, aus dem Lichtschein und verließ das Zimmer. Lewis folgte ihm. Dieser Fremde interessierte ihn viel zu sehr, als daß ihn seine eventuellen Absichten ernsthaft hätten ängstigen können.
»Warten Sie!«
Der Mann hatte, flink und wendig trotz seiner Statur, die Treppe zum ersten Stock zur Hälfte hinter sich.
»So warten Sie doch, ich muß mit Ihnen reden«, rief Lewis ihm nach und wollte die Treppe hinunter, hinter ihm her. Aber die Verfolgung

war zum Scheitern verurteilt, ehe sie noch begann. Lewis' Gelenke waren steif vom Alter und der Kälte, und es war spät. Nicht der rechte Zeitpunkt, um einem viel jüngeren Mann hinterherzulaufen, auf einem Bürgersteig, der durch Eis und Schnee zu einer tödlichen Gefahr wurde. Er jagte dem Fremden nicht weiter als bis zur Haustür nach und sah dann zu, wie er die Straße hinunter davonrannte; seine Gangart war ein affektiertes Getrippel, wie es Catherine gesagt hatte. Fast ein Gewatschel, lächerlich bei einem so großen Mann.

Schon war sein Parfumgeruch vom Nordostwind weggefegt. Außer Atem stieg Lewis wieder die Treppen hoch, am Getöse der Party vorbei, um eine Garnitur Wäsche für Phillipe mitzunehmen.

Am nächsten Tag erwachte Paris zu einem Schneesturm von noch nie dagewesener Heftigkeit. Die Glockenrufe zum Kirchgang blieben unerwidert, die heißen Sonntags-Croissants blieben ungegessen, die Zeitungen lagen ungelesen auf den Verkaufsständen. Wenige Menschen nur hatten den Nerv respektive den Beweggrund, aus dem Haus zu gehen und sich dem heulenden Gestöber auszusetzen. Sie saßen an ihren Kaminen, hatten die Arme um die Knie geschlungen und träumten vom Frühling.

Catherine wollte Phillipe im Gefängnis besuchen, aber Lewis bestand darauf, allein zu gehen. Es war nicht einfach das kalte Wetter, das ihn in ihrem Interesse vorsichtig sein ließ; er mußte mit Phillipe heikle Dinge bereden, ihm schwierige Fragen stellen. Seit der Begegnung in seinem Zimmer letzte Nacht stand für ihn unzweifelhaft fest, daß Phillipe einen Rivalen hatte, wahrscheinlich einen mörderischen Rivalen. Die einzige Möglichkeit, Phillipes Leben zu retten, lag, so schien es, darin, den Mann ausfindig zu machen. Und wenn damit logischerweise eine penible Erkundung von Phillipes sexuellen Gepflogenheiten verbunden war, dann bitteschön. Aber das war kein Gespräch, das er, oder Phillipe, gern im Beisein von Catherine geführt hätte.

Die frische Wäsche, die Lewis mitgebracht hatte, wurde durchsucht, dann Phillipe überreicht, der sie mit einem Dankesnicken an sich nahm.

»Ich bin letzte Nacht zu deiner Wohnung, um dir die Sachen da zu holen.«
»Ach.«
»Aber es war schon jemand da.«
Phillipes Kaumuskel begann heftig zu vibrieren, während er mahlend die Zähne zusammenbiß. Er wich Lewis' Blick aus.
»Ein großer Mann, mit einem Bart. Kennst du ihn, oder weißt du was von ihm?«
»Nein.«
»Phillipe –«
»Nein!«
»Der gleiche Mann hat Catherine angegriffen«, sagte Lewis.
»Was?« Phillipe hatte angefangen zu zittern.
»Mit einem Rasiermesser.«
»Sie angegriffen?« sagte Phillipe. »Bist du sicher?«
»Oder es zumindest vorgehabt.«
»Nein! Er hätte sie niemals angefaßt. Nie!«
»Wer ist das, Phillipe? Weißt du's?«
»Sag' ihr, sie soll nicht wieder hingehn; bitte, Lewis...« Seine Augen baten flehentlich. »Bitte, sag ihr um Himmels willen, sie soll dort niemehr hingehen. Tust du das? Oder du. Du genausowenig.«
»Wer ist das?«
»Sag es ihr.«
»Werd' ich. Aber du mußt mir sagen, wer dieser Mann ist, Phillipe.«
Er schüttelte den Kopf und biß jetzt mit hörbarem Knirschen die Zähne aufeinander. »Du würdest es nicht verstehen, Lewis. Ich kann unmöglich erwarten, daß du es verstehst.«
»Sag's mir; ich will dir doch helfen.«
»Laß mich einfach sterben.«
»Wer ist der Mann?«
»Laß mich einfach sterben... Ich will vergessen, warum versuchst du, mich dran zu hindern? Ich möchte...«
Er schaute wieder auf. Seine Augen waren blutunterlaufen und von tränenreichen Nächten rotgerändert. Aber jetzt, schien es, waren keine Tränen mehr in ihm vorhanden; nichts als eine dürre Öde, wo

einst rechtschaffene Angst vorm Tod, Verliebtheit in die Liebe und Hunger nach Leben gewesen waren. Was Lewis da entgegenblickte, war eine allumfassende Gleichgültigkeit: gegenüber der Fortdauer, gegenüber der Selbsterhaltung, gegenüber jeglicher Empfindung.
»Sie war eine Hure«, rief er plötzlich aus. Die Hände zu Fäusten geballt. Lewis hatte Phillipe in seinem ganzen Leben keine Faust machen sehen. Jetzt gruben sich seine Nägel in das weiche Fleisch seiner Handfläche, bis Blut zu fließen begann. »Hure«, sagte er wieder, überlaut in der kleinen Gesprächs-Zelle.
»Machen Sie kein' solchen Krach«, schnauzte der Wachmann.
»Eine Hure!« Diesmal fauchte Phillipe die Anschuldigung durch die Zähne, die er fletschte wie ein wütender Pavian.
Lewis war diese Verwandlung völlig unverständlich.
»Du hast damit angefangen...« sagte Phillipe und sah dabei Lewis direkt an, erwiderte zum erstenmal voll seinen Blick. Es war eine bitterböse Anschuldigung, obwohl Lewis nicht begriff, was sie besagte.
»Ich?«
»Mit deinen Geschichten. Mit deinem verdammten Dupin.«
»Dupin?«
»Es war alles erlogen, alles dumme Lügen. Frauen, Mord...«
»Du meinst die Rue-Morgue-Geschichte?«
»Du warst so stolz drauf, nicht? All diese dämlichen Lügen. Nichts davon war wahr.«
»Doch, das war es wohl.«
»Nein. Das war es nie, es war eine Geschichte, sonst nichts. Dupin, die Rue Morgue, die Morde...«
Seine Stimme verlor sich, als ob die nächsten Worte unsagbar wären.
»... der Affe.«
Das waren die Worte: Das anscheinend Unaussprechliche wurde ausgesprochen, als hätte man ihm jede Silbe einzeln aus dem Hals geschnitten.
»... der Affe.«
»Was ist mit dem Affen?«
»Es gibt Bestien, Lewis. Manche von ihnen sind bejammernswert;

Zirkustiere. Sie haben keinen Verstand, sind die geborenen Opfer. Und dann gibt es andere.«
»Was für andere?«
»*Natalie war eine Hure!*« kreischte er wieder, seine Augen so groß wie Untertassen. Er bekam Lewis an den Rockaufschlägen zu fassen und begann, ihn zu schütteln. Alle anderen in dem kleinen Raum schauten zu ihnen her: Zwei alte Männer hatten sich, über den Tisch hinweg, in der Wolle. Strafgefangene und ihre Liebsten grinsten, als man Phillipe von seinem Freund wegzerrte. Seine Worte verkamen zu obszönem, zusammenhanglosem Gestammel, während er im sicheren Griff des Wachmanns um sich schlug.
»Hure! Hure! Hure!« war alles, was er herausbrachte, als sie ihn in seine Zelle zurückbeförderten.

Catherine empfing Lewis auf der Schwelle zu ihrem Appartement. Sie bebte und kämpfte mit den Tränen. Das Zimmer hinter ihr war verwüstet.
Schluchzend lag sie ihm an der Brust, während er sie tröstete, aber sie beruhigte sich nicht. Viele Jahre war es her, seit er eine Frau getröstet hatte, und es war ihm absolut entfallen, wie man das macht. Statt besänftigend zu wirken, war er verlegen, und sie spürte das genau. Sie löste sich aus seiner Umarmung; unberührt war es ihr wohler.
»Er war hier«, sagte sie.
Er brauchte nicht zu fragen, wer. Der Fremde, der mit den Tränen kämpfende, rasiermesser-schwingende Fremde.
»Was wollte er?«
»Er hat ständig ›Phillipe‹ zu mir gesagt. Oder es nicht eigentlich gesagt, mehr gegrunzt als gesagt. Und als ich ihm keine Antwort gab, hat er einfach die Möbel, die Vasen zerstört. Er suchte nach nichts Bestimmtem, wollte nur alles verwüsten.«
Das machte sie rasend, diese Nutzlosigkeit der Attacke.
Das Appartement lag in Trümmern. Kopfschüttelnd schlenderte Lewis durch die Überreste aus Porzellan und zerfetztem Stoff. Vor seinem geistigen Auge ein Durcheinander tränennasser Gesichter: Catherine, Phillipe, der Fremde. Jeder in seiner kleinen Welt, so

schien es, war verletzt und gebrochen. Jeder litt. Und doch war der Herd, die Quelle des Leidens nirgendwo zu finden.

Nur Phillipe hatte einen anklagenden Fingerzeig gegeben: auf Lewis selber. »Du hast damit angefangen.« Waren das nicht seine Worte? »Du hast damit angefangen.«

Bloß wie?

Lewis stand am Fenster. Drei der schmalen Scheiben waren von herumfliegenden Scherben zerschlagen worden, und ein frostgeifernder Wind schlich sich in das Appartement ein. Er schaute zu den eisträgen Wassern der Seine hinüber. Dann fiel ihm eine Bewegung ins Auge. Es drehte ihm den Magen um.

Der Fremde sah voll zum Fenster herauf, mit einem unsäglich verstörten Blick. Die sonst so tadellose Kleidung war in Unordnung geraten, und der Ausdruck in seinem Gesicht war tiefste, äußerste Verzweiflung, so bemitleidenswert, daß sie fast tragisch anmutete. Oder eher wie eine Darbietung des Tragischen: die Qual eines Schauspielers. Und eben als Lewis auf ihn hinunterstarrte, hob der Fremde seine Arme zum Fenster empor, in einer Geste, die um Vergebung oder Verständnis, oder um beides zu bitten schien.

Lewis wich vor dem suggestiven Sog zurück. Das war nicht zu verkraften, absolut nicht. Im nächsten Augenblick ging der Fremde bereits über den Hof davon. Das affektierte Getrippel war zu schlingerndem, weit ausgreifendem Springen entartet. Während die schlecht gekleidete Riesengestalt von der Bildfläche verschwand, stieß Lewis ein langgezogenes, leises Stöhnen des Erkennens aus.

»Lewis?«

Das war nicht der Gang eines Mannes, dieses stolzierende Geschlinger, dieses sich wiegende Gehopse. So bewegte sich eine Bestie, auf ihren Hinterbeinen, der man den aufrechten Gang beigebracht hatte, und der jetzt, ohne ihren Herrn, die andressierte Technik abhanden kam.

Es war ein Affe.

O Gott, o Gott, es war ein Affe.

»Ich muß Phillipe Laborteaux sprechen.«
»Tut mir leid, Monsieur, aber die Besuchszeiten...«
»Aber in dem Fall geht's um Leben und Tod, Wachtmeister.«
»Das sagt sich leicht, Monsieur.«
Lewis riskierte eine Lüge. »Seine Schwester liegt im Sterben. Bitte, haben Sie doch Verständnis.«
»Hm... na ja...«
Ein leichter Zweifel. Lewis stieß etwas weiter nach. »Nur wenige Minuten; um ein paar Dinge zu regeln.«
»Hat das nicht Zeit bis morgen?«
»Sie überlebt die nächste Nacht nicht mehr.«
Es war Lewis zuwider, so über Catherine zu reden, selbst wenn es nur dieser Täuschung wegen geschah, aber es war notwendig; er mußte Phillipe sprechen. Wenn seine Theorie stimmte, dann könnte sich die Geschichte noch vor morgen früh wiederholt haben.
Man hatte Phillipe aus einem Tranquilizer-Schlaf geweckt. Tiefe Schatten lagen um seine Augen.
»Was willst du?«
Lewis machte gar nicht erst den Versuch, seine Lüge weiter aufrechtzuerhalten. Phillipe stand im Augenblick unter Drogen und war wahrscheinlich kaum imstande, einen klaren Gedanken zu fassen. Am besten, er konfrontierte ihn mit der Wahrheit und schaute, was dabei herauskam.
»Du hast dir einen Affen gehalten, stimmt's?«
Ein Ausdruck des Entsetzens trat auf Phillipes Gesicht, verlangsamt durch die Drogen in seinem Blut, aber offenkundig genug.
»Stimmt's?«
»Lewis...« Phillipe sah unheimlich alt aus.
»Antworte, Phillipe, ich bitte dich: eh es zu spät ist. Hast du dir einen Affen gehalten?«
»Es war ein Experiment, sonst nichts. Ein Experiment.«
»Wozu?«
»Deine Geschichten. Deine verdammten Geschichten. Ich wollte rausbekommen, ob sie wirklich wilde Bestien sind. Ich wollte einen Menschen draus machen.«

»Einen Menschen draus machen.«
»Und diese Hure...«
»Natalie.«
»Sie hat ihn verführt.«
Es wurde Lewis speiübel. Auf diese Verwicklung war er nicht gefaßt gewesen.
»Ihn verführt?«
»Hure«, sagte Phillipe, mit grenzenlosem Bedauern.
»Wo ist dieser Affe von dir?«
»Du willst ihn ja nur töten.«
»Er ist in die Wohnung eingebrochen, während Catherine zu Hause war. Hat alles zertrümmert, Phillipe. Er ist eine Gefahr – jetzt wo er keinen Herrn mehr hat. Begreifst du das nicht?«
»Catherine?«
»Nein, sie ist okay.«
»Er ist dressiert, er könnte ihr gar nichts antun. Er hat sie beobachtet aus seinem Versteck. Ist gekommen und wieder gegangen. Leise wie ein Mäuschen.«
»Und das Mädchen?«
»Er war eifersüchtig.«
»Also hat er sie ermordet?«
»Vielleicht. Ich weiß es nicht. Ich will nicht drüber nachdenken.«
»Warum hast du's ihnen nicht gesagt und die Kreatur beseitigen lassen?«
»Ich weiß nicht, ob es wirklich wahr ist. Wahrscheinlich ist es alles Erfindung, eine von deinen verdammten Erfindungen, bloß wieder eine Geschichte.«
Ein bitteres, verschlagenes Lächeln trat auf sein erschöpftes Gesicht.
»Aber daß wir uns recht verstehn, Lewis. Es könnte doch gut eine Geschichte sein, oder? So eine wie deine Dupin-Erzählungen. Nur daß ich sie womöglich für eine Zeitlang hab' wahr werden lassen; da drauf wärst du nicht gekommen, oder? Möglich, daß ich sie hab' wahr werden lassen.«
Lewis stand auf. Wirklichkeit und Illusion: eine ebenso sinnlose wie abgedroschene Debatte. Entweder etwas existierte, oder es existierte nicht. Das Leben war kein Traum.

»Wo ist der Affe?« wollte er wissen.
Phillipe deutete auf seine Schläfe.
»Hier. Wo du ihn niemals finden kannst«, sagte er und spuckte Lewis ins Gesicht. Der Speichel landete auf seiner Lippe, wie ein Kuß.
»Du weißt nicht, was du angerichtet hast. Du wirst es niemals wissen.«
Lewis wischte sich die Lippe ab, während die Wachmänner den Häftling aus dem Zimmer hinaus und zurück in sein glückliches drogenbetäubtes Vergessen geleiteten. Das einzige, was ihm jetzt, allein gelassen in dem kalten Gesprächszimmer, durch den Kopf ging, war, daß Phillipe es leicht hatte. Er hatte zu vorgetäuschter Schuld Zuflucht genommen und sich in ein Nirwana weggeschlossen, in dem Erinnerung und Rache, und die Wahrheit, die wilde, marodierende Wahrheit ihm niemals wieder etwas anhaben konnten. Er haßte Phillipe in diesem Moment von ganzem Herzen. Haßte ihn als den Dilettanten und Feigling, der er in seinen Augen immer gewesen war. Es war keine schonungsvollere, freundlichere Welt, die Phillipe um sich herum errichtet hatte; sie war ein Versteck, letztlich genauso eine Lüge, wie jener Sommer 1937 eine gewesen war. Keiner konnte sein Leben so leben, wie er es getan hatte, ohne daß ihm früher oder später die Rechnung präsentiert wurde. Und jetzt war es so weit.
In dieser Nacht erwachte Phillipe in der Sicherheit seiner Zelle. Es war warm, aber ihm war kalt. In äußerster Dunkelheit kaute er an seinen Handgelenken, bis ihm das Blut pulsierend in den Mund schäumte. Er legte sich auf sein Bett zurück und spritzte und sprudelte zum Tod davon, aus den Augen und aus dem Sinn.

Über den Selbstmord berichtete *Le Monde* in einem kurzen Artikel auf der zweiten Seite. Die große Nachricht des folgenden Tages jedoch war der aufsehenerregende Mord an einer rothaarigen Prostituierten in einem kleinen Haus unweit von der Rue de Rochechquant. Monique Zevaco war um drei Uhr morgens von ihrer Zimmergenossin gefunden worden; ihr Körper befand sich in einem so grauenhaften Zustand, daß er »jeder Beschreibung zu spotten« schien.
Trotz der angeblichen Undurchführbarkeit der Aufgabe machten sich

die Medien mit morbider Entschlußkraft daran, das Unbeschreibliche zu beschreiben. Noch der letzte Kratzer, Riß, die letzte blutige Druckstelle auf Moniques teilweise nacktem Körper – mit einer Karte Frankreichs tätowiert, frohlockte *Le Monde* – wurde detailliert festgehalten. Genauso freilich die Erscheinung von Mademoiselle Zevacos gut angezogenem, überparfümiertem Mörder, der sie offensichtlich durch ein kleines rückseitiges Fenster bei ihrer Toilette beobachtet hatte, dann eingebrochen und im Badezimmer über sie hergefallen war. Anschließend war der Mörder über die Treppe geflohen und dabei mit der Wohnungsgenossin zusammengestoßen, die gleich darauf Mademoiselle Zevacos verstümmelten Leichnam entdecken sollte. Nur ein einziger Kommentator stellte überhaupt eine Verbindung her zwischen dem Mord in der Rue des Martyrs und der Abschlachtung von Mlle. Zevaco; aber auch er ging mit keiner Silbe auf den merkwürdigen Zufall ein, daß der unter Anklage stehende Phillipe Laborteaux sich in ebenderselben Nacht das Leben genommen hatte.

Die Beisetzung fand während eines Sturms statt. Bejammernswert schob sich das Trauergefolge, dem der herabpeitschende Schnee schon ab wenigen Metern völlig die Sicht nahm, durch die verlassenen Straßen Richtung Montparnasse voran. Lewis saß neben Catherine und Jacques Solal, als sie Phillipe zur ewigen Ruhe betteten. Jeder aus seinem Freundeskreis hatte ihn im Stich gelassen; sie wollten der Beerdigung eines Selbstmörders und mutmaßlichen Mörders nicht beiwohnen. Sein Esprit, sein gutes Aussehen, sein unerschöpflicher, stets wirksamer Charme zählten rein gar nichts am Ende.

Von Fremden aber blieb er, wie sich herausstellte, nicht gänzlich unbetrauert. Als sie am offenen Grab standen und die Kälte sich in sie verbiß, rückte Solal an Lewis heran und stupste ihn.

»Was?«

»Da drüben. Unter dem Baum.« Mit einem unauffälligen Kopfnicken wies Solal über den betenden Priester hinaus.

Der Fremde stand in einiger Entfernung, von den marmornen Grabmälern fast verdeckt. Ein dicker schwarzer Schal war um sein Gesicht geschlagen und ein breitkrempiger Hut über seine Stirn heruntergezogen, aber seine massige Gestalt war unverkennbar. Catherine hatte ihn ebenfalls gesehen. Lewis, der schützend den Arm um sie gelegt hatte, spürte, wie sie zitterte. Nicht so sehr der Kälte wegen, sondern vor Angst. Es war, als sei das Wesen irgendein schauerlicher Engel, der sich eingefunden hatte, um eine Zeitlang herumzuschweben und sich an ihrem Kummer zu ergötzen. Absurd war es, und unheimlich, daß dieses Geschöpf hierherkam, um dabeizusein, wenn man Phillipe der gefrorenen Erde übergab. Was empfand es? Seelenqual? Schuld? Ja, empfand es Schuld?

Es registrierte, daß man es gesehen hatte: Es kehrte ihnen den Rücken und schlurfte fort. Ohne ein Wort zu Lewis stahl sich Solal vom Grab davon und nahm die Verfolgung auf. Nach kürzester Zeit waren sowohl der Fremde wie sein Verfolger vom Schnee ausradiert.

Wieder zurück am Quai de Bourbon, erwähnte weder Catherine noch Lewis den Vorfall. Eine Art Barriere war zwischen ihnen aufgetaucht, die Kontakt auf jeder Ebene, außer der unverbindlichsten und banalsten, unmöglich machte. Analysieren hatte keinen Zweck, und Bereuen ebensowenig. Phillipe war tot. Ihre Vergangenheit, ihre zusammen verbrachte Vergangenheit, war tot. Dieses Schlußkapitel in ihrer beider Leben vergällte alles, was ihm vorausgegangen war, so gründlich, daß man sich an keiner gemeinsamen Erinnerung freuen konnte, ohne schließlich in Verbitterung zu enden. Phillipe war auf grauenvolle Weise gestorben. Er hatte – vielleicht in den Wahnsinn getrieben durch ein nur ihm zugängliches Wissen um seine eigene Schuld und Verworfenheit – sein eigenes Fleisch und Blut verschlungen. Keine Unschuld, keine Chronik der Freuden konnte von dieser Tatsache unbefleckt bleiben. Schweigend betrauerten sie den Verlust nicht nur Phillipes, sondern ihrer eigenen Vergangenheit. Jetzt, angesichts einer Welt, in der solche Verluste möglich waren, fand Lewis Phillipes Abneigung zu leben nur zu begreiflich.

Solal rief an. Noch außer Atem von seiner Jagd, aber in Hochstimmung, redete er flüsternd mit Lewis und genoß offenkundig die Aufregung.

»Ich bin am Gare du Nord und hab' rausgekriegt, wo unser Freund wohnt. Ich hab' ihn gefunden, Lewis!«

»Ausgezeichnet. Ich komm' sofort. Wir treffen uns auf den Stufen vom Gare du Nord. Ich nehm' ein Taxi: zehn Minuten.«

»Es ist in der Rue des Fleurs Nummer sechzehn, im Souterrain. Wir sehn uns dort...«

»Geh' nicht rein, Jacques. Wart' auf mich. Bleib' ja...«

Es knackte in der Leitung, und Solal war weg. Lewis griff nach seinem Mantel.

»Wer war das?«

Sie fragte, aber sie wollte es nicht wissen. Lewis fuhr hastig in seinen Mantel und sagte: »Gar niemand. Mach' dir keine Gedanken. Dauert nicht lang.«

»Nimm deinen Schal«, sagte sie, ohne sich nach ihm umzusehen.

»Ja. Danke.«

»Du wirst dich erkälten.«

Schon war er draußen, und noch immer starrte sie unverwandt über die nachtbedeckte Seine hin, sah den Eisschollen zu bei ihrem Reigen auf dem schwarzen Wasser.

Als er bei dem Haus in der Rue des Fleurs ankam, war von Solal nichts zu sehen, aber frische Fußspuren führten durch den Pulverschnee zum Vordereingang der Nummer sechzehn, machten dort kehrt und verliefen sich dann ums Haus nach hinten. Lewis folgte ihnen. Als er durch ein morsches Tor, das von Solal brutal eingedrückt worden war, den Hof auf der Rückseite des Hauses betrat, wurde ihm plötzlich bewußt, daß er keine Waffe bei sich hatte. Am besten besorgte er sich vielleicht erst einmal ein Brecheisen, ein Messer, irgend etwas. Eben als er mit sich zu Rate ging, öffnete sich die Hintertür, und der Fremde erschien, in seinem mittlerweile wohlbekannten Mantel. Lewis drückte sich platt gegen die Hofmauer, dort wo sie im tiefsten Dunkel lag, und war sich sicher, daß man ihn sehen würde. Aber die Bestie war anderweitig beschäftigt. Sie stand unter der Tür, das Gesicht rückhaltlos zur Schau gestellt, und zum ersten Mal konnte Lewis, im vom Schnee reflektierten Mondlicht, die Physiognomie des Geschöpf klar und deutlich erkennen. Sein Gesicht war frisch rasiert; es roch intensiv nach Kölnischwasser, sogar im Freien. Seine Haut war, wenn auch an ein, zwei Stellen von einer unachtsamen Klinge verletzt, pinkfarben wie ein Pfirsich. Lewis fiel das Rasiermesser ein, mit dem es Catherine offenbar bedroht hatte. War das etwa in Phillipes Zimmer sein Anliegen gewesen: ein gutes Rasiermesser zu entwenden? Es zog Lederhandschuhe über seine breiten rasierten Hände und gab dabei ein leises kehliges Hüsteln von sich, das fast wie ein zufriedenes Grunzen klang. Lewis hatte den Eindruck, daß es sich auf die Außenwelt vorbereitete, und der Anblick war ebenso ergreifend wie einschüchternd. Dieses Wesen wollte nichts als menschlich sein. Es strebte, auf seine Weise, nach dem Vorbild, das Phillipe ihm gegeben, in ihm genährt hatte. Jetzt, seines Mentors beraubt, verwirrt und unglücklich, versuchte es, der Welt so gegenüberzutreten, wie man es ihm beigebracht hatte. Es gab für dieses Wesen keinen Weg zurück. Seine Tage der Unschuld waren dahin, niemals wieder konnte es ein unbedarftes Tier sein. Gefangen in seiner neuen Rolle, blieb ihm keine andre Wahl, als jenes Leben fortzusetzen, auf dessen Geschmack ihn sein Herr gebracht hatte. Ohne in Lewis' Richtung zu schauen, schloß es ruhig die Tür hinter sich und überquerte den Hof, wobei sich sein Gang innerhalb dieser wenigen Schritte von einem affenartigen Geschlinger zu dem trippelnden Gewatschel verwandelte, mit dem es das Menschsein simulierte.

Dann war es verschwunden.

Lewis verharrte, flach atmend, noch einen Augenblick im Dunkel. Jeder Knochen seines Körpers schmerzte jetzt vor Kälte, und seine Füße waren taub. Nichts ließ darauf schließen, daß die Bestie zurückkehren würde; also wagte er sich aus seinem Versteck heraus und versuchte, die Tür zu öffnen. Sie war nicht abgeschlossen. Beim Eintreten schlug ihm Gestank entgegen, der ekelhaft süße Geruch von verfaultem Obst, vermischt mit dem widerwärtigen Kölnischwasser: der Zoo und das Boudoir.

Er stieg, langsam und vorsichtig, eine schlüpfrige Steintreppe zu einem kurzen Gang hinunter und tastete sich diesen entlang zu einer Tür. Auch sie war nicht abgeschlossen, und drinnen beleuchtete die nackte Glühbirne eine bizarre Szenerie.

Auf dem Boden ein großer, etwas abgetretener Perserteppich; die

Einrichtung eher spartanisch; ein Bett, grob mit Decken und fleckigem Sackleinen bedeckt; ein Schrank, brechend voll mit Kleidungsstücken in Übergröße; weggeworfenes Obst *en masse*, zum Teil in den Boden getreten, ein nach Tierfäkalien stinkender, strohgefüllter Eimer. An der Wand ein großes Kruzifix. Auf dem Kaminsims eine Fotografie: Catherine, Lewis und Phillipe, einträchtig lächelnd, in einer sonnenbeschienenen Vergangenheit. Beim Ausguß das Rasierzeug des Geschöpfs. Seife, Pinsel, Rasiermeser. Frische Schaumreste. Auf dem Toilettentisch ein Haufen Geld, in leichtsinnigem Überfluß liegengelassen neben einem Haufen Spritzen und einer Batterie Fläschchen. Es war warm in dem Bestienkabuff; vielleicht lief in einem angrenzenden Keller der Heizkessel fürs Haus auf Hochtouren. Solal war nicht da.
Plötzlich ein Geräusch.
Lewis drehte sich zur Tür, sah innerlich schon den Affen auf der Schwelle stehen, die Zähne gefletscht, die Augen dämonisch. Aber er hatte völlig die Orientierung verloren. Das Geräusch kam nicht von der Tür, sondern vom Schrank. Hinter dem Haufen Kleider bewegte sich etwas.
»Solal?«
Jacques Solal taumelte, nein: fiel aus dem Schrank heraus und der Länge nach auf den Perserteppich. Sein entstelltes Gesicht war eine einzige abscheuliche Wunde, so daß es nahezu unmöglich war, ihn aufgrund irgendeines Teils seiner Züge noch als Jacques zu identifizieren.
Das Scheusal hatte seine Lippen gepackt und ihm die Muskulatur, wie man einen Hals- und Kopfschützer über die Ohren wegzieht, vom Knochen gepellt. Unsinnig klapperten seine freigelegten Zähne, eine fiebrige Antwort auf den nahenden Tod; seine Glieder krampften sich zusammen und schlotterten. Aber Jacques war schon hinüber. Diese Schauder und Zuckungen besagten absolut nichts über Denken oder Person, sie waren nur der blinde Lärm des Verscheidens. Lewis kniete neben Solal nieder; seine Magennerven waren eisern. Während des Krieges hatte er sich, als Kriegsdienstverweigerer, freiwillig zum Lazarettdienst gemeldet, und es gab wenige tiefgreifende Umwand-

lungen des menschlichen Körpers, die er nicht in der einen oder anderen Kombination gesehen hatte. Zärtlich umfing er den Körper, ohne auf das Blut zu achten. Er hatte diesen Mann nicht geliebt, ihn nicht einmal besonders gut leiden können, aber jetzt war sein einziger Wunsch, ihn von hier wegzubringen, hinaus aus dem Affenkäfig, und ihm ein menschenwürdiges Grab zu verschaffen. Die Fotografie würde er auch mitnehmen. Das war wirklich der Gipfel, dem Vieh eine Gruppenaufnahme aus ihren besten Tagen zu geben. Dafür haßte er Phillipe mehr als je zuvor.

Er zerrte den Körper vom Teppich. Es verlangte ihm eine gigantische Anstrengung ab, und die schwüle Hitze in dem Zimmer machte ihn, nach der Frostkälte draußen, benommen. Bibbernde Nervosität breitete sich spürbar aus in seinen Gliedern. Kein Zweifel: sein Körper war kurz davor, ihm den Dienst aufzukündigen; kurz davor zu versagen, seinen Halt zu verlieren und zusammenzubrechen.

Nicht hier. Um Himmels willen nicht hier.

Womöglich sollte er jetzt als erstes ein Telefon auftreiben. Das wäre vernünftig. Die Polizei rufen, ja... Catherine anrufen, ja... sogar hier im Haus jemand auftreiben, der ihm zu Hilfe käme. Aber dann müßte er Jacques in dem Tierlager lassen, damit womöglich die Bestie zum zweitenmal über ihn herfiele, wo er doch eine eigenartige Fürsorglichkeit für die Leiche entwickelt hatte; es widerstrebte ihm, sie allein zu lassen. In einer beklemmenden Qual verwirrter Gefühle, außerstande, Jacques liegenzulassen, aber gleichfalls außerstande, ihn noch viel weiter zu bugsieren, stand er mitten im Zimmer und tat überhaupt nichts. Das war am besten; ja. Überhaupt nichts. Zu müde, zu schwach. Überhaupt nichts war noch am besten.

Die Tagträumerei setzte sich endlos fort. Wie gelähmt hing der Alte an der Crux seiner Gefühle fest, außerstande, in die Zukunft voran- oder in die besudelte Vergangenheit zurückzugehen. Außerstande, sich zu erinnern. Außerstande zu vergessen.

In träumerischem Halb-Leben wartete er das Ende der Welt ab.

Lärmend wie ein Betrunkener kam die Bestie nach Haus, und das Geräusch, das sie beim Öffnen der äußeren Tür machte, rüttelte Lewis zu einer langsamen Reaktion auf. Mit einiger Mühe zerrte er Jacques

in den Schrank und versteckte sich selbst darin, mit dem gesichtslosen Kopf in seinem Schoß.
Jetzt hörte man eine Stimme im Zimmer, die Stimme einer Frau. Vielleicht war es doch nicht der Affe. Aber nein: durch den Spalt der Schranktür konnte Lewis ihn sehen, in Begleitung einer jungen rothaarigen Frau. Sie redete unaufhörlich, das Nonstop-Geplapper eines mit Drogen vollgepumpten Gehirns.
»Du hast ja noch mehr davon; hach du Süßer, hach Schatz, du lieber, ist das toll. Mann, schau dir das an, so viel Stoff.« Sie hatte Pillen in den Händen und putzte sie weg wie Süßigkeiten, ausgelassen wie ein Kind an Weihnachten. »Wo hast du das alles her? Okay, wenn du's mir nicht sagen willst, isses mir auch recht.«
Ging das auch auf Phillipes Konto, oder hatte der Affe den Stoff für eigene Zwecke gestohlen? Verführte er regelmäßig rothaarige Prostituierte mit Drogen?
Das nervtötende Gebrabbel des Mädchens flaute jetzt ab. Die Pillen wirkten, stellten sie ruhig, verfrachteten sie in eine private Welt. Gebannt sah Lewis zu, wie sie anfing, sich zu entkleiden.
»Es is' so... heiß... hier herin.«
Der Affe sah zu, mit dem Rücken zu Lewis. Welcher Ausdruck zeichnete sich auf diesem rasierten Gesicht ab? War sein Blick lustvoll oder irritiert?
Die Brüste des Mädchens waren schön, obwohl ihr Körper eher zu dünn war. Die junge Haut war weiß, die Brustwarzen blüten-rosa. Sie hob die Arme über den Kopf, und während sie sich streckte, strafften und verflachten sich die makellosen Kugeln leicht. Der Affe langte mit breiter Hand nach ihrem Körper und zupfte zärtlich an einer ihrer Brustwarzen, rollte sie zwischen den dunkelfleischigen Fingern. Das Mädchen seufzte.
»Soll ich... alles ausziehn?«
Die Bestie grunzte.
»Bist kein Freund von vielen Worten, oder?«
Sie zwängte sich aus ihrem roten Rock. Sie war jetzt nackt bis auf den Schlüpfer. Sie legte sich aufs Bett und streckte sich wieder, genoß wohlig-erregt ihren eigenen Körper und die willkommene Hitze des

Zimmers und machte sich dabei auch nicht die geringste Mühe, ihren Verehrer anzusehen.
Unter Solals Körper eingeklemmt, begann sich Lewis erneut schwindlig zu fühlen. Seine unteren Gliedmaßen waren jetzt völlig taub, und in seinem rechten Arm, der gegen die Schrankrückwand gepreßt wurde, hatte er kein Gefühl mehr; trotzdem wagte er nicht, sich zu rühren. Das Affenvieh war zu allem fähig, das wußte er. Gar nicht auszudenken, was es ihm und dem Mädchen alles antun könnte, wenn man ihn entdeckte.
Jeder Teil seines Körpers war jetzt entweder entkräftet oder schmerzgequält. Solals triefender Leichnam wurde mit jedem Augenblick schwerer. Sein Rückgrat war ein einziger Schmerzensschrei, und der Nacken peinigte ihn, als wäre er von heißen Stricknadeln durchbohrt. Die Marter wurde unerträglich; ihm kam der Gedanke, daß er in diesem traurigen Versteck sterben würde, während der Menschenaffe Liebe machte.
Das Mädchen seufzte, und Lewis sah wieder zum Bett hin. Der Affe hatte seine Hand zwischen ihren Beinen, und sie wand sich unter seinen eindringlichen Diensten.
»Ja, aah ja«, sagte sie immer wieder, während ihr Liebhaber sie völlig entblößte.
Es war zuviel. Das Schwindelgefühl hämmerte durch Lewis' Großhirnrinde. War das der Tod? Die Lichter im Kopf und das Gewinsel in den Ohren?
Er schloß die Augen, löschte den Anblick der Liebenden aus, ohne freilich den Lärm aussperren zu können. Ewig schien er anzudauern, drang ein in seinen Kopf, breitete sich aus darin. Seufzer, Gelächter, kleine Kreischlaute.
Dann endlich: Finsternis.

Lewis erwachte auf einer unsichtbaren Folterbank. Sein Körper war durch die Begrenzungen seines Verstecks gewaltsam verrenkt worden. Er schaute auf. Die Schranktür war offen, und der Affe starrte zu ihm herunter, wobei sein Mund ein Lächeln versuchte. Er war nackt, und sein Körper war fast zur Gänze rasiert. In der Furche seiner kolossalen Brust funkelte ein kleines goldenes Kruzifix. Lewis erkannte das Schmuckstück sofort wieder. Unmittelbar vor dem Krieg hatte er es für Phillipe auf den Champs Elysées gekauft. Jetzt kutschelte es sich in ein rötlich-oranges Haarbüschel. Die Bestie bot Lewis eine Hand, und automatisch nahm er sie. Der rauhhändige Griff zerrte ihn unter Solals Körper hervor. Seine Beine waren wie Gummi, seine Fußgelenke wollten ihn nicht tragen. Die Bestie hielt ihn fest und stützte ihn ab. Benommen und taumelig schaute Lewis in den Schrank hinunter, wo Solal lag, in Hockstellung zusammengekrümmt wie ein Baby im Mutterschoß, mit dem Gesicht zur Wand.

Die Bestie ließ die Leiche hinter der zugeworfenen Schranktür verschwinden und half Lewis zum Ausguß, wo er sich erbrach.

»Phillipe?« Verschwommen registrierte er, daß die Frau noch da war, im Bett, gerade aufgewacht nach einer Liebesnacht.

»Phillipe, wer ist das?« Sie fingerte auf dem Tisch neben dem Bett nach Pillen herum. Die Bestie schlenderte hinüber und riß sie ihr aus den Händen.

»Ach... Phillipe... bitte. Möchtest du, daß ich auch mit dem da geh'? Ich tu's, wenn du's möchtest. Nur gib mir die Pillen wieder.«

Sie machte eine Geste zu Lewis rüber. »Normalerweise geh' ich nicht mit alten Männern.«

Der Affe knurrte sie an. Ihr Gesichtsausdruck veränderte sich, als hätte sie zum erstenmal eine leise Ahnung, was es mit dieser Type auf sich hatte. Aber der Gedanke war zu kompliziert für ihr drogenbenebeltes Hirn, und sie ließ ihn fahren.

»Bitte, Phillipe...« wimmerte sie.

Lewis sah den Affen an. Er hatte das Foto vom Kaminsims genommen. Sein dunkler Nagel lag auf Lewis' Abbildung. Er lächelte. Er erkannte ihn wieder, obwohl doch gute vierzig Jahre das meiste Leben aus ihm herausgelaugt hatten.

»Lewis«, sagte er; ohne große Schwierigkeiten rollte ihm das Wort über die grauroten Lippen.

Zum Speien hatte der Alte nichts mehr im Magen, und zum Fühlen war das Schmerzensmaß bereits zu voll. Das war das Ende des Jahrhunderts, da mußte er auf alles gefaßt sein. Selbst darauf, von der

rasierten Bestie, die bedrohlich vor ihm aufragte, als Freund eines Freundes begrüßt zu werden. Sie würde ihm nichts tun, das wußte er. Wahrscheinlich hatte Phillipe dem Affen von ihrer gemeinsamen Vergangenheit erzählt und das Geschöpf dazu gebracht, Catherine und ihn selber genauso zu lieben, wie es Phillipe angebetet hatte.
»Lewis«, sagte es wieder und gestikulierte zu der Frau hinüber (die jetzt mit gespreizten Schenkeln auf dem Bett saß), bot sie ihm an als Lustobjekt.
Lewis schüttelte den Kopf.
Ein und aus, ein und aus, teils Fiktion, teils Realität.
So weit war es also gekommen; eine Menschenfrau als Angebot dieses nackten Affen. Es war das letzte, so wahr ihm Gott helfe, das allerletzte Kapitel in der Erzählung, die sein Großonkel begonnen hatte. Von der Liebe zum Mord und wieder zur Liebe zurück. Die Liebe eines Affen zu einem Mann. Er hatte sie hervorgerufen, mit seinen Träumen von fiktiven, ausschließlich der puren Vernunft gehorchenden Helden. Er hatte Phillipe dazu verleitet, die Geschichten einer verlorenen Jugend Wirklichkeit werden zu lassen. Er allein war daran schuld. Nicht dieser arme prahlerische Affe, hin- und hergerissen zwischen Dschungel und Börse; nicht Phillipe, in seinem Wunsch nach ewiger Jugend; und sicher nicht die kalte Catherine, die nach dieser Nacht völlig allein sein würde. Nur er, niemand sonst. Ihm war das Verbrechen zuzuschreiben, ihm die Schuld und ihm die Strafe.
Mittlerweile hatte er wieder etwas Gefühl in den Beinen, und torkelnd bewegte er sich zur Tür.
»Wollen Sie denn nicht bleiben?« fragte die Rothaarige.
»Dieses Wesen...« Er brachte es nicht über sich, das Tier beim Namen zu nennen.«
»Sie meinen Phillipe?«
»Er heißt nicht Phillipe«, sagte Lewis. »Er ist nicht mal menschlich.«
»Wie Sie meinen«, sagte sie und zuckte die Achseln.
Hinter ihm ergriff der Affe das Wort und sagte seinen Namen. Aber der kam diesmal nicht wie eine Art Grunz-Vokabel heraus, vielmehr traf der Primatengaumen Phillipes Modulation mit entmutigender

Genauigkeit, besser noch als der begabteste Papagei. Es war Phillipes Stimme, absolut.
»Lewis«, sagte er.
Nicht bittend. Nicht fordernd. Nannte einfach, aus reiner Lust am Benennen, den Namen eines Artgenossen.

Die Passanten, die den alten Mann mühsam auf das Brückengeländer des Pont du Carrousel klettern sahen, gafften zwar, machten aber keinen Versuch, ihn am Springen zu hindern. Er schwankte einen Augenblick, als er sich ganz aufrichtete, und stürzte dann kopfüber in das schaumig aufgewühlte, wirbelnd dahintreibende Eiswasser.
Ein oder zwei Personen wanderten auf die andere Brückenseite, um zu schauen, ob ihn die Strömung erfaßt hatte. Richtig, so war es. Er stieg an die Oberfläche empor, sein Gesicht blauweiß und ausdruckslos wie das eines Babys. Dann schnappte irgendein vertrackter Strudel nach seinen Füßen und zog ihn in die Tiefe. Das zähe Wasser schloß sich über seinem Kopf und trieb weiter dahin.
»Wer war das?« fragte jemand.
»Wer weiß?«
Der Himmel war wolkenlos an diesem Tag. Der letzte Winterschnee war bereits gefallen, und das Tauwetter würde gegen Mittag einsetzen. Über Sacré-Cœur schwirrten Vögel, jubilierten im unvermuteten Sonnenlicht. Paris begann sich für den Frühling zu entkleiden; sein jungfräuliches Weiß war schon zu verdorben, um noch länger getragen zu werden.
Am hellen Vormittag machte eine junge Frau mit rotem Haar, eingehakt bei einem großen häßlichen Mann, einen gemütlichen Spaziergang zu den Stufen von Sacré-Cœur. Die Sonne segnete die beiden. Glocken läuteten.
Es war ein neuer Tag.